EL ENIGMA DE RANIA ROBERTS

EL ENIGMA DE RANIA ROBERTS

JAVIER BERNAL

SUMA
de letras

El enigma de Rania Roberts

Primera edición en México: febrero de 2015

D. R. © 2014, Javier Bernal

D. R. © 2014, de la edición española:
      Penguin Random House Grupo Editorial, S.A.U.
      Travessera de Gràcia, 47-49. 08021 Barcelona

D. R. © 2015, derechos de esta edición:
      Santillana Ediciones Generales, S. A. de C. V., una empresa de
      Penguin Random House Grupo Editorial, S. A. de C. V.
      Blvd. Miguel de Cervantes Saavedra núm. 301, 1er piso,
      colonia Granada, delegación Miguel Hidalgo, C. P. 11520,
      México, D. F.

D. R. © Diseño de cubierta: Cover Kitchen
D. R. © Fotografía de autor: Marina Vilanova

www.megustaleer.com.mx

Comentarios sobre la edición y el contenido de este libro a:
megustaleer@penguinrandomhouse.com

ISBN 978-607-113-612-1

Impreso en México / *Printed in Mexico*

Para Gabriela, por supuesto

Capítulo 1

Jericó, enero de 2010

E l día que todo ocurrió, tras desayunar dos galletas rellenas de dátiles y una taza de té con hojas de hierbabuena, siempre con azúcar, Rania se encaminó hacia la casa de su amiga del alma, Yasmin, y su hermano, Abdul Sid Alam, los tres inseparables desde niños. Los Sid Alam eran una de las familias más antiguas de Jericó; a ellos les gustaba decir que de siempre, milenarios, porque los años en Jericó se podían contar por millares, hasta diez veces.

Rania no había nacido allí; cuando su padre aún era joven abandonó la ciudad para enrolarse en la Organización para la Liberación de Palestina; aquellos afanes le llevaron a Beirut y finalmente acabó refugiado en El Cairo, donde contrajo matrimonio con una cooperante americana llamada Samantha, y nació Rania, que fue su única hija. Pronto, cuando ella apenas tenía dos años, volvieron a Jericó.

Su madre se convirtió al islamismo y se hizo una ferviente observadora de los preceptos del Corán, pero no dejó de inculcar a su hija valores de la cultura americana: el individualismo, como medio a la no dependencia de los demás; el sentido de la igualdad, al margen de etnias y religiones; la competitividad, entendida como orientación al logro, y el desapego a la tradición. Si gestionar el caudal de ideas, sensaciones y sentimientos no es nada sencillo para una mente común, razonar, entender y vivir conciliando dos culturas tan opuestas era un reto, casi un arte. A veces, Rania sentía que pensamientos y sentimientos opuestos la asfixiaban, como en medio de una virulenta tempestad de arena. De ahí su costumbre de preguntarlo todo, su ansia de aprender, para aplacar estos torbellinos, para entender a unos y otros, pero al final en su mente se acababa imponiendo la lucidez y, con ella, su generosa alegría.

Samantha siempre le habló en inglés. A su padre, descendiente de los Abdallah, arraigada familia de Jericó, no le hacía mucha gracia porque no le gustaba la cultura occidental, pero en el fondo sabía que conocer ese idioma algún día podría resultarle útil a su hija, así que, aunque a regañadientes, nunca se lo prohibió. Solo les puso una condición: que jamás lo hablaran delante de otras personas.

Rania, Yasmin y Abdul se formaron bajo la misma educación, impartida en las escuelas públicas promovidas por la Autoridad Nacional Palestina del municipio de Jericó. Principios honestos basados en las enseñanzas del Corán, lengua árabe, incipientes conocimientos de hebreo e inglés, matemáticas y ciencias naturales. Las ventanas de su escuela no tenían cristales y algunas paredes amenazaban ruina; decían que años atrás, durante una incursión, un carro de combate disparó un proyectil de 120 milímetros que impactó y destruyó parte del edificio. Podía ser cierto o no, pero eso no importaba. Se reconstruyeron ventanas y paredes, hasta donde llegó el dinero. En Jericó, que miles de años atrás había sido el pueblo más próspero del mundo, una casa medio en ruinas bien podía ser un colegio.

Los tres, unidos desde la infancia, crecieron con la misma ilusión que los niños de París o San Francisco, pero habitaban en aquella ciudad eterna, que se halla enclavada casi trescientos metros por debajo del nivel del mar, como para imponer su peso en la historia. La vida allí tenía un matiz distinto, acaso por el perfume a sal que llegaba desde aquel mar tan extraño, muerto, que se encontraba a pocos kilómetros, o quizá porque era más frágil. Se vieron envueltos en guerras y creencias, o en creencias que provocaban guerras. Tierra Santa para los cristianos, Sagrada para los musulmanes y Prometida para los judíos. De futuro incierto para sus hijos.

Rania albergaba inquietudes sobre esas creencias: ¿por qué judíos, cristianos y musulmanes se habían matado durante tantos siglos en nombre de su Dios? ¿Por qué, si todos los dioses predicaban bondad y prometían el paraíso? ¿Qué paraíso? Ella pensaba que el paraíso estaba allí, con su familia y sus amigos, en aquella tierra pobre pero divina, no entendía el odio, pero había tanto a su alrededor…

Ocultaba una larga cabellera negra bajo su *hiyab*, heredó de su padre una tez almendrada, los ojos grandes y negros y unos labios perfectamente definidos y carnosos; de su madre recibió unos pómulos prominentes, una nariz pequeña un tanto respingona y unas largas piernas que la alejaban de la tierra un metro setenta y cuatro centímetros, muchos para una mujer en aquella tierra. Esos rasgos exóticos, combinados en armonía, la dotaban de un atractivo sublime; llamaba mucho la atención no solo a los hombres, también a las mujeres de Jericó, que no dudaban en resaltar su belleza incomparable. La mujer joven más bella de Jericó, puro magnetismo.

Su madre compartió con ella el amor al arte, la música, y además le enseñó lo importante que era cuidar su aspecto y en especial su piel para evitar que sufriera los excesos de aquel sol abrumador.

Rania no salía de casa sin aplicarse una fina raya en los ojos hecha con *mesdemet,* un polvo que en el antiguo Egipto se obtenía de un mineral llamado galena y se empleaba para aliviar los ojos de los rayos del sol, como protector de enfermedades oculares y como repelente de los mosquitos. A Rania esa raya en los ojos simplemente le encantaba, porque sentía que le hacía parecerse a su madre. También aprendió de ella a dormir con una jofaina a un lado de la cama, para la limpieza matutina y nocturna, seguida de la aplicación de ungüentos hechos de minerales del mar Muerto. Por último incluía en sus cuidados una gotita de aceite de oliva en sus labios para combatir la resequedad del clima. Esos eran sus secretos de belleza, que solo compartía con su querida amiga Yasmin.

Vivía rodeada de pobreza, pero se sentía muy afortunada. Amaba tanto esa tierra… Amaba tanto su vida…

Capítulo 2

Algunas tardes, cuando los turistas llegaban para fotografiarse junto a aquel viejo árbol desde el que el Mesías de los cristianos predicó un día, Rania se acercaba y se ofrecía para ayudarles, orientarles, hacerles una foto con sus propias cámaras, cualquier cosa que necesitaran.

Los visitantes se sorprendían al ver a aquella preciosa chica palestina tan alta y que hablaba inglés con marcado acento americano. Ella se ofrecía para acompañarles a dar un paseo por las tiendas y les servía de intérprete. No pedía nada a cambio, lo hacía para poder hablar con ellos. Le interesaba todo, saber dónde y cómo vivían, a qué se dedicaban, cómo pensaban; así aprendía de otros mundos y otras vidas. Había parejas que discutían mucho, sin importarles la presencia de extraños, lo que no le gustaba; enamorados que no se soltaban de la mano ni un momento y, a veces, hasta se besaban. Ella se ruborizaba y giraba la cabeza; «hacer eso en público no está bien», pensaba. Pero instintivamente les miraba con disimulo, no podía dejar de hacerlo y, aunque sabía que era algo inapropiado, le gustaba que se demostraran su cariño, allí, delante de todos. Eran esas turbulencias continuas con las que convivía su pensamiento.

La mayoría de los turistas, agradecidos por su ayuda, le daban una propina, casi siempre en dólares o euros. Ella no quería aceptarlos pero ante su insistencia los guardaba.

Una tarde de primavera uno de aquellos destartalados coches que pretendían ser taxis y llegaban cargados de turistas paró junto a la plazoleta que rodeaba el árbol. Sin esperar a que el vehículo se detuviera por completo, se abrió la puerta trasera derecha y salió de su interior su única pasajera, una mujer de unos cuarenta años. Llevaba el pelo cortado a la altura del hombro, teñido de rubio claro. Vestía una elegante blusa negra y falda beis con exagerados botones negros en su frontal. Se cubría parte del rostro con unas enormes gafas de sol de ostentosa montura oscura. Se movía con energía, como si tuviera prisa.

Antes de que el conductor, que a la vez hacía de guía con su muy limitado y tosco inglés, le pudiera explicar la historia de aquel milenario árbol, ella exclamó en un tono punzante:

—¿Este es el árbol de Jericó? —y añadió en voz baja—: Pues vaya mierda.

—*Sorry?* —preguntó el conductor, haciendo uso de la palabra que más cómodamente pronunciaba de entre su escaso vocabulario inglés.

Ella le contestó:

—Ya lo he visto, está bien, larguémonos de aquí.

El voluntarioso hombre no entendía nada y comenzó a sudar del apuro que sentía. Entonces vio a Rania al otro lado de la calle, que asistía a la escena, y le gritó en árabe:

—¡Eh, ven aquí! Ayúdame, no comprendo a la señora.

Rania, cuya apariencia ya era entonces la de una mujer, empezó a cruzar la calle con su andar de gacela. Llevaba puestos unos *jeans* y una túnica de lana gris oscura.

La turista levantó las cejas hasta donde la última inyección de botox le permitió, al tiempo que con la mano derecha se bajaba las gafas de sol hasta la nariz. La contempló de arriba abajo: entre aquella polvareda parecía un espejismo, tan alta, con ese porte...

—Hola, ¿le puedo ayudar en algo? —se ofreció Rania en perfecto inglés con su acento americano y no sin ciertas reservas.

—Sí, por favor, dile a este hombre que el árbol ya lo he visto, que me lleve a otro sitio.

Rania se apresuró a traducir al conductor. Este, satisfecho, le indicó:

—Escucha, esta señora viene de uno de esos lujosos hoteles del mar Muerto. Me la trajo un guía israelí que la dejó en la Jericó Junction, en el parking de la estación de servicio de la autopista, allí la recogí. Pasó conmigo el *checkpoint* israelí y nuestras garitas de aduanas. La tengo que devolver al mismo sitio en tres horas. Ha contratado una visita al árbol, a la ciudad, a las ruinas y las cuevas. —Se protegió con la mano del sol de media tarde que le estaba deslumbrando y prosiguió—: Es un poco rara, como todos los que vienen de Nueva York: viaja sola, no para de hablar y aunque sabe que yo no la entiendo le da igual, me da que se habla a sí misma. ¿Por qué no nos acompañas y haces de intérprete? Te daré algún dólar.

Rania no tenía que ayudar a su madre aquella tarde y su amiga Yasmin, con la que solía pasar los pocos ratos libres que tenía, se encontraba enferma y no iba a salir de su casa, así que no se lo pensó: pasaría el rato con ellos. Además aquella mujer, aunque la intimidaba un poco, parecía interesante, distinta a las habituales parejas que pasaban por allí; algo nuevo aprendería.

—Claro que sí —le contestó, y dirigiéndose a la extranjera con su impecable acento le dijo—: Si lo desea, les puedo acompañar y hacer de intérprete.

—Fantástico —exclamó la visitante—, me llamo Anne. —Y extendió la mano.

Rania le ofreció la suya con ciertas dudas, aquella no era la manera correcta de saludarse, pero…

—Qué bien hablas inglés —elogió la turista—, ¿dónde lo has aprendido?

—Mi madre era americana. —Siempre lo decía en pasado, como si al hacerse musulmana también hubiera renunciado a su nacionalidad.

—¿Y tú?

—Yo soy de Jericó —respondió orgullosa. Era la única mentira que se permitía decir, porque a Rania no le gustaba explicar que había nacido en El Cairo cuando sus padres estaban exiliados.

Visitaron las ruinas de la antigua ciudad, donde restos de sus preciosos mosaicos todavía se conservaban en el suelo, y Rania, con gran satisfacción, le iba narrando los anales de aquella urbe milenaria…

—En la Biblia, Josué afirma que la ciudad se fundó siete mil años antes de Cristo, luego ahora tendría más de nueve mil años. Sin embargo, algunos restos excavados indican que podrían ser hasta once mil.

La turista la miraba atentamente, ya sin las gafas de sol. Y Rania proseguía, se había aprendido muy bien la historia de tanto repetirla a los visitantes y la narraba muy seria, como si realmente fuera una guía profesional.

—En sus orígenes estas tierras fueron un oasis, luego una aldea de piedras, hasta que se convirtió en el poblado más grande de su época. Sus primeros habitantes fueron los cananeos, después a lo largo de la historia pasaron por aquí muchos pueblos

de distintos orígenes: judíos, otomanos, ingleses, jordanos…
Ahora es una de las principales ciudades de Cisjordania, en lo
que ustedes denominan territorios administrados por la Autoridad Palestina…

A Rania, su madre le permitía que hiciese de guía, esas
propinas les venían muy bien, pero le había advertido de que
tuviera cuidado cuando explicaba las cosas, que siempre fuera
muy objetiva porque, aunque los visitantes podían parecer iguales, había personas de todos los orígenes y era mejor no meterse en opiniones religiosas o políticas. Ella no tenía ningún interés en la política y detestaba la violencia, tan habitual por
aquellas tierras, así que con gusto evitaba cualquier comentario
que pudiera generar controversia.

Cuando tomaron el escacharrado vehículo para dirigirse al
frágil teleférico, que subía a las cuevas donde Jesús ayunó y oró
durante cuarenta días, Rania se fijó atentamente en aquella señora. Vestía con simplicidad en el diseño, pero lucía muy atractiva, tenía un aspecto muy estimulante. Sin pensarlo, le preguntó:

—Va usted vestida con mucho estilo, ¿qué hace en su ciudad?

A partir de ahí la mujer no cejó en su discurso. Le contó
los pormenores de su vida. Dirigía un canal de televisión. Estaba divorciada y tenía una hija de su edad. Pasaba unos días
en el mar Muerto para descansar del estrés de su trabajo. Vivía en Nueva York. A Rania los visitantes que procedían de
aquella ciudad le parecían los más peculiares: todos venían a
relajarse de esa vida agitada que decían que llevaban, pero, sin
embargo, andaban entre las ruinas con prisas, como si tuvieran que ir a un espectáculo y llegaran tarde, y esta mujer no era
la excepción.

Finalmente subieron en el aventurado teleférico construido con fondos donados por el Gobierno noruego que ascendía vertiginosamente hasta las cuevas. Rania conocía bien
lo que decían los escritos sagrados cristianos sobre aquel lugar

y se lo explicó junto al precipicio de más de trecientos metros de altura:

—Aquí su demonio tentó a Jesucristo hasta tres veces. Por el hambre, por su poder y finalmente le invitó a que se tirara al vacío, porque sus ángeles le recogerían. —Rania tenía la impresión de que la señora, más que escucharla, la observaba.

De pronto la interrumpió:

—Eres muy guapa, Rania. —E hizo una pausa—. ¿Sabes?, en América podrías ser una preciosa modelo.

—¿Qué es ser modelo? —preguntó Rania.

—Una modelo se prueba ropa y vestidos y los luce en pases delante de muchas personas.

—¿Para qué?

—Pues para que la gente los vea y después, cuando lleguen a las tiendas, los compren. Se ganan bien la vida, las mejores muy bien.

Rania nunca había salido de Jericó y eso de que las mujeres trabajaran exhibiendo su cuerpo no le parecía correcto.

La turista, en un último esfuerzo por resaltar las bondades de aquella profesión, añadió:

—Además, si fueras modelo, podrías vivir en Nueva York.

—¿Por qué iba yo a vivir en ese lugar?, a mí me encanta vivir aquí —le contestó orgullosa Rania.

—Mira, tienes un cuerpo mucho más hermoso que la mayoría de ellas. —Y la turista americana sacó de un gran bolso Louis Vuitton un ejemplar de *Harper's BAZAAR* especial de la Semana de la Moda de Nueva York. Puso la revista sobre una pequeña mesa redonda plateada del bar ubicado junto a la entrada de las cuevas en el que se hallaban, emplazado en esos trescientos metros de altura y separado del abismo por una rudimentaria barandilla. La vista era excepcional pero a la turista no le importaba mucho. Rania quedó prendada de aquellos reportajes en los que brillaban sexis y guapas modelos con esos exuberantes vestidos, sus bellos colores y las texturas que casi se podían sentir.

Aquella ejecutiva de Nueva York se había quedado prendada de la joven, de sus maneras, de su educación y del magnetismo que desprendía, y al tiempo la conmovía: era tan bella o más que muchas de las estrellas de televisión y actrices que conocía por su trabajo, pero no respiraba malicia alguna ni envidia. Al contrario, transmitía paz y serenidad.

No le pasó desapercibida la atención que ponía Rania en aquella revista, así que una vez bajaron del teleférico, y antes de entrar en el vehículo por última vez rumbo a la estación de servicio donde la recogería el guía israelí, le dijo:

—Toma, quédatela. —A continuación, sin que se diera cuenta el conductor, que les seguía aburrido caminando a unos diez metros de distancia, se sacó del bolso una pequeña cartera en la que se leía Dior, le dio unos billetes doblados, al tiempo que le guiñaba el ojo, y le susurró—: Guárdatelos, son doscientos dólares. Mi nombre es Anne Ryce, toma mi tarjeta; cuando vengas a Nueva York, llámame y yo seré tu guía en mi ciudad.

Rania se asombró por la cantidad de dinero que le había dado, nunca había visto tantos dólares juntos.

—No, señora, no puedo aceptarlo: es mucho dinero. —Y alargó el brazo para devolvérselo.

Ella inmediatamente le empujó la mano hacia atrás, se puso el dedo índice en la boca y murmuró:

—Quédatelos, pero me has de prometer una cosa: son solo para ti, los guardarás para gastarlos en Nueva York. —Le dedicó una sonrisa y prosiguió—: Ahora dile a este hombre que me saque de aquí, ya he tenido bastante de Mesías y cuevas.

Rania rio abiertamente ante aquella mujer tan especial.

Capítulo 3

Guardó bajo su cama aquella revista como un pequeño tesoro, con los doscientos dólares entre sus páginas interiores. Muchas noches, cuando aquel silencio tan antiguo de Jericó acunaba a todos, encendía una pequeña lámpara y la hojeaba y releía, desde la portada hasta la última página, incluso los anuncios, por lo que conocía todas las marcas. Si era verdad lo que decían, realmente la vida allá era muy distinta; con los perfumes llegaba el amor, con las cremas las mujeres se hacían más jóvenes y con fastuosos relojes y complementos, más guapas...

No se cansaba nunca, había días que cerraba los ojos y le parecía que vivía aquellos pases de modelos de esa ciudad tan grande, de edificios tan altos, de la que todos hablaban.

Ella tenía muy poca ropa: un viejo abrigo de su madre, tres túnicas de color oscuro que acostumbraba a llevar sobre alguno de sus dos pantalones, unos *jeans* y otros de lino color oliva, que combinaba con cuatro blusas, dos blancas, una beis y su favorita, una cuarta de color rosa con diminutas amebas azules.

Además disponía de varios pañuelos para hacerse el *hiyab*. No tenía ningún dinero para comprar. En su casa apenas llegaban a fin de mes. Cuando su padre empezaba a prosperar en el comercio falleció de un infarto con solo cuarenta y cinco años de edad; ella tenía entonces once. Para sobrevivir, su madre cultivaba un pequeño huerto que había recibido en herencia y vendía hortalizas frescas en el mercado. Rania la ayudaba trabajando la tierra, no le importaba pasar horas encorvada bajo el sol.

Su madre le insistía para que volviera pronto a casa y no permaneciera en el huerto hasta el final de la jornada. Rania bajaba ligeramente su pañuelo puesto a modo de turbante para proteger su rostro del penetrante sol, le dedicaba una sonrisa con sus blancos dientes y contestaba:

—No, mamá, es aquí donde debo estar. —Y no dejaba de labrar, en ocasiones hasta el anochecer.

Samantha no insistía, conocía la determinación de su hija y sabía que era inútil luchar contra ella. Nada le haría cambiar de opinión, y además la necesitaba, sin ella no podía cultivar el huerto del que vivían. Al final del día regresaban juntas. En el camino de vuelta a casa Rania no cesaba de hablar… Quería conocer más sobre su vida en Estados Unidos antes de irse a El Cairo, sobre su padre, cómo le conoció y se enamoró, qué le dijeron sus amigos y familiares americanos cuando les anunció su boda… Siempre preguntándoselo todo, por curiosidad o para aprender. Para Samantha era el mejor momento del día, las dos solas hablando por los codos. A veces dudaba de si al morir su marido debería haberla enviado a América con sus familiares; ella tenía muy poco futuro que ofrecerle, pero la veía tan feliz, siempre sonriendo, siempre queriendo ayudar a todo aquel que se acercara.

Rania participaba en las labores del cultivo con gusto; sin embargo, había algo que detestaba: la tierra que se le introducía entre las uñas y las yemas de los dedos. Por supuesto, jamás se lo dijo a su madre. Se fijaba mucho en las manos de esas chicas de la revista, tan pulcras, tan cuidadas. Pero no se agobiaba, cada mañana repetía un ritual: antes de ir a la escuela dedicaba un buen rato a quitarse pacientemente esa arenilla con un afilado palillo. Hasta que no quedaba ni rastro. Todas las mañanas del año.

En aquellos reportajes de la revista había algo que le escandalizaba: las chicas mostraban todo su cuerpo sin ningún pudor, no se podía imaginar a sí misma vestida con falda corta en un lugar público. Aunque… ¡aquellas prendas eran tan bonitas! Entendía que las mujeres las quisieran lucir, pero ella nunca haría algo así, en contra de los preceptos. Bueno, quizá algún día, en su casa frente a su marido.

Sin embargo, con el tiempo lo que más le llamó la atención de aquella revista era un artículo sobre una mujer americana de otra época. Parecía frágil y fuerte, alegre y seria, clásica y moderna. Muchas de sus fotos eran en blanco y negro, pero su magnetismo era tal que casi hasta se podían ver los colores de sus bonitos vestidos. Sentía que era ella la que la miraba desde aquel papel *couché*. En el artículo describían su vida, la época en que fue reportera, cuando conoció a un joven y brillante político con el que se casó y que llegó a ser presidente de Estados Unidos. Se llamaba Jacqueline Bouvier Kennedy, pero la llamaban «Jackie». Decían en la revista que en su tiempo fue la más elegante del mundo. Le cautivaba la vida de esa mujer. Tantas alegrías y también tantas desgracias padecidas. «¿Cómo pudo sobreponerse al asesinato de su marido?», se preguntaba. Sentía casi hasta vértigo al imaginarse aquellas vidas; sin embargo, algo de esos mundos le atraía. Luego se arrepentía de aquellos pensamientos y cerraba la revista. Su existencia era tan plácida y tranquila…

Capítulo 4

Aquel enero de 2010, como era habitual, estaba muy ocupada; al amanecer acompañaba al huerto a su madre y trabajaba los cultivos con ella, unas dos horas. Después se iba a su casa, se aseaba rápidamente y se dirigía a la escuela. A media tarde, tras hacer los deberes, volvía un rato al huerto y posteriormente, antes de que se ocultara el sol, se juntaba con Yasmin para acercarse a los lugares donde llegaban los turistas y, con ellos, las historias.

Seguía esa rutina todos los días, pero ese viernes era festivo y habían planeado salir de excursión los tres: Yasmin, su hermano Abdul y ella. Yasmin prepararía comida para llevar y compartirían un buen rato juntos. Rania estaba muy emocionada, todo dispuesto para disfrutar de una jornada única.

A la una del mediodía llegó frente a la puerta de la casa de la familia Sid Alam, que como siempre estaba abierta.

—¡Yasmin, ya estoy aquí! —exclamó sin entrar.

Yasmin salió a recibirla con su habitual dulce sonrisa. Vestía una falda de tejido áspero, larga hasta los tobillos, de color oscuro con algún adorno, el cabello cubierto con un pañuelo granate y un jersey marrón oscuro que apenas disimulaba su gran busto. Se le daba muy bien la cocina, había preparado *humus, falafel* y pastel de *ach bulbul,* y lo llevaba todo en un recipiente de plástico.

—*Assalamu Alaikum,* Yasmin.

—*Wa alaikum Assalam,* Rania. Estás preciosa —dijo Yasmin, para la que Rania siempre brillaba. Lo pensaba y decía de corazón.

A Rania le ruborizaba que alabaran su físico, desconfiaba de tantos cumplidos, pero cuando se trataba de Yasmin no le importaba, sabía que lo hacía sin dobleces, sin envidia.

—Es por la túnica, la estreno hoy —bromeó Rania, bajando la barbilla y su vista hacia el pecho y estirando su desgastada tela hacia fuera con la mano, como para mostrarla mejor.

—Sí, es preciosa —acordó Yasmin siguiéndole el juego.

—Me la regaló ayer mi madre por sorpresa, para celebrar mis notas y que el año que viene iré a la universidad. —Estiró de nuevo la tela, esta vez hacia abajo. Y ambas sonrieron abiertamente y se abrazaron.

Yasmin sabía perfectamente que Rania no iría a la universidad, ni el año siguiente ni nunca, y que la túnica de su amiga debía de tener cuatro o cinco años, pero le seguía el juego. Rania irradiaba felicidad, era un día especial para ella dado que por una vez los tres irían juntos de excursión.

—Ya tengo ganas de que salgamos —comentó Yasmin—. Ayer estuve ayudando a mi madre a lavar la ropa hasta muy tarde y me temo que si nos retrasamos me pida hacer algo más. Ya sabes, en esta casa las mujeres siempre están trabajando —concluyó de buen humor.

—No lo entiendo —dijo Rania—. Tenemos todos tan poco y nuestros padres tantos hijos…, tanto trabajo para nuestras madres y para nosotras…

—Pero tú no te quejes: ¡si eres hija única!

—Bueno, pero a mí me toca trabajar en el huerto.

—Sí, pero nosotros somos once hermanos y siete de ellos hombres, y ya sabes: en casa no mueven ni un dedo —replicó Yasmin.

—Y hablando de hombres —preguntó Rania—, ¿dónde se ha metido tu hermano Abdul? Se nos hace tarde si queremos comer allí. —El plan era acercarse a una especie de merendero de piedra situado en el camino que llevaba a las cuevas.

—No está en casa, todavía no ha vuelto, salió muy temprano con Ahmed —contestó Yasmin.

—¿Con Ahmed? —A Rania no le gustaba el hermano mayor de los Sid Alam, siempre entre armas de fuego, dominado por sus ideas bélicas.

—Sí, ya sabes, sus rezos y sus cosas, pero seguro que ya no tardará. ¡Cuánto te gusta Abdul! —añadió Yasmin con picardía—. Basta con decirte que se retrasa y en el gesto se te nota contrariada, deberías disimularlo un poco.

Rania, que ciertamente se alteraba por cualquier cuestión relacionada con Abdul, respondió:

—Pero ¿por qué iba a hacerlo? Le amo con toda mi alma, Abdul es bondad y dulzura. Tan atractivo, tan noble.

—¡Ay, amiga!, qué poco lo conoces —exclamó adrede Yasmin para incitarla aún más.

—Es que a ti no te mira como a mí —protestó Rania—, con esos ojos negros tan seductores. Desearía abrazarlo y que él me abrazara todo el tiempo, es el hombre de mi vida.

—No sigas, Rania —interrumpió Yasmin—. Me molesta que hables así, no debes hacerlo. Una buena joven musulmana no puede hablar así de un hombre, y bien lo sabes.

Yasmin se incomodaba cuando Rania se expresaba de esa manera, pero en el fondo le gustaba porque la adoraba y Abdul era su hermano favorito, hacían una pareja perfecta. Deseaba que algún día se casaran, así Rania también sería de su familia.

Yasmin, la mayor de las hermanas Sid Alam, tenía dieciocho años, uno menos que Rania, y era muy distinta a ella. De baja estatura y algo regordeta, era la mejor de la clase, sacaba tan buenas notas que siendo muy pequeña la ascendieron al curso superior, junto con Rania y Abdul. Cuando no estaba estudiando se pasaba el tiempo ayudando en casa, sin una sola queja. Sus padres ya habían pactado su matrimonio con los padres de un joven que apenas conocía. Deseaba tener muchos hijos que cuidar y educar, siguiendo los pasos de su madre. Yasmin casi nunca hacía preguntas, se las dejaba todas a Rania, y aunque ya tenía tres hermanas, la consideraba como una más de ellas.

Aunque el padre de Abdul y la madre de Rania nada habían acordado todavía sobre una boda entre sus hijos, era obvio para todos en Jericó que así sería.

—Pues yo prefiero a quien me digan, porque aguantar a cualquiera de mis hermanos… —exclamó Yasmin entre risas—. Ya verás, ya…

Capítulo 5

A bdul tenía diecinueve años como Rania. Era un joven espigado, de piel morena, dientes bien dispuestos, ojos de color negro profundo y dueño de una mirada dulce y sincera. Fue educado en las creencias estrictas del Corán, siguiendo la tradición familiar.

No podía recordar el día en que conoció a Rania, para él siempre había estado allí; asistieron desde niños a la misma escuela, en la misma clase, y, además, Rania siempre andaba por su casa con su hermana Yasmin.

Habría deseado que Rania fuera como las otras chicas. Esa manía de poner todo en cuestión no era saludable. Consideraba que en algunas ocasiones incluso actuaba fuera de los preceptos que establecía el Corán. Sería que sus genes americanos la incitaban a ello. En cualquier caso, eso no quitaba para que la amara infinitamente, más de lo que era capaz de entender. Cuando estaba cerca de ella no podía dejar de mirarla, sentía un sublime deleite, tanto que en ocasiones pensaba que era impuro.

Hubo un tiempo en que aspiró a que algún día fuese su esposa, cuestión de acuerdos de familias. Todos en Jericó lo asumían. Sin embargo, Abdul supo después que aquello no sería posible, nunca ocurriría.

La familia Sid Alam descendía de antiguos mercaderes, compraban y vendían gran variedad de productos: cerámica, alimentos en conserva, cremas de tratamientos cutáneos fabricadas junto al mar Muerto, instrumentos para cultivar la tierra. Tenían proveedores y clientes tanto en Jericó como en el resto de Cisjordania e Israel. Decían que llevaban siglos haciendo lo mismo y su negocio era uno de los más prósperos del lugar.

Además de comerciar, también regentaban las tres tiendas más concurridas de la ciudad. Bazares donde podías encontrar de todo, desde productos frescos hasta ropa; eran una especie de supermercados pero sin carteles ni ofertas: los precios se podían negociar en función del total de la compra. El padre, Alí, padecía dermatitis seborreica crónica, lo cual le hacía tener el cutis permanentemente irritado; el sol le producía fuertes picores, por lo que siempre llevaba la cabeza cubierta con su turbante y la cara tapada con un pañuelo grande, dejando a la vista solo sus ojos. Llevaba años sin mostrar su rostro, solo lo hacía en el interior de su casa. Era por ello que en la ciudad le llamaban «Ojos Negros» y emanaba un halo de misterio. Pero detrás de aquellas túnicas se ocultaba una persona muy bondadosa, dedicada por completo a su familia.

El buen hombre deseaba que sus hijos varones le ayudaran en los negocios, pero no tuvo esa fortuna. Los mayores, Ahmed y Nimr, prefirieron enrolarse en las fuerzas de seguridad de Al Fatah y, aunque profesionalmente aquello le trastocaba sus planes, personalmente le enorgullecía.

Cuando el tercer hijo, Abdul, le comunicó que tampoco se quería dedicar a la empresa familiar, quedó consternado. A diferencia de sus hermanos mayores, nunca le habían interesado las milicias, pero tampoco el comercio. A Abdul lo que realmente le fascinaba era el estudio del Corán y de las restantes escrituras sagradas. Conocía de memoria las ciento catorce *suras* y las seis mil *aleyas* del libro sagrado.

El propio Abdul durante años sintió que defraudaba a su padre, hasta el verano de 2008. Todo empezó como siempre con una noticia en la televisión…

Capítulo 6

El presentador anunció: «Se reanudan las hostilidades». Esa era la señal: sus hermanos Ahmed y Nimr se vistieron con sus pantalones y chaquetas de camuflaje de color verde, marrón y blanco. Se pusieron el *kufiya* negro, se colocaron en la cabeza a la altura de la frente una cinta roja grabada con palabras sagradas, tomaron sus fusiles AK-47 y se abrocharon los cinturones cargados de munición. Como en un ritual, besaron a su padre en las mejillas dos veces y después a su madre: primero su mano por la parte exterior y luego su palma interior, como la tradición indicaba para la demostración de su amor más profundo, y a continuación en las dos mejillas. Ella no se acostumbraba a pensar que quizá no volvieran, se encerraba en su habitación y no dejaba de llorar hasta pasadas unas horas, muchas veces hasta que los volvía a tener en su presencia.

Los dos hermanos abandonaron la casa dispuestos a todo lo que les pidiesen sus mandos. Les inundaba la adrenalina, como a un actor de un musical de Broadway minutos antes del estreno. Pero en Jericó la melodía la ponían las balas y el éxito era no morir. Mientras tanto, el tercero de los hermanos, Abdul, se recluía a orar.

En aquella ocasión, las noticias con el anuncio de la reanudación de las hostilidades vinieron acompañadas de la presencia de ocho carros de combate. Llegaron cual fatídica procesión por la Autopista 1, que enlaza Jerusalén con el mar Muerto. Pasaron de largo frente a la pequeña población de Aqabat Jabrel y se detuvieron en su destino, a las puertas de la ciudad, en la entrada sur. Los escasos cuarenta mil habitantes de Jericó enseguida sintieron su presencia, antes por el peso del pánico en el aire que por el estruendo que hacían al maniobrar.

Los milicianos apenas tuvieron tiempo de agruparse. Con viejos megáfonos oxidados avisaron a la población de que abandonara sus casas y se refugiara en las viviendas de la zona norte, detrás de sus posiciones. No sabían cuáles eran las intenciones de aquella unidad de ocho carros de combate, que con sus intimidatorios cañones apuntaban a las primeras casas de la ciudad. Las calles se convirtieron en un ir y venir de familias saliendo atropelladamente de sus viviendas y dirigiéndose hacia el norte. Algunas se llevaban pertenencias, como pequeñas colchonetas, baldas, toallas e incluso maletas a medio hacer. Se levantaba un polvo que convertía la escena en una especie de riada humana envuelta en esa bruma de tierra y arenilla que se esparcía por todas partes.

En cualquier otro lugar del mundo esas máquinas de guerra no osarían disparar contra la población civil —tres de cada cuatro habitantes de Jericó eran mujeres o niños—, pero aquello era Tierra Santa, donde por momentos todo era posible y nada tenía sentido. Los carros a un lado, los milicianos a unos doscientos metros parapetados en casas ya evacuadas. Y en aquel silencio imposible de pronto se escucharon gritos de desesperación.

—¡Por Alá, ayudadme!, ¡mi mujer, mi pequeña hija! —El que gritaba era Khalid al Suntan y se dirigía a los milicianos del primer puesto de defensa.

—Calma, Khalid, ¿qué ocurre? —le preguntó el mayor de los hermanos Sid Alam.

—¡Mi mujer Halima y mi hija Samar! —seguía voceando desesperado.

Ahmed le agarró fuerte por los brazos.

—Cálmate y no chilles. Dime: ¿qué ocurre? —repitió tratando de contener a aquel hombre histérico y presa de la desesperación.

—Se han quedado en la casa —respondió en tono algo más bajo Khalid.

—Maldita sea —espetó Ahmed, que sabía que la vivienda de los Al Suntan era la primera de la calle sur. La más cercana a los carros de combate israelíes.

—Tenéis que hacer algo —le rogó Khalid.

—Espera aquí, siéntate —le pidió Ahmed. Y con el gesto preocupado se movió unos metros hacia la posición de sus compañeros en primera línea de defensa—. Tenemos que actuar, la mujer de Khalid y su hija están en la casa.

—Si los tanques abren fuego, todo estará perdido —le advirtió el jefe del grupo, que era además el más veterano—. No tiene sentido arriesgarse a salir a por ellas.

—Ya, pero quizá su intención es intimidar, o derribar alguna casa; en ese caso la de Khalid es la primera, podrían hacerlo pensando que no hay nadie dentro. Hay que sacarlas de ahí como sea —insistió Ahmed casi vociferando.

—Solo se puede llegar hasta ella desde esta calle, avanzando de frente hacia los tanques —comentó otro de los milicianos. Mientras, su hermano Nimr, que pertenecía a la misma unidad, permanecía muy serio y silencioso, temeroso de que Ahmed hiciera una locura.

—Escucha, Ahmed, basta con que vean que uno de nosotros se mueve hacia su posición para que lo acribillen. No podemos permitirnos perder a alguien de esta forma. En Jericó la vida de un miliciano puede valer más que la de una madre y su hija. Es así de duro, pero somos muy pocos para defender nuestra tierra —sentenció el miliciano curtido en mil conflictos.

Ahmed sabía que en parte tenía razón, apenas eran unos cuantos y las probabilidades de que una avanzadilla hacia la casa sobreviviera eran nulas. Apretó los puños con rabia.

Su hermano, que se percató de la situación, le dijo:

—Ahmed, tienen razón. Poco podemos hacer.

Ahmed, sumido en la impotencia, se dirigió al desesperado padre.

—Lo siento, Khalid, no podemos salir a por ellas, no habría ninguna opción de llegar, nos dispararían. Tenemos que esperar y orar para que nada les ocurra. —Y Khalid, desolado, bajó la vista hacia el suelo.

El hombre, angustiado, se sentó a la entrada de un portal. Gemía por el dolor de la tragedia que ya presentía, mientras un vecino le abrazaba. Se temía lo peor: los carros de combate podían reanudar su avance en cualquier momento y aplastar su casa con su mujer y su pequeña dentro.

La situación era crítica, con aquellas ocho máquinas de guerra en posiciones fijas. Sus torretas artilladas giraban cada cierto tiempo como en busca de presas y, al hacerlo, emitían un chirrido metálico que sonaba a óxido y olía a muerte.

Los milicianos, pertrechados en casas ya evacuadas, esperaban en silencio, apuntando con sus armas a las torretas de los tanques. Mientras tanto, al final de la calle, en la vivienda de Khalid, la joven Halima y su pequeña hija permanecían encerradas en la habitación principal de la humilde casa. Lloraba la madre y envolvía a la pequeña con fuerza entre sus brazos, como si ante un proyectil lanzado por una de aquellas bestias de más de una tonelada de peso pudiera protegerla. En realidad, un disparo de uno de aquellos cañones de calibre 105 mm desintegraría en una fracción de segundo la vivienda, como un huracán una choza de paja. Nada quedaría de ellas.

En ese preciso instante, Abdul, que, refugiado en una casa cercana, había observado la escena desde una ventana, se acercó a aquel hombre desesperado que lloraba desconsoladamente por sus seres queridos. Le abrazó y, mientras lo hacía, le susurró al oído:

—Tranquilo, amigo Khalid, *Insha-Allah,* no les pasará nada.

Khalid agradeció el gesto y el mensaje de ánimo de aquel joven muchacho y reanudó su trágica espera.

Pero, de pronto, observó atónito cómo Abdul se quitaba rápidamente su camiseta, los pantalones y sus zapatillas y se quedaba tan solo con los calzoncillos puestos. Antes de que nadie pudiera impedírselo, saltó con agilidad por encima de los contenedores y piedras que los milicianos habían colocado a modo de barricada. Se puso en medio de la calle a unos doscientos metros de los carros y levantó los brazos en alto con las manos abiertas, como si quisiera tocar el cielo para sentirse protegido.

Solo tenía en mente una cosa: acercarse a la casa y traerlas con vida, y pensó que la única posibilidad de conseguirlo con éxito era que los soldados de la patrulla de tanques vieran que iba desarmado, que no tenía ninguna intención violenta contra ellos; por eso se le ocurrió mostrarse así, sin ropa. Era la única opción, verían que no llevaba nada que pudiera ponerles en peligro.

Sus hermanos observaron pasmados lo que estaba sucediendo, no les dio tiempo a evitar que saltara. Todos los milicianos pensaron que estaba loco, moriría ametrallado. Pero Abdul permaneció quieto, mirando de frente, sereno, casi místico. Una simple ráfaga de fuego y su vida se extinguiría. Allí, frente a esas máquinas de guerra, casi desnudo, se sentía muy arropado, su fe le acompañaba más que nunca. Le daba un poder inmenso: el poder más supremo, el de estar dispuesto a dar la vida por otros, como tantos mártires. Era muy consciente de que la pequeña niña y su madre Halima no tenían ninguna opción…, salvo que pudiera acercarse.

Capítulo 7

En el otro extremo de la vía, el capitán David Ackermann, al mando de la compañía de carros de combate, miraba estupefacto a aquel palestino que acababa de saltar en medio de la calle. Tenía orden de rodear Jericó y disparar a cualquiera que les hiciera frente, pero ¿un joven casi desnudo con las manos abiertas al cielo era una amenaza?

El sudor le empapaba el cuerpo, apenas podía moverse en aquel mínimo habitáculo a treinta y cinco grados de temperatura, la sensación era como si estuviera en una sauna. Tenía medio cuerpo y la cabeza fuera, para vigilar desde la torreta los movimientos que se producían en el exterior.

—Maldita sea, ¿qué hace ese tipo ahí en medio? —preguntó en una casi imperceptible voz mientras observaba a aquel muchacho en medio de la calle frente a ellos, medio desnudo y con los brazos en alto. A continuación ordenó por la radio a los miembros de su unidad—: Seguid atentamente sus movimientos pero no disparéis.

Abdul inició un lento caminar calle arriba hacia su posición; cada paso que daba, más cerca se hallaba de una muerte no temida. Sus hermanos, incrédulos, no podían dar crédito a la escena que tenían frente a sus ojos; era Abdul, «el erudito», al que siempre provocaban para que manifestase su arrojo, y ahí estaba, desarmado y avanzando decididamente hacia aquellos tanques. Ahmed no podía permanecer allí sin actuar. Miró a Nimr, que, aunque era más joven, a la hora de razonar ejercía de hermano mayor por su carácter más sensato. En momentos de tensión siempre se repetía esa mirada del hermano mayor al menor, buscando aprobación. Sin embargo, en esta ocasión era casi un grito exigiendo que le dejara lanzarse al rescate. Nimr, que conocía bien los arrebatos de su hermano, sabía a la perfección lo que estaba planeando, así que no lo dudó: negó perentoriamente con la cabeza mirándole a los ojos. Si algún miliciano armado saltaba para rescatar a Abdul, no tendría ninguna posibilidad, todo se acabaría, las ametralladoras los acribillarían a ambos… Ahmed, maldiciendo por la tácita desaprobación, apartó la vista de su hermano y escupió al suelo.

Abdul tenía entonces diecisiete años y ahí estaba, caminando sereno, con el aplomo de un gran elefante seguro en su territorio, seguido por su manada. Era cierto en parte: aquel era su territorio, había corrido cientos de veces por aquella calle, pero su manada era su sombra; sin embargo, también se mostraba seguro, caminando hacia una posible muerte.

En muy poco tiempo se transmitió el mensaje de casa en casa: Abdul, el hijo de los Sid Alam, se dirigía hacia los tanques. Todos se sorprendieron, lo consideraban un chico introvertido, poco dado a la violencia, muy diferente a sus hermanos, los milicianos, y al resto de jóvenes de la localidad. Cómo no, cuando a Rania y Yasmin les llegó la noticia, estaban juntas, en casa de otra amiga que vivía algo alejada del lugar donde los milicianos habían montado sus defensas. Yasmin, pese a sus temores, no pudo evitar enorgullecerse de su hermano favorito; ella siempre lo defendía cuando los otros se metían con él por su nulo interés en las armas y las cosas de la guerra. Rania solo sintió angustia. Ni lo dudó un instante: salió a la calle para acercarse al lugar en el que se producían los hechos. Se comportaba como un héroe y quizá podría salvar la vida de madre e hija, pero «¿y nosotros qué?», se preguntaba. «Si muere, mi vida se morirá con él». Sabía que era muy noble lo que hacía, tal vez hasta ella habría hecho lo mismo en su lugar, pero un egoísmo de puro amor la inundaba. Le sobrevino un intenso dolor en el pecho e invadió su mente un temor infinito.

Mientras, al otro extremo de la calle, las gotas de sudor brotaban abundantemente por la frente del capitán Ackermann. Su camisa caqui parecía gris oscura; en aquella torreta calurosa, sus neuronas combatían debatiéndose en un dilema que no podía solucionar.

Ackermann era estadounidense, hijo de padres descendientes de alemanes judíos huidos del nazismo; por su aspecto cualquiera diría que era alemán. Había llevado una vida agitada. Estudió en la academia militar norteamericana de West Point, luego dejó el ejército y se graduó en Harvard con un MBA que le llevó a trabajar en Wall Street para un gran banco de inversión llamado Goldstein Investment Bank.

Su abuelo y sus padres se aseguraron de que sus hijos y nietos nunca perdieran el orgullo de sentirse alemanes judíos. Ese linaje le proporcionó en su juventud un sólido sentimiento de pertenencia a una raza. Así que, tras una corta pero exitosa carrera en Wall Street, sintió la atracción, o quizá la obligación, de contribuir de alguna manera a la suerte de su estirpe: un buen día renunció a su carrera en el mundo financiero y se fue a vivir a Tel Aviv. En su banco, aunque abundaban los judíos, nadie lo entendió: el objetivo era hacer dinero, no había lugar para reflexiones profundas ni sentimentalismos. Pero él, aunque destacaba como uno de los mejores, no era como la mayoría de ellos, movidos por el dinero y la avaricia, sino un tipo con principios y comprometido con sus creencias.

Su formación en la academia militar le permitió alistarse en el ejército israelí y ascender en poco tiempo. Había estado ya en misiones de combate pero nunca ante una situación como esa. Raramente ves al enemigo; sin embargo, en esta ocasión allí tenía a ese chico desarmado, con los brazos en alto; si ordenaba disparar, sería una atrocidad, un asesinato ante su conciencia. Y si le permitía avanzar, no dejaba de preguntarse qué intenciones tenía: ¿por qué se dirigía con paso firme hacia una muerte más que probable? Obviamente no llevaba armas, pero ¿qué tramaba?

A través de su visor podía ver sus facciones nítidamente y una mirada pausada en aquellos ojos negros y profundos; todo esto le desconcertaba; pero, además…, ¿por qué ese rostro relajado, como si estuviese contemplando un bello paisaje? Algo indefinido le hacía intuir que sus intenciones no eran dañinas.

Finalmente se dirigió de nuevo a sus hombres.

—Habla Ackermann; disparad ante cualquier movimiento sospechoso.

—Recibido, capitán —contestó un impaciente soldado desde el carro de combate más cercano a Abdul.

Este prosiguió su sosegada marcha hasta que llegó a la altura de la casa de los Al Suntan, a solo treinta metros de distancia de aquellas máquinas de guerra. Allí se detuvo. Seguía manteniendo los brazos y manos en alto.

Los habitantes de Jericó contemplaban la escena escondidos en las viviendas de más atrás. La situación recordaba a aquella imagen que dio la vuelta al mundo del estudiante chino en la plaza de Tiananmen. En aquella ocasión el tanque no abrió fuego ni le arrolló. Pero esto era Tierra Santa, donde lo peor siempre podía ocurrir.

Él rogaba que no dispararan, su corazón latía a gritos; temía por la vida de la madre y la hija amenazadas, no por la suya. Si algo le pasaba, moriría como un mártir, como los mártires de los versos coránicos que tanto estudiaba; eso significaba la purificación, el paraíso, lo más grande.

Bajo su aspecto sosegado se escondía un estado de gran tensión. Había llegado junto a la casa de Khalid y se hallaba ante su puerta. Meditó sobre la conveniencia de entrar y sacarlas, pero era demasiado arriesgado, los soldados de los tanques podían pensar que iba a buscar algún arma y, ante la duda, lo matarían; o quién sabe, peor aún: volarían la vivienda y todos morirían.

Dudó unos instantes y finalmente gritó con todas sus fuerzas:

—¡Por Alá y los profetas, Halima, mujer de Khalid, salid con vuestra hija Samar con las manos en alto; soy Abdul, el hijo de Alí Sid Alam, no tengáis miedo!

En un primer momento Halima, aterrada en su vivienda, no reaccionó.

Un silencio afilado como la hoja de un cuchillo invadió la escena durante unos segundos. Hasta que el insoportable crujido de la torreta del segundo tanque en formación rompió ese falso sosiego. En lo más alto de ella, un soldado con el dedo en el gatillo de su ametralladora apuntaba a la cabeza de Abdul. Como el resto de hombres, no había entendido los gritos en árabe de Abdul, pero pensó que se trataba de una trampa. En cualquier momento algún miliciano saldría de la casa y les dispararía con un lanzamisiles.

—Capitán —habló por el transmisor de la radio que llevaba integrado en el casco—, el palestino está gritando algo en árabe mirando a la casa de su derecha. Seguro que se trata de milicianos, pido autorización para disparar.

El capitán Ackermann, que, como todos, había visto lo ocurrido, no sabía realmente qué hacer. ¿Por qué ese joven se plantaba casi enfrente de ellos indefenso? ¿Sería una treta para atacarles? Podía ordenar disparar, pero ¿contra una persona indefensa? Eso iba en contra de sus principios. Por otra parte, al no hacerlo quizá estaba poniendo en peligro la integridad de sus hombres. Tras una ardua reflexión, dijo finalmente:

—Alto. No disparen hasta que no haya una situación de amenaza real.

—OK —contestó resignado el soldado, que difícilmente podía aguantar la tensión.

Trescientos metros más atrás, Rania se moría por dentro, seguía la tensa escena sin poder hablar. Yasmin la abrazaba con toda su fuerza. No entendía nada, odiaba la violencia, ella solo sabía que amaba a aquel chico que estaba allí, delante de esos tanques flirteando con la muerte. Era desesperante.

De pronto el ruido de la puerta de la última casa reclamó la atención de todos.

Alguien se escondía allí, la amenaza crecía. El capitán Ackermann ya no podía aguantar más, se disponía a ordenar disparar cuando… le pareció escuchar… ¿Qué era eso? El llanto de una niña. Dejó pasar una fracción de segundo y vio aparecer a la desesperada madre con su hija en brazos, que se dirigían al encuentro del joven palestino.

El capitán suspiró y se dirigió a sus hombres con presteza:

—No disparen, es solo una madre con su hija. —Y pensó: «Dios mío, qué cerca he estado de ordenar acribillar a una indefensa mujer y a su pequeña».

El resto de los soldados de la unidad también respiraron aliviados; la mayoría estaba haciendo su servicio militar y ninguno tenía grandes ansias de combate, habían pasado tanto miedo como todos los allí presentes.

Ackermann reflexionó: «Pero ¿qué fuerza interior podía llevar a aquel muchacho palestino a dirigirse hacia ellos desarmado, casi desnudo, para ayudar a aquella madre?». Pensó que se trataba de un verdadero héroe.

Abdul cogió en brazos a la pequeña Samar y la mano de su madre y juntos caminaron de vuelta hasta la zona en la que se encontraban los milicianos. Los primeros en abalanzarse sobre ellos fueron sus hermanos Ahmed y Nimr, que les ayudaron a saltar la pequeña barricada que habían construido. A continuación se echó encima de ellos Khalid, que, llorando, abrazaba a su esposa y a su hija al mismo tiempo.

Las mujeres, emitiendo el *zaghareet*, grito típico árabe que hacen modulando el aire con la lengua, celebraban su llegada. Algún miliciano disparó imprudentemente su arma al cielo en señal de triunfo.

Rania se abrió paso entre la muchedumbre y se acercó a Abdul muy decidida; él estaba todavía vestido tan solo con su ropa interior, pero eso no la amilanó. Nada más llegar a su lado, le abofeteó en la mejilla y le gritó:

—Abdul Sid Alam, te odio. —Al tiempo que le abrazaba con todas sus fuerzas.

Sus pieles se rozaron por primera vez. Abdul se ruborizó. El tiempo se detuvo bruscamente. En medio del bullicio todo fue silencio para ambos. La piel sudada de Abdul la envolvía con ternura. Su corazón parecía que iba a estallar en su frágil cuerpo. Todos los presentes se quedaron atónitos, por lo que habían visto y por lo que habían oído. Rania, que no era consciente de estar rodeada por medio pueblo, solo pedía una cosa: que él sintiera lo mismo que estaba experimentando ella.

Yasmin, que seguía sus pasos, la apartó de Abdul, ante la asombrada mirada de los vecinos.

—Están todos observándote: no te puedes comportar así en público —le susurró al oído.

Rania no contestó nada; era consciente de que su comportamiento no había sido el correcto, pero no le importaba mucho. Solo le importaba él.

Aquella calurosa noche de verano, dos años atrás, cuando los carros de combate se retiraron, la familia Sid Alam celebró la valentía de su tercer hijo, Abdul. Nunca más nadie en Jericó dudó de su valor; al contrario, se convirtió en el héroe de la ciudad.

Al anochecer, ya en su habitación, revivió lo ocurrido. Se sentía exhausto por la tensión pasada, pero satisfecho. Por su mente vio pasar de nuevo cada momento vivido. Él mismo se asombró de su serenidad. No le alteraba pensar en los tanques situados frente a él ni recordar los cañones de las ametralladoras apuntándole tan cerca; tan solo una cosa le inquietaba y aturdía: el abrazo de Rania. Desde ese día ya nunca pudo dejar de pensar en ella.

Unas casas más allá, Rania, en su cama, tumbada en su delgado y viejo colchón, no podía dormir. Todavía podía oler el cuerpo de él y sentía una gran emoción, sentía mucha vida, sentía como nunca antes lo había hecho. Y se preguntó: «¿Será por culpa de su piel?».

Capítulo 8

Rania y Yasmin seguían su charla mientras esperaban al hermano de esta última para iniciar la excursión que habían planeado.

—Pero ¿dónde se ha metido Abdul?

—No te inquietes, ya te dije que salió con Ahmed temprano, seguro que no tardará —contestó Yasmin, que, por su carácter bondadoso, siempre trataba de restar tensión a cualquier situación o circunstancia.

—Es ya la una y media, lleva media hora de retraso.

—¿Por qué no me cuentas alguna historia de tus turistas? —propuso Yasmin para aliviar la impaciencia de su amiga.

Rania, que acostumbraba a explicarle sus conversaciones con los visitantes o lo que se decían entre ellos, esta vez con la boca fruncida contestó:

—La verdad es que últimamente no me han contado nada interesante, no he tenido mucha suerte.

—Pues yo sí tengo algo que contarte —exclamó algo excitada Yasmin. Hizo una pausa como para crear expectación y prosiguió—: ¿Sabías que mi hermano guarda una caja metálica de esas antiguas de color verde?

—¿Qué hermano?

—¿Cuál va a ser? ¿De cuál te iba a hablar yo a ti? De tu querido Abdul.

—¿Y qué guarda dentro?

—Pues de eso se trata: tiene una cerradura y una llave muy pequeña que siempre lleva consigo; ninguno la hemos visto nunca abierta, ni siquiera mi madre —continuó Yasmin, disfrutando con la expectación que había suscitado y de la atención con la que su amiga seguía sus explicaciones—. Bueno, sabemos que hay mucho dinero, porque desde hace años pone ahí todo lo que le da mi padre; además, cuando la retira y se la lleva a su habitación, las monedas suenan. Pero nada más.

A Rania, el hecho de que Abdul guardara una caja cerrada con dinero no le importaba, pero que pudiera ocultar algo más, sin saber ella lo que era, eso no le gustaba nada… Así que al instante inquirió impaciente:

—Pero ¿qué más guarda en ella?

—Te acabo de decir que nadie lo sabía hasta… —y de nuevo hizo una pausa; era obvio que quería jugar con la intriga, conocía perfectamente a Rania y sabía que se estaba inquietando con la historia—, hasta ayer por la tarde.

—¿Qué quieres decir con «hasta ayer por la tarde»?

—Resulta que uno de los hermanos pequeños se subió a una silla, acercó su manita a la repisa en la que la guarda —explicó Yasmin— y al verla le llamó la atención, pues nunca había visto nada igual, así que lo primero que hizo fue intentar cogerla. Pero pesaba mucho y aunque apenas la movió fue suficiente para que cayera al suelo. Hizo un ruido muy fuerte al caer. Mi madre cogió al pequeño y le regañó por tocarla y a mí me pidió que la volviera a poner en su sitio. Me agaché para hacerlo y al levantarla… se abrió la tapa superior, no estaba cerrada con llave. Muy extraño, otras veces habíamos intentado abrirla pero siempre estaba cerrada. ¡Caramba!, al fin podría saber qué más había dentro, después de tantos años con el secreto…

—¿Y? —indagó Rania con gesto serio.

—Mujer, no te enfades, es solo una caja.

—¡Ay!, qué pesada eres, Yasmin, ya me tienes harta. ¿Quieres decirme de una vez qué guardaba?

—Está bien, te lo contaré, no te pongas nerviosa. Pues dentro no había nada, estaba vacía, ningún *shekel* ni dinares ni dólares, nada.

—Pero ¿no decías que guardaba sus ahorros? ¿Acaso ha comprado algo últimamente?

—No, que sepamos. Pero la había vaciado entera, y eso que calculábamos que podía tener hasta seis mil *shekels*.

—¿Tanto?

—Seguro que sí, piensa que eran sus ahorros de muchos años.

—Pero si hubiera comprado algo lo sabríais, ¿no? —preguntó intrigada.

—Sí, luego pregunté a mis otros hermanos, pero ninguno sabía nada.

A Rania no le gustaba lo que oía, eso de que tuviera tanto dinero ahorrado y de pronto desapareciera… Quizá era una sorpresa para alguien. Yasmin interrumpió sus pensamientos.

—Pero había un objeto.

—¿Qué?

—Un pequeño colgante muy fino; era de estaño y estaba cortado en forma de corazón. —Rania disimuló la sonrisa que le invadía—. ¿Sabes qué llevaba grabado? —le preguntó Yasmin.

—No.

—Venga, Rania, no te creo.

—Dime tú qué. —Rania no podía disimular más ante su amiga y se le escapó la risa.

—Si ya lo sabes —exclamó con seguridad Yasmin—, una erre mayúscula grande en medio y una fecha por detrás: 22/7/2008. —Rania dejó escapar su más amplia sonrisa de satisfacción—. Ves cómo lo sabías, ahora te toca a ti.

—¿A mí qué? —preguntó.

—Pues qué va a ser: contarme qué es ese colgante.

—¡Y yo qué sé!

—Rania, no me vas a engañar, ese colgante tiene que ver contigo, tú sabes perfectamente de dónde ha salido, esa erre solo puedes ser tú. —Yasmin cogió de las manos a Rania y afirmó—: O me lo dices o me enfadaré de veras.

Rania miró a su amiga; sus ojos estaban muy abiertos.

—Bueno, está bien, te lo explicaré, pero jamás se lo puedes contar a nadie —dijo apretando las manos de Yasmin con fuerza—. Es un secreto entre él y yo.

Capítulo 9

Hace unos meses, la profesora nos llevó a dar la clase de ciencias naturales al exterior, fuera de la escuela, ¿te acuerdas?

—Sí, claro —contestó Yasmin muy atenta.

—El día era precioso —prosiguió Rania—, la primavera fluía suave antes del calor del verano. Estábamos todos sentados sobre los bancos de piedra que rodean la arboleda. La profesora nos hablaba sobre los tipos de mariposas: cuáles salían de sus capullos en cada mes del año, sus nombres, el tiempo que vivían, las largas distancias que algunas recorrían. Mientras ella lo hacía, nos sobrevoló un grupo de ellas. Entre las mismas había una mariposa de color azul celeste. Era muy bella, volaba libre, posándose de flor en flor, y embellecía los lugares por donde pasaba con sus fastuosos colores. Por un momento pensé que su fragilidad al viento la hacía más fuerte, porque volaba a favor de él, nunca en su contra. Y sentí pena.

—¿Pena por qué?

—No lo entiendes, Yasmin: porque yo a veces desearía ser como ellas, aunque viviera tan poco tiempo, pero tan libre.

—No te comprendo, Rania, ¿acaso no eres feliz?

—Sí, claro que lo soy, pero pienso que podríamos hacer tantas otras cosas que no hacemos…

—Bueno, es verdad, no tenemos mucho dinero, pero eso no lo es todo.

—¡Ay!, Yasmin, si no me refiero a eso —exclamó Rania, con dulzura—; me refiero a volar con el viento.

—¿Volar con el viento? —Yasmin fruncía ligeramente el entrecejo, no entendía por dónde iba su amiga.

—Ya somos adultas; sin embargo, solo hacemos lo que se supone que debemos hacer.

—Lo que debemos hacer… —apuntó y añadió Yasmin—. ¿Y qué tiene eso de malo?

—Lo que nos perdemos, lo que no conoceremos ni haremos nunca. —Rania trataba de explicarse—. Mira, ellas acarician con su vuelo cualquier flor; en ocasiones, exultantes de felicidad, cambian su dirección arriba y abajo, de derecha a izquierda; otras vuelan suavemente pero decididas, en busca del lugar que eligen para posarse; y a veces permanecen inmóviles, reflexivas, parece que están meditando. —Hizo una pausa, bajó la vista y de nuevo dirigiéndose a su amiga afirmó—: Hay momentos en que me gustaría ser tan libre como ellas. Siento que vuelo contra el viento, el viento de nuestra gente, nuestras tradiciones y creencias.

—Pero es nuestra cultura —le dijo muy seria Yasmin.

—Lo es y no reniego de ella, creo profundamente, pero quizá… No sé, no me puedo expresar como quisiera.

—No digas tonterías.

—¿Te acuerdas de hace dos años, el día que los tanques llegaron a la ciudad?

—Sí —contestó Yasmin, cada vez un poco más desconcertada.

—¿Cuando llegó Abdul y le abracé?

—Sí que me acuerdo, primero le abofeteaste. Qué vergüenza pasé.

—Mi madre me regañó al llegar a casa. Al día siguiente por la calle todos me echaban miradas de desaprobación. —Se le entristecía la mirada, hasta que dijo—: Sin embargo, yo sentí algo tan intenso al notar el roce de su piel pegada a la mía… Solo quería sentirla con fuerza, para no perderlo nunca. ¿Qué tenía eso de malo?

—Pues que una chica soltera no puede hacer eso en público.

—¿Lo ves, Yasmin?, tú tampoco me entiendes.

—¿Y por qué recuerdas todo esto ahora?

—Porque en aquella clase en la que las mariposas volaban libres volví a sentirla.

—Volviste a sentir ¿qué?

—Abdul y yo estábamos sentados uno al lado del otro; mientras la profesora explicaba la lección, acerqué muy despacio la mano derecha hacia la suya, nadie se percató, ni siquiera él. Hasta que la posé sobre la suya, con la palma de la mano abierta.

—¡Ay!, Rania, siempre saltándote las normas. Pero, cuéntame, y él ¿qué hizo? —preguntó intrigada.

—Abdul parecía aburrido escuchando a la profesora. Cuando notó mi mano me miró ruborizado e inmediatamente giró de nuevo la cabeza hacia delante. Pero no apartó su mano.

—¿Cómo te atreviste a hacer eso en público? ¿Alguien lo vio?

—No, por lo menos eso es lo que me pareció a mí.

—Y mi hermano ¿qué hizo?

—Por un momento noté como si fuera a separar su mano de la mía, llegó a moverla ligeramente, pero al final no lo hizo, no pudo. —Sonrió llena de satisfacción por el recuerdo y prosiguió el relato—: Él, que había sido capaz de andar doscientos metros indefenso hacia una columna de tanques, era incapaz de retirar unos milímetros su mano de la mía. ¿Sabes por qué? —Yasmin negó con la cabeza—. Porque me ama tanto como yo a él. Permanecimos inmóviles durante varios minutos, rozándonos la piel. Sentí que con tan poco me dijo tanto… Por una vez era yo la que volaba arriba y abajo, de derecha a izquierda, en todas direcciones.

—Y ¿qué pasó luego?

—Cuando todos nos disponíamos a marchar, retiré la mano, pero al hacerlo dejé sobre la suya algo que llevaba conmigo. Abdul enseguida se dio cuenta y lo tomó.

—¿Qué era?

—Pues qué iba a ser: el corazón de estaño. ¡Ay!, Yasmin, a veces pienso que no me entiendes nada.

—¿Habías grabado la erre mayúscula y la fecha?

—Sí, lo había planeado muchos días antes.

—¿Y por qué esa fecha: 22/7/2008?

—Como recuerdo a nuestra primera vez.

—¿Vuestra primera vez de qué?

—La primera vez que nos abrazamos. El día que entraron los tanques.

—Pero ¿crees que él relacionaría la fecha?

—Seguro que sí, cómo no iba a hacerlo si se jugó la vida delante de todos.

—Cuántas cosas te pasan, Rania… Al final tendrás razón con esas ideas tuyas de volar de un lado para otro, tendré que tomar un cursillo. —Y ambas rieron.

Aquel día, cuando Abdul llegó a su casa todavía con el puño cerrado, el objeto que le había entregado Rania se clavaba en la palma de su mano, pero no le importaba. En la única estancia de la vivienda que utilizaban como comedor y salón encontró a varios de sus hermanos pequeños, así que se fue a su habitación. Pero ahí estaba Ahmed durmiendo, se había acostado pronto porque salía a patrullar temprano. Dudó qué hacer por un instante; finalmente cogió el Corán y salió al patio trasero. Estaba impaciente por mirar aquel objeto que le había dado Rania, pero no quería que nadie se diera cuenta, así que se sentó a la sombra de la vieja higuera bajo la que acostumbraba a pasar horas memorizando los versículos.

Finalmente abrió el puño. Sus ojos vieron un pequeño trozo de estaño, en forma de corazón, con una letra grabada en el centro: «R». Le dio la vuelta y leyó una fecha inscrita en el metal: «22/7/2008». Inmediatamente recordó aquel día: fue cuando se plantó ante los tanques; desde entonces todos le consideraron un héroe, pero para él lo más significativo que ocurrió aquel día fue que por primera y única vez en su vida sintió el calor de la piel de una mujer, su amada Rania. Desde entonces todos los días pensaba en ella, no podía vivir sin hacerlo.

Luego se quedó inmóvil, reflexivo. Por un momento entendió que el amor en la Tierra también podía ser inmenso, podía llenarlo todo, y quizá también podía llevarle al paraíso. Entonces, una lágrima rodó por su mejilla; una lágrima de amor, pero también una lágrima de desesperanza; solo él sabía por qué.

Capítulo 10

Las dos amigas proseguían con su conversación, siempre era igual, podían estarse horas sin ser conscientes del paso del tiempo. Para Yasmin su tema de conversación favorito era su futura boda pactada.

El salón en el que se celebraría, las joyas, su vestido de novia, todo era objeto de un minucioso análisis. Dado que las parejas no podían verse a solas antes de estar casadas, la boda era el gran anuncio a la comunidad; es por ello que tradicionalmente era tan importante el cortejo, porque escenificaba en público la constitución de la nueva pareja. Suponía un considerable gasto para el padre de la novia, que era quien organizaba todo —podía llegar a costar al cambio unos dos mil euros—, pero los Sid Alam poseían una aceptable posición económica y se podían permitir una gran celebración.

Aún faltaba un año para el día del enlace pero daba igual: Yasmin lo vivía como si fuera a celebrarse el mes siguiente.

Apenas conocía a su futuro marido, sus padres habían llegado a un acuerdo con los de él hacía ya algunos años. Se llamaba Odai. A Yasmin le parecía un buen chico, tampoco se planteaba mucho si le atraía, era el que habían elegido sus padres, así que estaba bien. Pensaba tener muchos hijos, como su madre, y se emocionaba hablando de ello. Mientras, le contaba a Rania cómo estaban confeccionando su vestido. Rania la escuchaba muy atentamente, se alegraba porque la veía muy feliz, pero no la envidiaba en absoluto: «¿Cómo puede saber que es el hombre de su vida si apenas lo conoce?», se preguntaba.

Ella sin embargo tenía a Abdul, que al ser hermano de su mejor amiga prácticamente había crecido junto a ella. Rania había pasado mucho tiempo en su casa y allí había tenido ocasión de hablar con él. Normalmente era ella quien lo hacía, pero luego él se relajaba y le contestaba muy animoso. Se conocían muy bien, después de tantos años en la misma escuela. Habían compartido muchos momentos. Su matrimonio no estaba concertado todavía, pero Rania había hablado con su madre y esta le había dicho que no se preocupara, que ella y Abdul se casarían. Al haber fallecido su padre y no tener suficiente dinero su madre, no podían pagar la ceremonia, pero Alí, el padre de Abdul, era una gran persona, ya lo había hablado todo con Samantha: él se haría cargo. Solo faltaba acordar una fecha.

De pronto, en plena conversación Rania sintió náuseas y como un mareo; Yasmin, siempre tan atenta, notó una mueca en su cara y la interrogó:

—¿Te pasa algo?

—No, solo que de pronto he sentido como un mal.

—¿Un mal de qué? —le preguntó Yasmin.

—No te preocupes, ya se me ha ido —mintió Rania, que seguía con una sensación de angustia—. Será la espera que ya me está cansando. Llevamos aquí una hora y tu hermano sigue sin aparecer. ¿Se llevó su móvil?, ¿por qué no le llamamos?

—De acuerdo —contestó Yasmin, y marcó «Abd» en su teléfono. No llegó a sonar la señal de llamada, se oyó una voz en hebreo que decía que estaba fuera de cobertura. Algo la inquietó: Abdul nunca estaba fuera de cobertura, sus hermanos mayores sí solían salir fuera de la ciudad en sus patrullas, pero él no. Sin embargo, prefirió no mencionar nada a Rania, solo dijo:

—No lo coge. Esperemos un rato más.

—Pero ¿cómo es posible? ¿Quizá pensó que la excursión era mañana?

—No lo creo. Abdul siempre es muy puntual. Simplemente se debió de ir a orar a la mezquita y se habrá retrasado hablando con sus amigos o con el imán, ya sabes cómo es. —En ese instante se oyó un grito que salía de dentro de la casa—. Es mi madre, seguro que riñendo a mis hermanos pequeños, ¡a saber qué habrán hecho! Discúlpame, Rania, entraré a ver qué pasa, parece que está muy enfadada, enseguida vuelvo —dijo.

Rania se quedó pensativa; tras escuchar a Yasmin hablar sobre su boda con tanta ilusión no pudo evitar reflexionar sobre su futuro. ¿Cómo sería su vida con Abdul? Para empezar lo podría ver cada día, eso la llenaba de felicidad; no le gustaba ni entendía que ahora no pudiera ser así, ¡esas antiguas costumbres! Al principio seguro que se irían a vivir a la casa de la familia Sid Alam, con los padres, tres de sus abuelos que aún vivían, una hermana de la madre que nunca se casó, los once hermanos y las esposas de los dos mayores, que se habían casado hacía poco, más el bebé de una de ellas. Calculaba que, por lo menos, en la casa convivirían, contando al pequeño, que encima era un llorón, veinte personas. Y ella, que era hija única, venía de una casa en la que siempre había silencio. «Me casaré con uno para vivir con veinte», se decía. Pero, bueno, mejor eso que nada. «Por lo menos espero poder tener un cuarto para nosotros solos». Si no fuera así, ¿cómo le iba a besar y abrazar?

Luego estaba el asunto de la primera noche, que su madre le había explicado, quizá por ser americana, más explícitamente que lo que conocían Yasmin y el resto de amigas. Pero ¿cómo sería esa primera vez? Había leído un artículo en aquella revista que le regaló la turista americana: «Cómo disfrutar del sexo», según el cual las mujeres podían gozar mucho del acto sexual. Su curiosidad le llevó a preguntar a su madre. Al principio esta no quería comentar el asunto, le decía que ya lo conocería a su debido tiempo. Por fin una tarde le explicó que las mujeres al hacerlo, además de procrear, también podían sentir mucho placer. Ahora tenía ya diecinueve años y la impaciencia por experimentar y sentir la invadía ¡Era todo tan excitante!

Una vez que se casara con Abdul, le preocupaba tener que convivir con tanta familia, pero contaba con la ayuda de Yasmin, ella la ayudaría a manejarse. Soñaba pequeñas cosas que le entusiasmaban enormemente, como que ella y Abdul harían alguna escapada solos y entonces se podría entregar a él totalmente y él sería solo para ella.

No sabía si podrían hacer viaje de luna de micl, pero se lo imaginaba: iban a El Cairo, la tierra donde sus padres se casaron y ella nació. Los libros hablaban de una civilización muy antigua y fascinante. Su madre le contó muchas veces la travesía que hizo con su padre tras la boda por el Nilo. Como sus padres no tenían dinero, eso es todo lo lejos que se pudieron ir, como si un parisino celebrara su viaje de bodas por el Sena, pero el relato le pareció fascinante. Se imaginaba en la cubierta del barco, sentada y cogida de la mano de Abdul, esta vez sin miedo a que nadie les viera, mirando al horizonte, ante las altas palmeras de las orillas del Nilo, ante toda una vida por delante juntos.

Capítulo 11

Treinta y tres minutos antes, Abdul Sid Alam cerró los ojos, gritó «¡Alá es grande!», y accionó el detonador. No lo pudo evitar; su último pensamiento fue para ella, su amada Rania.

Se inmoló en el autobús de la línea 17 de Jerusalén. Llevaba un cinturón de explosivos de cinco kilos de peso adosado al cuerpo. La explosión tuvo lugar a la una de la tarde, exactamente cuando el vehículo se paró junto a la puerta del mercado de Mahane-Yehuda de Jerusalén.

Por tratarse de una hora punta el lugar estaba abarrotado de gente que hacía sus últimas compras de provisiones porque era viernes y pocas horas después comenzaba el Sabbat, cuando los judíos se recluyen hasta «la salida de las estrellas del sábado».

Era por tanto el día y la hora de la semana en la que el mercado se encontraba más concurrido. Gente feliz; unos por acercarse la fiesta semanal para la meditación y oración a Dios, comprando ingredientes para cocinar en sus casas en familia los platos típicos y el pan hecho por las mujeres, *la halá*; los tenderos árabes porque aprovechaban el día para aumentar las ventas de la semana y los turistas por el deleite de aquel espectáculo de colores en el que competían frutas, pasteles, verduras, semillas u olivas en una soberbia eclosión de aromas y sensaciones.

Joshua, María, Jacobo, Frank, Mohammed, Judith, John, Imad…, todos alentaban ilusiones, planes, vivencias, algunos noticias e incluso sorpresas para ese día, pero todo se les fue en aquel instante; o quizá todo se lo llevaron consigo.

El resultado fue una espantosa masacre: doce personas murieron en el momento de la detonación y hubo más de cien heridos. Frutas y restos humanos se mezclaron en un escenario dantesco.

Tras la explosión, el terrible silencio, roto solo por llantos y gemidos. Los primeros supervivientes auxiliando como podían a los heridos. Y el olor a carne humana quemada. Personas destrozadas en el suelo sin poder moverse, levantando en silencio una mano, todavía en estado de *shock*; otros que aún se mantenían en pie sangraban por los oídos, andaban desorientados sin saber adónde dirigirse; las primeras sirenas de ambulancias y policías sonaban todavía a lo lejos. En las otras alas del mercado de Mahane-Yehuda la gente corría despavorida, no podían ver lo que había pasado pero todos habían escuchado el estruendo de la explosión. Sabían que se trataba de una bomba, aquello era Jerusalén. Muchos tenderetes distantes cientos de metros se habían caído por el efecto de la onda expansiva. Había cristales rotos por todas partes.

Una madre en el suelo abrazaba a una de sus pequeñas gemelas bañadas en sangre, sin ser todavía consciente de que la otra se encontraba a un metro de distancia muerta. Algo más allá, un joven árabe que trabajaba como recadero se retorcía de dolor en el suelo; nunca volvería a serlo, le faltaban las dos piernas. Junto a la tienda de pasteles donde se congregaban siempre más clientes haciendo cola yacían tres cuerpos, todos muertos; uno de ellos llevaba una moderna cámara de fotos todavía colgando en bandolera, se trataba de un turista.

Y el autobús no era más que un esqueleto de hierro fundido con fragmentos de cuerpos y extremidades desprendidas por todos lados; algunos de sus ocupantes permanecían sentados, carbonizados pero firmes en sus asientos, como desafiando a una muerte en la que ya estaban inmersos.

Capítulo 12

Un inesperado remolino de viento la envolvió en una polvareda. Se tapó el rostro bajándose el pañuelo que le cubría el cabello y se lamentó al pensar que se iba a manchar con aquel viejo polvo. Había lavado a mano y después planchado su ropa pensando en estar muy bien arreglada para la cita. Debajo de su túnica llevaba su blusa favorita, la de color rosa con aquellas pequeñas amebas azul claro; la tenía desde hacía un lustro pero la conservaba en muy buen estado; solo se la ponía en ocasiones muy especiales, como aquel día. Abdul no la vería pero le daba igual, se sentía guapa. La temperatura empezaba a subir. El sol dominaba el espacio como un poderoso guerrero en lo alto de una loma. Rania, sentada sobre un mezquino muro de piedra casi derruido y bajo la sombra de una vieja higuera, disfrutaba recreando su sueño de aquella anhelada travesía por el Nilo junto a su amado Abdul. Podía sentir el perfume de sus dulces aguas y hasta la antigua brisa que tantos seres sintieron y tantos amores arroparon, cuando, de pronto, un repentino impulso la trajo a la realidad. Fue como una vibración en su pecho que le llegó hasta el paladar con sabor amargo. Se sintió extraña, algo presintió. Yasmin no volvía, así que se apresuró a entrar en la casa de los Sid Alam. En la estancia principal no había nadie; la cruzó con presteza hasta llegar al patio. Allí se encontró con algunos de los hermanos pequeños, que siempre acostumbraban a corretear por todos lados, pero ahora estaban quietos, sentados en el suelo sobre las alfombras, en un inusitado silencio. Fijaron su mirada en ella con esos ojos oscuros que parecían más grandes de lo habitual.

—¿Qué ha pasado? —preguntó, dando por hecho inconscientemente que algo había ocurrido—. ¿Dónde está Yasmin?

—En la habitación de mamá —contestó uno de los niños con cara de asustado.

Rania conocía perfectamente la casa, así que se dirigió hacia la primera puerta a su derecha. Tocó con el puño cerrado sobre la madera. Le pareció oír llantos y acercó su oreja; su corazón latía más rápido, y ese presentimiento de que algo grave había ocurrido le llevó a abrirla antes de obtener respuesta.

Al entrar vio a Yasmin y a sus hermanas sentadas en la cama y rodeando con sus brazos a su madre, que, en un llanto desesperado, gritaba implorando al cielo. Todas lloraban agarrándose a ella con fuerza. Rania no podía entender lo que sus gritos decían. Su ansiedad aumentaba. Se detuvo a unos metros de la cama observando aquella dramática escena todavía sin sentido para ella y de la que se resistía a formar parte. Pasaron algunos segundos, más de los que la lógica pudiera justificar, y finalmente, con gesto crispado y lleno de angustia, preguntó:

—¿Qué ocurre?, ¿por qué lloráis?

Yasmin se separó de su madre, la abrazó y le dijo:

—Abdul se ha inmolado.

—¿Cómo? Pero ¿qué dices…?

—Sí, Rania. En un autobús en Jerusalén.

—¡No puede ser! —exclamó levantando con desesperación el tono de voz.

—Mi hermano Ahmed ha llamado a mi madre y se lo ha dicho: «Ya tenemos un mártir en la familia, tu hijo Abdul está ya
en el paraíso. Se ha inmolado en un autobús en Jerusalén».

—Dime que no, no puede ser verdad —exclamó Rania horrorizada, llevándose las manos a la cara para taparse el rostro.

Yasmin, cuyos ojos desgarrados por el intenso llanto se
habían tornado rojos y sus pupilas se dilataban como agitadas
por los latidos de un corazón furioso, apenas pudo balbucear:

—Sí, Rania, lo hizo hace algo más de media hora.

Un grito estremecedor de la madre de Abdul retumbó en
la oscura habitación:

—¡Mi hijo, mi hijo!

—¿Cuándo ha ocurrido? —preguntó Rania intentando
afcrrarse a un débil hilo de esperanza enloquecida.

—Ya te dije, hace algo más de media hora —le contestó su
amiga.

—¡No puede ser! —exclamó Rania con ira y rabia, ahogada en llanto—. ¿Por qué Abdul, por qué? —preguntó al vacío
esperando una respuesta imposible. Yasmin se acercó y volvió a
abrazarla—. ¿Y nuestras vidas? —Hizo una pausa y prosiguió
con la voz cada vez más tenue—. ¿Y nuestras vidas…? —Para
acabar explotando en un convulso llanto al tiempo que las fuerzas le fallaban y se arrodillaba. Se echó hacia delante sobre sus
dobladas rodillas dirigiendo los brazos al suelo. Lágrimas de
fuego brotaron de sus ojos y toda la angustia del mundo, como
una losa, se le vino encima. No podía soportar el dolor. Golpeaba el suelo con su frágil puño, cada vez con menos fuerza
hasta quedarse quieta y llorando en aquella postura, como si
estuviera orando. Yasmin, arrodillada también junto a ella,
la cubría con sus brazos. Tras unos segundos Rania prosiguió
con su funesta oda cantada con voz lacrimosa—: Es tu vida, la

mía, la nuestra juntos, la de tantos inocentes. Te odio, Abdul, te odio. —Y empezó a temblar sin poder articular ninguna palabra más con la frente sobre aquella alfombra. La distancia entre lo mejor y lo peor se hizo intangible, todo carecía de sentido, su vida se ahogó para siempre.

Yasmin se incorporó y, ejerciendo su papel de hermana mayor siempre responsable de todo y de todos, intervino en tono sereno.

—Ahora nos hemos de ir de aquí, hay que empaquetarlo todo. —No quiso añadir nada más, no hacía falta, todos sabían que era peligroso permanecer en su casa. Cuando se descubriera que se trataba de la vivienda del suicida podía ser bombardeada. Había ocurrido en muchas otras ocasiones.

Capítulo 13

Las primeras ambulancias comenzaron a llegar. Un grupo de judíos ortodoxos con sus tradicionales vestimentas y largos tirabuzones, que parecían traídos de los tiempos en que los dioses se hicieron uno, empezaba a recoger meticulosamente los restos de personas y trozos de ropas ensangrentadas; la tradición judía indica que todo resto humano debe enterrarse: «Polvo eres y al polvo has de volver».

Con presteza aparecían ambulancias procedentes de todos los hospitales, rompiendo con sus sirenas el trágico silencio que dejó la explosión. Se acercaba el atardecer del viernes y, con él, el Sabbat. Los escritos de la Torá predican abstenerse de trabajar hasta la aparición de las estrellas el sábado por la noche. Algunas de aquellas ambulancias podrían ser apedreadas por creyentes ultraortodoxos si no respetaban los preceptos, por lo que los conductores se afanaban en trasladar a los heridos a gran velocidad.

Sus ocupantes saltaban ágilmente para iniciar una actividad frenética, la vida de muchos de los heridos dependía de la celeridad con la que fueran atendidos. Aquellos supervivientes, que en los momentos iniciales habían prestado los primeros auxilios a las víctimas más afectadas, eran ahora acompañados por personal de asistencia sanitaria para ser atendidos. Auténticos héroes que, en su afán por ayudar a los más graves, ni siquiera se habían dado cuenta de que ellos también estaban heridos. Otros todavía deambulaban sin saber ciertamente dónde estaban. El esqueleto del autobús seguía en llamas y expulsaba un humo denso que convertía el lugar en lo más parecido a un infierno. Los bomberos se esforzaban en apagar ese fuego principal y otros menores que se habían originado donde antes estaban los puestos del mercado.

Weisser, jefe de la Policía de Jerusalén, tomó el mando directo de la situación sobre el terreno. No tardaron en llegar los especialistas de la Unidad de Desactivación de Artefactos Explosivos. Sus caras reflejaban la tensión del momento; ellos sabían que en la zona podía haber algún explosivo más oculto y en cualquier momento todos podrían salir volando por los aires. Empezaron a revisar los automóviles de los alrededores e iniciaron las investigaciones. El jefe de la unidad pidió a sus hombres que buscaran en torno al autobús restos del suicida, porque junto a él encontrarían rastros del explosivo e información valiosa para conocer quién era y su procedencia.

El ejército acordonó la zona y su unidad antiterrorista inició también sus propias investigaciones. En el lugar de la explosión había personas de muchas procedencias: judíos, árabes, cristianos, turistas, todos mezclados. Temían que otro suicida pudiera estar presente, por lo que pedían identificarse a todos aquellos que les parecían sospechosos.

Unos minutos más tarde, a treinta metros del lugar en el que se había producido el estallido, la agente de policía Rebeca Fassbinder encontró una cabeza de un muchacho árabe. Sus ojos abiertos le espantaron, eran de un color negro profundo, no tenía nariz ni labios ni dientes, por lo que sería difícil de identificar. Pero su intuición de policía experimentada le hizo sospechar que quizá podía tratarse del terrorista, así que no la tocó y avisó por radio al jefe Weisser. Sin embargo, al poco observó algo que le llamó la atención y la dejó pensativa. En los restos de cuello que tenía adheridos aún a su cabeza llevaba enganchada una cadena con un colgante de estaño en forma de corazón. Parecía recortado a mano. Tenía una letra grabada, podía ser una pe, o quizá una erre. La sangre cubría parte de la placa y no se podía leer bien. En los casos de terroristas que se inmolaban que a ella le había tocado investigar, estos no llevaban nada encima, solo un pantalón, una camisa ancha para ocultar el cinturón de explosivos y ningún objeto personal para evitar ser identificados, así que aquel hallazgo le hizo dudar. Aquel colgante era como un recuerdo de un amor, muy impropio de uno de esos suicidas. «Quizá se tratase de una víctima más», pensó.

Dos expertos de la unidad de explosivos, con sus identificaciones a la vista en sus cazadoras, se acercaron y empezaron a tomar muestras de cabello de aquella cabeza, que estaba impregnada de un polvo de color óxido. La agente Fassbinder preguntó:

—¿Qué os parece?

Uno de ellos, sin mover ni un músculo de la cara y sin muchas ganas de contestar, asintió con la cabeza y dijo:

—Puede ser.

El lugar se llenó de cámaras de televisión que competían por obtener las primeras imágenes. Los técnicos estudiaban cuidadosamente la mejor localización para ubicar a sus reporteros. Los canales de televisión interrumpieron su programación para hacer conexiones en directo desde lo que quedaba de la entrada del mercado. La actividad era frenética, porque además cada vez quedaban menos minutos para el inicio del Sabbat.

En el lugar de los hechos se presentaron dos hombres vestidos de paisano, con gafas de sol, traje oscuro y corbatas lisas. Al primer policía con el que se toparon le pidieron hablar con el jefe al mando, al tiempo que se identificaban con unas placas que sacaron del bolsillo de su chaqueta. Los policías reconocieron inmediatamente las insignias. Se trataba de agentes del Mossad, el servicio secreto israelí. Les acompañaron hasta el lugar en el que se encontraba el jefe Weisser, que a duras penas intentaba coordinar a sus hombres, bomberos, servicios de urgencias, soldados, rabinos y religiosos.

El más bajo de los dos tipos se presentó: agentes Hein y Karl, del servicio secreto. No hizo ningún amago de estrecharle la mano, sino que directamente le interrogó.

—¿Tienen alguna versión de los hechos?

—Parece que un joven palestino se ha inmolado en el autobús —contestó de mala gana Weisser. El jefe de Policía de Jerusalén detestaba a los tipos del Mossad, le parecían unos arrogantes que se creían por encima de la ley. Eran frecuentes las disputas con sus hombres.

—¿Habéis encontrado algún resto?

—No estamos seguros todavía, pero podría ser.

—¿Podemos verlo? —preguntó por mero formulismo. El jefe Weisser sabía que sería inútil negarse.

—Sí, claro. —Weisser hizo un esfuerzo por parecer amable y pidió a uno de sus hombres que les acompañara junto a la agente Fassbinder.

Al llegar al lugar y ver la cabeza de aquel chico ni se inmutaron. Se quedaron mirando aquellos ojos de un negro profundo que parecían estar diciéndoles algo desde el más allá. Estaban entrenados para no mostrar nunca emociones, ni aunque su vida fuera la que estuviese en peligro.

Mientras tanto, en Tel Aviv, en la sede del Ministerio de Defensa se reunía el gabinete de crisis; era lo habitual tras un atentado. Estaba integrado por cuatro personas. El ministro de Defensa, general Marc Bilden, retirado del ejército y activo en la vida política; John Alberg, ministro del Interior y al mando de todas las fuerzas de seguridad del Estado excepto las militares, también exmilitar de alta graduación pasado a la política; Simon Zalat, director de la Unidad de Operaciones Especiales del Mossad, denominada Cesárea, que llevaba más de treinta años en el servicio de espionaje. El cuarto hombre era Jeremías Baroc, secretario personal del primer ministro, único político de carrera del grupo y hombre de su máxima confianza. El gabinete coordinaba las operaciones de investigación, comunicación con los medios y asistencia a los familiares de las víctimas y proponía al Consejo de Ministros del Gobierno las medidas preventivas que debían tomarse. No así las medidas de acción o represalia, que se discutían solo en una reunión al completo del gabinete del Gobierno. Desde su despacho, el primer ministro estaba puntualmente informado y a su vez en contacto con el presidente del país, la oposición y gobiernos aliados extranjeros.

—¿Se sabe ya quién era el suicida y de dónde venía? —preguntó Bilden, el ministro de Defensa.

—Todavía no —contestó John Alberg. La información desde el lugar de los hechos llegaba a través de la Policía Antiterrorista, que dependía del Ministerio del Interior que él dirigía.

—Parece que han encontrado ya restos del cuerpo, la cabeza del suicida. —Simon Zalat, el jefe de unidad del Mossad, irrumpió con elocuente satisfacción en la conversación.

Alberg, al que sus hombres de la Policía Antiterrorista todavía no le habían pasado dicha información, se molestó. «Maldita sea, estos tipos del Mossad siempre anticipándose», pensó. La rivalidad entre las unidades responsables de la seguridad del país era constante, sus relaciones no eran todo lo fluidas que deberían, dado que sus intereses y procederes en muchas ocasiones divergían. Era lo habitual, cada vez que se producía un atentado se iniciaba la competencia entre ellas: ejército, Policía Antiterrorista, agentes del servicio secreto del Mossad y sus respectivos ministerios de Defensa y del Interior; al final, los intereses políticos de los distintos partidos que formaban la coalición de gobierno se acababan entrometiendo hasta entorpecer muchas veces las actuaciones de los profesionales.

—¿Cómo lo sabes? —inquirió irritado Alberg. Se suponía que ellos estaban al frente de la investigación.

—Un agente nuestro ha podido ver lo que parece ser la cabeza del suicida —contestó Zalat.

Alberg marcó de inmediato un número desde su móvil y pidió que le pusieran con Weisser, jefe de la Policía de Jerusalén. «Ese maldito Weisser, cómo ha podido pasar la información a un miembro del Mossad». Era él quien estaba al mando.

En el lugar de la explosión, un médico recién llegado en una ambulancia se acercó a dar los primeros auxilios a la madre que yacía junto a sus pequeñas gemelas. Se llamaba Esther Farlow. Tenía a una de las niñas agarrada fuerte con el brazo derecho. La pequeña lloraba quedamente y un hilo de sangre brotaba de su oído izquierdo; estaba conmocionada, sin habla, la pobre cría ni siquiera se quejaba. El doctor observó que la madre tenía una herida en la cabeza que le había dejado el rostro lleno de sangre, pero no parecía muy grave. Se arrodilló junto a ella y la alzó levemente.

—Tranquila, ya estamos aquí para ayudarte —le dijo.

Entonces recorrió con la vista el cuerpo de la joven madre y lo que vio le aterrorizó. Presentaba un agujero de enormes dimensiones, como un palmo de ancho, a la altura de su cadera derecha. Se estaba desangrando. Poco se podía hacer.

La mujer, moribunda, le agarró fuerte por el brazo con la mano que tenía libre y dijo algo con un fragilísimo hilo de voz apenas perceptible. El doctor acercó su oreja a la boca de ella y finalmente pudo entender sus palabras:

—Mis hijas… ¿Están bien?

Esther tenía tan solo veinticinco años. Recién casada le detectaron problemas de fertilidad, por lo que siguió un programa de tratamiento hormonal intenso que duró un año. Sus padres se opusieron a que lo hiciera porque creían que era contra natura; además, las hormonas que se inyectaba casi le provocaron una depresión. Todo aquello fue muy duro. A los pocos meses de abandonarlo, y ya sin ninguna esperanza, se quedó embarazada por sorpresa de las gemelas; pensaron que era un regalo de Dios por todo lo sufrido. Una inmensa alegría embargó a la familia Farlow. Las gemelas Alison y María llenaron de felicidad aquel hogar.

El doctor giró su cabeza buscando a la otra hermana y de pronto observó a un metro de distancia un pequeño cuerpo que yacía en el suelo; estaba destrozada, sin vida.

Pensó por un instante y finalmente acercó su boca al oído de aquella pobre mujer y le susurró:

—No se preocupe por ellas, están las dos bien.

Al oír la respuesta, Esther exhibió una ligera sonrisa de alivio; luego apretó la mano de la pequeña que tenía bajo su brazo e inhaló aire por última vez en su vida.

El médico que le atendía estaba acostumbrado a lidiar con situaciones humanas trágicas, dado que trabajaba en las urgencias del hospital Sahaare Zedek. Sin embargo, mientras sostenía la cabeza de aquella joven, mezclada con su sangre y con los restos del cuerpo de una de sus pequeñas gemelas, que yacía destrozado tan solo a un metro de ella, no supo o no quiso decirle la verdad. Decidió que muriera lo más plácidamente que fuera posible, por eso le mintió. Se quedó pensativo, avergonzado de la maldad que el ser humano era capaz de producir. Pasó la mano por la frente de Esther de arriba abajo y le cerró los ojos, se levantó con la pequeña superviviente y se la llevó a una ambulancia cercana. Él no podía hacer más allí...

A medida que se recogía a los heridos en las ambulancias, las unidades forenses iban levantando acta y los cadáveres se retiraban para su posterior identificación y comunicación a sus familiares.

Capítulo 14

El polvoriento *checkpoint* israelí se encontraba situado a doscientos metros de la salida de la Autopista 1 y a unos tres kilómetros de las primeras casas de la ciudad. Los soldados desplazados a aquel lugar mataban el tiempo jugando a eliminar pequeños monstruos en sus móviles, chateando con sus amigos o conversando sobre sus planes para cuando terminaran los tres años de servicio militar obligatorio. Iban muy armados pero, por su aspecto desaliñado, parecían pertenecer más a una guerrilla que a uno de los ejércitos más poderosos del mundo. Hacía tiempo que los altos mandos militares habían decidido ser laxos en ese aspecto, no les quedaba otro remedio, la mayoría de los miles de jóvenes que cumplían el servicio militar obligatorio lo hacían con orgullo pero al mismo tiempo con resignación; entendían que había que pasarlo por el bien de su país, pero no sentían vocación castrense. Jericó se consideraba zona peligrosa por estar algo alejada de todo. No era un buen destino.

El *checkpoint* lo constituían tres cabinas de bordes de metal y paredes de plástico compacto situadas en medio de la vía, cada una con una barrera pintada a franjas blancas y rojas, siempre bajada para impedir el paso. En su habitáculo tenían un pequeño taburete de altura graduable y en una de las cabinas se había instalado una pequeña televisión con mala sintonización. A un lado de la carretera se ubicaba una especie de barracón de unos treinta metros cuadrados, convertido en caseta de descanso y almacén de armas. Disponía de una puerta y una larga ventana que permitía ver lo que ocurría en las casetas del exterior. En su interior había tres desgastados sofás, una mesa de centro y una especie de cómoda alargada sobre la cual se instaló una pequeña nevera y una televisión de pantalla plana de treinta y dos pulgadas. En la pared del fondo, plantadas en línea, había cinco taquillas para el uso personal de los integrantes de la guardia y junto a ellas el armero. Fuera del pequeño edificio, por la parte de atrás, se ubicaban unos servicios para hombre y mujer. Los váteres no tenían tapa y respecto al papel higiénico, mejor era llevar el propio. Las guardias duraban ocho horas y las formaban cinco militares: el cabo, que era el jefe jerárquico y responsable máximo; tres soldados, que se alternaban en turnos en las cabinas, y un cuarto en el barracón de descanso que iba rotando. Cada dos horas de guardia tenían una de descanso. Como podían pasar horas sin que nadie apareciera por el lugar, los soldados hacían un corro, fumaban y se contaban historias. Se fumaba mucho en las guardias.

A unos cien metros de distancia en dirección a Jericó estaba situado el puesto fronterizo palestino. En él, tres milicianos esperaban aburridos la posible llegada de alguien, con su *kefia* y sus inseparables AK-47. Sus cabinas eran de piedra y estaban medio en ruinas. No tenían ni barracón ni servicios. Sí unas sombrillas grandes. Cuando acababa su turno les venían a buscar en un *jeep* y les reemplazaban otros milicianos. Las guardias duraban cinco o seis horas dependiendo del día y no había relevos.

A partir de ahí hasta llegar a la ciudad la carretera dejaba de serlo; su asfalto estaba tan desgastado que parecía un camino de tierra, era difícil reconocerlo bajo la manta de polvo que lo cubría. Ya no quedaba rastro de líneas pintadas en su superficie. El tráfico era escaso y era muy extraño cruzarse con otro automóvil. El paisaje descarnado y árido no ocultaba nada; la vegetación la conformaban tan solo arbustos. La travesía hasta la ciudad era breve pero agitada por cientos de baches. No había ninguna posibilidad de que la carretera fuera arreglada salvo que se iniciara un proyecto de desarrollo de la Unión Europea o alguna otra institución internacional, porque en Jericó no había Departamento de Urbanismo, o si lo había daba igual porque no tenía ningún presupuesto.

Cuando alguien se acercaba al *checkpoint* los soldados israelíes pedían la documentación sin mucho entusiasmo. Por el contrario, para los milicianos palestinos era motivo de alegría que llegaran visitantes a su ciudad. Normalmente se trataba de turistas que querían conocer el famoso árbol, los restos de la ciudad milenaria o las cuevas que habitó Cristo.

Aquel fatídico día todo estaba muy tranquilo. Cuando en el *checkpoint* israelí sonó el teléfono móvil del soldado Joseph Farlow, este se encontraba en la caseta en su tiempo de descanso. Farlow se metió la mano en el bolsillo lateral del pantalón. Le acababan de dar el relevo y estaba sentado en el suelo, con la espalda apoyada en uno de los sofás, absorto viendo las noticias del ataque en el mercado de Mahane-Yehuda de Jerusalén por el Channel 10 News.

Contestó con un lacónico:

—¿Sí?, ¿quién habla?

—¿Joseph?, ¿eres tú? —La voz de su padre sonaba turbada.

—Sí, padre, no se te oye bien, habla más alto.

—Tú hermana, Joseph, tu hermana.

—¿Qué pasa con Esther?

—Ha muerto, hijo mío, estaba en el mercado comprando para el Sabbat. —A duras penas podía hablar el hombre. Solo hizo un esfuerzo para añadir—: Y la pequeña Alison también, solo ha sobrevivido María. —El padre de Joseph no pudo continuar hablando y estalló en un desesperado llanto.

Joseph no movió ni un músculo de su cara y cortó la llamada.

La puerta de la caseta se hallaba abierta; el cabo Heiss, que estaba al mando de la guardia, observaba desde fuera. Algo le inquietó del gesto serio de Farlow, así que le preguntó:

—Farlow, ¿ocurre algo?

—No —contestó Joseph sin alterarse ni un ápice—, es solo que mi hermana ha enfermado —mintió. No quería que todos los compañeros de la guardia se echaran encima de él a consolarle.

El cabo no quedó muy convencido con la respuesta. Pero, tratándose de Joseph, tampoco le preocupó mucho. Era un chico muy introvertido y conflictivo, siempre iba a su aire. En una ocasión, un soldado de su misma unidad le estaba molestando y él, que era muy corpulento, sin mediar palabra le agredió con una violencia desproporcionada. El agredido pasó en el hospital dos meses recuperándose de una fractura de mandíbula del puñetazo que recibió. A Joseph le arrestaron tres meses y después le enviaron a tratamiento con un psicólogo. Aunque a nadie le pareció excepcional, dado que las visitas al psicólogo eran habituales entre los soldados del servicio obligatorio, en su caso estuvieron a punto de darle de baja de forma permanente del ejército. Los psicólogos que le atendieron dudaron, pero finalmente, tras un tratamiento con tranquilizantes, le dieron el alta y le permitieron reincorporarse. A él le alegró, porque disfrutaba en el ejército, se sentía parte de algo, justo lo que nunca había sentido a lo largo de su vida, siempre marginado por los demás.

Tenerlo en la unidad representaba más un problema que una ayuda. Era realmente un tipo extraño.

Joseph estiró la pierna y desde el suelo empujó con el pie la puerta de la caseta hasta que se cerró. Quería estar a solas. Su mente se sumió en la desesperación, le invadió un sentimiento de odio inmenso. Su única hermana y una de sus pequeña sobrinas… ¡muertas! No podía ser, era injusto, absurdo. Estaba preparado para el sufrimiento, había visto a algún compañero morir en su destino anterior junto a la frontera con Beirut y asumía que algún día él también podía caer en combate, pero ¿su hermana y sus pequeñas gemelas? «Malditos bastardos terroristas hijos de puta», se dijo. Le empezó a subir la presión arterial, siempre le ocurría cuando se ponía muy nervioso. Se metió la mano en el bolsillo, sacó un bote de pastillas tranquilizantes y se tomó dos. Llamó a su madre, pero esta no contestó porque estaba bajo los efectos de un *shock* muy fuerte, había desconectado el teléfono. Se levantó y se acercó a su taquilla, la abrió y extrajo de ella una botella cuya etiqueta decía «Tequila José Cuervo». Le quitó el tapón de rosca y se tomó un largo trago. Sin saber bien por qué ni qué iba a hacer, cogió su fusil, con la punta del cañón forzó el pequeño candado del armero y sacó dos granadas, una pistola Desert Eagle, munición extra y un casco con visor nocturno. Después cerró el armero y le volvió a poner el candado roto de tal forma que pareciera que estaba cerrado.

Se asomó por la ventana de la caseta y esperó; cuando nadie le podía ver, salió del barracón y se dirigió hacia la parte de atrás. Antes de salir miró la botella de tequila y finalmente se la llevó. Se escondió en la parte de atrás de los servicios. Todo estaba en calma ahí fuera, nadie le había visto salir, sus compañeros de guardia estaban concentrados frente a la pequeña televisión de imagen defectuosa situada en una de las cabinas, estupefactos ante las noticias y conexiones en directo que veían.

Capítulo 15

Pasados unos minutos, Farlow se puso en marcha. Avanzó unos cincuenta metros en perpendicular a la carretera para apartarse de ella sin que sus compañeros lo percibieran. Luego se desvió hacia la izquierda en dirección a Jericó y prosiguió andando en paralelo a la calzada, pero suficientemente alejado de ella como para evitar ser visto. Cuando llegó a la altura del puesto fronterizo palestino se agachó detrás de un arbusto para observar.

Los milicianos allí ubicados estaban en tensión. Todos sabían que el suicida era Abdul Sid Alam, *el Erudito,* y eso podía significar algún tipo de represalia: un bombardeo selectivo o quizá una incursión para destruir su casa; si se produjera esta segunda opción, los tanques con toda probabilidad entrarían por donde ellos estaban. No podrían hacer nada para detenerlos, tendrían que dar la alarma y huir hacia la ciudad. Se mantenían muy atentos vigilando con sus prismáticos el horizonte y el *checkpoint* israelí por si descubrían algún movimiento que delatase una ofensiva. Tan concentrados estaban en ello que no se dieron cuenta de que por su flanco izquierdo, a unos cincuenta metros campo a través, un soldado armado hasta los dientes caminaba con sigilo y se adentraba en su territorio.

Farlow estaba fuera de sí, no sabía bien ni dónde iba ni a hacer qué, pero seguía caminando. Podía observar las luces de la ciudad porque el sol se iba poniendo. Calculaba que estaría ya a menos de dos kilómetros.

No podía dejar de cavilar pero sin ninguna lucidez, le invadían pensamientos confusos. De vez en cuando daba un trago a la botella de tequila. Los sorbos de alcohol mezclados con los tranquilizantes que se había tomado empezaban a causarle efecto. Unos treinta minutos después se detuvo; se encontraba a trescientos metros de las primeras casas. Decidió acercarse a la carretera; treinta metros antes de llegar a ella se topó con unas de las pocas rocas de mediana altura del terreno y se situó detrás de ellas. Depositó su fusil Tavor en el suelo y se tumbó junto a él, en oblicuo a la carretera en dirección a Jericó, apuntando a nada ni a nadie, solo a la rabia que no le dejaba razonar. Colocó la botella de tequila junto al arma y se tomó otro trago. Le invadieron los recuerdos de su infancia en el barrio alemán de Jerusalén, donde vivió junto a su hermana y sus padres. «Qué paradoja, los alemanes casi nos exterminan —pensó— y el barrio más divertido de la ciudad es el llamado "alemán"». Los pensamientos que invadían su cabeza desordenadamente le estaban envolviendo en un caos mental.

Él siempre tuvo un sentimiento de protección hacia su hermana. Aunque esta fuera mayor, estaban muy unidos, ella era la única persona que le entendía y siempre le defendía cuando se metían con él. Llevó mal su noviazgo pero finalmente aceptó a su cuñado y llegó a tener una buena amistad con él. Y aunque estaba casada y tenía a sus preciosas gemelas, todavía se sentía responsable de ella. Por eso la noticia de su muerte se le hacía insoportable, imposible de sobrellevar. Siguió bebiendo mientras lágrimas amargas corrían por sus mejillas. El odio le corroía la mente, cada vez le costaba más entender. Apoyaba su mandíbula sobre la culata del arma y acercaba su ojo izquierdo al visor, cuadraba la imagen buscando un objetivo en él, acariciaba con el dedo índice el gatillo, como si fuera a apretarlo, y volvía a separarse del arma. Repetía esta acción constantemente, esperando en algún momento encontrar ese objetivo, siempre apuntando hacia la carretera.

El capitán David Ackermann había sido destinado a la zona sur unos días antes. Su nuevo destino como jefe del acuartelamiento Sur-Oeste le traía recuerdos de cuando dos años atrás dirigía la unidad de carros de combate en esa misma zona. Disfrutó aquella época, muchas maniobras y solo alguna intervención real, como el día que cercaron la entrada de Jericó. Por suerte no hubo ninguna víctima. Ahora, ya como capitán de la zona, su función era más sedentaria pero estaba contento. Cuando recibió la llamada de su superior se encontraba siguiendo las noticias como la mayoría de ciudadanos. Habían pasado ya unas horas desde el estallido de la bomba, pero las informaciones no dejaban de llegar.

—Ackermann, una tal Esther Farlow es una de las víctimas.

—Mi coronel, ¿ha dicho usted Farlow? —Inmediatamente David se temió lo peor—. ¿No será familiar del soldado Farlow?

—Sí, capitán, por eso le llamo, pero eso no es todo: se encontraba en el mercado con sus dos gemelas de tres años y una de ellas ha muerto también.

—¡Mierda, maldita sea! —exclamó muy afectado por la noticia, llevándose una mano a la cabeza—. ¿Lo sabe ya su familia? —preguntó a continuación, deseando oír una respuesta negativa.

—Sí, claro. Se les ha informado hace un rato. Será mejor que traigan de inmediato a ese muchacho a Jerusalén para que se reúna con los suyos. —Y el coronel colgó el teléfono.

«Si su familia lo sabe, lo más probable es que ya le hayan llamado al móvil para decírselo», pensó Ackermann. Se quedó muy preocupado, conocía bien a Joseph y sabía que era un chico difícil. «¿Cómo se sentiría uno si le llamaran por teléfono para decirle que un familiar había estallado por los aires en un atentado? Pobre chico», meditó.

Inmediatamente pidió una patrulla para que le acompañaran. Iría a buscarle en persona para trasladarlo a Jerusalén. El cuartel de la zona Sur se encontraba a solo cinco kilómetros del paso fronterizo con Jericó. En diez minutos estaría allí, pero aun así prefirió llamar desde el móvil al cabo Heiss, jefe de la guardia.

—Cabo, soy el capitán Ackermann, ¿está con usted el soldado Farlow?

—Sí, está en el barracón en su turno de descanso.

—OK. Vaya dentro y no se separe de él.

Ackermann se tranquilizó; mientras se subía al *jeep* empezó a pensar en cómo dirigirse a Farlow. Si lo sabía estaría devastado, solo podría acompañarlo. Si todavía no se había enterado tendría que comunicárselo. Sería mejor hacerlo sin rodeos. El sonido de su móvil interrumpió sus pensamientos; miró la pantalla: era el cabo Heiss. Esbozó una mueca temiéndose algo malo.

—¿Sí? —contestó.

—Señor, soy yo de nuevo, me temo que el soldado Farlow… —el cabo tragó saliva y con la voz estremecida continuó— no está aquí.

—Cabo, contésteme, ¿sabe si ha recibido alguna llamada esta tarde?

—Sí, hace una hora le llamó su padre, parece que su hermana está enferma. Nada serio.

—¡Mierda, cabo! Su hermana está muerta, es una de las víctimas del atentado; búsquelo por los alrededores, pero no se adentren en territorio palestino. Yo estaré allí en unos minutos.

El cabo no daba crédito, la hermana del soldado Farlow muerta en el atentado… No lo podía creer. «Pero si ni siquiera se inmutó cuando le pregunté tras la llamada de su padre», razonó. Antes de iniciar la batida prefirió volver a entrar en el barracón en busca de alguna pista que le llevara hasta su paradero. A simple vista no había nada que le llamara la atención, todo parecía estar en su sitio. Se acercó a la taquilla de Farlow; estaba abierta. Movió la puerta: había algo de ropa de civil, alguna revista, una barra de desodorante y gel de espuma desinfectante para las manos. Se agachó para ver si encontraba algo más en el suelo de la taquilla y, al apartar la pila de revistas que había, algo le llamó la atención: una de ellas estaba mojada. Acercó la nariz y confirmó su sospecha: alcohol, parecía algo fuerte, como tequila o algo parecido. No estaba permitido tomar alcohol estando de servicio, y muchísimo menos guardar una botella, pero viniendo del soldado Farlow tampoco le sorprendió.

En ese instante llegó el *jeep* con el capitán Ackermann y tres hombres. El oficial saltó ágilmente antes de que se detuviese del todo. El cabo le saludó y le dijo:

—Capitán, venga conmigo. —Le invitó a que pasara dentro de la caseta—. Mire esto, son revistas todavía mojadas por alcohol, estaban en su taquilla.

El capitán Ackermann se acercó a la nariz la revista de arriba de la pila —olía a tequila— y lanzó una mirada de desaprobación al cabo: este era responsable de revisar las taquillas para asegurarse de que nadie guardara nada prohibido. Su actuación era motivo de arresto, pero tenía un problema mucho mayor, así que no le dijo nada.

—Reúna a sus hombres, deje solo a uno en las cabinas del *checkpoint,* y organice una batida por la zona, pero no pase más allá de nuestro espacio de control —insistió Acker-mann.

Eso les daba muy poco margen donde buscar: la zona de control era de apenas cincuenta metros a la redonda, en su mayoría controlable a simple vista.

Ackermann se quedó pensativo. ¿Qué haría un tipo que de pronto conoce la muerte violenta de un ser querido por teléfono? Lo normal es que se hundiera, se desesperara. Se echara a llorar. Pero Farlow no era un tipo normal. Lo conocía bien, sabía de los problemas que había tenido en el pasado, el tratamiento y todo eso. ¿Huir? No le parecía que fuera la respuesta acertada. Venganza, eso sí. «¿Cómo no lo he pensado antes?», se dijo, e inmediatamente se dirigió al armero. Vio el candado pero se imaginó que... En efecto, estaba forzado: faltaban granadas, munición y un casco con visor nocturno.

Pasaron quince minutos buscando por la zona y no encontraron pista alguna. El cabo se mostraba cada vez más preocupado.

—Señor, no hay nada.

—No puede ser —dijo Ackermann—, vuelvan a revisar otra vez cada metro cuadrado.

Isaías, uno de los soldados de la guardia, se acercó a las casetas de servicio. Se suponía que tenía órdenes de buscar a Farlow, pero tenía tantas ganas de orinar que no le importó saltárselas unos minutos. Salió deprisa sin lavarse las manos y al oír la voz del cabo que les llamaba para reagruparlos, se agachó para que no le vieran salir de los lavabos.

—Falta Isaías, ¿lo habéis visto?

Isaías, agazapado en cuclillas, pensó: «Maldita sea, me han pescado». Fijó su mirada en el suelo buscando una excusa para salir lo mejor posible de aquella situación y un repentino golpe de suerte le hizo resoplar con alivio.

—Cabo —gritó con todas sus fuerzas—, he encontrado huellas.

El cabo se acercó para cerciorarse.

—Buen trabajo, Isaías —le dijo.

E Isaías sacó pecho satisfecho.

Ackermann y sus tres hombres siguieron las huellas: se adentraban unos cincuenta metros y después giraban a la izquierda, en dirección a Jericó. «Sin duda, Farlow se ha ido hacia la ciudad, algo separado de la carretera para evitar ser visto por los milicianos palestinos», dedujo Ackermann.

Llegados a ese punto ordenó parar la marcha. No podían adentrarse en territorio palestino sin la autorización de sus superiores. Así que volvieron al *checkpoint*.

—Coronel, me temo que tenemos un problema.

—¿De qué se trata? —contestó con aspereza su superior.

—El soldado Joseph Farlow ha desaparecido.

—¿Cómo que ha desparecido? Explíquese, capitán.

—Recibió una llamada de su padre. Seguro que le comunicó lo de su hermana y su sobrina. Lo siento, coronel, se adelantó a nosotros.

—Jodidos móviles… —exclamó el coronel—. Pero será que quiere estar solo, se habrá apartado unos metros de la caseta.

—Me temo que no, coronel. Hemos encontrado sus huellas y se adentran en territorio palestino, hacia Jericó.

—Maldita sea, capitán, ¿está seguro de lo que me dice…?

—Sí, señor, y por desgracia hay algo más. —El coronel al otro lado del teléfono apretaba el auricular con fuerza conteniendo su rabia—. Ha forzado la cerradura del armero y se ha llevado dos granadas y una pistola, además de su fusil Tavor y un casco equipado con visión nocturna.

—No me joda, capitán. ¿Me está diciendo que uno de nuestros soldados, enterado de la muerte de su hermana, se ha ido hacia Jericó armado hasta los dientes?

—Sí, señor. Además Farlow es un muchacho muy especial.

—¿Qué quiere decir con eso de que es muy especial?

—Pues que es muy introvertido y —dudó si decírselo o no, pero a su superior le debía total transparencia— parece que se ha llevado una botella de tequila que guardaba en su taquilla.

—Pero ¿cómo puede tener un soldado de guardia una botella de tequila? Maldita sea, capitán, hablaremos de esto más adelante —gritó el coronel desairado.

—Sí, señor, asumo toda la responsabilidad —contestó Ackermann, siempre dispuesto a dar la cara por sus hombres.

—No hagan nada, sobre todo no se adentren en territorio palestino; eso nos podría traer más problemas. Hablaré con mis superiores en el Ministerio de Defensa. Esperen hasta nueva orden.

Capítulo 16

El coronel, tras recibir las noticias de Ackermann sobre el soldado, se temió lo peor; aunque era un experimentado militar, nunca había vivido semejante situación, estaba desconcertado. Se puso en contacto con el gabinete de crisis, desde donde le urgieron a que se incorporara al mismo. Llegó a la sede del Ministerio de Defensa mucho más tenso que en otras ocasiones en que había sido convocado para reuniones rutinarias. Tras identificarse y pasar los exhaustivos controles de seguridad, dos soldados de guardia le acompañaron hasta la misma puerta de la sala en la que permanecía reunido el gabinete de crisis.

Una larga mesa de madera desgastada por el uso —más apropiada para una vieja cocina—, un moderno teléfono gris con forma de trípode en medio, de esos que se utilizan para multiconferencias, seis sillas de oficina tapizadas con microfibra jaspeada de color azul con sencillos apoyabrazos y ruedecillas negras para deleite de los más nerviosos y un cenicero sobre la mesa con tres colillas humeantes. La lámpara metálica redonda de color gris colgaba desolada del blanco techo como pidiendo que la trasladaran a una sala de interrogatorios, para donde parecía haber sido diseñada.

El coronel no estaba seguro de si debía saludar al modo castrense, pero, ante la duda, se cuadró en cuanto traspasó la puerta.

—Se presenta el coronel Stern. —Los cuatro integrantes de la reunión dirigieron su vista hacia él sin mucho aprecio.

—Déjese de saludos, coronel, e infórmenos de la situación —espetó Bilden, el ministro de Defensa, que era el único de los presentes al que conocía.

—Uno de nuestros soldados de guardia del *checkpoint* de Jericó ha recibido una llamada de su padre en la que le informaba de que su hermana y su sobrina habían fallecido en el atentado de esta mañana. Sin que nadie se diera cuenta, forzó el armero, se llevó varias armas, granadas y un casco con visor nocturno y abandonó el puesto en dirección a Jericó. Hemos encontrado sus huellas hasta unos cincuenta metros más allá de nuestro *checkpoint*.

—Pero ¿por qué no le dieron la noticia en persona? —intervino Jeremías Baroc, el secretario del primer ministro.

—Nosotros lo habríamos hecho así —contestó Bilden, el ministro de Defensa—, pero desde el Ministerio del Interior avisaron a sus padres; la comunicación a civiles es cosa de ese ministerio. —Y miró a Alberg.

El ministro del Interior, sintiéndose aludido, intervino:

—Señores, nosotros no podemos imaginar que la muerte de una joven madre y su hija vaya a provocar que un soldado se introduzca en territorio palestino. De controlar a sus soldados deberían ocuparse ustedes —dijo mirando al ministro de Defensa y devolviéndole la acusación.

—Nuestros hombres están perfectamente entrenados, no le consiento…

—Señores, es suficiente —interrumpió Baroc elevando el tono de voz al ver que aquello podía derivar en la típica cadena de reproches entre ministerios descoordinados—. No podemos perder ni un minuto en acusaciones mutuas.

—Hay algo más —añadió el coronel con voz insegura.

Simon Zalat, el temido y cuestionado director de la Unidad de Operaciones Especiales del Mossad, que hasta el momento había permanecido en una esquina en silencio fumándose su cuarto cigarrillo, intervino:

—Algo más. ¿Qué más se puede pedir, coronel? —dijo al tiempo que, en una de sus características expresiones gestuales, arqueaba sus pobladas cejas canosas y las dejaba en esa posición esperando respuesta.

El coronel sabía quién era Zalat y su comentario aún le puso más nervioso.

—Parece que el soldado se ha ido con una botella de tequila.

—¿Con una botella de tequila? Fantástico, no sabía que en las guardias fomentaran la fiesta; ¿tal vez había quedado con unos mariachis? —ironizó Zalat.

—No le consiento este tono burlesco —afirmó rotundo el ministro de Defensa, que no soportaba a Zalat, como la mayoría de los presentes.

Nuevamente Baroc tuvo que poner orden.

—Está bien, señores, limitémonos a analizar los hechos, dejémonos de estúpidos comentarios y discusiones. Prosiga, coronel.

—Se trata de un muchacho algo problemático. Se llama Joseph Farlow, está en su tercer año de servicio, es un chico difícil, muy introvertido, no se relaciona con casi nadie. En el pasado tuvo algún incidente.

—Especifique —se apresuró a decir el ministro del Interior.

—Tras una discusión por un tema menor con un compañero, le agredió tan violentamente que lo envió al hospital. Farlow fue arrestado y después enviado a tratamiento psicológico. Los médicos que le trataron dudaron si darle la baja definitiva, pero al final no lo hicieron.

—Excelente, tenemos a un pirado bebido y armado hasta los dientes dirigiéndose a Jericó —resumió Zalat.

—No le consiento que hable así de uno de nuestros hombres —saltó de nuevo poniéndose en pie el ministro de Defensa, que ya no podía aguantar más los comentarios sarcásticos del director del servicio secreto.

—¡Siéntese! —gritó Baroc—. Y usted, Zalat, guárdese sus ocurrencias. —El secretario del primer ministro resumió intentando poner un poco de calma—: La situación es la siguiente: el resto del Gobierno está reunido con el primer ministro en la sede de Presidencia, esperando nuestra recomendación. Se barajan dos alternativas: enviar unidades del ejército a ocupar la zona de donde se cree que procede el suicida y una vez allí decidir cómo actuar o directamente bombardear su casa en cuanto sepamos de quién se trataba. Ahora tenemos un problema añadido: el soldado Farlow en territorio palestino y con intenciones nada halagüeñas. Antes de proponer una represalia por el atentado debemos plantear una solución para rescatar a ese soldado.

—Hay que sacarlo de allí como sea —manifestó el ministro de Defensa—; si lo atraparan vivo podría convertirse en un segundo caso Gilad Shalit —dijo refiriéndose al soldado secuestrado cinco años por los palestinos—. Sugiero enviar un escuadrón de operaciones especiales del ejército. Estarían allí en quince minutos.

—Pero eso activaría todas las alarmas, con sus helicópteros pondrían en alerta a los milicianos; además las probabilidades de que lo localizaran antes de ser detectados son nulas —comentó el ministro del Interior.

—Sí, pero no se me ocurre otra opción —afirmó Bilden.

—Salvo que —interrumpió Simon Zalat— se organice una búsqueda rápida sobre el terreno. ¿Quién está al mando allí?

—El capitán David Ackermann —contestó el coronel Stern, que permanecía de pie, incrédulo, observando la abrupta relación entre esos altos miembros del Estado.

Antes de que el coronel pudiera seguir, Alberg, el ministro del Interior, interrumpió:

—Eso que están pensando no tiene sentido.

—Tampoco tenemos muchas opciones —dijo rápidamente Baroc.

—Ackermann es un excelente militar, uno de los mejores —acabó su frase el coronel.

—¿Podría él dirigir una incursión rápida? —interrogó Baroc.

—Es una locura —insistió el ministro del Interior, echándose hacia delante sobre la mesa.

—Está bien —dijo el secretario del primer ministro—. ¿Qué sugiere usted?

—Dudo que ese capitán tenga el equipo ni la experiencia adecuada; acabaremos teniendo más rehenes en manos de los milicianos. Les propongo enviar un grupo de la unidad antiterrorista por tierra, ellos sí están preparados, podrían acercarse al *checkpoint* en sus *jeeps* y luego proseguir a pie.

—¿Cuándo podrían estar allí? —preguntó Baroc.

—Tardarían unos cincuenta minutos en llegar desde su centro de operaciones en Jerusalén.

—Demasiado tiempo —dijo Zalat—. El problema no es que los milicianos encuentren a ese Farlow, sino lo que él pueda hacer. Si llega a Jericó y comete una matanza, les aseguro que levantará una nueva Intifada y no creo que a su jefe le interese. —Miró intensamente a Baroc y prosiguió—: Justo dos meses antes de las elecciones…, imagínense los titulares: «Joven soldado borracho se infiltra en Jericó…», el Gobierno haría el ridículo.

—Me temo que tiene razón —coincidió por una vez el ministro de Defensa con el miembro del Mossad—. Hay que localizarlo cuanto antes, nuestra única opción es ese capitán; ¿cómo ha dicho que se llamaba, coronel?

—Ackermann, David Ackermann.

—Esperemos que sepa hacer este trabajo —finalizó el secretario del primer ministro.

Capítulo 17

Ackermann, sentado en el viejo sofá del pabellón del *checkpoint,* sentía impotencia: uno de los suyos podía cometer una locura o quizá ser tomado como rehén y él estaba a muy poca distancia sin poder hacer nada para evitarlo. Su sentido de la disciplina le permitía entender con resignación la situación de pasividad en la que se encontraba, pero le generaba mucha ansiedad. David era una persona muy racional, las raíces alemanas que su abuelo nunca se cansó de transmitirle en su infancia le hacían analizar en detalle las situaciones y planificar las actuaciones. Al igual que el director de Operaciones Especiales del Mossad, era consciente de que si Farlow atacaba indiscriminadamente a la población en Jericó, provocaría una revuelta generalizada y cientos de víctimas en los meses venideros; pero pensando en el presente, lo que más le preocupaba era el propio soldado Farlow y las víctimas inocentes que pudiera provocar. Para Ackermann, una vida inocente lo era en cualquier bando. Era un hombre justo, dispuesto siempre a entender a los demás, una persona solvente y ecuánime.

Cuando su móvil empezó a vibrar, lo sacó de inmediato del bolsillo superior de su chaleco y miró la pantalla: «Coronel Stern»; sintió alivio y se apresuró a contestar.

—Aquí Ackermann.

—Ackermann, soy el coronel Stern. —La voz sonaba hueca, así que supuso que estaba hablando a través de un altavoz de multiconferencia—. Le hablo usando el *speaker* —prosiguió el coronel, confirmándole indirectamente que podía haber alguien más escuchando la conversación. Al final sus sospechas mostraron ser ciertas cuando el coronel añadió—: Me encuentro con los ministros de Defensa e Interior, el director de Operaciones Especiales del Mossad y el secretario del primer ministro; estamos valorando la posibilidad de que usted y alguno de sus hombres se adentren en territorio palestino y realicen una incursión rápida para buscar al soldado Farlow. —E hizo una pausa para esperar su reacción.

Ackermann inconscientemente se puso en pie y con su mano izquierda se echó su rubio cabello por detrás de la oreja, muy serio. El cabo Heiss se encontraba frente a él, sentado en una silla de madera con astas en los bordes; al instante también se alzó y, aunque no podía escuchar la conversación, apreciaba la tensión en el gesto de su capitán. Ackermann le hizo una señal para que le dejara a solas.

—Es arriesgado, no tenemos aquí el equipo adecuado ni suficientes hombres, pero si es la mejor opción no dude de que lo haremos, señor, cuente con nosotros —contestó sin pensarlo mucho más. Él sabía, todos sabían, que se trataba de una misión de alto riesgo y con muchas probabilidades de fracaso.

—OK, capitán, tendrán que salir de inmediato; seleccione a sus mejores hombres y deje al resto en el *checkpoint,* debe parecer que todo sigue igual. Se trata de una misión secreta: confisque el móvil a todos, no quiero mensajes a familiares ni amigos, nadie debe saber que se adentran en territorio palestino.

El coronel y la mayoría de los mandos estaban hartos de la práctica de los soldados de reemplazo de contar en directo a través de las redes sociales sus movimientos e incluso de que colgaran fotografías a pesar de que estuviera totalmente prohibido.

—Prepárense, en breve le volveré a llamar para darles la orden de partida.

—Espero sus órdenes, mi coronel —contestó Ackermann, que ya estaba repasando los primeros pasos que debían dar. Un comando de cinco hombres, él y cuatro más. Inmediatamente pensó en los tres soldados que le habían acompañado en el *jeep*, pero le faltaba uno. Al mismo tiempo que pulsaba la tecla roja para colgar su Blackberry, llamó al cabo Heiss.

—Cabo, vamos a salir a buscar al soldado Farlow.

—Es muy arriesgado, señor —exclamó Heiss.

—Son las órdenes, cabo. Usted se quedará aquí al mando de la guardia. Los milicianos palestinos nos están observando desde su puesto fronterizo, así que todo debe aparentar absoluta normalidad. Necesito que uno de sus hombres nos acompañe, elija al que crea que puede encajar mejor en la misión.

Apenas dos minutos después los cuatro elegidos se encontraban en el pequeño pabellón. Todos los manuales del ejército destacaban lo importante de la preparación previa para llevar a cabo una misión; sin embargo, Ackermann disponía solo de unos minutos.

—Soldados, se nos ha encomendado una misión compleja. —Hizo una pausa para acentuar la gravedad de la situación—. Como sabéis, Farlow está en paradero desconocido; su hermana y una de sus sobrinas han muerto en el atentado de esta mañana. Él va armado y nos tememos que pueda estar ebrio, sus intenciones no pueden ser nada buenas.

Ackermann miraba las caras serias de aquellos soldados en su servicio militar obligatorio y lamentaba lo que estaba ocurriendo. Aquella era una misión para cuerpos especiales, entrenados para operaciones de asalto o rescate, no para soldados de reemplazo. Sin embargo tenía que transmitir su confianza en ellos, así que prosiguió impregnando de cierta solemnidad sus palabras:

—El gabinete de crisis del Gobierno de la nación nos ha encomendado esta misión secreta; bajo ningún concepto pueden hablar de la misma. La vida de Farlow y quizá la de muchos más depende de nuestro éxito, no les podemos fallar. Si alguno prefiere retirarse, aún está a tiempo —dijo desde su prominente metro noventa de altura, e hizo una larga pausa como esperando alguna defección.

Volvió a mirar a cada uno de los soldados a los ojos con fijeza; estos, a pesar del miedo que sentían, permanecieron impasibles, sin mover un solo músculo, como asintiendo con su silencio. Estaban más cerca de ser un grupo de estudiantes vestidos de soldados que una Unidad de Operaciones Especiales. Cuando Ackermann vio que ninguno reaccionaba prosiguió:

—Seguro que lo conseguiremos. Hay que encontrarlo y traerlo sano y salvo.

Mientras tanto, en la sala del Ministerio de Defensa, se hizo el silencio durante unos instantes. Hasta que Baroc, el secretario del primer ministro, alzó la voz:

—¿Qué les parece?

John Alberg se apresuró a contestar:

—No funcionará, es trabajo para una unidad de fuerzas antiterroristas. —El ministro del Interior tenía la absoluta convicción de que se trataba de una misión para dirigir desde su ministerio.

Zalat levantó la vista de su móvil, al que siempre estaba enganchado, para decir con su contundente voz:

—Eso ya lo hemos discutido. —El director de la Unidad de Operaciones Especiales del servicio secreto no paraba de recibir mensajes en el móvil de sus agentes que, por supuesto, no compartía con nadie, y añadió mirando al ministro del Interior—: Para cuando lleguen sus hombres ese Farlow puede haber organizado una buena. Ackermann es la única opción —sentenció.

El ministro de Defensa estaba satisfecho, sentía orgullo por la disposición con la que Ackermann había aceptado el desafío. Uno de sus hombres había creado esta situación y prefería que fueran también los suyos quienes la resolvieran, aunque sabía que era arriesgado. Desconfiaba de la participación de las fuerzas de seguridad del Ministerio del Interior y mucho más de los hombres del Mossad.

Baroc, antes de que se pudiera organizar una nueva discusión, intervino:

—Está bien, lo haremos con Ackermann. Antes informaré al primer ministro de nuestra propuesta para que apruebe la operación.

—OK, pero que sea rápido, está anocheciendo y será muy difícil seguir las huellas con los visores nocturnos —añadió el ministro del Interior, todavía muy poco convencido de la decisión que habían tomado.

Cuando la llamada de Baroc llegó al primer ministro, este se encontraba reunido con el resto de los miembros de su Gobierno y en contacto telefónico con el presidente del país y el jefe de la oposición. Debatían qué medidas tomar para dar respuesta al atentado. La primera opción era identificar al suicida y hacer una incursión con tanques hasta llegar a la vivienda de su familia para destruirla. Sin embargo, dependiendo de dónde se encontrara esta, resultaba complicada de ejecutar. La otra opción era enviar dos F-18 para hacer un bombardeo «selectivo», en el que seguramente muchas más casas quedarían destruidas. El riesgo de sufrir bajas resultaba prácticamente nulo, pero los «daños colaterales» siempre generaban muchas quejas internacionales. Parte del propio ejército no estaba de acuerdo con su ejecución.

El Gobierno estaba dividido entre los partidarios de enviar los tanques y los de poner en marcha el ataque aéreo. Los aliados del partido ultranacionalista preferían una tercera opción: rodear las principales ciudades y al mismo tiempo bombardear objetivos preseleccionados.

Jeremías Baroc, haciendo de portavoz del gabinete de crisis, informó al primer ministro de la situación. Este, en pie, no daba crédito a lo que oía; como si no fuera suficiente problema el atentado y la operación de castigo subsiguiente, ahora resultaba que un soldado fuera de control se había adentrado en territorio palestino.

—Jeremías, espere unos minutos hasta nueva orden. —Y colgó el teléfono.

El primer ministro se sentó de nuevo en su silla en la cabecera de la larga mesa de la sala del Consejo de Ministros y se quedó pensativo; su mente no estaba atenta a aquellas discusiones sobre las medidas que debían tomarse. Intentaba pensar con claridad para elegir la decisión más acertada. Los allí reunidos, enzarzados en aquella disputa, no se dieron cuenta de la mirada al vacío del primer ministro, absorto en su dilema.

Finalmente decidió no informar de la internada de Farlow al resto de los miembros del gabinete, temeroso de que pudiera haber filtraciones y llegara a saberse. Tenía potestad para tomar la decisión por sí solo.

Baroc le había recomendado firmemente optar por la incursión de Ackermann. Todavía con ciertas dudas de si esa medida complicaría aún más las cosas, marcó en su móvil rellamada, al tiempo que desplazaba ciento ochenta grados su silla giratoria, hasta que se quedó de espaldas al resto de integrantes de la reunión y cubierto por el alto respaldo de su butaca.

—Baroc, que proceda Ackermann, pero solo tiene dos horas; si no consigue encontrar al soldado en ese tiempo, hacemos una incursión masiva con tanques.

Inmediatamente, en la sede del Ministerio de Defensa Baroc se dirigió al gabinete de crisis:

—Tenemos luz verde del primer ministro, nos ha dado dos horas.

—Buen trabajo —dijo Zalat.

El ministro de Defensa, visiblemente satisfecho, se dirigió al coronel:

—Póngame con el capitán Ackermann, le hablaré yo personalmente.

—Sí, mi general —contestó el coronel al tiempo que marcaba el número.

Cuando el capitán Ackermann observó que su móvil, que esta vez había dejado encima de la mesa, empezaba a vibrar con el texto «Coronel Stern» en la pantalla, la adrenalina le invadió.

—Sí, mi coronel —contestó.

—Capitán Ackermann, no soy el coronel, soy el general Marc Bilden. —Ackermann ya sabía que se trataba del ministro de Defensa—. Escúcheme bien: el primer ministro acaba de autorizar la misión, confiamos en usted y sus hombres. Tienen dos horas; si en ese tiempo no lo encuentran, aborte la misión y regresen.

—Bien, señor —contestó Ackermann muy seguro de sí mismo—. Lo encontraremos.

—Muchacho —añadió Bilden en tono algo más paternal—, nos jugamos mucho pero quiero que todos vuelvan sanos y salvos con ese Farlow, tengan cuidado. —La tensión en su voz era ostensible, y colgó el teléfono.

Ackermann era muy consciente del riesgo de la operación, pero el sentido de la responsabilidad le hacía sobreponerse. Se sentía halagado de que le permitieran dirigirla. Sabía que era crucial salir cuanto antes, la luz solar estaba ya declinando y, aunque disponían de visores nocturnos de infrarrojos, sería complicado seguir las huellas.

Era muy consciente de que ninguno de los soldados que le iban a acompañar y que apenas superaban los veinte años de edad estaban preparados para este tipo de acción, pero no tenía otra opción. Debía cumplir órdenes e intentar traer a Farlow en perfectas condiciones.

Capítulo 18

Mientras tanto, en Jericó, a medida que corría la voz de que el suicida había sido Abdul, un sentimiento de incredulidad se apoderaba de todas las conversaciones: «El tercer hijo de los Sid Alam, el erudito». La gente no podía creerlo. A la gran mayoría de los ciudadanos de Jericó no le parecía bien lo ocurrido, estaban en contra de la violencia y un acto de esa magnitud solo podría traerles desgracias. Muchos años habían pasado desde la última vez que uno de los suyos se había inmolado y todos sabían que las represalias llegarían, trayendo más muerte y desolación. La tensión iba en aumento, se podía percibir en las calles vacías, normalmente ocupadas por niños jugando y adultos sentados a las puertas de los pequeños cafés fumando sus narguiles.

En la casa de la familia Sid Alam la actividad no cesaba. Alí, el padre, había salido para buscar a alguien que les quisiera acoger; mientras caminaba por las calles se preguntaba: «Pero si nosotros somos una familia de comerciantes, pacíficos, ¿cómo puede haber hecho algo así un hijo mío?». La madre no podía moverse, estaba sentada en una pequeña silla de madera y mimbre en una esquina de su habitación en penumbra, todavía en estado de *shock*, incapaz de asumir la muerte de un hijo, y menos aún inmolándose y matando a tantos inocentes. Los dos hermanos mayores, Ahmed y Nimr, habían sido llamados por sus jefes milicianos, así que recogieron todas sus pertenencias y salieron a toda prisa. Yasmin, como tantas otras veces, era la que tenía que organizarlo todo. El padre le había avisado de que solo tenían una hora, por lo que decidió empaquetar algo de ropa, sábanas, mantas, los artículos de aseo y latas de comida que podrían regalar a la familia que les recibiera. Como apenas tenían dos maletas, dado que nunca viajaban, utilizaba las sábanas para hacer bultos y los ataba con cinturones y cordeles. En poco tiempo había preparado ya diez bultos.

A pocas casas de distancia Rania sollozaba desesperada en su cama.

Su habitación era de pequeñas dimensiones y muy oscura. Disponía de una diminuta ventana cuadrada, del tamaño de la palma de una mano, cruzada por dos barrotes a modo de cruz. Sin embargo, ella se había esmerado en adornarla con algunas fotografías de paisajes y murales de composiciones plásticas, cuyo colorido le daba cierta vida. Una lámpara colgaba del techo a media altura. En realidad era una bombilla a la que había colocado una pantalla de pergamino que cortó y cosió en casa de una amiga costurera con sus propias manos. La luz que desprendía era tenue y de un tono anaranjado, pero proporcionaba una sensación acogedora.

Su madre, sentada junto a ella, le repetía:

—Mi amor, no sufras más, nada se puede hacer.

Rania por momentos perdía la conciencia y pensaba que todo era una pesadilla, pero al instante regresaba la dura realidad, el drama infinito.

Con una fragilísima voz repetía:

—Madre, ¿cómo ha podido hacer algo así? ¿Cómo es posible?

—No hay respuestas, hija mía, no las busques.

Por momentos, la inmensa pena se convertía en ira y exclamaba en un tono de voz crispado:

—¿Por qué, madre, por qué?

—Hija mía, descansa, no te hagas preguntas.

—¿Que no me haga preguntas? Mamá, ¡te odio!, tú siempre con lo mismo, cómo no me las voy a hacer.

—Solo ten fe, hija mía.

—¿Fe en qué? ¿En el dolor, en la miseria humana? Teníamos una vida por delante y él se la ha llevado, y junto a ella la de muchos más inocentes, ¡nada tiene sentido! Dime, madre, ¿cuántas personas han muerto? —preguntó casi sin querer saber la respuesta.

—Creo que doce.

—Doce vidas inocentes, ¿por qué?, ¿para qué?

—Hija mía, solo Alá conoce los destinos de la vida y la muerte.

—¿Los destinos de la vida y la muerte? Madre, solo una cosa es cierta: Abdul se ha suicidado matando a doce inocentes. —Se incorporó en la cama y levantó los brazos al cielo—. ¿Por qué? —musitó de nuevo por enésima vez, sumiéndose en un llanto desgarrador.

Samantha se levantó.

—Hija, te voy a preparar un té, te hará bien.

Cuando su madre hubo abandonado la habitación, Rania se incorporó y se fue a la estancia de la entrada, donde tenían la única televisión de la casa. La encendió y sintonizó los canales internacionales; la mayoría de hogares en Jericó estaban conectados a antenas parabólicas que captaban las principales televisiones. Sintonizó Al Jazeera y después la CNN. Aunque habían pasado muchas horas, ambas seguían mostrando imágenes grabadas del lugar del atentado. Escuchó a testigos relatar los terribles momentos vividos, a políticos de todos los países y religiones condenar el ataque. También a algún familiar de las víctimas desesperado, cuya angustia no había dejado de acrecentarse. Al ver esas imágenes dejó de llorar, solo sentía rabia, una inmensa tristeza y la ira producida por la incomprensión. Pensaba en las familias de los muertos y heridos y le embargaba la idea lacerante de que todo eso lo hubiera provocado su amado Abdul.

En ese momento llegó su madre con el té en una pequeña bandeja, servido en una bonita taza de porcelana fina que aún guardaba de un regalo de bodas de sus parientes americanos. Se sentó junto a ella.

—Toma, hija, no has comido nada en todo el día, tienes que seguir adelante.

—Pero, madre, mira lo que ha hecho. —Y señaló la pantalla del televisor—. ¡Qué horror! ¿Por qué, madre? Yo le amaba tanto…, y creía que él también a mí.

—No lo podemos entender, él siguió sus creencias equivocadas.

—¿Creencias? ¿Son creencias matar a mujeres, niños y humildes comerciantes, gente como nosotros?

—Abdul tuvo malas influencias, eso le llevó a cometer esta barbaridad; hija mía, te tienes que reponer. Acábate el té y acuéstate, necesitas descansar. —Se sentía impotente para poder consolar a su hija.

Rania se acabó el té y se dirigió pensativa a su cuarto. Se tumbó en la cama todavía vestida, con su ropa preferida, la de aquel día que iba a ser tan especial. Miraba al techo y los pensamientos la ahogaban. Una hora después persistía esa angustia, sentía que no podía permanecer allí, así que se incorporó y decidió salir de la casa.

Quería estar sola, no podía hablar con nadie, solo consigo misma. Pasó de puntillas por delante de la otra habitación de la casa, en la que dormía su madre. Se puso un pañuelo negro por encima de la cabeza cubriéndose el cabello y la cara, dejando solo sus ojos a la vista. Abrió con cuidado la puerta principal para no hacer ruido. Ya había anochecido y las calles estaban desiertas; la gente tenía miedo, todos se habían recluido.

Anduvo hasta el final de la calle principal, llegó a la altura de la casa de los Al Suntan, donde aquel día se pararon los tanques, y se acordó del muchacho que con tan solo la ropa interior puesta les hizo frente. Para salvar dos vidas, las de Halima y su hija Samar; aquel era Abdul, el que estaba dispuesto a jugarse la vida por los demás. Y le inundó la ira nuevamente. ¿Qué sentido tenía todo? ¿Qué diferencia había entre las vidas de aquella madre y su pequeña hija y la de los inocentes del mercado de Jerusalén?

Siguió andando hacia fuera de la ciudad, tenía que apartarse de todo aquello. ¿Por qué los hombres deciden matar?, ¿con qué derecho? Su mente estallaba en cuestiones lanzadas como la lava ardiente de un volcán en furiosa erupción. Muchas preguntas, ninguna respuesta. ¿Qué sentido tenían las creencias si se utilizaban para justificar muertes de inocentes? ¿Cómo la mente de un joven tan bondadoso podía llegar a asumir que inmolarse matando a otros seres humanos era su misión en esta tierra para llegar al paraíso? Si el paraíso estaba allí, en los pequeños detalles… ¿Por qué él no lo había visto? De pronto pensamientos dulces irrumpían en su mente, recordaba la inmensa felicidad que sintió aquel día en la clase de ciencias cuando posó su mano sobre la de él. Aquellos minutos en los que voló un poco arriba y abajo, a derecha e izquierda, como aquellas mariposas, cuando se sintió libre. Entonces, una lágrima dulce surcó su rostro.

Pero la rabia la envolvía de nuevo y la pena se transformaba en repulsa, se sentía extremadamente frágil, no podía entender, este mundo era imposible de entender. Rania en ese momento

ya no creía en nada ni en nadie. «Si hubo dioses que lo diseña-
ron», se decía a sí misma, «no lo supieron explicar, o quizá se les
olvidó hacerlo. Y si nadie lo creó, todo se acabará un día sin aviso, sin motivos». Nada se podía explicar, su vida se estrangulaba.
Pero su mente, probablemente para resguardarse de tanto dolor,
abría ventanas de luz; en ellas se veía con Yasmin y Abdul corriendo por el jardín de su casa, quizá con diez u once años, casi
podía sentir el olor de la vieja higuera en torno a la que jugaban.
Sin embargo, de nuevo la asfixiaba el dolor; no lo podía perdo-
nar, no lo podía querer, lo odiaba profundamente. Pensaba en
su vida y en que ya nada sería igual. Y seguía caminando bajo
la luna menguante, que proporcionaba muy poca luz, pero daba
igual: aun con todo el sol del mundo Rania no podía ver, simplemente caminaba con decisión para aplacar esos pensamientos,
alejándose cada vez más de la ciudad.

Capítulo 19

Avanzó en la oscuridad sin rumbo. No se dio cuenta de que se había apartado de la carretera. En aquella huida a ninguna parte, sintió la levedad del ser y toda la incongruencia humana. Hasta un momento en que ya no pudo más y se detuvo; se agachó en cuclillas, colocó la cara entre las rodillas y se la tapó con las manos. Tanto había llorado que se le acabaron las lágrimas. Su respiración todavía estaba agitada por las emociones, pero ya era incapaz de pensar en nada, estaba exhausta.

Pasó un tiempo en aquel silencio vacío cuando de pronto le pareció percibir un reflejo; se apartó las manos de la cara, irguió la cabeza y miró hacia delante y a los lados, pero no pudo ver nada, la luna menguante apenas iluminaba más allá de un metro. En ese momento fue consciente de que estaba en medio de la oscuridad, en un camino perdido, sola. Jamás en su vida había salido por la noche sin compañía, y mucho menos fuera de la ciudad. Pero no le importaba estar allí, lo necesitaba. Tenía que serenarse. En algún sitio había leído que una forma de hacerlo era sentir la propia respiración. Así que se dejó llevar y escuchó su ser a través del aire que entraba y salía de su cuerpo. Con la mente perdida pasó un tiempo indefinido, tras el cual la agitación se fue sosegando. Comenzó a pensar de nuevo; tenía que volver a su casa, quizá su madre hubiera advertido su ausencia y estuviera preocupada. Volvería a vivir, aunque no sabía bien qué vida. Se acostaría y al día siguiente haría un tremendo esfuerzo por levantarse. Se pondría el pañuelo a modo de *hiyab,* pensó, para que solo sus ojos quedaran a la vista; así nadie podría ver el sufrimiento en su cara.

Hasta que el silencio se rompió.

—No te muevas. —Aquella voz grave quebró repentinamente sus pensamientos.

Quedó bloqueada por el pánico, consciente de que estaba totalmente indefensa en medio de la nada. Se mantuvo muy quieta. El silencio absoluto lo volvió a invadir todo, pero esta vez cargado de miedo puro. Quiso creer que aquello no estaba ocurriendo, que esa voz había sido producto de su imaginación, que allí no había nadie. Se hallaba en medio de un descampado, nadie pasaba por allí y menos de noche.

Tras unos segundos, quizá minutos, Rania giró levemente la cabeza hacia arriba, pero, antes de que llegara a la posición horizontal, aquella siniestra voz interrumpió de nuevo su movimiento, esta vez enérgicamente:

—No te muevas o te vuelo la cabeza, cerdo.

El tono y el insulto la aterraron aún más si cabe, pero además había algo que la desconcertaba: le hablaba en inglés aunque con muy mal acento. Allí en Jericó los lugareños no sabían inglés. ¿Quién sería?, ¿un turista? Pero por la noche, allí, en medio del campo desierto y con aquel insulto escupido con rabia… No entendía nada de lo que estaba pasando.

Lo peor de todo era que el tono de la voz era bajo, sonaba muy cerca. No podía distinguir nítidamente de dónde venía, le parecía que de un lugar impreciso apenas unos metros a su espalda.

Obediente, devolvió la cabeza a su posición inicial mirando hacia el suelo. La sensación era espantosa. Había sido devuelta brutalmente a la realidad, fue consciente de que estaba a merced de esa persona desconocida, que parecía controlar cada uno de sus movimientos y se dirigía a ella de manera agresiva.

Farlow llevaba allí algo más de una hora, se había acabado la botella de tequila y seguía ciego de odio, esperando una presa. Cuando atisbó aquella figura acercarse, pensó que por fin podría cobrarse su primera víctima. «Ojo por ojo», decían las escrituras; él no podía esperar al castigo de los culpables que indudablemente ejecutaría el ejército, porque aquello era un asunto personal: su hermana y su sobrina habían sido asesinadas. A través del visor no podía apreciar los detalles, así que debía tener cuidado: aquel palestino podía ir armado.

—Ponte de pie y levanta las manos muy despacio.

Rania temblaba de pánico. «¿Qué puedo hacer?», pensó fugazmente. Pero no tenía opción a resistirse; por un momento valoró salir corriendo, pero si la estaban apuntando a tan poca distancia le dispararían, así que obedeció y las levantó despacio.

Farlow se encontraba casi narcotizado, bajo los efectos del tequila mezclado con las pastillas tranquilizantes, pero la adrenalina que segregaba su cuerpo le permitió pensar con cierto orden.

Una simple caricia al gatillo y le agujerearía el cráneo, tan fácil como eso. Pero cuando ya se disponía a ejecutar a su víctima recapacitó: «¿Y si se trata de otro suicida? Podría llevar una bomba adosada que se activaría al caer. En ese caso yo también volaría por los aires. No, otro Farlow no va a morir hoy, tengo que comprobar que no lleva nada encima antes de matarlo».

—Quítate la ropa —ordenó a su presa.

Rania se quedó anonadada y ni se movió.

—He dicho que te quites la ropa o te vuelo los sesos.

Por un momento el pudor superó a su miedo; simplemente no podía desnudarse delante de un hombre en medio de un descampado. «¿Y si no lo hago y me dispara? Todo se acabará, quizá sea mejor así, quizá sea el destino», pensó, y permaneció inmóvil.

La voz del mal volvió a surgir a sus espaldas:

—Es la última vez que lo digo: quítatelo todo y tíralo delante de ti, muy despacio, maldito cerdo. —Esta vez sonaba en un tono mucho más elevado, al límite de su paciencia.

Supo que se hallaba al borde de la muerte. El día había sido trágico, Abdul y tantos inocentes muertos. ¿Valía la pena seguir? No obedecer sería como un suicidio. Pero ella no podía hacer eso, todavía tenía a su madre, a su amiga Yasmin, no podía huir de su vida. Pensó que no había alternativa, tenía que sobreponerse a esa infinita vergüenza.

Empezó por desabrocharse el pantalón verde de lino, que rápidamente cayó a sus tobillos. Llevaba unas bragas como calzones antiguos, algo largos y nada ajustados, que le llegaban por la mitad del muslo. Se quedó quieta.

—He dicho toda la ropa —escupió a la oscuridad Farlow, que se encontraba en máxima tensión. «Si porta explosivos los llevará debajo de la camisa, sujetos al cuerpo», pensó.

Rania se quitó lentamente la túnica por encima de los hombros y empezó a desabrocharse su camisa favorita, la rosa con pequeñas amebas azules que con tanta ilusión había elegido para aquel día que iba a ser tan especial. Prosiguió avergonzada con la mirada fija en el suelo, hasta que llegó al último botón; pasaron unos breves segundos en los que una lágrima de angustia rodó por su mejilla y finalmente la dejó caer con suavidad hacia un lado.

A Farlow le pareció identificar a través de su visor algo parecido a un vendaje a la altura del pecho. «Maldita sea, otro suicida cargado con un cinturón de explosivos», fue lo primero que pensó. Un escalofrío le recorrió el cuerpo: si le hubiera disparado ambos habrían volado por los aires. Su prevención le había salvado. Inició un sigiloso retroceso, debía retirarse otros veinte o treinta metros adicionales. Se sentía satisfecho al encontrarlo antes de que llegara a territorio israelí, iba a evitar otra masacre. Solo tenía que apartarse esos metros y volarle la cabeza. Llegó a la posición que consideró segura, de nuevo se recostó sobre el suelo, afianzó el dedo en el gatillo y, cuando iba a apretarlo, Rania se desprendió de la última prenda que le quedaba todavía puesta: el pañuelo que le cubría su larga y preciosa cabellera.

Farlow levantó instintivamente la cara de la mirilla del arma. Volvió en segundos a mirar por el visor.

«Pero si es una mujer, una maldita zorra», pensó. Dirigió su mirada a la altura del pecho de ella, esta vez identificando el supuesto vendaje. Una sonrisa abyecta iluminó su rostro.

¿Qué hacía allí una mujer en mitad de la noche? Le daba lo mismo, sería igualmente la primera víctima.

—Quítate el sujetador y levanta bien las manos, puta.

Rania le obedeció de nuevo y sus pechos quedaron al aire libre. Ella, completamente ultrajada y temblando, fijó la vista perdida en el suelo. Pasaron unos minutos eternos en los que la voz calló; luego escuchó pisadas, cada vez más cerca, hasta que de la nada apareció Farlow.

—Pero mira qué tenemos aquí, una bella jovencita —dijo con voz de borracho—. Qué bonito cuerpo tienes, déjame que lo compruebe. —Y le sobó el pecho derecho con la palma de la mano.

Rania, llena de asco, instintivamente se la apartó de un golpe.

—¡Maldita puta, no me toques! —gritó Farlow, y le propinó una fuerte bofetada en la cara que la derribó al suelo. Rania advirtió enseguida el olor a alcohol, aquel tipo estaba totalmente ebrio, y se quedó paralizada; estaba allí, en el suelo, casi desnuda, delante de un soldado borracho y armado.

—Estaba dispuesto a matar a varios jodidos palestinos y tú vas a ser la primera, pero antes me divertiré un poco —le susurró al oído utilizando un tono de voz tan bajo que apenas pudo entender—. Date la vuelta, vamos, no tengo tiempo que perder, ya me has oído —le gritó esta vez enardecido, con los ojos fuera de sus órbitas y completamente fuera de sí.

Rania se giró en el suelo boca abajo y él le ató las muñecas con un cordel que llevaba en el bolsillo. Pudo haber utilizado las esposas que le colgaban del cinturón, pero ni se lo planteó: el tequila ya no le dejaba pensar con claridad.

—Ahora ponte a cuatro patas, así, mirando a tu jodido Jericó —le espetó a la vez que la levantaba por las caderas para ponerla en la posición adecuada.

Rania no ofrecía resistencia, era como si ya no estuviera allí.

Farlow se situó detrás de ella, dejando el fusil al lado, y se desabrochó torpemente los botones del pantalón. Sacó el cuchillo que llevaba en el cinturón y le rompió las bragas haciéndole un corte en la cadera izquierda; entonces le separó las piernas apartándolas hacia fuera.

La agarró por las caderas con las dos manos, levantó la mano izquierda y le golpeó con fuerza en la parte inferior de la espalda. La cara de Rania se estampó contra el suelo y se hizo una brecha en la ceja izquierda. Entonces, cuando ella estaba totalmente a su merced, Farlow la penetró desde atrás con violencia.

Fue una violación brutal. Rania sentía su cara aplastada contra las pequeñas piedras del terreno y un dolor profundo, como si la desgarraran por dentro, pero no se podía mover y ni siquiera podía chillar; había perdido el habla, estaba en estado de *shock*. Solo un leve gemido salió de su pecho.

Él movía su cuerpo adelante y atrás golpeándole las nalgas con violencia y torpeza. Se aceleró por momentos jadeando, hasta que eyaculó dentro de ella. Entonces sacó su miembro y la empujó con desprecio hacia la derecha, como quien aparta a un perro de su camino. Rania cayó recostada de lado; sus manos se soltaron, la atadura se había aflojado, y acurrucada en posición fetal, se las llevó a la cara. Y ni siquiera podía llorar, seguía sin aliento.

Farlow se hallaba de rodillas detrás de ella, tan borracho que perdió el equilibrio. Rania, tumbada allí indefensa, estaba sangrando; la penetración le había roto el himen, además de haberle producido un desgarro interior, pero lo peor era el asco que sentía. Pensó que ahora le dispararía como a un animal. Se preparó para morir. Le vino una imagen de su madre, muy joven, con la mano extendida con todo el amor del mundo. Cerró los ojos y asumió el final de su vida; era mejor así, no podría vivir con aquella vergüenza. Este mundo no merecía ya la pena.

Capítulo 20

Ackermann era consciente de que debían encontrar a Farlow antes de que pudiera cometer una locura, pero dos horas apenas les daban margen para hacerlo. «Si Farlow ha entrado en Jericó, no habrá nada que hacer —se decía a sí mismo—; cometerá una matanza y acabarán matándolo a él también o haciéndolo prisionero».

Formó a sus cuatro hombres en posición de ala delta con uno de ellos en avanzadilla, diez metros por delante del resto. La noche ya había cerrado; eso jugaba a su favor, pues los palestinos no disponían de visores nocturnos. Siguiendo las primeras huellas dejadas por Farlow se adentraron hacia el sur y a unos treinta metros giraron a la izquierda. El primer problema era el puesto fronterizo palestino. Pasaron sigilosamente girando hacia el este, en dirección a Jericó. Pudieron observar a tres o cuatro milicianos que miraban con prismáticos hacia el *checkpoint*.

De pronto el ruido de un motor rompió el tenso silencio; todos se echaron al suelo de inmediato y permanecieron inmóviles. Ackermann levantó ligeramente la cabeza y pudo ver que se trataba de un *jeep* descapotable. En él viajaban al menos cinco milicianos más y se dirigían al puesto fronterizo. En ese preciso momento tanto él como sus hombres fueron plenamente conscientes de que estaban en una misión de alto riesgo, en territorio palestino, cargados de armas y en busca de un soldado desesperado y ebrio. Si les descubrían se iniciaría un tiroteo del que probablemente les sería difícil salir con vida. Podrían pedir refuerzos desde el teléfono por satélite que llevaba uno de sus hombres a su espalda, pero no llegarían a tiempo; el terreno era árido, seco, prácticamente llano, sin muchos lugares para ocultarse. Cuando el polvo levantado por el *jeep* se posó y el vehículo se alejó hacia el punto de guardia, Ackermann levantó el brazo para indicar que se movieran hacia delante y los cuatro hombres se pusieron en pie para seguir la marcha.

Todavía podían ver las huellas dejadas por Farlow aunque cada vez con menos precisión. Siguieron avanzando con extrema cautela. El capitán sentía una enorme responsabilidad por culminar con éxito la misión; la situación se podía complicar aún mucho más y sobre él pesaba la responsabilidad de la vida de sus hombres. Ninguno era militar de carrera, todos ellos cumplían el servicio militar en su segundo año. Eran unos valientes, habían aceptado la misión sin rechistar y estaba muy orgulloso de ellos. Los conocía bien, no quería que les pasara nada.

Pero estos pensamientos enseguida quedaban a un lado, su mente analítica le llevaba a concentrarse en el momento. Tras veinte minutos andando, el soldado que precedía la marcha se detuvo e hizo una señal, ante la que todos se agacharon. Excepto Ackermann, que se adelantó hasta el punto en el que este se encontraba.

—Capitán, las huellas se pierden y unos metros más allá aparecen de nuevo pero con una bifurcación; pudo dirigirse en línea recta a Jericó o desviarse hacia el sur —susurró casi al oído de Ackermann.

En otras circunstancias, con una Unidad de Operaciones Especiales, se habrían dividido, pero sus hombres no tenían suficiente experiencia. Tenía que decidir. «¿Qué camino habrá tomado Farlow?», se preguntó, e intentó ponerse en su lugar. «Nadie en su sano juicio y con un mínimo de instrucción militar se habría dirigido en línea recta a Jericó, andando en paralelo a la carretera totalmente desprotegido; demasiado arriesgado. Lo lógico sería apartarse unos cien metros de esta y avanzar campo a través», pensaba casi en voz alta Ackermann.

Pero Farlow estaba desesperado y fuera de sí, así que concluyó que no actuaría con prudencia. Además no tenían mucho tiempo como para buscarle en campo abierto. Se decidió por la opción más arriesgada: dirección Jericó. Solo con el amparo de la noche siguieron avanzando en línea recta, a unos treinta metros de la carretera, en paralelo a ella. Todo parecía falsamente tranquilo, veían a lo lejos luces chispeantes de las primeras casas.

La primera vez que estuvo a las puertas de la ciudad fue al mando de una fuerza de ocho carros de combate. Habían pasado unos años. Recordaba perfectamente a aquel valiente muchacho de grandes ojos negros que con solo su mirada se enfrentó a sus cañones y salvó a aquella pequeña y a su madre. Ahora era bien distinto, sin la seguridad de los carros de combate y toda una unidad. Iban solos, a pie, en la oscuridad, cinco hombres, armados pero desprotegidos. Cuanto más se acercaban a Jericó, más le brotaba un sudor frío de alerta, alerta al riesgo, alerta quizá a la muerte.

El tiempo corría en contra de aquel grupo, había transcurrido una hora y seguían avanzando muy despacio aunque ya no había rastro del soldado Farlow. Tenían que volver, necesitarían otra hora para llegar de vuelta al *checkpoint*.

—Alto —dijo en voz baja pero audible para todos al tiempo que se agachaba—, tenemos que regresar. —Él habría seguido pero las órdenes estaban para cumplirse.

—Un momento, capitán, acérquese aquí. —El soldado situado a la cabeza de la formación reclamó su atención.

Ackermann avanzó hacia él sigilosamente. Cuando llegó a su altura este le señaló con el brazo hacia delante apuntando con un dedo.

—Mire allí, capitán.

Le indicaba un punto a unos doscientos metros a la entrada de Jericó, donde parecía haber movimiento. Cogió sus prismáticos con visor nocturno de mayor precisión que el integrado en el casco y observó a través de ellos. Veía todo en colores verdes de distinta tonalidad, pero el efecto de los infrarrojos no le impedía apreciar con nitidez la escena. Había varios *jeeps,* en torno a los cuales se movían grupos de milicianos que subían munición y armas, como si estuvieran organizándose para salir.

Ackermann pensó que la misión había llegado a su fin, todo era demasiado arriesgado, y retiró los prismáticos de su cara, pero justo al hacerlo le quedó una imagen en la retina; había un grupo de rocas a unos veinte metros enfrente de donde se situaban. Era el primer lugar a cubierto que habían encontrado desde que salieron del *checkpoint*. Miró su cronómetro: pasaban ya siete minutos de la primera hora; dudó pensando que aquel era un lugar perfecto para parapetarse. Volvió a coger los prismáticos y observó minuciosamente. No había nadie escondido tras las rocas, pero delante de ellas le parecció apreciar algo, veía una forma verde oscura parecida a un bulto.

Había que intentarlo, era la última opción. Ordenó con gestos a dos de los hombres que le acompañaran y a los otros que esperaran allí, cuerpo a tierra, cubriéndoles. Ya estaban a tiro de las ametralladoras Browning que los milicianos palestinos llevaban montadas sobre sus *jeeps.*

Avanzaron lentamente hasta llegar a la cara oeste de las rocas y se detuvieron. Si Farlow estaba allí y ellos surgían de repente, se asustaría y podría confundirlos con palestinos e iniciar un tiroteo. Eso sería el final de todo: además de poderse matar entre ellos, los milicianos escucharían los disparos y en menos de cinco minutos llegarían a su posición. Así que se aventuró a decir en voz muy baja:

—Farlow, soy el capitán Ackermann —habló en hebreo—. ¿Estás ahí?

Y solo recibió el silencio como respuesta.

Ackermann esperó unos segundos. Decidió que sería él quien se asomaría al otro lado de las rocas, no quería que ninguno de los dos soldados que le acompañaban fuera abatido al pasar junto a estas y quedar al descubierto. Sabía que como jefe de la misión no debía poner en peligro su vida, pero Ackermann, como buen militar de carrera, pensaba que los mayores riesgos los debía asumir él, estaba entrenado para ello; al fin y al cabo los otros soldados estaban cumpliendo su servicio militar y esta no era su profesión. Así que hizo una señal a sus hombres para que le cubrieran y sin pensárselo saltó ágilmente por la derecha de las rocas.

Entonces descubrió una escena que disparó su ritmo cardiaco: el cuerpo de un soldado israelí caído hacia un lado, probablemente Farlow, y junto a él, el de una mujer joven desnuda. Ambos inmóviles, como actores de una tragedia. Una botella de tequila vacía junto al fusil Tavor. Se acercó al cuerpo del soldado, lo movió ligeramente y vio su cara: era Farlow. Tenía la sien atravesada por un disparo y junto a la mano su pistola Desert Eagle. Puso dos dedos en su cuello sin ninguna esperanza, buscando un indicio de vida, pero no percibió latido alguno, estaba muerto. Se acercó a la muchacha; un charco de sangre le rodeaba la cintura. Le tocó la muñeca y notó que ella sí tenía pulso. Estaba inconsciente, desangrándose. Ackermann no dudó, sabía cómo actuar en las situaciones más difíciles. Avisó con la mano a los otros dos soldados para que se acercaran. Descolgó el teléfono por satélite que cargaba en la espalda uno de ellos y llamó al coronel. Los soldados de reemplazo se quedaron horrorizados al contemplar la situación.

—Coronel, le habla el capitán Ackermann: le hemos encontrado —apenas susurró.

—Excelente, capitán —le interrumpió precipitadamente el coronel.

—Está muerto.

—¡Muerto! —exclamó—. Maldita sea, esos palestinos.

—No, mi coronel, parece que se ha suicidado.

—¿Cómo que se ha suicidado?

—Sí, mi coronel, tiene un tiro en la sien y su pistola está junto a su mano.

—No puede ser, capitán.

—Pero hay algo más, señor: junto a él hay una chica desnuda; parece palestina, está inconsciente, tiene un fuerte golpe en la ceja izquierda y se está desangrando… —dudó un instante— por su vagina. Quizá me esté aventurando pero… —quedó indeciso Ackermann.

—Pero ¿qué? —exclamó el coronel iracundo.

—Todo parece indicar que ha sido violada.

—Joder —bramó el coronel—. ¿Está seguro de todo lo que me dice?

—Sí, mi coronel —añadió Ackermann en muy bajo tono de voz—. Estamos situados a solo doscientos metros de la entrada de Jericó y observamos movimiento en torno a varios *jeeps;* parece como si una patrulla fuera a salir. Señor, no podemos cargar con el cuerpo de Farlow, no llegaríamos al *checkpoint,* antes nos descubrirían.

—Capitán, no se muevan, esperen órdenes.

—Sí, señor —contestó Ackermann—, pero dense prisa porque estamos a su merced. —La línea se cortó al otro lado.

Ackermann se giró hacia sus dos hombres y les pidió que se agacharan y siguieran vigilando la entrada de Jericó. Ambos estaban atónitos ante lo que estaban viviendo.

El coronel, que había salido de la sala donde se reunía el gabinete de crisis, estaba desconcertado. Tenía que entrar ahí de nuevo y dar parte de lo que estaba ocurriendo, pero con esa información tan imprecisa no se sentía nada cómodo. Se estiró la chaqueta desde las solapas hacia abajo, tragó saliva y accedió a la sala desde la que aquellos cuatro altos cargos del Estado trataban de coordinar todas las acciones.

—¿Hay noticias, coronel? —le interrogó el ministro de Defensa en cuanto le vio entrar.

El coronel Stern explicó como pudo lo sucedido, pero obvió el asunto de la joven. A medida que contaba los hechos podía observar cómo el gesto de los rostros de los cuatro hombres se tornaba, si cabe, aún más serio.

—A ver si le hemos entendido bien, coronel. —Bilden no podía dar crédito a lo que había escuchado; como ministro de Defensa se sentía más responsable que nadie de lo que estaba ocurriendo; al fin y al cabo Farlow era un soldado de su ejército y la patrulla de rescate también la conformaban sus hombres, así que tomó la palabra de nuevo—: ¿Nos está diciendo que han encontrado al soldado Farlow, a tan solo unos doscientos metros de la entrada de Jericó, muerto, con un tiro en la sien y parece que se ha suicidado?

—Sí, señor, nos acaba de informar el capitán Ackermann desde el lugar de los hechos: tiene su pistola en la mano y un disparo en la sien del mismo costado.

—¿Que se ha suicidado? —interrumpió Simon Zalat en un tono casi burlesco—. Venga, hombre, ¿nos está diciendo que un soldado, armado, con ánimo de vengar la muerte de su hermana, se adentra por la noche varios kilómetros en territorio palestino arriesgando su vida y al llegar a escasos metros de

Jericó decide suicidarse? No pretenderá que nos creamos esa historia —añadió el jefe de la Unidad de Operaciones Especiales del servicio secreto.

El coronel quería tratar el delicado asunto de la chica en particular con el ministro de Defensa, pero comprendió que no iba a ser posible: aquellos hombres eran los responsables de tomar las decisiones y Ackermann y su unidad estaban en peligro, no podía perder ni un minuto más, así que completó su explicación.

—Hay algo más: junto a Farlow han encontrado el cuerpo de una joven desnuda y desangrándose, pero todavía vive, con signos de violencia. Todo parece indicar que ha sido violada.

—Mierda —exclamó el ministro del Interior.

—No pueden volver atrás con el cuerpo de Farlow. Les descubrirían, hay mucho movimiento de milicianos a la entrada de Jericó.

—Hay que enviar una unidad de rescate a buscarlos y ponerlos a salvo ahora mismo, antes de que los descubran —interrumpió al coronel el ministro de Defensa.

Mientras los miembros del gabinete se enzarzaron de nuevo en reproches y dudas, Baroc, el secretario del primer ministro, no dejó pasar ni un segundo; se apartó de la mesa en torno a la que estaban reunidos y llamó al móvil del primer ministro al tiempo que salía de la sala. Sabía que al margen de cuál fuese la respuesta decidida, necesitarían su autorización, dado que la acción se estaba produciendo en territorio palestino. Al observarlo, todos se callaron imaginando con quién se estaba comunicando. Dos minutos después volvió a entrar; los miembros del gabinete de crisis mantenían un silencio tenso, expectantes.

—El primer ministro autoriza que organicemos el rescate —dijo de forma contundente.

Capítulo 21

Mientras tanto, detrás de aquellas rocas la situación era extremadamente incierta; todos eran conscientes de que sus vidas pendían de decisiones tomadas por otros, ya no estaba en sus manos. Ackermann se acercó a Farlow. Apestaba a alcohol. Enseguida se percató de que tenía los botones del pantalón desabrochados y su miembro estaba fuera, confirmando sus primeras suposiciones. Junto a su mano derecha tenía la pistola reglamentaria, el dedo índice todavía estaba tocando el gatillo. No se podía hacer nada por él. Solo darle un entierro digno. A continuación se acercó a la joven mujer tirada en el suelo como un perro muerto en una carretera, sin ropa alguna para protegerse. La escena era surrealista, difícil de creer; no se lo pensó: saco su móvil, enmarcó a Farlow, la chica, la botella de tequila vacía, la pistola y la oscura mancha de sangre y presionó el icono de foto aun a riesgo de que el destello les delatara.

Después vio los pantalones de lino de Rania y los posó sobre su cuerpo, intentando cubrirle los pechos. Miró alrededor y observó una camisa rosa con pequeñas amebas azules; la rompió y con un trozo de la tela le hizo un vendaje en torno a la frente, para cubrirle la herida de la ceja que seguía sangrando. Se fijó en la muchacha: tenía los ojos cerrados y una lágrima amarga en medio de su mejilla, como si se hubiera congelado en su camino hacia la mandíbula. Estaba temblando. «Quién sería y cómo habría llegado hasta allí», Ackermann era un hombre de bien, no pudo más que sentir una gran lástima por ella.

En ese momento se escuchó derrapar a lo lejos las ruedas de tres *jeeps* de los milicianos palestinos que salían de Jericó para reforzar el paso fronterizo. El peligro acechaba. La carretera era prácticamente recta desde Jericó hasta las casetas del puesto palestino, salvo por una suave curva cien metros delante de los vehículos. Cuando los *jeeps* entraron en ella, los haces de luz de sus faros se desviaron de la carretera iluminando el lado izquierdo del camino, en concreto las rocas tras las que se ocultaban precariamente. Todos se quedaron inmóviles, paralizados…, el riesgo de ser vistos era muy alto. Colocaron los dedos en los gatillos de sus armas. Los segundos durante los que la luz les barrió, cegándoles en su visión, fueron eternos; tuvieron la impresión de que les habían descubierto.

Sin embargo, los *jeeps* pasaron la curva y la luz de sus faros se fue con ellos a iluminar el centro de la carretera; de nuevo en la recta aceleraron hasta unos setenta kilómetros por hora, levantando una gran polvareda. Se acercaban en paralelo a su posición. Ackermann estaba en máxima tensión, acostado junto al cuerpo de Rania, mirando por la mirilla de su arma. Con una señal indicó a sus hombres que apuntaran a la carretera. Si les habían descubierto ahora frenarían bruscamente y bajarían de los *jeeps* para dispararles.

En ese momento la luz verde del teléfono por satélite destelló sobre la espalda del soldado que lo portaba. Isaac, que estaba a su lado, reaccionó veloz: dejó el fusil y con su mano y su cuerpo se echó encima de ella para ocultarla y evitar que sus destellos les delataran.

Finalmente los *jeeps* llegaron a su altura, pero pasaron de largo acelerando hacia la frontera, ante el alivio de Ackermann.

El soldado Isaac descolgó el auricular y se lo pasó directamente a Ackermann.

—Capitán —le susurró acercándoselo.

—Al habla el capitán Ackermann —contestó.

—Ackermann, vamos a enviar una unidad de helicópteros de rescate del ejército adonde se encuentran, les tenemos localizados por su GPS —dijo el coronel Stern—. Descríbame la situación —añadió desde la sala del gabinete de crisis con el altavoz abierto para que todos los presentes pudieran escuchar la conversación.

—Señor, ahora estamos rodeados por milicianos; un grupo de ellos ha pasado hacia el flanco oeste, estarán llegando a la frontera, unos doce hombres armados a bordo de tres *jeeps*. Al este, en la entrada de Jericó, parece como si más unidades se estuvieran preparando para defenderse de un ataque, hay mucho movimiento.

—OK, capitán, escuche bien: los helicópteros ya han salido de su base y estarán ahí en muy pocos minutos. Desde el momento que oigan el ruido de sus rotores tardarán un minuto más en alcanzar su posición y unos treinta segundos en posarse; solo uno de ellos lo hará, el resto cubrirá la operación desde el aire. Entonces tendrán que subir el cuerpo del soldado Farlow y saltar ustedes dentro; tienen apenas otro minuto para hacerlo y despegar de inmediato. Suponemos que los milicianos pensarán que los helicópteros se dirigen a Jericó. En cuanto vean que se quedan suspendidos en el aire, saldrán hacia allí. Por lo que nos indica sobre su posición deduzco que tardarán solo tres o cuatro minutos en llegar, quizá suficiente para que ya hayan despegado; si no es así, lo más previsible es que les ataquen; en ese caso estén preparados, tendrán que repeler el fuego.

—Entendido, coronel.

—Ackermann, que tengan suerte, los quiero ver a todos sanos y salvos muy pronto.

—Gracias, mi coronel, la necesitaremos.

Ackermann dispuso a sus hombres para que se reagruparan; los otros dos que habían quedado atrás se acercaron. Por señas apuntó a su reloj, luego con el dedo índice marcó uno, señalando de nuevo su cronómetro para que entendieran que se refería a un minuto. A continuación señaló al oscuro cielo y movió el dedo índice haciendo círculos, como describiendo el movimiento de las hélices de un helicóptero. Marcó una zona donde suponía que aterrizarían, señaló el cuerpo de Farlow, indicándoles que tenían que subirlo y recoger su fusil, su pistola y la botella vacía de tequila. Además indicó con su mano las posiciones a dos de los hombres que tendrían que cubrirles, los otros dos cargarían el helicóptero. No debían dejar rastro. Todos le entendieron perfectamente y en el silencio de aquella oscura noche asumieron el peligro de la situación. Sabían que tenían que hacerlo muy rápido porque los milicianos no tardarían en llegar en cuanto vieran al helicóptero posarse en tierra.

La espera era tensa y, como siguiendo su vieja costumbre en situaciones de peligro, Ackermann, que se mantenía sereno, rezó una breve oración.

En las casetas fronterizas de los palestinos se habían agrupado los milicianos de guardia con los refuerzos llegados en los tres *jeeps*. El jefe de la unidad estaba muy nervioso, tenía órdenes de defender la posición. Sabía que los israelíes tarde o temprano averiguarían que el suicida era de Jericó y les atacarían. Podían hacerlo con una incursión por aire o por tierra. Si este último era el caso entrarían por esa carretera, vendrían con escuadrones de tanques; por mucho que intentaran repeler el ataque su misión era casi suicida. Ellos no tenían visores nocturnos y la noche era muy cerrada. No podrían detenerlos. Por esa razón Ahmed Sid Alam se había ofrecido voluntario para dirigir esta misión; si moría en ella, acompañaría a su hermano mártir.

De pronto empezaron a oír el sonido de los rotores de unos helicópteros y todos los milicianos se miraron conscientes de que se acercaba el momento de la acción. Ahmed se sorprendió: ¿helicópteros en una noche tan cerrada? Era un tanto arriesgado, quizá tendrían alguna oportunidad de derribarlos. En cualquier caso se congratuló de disponer de misiles tierra aire portátiles. «Seguro que se dirigen a Jericó para destruir nuestra casa», pensó. Pero no era habitual hacerlo desde helicópteros, normalmente enviaban los tanques o incluso disparaban un misil desde un avión. El éxito de una incursión en helicóptero era más incierto y a ellos les daba la oportunidad de abatir alguno de ellos, pero no le dio más vueltas y mandó preparar el lanzamisiles portátil. Se temía que les disparasen a ellos antes siquiera de que los pudieran divisar en el horizonte. Pasados unos segundos el sonido se iba acrecentando pero no veían nada; su unidad estaba muy intranquila, pues la sensación de indefensión en tierra era absoluta. El ruido terrorífico de la guerra cada vez más cerca, sin poder divisar nada; sin embargo, sabían que ellos podían ser vistos con suma facilidad, estaban en un puesto fronterizo iluminado. En la mente de todo aquel grupo de jóvenes palestinos gravitaba el pensamiento de que quizá en unos minutos morirían, dejarían a sus mujeres, padres e hijos para siempre, en este mundo tan inseguro en el que les había tocado vivir. Algunos bendecían la acción suicida de Abdul, otros lo detestaban —solo les causaría dolor—, pero todos tenían claro que debían estar allí, defendiendo a su pueblo.

Y de pronto surgieron haces de luz iluminando el terreno desde el oscuro cielo. Cuatro helicópteros Apache israelíes. Como si Alá quisiera iluminar un punto de la Tierra, pensó Ahmed. Pero aquello no era un haz sagrado. El potente foco de aquel helicóptero se desplazaba por el terreno de un lado a otro, como si buscara algo distinto al puesto fronterizo, perfectamente visible. En cualquier caso, Ahmed pensó que era una oportunidad para derribarlo. Ordenó a sus hombres que apuntaran con el lanzamisiles y abrieran fuego.

Ackermann vio el foco y fue consciente de que se acercaba el momento, por lo que hizo una señal a uno de sus hombres. Este encendió una bengala y la disparó al cielo y todo se iluminó en segundos. Eso les delataría, pero era la única manera de que la patrulla de helicópteros les viera rápido y supiera exactamente dónde estaban. La clave era que se posaran muy cerca de donde se encontraban ellos; si no era así, no les daría tiempo a llegar hasta él.

Los helicópteros se dirigieron de inmediato a su posición. Mientras tres de ellos formaban un triángulo e iluminaban una supuesta pista de aterrizaje, en el centro del triángulo el cuarto se dispuso a aterrizar. Empezó a bajar lentamente a solo unos treinta metros de las rocas.

De pronto un sonido agudo y veloz brotó desde el puesto fronterizo. Era un misil tierra aire. Todos vieron el haz de luz y fuego surcar el oscuro cielo a gran velocidad, en una fracción de segundo. Pero pasó de largo, levemente desviado de su objetivo.

El helicóptero de rescate se posó en tierra; el polvo y el estruendo eran insoportables. Saltaron dos soldados al tiempo que el escuadrón del capitán Ackermann se ponía en marcha. Dos de sus hombres recogieron el cuerpo de Joseph Farlow, otro su fusil y la pistola. El ruido era ensordecedor, y de pronto Ackermann miró a la chica herida. No había recibido instrucciones concretas del coronel. Su ágil mente analizó las opciones y sus consecuencias. Si la dejaban allí, los milicianos comprobarían que había sido violada y el hecho llegaría a los medios de comunicación; además, ella estaba viva y podría contarlo todo. Se generaría un conflicto que pondría en entredicho a Israel. Y si se la llevaban, ¿qué hacer con ella? Ninguna opción le parecía buena, tampoco podía llamar pidiendo instrucciones, tenía escasos segundos para decidir. Entonces la miró de nuevo, la sintió tan indefensa, tan joven… Los pantalones de lino que le cubrían el torso habían salido volando con el aire levantado por el helicóptero. Dejó de lado el análisis en clave política y pensó en ella. Se estaba desangrando, si tardaban mucho en atenderla moriría; además, dudó que en Jericó hubiera un hospital en condiciones. No se lo pensó. La cogió en brazos. Notó el cuerpo caliente y se alegró, porque significaba que seguía viva. Uno de los miembros de las fuerzas de rescate se echó el fusil automático Tavor a su espalda y se acercó de inmediato para ayudarle. Para entonces Ahmed y sus hombres, montados en sus *jeeps,* ya habían llegado hasta el lugar, tomando posiciones, y abrieron fuego con sus armas ligeras. Desde los helicópteros repelieron el fuego disparando sus potentes cañones automáticos M-230.

Un proyectil entró como una exhalación por el lado externo del hombro derecho de Ackermann, sin avisar. Rompió con violencia el músculo como si atravesara una fruta. Sintió un golpe que le desequilibró, no pudo sostener el peso de Rania y ambos cayeron al suelo. Ackermann conocía perfectamente las consecuencias de recibir un balazo. Sabía que si el proyectil se alojaba en un músculo quizá en el primer instante ni lo percibiría, si en su trazo rompía o astillaba un hueso el dolor no tardaría en llegar y si atravesaba un órgano vital lo más probable sería una rápida muerte. Pero al margen del despiadado trazado que siguiera el proyectil, la revelación del impacto sería el súbito golpe; por ello al caer al frío suelo desértico fue consciente de que había recibido un disparo. El dolor estaba allí pero él todavía no lo apreciaba. Con Rania sobre sus muslos percibió con terror los zumbidos de los proyectiles que silbaban sobre su cabeza. Fue entonces cuando su generoso ser se manifestó. Ackermann se inclinó para cubrir con su cuerpo el de la muchacha, resguardándola de las balas. Y por un instante, en medio de aquel caos desafiante a la muerte, sintió su piel.

Dos de sus hombres, que ya habían alcanzado el helicóptero, al ver lo sucedido saltaron de inmediato a tierra, sin pensar en el riesgo para sus vidas. Uno de ellos cogió a Rania en brazos mientras el otro ayudó a levantarse a su capitán. El soldado asignado a la ametralladora del helicóptero disparaba frenéticamente hacia el lugar del que venían los destellos de las armas de los milicianos. Desde el aire el resto de los helicópteros hacían lo mismo, batían con sus cañones toda la zona con tal virulencia que los milicianos tenían que ponerse a cubierto tras sus *jeeps*. El piloto del helicóptero en tierra pudo ver la señal de uno de los soldados que con el pulgar arriba le indicaba que todos estaban a bordo, así que atrajo hacia sí los mandos y el helicóptero se elevó.

La escuadra compuesta por los cuatro helicópteros abandonó a gran velocidad la zona en dirección a Jerusalén. Ackermann estaba sentado en uno de los asientos laterales. Rania reposaba sobre una camilla entre sus pies y los de uno de los miembros de la tripulación situado frente a él. Alguien la había tapado con una manta azul oscura de lana. El miembro de la tripulación sentado a su derecha sacó una botella de plástico de alcohol de noventa grados de un pequeño botiquín de primeros auxilios y le avisó con gestos mostrándole la botella y su etiqueta para que se preparara ante el dolor que iba a sentir. Ackermann asintió con la cabeza. El soldado vertió un buen chorro del líquido en un algodón y presionó sobre la herida. Ackermann sintió un escozor terrible y sus ojos brillaron acuosos, pero ningún gesto reveló el dolor que sentía.

El copiloto se giró y le pasó un casco con micrófono incorporado.

Nada más colocárselo escuchó una voz al otro lado de la línea.

—Al habla el coronel Stern.

—Coronel, misión cumplida, volvemos todos sanos y salvos —omitió el hecho de que a él una bala le había atravesado el hombro—, traemos el cuerpo de Farlow y… —dudó, sabedor del efecto que la información que iba a trasladarle causaría en su superior— a la chica.

—¿La chica? Pero, capitán, ¿cómo ha podido…?

—Señor, se estaba desangrando y, además, nos habría puesto en un compromiso si la dejamos allí, sobrevive y cuenta lo sucedido.

—Sí, quizá tenga razón; está bien, me alegro de que estén todos a salvo, buen trabajo —dijo el coronel, que no dejaba de reflexionar sobre las consecuencias de haber recogido a la muchacha palestina.

A continuación se dirigió al gabinete de crisis y les informó de lo ocurrido. Esta vez fue Alberg, el ministro del Interior, quien resumió lo expuesto por el coronel. Era como si ante el desenlace de los acontecimientos necesitaran repetir sus palabras para recapitular lo que habían oído.

—Así que tenemos a una Unidad de Operaciones Especiales volviendo de territorio palestino con uno de nuestros soldados con un tiro en la sien, su sangre llena de alcohol y, por si fuera poco, además nos traemos a una joven palestina medio muerta y con signos de haber sido violada.

—¡Magnífico! —exclamó en un tono sarcástico Zalat.

Bilden, el ministro de Defensa, intervino en tono severo:

—No es tan sencillo; si la hubieran dejado allí, los de Al Jazeera no tardarían en tener una sabrosa exclusiva: «Soldado israelí ebrio viola a una joven palestina en el curso de un acto de agresión». Pronto habrían averiguado que el soldado Farlow era hermano de dos de las víctimas del atentado del mercado y que lo había hecho como represalia por la muerte de sus familiares. Venga, Alberg, ¿usted qué habría hecho?

—Eliminarla —interrumpió fríamente el jefe de Operaciones del Mossad.

—Pues sepa que nuestro ejército no está integrado por fríos asesinos —le espetó Bilden indignado.

Mientras, a bordo del helicóptero, el soldado especialista en primeros auxilios procedía a vendar el hombro de Ackermann para detener la hemorragia. Él, con su espalda apoyada contra el respaldo, no podía dejar de observar a aquella chica acostada a sus pies. Era muy joven. Dudó si como responsable de la misión había hecho bien recogiéndola, pero finalmente se alegró de ello. Al fin y al cabo había salvado una vida inocente. Y de repente, entre el ensordecedor ruido del rotor del helicóptero, miró su cara de nuevo y apreció su extrema belleza; por unos segundos sintió un silencio absoluto, una gran paz interior; había hecho lo que debía.

Capítulo 22

En la sala de reuniones del Ministerio de Defensa, los miembros del gabinete de crisis se enzarzaron en una ardua discusión sobre cómo proceder. La única cuestión en la que estaban de acuerdo era que lo primero que tenían que explicar eran las circunstancias de la muerte del soldado Joseph Farlow.

El secretario Baroc, que había salido para informar al primer ministro de lo ocurrido, entró de nuevo en la sala preguntando:

—¿Tienen alguna propuesta?

Como era habitual, la primera opción que habían descartado era contar la verdad: «Un soldado israelí, hermano de una de las víctimas del atentado, completamente ebrio, se suicida tras violar a una joven palestina indefensa»; eso causaría un enorme revuelo, los medios árabes y occidentales lo utilizarían para desprestigiarles aún más.

Alberg, que como ministro del Interior estaba acostumbrado a malabarismos informativos, contestó al secretario:

—Deberíamos separar los acontecimientos. Por un lado el soldado habría muerto en un intercambio de disparos con un grupo palestino que quería internarse en territorio israelí, y respecto a la chica habrá que inventarse algo.

Al secretario Baroc este enfoque no le parecía mal: enardecería aún más a la opinión pública y les daría una mayor cobertura para tomar represalias por el atentado de la mañana.

El ministro de Defensa tomó la palabra:

—Pero eso supone inventarse completamente la historia y hay muchos testigos de lo ocurrido; además la prensa querrá saber detalles: ¿por dónde entraron esos milicianos?, ¿dónde estaban nuestros hombres?…

—Eso no es problema, catalogaremos los hechos como información clasificada por razones de seguridad nacional, así no tendremos que dar a conocer ningún detalle.

—¿Y respecto a los testigos?

—Todos firmarán un acuerdo de confidencialidad según el modelo que utilizamos para operaciones secretas —cerró el debate el ministro del Interior.

—OK. ¿Y la chica? —preguntó Baroc.

Se hizo un profundo silencio porque nadie sabía muy bien qué hacer con ella. Se trataba de un verdadero problema.

—No podemos devolverla a Jericó como si nada hubiera pasado —se contestó a sí mismo el secretario al ver que nadie intervenía.

—Por supuesto que no, eso desmontaría toda nuestra historia sobre Farlow y además supondría un gran desprestigio para el ejército —intervino el ministro del Interior.

—Alberg, esto no tiene que ver con el ejército, se trata de una actuación individual de un muchacho borracho y al parecer con cierto desequilibrio que, desesperado, comete una barbaridad —dijo el ministro de Defensa un tanto suspicaz, intentando defender la institución a la que representaba.

—Sí, pero recuerde que todo lo ha hecho vestido de uniforme —casi recriminó Alberg a Bilden.

Entonces el responsable del Mossad tomó la palabra:

—No creo que sea un gran problema; llevémosla a uno de nuestros centros secretos de detención. —Todos sabían a qué se refería el director de Operaciones del servicio secreto. Aquellos centros se utilizaban para aislar y obtener información de enemigos secuestrados en cualquier parte del mundo.

Sin embargo, el ministro de Defensa se opuso de inmediato a esa opción.

—Zalat, entre los miembros del comando de helicópteros y la escuadra de Ackermann hay por lo menos veinte testigos de que esa mujer ha sido recogida cerca de Jericó, eso no funcionaría. —En realidad a Bilden no le hacía ninguna gracia dejarla en manos del servicio secreto sin garantías sobre su destino.

Finalmente, ante la imposibilidad de llegar a un acuerdo sobre la chica, Baroc resumió los pasos siguientes:

—Bilden, envíen a un oficial a informar a los padres de Farlow. En cuanto lo hayan hecho, avísennos. Alberg, ustedes escriban el comunicado de prensa oficial recogiendo la explicación de la muerte en combate y toda esa historia de los terroristas infiltrados, y usted, coronel, contacte con los helicópteros y que se dirijan al hospital Sahaare Zedek de Jerusalén; aún tenemos algunas horas para decidir qué hacer con ella.

Capítulo 23

El barrio alemán de Jerusalén destacaba por sus muchos bares y restaurantes. Fue fundado a finales del siglo XIX, cuando un grupo de cristianos protestantes alemanes decidió instalarse en la zona de Beit Tzafafa. En aquel tiempo eran muchos los grupos de creyentes cristianos que buscaban afincarse en la tierra en la que vivió Jesús. Así, además del alemán, en Jerusalén existía el barrio armenio, en la Ciudad Vieja.

En el piso del número siete de la calle Emek Refaim reinaba un silencio atronador, y no porque la noche estuviera ya bien entrada. Aquel día la tragedia se había adueñado de sus habitantes en forma de muerte. Por ello, cuando sonó el timbre de la puerta principal fue como una amarga alteración de la falsa paz que reinaba en su interior.

La señora Farlow estaba acostada en su cuarto. Era tal su desesperación que apenas podía llorar la muerte de su hija Esther y de su pequeña nieta. El médico le había suministrado tranquilizantes para intentar superar el *shock* vivido. Su marido, que rondaba los sesenta años, sentado en su butaca, se asfixiaba como cualquier padre que pierde a una hija de manera tan injusta y canalla. Intentaba buscar en sus pensamientos algún hilo de luz donde no lo había. Se incorporó desde el sofá de la sala en el que se hallaba sumido en sus pensamientos, sin rumbo. Vestía un pijama azul claro con costuras en los bordes, de hilo también azul, pero mucho más oscuro, y encima llevaba puesta una bata de seda comprada hacía muchos años en una tienda de telas regentada por una familia árabe, vecinos de Jerusalén.

Hacía rato que esperaba esa llamada a la puerta. Se acercó a ella lentamente. En un acto reflejo aproximó su ojo derecho a la mirilla; fuera estaba oscuro, no podía ver bien los rostros, pero sí fue capaz de reconocer que se trataba de militares. Le reconfortó pensar que por fin habían traído a su hijo Joseph, el único que les quedaba vivo, el único que les podría acompañar en aquellos momentos tan trágicos y entender el sufrimiento por el que estaban pasando. Joseph adoraba a su hermana mayor, debía de estar destrozado.

Al abrir la puerta se encontró con los dos militares, pero ninguno de ellos era su hijo. No le sorprendió, pensó que se trataría de algunos de sus compañeros que venían a acompañarles en el sentimiento.

—Hola, ¿en qué os puedo ayudar?

—Soy el comandante Marteen, de la cuarta división. ¿Es usted Jonas Farlow?

—Sí —contestó el padre de Joseph.

—¿Nos permite que pasemos?

—Sí, claro. ¿Vienen por lo del atentado?, ¿son compañeros de mi hijo? —preguntó Jonas algo intranquilo.

El comandante tragó saliva antes de hablar.

—Lamento comunicarle —hizo una muy breve pausa— que su hijo Joseph ha fallecido esta tarde en un enfrentamiento con milicianos palestinos que intentaban infiltrarse junto al *checkpoint* de Jericó para llevar a cabo un atentado.

—No puede ser, no, mi hijo no… —apenas balbució Jonas tambaleándose hacia atrás hasta casi perder el equilibrio.

El comandante y el soldado que le acompañaba lo sostuvieron de inmediato para evitar que cayera al suelo. Le recostaron en el tresillo de la sala. Aquella mañana esa familia se había levantado con sus ilusiones intactas y llena de vida y esa noche tres de sus miembros ya no estaban allí, ni lo estarían nunca más. Nada se explicaba, nada tenía sentido.

Una hora más tarde, ya entrada la madrugada, un escueto comunicado emitido por el Gabinete de Información del Ministerio del Interior llegó a todas las redacciones de los medios de comunicación:

«Esta noche, sobre las 9 PM, un grupo de terroristas armados ha intentado llegar a la Autopista 1 desde Jericó campo a través, eludiendo el *checkpoint* emplazado en aquel lugar. Su intención era introducirse en territorio israelí y llegar a Jerusalén, probablemente para cometer otro atentado. Fueron interceptados por los soldados de guardia y se produjo un intenso intercambio de fuego, a consecuencia del cual el soldado Joseph Farlow, adscrito al regimiento de infantería de la zona Sur y que se encontraba en su tercer año de servicio militar, ha recibido un disparo en la cabeza que le ha causado la muerte instantánea. La incursión fue repelida con éxito.

»El Gobierno en pleno quiere transmitir su dolor y pésame a la familia del soldado Farlow, que ha perdido la vida en este acto heroico defendiendo a su país y evitando la entrada de peligrosos terroristas que habrían golpeado sin piedad a la población civil. El Gobierno otorgará a título póstumo al soldado Farlow la medalla al mérito militar».

Capítulo 24

riel Karsberg, jefe de Urgencias del hospital Sahaare Zedek de Jerusalén, recibió una llamada del director del centro.

—Dos individuos bajo expediente XJ, el XJ025 y el XJ026, van a ser ingresados en minutos. El helicóptero se posará en la azotea como de costumbre.

—OK, jefe.

Ariel no preguntó, conocía el protocolo que debía seguirse cuando ingresaban a alguien sin conocer su identidad y bajo las siglas XJ. Se trataba de pacientes a cargo del servicio secreto, el Ministerio del Interior o el de Defensa. Normalmente permanecían ingresados y aislados durante un tiempo breve hasta que eran trasladados de nuevo. En el tiempo de estancia en el hospital siempre estaban vigilados por un servicio de seguridad propio. Los expedientes se clasificaban como secretos y nadie hacía preguntas. Nadie sabía de dónde venían ni adónde iban y, lo más importante, a efectos de los registros internos nunca habían estado allí. Si alguien procedía a una investigación posterior le sería muy difícil conocer a ciencia cierta su identidad.

Cuatro minutos después de esa conversación, bajaron al primero de los pacientes en una camilla por el único ascensor que comunicaba con la azotea. Fue llevado directamente a la sección de Urgencias. Ariel se dirigió a ella para ponerse al mando de la situación; también lo estipulaba así el protocolo: le correspondía al médico jefe del turno de urgencias encargarse directamente de esos ingresos. Cuando llegó a la sala en la que se encontraba el individuo, se topó con dos hombres con traje oscuro apostados a ambos lados de la entrada, sin duda miembros del servicio secreto. Al pasar junto a ellos arqueó las cejas y movió ligeramente la cabeza hacia arriba a modo de saludo. Estos miraron su identificación con descaro y después le devolvieron el saludo con frialdad.

Finalmente, se acercó a la camilla en la que reposaba ese primer ingresado XJ al que intentaban estabilizar. Se encontraba rodeado de enfermeros, le habían intubado para facilitarle la respiración y le estaban suministrando una transfusión a través de una vía en el brazo izquierdo. Por los movimientos y las caras del personal de urgencias, el doctor Karsberg ya podía suponer que se trataba de un caso grave. Lo primero que le llamó la atención fue que era una mujer; se sorprendió porque, que él recordara, y llevaba trabajando en urgencias muchos años, era la primera vez que en ese hospital se abría un expediente XJ a una mujer. Inmediatamente pidió al doctor presente en la sala que le diera un primer partc tras la exploración inicial a la que la habían sometido.

—La paciente está inconsciente, tiene unos veinte años y por sus rasgos parece árabe. Presenta una herida en la ceja izquierda. Por los restos de tierra y pequeñas piedras que tiene en la frente, todo indica que fue consecuencia de un fuerte golpe contra el suelo. Tiene toda esa parte del rostro muy hinchada y apenas puede abrir el ojo izquierdo, pero no parece que haya lesiones mayores; aunque habrá que esperar a las radiografías. Lo más preocupante es la hemorragia que ha sufrido por un desgarro vaginal: ha perdido mucha sangre y está muy débil. Hay restos de sustancia blanca en su vagina y su pubis, parece semen, con poco margen de dudas, aunque no tenemos todavía resultados de los análisis que estamos haciendo a las muestras que tomamos; no hace falta ser un lince para poder afirmar que esta chica ha sido brutalmente violada.

Ariel quedó atónito ante las explicaciones de su colega. Como experimentado doctor de la sección de Urgencias había visto de todo: heridos civiles descuartizados por el efecto de bombas, soldados moribundos transportados por aire desde primera línea, adolescentes palestinos heridos de bala…, pero este caso sin duda iba más allá de todo lo conocido. Una mujer joven, de aspecto árabe, con claros síntomas de haber sido violada, traída en un helicóptero del ejército y con el servicio secreto en la puerta. ¿De dónde habría salido? ¿Por qué la traía el ejército y no la Policía si se trataba de una violación? ¿Y de dónde la traían? Era consciente de que lo más probable es que nunca supiera las respuestas a aquellas preguntas que le rondaban la cabeza; resultaba muy extraño, pero allí en Tierra Santa todo podía ocurrir en cualquier momento.

Al tratarse de un expediente XJ se imponía un protocolo rígido de actuación, pero al haber ocurrido una violación también había un procedimiento específico a seguir. Así que, para asegurarse de cómo debía proceder, Ariel llamó al director del hospital.

—Jefe, el primer paciente que han bajado es una mujer.

—¿Y qué? —prorrumpió el director irritado por las interrupciones a su sueño que estaba teniendo esa noche.

—Ha sido violada. ¿Deberíamos avisar a los servicios de atención, psicólogos, dar parte al instituto de defensa de la mujer, sus familiares…?, ya sabe, el protocolo que debe seguirse en esos casos.

—Nada de eso, Ariel; el único protocolo que debe seguirse es el indicado para los expedientes XJ, limítense a estabili-
zarla y esperemos a que nos trasladen una nueva orden.

—OK —contestó algo contrariado, y colgó el teléfono.

En ese momento, el médico de guardia que estaba reci-
biendo a los heridos se le acercó.

—Ariel, han traído al otro individuo. —Y le agarró del
brazo para acercarle a una habitación contigua a la sala de urgencias—. Se trata de un capitán del ejército, está consciente.
Su ingreso también fue calificado como XJ.

Cuando Ariel se acercó a la habitación, observó que también había vigilancia en la puerta, pero esta vez se trataba de tres
militares. Se paró en la puerta antes de entrar y preguntó:

—¿Qué diagnóstico presenta?

—Ha recibido un disparo en el hombro izquierdo, parece que le ha atravesado parte del músculo. Vamos a hacerle unas
radiografías y un contraste para ver si tiene algún hueso astillado o algún tendón roto. En el camino al hospital alguien le empapó con alcohol, seguro que eso ha evitado cualquier posibilidad de infección.

—¿Y cómo aguantó el dolor?

—No lo sé, pero al llegar aquí tampoco se ha quejado.

Tras escuchar el resumen del diagnóstico inicial, resultado
de esa primera exploración, Ariel entró en la sala.

—Hola, soy el doctor Ariel Karsberg, jefe del servicio de
Urgencias del hospital. —Dado que Ackermann era allí el expediente XJ026, se dirigió a él por su rango, que era visible en
la solapa del hombro derecho de su uniforme, que todavía no le
habían quitado—: ¿Cómo se encuentra, capitán?

—Bien, gracias, doctor.

—Ha recibido un impacto de bala; en principio parece que
no hay ninguna fractura, aunque le vamos a hacer alguna prueba
para asegurarnos; tampoco está infectada, ese alcohol que le

pusieron viniendo hacia aquí seguramente lo ha evitado. Debió de escocerle mucho.

—Sí, doctor, pero eso no era lo que más me preocupaba en aquel momento. —Hizo una breve pausa y preguntó—: ¿Cuándo podré salir de aquí?

—Aún es pronto para saberlo, depende del resultado de las pruebas. De momento es muy importante que descanse, le suministraremos analgésicos para el dolor.

Ariel salió de la habitación muy tranquilo; este caso no tenía mayor trascendencia, le preocupaba esa pobre chica. Había perdido demasiada sangre y todavía estaba en peligro.

Capítulo 25

E ntrada ya la madrugada del sábado, la actividad en el
Ministerio de Defensa continuaba siendo frenética. En
la planta siete, donde se encontraba ubicada la sala principal de
reuniones, había más de cincuenta personas, la mayoría militares aunque muchos de ellos fueran vestidos de civil. Unos
caminaban decididos de un lado a otro, otros se concentraban
en sus ordenadores en permanente conexión con los cuarteles
y *checkpoints* para seguir la situación en las zonas de más riesgo. Dadas las circunstancias, el descanso del Sabbat no se respetaba; el tiempo era oro, todavía había importantes cuestiones que
resolver. En el interior de la sala principal seguían reunidos los
integrantes del gabinete de crisis: los ministros de Defensa e Interior; Baroc, el secretario del primer ministro, y Zalat, el jefe de
Cesárea, la Unidad de Operaciones Especiales del Mossad; además de ellos y aunque no era miembro de ese comité, el coronel
Stern todavía les acompañaba. Colaboradores de todos los an-

teriores entraban y salían constantemente a instancias de sus jefes allí presentes. Todos en la sala estaban muy atentos al contenido de las conversaciones, excepto Zalat, que pasaba la mayor parte del tiempo entretenido leyendo y contestando los *emails* que recibía en su BlackBerry; lo hacía usando tan solo el dedo pulgar, con gran destreza. Mientras, su mano izquierda viajaba del cenicero a sus finos labios, saboreando uno tras otro cigarrillos de su paquete de Marlboro Light. Estaba prohibido fumar en aquel edificio y en la sala el aire era irrespirable, pero a él le importaba muy poco, y al resto de partícipes de la reunión les sobraban temas de discusión como para abrir uno nuevo sobre la conocida costumbre de Zalat de ignorar las normas. Preferían convivir con la humareda que les rodeaba con tal de no enfrentarse a él por ese motivo.

Toda la operación de rescate se calificó de secreta bajo el nombre en clave de «Dulces Sueños». ¿De dónde salían esas denominaciones? Nunca se sabía, solo se les exigían dos requisitos: que no fueran hirientes contra nadie ni contra nada y que no tuvieran ninguna relación con el asunto. Paradójicamente, «dulces sueños» era justo lo que tenía en su mente Rania segundos antes de enterarse de la inmolación de Abdul, pero, claro, eso solo lo sabía ella, y en ese momento Rania no le importaba a nadie, era solo un problema más por resolver.

La calificación como operación secreta hacía que muy pocas personas conocieran íntegramente el curso de los hechos y las decisiones que se estaban tomando.

Alberg, el ministro del Interior, recibió de uno de sus colaboradores un *email* impreso.

—Atentos, señores —interrumpió con energía y elevando la voz para conseguir que todos los demás dejaran de hablar—, tengo un nuevo informe de la policía forense —añadió para reforzar su reclamo de atención. Fue tal su tono que esta vez consiguió que hasta Zalat apartara la vista de su móvil y le mirara por encima de las gafas que se había puesto para revisar los *emails* recibidos en su móvil.

Alberg inició su lectura:

La cabeza recogida en el lugar de la explosión del mercado de Mahane-Yehuda contiene en su cuello considerables cantidades de nitroglicerina, el explosivo utilizado en el atentado. Todo parece indicar que esos restos y en esas cantidades solo pueden haber llegado allí desde el cinturón o chaleco bomba utilizado para el atentado, por lo que se deduce que la cabeza analizada es la del suicida. No se han podido realizar los habituales análisis de ADN de saliva y dentadura porque no quedan restos de las mismas. Hemos tomado unas muestras de hueso de su cráneo, pero tardaremos algo más de tiempo en analizarlas.

—Eso es todo por el momento —concluyó Alberg.

En ese instante el móvil de Simon Zalat vibró ostensiblemente sobre la mesa. Leyó en la pantalla «Moisés»; se trataba de uno de sus más cercanos colaboradores. Apretó el botón de contestar pero no dijo nada. Moisés llevaba trabajando muchos años con Zalat, y cuando su jefe descolgaba sin hablar significaba que estaba con alguien más y no quería llamar la atención sobre la identidad de su interlocutor pero estaba esperando que él hablara. Así que inició su mensaje:

—Jefe, nuestras fuentes palestinas nos informan de que el suicida es Abdul Sid Alam. Vivía en Jericó; tenemos localizada su casa, está vacía, parece que sus familiares ya la han abandonado. Son once hermanos, bueno, ahora diez; el mayor, Ahmed, es un activo miliciano. Todavía no sabemos dónde se han refugiado. De momento eso es lo que conocemos, le mantendré informado. —Ambos colgaron al unísono sin despedirse. Moisés se dispuso a enviar los datos del nombre y la dirección de la vivienda por *email* a su jefe.

En la sala se había hecho un silencio absoluto. Todos miraban a Zalat.

—Se llamaba Abdul Sid Alam —dijo con deleite.

—¿Quién? —preguntó Baroc, aunque imaginaba la respuesta.

—El suicida; se llamaba Abdul Sid Alam, vivía en Jericó.

—¿Cómo lo saben? —interpeló el secretario del primer ministro molesto al comprobar que una vez más esos tipos del Mossad se habían adelantado a todos.

—Señores, si quieren ganar al diablo procuren tener amigos en el infierno. —Y sin decir más sonrió satisfecho sin separar los labios, para luego continuar—: Tenemos localizada su vivienda en Jericó; eran once hermanos. El mayor se llama Ahmed Sid Alam y es un peligroso miembro de las milicias. La familia ya ha abandonado la casa temiendo represalias. Podemos hacer una incursión con tanques y derribarla o volarla con un misil en cuestión de minutos —sentenció Zalat.

—Pero no podemos equivocarnos, necesitamos las pruebas de ADN y su confirmación contrastándolas con el ADN de algún familiar —le replicó el secretario del primer ministro.

—Imposible de conseguir en tan poco tiempo. Nuestro contraespionaje necesitaría un día más para obtener muestras de alguien de la familia Sid Alam y luego cotejarlas con las del suicida —manifestó rotundo Zalat.

—Transmitiré la información al primer ministro —añadió el secretario—; esa decisión la debe tomar él. ¿Y respecto a la chica? —preguntó.

El ministro del Interior intervino:

—Me informan del hospital de que la han estabilizado y, aunque ha perdido mucha sangre, está fuera de peligro. Sobrevivirá.

—¿Y qué hacemos ahora? —preguntó Bilden.

—Déjennosla a nosotros —sugirió Zalat en un tono inquietante.

Se hizo el silencio. Los presentes no dijeron nada pero todos se imaginaban qué ocurriría; simplemente, desaparecería de la tierra sin dejar rastro. Tras unos tensos segundos intervino Bilden.

—No es posible que esté sugiriendo eso; esa joven muchacha no ha hecho nada, es la víctima de una violación cometida por uno de nuestros soldados, maldita sea, ¿hasta dónde puede llegar, Zalat?, no tiene usted ni un gramo de humanidad —le espetó. En realidad todos pensaban como Bilden pero tampoco veían una solución fácil. Finalmente este hizo una propuesta—: Estarán de acuerdo conmigo en que cada minuto que pasa será más difícil justificar y mantener oculta esta situación. —Apretó los labios y prosiguió—: No sabemos siquiera de quién se trata; empecemos por ahí, alguien debería interrogarla, si es que está consciente, saber quién es y actuar en consecuencia.

—¿Actuar en consecuencia? —dijo en tono irónico Zalat—. Esa chica es un problema. ¿Quiere que la dejemos libre y vaya explicando cómo los soldados del ejército israelí se toman la justicia por su mano? Vamos, Bilden, no sea ridículo.

Este se levantó enfurecido y se dirigió a Zalat gritando:

—Es usted un miserable, ¿cómo se atreve a hablar así de nuestros soldados, que dedican y dan su vida por defendernos? Lo de Farlow es un acto de un joven ebrio y enloquecido por la muerte de su hermana y su sobrina, ¿cómo se atreve a juzgar a todo un ejército por ello?

—Tiene razón —intervino con presteza el secretario del primer ministro interponiéndose entre los dos, al ver que la discusión subía de tono alarmantemente—. Zalat, mida sus palabras. —Jeremías Baroc, como secretario del jefe del Gobierno, estaba acostumbrado a lidiar con problemas complejos, muchas veces con decisiones difíciles de tomar. Se sentía cómodo en esas circunstancias, así que prosiguió seguro de sí mismo—: Una cosa es cierta: no podemos dejar a esa chica suelta y que vaya a los medios a contar lo ocurrido. Se me ocurre una posible salida —dijo mientras volvían todos a sentarse en torno a la mesa—. Pensemos cómo se encontrará: ha sido deshonrada por un judío, por lo que probablemente estará muy avergonzada; quizá si le proponemos un pacto de silencio lo acepte.

—¿Un pacto?

—Le podríamos facilitar una vida en otro lugar y algo de dinero para que pueda mantenerse con holgura, durante un tiempo cautelar, claro. Después de ese tiempo prudencial, podría volver a Jericó; todo se habrá enfriado y, aunque no tendremos garantías de que no cuente la historia, el asunto ya no sería motivo de una revuelta generalizada. Además siempre podremos negarlo todo, será su palabra contra la nuestra. Y estará el asunto del dinero: podríamos amenazarla con hacer públicas sus cuentas y transferencias desde Israel. Los palestinos pensarían que se trataba de una colaboradora nuestra. Podríamos llamarlo un destierro temporal voluntario.

—¿Y dónde la podemos enviar? —preguntó Bilden, todavía algo alterado por los comentarios anteriores de Zalat.

—Le buscaremos un destino en algún país árabe; seguro que los egipcios, que están ahora mediando en las negociaciones de paz, se prestarían a ello, no creo que nos pidan muchas explicaciones —contestó Baroc.

—¿Y si no acepta el pacto? —intervino esta vez el ministro del Interior.

Zalat, al que no le gustaba hacia dónde estaba derivando el asunto, tomó la palabra rápidamente:

—Señores, déjense de absurdos pactos, le podemos abrir una causa como presunta terrorista detenida cuando intentaba infiltrarse para cometer un atentado suicida —sentenció. Y prosiguió—: Si nos la dejan a nosotros podríamos «encontrar» fácilmente un cinturón cargado del explosivo habitual de los suicidas y obtener una confesión firmada en veinticuatro horas.

A Bilden, que había pasado toda su vida en el ejército hasta llegar al rango de general, le repugnó la propuesta de Zalat, pero fue Baroc quien intervino:

—Hay que intentar llegar a un pacto; y si no lo acepta, nos quedará su opción, Zalat. Informaré al primer ministro para su consentimiento, pero falta por cerrar algo: ¿quién va a hablar con ella?

—Nosotros tenemos a dos de los nuestros en la puerta de su habitación —sugirió Zalat con gesto satisfecho; siempre lo esbozaba cuando sentía que se adelantaba a los acontecimientos.

A Bilden, como ministro de Defensa y responsable de las fuerzas armadas, le producía rechazo la idea de que fuera el servicio secreto el que manejara la situación; además de despreciar a Zalat, no se fiaba de sus métodos. Y era un incidente en el que estaba involucrada una unidad del ejército: una posible violación de una joven palestina y el suicidio de un soldado; no podían perder el control, temía que permitieran a Zalat y sus hombres dirigir la operación, así que de inmediato intervino enérgicamente:

—Si esa chica recibe la visita de dos miembros del servicio secreto se asustará aún más de lo que está.

—¿Y qué sugiere? —preguntó Baroc.

Todos miraron con atención al ministro de Defensa, que, tras hacer una pausa, indicó:

—Que la interrogue el capitán Ackermann. Nos evitaríamos que nuevos actores conozcan la situación y podría hacerlo de inmediato dado que se encuentra en el mismo hospital.

—Pero ¿no está herido en el hombro? —preguntó Alberg.

—Si no lo han operado todavía, seguro que puede hacerlo. Sería lo más rápido y más discreto —insistió Bilden.

—OK, no parece una mala idea —afirmó el secretario del primer ministro—. Explíquenle la situación a ese Ackermann; mientras, le expondré todo lo acordado al primer ministro para su autorización definitiva.

Bilden resopló de satisfacción; había conseguido apartar, por el momento, al servicio secreto de la investigación y mantener un asunto tan delicado en su ámbito. Inmediatamente pidió al coronel Stern que le pusieran con Ackermann; quería asegurarse personalmente de que el trabajo no se les iba de las manos.

Zalat se sintió decepcionado de que no le dejaran arreglar las cosas a su manera, pero un *email* que recibió en ese momento le hizo cambiar el semblante. El correo decía:

De: «Moisés»
Para: «Simon Zalat»
Asunto: dirección de la vivienda
Le informo de que nos confirman nuestras fuentes desplazadas de que la familia del suicida ha abandonado su casa y se dirige a la vivienda de unos amigos cuya dirección está en Ein al Duyuk al Tahta.

Zalat manipuló levemente el mensaje recibido: borró «... y se dirige a la vivienda de unos amigos», quedando así el mensaje: «Le informo de que nos confirman nuestras fuentes desplazadas que la familia del suicida ha abandonado su casa cuya dirección es Ein al Duyuk al Tahta». A continuación escribió como mensaje propio por encima de este: «Adjunto les envío la dirección que nos ocupa para proceder con lo acordado».

Puso en destinatarios a Baroc, Alberg y Bilden y sonrió; estaba seguro de que con ese ligero cambio de estructura, sus líneas iniciales y un poco de suerte, todos se confundirían y pensarían que la dirección escrita cra la de la casa vacía. Nadie caería en la cuenta de que se trataba de la dirección de la vivienda en la que se iban a refugiar. Solo faltaba que el primer ministro decidiera no enviar los tanques, sino volar con un misil la vivienda del suicida; de esta forma el ejército eliminaría a toda la familia de ese bastardo sin saberlo. Para cuando se descubriera el error ya se habría consumado su particular venganza y siempre podría escudarse en que él se refería a la vivienda de refugio y no a la deshabitada. En realidad sabía que, pasados unos días de polémica, el asunto se archivaría, porque una vez cometido el error a nadie le interesaría generar más tensión. No era la primera vez que provocaba u ordenaba la matanza de inocentes y no sentía ningún remordimiento al respecto.

Capítulo 26

En la habitación 203 de la sección de urgencias del hospital Sahaare Zedek todo habría parecido normal si no fuera porque tres militares permanecían apostados en la puerta. En su interior Ackermann estaba todavía sentado sobre la cama; le habían traído uno de esos pijamas de hospital abiertos por detrás pero no se lo había puesto. Esperaba que de un momento a otro lo fueran a buscar para llevárselo al quirófano cuando su móvil empezó a vibrar.

Observó por la pantalla que se trataba del coronel Stern y se apresuró a contestar.

—Coronel, aquí Ackermann.

—Ackermann, le paso al general Bilden, nuestro ministro de Defensa —matizó el coronel para prevenirle.

—Ackermann, ¿cómo se encuentra?

—Bien, mi general. —En realidad no se encontraba muy bien; aparte del dolor en el hombro sentía un malestar general.

—Le hablo al respecto de la situación de esa chica; comprenderá que no debe hacerse público nada de lo ocurrido porque podría generar serios conflictos; ella no puede ir por Jericó libremente contando las vicisitudes por las que ha pasado. —Ackermann entendió perfectamente que era muy probable que en caso de saberse toda la historia se produjera una revuelta generalizada, pero no estaba tan seguro de que ella fuera a contarlo todo, aunque en cualquier caso era verdad que el riesgo de que lo hiciera existía. Bilden prosiguió—: Vamos a proponer a esa chica un pacto; ella no revela lo ocurrido y nosotros le ofrecemos exilio en un país árabe, probablemente Egipto, durante un tiempo prudencial. Le sufragaremos todos los gastos depositándole suficiente dinero en una cuenta en un país extranjero.

—Perdone, general, pero ¿por qué iba ella a aceptar algo así?

—Porque la otra opción es que pase a manos del Mossad, y... —hizo una pausa seguida de una ligera tos más de incomodidad que de otra cosa y siguió—: le harán firmar una declaración en la que admita que ha sido apresada intentando cruzar el *checkpoint* con un cinturón de explosivos y se pudrirá en una cárcel durante el resto de su vida. —Sin dar mucho tiempo a Ackermann para asimilar lo escuchado, continuó—: Imagino lo que está usted pensando, pero es lo mejor que hemos podido conseguir para ella. —Bilden, que había salido de la sala a medida que avanzaba su conversación, reafirmó su mensaje en un tono muy serio y tras una pausa—: Ackermann, si fuera por el jefe de Operaciones del Mossad, esa chica ya no estaría viva. La cuestión ahora es que alguien le tiene que hacer esa propuesta y convencerla de que es lo mejor para ella. Agentes del Mossad están ahora custodiando su habitación y se han ofrecido a hacerlo, pero no me fío; he propuesto al comité de crisis que sea usted quien lo haga.

Ackermann no se sentía en absoluto preparado para tratar con una muchacha que acababa de sufrir un trauma de esa magnitud. Pensó que lo adecuado sería que fuera una psicóloga preparada para estos casos quien le hiciera la propuesta, pero la sola posibilidad de que la acusaran en falso de ser una terrorista le indignaba, así que se decidió a intervenir.

—Cuente conmigo, señor, lo intentaré.

—Capitán, ¿cuál es su nombre propio?

—David.

—David, ya hemos hablado con el médico de guardia: retrasarán su intervención para que pueda dedicar un rato a la chica, pero no dispone de mucho tiempo. Que tenga mucha suerte, espero que la convenza.

Ackermann estaba en su habitación casi en penumbra. Llevaba un aparatoso vendaje y le habían dormido la zona del hombro donde la bala le había atravesado el músculo. El doctor Ariel Karsberg se opuso en un principio a que nadie molestara a la chica; ella estaba consciente aunque habían conseguido estabilizar su situación hacía solo unos minutos. Pero no pudieron hacer nada, las órdenes venían del secretario del primer ministro; además era una paciente ingresada como expediente XJ, es decir, la autoridad del Estado estaba incluso por encima de su salud.

Ackermann quiso reflexionar unos minutos antes de actuar. En parte se sentía satisfecho de que le hubieran encargado entablar una primera conversación con la joven; al fin y al cabo él había decidido en última instancia recogerla. Ackermann era un tipo muy solvente, dotado de excelentes capacidades analíticas y de una gran inteligencia emocional, fácilmente se podía poner en la piel de los demás; sin embargo, la situación era muy delicada. Antes de entrar intentó analizar fríamente los hechos. Los médicos habían confirmado lo que ya sospechaba: la hemorragia se debía a un desgarro interno producido por una violenta penetración. Como se temió desde el principio, Farlow, embriagado de ira, tranquilzantes y tequila, había violado a esa muchacha. Le repugnaba. Farlow merecería pasar el resto de su vida encerrado, pero tampoco podría ser, estaba muerto. Pensaba en la familia de Farlow: sus padres habían perdido en un mismo día a una hija, a su pequeña nieta gemela y a su único hijo. Ackermann imaginaba que la versión oficial ocultaría lo sucedido en Jericó, no mancharían el apellido de los Farlow con el asunto de la violación...

Y después estaba la vida de aquella joven mujer, otra víctima inocente en un día trágico. ¿Cómo se sentiría? ¿Por dónde podía empezar? Ni siquiera sabía en qué idioma hablarle.

Pero en todo este asunto había algo intrigante que le daba vueltas a la cabeza.

Al llegar al lugar de los hechos se encontró con aquella muchacha desangrándose y el soldado Farlow a su lado con su arma junto a su mano derecha. Ackermann inmediatamente intuyó que, tras cometer la violación, Farlow se suicidó y así lo comunicó a su superior... Fue una vez en el helicóptero de regreso a Jerusalén cuando cayó en la cuenta de un detalle: Joseph Farlow era un excelente tirador. Zurdo.

Capítulo 27

Cuando abrió sus negros ojos se sintió desconcertada; estaba en una habitación extraña, en penumbra. Una aguja le atravesaba la vena principal del brazo derecho, no le dolía pero le impresionaba verlo. Observó la bolsa de plástico de la que caían intermitentemente gotas de un líquido transparente. Estaba suspendida en alto, en un mástil de metal junto a su lecho.

Desconcertada, dedujo que se encontraba en un hospital; jamás antes había estado ingresada.

Había diversos interruptores en la pared, dos de ellos iluminados por luces rojas, que parecían alertar sobre algo, pero no había suficiente luminosidad para identificar de qué avisaban. Las sábanas tenían un roce incómodo, casi rasposo.

Un pensamiento envuelto en la indefensión interrumpió la detallada observación de la habitación: «Pero ¿cómo he llegado hasta aquí?».

Se sentía muy débil y confusa bajo el efecto de los tranquilizantes; sin embargo, algo en su interior le pedía viajar a través de su memoria. Sabía que iba a ser un trayecto doloroso pero tenía que hacerlo; ella siempre buscaba respuesta a sus preguntas, con mayor razón debía hacerlo ahora.

La primera escena que revivió fue aterradora: estaba casi desnuda, postrada sobre sus rodillas y codos, como a cuatro patas; de pronto, un fuerte empujón sobre su espalda le estampaba la cara contra una tierra fría, pequeñas piedras se clavaban en la piel de su cara. Ese fue el recuerdo inicial, quizá porque el hematoma de la frente, la ceja partida y el ojo hinchado casi cerrado le molestaban; o tal vez porque sabía que había algo más terrible que le daba miedo rememorar.

De pronto, sintió un fuerte dolor en su interior que le llenó de un vacío absoluto. Sus recuerdos empezaron a multiplicarse desordenadamente cual catarata incontenible. La voz siniestra, aquellas órdenes terribles, un cuchillo cortándole la piel en la cadera y, finalmente, la amarga e indescriptible angustia del momento de la violación. Giró la cara contra la fría almohada llena de asco y apretó los ojos, como si al hacerlo se pudiera evadir de la realidad. Una lágrima perdida bordeó la base de su nariz. En aquella soledad absoluta su mente viajó junto a su madre. Quería abrazarla fuerte, separarse un poco, mirarla, sentir su olor y volverla a abrazar. Arrugó el ceño y, entonces sí, un mar de lágrimas brotó incontenible de sus ojos. Después la imagen de Abdul la invadió y sintió amor y odio con la misma fuerza. «¿Por qué todo esto?», se preguntó.

¿Por qué todo este huracán de maldad, miseria y tragedia? Sentirse humillada la desgarraba, jamás podría vivir con arreglo a sus principios y su cultura, sabía que su vida nunca sería igual, pero lo que no podía soportar era que su amado Abdul, el chico serio y noble, hubiera elegido inmolarse destrozando cientos de vidas mientras ella guardaba celosamente para él todo su inmenso amor. No podía perdonarlo. Cerró los ojos y, por última vez, lo odió infinitamente.

Sus pensamientos solo se interrumpieron cuando un haz de luz proveniente del pasillo se introdujo en la estancia. Simuló estar dormida, en esos momentos ni quería ni podía soportar la presencia de nadie.

Ackermann abrió con delicadeza la puerta y entró en la habitación. Olía a vida frágil. Se acercó a la cama y se quedó parado junto a ella. Rania mantenía los ojos cerrados y respiraba suavemente, como no queriendo estar. Él rompió el silencio en un tono dulce y amable:

—Me llamo David Ackermann, soy capitán del ejército israelí. Te encontramos gravemente herida en la frontera con Jericó. —Hizo una pausa y prosiguió—: Yo mismo te recogí del suelo del desierto y decidí traerte a este hospital de Jerusalén para que te atendieran.

Con esa introducción Ackermann entendía que conseguía varios objetivos. Primero se presentaba sin preguntarle a ella quién era, para transmitirle cierta cercanía. Después le explicaba, aunque solo fuera en parte, lo que había ocurrido; y, además, le desvelaba que él la había ayudado y por tanto no quería hacerle ningún daño, más bien lo contrario.

Rania le oyó perfectamente, pero ni se inmutó.

—¿Cómo te llamas? —preguntó Ackermann. No obtuvo respuesta—. Entiendo que no quieras hablar, pero necesitamos saber algo de ti para poder ayudarte —añadió.

No había reacción. Rania estaba todavía en estado de *shock*, sentía asco. Su dulce y femenina mente no entendía nada, quería morirse y seguía pensando en su madre y en que necesitaba abrazarla. Estaba a punto de llorar, pero, por primera vez en su vida, no quería transmitir sus sentimientos, y menos delante de un desconocido. No podía inhibirse de los acontecimientos. Y la voz prosiguió:

—Tú no has hecho nada malo, solo quiero el bien para ti, pero para ayudarte necesito saber. —Ackermann, que se había sentado en un taburete bajo de hierro pintado de blanco, propio de un hospital de otra época, volvió a fijarse en sus facciones: esos pómulos pronunciados y aquellos labios tan bien dibujados y tiernos. Realmente era muy bella. Sintió lástima: una vida destrozada para siempre, sin sentido alguno. ¿Qué ilusiones tendría? ¿Quiénes serían sus padres? Seguro que ahora estarían desesperados buscándola. Cuánto habría sufrido allá en medio de la nada, salvajemente ultrajada. ¿Estaría casada?, en Palestina las mujeres se casaban muy jóvenes, pero no lo creía. Dudaba que una esposa pudiera abandonar su casa sola. Seguro que le gustaría algún chico, tendría sus amigas, sus planes… «Qué desastre», pensó.

No parecía que le fuera a contestar, ni siquiera sabía si estaba despierta, pero en cualquier caso tenía que hacer algo. Así que instintivamente, con la intención de llamar su atención transmitiéndole afecto y cierto calor humano, le acarició la muñeca.

«Pero ¿cómo se atreve este a tocarme?», pensó Rania, sacando fuerzas de donde no las tenía. Y además podía sentir que la estaba mirando; eso no le gustaba nada, sin ella verle, así que retiró su mano de debajo de la de él, se cubrió con las sábanas la cara hasta la nariz, abrió los ojos y dijo:

—Rania Abdallah.

Ackermann ya no tenía muchas esperanzas de lograr entablar una conversación con ella, así que la respuesta le cogió por sorpresa. Esos ojos negros que se clavaban intensamente en los suyos le dejaron descolocado. Se quedó en silencio unos segundos y dijo:

—Hola, Rania. No tengas miedo de nada, solo te vamos a ayudar; ¿te acuerdas de algo de lo que pasó?

Movió la cabeza de un lado a otro negando. Sin embargo, unas lágrimas de desolación cayendo por su mejilla la delataron.

Ackermann sintió de nuevo que no estaba preparado para resolver una situación como aquella. Pero tenía que seguir adelante por el bien de ella.

No sabía ni por dónde empezar, no quería que entendiera la situación como un chantaje, pero no quedaba otro remedio. La alternativa era una vida pudriéndose en prisión acusada de intentar un ataque terrorista, o quizá ser eliminada sin escrúpulos. Así que decidió explicarle la verdad de lo ocurrido.

—Escucha bien esto, Rania —dijo Ackermann lo más respetuosamente que pudo—. Se ha creado una situación un tanto complicada. Como tal vez sepas, esta mañana un palestino se inmoló en el mercado de Jerusalén, matando a doce personas e hiriendo a muchas más.

Rania recordaba y su desolación se hizo si cabe más profunda. De inmediato pensó: «Pero ¿qué tendrá que ver lo que me ha pasado con la bomba de esta mañana? ¿Conocerían a Abdul y mi relación con él?». Por un momento su juventud le hizo sentirse culpable, como si por amar a Abdul ella hubiera hecho algo malo.

—Entre las personas que perdieron la vida se encontraba una joven madre y una de sus pequeñas gemelas de tres años —prosiguió Ackermann—. El hermano de aquella estaba de guardia en el *checkpoint* de Jericó; al conocer la noticia, abandonó el puesto, se emborrachó de tequila —mencionó como queriendo justificar lo injustificable— y se adentró hacia Jericó. Luego se encontró contigo —hizo una larga pausa y prosiguió— y, quizá como una absurda venganza y fuera de sí por el efecto de pastillas y alcohol, abusó de ti. —Volvió a mantener un largo silencio sosteniendo su mirada fijamente en la de ella, que seguía cubierta con la sábana hasta la nariz—. Si te dejamos marchar y esta historia llega a los medios de comunicación, se generarán revueltas por todas partes. Se trata del honor de una joven palestina indefensa agredida por un soldado israelí. Esas revueltas podrían derivar en una nueva Intifada de años de duración. Por otra parte, si nadie lo conoce, el ejército hará una incursión o un ataque selectivo para destruir la casa del suicida y la historia de lo que ocurrió contigo se olvidará, con el tiempo será como si nunca hubiera ocurrido. Quedarán las tragedias personales, la desolación de las familias de los inocentes fallecidos en el ataque terrorista y tu drama personal, pero, créeme, evitaremos el riesgo de un nuevo conflicto y muchas muertes. Por eso te queremos hacer una propuesta.

»Lo ocurrido se clasificará como secreto, nadie lo sabrá por nuestra parte y tú te comprometerás a no contarlo, estarás fuera de Jericó y cualquier territorio de Palestina durante un tiempo mínimo de cinco años; además pondremos una suma de dinero en una cuenta en el extranjero a tu nombre. Si algún día relatas lo ocurrido, las fuentes oficiales negarán tu versión y además no podríamos garantizar tu seguridad.

Ackermann respiró hondo. Había introducido con éxito la propuesta en la mente de aquella joven. No estaba seguro de que le hubiera comprendido a la perfección, ni siquiera sabía si entendía correctamente el hebreo. Tampoco si ella, tan joven y en unas circunstancias tan duras, habría asimilado la situación, pero aquella mirada profunda que le había estado escuchando con atención le hacía pensar que sí.

—Tienes media hora de plazo para contestarme —improvisó Ackermann, y se dio la vuelta para salir de la habitación. Un instante antes de hacerlo añadió—: Si no aceptas, la situación pasará a estar bajo control del servicio secreto y eso no sería bueno para ti.

Ackermann se sintió como un gánster, presionando a una pobre joven, pero consideraba que su obligación era informarla de todas las alternativas, incluso de las más siniestras. Aun así no estaba seguro de que ella llegara a imaginarse lo que le podría pasar, lo fácil que sería para un servicio secreto hacerla desaparecer sin dejar rastro. Porque no había testigos palestinos: los milicianos que les atacaron cerca de Jericó cuando fue introducida en el helicóptero no habrían podido ver nada. Ackermann no estaba seguro de que ella comprendiese plenamente lo que significaba caer bajo responsabilidad del Mossad. Esa chica tenía que aceptar el pacto como fuera.

Rania se avergonzaba de que un hombre la viera postrada en una cama, así que se alegró de quedarse sola al fin.

Su mente aturdida comenzó a analizar la situación. Estaba en Jerusalén. Abdul se había inmolado matando a mucha gente; eso le producía tal repulsa que físicamente le daban náuseas, así que instintivamente lo apartaba de su pensamiento. Ahora sabía que había sido forzada por un soldado israelí. ¿Cómo podría vivir con ello? Arrugó las sábanas con los puños y volvió a llorar sin consuelo. Solo quería sentir a su madre, llorar en su hombro, besarle con fuerza la mano como si quisiera fundirse en ella como hacía de pequeña cada vez que la veía. Entonces cerró los ojos y fue consciente de que su vida iba a ser otra de aquí en adelante. Hacía tan solo unas horas estaba soñando con una tranquila existencia, casada con Abdul, en su amada Jericó, rodeada de los suyos. Eso ya jamás podría ser. Ni se casaría con él ni con nadie. Una mujer musulmana violada por un judío no era digna de nadie, no podía volver.

Pasaron unos minutos y se pudo serenar en alguna medida. Aquel militar israelí que la había visitado le inspiraba confianza, recordaba cuando la levantó del suelo en brazos, y ahora ese mismo hombre la invitaba a tomar una decisión: irse por un tiempo.

«¿Un tiempo mínimo de cinco años? Me tendré que ir por una vida. Pero ¿cómo voy a tomar yo sola una decisión así? ¿Qué haré en un lugar desconocido?», un torbellino de incógnitas la aturdían. Su mundo hasta ese día giraba en torno adónde ir o qué ropa ponerse, con quién hablar o de qué hacerlo. Ahora todo era diferente. Recordó las antiguas palabras de su padre: «Hija, la vida que nos ha tocado vivir es difícil, sufrirás penurias, pero también puedes ser muy dichosa, depende solo de ti. Si eres honesta contigo y con los demás, si buscas siempre el bien y piensas en los otros antes que en ti —le solía decir—, cada día te levantarás muy feliz y harás feliz a los que te rodean».

«Pensar en los otros antes que en ti», se repitió.

Le pareció que tan solo había pasado un instante cuando se abrió de nuevo la puerta; Ackermann se encontraba mental y físicamente destrozado, ya casi no le quedaban fuerzas.

—Rania, ¿has decidido algo?

Ella le miró con gesto grave y comenzó a hablarle muy despacio en inglés.

—Está bien, acepto su trato, pero si el ejército israelí hace daño a la familia del suicida, contaré lo ocurrido a todo el mundo. Quiero saber dónde voy a vivir. ¡Ah!, y otra cosa: también tengo que hablar con mi madre.

Ackermann se quedó sorprendido por la firmeza de aquella joven y se alegró.

Salió de la habitación y transmitió el mensaje al coronel Stern. Este informó al gabinete de crisis. Como era habitual, hubo disparidad de opiniones. Bilden, como ministro de Defensa y máximo responsable del ejército, se sintió aliviado; le avergonzaba la actuación de Farlow, así que, aunque no le gustaba que ella pusiera condiciones, pensaba que lo mejor era aceptar.

Baroc, el secretario del primer ministro, y Zalat no estaban dispuestos a acceder a ninguna condición. Baroc porque se acercaban elecciones y su Gobierno no podía mostrarse débil con el terrorismo: una acción militar rápida de escarmiento contra la casa del terrorista era lo mínimo que podían presentar ante la opinión pública. Que hicieran daño o no a algún miembro de la familia del suicida era un tema colateral, pero no se podían comprometer a ello. Por último estaba Zalat, que no era partidario de ningún acuerdo.

—Señores, no perdamos más tiempo con este tema. Hay que sacar de circulación a esta mujer. Es lo único que nos evitará problemas.

Baroc intervino:

—No lo podemos decidir nosotros, informaré al primer ministro.

Finalmente el Gobierno llegó a la conclusión de que el conocimiento por parte de la opinión pública de la violación de aquella chica como venganza, ejecutada por un soldado ebrio y fuera de control, tendría una pésima repercusión para la imagen de Israel dentro y fuera del país, así que aceptaron sus condiciones.

El Mossad se encargaría de establecer un seguimiento permanente sobre aquella muchacha al menos durante un tiempo. Empezarían por escuchar secretamente sus primeras conversaciones con su madre.

Cuando el coronel transmitió a Ackermann la decisión del Gobierno, este se alegró.

Entró por tercera vez en la habitación de Rania y, como no tenía ningún otro, facilitó su propio teléfono móvil a la chica.

—Toma, Rania, puedes llamar desde aquí; eso sí, acuérdate de nuestra alianza; no le puedes contar nada de lo ocurrido, si lo haces se romperá el pacto. Saldré fuera unos minutos para que estés sola.

Rania se lo agradeció, pensó que aquel Ackermann era una buena persona. Lo que no podía imaginarse era que su conversación iba a ser escuchada y grabada. Zalat, en cuanto supo que el helicóptero aterrizaría en el hospital Sahaare Zedek, había ordenado que una unidad móvil camuflada, con potentes equipos electrónicos para interceptar llamadas, se situara en sus cercanías. Más que nada quería estar seguro de que lo que comunicaba el coronel Stern en sus conversaciones con Ackermann era lo correcto.

Rania marcó el número de su madre.

—Hola —contestaron al otro lado de la línea.

Rania no pudo hablar, se quedó muda. Aunque su madre no identificaba aquella serie larga de números que le aparecían en la pantalla, tuvo un presentimiento:

—Rania, hija mía, eres tú, ¿verdad? Contéstame —le dijo agitada por la emoción.

—Sí, madre, soy yo. —Y no pudo seguir hablando.

—Hija, ¿dónde estás? ¿Estás bien? ¿Qué te ha pasado? —preguntó atropelladamente su desesperada madre.

—Estoy bien, madre.

—Pero ¿dónde estás?

—Mamá, salí de casa muy triste y algo ocurrió.

—Pero ¿qué pasó?

Lo que más necesitaba en ese momento era contarle a su madre su desgracia, llorarle a ella. Pero su conciencia se impuso a sus deseos más profundos: «Pensar en los otros antes que en ti». No podía romper el pacto, pondría en peligro a la familia de Abdul. Y se armó de valor.

—Mamá, no volveré a Jericó.

—¿Cómo que no volverás a Jericó? Pero ¿dónde estás? ¿Qué te han hecho, hija mía?

—Nada, mamá, di a todos que me enviaste a El Cairo con unos amigos de la familia para que descansara tras el dolor por la muerte de Abdul, la gente lo entenderá. Y no te preocupes por mí, estaré bien. Dale un beso a Yasmin de mi parte. Te llamaré de aquí a algún tiempo. Te quiero mucho, madre. —Colgó y lloró estrepitosamente.

Capítulo 28

Khalid al Suntan siempre estuvo infinitamente agradecido a la familia Sid Alam, en especial a su tercer hijo, Abdul. Nunca olvidó lo que hizo el día que los tanques rodearon la ciudad. Gracias a su intervención, su hija Samar y su mujer Halima pudieron salir de su casa sanas y salvas ante la amenaza de los tanques. Así que cuando Alí, el padre de los Sid Alam, le pidió refugio durante unos días, no dudó en aceptarlos a todos. No le hizo falta preguntar por qué lo necesitaban, todos lo sabían en Jericó.

Cuando la familia Sid Alam llegó a su casa, la mujer de Khalid invitó a los hombres a que se sentaran en el salón de la entrada. Luego acompañó a la madre de Abdul a su habitación, la pobre mujer apenas podía caminar. Era algo mayor y no estaba muy bien de salud, sus once partos le habían generado al llegar a la edad madura todo tipo de dolencias, sobre todo por la falta de calcio, que nunca se había tratado. Junto a ella se sentaron en la cama algunas de sus hijas solteras.

«Qué desgracia», pensó Halima. ¿Cómo podía ser que hubiera hecho algo tan horrible aquel serio muchacho que le salvó la vida a ella y a su pequeña Samar? ¿Qué sentido tenía? Pero ahora debía organizarlo todo para acomodar a la familia Sid Alam, así que apartó los lamentos de su mente. Empezó por contar en silencio: «Los padres y la hermana de la madre que nunca se casó; los once hijos, bueno, ahora diez, además los dos mayores son de las milicias y seguro que duermen en algún otro lugar con sus unidades. Serán entonces ocho hijos. Luego están los tres abuelos que vivían con ellos. Pues en total son los padres, ocho hijos y tres abuelos y el bebé: ¡quince!; más nosotros cinco, veinte. A ver cómo nos arreglamos», meditaba en silencio.

Se acercó a Yasmin, que se encontraba en la habitación con su madre.

—Escucha, Yasmin, me tienes que ayudar: hemos de organizar todo esto para pasar la noche.

La joven que apenas podía aguantarse en pie, entendió que su papel como hija mayor era, como siempre, encargarse de todo y se levantó.

—Claro que sí, Halima; dime qué puedo hacer…

Pasaban las horas y caía la tarde. Los dos cabezas de ambas familias, Khalid al Suntan y Alí Sid Alam, seguían sentados en silencio en la entrada de la casa. Les acompañaban cuatro de los hijos varones de Alí. Los dos mayores no estaban presentes porque desde que se conoció la noticia habían salido con sus unidades. Khalid y Alí se conocían desde la infancia y se respetaban mucho. Khalid envidiaba sin malicia a su vecino Alí, porque a él Alá le había concedido tres hijas y ningún hijo varón y Alí en cambio había tenido siete, ahora seis. Desde el día que Abdul salió indefenso a buscar a la mujer y la hija de Khalid, este, a modo de reconocimiento, invitó a Alí a su casa a tomar té todos los días de la semana. Así nació una profunda amistad entre ambos; en ese momento, sentado junto a los varones de la familia Sid Alam, Khalid se sintió muy a gusto. Los consideraba parte de su familia.

Cuando ya la tarde empezaba a declinar, Alí rompió el silencio y con una voz muy serena dijo:

—Amigo Khalid, mi familia y yo te agradecemos profundamente tu hospitalidad; sabes que hoy es un día muy triste para nosotros, no entiendo cómo Abdul pudo hacer eso.

—Amigo Alí, siento mucho lo ocurrido, sabes cuánto amábamos a tu hijo Abdul; él salió en defensa de mi mujer y mi hija cuando los tanques entraron en la ciudad. Algo estaremos haciendo mal cuando uno de nuestros hijos llega a cometer algo así en nombre de Alá —se atrevió a decir con pena Khalid.

—Tienes razón, Khalid, pero qué podemos hacer, a todos mis hijos les enseñé los cinco pilares del Islam: la profesión de la fe, la oración, la limosna, el ayuno y la peregrinación a La Meca. Leímos los versículos del Corán juntos. Oramos uno al lado del otro. Y ahí tienes, cómo iba a imaginar que uno de ellos, precisamente Abdul, el más sereno, el más estudioso, podía llegar a cometer un acto de esta magnitud.

—Amigo, la senda de la vida a veces nos lleva a lugares inciertos e indeseados —manifestó solemnemente Khalid.

—Pero este es el camino de la maldad, del dolor absurdo. ¿Sabes qué? No puedo dejar de pensar en los muertos en el atentado, todos serán hijos de alguien, esposas o esposos, padres o hermanos, ¡maldita sea!, cuánto dolor, y todo causado por mi hijo. Oh, Alá, nunca nos recuperaremos de esto.

Khalid intervino tras unos segundos para tratar de tranquilizar a su amigo.

—Ha sido una tremenda desgracia, pero ha ocurrido, ya no la podemos evitar; tú tienes una familia grande, debes sacarlos adelante, no puedes derrumbarte.

—Sí, tienes razón.

—Podéis estar aquí todo el tiempo que queráis, estaréis más seguros que en vuestra casa.

No sabes cuánto agradezco tus sabias palabras; supongo que deberíamos estar dos o tres días por si el ejército israelí quisiera tomar represalias contra la casa del suicida, la casa de Abdul, la casa de nuestra familia. —Alí hizo una pausa forzada y ya no pudo más; se echó las manos a la cara, que como siempre llevaba cubierta con un turbante para evitar que el sol dañara aún más su maltrecha piel, e inició un desesperado llanto. Las lágrimas surcaban sus profundas arrugas en un río de amargura y desesperación.

—Alí, amigo —susurró Khalid, y le abrazó fuerte.

Unas horas después, ya muy entrada la noche, todos se habían acomodado en sus camas provisionales; solo se sentían los suspiros que brotaban de la boca de algunos de los presentes, pero Alí y Khalid seguían allí sentados con la espalda recta, firmes, en silencio. Inalterable a los acontecimientos, se acercaba el amanecer. De pronto se abrió la puerta de la casa, que nunca tenía el cerrojo echado, y entraron los dos hijos mayores de Alí, los milicianos. Saludaron a su padre y a Khalid y se sentaron junto a ellos.

Ahmed, el mayor, hizo una reverencia de respeto a los dos adultos y rompió el silencio.

—Parece que todo está en calma ahí fuera, excepto el episodio del helicóptero.

—¿Qué helicóptero? —preguntó su padre.

—Al anochecer vimos las luces de cuatro helicópteros israelíes. Pensamos que se dirigían a Jericó; sin embargo, cuando se adentraron en nuestro territorio y estaban a unos trescientos metros de la ciudad, tres de ellos se suspendieron en el aire y el cuarto aterrizó.

Seguramente Khalid y Alí eran los únicos habitantes de Jericó que no habían escuchado el ruido de esas máquinas de guerra, absortos como estaban en aquella meditación en la que habían pasado las últimas horas.

Ahmed prosiguió:

—Nosotros estábamos protegiendo la frontera en los barracones. Subimos a nuestros *jeeps* y nos dirigimos al lugar; cuando nos acercamos al punto en el que estaban, los helicópteros que permanecían en el aire empezaron a dispararnos. Saltamos de nuestro *jeep* y repelimos los disparos. Entre la polvareda que se levantaba pudimos ver cómo un grupo de soldados corrían hacia el helicóptero que había tomado tierra. Uno de ellos cayó al suelo, parece que fue abatido por nuestras balas; llevaba a alguien a cuestas. Desde los helicópteros del aire seguían disparándonos sin cesar. Dos soldados saltaron de su interior y recogieron del suelo a dos militares heridos y a otra persona.

—¿A otra persona? —interrogó Khalid—. Pero ¿no eran todos militares?

—No había mucha visibilidad pero desde luego no parecía un soldado. Finalmente todos subieron de nuevo al helicóptero y despegaron. En contra de lo que pensamos al principio, no tenían ninguna intención de entrar en Jericó. Fue todo muy extraño, como si hubieran ido a buscar a alguien.

—¿Qué quieres decir?

—Sí, a llevárselos de allí.

—Pero ¿quién iba a estar ahí en medio de la nada? —preguntó Khalid, cada vez más intrigado.

—No lo sabemos, pero lo más sorprendente es lo que encontramos cuando llegamos al lugar y la polvareda se aclaró.

—¿Qué?

—Esto —afirmó Ahmed y sacó de su mochila un gran trozo de tela de seda rosa, decorada con pequeñas amebas azules casi imperceptibles.

Alí la tomó en su mano y dijo:

—Parece el trozo de una prenda, de la blusa de una mujer, pero ¿qué hacía allí?

—No sabemos, padre, pero si te fijas, tiene manchas de sangre.

Su padre se la acercó y pudo ver claramente esas manchas.

—Qué extraño es todo esto… —interrumpió Khalid—. ¿A quién pertenecería? ¿Qué haría allí tirada?

—Eso no lo sabemos todavía, padre, quizá pertenecía a la persona que nos pareció que se llevaban, pero era todo tan confuso… Te aseguro que lo averiguaremos —afirmó con contundencia Ahmed.

Ahmed y su hermano se levantaron y saludaron a su padre y a Khalid.

—Ahora tenemos que irnos; si necesitáis algo, llamadnos.

—Podéis quedaros aquí —les invitó amablemente Khalid.

—Gracias, amigo Khalid, pero nuestro sitio está con nuestros compañeros, son momentos de tensión; quién sabe, quizá tengamos que defender la ciudad.

—Que Alá nos proteja.

Minutos después, Yasmin, que no podía dormir y había escuchado las voces, se acercó a la entrada, donde seguían los dos padres en vigilia. Se sentó sin decir nada junto a su progenitor y se acurrucó. Estaba sumida en la más profunda pena. De pronto fijó la mirada en aquella tela sobre la alfombra y la cogió. Al instante reconoció el trozo de la prenda de Rania.

—¿Qué hace esto aquí, padre? —preguntó con gesto grave.

—La trajeron tus hermanos.

—¿Mis hermanos?

—Sí, lo encontraron en un lugar a unos trescientos metros de la ciudad.

Yasmin observó la sangre y se asustó. Cogió la tela y se la llevó al pecho.

—Pero ¿qué pasa, hija?, ¿sabes de dónde viene?

—Ahora no te puedo decir, perdonadme, necesito salir a tomar aire fresco.

Yasmin cogió la tela y se la escondió bajo la túnica al tiempo que se levantaba.

—¿Adónde vas? No salgas, hija —la interpeló su padre. Y por primera vez en su vida Yasmin no le obedeció y abandonó la vivienda.

En cuanto estuvo fuera, empezó a correr hacia casa de Rania. Estaba preocupada, no tenía ninguna duda: esa tela provenía de la blusa favorita de su amiga. Sintió preocupación y ansiedad por verla. Desde que ocurrió todo, no había vuelto a saber de ella; estaría en su casa con su madre. Pero estaba asustada: ¿cómo podía haber llegado hasta allí ese trozo de tela traído por sus hermanos?

Mientras tanto, en el hogar de la familia Al Suntan todo seguía igual. Khalid y Alí permanecían sentados, con la espalda apoyada en la pared, bien erguida, como en posición de meditación, en silencio. A Alí le había sorprendido su hija mayor: Yasmin era una chica muy tranquila, de una infinita paciencia, y su reacción saliendo de la casa con aquella tela en la mano era muy extraña. ¿Sabría algo sobre su procedencia? O tal vez necesitaba estar sola después de todo lo sucedido en aquel terrible día.

De pronto Khalid y Alí sintieron un resplandor e inmediatamente oyeron un zumbido que se les echaba encima como un rayo. Tuvieron tiempo de mirarse fijamente a los ojos; no hicieron gesto alguno: ambos supieron lo que en una fracción de segundo iba a ocurrir.

El devastador misil AGM-65 Maverick lanzado desde un caza F-18 impactó en la vivienda de los Al Suntan con tal virulencia que el suelo tembló en todo Jericó. Yasmin se encontraba a unos cien metros del lugar pero aun así el efecto de la onda expansiva le hizo perder el equilibrio y caer al suelo.

Khalid, su mujer, sus tres hijas, el matrimonio Sid Alam, tres de sus hijas, los cuatro hijos pequeños, sus tres abuelos, la tía soltera y el bebé, todos murieron al instante. La apacible casa de los Al Suntan se convirtió en un gran socavón rodeado de llamas y escombros. Todos desaparecieron de la faz de la tierra, apenas quedaron restos de ellos.

En el gabinete de crisis Bilden informó:

—Uno de nuestros cazas ha lanzado un misil sobre la vivienda vacía del suicida, el objetivo ha sido destruido con éxito.

—Buen trabajo —dijo Baroc.

Zalat esbozó una leve sonrisa para sus adentros, había conseguido su propósito. Pronto los demás descubrirían el error, las televisiones lo anunciarían, se abriría una investigación, pero no le preocupaba mucho, ya vería cómo eludirla, el mal ya estaba hecho. Disfrutaba en silencio de su venganza personal. Aquel cambio de texto en el *email* había sido suficiente para confundir a todos.

Los diecinueve seres que se encontraban en la vivienda murieron. De la familia Sid Alam solo sobrevivieron los dos hermanos mayores y Yasmin; de los Al Suntan, nadie. Al igual que Jerusalén, Jericó, su hermana de guerras, invasores y creencias, también se tiñó de tragedia en aquel preciso día.

Capítulo 29

En la oscuridad de la habitación 317 del Hospital Sahaare Zedek de Jerusalén, Ackermann reposaba exhausto. Unas horas antes le habían anestesiado parcialmente para limpiar su herida del hombro, coser por dentro diversos tejidos destrozados por el impacto de la bala y volver a suturar la piel. Por suerte el proyectil no se había astillado en el hueso ni había roto ningún tendón. Se recuperaría completamente. Llevaba puesto uno de aquellos camisones hospitalarios de color azul claro. Se echó la mano izquierda sobre la cabeza sin reparar en la vía intravenosa que le habían abierto; el resultado de aquel movimiento fue contundente: la jeringa salió volando y el fino tubo de plástico que le suministraba suero y antiinflamatorios quedó colgando encima de la sábana.

«Vaya destrozo, ¿ahora qué hago?», se dijo.

Observó un interruptor con el dibujo infantil de una señorita en una especie de mando a distancia que tenía en la mesita de noche.

«Será para llamar a la enfermera; espero que no se dispare un timbre y despierte a todos». Dudó un momento pero finalmente pulsó el botón y la señorita infantil del dibujo se iluminó en rojo.

«Ningún timbre ni alarma, menos mal», pensó Ackermann, al que no le gustaba llamar la atención. Mientras esperaba la llegada de la enfermera reflexionaba: «Entrenamientos extremos en la academia militar en West Point, veinte saltos en paracaídas, puenting los fines de semana, más de quinientas horas de vuelo sin motor, carreras de motos de semiprofesionales, tres años dirigiendo unidades del ejército en zonas de conflicto… y es la primera vez en mi vida que estoy ingresado en un hospital. No me he perdido nada». Para Ackermann lo peor de ese sitio era que no dominaba la situación. Se le pasó por la cabeza levantarse e irse, sin más, pero estaba ingresado como consecuencia de una misión militar, no podía hacerlo.

Mientras tanto, en el corredor adyacente, la enfermera Kathy Rolle movió hacia atrás y con decisión la silla con ruedas que tantas guardias nocturnas la había acompañado. Se apartó del pequeño mostrador blanco.

Pero aquel turno había empezado con novedades. Todo el personal femenino de la planta estaba algo revolucionado con la habitación 317, y no precisamente por su cuadro clínico ni por tratarse de un paciente código XJ, es decir, de clasificación secreta y custodiado por el ejército.

«Tiene los ojos azules más bellos que he visto en mi vida, es guapísimo, parece un actor», recordó el comentario de su compañera Madalane. Esa era la razón de la expectación en torno a la 317. Para el personal del hospital Sahaare Zedek de Jerusalén, los heridos por violencia no eran noticia, más bien rutina. De tanto atenderlos y a veces verlos morir, la conciencia del presente latía en cada instante de su existencia. Kathy, Madalane y todos los trabajadores del centro convivían con la fragilidad de la vida.

El celebrado paciente se había pasado todo su turno durmiendo, pero por fin la luz roja del panel de habitaciones se encendió como una chispa de alegría dentro de la monótona guardia. Llegaba el momento de acreditar esos comentarios entusiastas. Se puso de pie y se asomó al espejo de la sala de enfermeras; no le entusiasmó lo que vio. Cuatro horas de guardia y casi había perdido el maquillaje con el que entró. Poco podía hacerse, y menos con esa vestimenta, pero era el de la 317 quien llamaba. Se avivó.

El paciente tenía el cabello rubio muy corto en torno a las patillas y la tez tostada. Se le apreciaba alguna arruga junto a los ojos, más del sol y el cansancio que por la edad. La nariz fina y poco pronunciada, como si no quisiera molestar, en unas tierras en las que se llevaba lo contrario. Los labios dibujados con maestría, invitando a ser besados. La barbilla marcada con un suave hoyo, y los ojos… «¡Vaya ojos! —se dijo Kathy—, parecen aquel mar del Caribe de los pósteres de las agencias de turismo».

—Hola, soy Kathy.

—Hola, disculpa que te haya molestado; resulta que sin querer he arrancado la vía que tenía puesta en el antebrazo —dijo suavemente Ackermann con su seductora voz.

—No te preocupes, te la pondré otra vez. ¿Cómo te encuentras?

—Bien, gracias, ya queriendo salir de aquí.

—Pues lo vamos a sentir —bromeó.

—Perdón, ¿cómo dices? —preguntó él con tono amable.

—No, nada, que espero que te sientas mejor. —Kathy, que era soltera y no tenía novio, casi acarició la mano y el brazo de Ackermann para abrirle la vía. Ante el nuevo pinchazo él ni se inmutó—. Bien, ya he terminado; procura no moverlo. Si te aburres puedes ver la televisión; espera, que te enseño cómo va —añadió ganando unos segundos junto a él.

Apareció en la pantalla el canal de noticias Channel 10 News —.
¿Te interesa este?

—Sí, perfecto, y muchas gracias.

El comentarista del canal anunció:

El ejército ha realizado una incursión aérea sobre la zona sureste
del país. Un F-18 ha disparado un misil sobre una vivienda en
Jericó; parece que se trata de la residencia de la familia del suicida
que atentó ayer en el mercado de Jerusalén. Fuentes palestinas
cifran en al menos quince personas los fallecidos como consecuencia del impacto del misil. El Gobierno israelí confirma la muerte
de dos terroristas, al parecer hermanos del suicida. Fuentes palestinas desmienten esta información y afirman que los supuestos
terroristas son en realidad miembros de las milicias y además no
se encuentran entre los fallecidos. Los muertos son en su mayoría
niños y mujeres; también vecinos de la vivienda impactada por el
misil resultaron heridos.

Las imágenes mostraban un agujero entre otras casas igualmente afectadas y cientos de vecinos de Jericó clamando al cielo
con gritos desesperados.

Ackermann retornó a la dura realidad; se agrió el gesto
de su cara, no podía creer lo que oía. Espontáneamente hizo un
movimiento de desaprobación con las manos al tiempo que
emitía un leve sonido, que no le pasó desapercibido a Kathy.

—¿Ocurre algo? ¿Te encuentras bien?

—Enfermera, ¿puedo hacer una llamada?

—Claro, tiene ahí su móvil. —Ella enseguida se dio cuenta de que algo le había alterado mentalmente y ya no estaba ahí.

Kathy recogió el envoltorio de plástico del botellín de an-
tibiótico y salió con pesar de la habitación.

—Coronel, soy el capitán Ackermann, le hablo desde el
hospital.

—Ackermann, me alegro de oírle. ¿Cómo se encuentra?

—Bien, señor. Perdone que le moleste pero acabo de escuchar las noticias. Teníamos un pacto, ¿no era así? Nos comprometimos con la chica a no atacar a la familia del suicida, ¿no?

—Lo sé, Ackermann, esa era la idea, pero algo ocurrió.

—¿Qué quiere decir?

—Parece que hubo una confusión. Mire, el Mossad nos informó de la dirección de la vivienda del suicida. También confirmó que ya estaba vacía. Se acordó realizar el ataque, ya sabe, estamos cerca de las elecciones y el Gobierno tenía que mostrarse firme. Por algún motivo se confundió la dirección de la casa del suicida con la de la casa a la que había ido a refugiarse su familia.

—Pero no puede ser... —dijo Ackermann indignado—, hemos matado a todas esas personas inocentes.

—Nosotros no sabíamos que era la dirección de un vecino —insistió—. Es cosa del servicio secreto. Se ha abierto una investigación. De todas formas, Ackermann, usted es miembro del ejército; entiendo su disconformidad, pero acaban de morir muchos compatriotas en la ciudad de Jerusalén en un atentado salvaje y hay decenas de heridos; no justifico el resultado, pero siempre que se utilizan aviones para una operación semejante se corren riesgos —emitió sus palabras atropelladamente y luego hizo una pausa—. Además, el compromiso con una palestina insignificante no es relevante.

—Para mí sí, coronel; le dimos nuestra palabra de que no le pasaría nada a la familia.

—No es culpa suya, Ackermann, no ha podido hacer nada para evitarlo. Además, esa tal Rania ya no existe. No lo piense más y cuídese. Ha hecho usted un buen trabajo. —Y cortó la línea.

Ackermann bajó el brazo y tiró el móvil a los pies de la cama. Se quedó pensativo. Ante todo era un hombre honesto.

Había dejado una brillante carrera en el mundo financiero porque quiso conocer sus orígenes judíos, sus raíces. Por ello un día, ante la sorpresa de sus colegas, dejó aquella vida exuberante en Nueva York para enrolarse en el ejército israelí. Sin embargo, todo esto le decepcionaba. Por encima de las creencias, las razas y los poderes estaban sus principios. Fue muy consciente de que no podía vivir en contra de los suyos. En su familia, tanto sus abuelos como sus padres le habían inculcado una educación basada en los valores, la honestidad, la lealtad y la honradez.

«Tener principios es muy fácil; lo difícil es comportarse siempre con coherencia, ser consecuente con ellos», recordaba que siempre le decían sus abuelos. «Eso es lo que hace un buen judío-alemán». Su familia de origen judío había migrado por distintos países de Europa hasta asentarse a principios del siglo dieciocho en Berlín. Durante varias generaciones prosperaron con negocios de comercio de oro. Su abuelo luchó en la Primera Guerra Mundial defendiendo a Alemania. Al finalizar la contienda conoció y se casó con una chica alemana, también de raíces judías. Vivieron en Berlín el surgimiento del movimiento nazi y cuando las cosas se empezaron a poner mal, antes de que fuera demasiado tarde, decidieron con gran tristeza abandonar su país y emigrar a América. Pero siempre estuvieron orgullosos de su nacionalidad alemana. «Los nazis son una página horrorosa de nuestra historia, pero hubo muchas antes y habrá muchas después», nunca se cansó de repetirle su abuelo.

Ackermann se incorporó en la cama y reflexionó. Quizá se había equivocado, esa vida que había escogido le había decepcionado. Él fue a Israel en busca de sus raíces más profundas, su identidad nacional, pero por encima de todo eso estaban sus principios, solo sabía vivir fiel a ellos. Todo había sido excesivo en ese terrible día en el que la distancia entre lo mejor y lo peor se evaporó. No tardó ni un minuto más: decidió abandonar todo eso, dejaría el ejército. No sabía qué haría, a qué se dedicaría, pero sabía que era la decisión adecuada. Ser consecuente, de eso iba la vida, o al menos así le habían enseñado a él a vivirla, no conocía otro modo de hacerlo.

Capítulo 30

El impacto seco de las ruedas del avión al posarse sobre la pista despertó a Rania a su trágica realidad. Al instante, su primer pensamiento le devolvió a la pesadilla recientemente vivida; creyó que sería así para siempre, pero lo extraño del lugar en el que se encontraba la transportó de inmediato al presente.

Aunque nunca había viajado en un avión, enseguida pudo observar que se trataba de una nave distinta a las que había visto en las películas. Su dimensión era pequeña, como si se tratara de un jet. En la parte delantera había dos asientos, uno a cada lado de la cabina y enfrentados a otros dos. Tras ellos, hacia la cola de avión, habían fijado al suelo con unos anclajes su camilla; detrás, un espacio vacío que acababa en una especie de camarote. No había ventanillas. El suelo era de un material sintético, como una goma dura negra. Daba la impresión de que todo en ese espacio era factible de ser adaptado a las necesidades del vuelo. En todo momento le acompañaba un hombre de mediana estatura, delgado, de tez oscura, de algo menos de cuarenta años, que lucía un bigote canoso; el resto de sus rasgos eran muy acusados, sin duda era árabe. Enfrente de él, un militar israelí armado. En ningún momento la miraron ni le dirigieron la palabra. Tampoco se hablaron entre ellos ni con la tripulación. Todos excepto el hombre del bigote tenían rasgos judíos. Se notaba cierta tensión entre ellos. La bajaron de la aeronave en la camilla y la introdujeron en una ambulancia. Con las luces de emergencia encendidas y moviéndose silenciosa se acercó hasta la terminal. Las ventanillas eran opacas pero la habían introducido con los pies por delante, así que podía ver algo a través del cristal delantero. No sabía bien qué hora era, el sol lo iluminaba todo, excepto su alma. En un giro del automóvil pudo leer en un descuidado rótulo de gran tamaño: «Cairo International Airport». Se aproximaron a la terminal principal, pero la ambulancia pasó de largo y se dirigió a una zona más alejada. Cuando finalmente se detuvo, vio varios aviones pequeños estacionados muy cerca de donde se habían parado ellos.

Dos enfermeros abordaron la ambulancia y la bajaron en la camilla, y junto a ellos permaneció el hombre del bigote. En el interior de la pequeña terminal en la que se introdujeron no había pasajeros; todo ello la inquietaba y, sobre todo, la hacía sentirse indefensa.

La llevaron hasta una estancia de paredes blancas envejecidas; una lámpara metálica con forma de plato colgaba de un cordón negro del techo y en el centro del cuarto había una mesa y dos deterioradas sillas de madera que invitaban a permanecer de pie.

Allí la dejaron, tumbada sobre la camilla, sola, sin ninguna explicación.

La luz era excesiva, así que ella instintivamente cerró algo los ojos. Rania tenía una piel muy tersa en la que no se marcaban prácticamente arrugas, a diferencia de muchas de las chicas de su edad de Jericó, que parecían mayores a causa del devastador efecto del sol sobre sus rostros.

Todo lo que le había ocurrido la afligía profundamente: rodeada de hombres armados desconocidos, el hospital, su primer vuelo y aquella triste habitación. Se imaginó que pertenecería al servicio de inmigración, que allí debían de interrogar a sospechosos. ¿Acaso ella lo era? Y se dijo a sí misma: «Qué triste manera de pisar por primera vez esta ciudad con la que tantas veces he soñado».

Pasaban los minutos sin que nadie se acercara a ese lugar; calculaba que debía de ser sábado por la tarde, pero ni siquiera estaba segura de ello. Interrumpió sus reflexiones al abrirse la puerta, por donde entraron el hombre del bigote y un acompañante. Ella mantuvo los ojos cerrados; prefería no mirar a ninguna parte, no quería estar en ese momento en ese lugar ni en esas circunstancias. Tantas veces había soñado con llegar a esa tierra para celebrar su viaje de bodas y navegar por su río…, y ahí estaba, abandonada en aquellas desangeladas dependencias. Era su entrada por la puerta de atrás a aquel lugar supuestamente de ensueño.

Oía la voz de aquel hombre hablando en árabe y se dejó llevar, entró en un sueño profundo; agotada por el viaje y la tensión sufrida, se desvaneció.

Capítulo 31

El informe de la autopsia de Farlow llegó el domingo por la tarde. Fue clasificado como secreto. Solo tenían acceso a él el secretario y Alberg, el ministro del Interior. No lo distribuyeron a nadie más, ni siquiera al ministro de Defensa. Se trataba de un tema espinoso dado que el comunicado de prensa hablaba de «muerte en combate», y el informe establecía: «... falleció por disparo de una Desert Eagle, 33 mm Parabellum, orificio de entrada en sien derecha con fractura de cráneo, perforación del cerebro con salida por el lateral izquierdo. Muerte instantánea».

Lo manejaron como información clasificada, con el resto de informes sobre la operación «Dulces Sueños». Sin embargo, todas las precauciones al respecto no impidieron que a la mañana siguiente ya hubiera una copia escaneada del mismo en la mesa del despacho de Zalat, en la sede del Mossad. El servicio secreto disponía de enlaces en todos los ámbitos del mundo civil en la mayoría de los países, y, por supuesto, en el propio Israel. Se trataba de personas que llevaban una vida completamente normal con sus familias y trabajos habituales, pero que además en cualquier momento estaban disponibles para peticiones de colaboración con los servicios de espionaje, en la mayoría de las ocasiones relacionadas con acceso a información desde sus puestos de trabajo. Esta vez fue un enfermero el que se encargó de copiar y pasar el informe. Tratándose del director de la Unidad de Operaciones Especiales del Mossad también le habría llegado a través de una petición oficial pero Zalat no se fiaba de nada ni de nadie: le podían entregar una copia modificada; es por ello por lo que ordenó a Moisés, su fiel asistente, que lo consiguiera por sus propios conductos.

Cuando lo tuvo sobre su mesa, le echó un vistazo, pero nada le llamó la atención. Hasta que Moisés le interrumpió en su despacho.

—Jefe, también he conseguido la ficha oficial del soldado Farlow y una fotografía del lugar de los hechos, al parecer hecha por el capitán Ackermann.

Zalat llevaba muchos años trabajando con Moisés, le conocía perfectamente; cuando hablaba tan rápido y con los ojos clavados en los suyos es que tenía alguna novedad, por lo que le interpeló impaciente:

—¿Qué has encontrado?

—En los registros del soldado Farlow se dice: «Joseph Farlow es un excelente tirador con puntuación 970, ha ganado varios concursos de tiro, se trata sin duda del mejor tirador zurdo de su promoción»; sin embargo, en la fotografía el arma aparece junto a su mano derecha y la bala entró por la sien derecha.

—¡Maldita zorra! Lo sabía —escupió Zalat—. Esa jodida palestina lo mató. ¿Dónde está?

—En un avión rumbo a El Cairo.

—¿Tenemos a alguno de los nuestros en la nave?

—El copiloto, pero sería muy arriesgado hacer algo. Además, los egipcios han enviado en el avión a un acompañante, que es en realidad un miembro de los servicios egipcios, se llama Musim.

—Quiero que mantengan activo el expediente; si sale de Egipto y se desplaza a cualquier otro país, que nos avisen los nuestros. Ahora puede retirarse.

Moisés cerró la puerta sorprendido; conocía el carácter de su jefe y su frialdad, pero le extrañaba que no quisiera hablar más del tema. Algo tramaría.

Zalat se quedó a solas. Eso no podía quedar así. Tenía una máxima: si alguien cometía un crimen debía pagarlo con la misma moneda. Sentía que eso era hacer el bien. Siendo muy joven, cuando cumplía el servicio militar, estuvo destinado en una misión de alto riesgo en los Altos del Golán. Se trataba de hacer incursiones en territorio sirio en busca de guerrilleros que hubieran cruzado la frontera para refugiarse. En una de ellas fueron atacados por un comando. Repelieron la agresión pero dos de los suyos murieron; a él le tocó bordear la posición para rodear a los enemigos por detrás. Cuando llegó, vio que eran dos; se acercó lo máximo que pudo. Ellos, al verse emboscados por detrás, empezaron a gritar dirigiéndose a él, hablando en un inglés muy básico. Advirtió perfectamente cómo tiraban las armas y se empezaban a poner de pie. Uno de ellos se quitó la camisa blanca y se la enrolló en el brazo. Obviamente la quería utilizar como bandera, se habían rendido. A Zalat no le pareció bien. «Seguro que a estos les juzgarán y los acabaremos intercambiando por algún prisionero israelí», pensó. Así que apuntó suavemente y con gusto apretó el gatillo. Dos veces. Le pegó un tiro en la cabeza a cada uno. Se acercó a ellos. Lanzó la camisa lejos del lugar y avisó a sus compañeros. Ese era Simon Zalat, tan despiadado como inteligente; por esa razón muy pronto, después de haber recibido muchas condecoraciones, entró en el Mossad y ascendió a la dirección de la unidad Cesárea. Era admirado y temido a partes iguales. Muchos de sus compañeros e incluso los diversos gobiernos que habían confiado en él desconocían al verdadero Simon Zalat.

No tenía ninguna duda: ella tenía que pagar por lo que había hecho. Una zorra palestina no podía matar a un soldado israelí y vivir para contarlo. Sabía que el pacto con los egipcios les limitaba. Los políticos estaban por medio. El Mossad no podía hacer una operación oficial contra ella en otro país, sería demasiado arriesgado y notorio.

Zalat rodeó su barbilla con los dedos índice y pulgar de la mano derecha, estirando hacia abajo los surcos de la piel de su cara. A continuación hizo una breve llamada a través de su móvil privado, que utilizaba una frecuencia no localizable. La conversación fue muy corta. Encendió un cigarrillo y sonrió satisfecho.

Capítulo 32

Nueva York, enero de 2010

En el número 1101 de la Sexta Avenida se alza un esbelto gigante de cristal, quizá el edificio más bello de los innumerables que con arrogancia perfilan ese angosto trozo de tierra, Manhattan. En la planta cincuenta, Max seguía la evolución de las cotizaciones parapetado tras cinco pantallas de ordenador, aunque en realidad solo utilizaba dos de ellas. No estaba solo, otros doscientos colegas ocupaban la inmensa sala. Eso hacía mil cuatrocientas pantallas llenas de cifras y gráficos.

Esa fría mañana, los *traders* parecían una mansa manada de búfalos africanos reposando aburridos en su hábitat natural. Enero acostumbraba a ser un mes insípido, aunque tras la debacle de 2008 nada era ya predecible. Sin embargo, en aquel lugar saturado de ambiciones todo era falso sosiego, los sentidos siempre permanecían alerta prestos a lanzarse sobre alguna presa.

De súbito, el sonido ingrato de una llamada resonó en el auricular que Max llevaba pinzado en su oreja derecha. Al ins-

187

tante desvió su mirada de los monitores de los ordenadores a la pequeña pantalla digital del terminal sobre su mesa. Consultó el número que llamaba: extensión 7777; era, pues, una llamada interna, lo cual significaba que no se trataba de un cliente o *broker*, por lo que no le reportaría ningún *deal*, ninguna operación de compraventa de activos financieros. Apretó la tecla correspondiente con desgana y estableció la comunicación.

—Hola.

—¿Max Bogart? —inquirió una voz grave.

—Sí, soy yo. ¿Quién eres? —Aquel tono de voz le hizo dudar, no le resultaba familiar.

—Soy Larry Coach, jefe del gabinete de Bill Parker.

Max saltó literalmente de su silla, que, con la fuerza del impulso y girando sobre sus cuatro ruedas, trazó en su recorrido un improvisado baile de salón hasta empotrarse en la espalda de Ronny, otro *trader* que no vaciló en acordarse de su familia.

—*Mother fucker!* ¿Qué pasa contigo? —le espetó mientras empujaba de vuelta la silla a través del pasillo que recorría la vasta extensión de mesas de la sala de mercados, esta vez sin coreografía alguna.

Max ni siquiera escuchó el exabrupto de su colega. En pie, irguiendo su metro ochenta de estatura sobre la moqueta color verde pálido, firme como un chopo, tragó saliva y contestó intentando disimular el vértigo.

—¿En qué puedo ayudarte, Larry?

Su estrepitoso sobresalto no pasó desapercibido a sus colegas. Solo había tres razones por las que un *trader* se ponía en pie repentinamente: porque había ganado una pasta, porque había perdido una pasta o porque se iba a casa. En el primer caso al movimiento le acompañaba un grito de euforia, en el segundo un improperio y en el tercero un «a la mierda, me voy». Pero eso de levantarse bruscamente sin mostrar júbilo ni proferir blasfemias era insólito. Los ojos de sus compañeros se volcaron en él como ávidos leopardos examinando el leve movimiento de una presa confiada.

—El jefe quiere invitarte a cenar hoy, en el Eleven Madison Park a las 6 PM. ¿Está bien? —dijo la voz profunda de su interlocutor.

Por supuesto que estaba bien: el responsable del gabinete del «jefe Bill» y Max sabían que las invitaciones de Parker eran órdenes.

—Sí, claro —respondió quedamente Max.

—De acuerdo —confirmó su interlocutor, y cortó la llamada.

«*Wow!*, el mismísimo Bill Parker. Lo más importante ahora es que nadie note nada», pensó Max.

—Qué pasa, tío, ¿se te ha aparecido Scarlett Johansson? —interrumpió sus cavilaciones el compañero de la mesa de al lado.

Solo entonces advirtió Max Bogart que muchos de las decenas de depredadores que ocupaban las mesas más próximas de aquella sala seguían atentos a sus movimientos. Por segundos todo se ralentizó en aquella planta repleta de *traders* de Goldstein Investment Bank, el mayor banco de inversión del mundo. No, no se le había aparecido la célebre intérprete…, era algo mucho mejor.

Max reaccionó rápidamente y, haciendo gala de la sangre fría del mítico actor con quien compartía apellido, fingió desolación y gritó bien alto:

—¡Mierda! He perdido treinta mil pavos.

Aquello tranquilizó a las fieras, todos volvieron satisfechos a sus pantallas. Es lo que tiene la avaricia, casi te alegras más cuando alguien pierde que cuando tú ganas.

Se volvió para recoger su silla, que había quedado en mitad del pasillo. Una vez recuperada se sentó en ella. Miró a las pantallas, pero ya no veía números ni gráficos, solo manchas en rojo y verde más parecidas a mapas del Servicio Nacional de Meteorología. Mejor sería tomarse un descanso.

Fue a uno de los cincuenta y un ascensores del edificio valorado en mil millones de dólares propiedad de Goldstein Investment Bank. Bajó al acristalado vestíbulo, salió a la calle y tomó la Sexta Avenida en dirección norte hacia la Calle 43. Al cruzarla se topó con el puesto de perritos calientes de la esquina, donde Joe, su propietario, recibía alegremente a cientos de clientes cada día, parapetado también, en su caso no por pantallas de ordenador sino tras dos planchas para freír salchichas, cebollas y pinchos de carne y pollo bajo dos grandes sombrillas decoradas con franjas de intensos azules y amarillos una, y rojos y amarillos la otra, como para recordar a los abrigados viandantes que la primavera volvería algún día.

—Hola, Joe. ¿Tienes DrPepper?

—Sí, claro. ¿Cómo por aquí tan temprano? Apenas son las once; ¿ya quieres un perrito caliente?

—No, gracias, es que necesitaba tomar el aire.

—¡Ah, sí!, entiendo, los mercados están revueltos. —Joe reconocía perfectamente si las bolsas subían o bajaban por las actitudes de los *traders*. Sin embargo, esa apariencia de un Max sereno pero con el pensamiento sumido en profundas cavilaciones no era uno de los registros habituales. Intuía que algo anómalo ocurría.

—Sí, lo de siempre, ya sabes, volatilidad y todo eso… —mintió Max, al tiempo que le entregaba un billete de cinco dólares.

—Espera, Max, tu cambio son cuatro dólares.

—Déjalo, hoy puede ser un gran día. —Y se alejó definitivamente del puesto. En dirección sur, de nuevo hacia la Calle 42. Antes de llegar a ella, decidió cruzar la Sexta Avenida y adentrarse en el celebrado Bryant Park.

Se sentó en uno de los bancos emplazados en su entrada y encendió un cigarrillo. No solía fumar salvo los fines de semana, pero aquel no era un día cualquiera; Bill Parker le había citado a cenar. Recostado sobre el respaldo de madera del banco, contemplando el cielo azul de Manhattan, se preguntó qué podría querer de él el banquero más poderoso de Wall Street. Sintió que se avecinaba un momento importante, presentía que su carrera profesional iba a dar un giro. No podía imaginarse hasta qué punto.

Capítulo 33

β ill Parker era sin duda el banquero de referencia de Wall Street. No era el primer ejecutivo de Goldstein Investment Bank, ni le interesaba serlo; en la organización del banco aparecía como uno de los reportes directos del *chairman*. Él lo prefería así, se evitaba tener que representar a la entidad ante instituciones públicas y reguladores. Su posición en segunda línea como vicepresidente ejecutivo le daba mucha libertad para participar en todo tipo de negocios. Poseía una inteligencia privilegiada. Pero lo que había hecho de verdad destacar a Parker durante sus veinticinco años en Wall Street era su capacidad camaleónica para cambiar de opinión, que a veces le acercaba a orillas de la bipolaridad. Siempre intuía lo que su oponente pensaba, lo cual le facilitaba ponerse en su lugar con extrema facilidad. De esta manera conseguía cerrar acuerdos donde otros chocaban frontalmente. Era muy capaz de entrar en una sala, adular con vehemencia a clientes, competidores o compañeros de trabajo para instantes después criticarlos, a sus espaldas hasta ridiculizarlos. En las discusiones, su reconocida capacidad de persuasión le facilitaba cerrar favorablemente muchos tratos, pero cuando se daba cuenta de que no podía convencer al oponente, modificaba falsamente su parecer sobre la marcha. Donde otros habrían discutido hasta romper cualquier posibilidad de acuerdo, Parker cambiaba hábilmente su opinión para dar la razón a su contendiente, fingiendo haber sido convencido. A continuación orquestaba múltiples actuaciones por despachos influyentes para conseguir que fueran otros los que se enfrentaran y llevaran sus tesis a buen puerto. Él nunca se oponía directamente a nadie, esa era una de sus máximas: «Al enemigo, mejor sácalo a bailar a la pista». Casi siempre se salía con la suya, sus modos de actuar eran todo un arte; nadie salvo sus muy cercanos colaboradores conocía con certeza la verdadera personalidad de Bill Parker. Así sobrevivió y fue haciéndose con el poder en Goldstein Investment Bank e implícitamente llegó a ser el tipo más poderoso de Wall Street. El *chairman* y el comité ejecutivo del banco le dejaban hacer. ¿Cómo no?, si Bill generaba millones con sus negocios de los que todos se beneficiaban en sus bonus.

Nacido en Boston, de familia muy humilde en la que su padre, aquejado de una enfermedad crónica, aportó a la casa una mínima pensión por invalidez hasta que, cuando él aún era un adolescente, falleció. Su madre trabajó día y noche en una lavandería para sacar adelante a sus dos hijos. Unas extraordinarias calificaciones le abrieron paso para estudiar becado en la Universidad de Harvard, donde realizó su carrera universitaria en Económicas. Tras dos años de prácticas realizó un MBA en la Wharton School de la Universidad de Pennsylvania. Entró sin dificultad en Goldstein Investment Bank y, contrariamente a lo que es habitual en Wall Street, nunca cambió de empresa. Conocía bien todos los negocios del considerado banco de inversiones más selecto y poderoso del mundo, con intereses en todo el planeta. Admirado por todos, Bill representaba perfectamente el sueño americano.

Vivía en Greenwich, el barrio residencial más famoso y caro por metro cuadrado de Connecticut, en una mansión estilo Tudor clásico pero construida en realidad, con todo lujo de detalles, hacía dos años. Disponía de diez habitaciones, en la mayoría de las cuales Bill nunca había entrado. Estaba valorada en veinte millones de dólares. Felizmente casado y con tres hijos, disfrutaba de una reputación envidiable en su vecindad. Ejercía de hombre encantador con una exquisita educación. Era el mayor donante de las asociaciones benéficas del condado con las que colaboraban muchas de las esposas de sus vecinos. Valiéndose así del aprecio de ellas y de sus maridos, si se hubiera presentado a un puesto de responsabilidad política le habrían votado masivamente.

El traslado a Manhattan lo realizaba acompañado de Sebastian, su fiel chófer. Le venía a buscar cada mañana en una limusina Cadillac negra, lujosamente equipada y preparada para transportar a clientes de lo más selecto, en la que podía trabajar cómodamente. Sin embargo, en determinados lugares del trayecto perdía la cobertura de su móvil, así que una buena mañana comunicó a su asistente que le buscara un servicio de helicóptero para desplazarse a la oficina. El helipuerto estaba a solo unas millas de su mansión. El servicio de alquiler de helicópteros le ofrecía como parte del trayecto la recogida en casa y el transporte hasta el aeródromo, pero para Bill eso de viajar en un coche con un chófer desconocido no era una opción digna de consideración. Así pues, el sufrido Sebastian recorría todos los días los cuarenta y cinco kilómetros desde el Bronx, donde residía, hasta Greenwich, para llevarle de su hogar al lugar de despegue, y a continuación se volvía solo a Manhattan. El coste en transporte por aire superaba los ochocientos dólares por trayecto, pero esa cifra era irrelevante comparada con los beneficios anuales de

Goldstein Investment Bank, nadie cuestionaba a Bill Parker esos pequeños privilegios. ¿Qué suponía ese dinero comparado con los cuatro millones de dólares de salario fijo más los ochenta millones de bonus anual que ingresaba en un año estándar?

Bill podía permitirse esos y muchos más privilegios; por algo era conocido en Wall Street como *The boss*.

Capítulo 34

Max llegó al Eleven Madison Park a las cinco cuarenta y cinco; quince minutos de margen serían suficientes para familiarizarse con el lugar y sentirse más seguro. Nada más entrar se le acercó la señorita del guardarropa para recoger su abrigo negro de lana y cachemira con aire naval de la última colección de Burberry. Luego se dirigió al atril situado a la derecha de la entrada en el que una belleza de largo cabello castaño y piernas esculturales le sonrió. En otras circunstancias sus maneras de seductor le habrían llevado a hacer algún comentario ingenioso en busca de una sonrisa, pero hoy la cita era demasiado seria como para distraerse, ya volvería en otra ocasión.

—¿En qué le puedo ayudar?

—¿La reserva del señor Parker?

—Por supuesto. —Kristina, que así era como se llamaba el monumento viviente, levantó la cabeza para observar con detalle quién era esta vez el comensal de Bill Parker, uno de los mejores clientes del restaurante por las generosas propinas que dejaba.

—El señor Parker todavía no ha llegado, pero si desea puede acompañarme a su mesa. Por favor —ofreció señalándole el camino.

Al ver pasar a aquella esbelta hermosura, tanto mujeres como hombres interrumpían descaradamente sus conversaciones para levantar la vista sin disimulo. Aquello era Nueva York y lo bello se miraba con desfachatez y franqueza. Todos parecían concederse una pequeña licencia, efímera, hasta que la bella se alejaba unos metros y volvían a retomar sus conversaciones. Llegaron a la parte posterior del local, donde estaba ubicada la última fila de mesas; allí giraron hacia la izquierda, hasta la esquina más cercana a Madison Avenue. La señorita le invitó a que se sentara en una de las sillas al tiempo que le advertía delicadamente:

—Al señor Parker le gusta sentarse allí. —Señaló la posición en la que los capos de la mafia gustaban de sentarse, años atrás, en los restaurantes de Little Italy, siempre con las espaldas resguardadas por la pared y con todo el local ante su vista.

Max entendió rápidamente el mensaje y se acomodó en la silla de enfrente. No le hacía mucha gracia porque quedaba de espaldas al resto del local y perdía de vista la entrada. No podría ver venir a su anfitrión. Reaccionó rápidamente.

—Señorita, es algo pronto. Preferiría tomarme un cóctel en el bar.

—Sí, claro, como guste. —Y le acompañó de nuevo a la barra situada en el lado opuesto, cerca de la entrada.

Se sentó en uno de los últimos taburetes, con visión despejada hasta la puerta principal. Esta vez fue él quien se recreó contemplando el acompasado movimiento de las caderas de aquella hermosa mujer, que se alejaba. Era intenso el sentimiento que le embargaba al observarla, pero tendría que buscar más adelante la oportunidad para intentar seducirla, en aquella ocasión no tocaba jugar. Así que pidió un zumo de arándanos con un chorrito de tequila y se entretuvo contemplando aquel excelso lugar. El Eleven Madison Park estaba ubicado en el vestíbulo del edificio, dotado de unas alturas más apropiadas para la fastuosa cena de un faraón que la de simples humanos, por mucho Hermès, Dior o Prada que llevaran sobre sus cuerpos.

Cinco minutos después se abrió la puerta de cristal y allí estaba Bill Parker. Le pareció algo más bajo de lo que aparentaba en los muchos vídeos que había visto de él. Irradiaba energía. La bella recepcionista le dio dos besos. No llevaba abrigo, solo un traje hecho a medida por el mejor sastre de la ciudad por no menos de cinco mil dólares. Max se levantó del asiento automáticamente —era la segunda vez en el día que lo hacía por su causa— y se ajustó el nudo de la corbata de Hermès azul con diminutas estrellas amarillas que estrenaba.

Acompañado por la joven, Parker se dirigió hacia él.

—Hola, Max, me alegro de verte, vamos a nuestra mesa.

—Sí, claro. —No le dio tiempo a añadir nada más.

De nuevo las conversaciones se apagaron a su paso y las miradas se alzaron, pero esta vez se dirigían a Parker y no eran de lujuria, sino de pura fascinación. Bill era demasiado conocido, demasiado rico, demasiado brillante, demasiado todo, incluso para esa vanidosa ciudad.

—¿Te apetece una copa de champán? —le propuso.

—Sí, por supuesto —contestó.

—Kristina, el especial, por favor —dijo a la *hostess* que les había acompañado a la mesa—. Bien, Max, eres uno de nuestros mejores *traders*. Tenía ganas de conocerte —añadió dirigiéndose al joven y entrando en materia sin mayor dilación.

—No, al contrario. Es un honor para mí, señor Parker.

—Mejor llámame Bill.

—Sí, señor —contestó Max como si se dirigiera al capitán de su regimiento.

Parker le observó durante unos segundos excesivamente largos, sin parpadear, en silencio. A Max el escrutinio se le hizo eterno. El *boss* imponía. Sus ojos grandes, con notorias pupilas negras, penetrantes, su inusitada falta de parpadeo; su canoso cabello todavía denso, perfilado de prominentes entradas intensamente doradas por el sol; las patillas bien cortadas, como mandaban los cánones en Goldstein. Max sintió una aguda tensión por este examen, que solo se relajó con la llegada del camarero.

—Señor Parker: Moët & Chandon Cuvée de 1976 —dijo mostrando una botella de aspecto exquisito.

—OK. ¿Está muy frío?

—Sí, señor Parker.

Max bajó la mirada y revisó disimuladamente las páginas de la carta.

—Mil ochocientos noventa y cinco —dijo Parker.

—¿Perdón? —musitó débilmente Max, comprendiendo que Parker había adivinado su intención.

—Mil ochocientos noventa y cinco dólares la botella. Es el mejor champán de la ciudad. Acostumbro a pedir el de 2002, que cuesta solo trescientos noventa, pero hoy es un día especial. —Y mirando al camarero, añadió—: Sírvanos el menú que elija el chef.

—Como usted diga, señor Parker —contestó educadamente el camarero que les servía ceremoniosamente con gran naturalidad.

—Iré directo al asunto, Max —inició su discurso una vez se quedaron solos—. Mira, durante los últimos años, como sabes, nos hartamos de ganar pasta intermediando con productos derivados de las hipotecas basura y tú en particular hiciste un gran trabajo; fuiste uno de los más activos en el mercado. Mientras el negocio estuvo controlado por nosotros todo fue bien, pero luego entró todo el mundo, aquello se convirtió en un gran globo con cientos de bocas insuflándole aire, hasta que estalló con todo lo que había dentro. Salieron fuegos artificiales y se extendieron por todas partes. Qué te voy a contar que no sepas ya… Pero eso ya es historia, hay que renovarse. —Su mirada penetrante y esa costumbre de no parpadear hacían que mientras Parker hablaba su comensal se sintiera en alerta permanente—. Hay que renovarse, el dinero está ahí, solo hay que salir a buscarlo, ¿me entiendes?

—Sí, señor… ¡Perdón!, Bill —respondió algo inseguro Max.

—Vamos a potenciar algunos negocios. ¿Sabes algo de compras a la baja?

—Sí, claro —contestó Max.

En ese momento llegó la primera ronda de platos del menú de degustación. Una crema de puerros guisada con jugo de langosta y adornada con caviar ruso negro de Beluga. En el Eleven Madison Park el cliente elegía según su gusto qué deseaba cenar —carnes, pescados u otros platos— y su reconocido chef decidía por sí mismo cómo cocinarlos. Los gustos de Parker eran de sobra conocidos en el lugar: salmón, caviar, langosta y otras «minucias» similares, sin olvidar verduras orgánicas siempre guisadas como cremas suaves. El menú de degustación más completo costaba doscientos dólares, pero los gustos sibaritas de Parker hacían que sus menús no bajaran de los trescientos por comensal.

—Escucha, Max, vamos a crear una sociedad de inversiones, un *hedge fund:* STAR I. Desde ella entraremos masivamente en el negocio de posiciones cortas —reanudó su discurso Bill una vez se hubo marchado el camarero. No estaba seguro de que Max conociera al detalle ese modo de operar y comenzó a repasarlo con él—: No se trata de comprar acciones, solo de pedirlas prestadas a sus propietarios por un periodo de tiempo cerrado, tres o seis meses, a cambio de una pequeña comisión. En cuanto STAR I disponga de ellas, las vende confiando en que pierdan valor. Cuando esa bajada en su precio de cotización se produce, utiliza los fondos de la venta para recomprar la misma cantidad de acciones que tiene que devolver, pero, claro está, a un precio más barato y se queda con la diferencia. Una vez las tiene de nuevo las devuelve a su propietario y obtiene el margen entre el precio de venta y el de compra: ese es el beneficio de STAR I.

A Max, que entendía perfectamente la forma de operar, le sorprendía una cuestión. Parker explicaba esta operativa apostando a la baja como si no hubiera ningún riesgo, como si fuera tan fácil saber qué acciones iban a bajar en su cotización. Por eso preguntó:

—Pero ¿y si las acciones suben?

—Por eso hay que seleccionar muy bien los sectores sobre los que invertiremos; mejor aquellos con problemas, por ejemplo la banca, o corporaciones en países y regiones con crisis más pronunciadas donde es más previsible que las acciones bajen. Y en última instancia, si las acciones que hemos alquilado y vendido no bajan, sino que, al contrario, suben, a la fecha del vencimiento del alquiler las tendremos que recomprar más caras contra pérdidas de STAR I. Pero seguro que con el buen equipo que tendremos nos equivocaremos muy poco. —Bill hablaba muy rápido, con la intensidad que le caracterizaba—. En cualquier caso, de eso se trata: de asumir riesgos y acertar más veces que equivocarte. —Entonces se ajustó el nudo de la corbata y sentenció—: Amigo, sin riesgo no hay caviar. No te preocupes ahora por eso, Max —retomó su discurso—. En STAR I tendrás un comité de inversiones que se reunirá cada mañana y analizará las evoluciones de los mercados, los riesgos por sectores y por países. Es el comité el que propondrá en qué acciones hay que invertir y tú, como miembro de ese comité y máximo responsable de STAR I, solo tendrás que seguir sus recomendaciones y en poco tiempo te convertirás en un experto. Ya verás: es una gran oportunidad para ti. —En ese momento Parker consultó la hora en su Rolex Oyster Perpetual y se dirigió de nuevo a Max—: Disculpa, tengo una cena a las siete en el restaurante Milos con uno de nuestros colegas de la competencia. Ya sabes: «Si quieres ganarle al diablo, procura tener amigos en el infierno». —Y a continuación se puso en pie.

Max hizo lo mismo, y ya iban tres veces en el día que se levantaba bruscamente por causa de Bill Parker.

Entonces Bill le miró otra vez sin parpadear durante muchos más segundos de lo común y le tendió la mano.

—Disfruta del menú, el jefe de mi gabinete se pondrá en contacto contigo para los detalles. Piénsatelo, Max, es una gran oportunidad.

Max se quedó aturdido pero emocionado. Parker había pasado como un huracán, dando fe del frenético ritmo de vida por el que era conocido. Cambió de asiento para ocupar el que había dejado vacío y desde allí, contemplando aquel precioso lugar, por fin se relajó y sintió una gran satisfacción.

Capítulo 35

Aquella noche, en su apartamento en la Calle 62 Oeste del Upper West Side, junto al Lincoln Center, apenas concilió el sueño. Sus pensamientos le producían una excitación de intensidad desconocida para él hasta entonces. Todos aquellos años esforzándose por ser el primero en la universidad, su entrada en Goldstein Investment Bank, el estrés experimentado…, todo había valido la pena. A las cinco de la mañana se levantó, se duchó, eligió su mejor traje y se dirigió caminando a la oficina. Estaba unas veinte calles al sur; la temperatura era de tres grados bajo cero pero anhelaba respirar el aire helado de aquel maravilloso invierno. Nueva York le ofrecía su cielo azul más deslumbrante y los edificios reflejaban la luz en sus cristales como en una fiesta de extraordinario esplendor, como si todo lo que le rodeaba quisiera acompañarle en esos grandes momentos.

Se compró un café con leche y un *muffin* de plátano en el puesto de la esquina de la 44 con la Sexta Avenida y se aproximó al edificio de Goldstein. Minutos después se encontraba en su mesa de la planta cincuenta. Eran las seis menos cuarto de la mañana y todavía no había llegado nadie. Comprobó las posiciones del día anterior: todo se encontraba en orden y los mercados en Asia estaban tranquilos. Fueron llegando sus compañeros, pero ya no los veía igual que siempre, le parecían simples *traders*. Pensaba en la figura de Bill Parker y la fascinación le embargaba. A las siete y media sonó el timbre del teléfono, nuevamente de la línea interior. Esta vez atendió la llamada con entusiasmo.

—Hola, Max, soy Larry Coach. —Realmente no hacía falta que se lo anunciara, jamás olvidaría que el 7777 era la extensión del jefe de gabinete de Parker, su brazo derecho. Coach era uno de los tipos más duros del banco y del mercado, con fama de implacable. Siempre fiel a su jefe, cuando Parker necesitaba confrontarse con alguien, ahí aparecía Coach; era la cara hosca del *boss*—. Te espero en mi despacho en diez minutos. —Y colgó. No importaba lo que Max estuviera haciendo: Coach hablaba en nombre del *boss*, no había opciones ni margen para la discusión, simplemente se hacía lo que él decía.

Max subió a la planta cincuenta y cuatro, conocida como la planta noble: allí solo trabajaban los vicepresidentes ejecutivos y el propio Coach en un despacho de menor tamaño. La última planta, la cincuenta y cinco, estaba reservada a la oficina del *chairman* y a la sala del Consejo.

—Pasa, Max —le dijo Larry al verlo acercarse al acristalado despacho. Su tono era algo más agradable que por teléfono. Su aspecto no. Coach era un tipo fuerte de rasgos pronunciados, excesivamente grandes. Su cabeza y cuello también lo eran. Piel oscura, cejas pobladas, abundante cabello negro. Su prominente nariz descaradamente torcida le confería un aspecto más de defensa de fútbol americano que de jefe de gabinete del banquero más importante de Wall Street—. Siéntate

—le indicó—. Como ya te anunció ayer el *boss* eres la persona elegida. La propuesta es que te conviertas en el CEO de STAR I. Tu salario fijo será de trescientos mil dólares. STAR I repartirá un veinte por ciento de sus beneficios como bonus variable entre sus gestores y consejeros. A ti te correspondería aproximadamente un tres por ciento del beneficio. —A Max se le confirmaron sus sospechas. No le gustó aquel tipo, le pareció un arrogante, pero sí lo que estaba oyendo—. Las oficinas no estarán en este edificio, no interesa que nos asocien en exceso al banco. Además de Goldstein Investment Bank habrá otros socios; nosotros tendremos el sesenta por ciento de las acciones, el resto serán inversores institucionales, ya sabes, otros *hedge funds,* y también algún inversor privado. Tú reportarás al Consejo; en él estaremos Parker y yo representando a Goldstein y otros tres consejeros más, ya te los presentaremos. El equipo de STAR será reducido: contando analistas, operadores y el *staff,* unas veinte personas. El comité de inversiones es el órgano más importante; hemos fichado a Arito Murakami, es el mejor. Viene de ser el jefe de inversiones de uno de los *hedge funds* de más éxito en el mercado. Te organizaré una entrevista con él para que lo conozcas. Es un crack, él será clave para el éxito. Él y su equipo de analistas serán quienes recomienden las compañías sobre las que apostar a la baja. —Casi sin respirar Coach preguntó—: ¿Está claro?

—Sí —contestó Max visiblemente incómodo con los modales de su interlocutor. Todo ese *charme* de Parker era inexistente en Coach.

—¿Tienes alguna pregunta?

—¿Cómo se financiará STAR I y a qué coste?

—No te preocupes. La financiación nos la dará en parte Goldstein Investment Bank y otras instituciones a través de vehículos intermedios. A un tipo de interés muy bajo.

STAR I tendrá el mismo *rating* que Goldstein Investment Bank, triple A. —Mencionaba esa calificación como si ya lo tuviera hablado con las agencias de *rating* que eran las responsables de asignarlo—. Tienes el día de hoy para pensártelo.

—No necesito más tiempo, acepto —contestó con seguridad.

—Perfecto, Max, enhorabuena —manifestó sin entusiasmo Coach—. Empiezas el lunes que viene. Te puedes tomar el resto de la semana libre.

A Max le repelía ese tipo, su prepotencia le irritaba, pero ¡qué más daba: ya tenía el puesto de su vida! Salió del despacho de Larry y se dirigió a su mesa en la sala de mercados por última vez. Al entrar en la estancia se fijó en sus excompañeros; él ya estaba a otro nivel, sentía una extraordinaria alegría. En cuanto se acercó a su puesto sonó el teléfono; era otra llamada interior.

—¿Max Bogart?

—Sí, soy yo. ¿Quién habla?

—Soy la secretaria de Bill Parker, le paso con él.

Sin apenas intervalo se escuchó la voz de Parker con ese tono de seguridad que le caracterizaba:

—Enhorabuena, Max, me alegro de que te hayas decidido, haremos grandes cosas juntos.

—Gracias, señor.

—Recuerda, llámame Bill.

—Sí, gracias, Bill. No te defraudaré.

—Seguro que no. —Y como era habitual, Parker colgó sin despedirse.

Max se recostó en su asiento mirando hacia el techo. En ese momento sonó de nuevo el teléfono.

—Sí. Aquí Max.

—Hola, soy Dixon. Te estamos esperando para que pases a firmar —le dijo el director de Recursos Humanos.

—OK, ahora mismo subo. —Max no lo conocía en persona pero sí su apellido. ¿Qué empleado no conocía el apellido del director de Recursos Humanos de aquel gran Banco?

Max subió de nuevo a la planta cincuenta y cuatro. No había estado allí en los cuatro años que había trabajado para Goldstein y en un solo día ya llevaba dos visitas. En esta segunda ascensión, mientras esperaba en la recepción a que le condujeran al despacho de Dixon, pudo fijarse en los cuadros que adornaban aquellas paredes: Picasso, Dalí, Matisse... Obras de fabulosos artistas valoradas en millones de dólares y colgando en esas paredes para deleite de unos pocos privilegiados.

Dixon compareció con una gran sonrisa.

—Hola, Max, me alegro de conocerte, aunque sea en el día que nos dejas. —Y sonrió de nuevo—. Bueno, en realidad esto es una excelente promoción para tu carrera. —Ya en su despacho, siguió la conversación en un tono condescendiente, aquel en el que se suelen recrear los directores de Recursos Humanos cuando están comunicando algo positivo para el empleado—. STAR I es una gran oportunidad, podrás demostrar lo bueno que eres... Además, Goldstein controla la mayoría de las acciones, así que seguirás siendo parte de esta gran familia —añadió vendiéndole el nuevo puesto que Max ya había comprado.

—Sí, claro —apuntó él con cierta indiferencia hacia las palabras de Dixon.

—¿Quieres agua?, ¿o quizá un café?

—No, gracias, estoy bien.

—OK. Mira, no hemos cerrado exactamente el bonus del año pasado. Como sabes se hace en febrero, pero tratándose de un caso excepcional lo hemos calculado para ti. —Y Dixon, con cara de satisfacción, le extendió un papel doblado.

Max lo abrió y vio lo escrito en él: «Max Bogart. Bonus 2009: 400.000 dólares».

No podía dar crédito a lo que acababa de leer. Enseguida reaccionó.

—Esto debe de ser un error: el año pasado gané solo doscientos mil dólares y este año ha ido peor —dijo Max muy serio.

—Tienes razón, Max, te correspondían unos ciento cincuenta mil, pero el jefe Parker ha querido darte una alegría, muestra de la confianza que tenemos depositada en ti. Disfrútalo —dijo Dixon al tiempo que le acercaba un papel para que firmara el acuerdo de finiquito.

Max miró fijamente a Dixon algo desconcertado durante unos segundos; finalmente sacó su estilográfica, que raras veces utilizaba, y estampó su firma en el documento.

Abandonó la planta noble y se dirigió a su puesto. Ya en la planta cincuenta, observó cómo a su paso todos se callaban y clavaban la vista en él. Obviamente la noticia ya se había extendido. Llegó a su mesa y recogió sus cosas. Y desde su metro ochenta de estatura dirigió una mirada a su alrededor; todos los colegas le estaban contemplando. Entonces gritó con todas sus fuerzas:

—¡Tíos, me largo! ¡Ha sido un placer!

El bullicio estalló de nuevo. Silbidos de apoyo y algún que otro grito se oyeron en la sala.

—Hijo de puta, que te vaya bien —chilló a lo lejos un colega sonriéndole.

Ronny, el *trader* que el día anterior había recibido el «sillazo» en la espalda, se levantó.

—Joder, tío, me alegro por ti, nos debes una invitación.

—Sin duda —contestó Max—. Este viernes en el Greenhouse; os enviaré un *tuit*. Adiós, amigos, no os canséis mucho —concluyó antes de marcharse.

Capítulo 36

Checo, tengo que verte.

—¿Qué pasa, tío?

—Te lo cuento en persona, cenamos el jueves.

—OK. ¿Dónde?

—En el Nobu de Tribeca a las ocho.

—Allí nos vemos.

Para Max, Checo era el hermano que nunca tuvo. Para los colegas de Wall Street, un ídolo. Pero no por el dinero que ganaba: Checo era un profesional de las mujeres, empleo que compaginaba con el de analista de una agencia de *rating*. Su aspecto generaba un *wow!* lascivo entre ellas. Facciones perfectamente dibujadas, los labios gruesos…, pero lo más lujurioso de Checo era su cuerpo. Sus músculos no habían sido moldeados en gimnasios de Manhattan, eran de mármol. Muy adecuados para batirse en la arena de un circo romano. El hecho de que tuviera unos ojos verdes de fantasía y el cabello moreno oscuro era ya casi irrelevante.

Tenía que ocurrir antes o después: el año anterior había sido elegido por los votantes de la revista *New Yorker* como «Bachelor of the year», título logrado en años anteriores por John John Kennedy, entre otros famosos, actores y deportistas. Su portada en la revista con todo su provocativo aspecto y, cómo no, la millonaria fortuna de su familia le convirtieron en una *celebrity*. Salir con él por la noche era todo un ritual de mujeres mirándolo, acercándose o hasta besándole espontáneamente. Además, al igual que Max, era un tipo encantador.

Al entrar en el Nobu, encontraron el espectáculo habitual: bandejas de *sushi* y *sashimi* que volaban sobre las palmas de las manos de camareros que, asustados por esa vida propia que parecían tener, las perseguían de un lado a otro por el local, hasta que decidían posarse en alguna de las mesas redondas llenas de ojos ávidos de atún toro, salmón, pulpo y otras exquisiteces. Aunque había llamado para reservar con muy poca antelación, Max consiguió la mesa porque eran clientes habituales. Por muchos restaurantes japoneses que abrieran en la ciudad, el Nobu del chef Matsuhisa y el actor Robert de Niro seguía siendo su favorito, y en particular ese, el del 105 de Hudson Street, en pleno barrio de Tribeca. Encontrarse celebridades allí era lo habitual, aunque indudablemente Checo ya lo era y a Max le faltaba muy poco tiempo para serlo.

—¿Estás preparado? —Max se dispuso a contar la gran noticia con cara de niño feliz.

—Venga, tío, no te enrolles más y suéltalo.

—El lunes pasado me invitó a cenar Parker en persona.

—¿Qué dices? ¿Bill Parker?

—El mismo.

—¿A ti, cabrón? ¿Para qué? —le espetó con la misma satisfacción que si le hubiera pasado a él.

—Me ha ofrecido dirigir un nuevo *hedge fund* que va a crear el banco, STAR I.

—Joder, tío, eso suena fantástico, qué bárbaro —exclamó Checo con sinceridad—. ¿Y en qué va a invertir? —preguntó.

—En posiciones a corto.

—¿Apostar por acciones a la baja?

—Exacto, las pides prestadas a su titular, luego las vendes y, cuando bajan, recompras las que has de devolver a su dueño y te quedas con la diferencia.

—Joder, tío, pero eso tiene mucho riesgo porque si suben tienes que poner dinero para poder recomprarlas más caras y devolverlas.

—Sí, pero para eso tenemos un equipo especializado y un comité de inversiones que me reporta a mí. Han fichado a un japonés, un tal Arito Murakami, que es un fenómeno de las matemáticas financieras. Desarrolla modelos muy ajustados capaces de predecir qué valores tienen mayor probabilidad de bajar en función de múltiples variables que introduce.

—¿Y no se equivoca?

—Sí, claro, pero menos veces de las que acierta. De eso se trata.

—O sea, que mientras los ciudadanos de a pie invierten en acciones para que suban y así ganar dinero, aconsejados muchas veces entre otros por Goldstein Investment Bank, el banco apuesta a lo contrario.

—Bueno, el banco no, STAR I.

—Ya, pero ¿qué participación tendrá el banco en STAR I?

—La mayoría.

—Pues eso, pobres inocentes corderitos. Menos mal que nosotros estamos en el lado de los lobos.

Los dos sonrieron.

—Oye, que yo no he inventado esto de los mercados financieros. Unas veces se gana y otras se pierde.

—Sí, lo que pasa es que ganar, ganar, siempre ganan los mismos —sentenció Checo.

—Pues no me vendrá mal jugar en ese equipo —contestó Max.

—Por supuesto, aprovéchalo; bueno, aprovechémoslo juntos. —Se giró y dirigiéndose al camarero le espetó—: Joven, tráiganos una botella de Chivas Regal con una jarra de agua y hielo, tanto Moët & Chandon ya me está aburriendo. ¿Y dónde está esa langosta con salsa picante de *wasabi*? —inquirió Checo por la comanda de su plato favorito.

—Enseguida, señor —contestó el aplicado camarero.

—Por cierto, ¿de dónde han sacado a ese tal Arito? —preguntó Checo.

—Como te he dicho antes Parker lo fichó; de hecho, ya lo habían fichado como director de inversiones de STAR I antes de ofrecerme a mí el puesto de director general.

—Entiendo que te reportará a ti, ¿no?

—Sí, claro. Será mi hombre fuerte en la compañía. Me lo presentó ayer Larry Coach.

—¿Quién es Coach?

—El jefe de gabinete de Parker, un tipo desagradable.

—Bueno, entre tantos nuevos amigos que has hecho, menos mal que hay también algún mal nacido. —Y rieron estrepitosamente—. Pues ya me presentarás a ese fenómeno de Arito, tengo ganas de conocerle.

—Y él a ti.

—¿Él a mí? —preguntó extrañado Checo.

—Sí, recuerda que desde la portada del *New Yorker* eres toda una *celebrity*, y solo hay una cosa que interese más a los chicos de Wall Street que el dinero: las mujeres, y tú tienes ambas cosas a raudales.

—Hombre, mujeres sí; dinero, el que lo tiene es mi viejo.

—Bueno, pero ya te llegará.

—No jodas, que lo quiero mucho, déjalo tranquilo. Pero pasta…, la que te pagarán a ti. Dime, ¿cuánto?

—Trescientos mil pavos de fijo y un bonus del veinte por ciento de las ganancias a repartir entre gestores y consejeros.

—Eso pinta que si todo va bien puede llegar a ser un pastón, ¿no?

—Supongo que sí. Pero, por si acaso, he organizado una fiesta para mañana en el Greenhouse, ahora que aún tenemos algo que celebrar.

—Fantástico.

En ese momento, dos mujeres rubias muy sexis con mucho escote y mucha minifalda de piel negra se acercaron «desafiantes» a la mesa.

—Hola, chicos, gracias por el champán —dijo una de ellas.

Max miró a Checo sonriendo; dedujo que, como acostumbraba a hacer, había ordenado al camarero que enviara una botella a la mesa de las chicas. Esta vez ni él se había dado cuenta.

Checo se puso en pie, apartó una de las sillas con ademán de invitarlas a sentarse en su mesa y, esbozando una sonrisa fusionada delictivamente con sus verdes ojos, dijo:

—Sentaos, por favor.

Tomaron ambas asiento y casi inmediatamente una de ellas formuló la pregunta inevitable:

—Pero ¿tú no eres Checo Brady?

Checo miró a Max y sonrieron con complicidad. La historia de esa noche ya estaba escrita.

Capítulo 37

Beis el techo. Beis las paredes. Beis la moqueta.

Se incorporó levemente. Las sábanas de algodón egipcio de novecientos hilos por pulgada, con vivos en color marrón oscuro en contraste con los tonos de la habitación, le rozaban la piel con suavidad. No se acordaba de nada.

Notó que la sábana se agitaba levemente. Alguien respiraba a su lado. Por un momento dudó en mirar para ver de quién se trataba, pero recapacitó; no era cuestión de llevarse un disgusto. La apartó de sí y se irguió con suavidad.

Estaba desnudo. La tenue luz de la mañana se filtraba entre las cortinas, también de color beis. Se asomó sin abrirlas apenas. *Wow!* Fantástica vista del Hotel Plaza y Central Park desde el sureste. «Vaya apartamento», pensó.

Había ropa por todas partes: sus *jeans* Diesel, una minifalda de cuero enredada en su correspondiente tanga, ambos negros; medias de rejilla, por supuesto del mismo color; la camisa blanca de Hugo Boss, y algo más allá, una botella vacía.

La movió ligeramente con el pie: tequila… «Joder, así estoy», se dijo.

«¿Dónde están los calzoncillos? —se recriminó—, ¡siempre igual!». Entonces su mirada se dirigió a las alturas; no sería la primera vez que aparecían colgados de una lámpara. Pero nada pendía del techo. Cuando ya asumía que tendría que ponerse los *jeans* sin ellos, una mirada fugaz hacia la cama le llevó a observar un elegante jarrón de porcelana china que parecía pedir a gritos: «Quítenme ya esto de encima, que no puedo respirar». Se acercó feliz por la primera pequeña batalla del día ganada. Los cogió y ahí mismo, junto a la cama de donde surgía la respiración de su compañera de noche, flexionó la pierna derecha al tiempo que levantaba ligeramente la izquierda con la intención de introducir el pie en el agujero adecuado. De pronto, el bulto con respiración cambió de postura. Max se quedó como una estatua, con los calzoncillos a mitad de camino. El cuerpo siguió moviéndose, buscando acomodarse a una posición más cómoda bajo las bonitas sábanas. Max perdió el equilibrio, trabado por la prenda que intentaba ponerse, y se cayó. Su aparatoso descenso precipitó un impacto monumental en su costado derecho.

Finalmente, dolorido tras el penoso incidente y ante el riesgo que suponía repetir el intento, optó por llevarse los calzoncillos en un bolsillo y ponerse los *jeans* «a pelo», eso sí, subiendo con mucho cuidado la cremallera para no cometer ningún destrozo adicional tal vez irreparable. A mitad de la delicada operación se produjo otro movimiento bajo las sábanas, pero esta vez fue como si la ocupante estuviera desplegada a lo ancho de la misma. Contra su costumbre, no pudo reprimir la curiosidad y levantó con sumo cuidado el fino edredón…

—¡Hostias! —exclamó—, pero si son dos.

Echó un vistazo general a sus cuerpos desnudos y abrazados y le hirvió la sangre; es más, dudó si quitarse de nuevo los *jeans* y meterse en faena. Finalmente decidió que su lamentable condición no le iba a favorecer, así que optó por taparlas, maldiciendo no poder recordar nada de lo vivido con aquellas dos hembras.

Salió del piso. Encontró un refinado corredor por el que anduvo algo encorvado hacia el costado dañado. Le escoltaba una luz tenue, agradable. Se ensanchó el espacio para ubicar un vestíbulo abierto a cuatro ascensores; el primero que llegó le indicó que estaba en el piso cuarenta. Apretó al botón del *lobby*.

Al abrirse las puertas avanzó por un bonito suelo de mármol. Giró hacia su derecha siguiendo un letrero que indicaba la salida.

Allí encontró a un conserje de uniforme que se dirigió a él.

—Buenos días, señor, ¿necesita un taxi?

—No, gracias —contestó secamente.

A su derecha observó una larga recepción y unas escaleras amplias. Salió a la calle. Banderas y coches; ruidos y autobuses; viandantes y olores; gente y sirenas; puro Nueva York. Y el móvil sonó.

—Hola, Max —dijo la voz inconfundible de Checo.

—Sí, ¿Checo?

—Joder, vaya noche ayer. ¿Dónde estás? —preguntó su amigo riendo.

—Pues… Oiga —interrogó Max a otro uniformado que estaba apostado en la puerta del edificio—, ¿dónde estamos?

—En la 57.

Max arqueó las cejas. De inmediato, aquel hombre obsesionado por satisfacer necesidades de sus clientes adivinó que el joven con el cabello muy bien despeinado estaba desorientado.

—En la puerta del hotel Four Seasons de la Calle 57 de Nueva York, señor —amplió la información.

—Gracias —contestó Max. Se echó la mano al bolsillo y sacó un billete de veinte dólares junto con los calzoncillos blancos. Miró a los ojos del conserje algo abochornado.

—No se preocupe, señor, es más frecuente de lo que imagina.

Max, liberado de cualquier vergüenza, le extendió el billete.

—¿Has oído? He dormido en el Four Seasons —exclamó Max a su amigo por el móvil—. ¡Joder!, aquí la noche no baja de novecientos dólares y no me parece que me dieran una habitación barata. Vaya pasta para empezar las celebraciones.

—No te preocupes, pagaron ellas —replicó Checo.

—¿Cómo?

—Pero ¿no te acuerdas? Eran dos *barbies* de Dallas pasando el fin de semana de rebajas en Nueva York, comprando para ellas y sus maridos tejanos la ropa del invierno, vaya pichones.

—¿Pichones? —preguntó Max.

—Sus maridos, vaya pichones: las envían de compras y ellas no pierden el tiempo, encima en el Four Seasons.

—Bueno, vete a saber la que habrán montado ellos en Dallas aprovechando la excursión de sus chicas.

—Sí, claro, pero el caso es que la mía follaba como si fuera la última vez —afirmó feliz Checo—. Me dejó tan agotado que esta mañana tuve que llamar a la oficina para decir que estaba enfermo.

—¿Cómo la tuya? Pero si estaban las dos conmigo… —dijo Max confuso.

—Eso fue al final. Joder…, sí que acabaste mal… Mira cuando yo terminé con la mía, me propuso pasar a vuestra habitación para seguir la fiesta, ya sabes, todos mezclados, pero la verdad es que estaba reventado y decidí volverme a casa, todavía con la intención de ir a trabajar por la mañana. Ella me acompañó al salir de la habitación y llamó a vuestra puerta.

—Y ¿entonces?

—Le abriste tú, desnudo con una sábana puesta a lo romano que no ocultaba tus partes. Para mí que ella quedó gratamente impresionada y, como todavía le quedaba libido…

—Pues no me acuerdo.

—Qué pena, porque te debiste de poner morado con las dos a la vez. ¿No les darías el teléfono? —añadió Checo en tono casi amenazante.

—Pero ¿de qué vas? Uno es un profesional, eso ni borracho.

—No estoy tan seguro si no te acuerdas de nada, pero bueno… ¿Y qué vas a hacer ahora? —preguntó Checo.

—Me voy a acercar al fisio.

—¿Al fisio?

—Sí, es que me he dado un golpe en la espalda y voy doblado.

—Pero ¿cómo? ¿Fuiste más allá del misionero? —Rio a la vez que preguntaba.

—Me lie al ponerme los calzoncillos y me di una hostia contra el suelo.

—Joder, Max —soltó una carcajada Checo—, eres un fenómeno; espero que seas más hábil dirigiendo STAR I.

—Bueno, tú encárgate de mover la agenda, ¿vale?, los chicos vendrán hambrientos a la fiesta de esta noche.

—OK. Te veo allí.

Mover la agenda significaba que Checo llamara a dos o tres relaciones públicas de la ciudad para avisar a qué club iba a acudir esa noche. Al ser una *celebrity,* los relaciones públicas seleccionaban de sus listas a las mujeres más imponentes que frecuentaban los territorios desbordados de ansias de lujuria: modelos, aspirantes a top model; ejecutivas de éxito, o sin éxito…; todas de muy buen ver. Americanas, francesas, latinas, brasileñas o rusas. Les hablaban de una fiesta organizada por un *trader* y añadían que Checo iba a acudir. El club se acababa llenando de mujeres hermosas y, con ellas, los tipos más *cool* de la ciudad. Todos contentos.

Capítulo 38

Max decidió ir a su apartamento dando un paseo. Los rayos de sol se reflejaban en los escaparates de las decenas de tiendas de lujo que brillaban tentadoras en las fachadas. Sacó del bolsillo de su chaqueta las gafas de sol de Tom Ford que por prevención siempre llevaba cuando salía de noche y se las colocó cuidadosamente con las dos manos.

Sin mayores contratiempos, el agradable paseo prosiguió por la Calle 57, superó Madison Avenue y continuó hasta el cruce con la Quinta Avenida; una vez allí, se dirigió a Central Park South. Los carruajes de caballos y los hoteles adornaban con gentes y olores el camino. Pronto llegó al otro lado del parque en la esquina de Central Park South con Columbus Circle, donde se encontró con el Trump International Hotel & Tower. A menudo pasaba por allí porque estaba muy cerca de su casa. Esta vez se paró y miró al cielo, como tratando de ver los pisos más altos de aquel rascacielos de superlujo de tonos marrones y elegantes dorados. El Trump Hotel ocupaba una parte de las plantas del edificio. Las de arriba eran seguramente las que tenían mejores vistas a Central Park de toda la ciudad; habían sido vendidas como apartamentos de superlujo. Podían costar diez millones de dólares por apenas cien metros cuadrados. Solo al alcance de consagrados actores, cantantes, financieros y prominentes empresarios. Decían que en su tiempo la malograda Lady Di llegó a poseer uno. Siempre le habían parecido inalcanzables, pero esta vez…

«Un día no muy lejano viviré allí arriba», pensó con satisfacción. Sabía que STAR I iba a cambiarlo todo.

Decidió comer algo antes de ir al fisio. Pasó de largo la Calle 62, donde residía, y siguió andando hasta llegar al Gregory Cafè Bar, en la Calle 65 con Broadway; nunca había estado allí un viernes por la mañana.

En el Gregory se podía tomar un buen desayuno americano con huevos cocinados de todas las maneras imaginables, al mediodía era perfecto para una sabrosa ensalada *caprese* o una gran hamburguesa con patatas fritas, por la noche una cena tranquila en un ambiente acogedor y bien entrada la noche, unas copas en el bar.

—Hola, John.

—Qué pasa, Max, tú por aquí a estas horas…

—Joder, si te contara… Ayer pillé una buena, creo que mezclé de todo, incluidas buenas dosis de tequila.

—Eso sube de muerte… ¿Con quién estabas?

—Con Checo, celebrando que cambio de trabajo. Estábamos cenando en el Nobu y de la nada aparecieron dos *barbies* tejanas de mucho nivel. Me he despertado esta mañana en una habitación del Four Seasons con las dos desnudas y metidas en la cama. La pena es que no me acuerdo de los detalles de la noche.

—Pues yo casi lo prefiero… ¿Y el trabajo nuevo?

—Una sociedad de inversión que ha creado el banco; tiene muy buena pinta, me voy de jefe.

—Enhorabuena, tío. ¿Por qué no me cambias la vida aunque solo sea un fin de semana?

—Venga, no te quejes, cabrón, tú no sabes lo duro que es esto. Levantarse a las cinco y media cada día para ir a la oficina, catorce horas trabajando. Llego todas las noches agotado. Y el fin de semana, a arreglarse lo justo para salir de caza, ya me entiendes. Y si encuentras algo, acompañarlas a su casa. Luego viene lo más aburrido: darles conversación, besarlas y acariciarlas. Cuando se acerca el momento, alguna hasta quiere que la desvistas, ¿no te jode?, como si no tuviera bastante desvistiéndome a mí mismo. Y al final hay que tirárselas.

—Qué pena me das, Max —dijo John irónicamente—, si es que te voy a tener que dar yo trabajo para alegrarte la existencia.

—No, si follar es bueno, pero tiene sus efectos colaterales. Verás, la primera vez que lo haces con una tía hay que quedar bien, un latino tiene que dar cierto nivel, ¿me entiendes?

—Pero, cabrón, ¡si tú eres más neoyorquino que la Estatua de la Libertad!

—Bueno, pero creo que mi bisabuelo era español, y además camarero como tú —dijo Max sarcásticamente, dado que John era el propietario de cinco garitos de mucho éxito de la ciudad.

—Sí, y el mío debía de ser un sioux, por eso estoy calvo como una bola. Bueno, y eso de quedar bien ¿para qué?, si a la mayoría nunca las vuelves a ver.

—Eso es verdad, pero las cosas hay que hacerlas bien. El caso es que después de la faena hay que volverse a vestir, tomar un taxi de vuelta a casa, desvestirse otra vez para ponerse el pijama… Es duro, tío, te lo aseguro. Y luego el lunes los putos mercados otra vez.

—No, si al final me vas a dar pena. Pues se me ocurre que para que sea menos «duro», te las lleves a tu casa; así te ahorras desvestirte y vestirte dos veces, y el taxi…

—¡Estás loco! ¿Y que se queden a dormir? No fastidies, hombre. Tú lo que eres es un pichón, no tienes ni idea. Mira, las tías en cuanto pueden se te enganchan, no hay que darles opción. ¿Te imaginas levantarte al mismo tiempo que ellas, verlas sin su maquillaje, que te pregunten por tu vida, de dónde eres, a qué te dedicas…? Ni hablar. Luego pillan el teléfono, conocen tu dirección… Peligroso.

—Venga, hombre, seguro que a alguna que esté muy buena le has pedido tú el teléfono para repetir.

—Mira, John, eres mi amigo y muy majete, pero en el tema de mujeres eres un puto aficionado. ¿Pedir el teléfono?, eso jamás. En la vida hay que ser muy profesional, sobre todo con las mujeres.

—Hasta que conozcas a una especial, que se quede contigo —sentenció el dueño del Gregory.

—John, de tanto dar conversación a tus clientas ya te pareces a ellas. Anda, ponme la hamburguesa y no me jodas más.

Max se sentó en la barra y empezó a hacer memoria de los últimos días. La cena con Parker, el nuevo trabajo… Se sentía exultante. Era muy consciente de que estaba ante una oportunidad única; si Parker se había fijado en él era por algo. Siempre se había sentido distinto a la mayoría. Su etapa en la Universidad de Yale, compaginando los estudios de Económicas con los duros entrenamientos con el equipo de fútbol. Su debut como *quarterback*. Después vino la lesión de codo que le apartó de una posible carrera profesional en la NFL. El MBA en el Instituto Tecnológico de Massachussetts, que terminó también con excelentes calificaciones. Su entrada en Goldstein. Llevaba cinco años trabajando duro en diversos mercados: de divisas, derivados, hipotecas basura, y siempre con buenos resultados. Y viviendo la ciudad a tope. A sus treinta años, la propuesta de Parker colmaba todas sus aspiraciones; suponía pasar de ser un *trader* exitoso a un financiero en el top de los negocios. Así es como lo sentía. Tenía que llamar a sus padres a Boston, estarían orgullosos de él.

Una de las camareras del local le sirvió una Coca-Cola Light con una sonrisa:

—Aquí tienes, Max.

—Gracias, Tina. —Todos le conocían y él conocía a todos.

Cogió el vaso y lo levantó para dar un trago. Al hacerlo, observó en la pared de enfrente una gran pantalla Samsung que sintonizaba la CNN. Le llamó la atención el mensaje en su parte inferior; se podía leer «*Breaking news*» sobre un fondo amarillo. Sin bajar del taburete acercó su cabeza ligeramente y pudo leer: «Ataque terrorista en el mercado de Jerusalén, al menos doce muertos». Pudo apreciar a una mujer joven en el suelo en un gran charco de sangre, abrazada a su hija, y un metro más allá, una segunda pequeña, inmóvil, parecía muerta. Arrodillado junto a ellas, un hombre con una bata blanca salpicada de sangre sostenía a una de las niñas sobre su antebrazo y con su mano la cabeza de la madre. Mientras, con el brazo izquierdo levantado pedía ayuda desesperado. Las imágenes eran devastadoras.

Por un momento se quedó en estado de *shock*, pensativo; su inmensa felicidad se vio desbaratada por aquella dura visión. Clavados sus ojos azules en la pantalla. Transcurrieron unos segundos, luego se giró y gritó:

—John, cambia el canal a ESPN, vamos a ver el resumen de la NBA.

No podía estropear su momento de entusiasmo. «Piensa en ti, gana para ti», en Wall Street eso se aprendía pronto y con ello se sobrevivía; uno no disponía de tiempo para pensar en los demás, y menos si estaban sufriendo a miles de kilómetros.

Capítulo 39

A las nueve de la noche el club Greenhouse ya presentaba un aspecto de gala. Los millares de cristales multicolores que adornaban el techo lo convertían en un cielo de fantasía, más parecido a un paraíso daliniano que a un garito de moda de Nueva York. Era el lugar para estar y ser visto, sin duda alguna. Max había reservado una de las zonas VIP y junto a Checo tomaba la primera copa de la noche esperando la llegada de los invitados.

—¿Avisaste de que venías? —preguntó Max.

—Sí, claro —respondió su amigo, y dio un sorbo a su whisky con hielo.

—Menos mal, porque me han confirmado por Twitter unos sesenta colegas.

—Joder, tío, te tendrían que contratar de relaciones públicas en un garito gay.

—Bueno, es lo que hay. En Nueva York las mujeres son mayoría y en el sector financiero, como mucho una por cada

225

cinco hombres. Pero les he pedido que traigan amigas; como hay barra libre lo harán.

—Más nos vale, porque mis relaciones públicas traerán a unas treinta; eso sí, seguro que muy guapas, ya sabes, modelos, rusas, etcétera.

—Pues hoy hay que romper la noche. Por cierto, vendrá Arito.

—¿Quién?

—Arito, el matemático financiero que va a trabajar conmigo como director de inversiones de STAR I.

—Ah, el japonés ese del que me hablaste.

—Sí, el que me hará rico —sentenció Max—. Está feliz de pensar que va a conocerte —añadió.

—Pues encantado con tal de que no hable mucho de inversiones.

Ambos rieron.

Una camarera de aspecto muy sexi se acercó a ellos.

—Perdona, ¿eres tú Max Bogart?

—Sí, ¿en qué puedo ayudarte? —contestó.

—Más bien yo puedo ayudarte a ti. Soy la responsable de esta zona VIP que has alquilado, para cualquier cosa aquí me tienes.

—Se me ocurren muchas cosas en las que nos puedes ayudar —intervino Checo.

La hermosa camarera lo reconoció y sonriendo añadió:

—¿Tú eres Checo?

—Sí, para servirte. —Y la mezcla de sonrisa esplendorosa con mirada verde causó mella en la chica.

—Pues nada, ya lo sabéis, aquí estamos mis compañeras y yo para lo que necesitéis.

Media hora después aquello era un hervidero. La zona VIP reservada por Max por seis mil dólares estaba repleta. Bellas mujeres por todos lados, con sus ropas más atrevidas; no había duda de que las llamadas de Checo habían funcionado. Parecía una competición. Más escote, más tacones, más corta la minifalda. Los hombres, como era habitual, no vestían muy allá. La mayoría, un pantalón informal, incluso *jeans* y alguna chaqueta sport.

A Max le llamaron la atención dos chicas que se acercaban a la barra, pero fuera de la zona VIP reservada. No respondían a los dictados de las modelos. Se sentaron en unos taburetes altos.

Max salió de la zona VIP y se dirigió a ellas de inmediato.

—Hola, ¿habéis venido a la fiesta? —preguntó sabedor de la respuesta.

—¿Qué fiesta? —dijo la del cabello castaño.

—La fiesta que doy esta noche.

—¿Tu cumpleaños?

—No, qué va, solo un cambio de trabajo. Me llamo Max Bogart, ¿y vosotras? —dijo tendiendo la mano.

—Yo soy Heather y ella, Debra.

De inmediato Max la reconoció.

—Debra Williams, ¿la de la CNN?

—Sí —contestó la rubia reportera.

Max se quedó unos instantes callado. Había conocido a otras famosas en sus salidas nocturnas con Checo, pero algo le pasó por la mente al verla que le hizo fijarse en ella con detenimiento. En cuanto reaccionó les propuso:

—Venid a tomar una copa a nuestra fiesta.

Heather miró a Debra, que pese a su profesión era algo más tímida. Solo cuando se percató de que su amiga le hacía una señal moviendo ligeramente la cabeza hacia abajo, replicó:

—Sí, por qué no. —Y ambas se levantaron.

En cuanto llegaron a la zona VIP Max les preguntó:

—¿Qué queréis tomar?

—Zumo de tomate —contestó Debra.

—Yo lo mismo —añadió Heather.

—Perdonad un momento; os podéis sentar aquí, voy a pedir. —Rápidamente se acercó a la camarera y le pasó la orden, para de inmediato iniciar la búsqueda de Checo; necesitaba refuerzos. Al fin lo vio unos metros más allá; cómo no, hablaba con dos modelos de la agencia Elite que les habían presentado hacía un rato.

—Perdonad —les dijo Max a las chicas, y se acercó al oído de Checo—. Vente, tío, te necesito.

—No jodas, que ya voy encaminado.

—Que te vengas, joder, que te voy a presentar a dos tías.

—Pero qué más da, dos aquí, dos allá; quédate tú conmigo, a estas me da que nos las tiramos en el lavabo —dijo Checo desconcertado ante la insistencia de su amigo.

—No seas bestia, coño, estás hablando con un prestigioso financiero que a partir de hoy ya no folla en los lavabos. —Ambos rieron.

—OK, te acompaño.

—Chicas, perdonadme un momento —les dijo Checo para a continuación besarlas en la boca. A una y a la otra. Ambas con cara de resignación, aceptaron el beso como un pequeño tributo.

—No tardes, te esperamos, las dos —le dijo una de ellas con su expresión más sugestiva.

—Espero que tus amigas valgan la pena… Porque es tu fiesta, que si no… a buenas iba yo a desperdiciar esos dos bombones.

—Mira, una de ellas es Debra Williams, la reportera de la CNN; esa es para mí.

—¡Ah!, vale, gracias.

—Pero la otra se llama Heather y es superatractiva, te pega mucho.

—Oye, no estoy hoy para calamares. —Así es como llamaban a las mujeres poco agraciadas.

—Que no, hombre, que en serio está muy buena; lo que pasa es que la rubia tiene algo.

—No, si ya la he visto por la tele, no hace falta que me lo digas.

Las botellas de Moët & Chandon parecían volar sobre bandejas sostenidas bien alto. Adornadas con bengalas encendidas, para que nadie se quedara sin verlas, chispeaban en todas direcciones creando un alboroto de luces y reflejos perfecto para acompañar la música de Black Eyed Peas. Un bonito espectáculo para dibujar una estela que anunciase a quién se dirigían. En Nueva York, saber quién tiene dinero era ley, y una botella de champán francés constituía un buen indicador.

—Mirad, os presento a Checo; ellas son Heather y Debra.

—Hola —dijo Heather.

—¿Con quien habéis venido? —preguntó Checo.

—Solas.

Max aclaró:

—Es que no habían venido a la fiesta, nos acabamos de conocer en la barra.

—¿Tú eres Debra Williams? —inquirió Checo.

—Sí, y tú Checo —respondió ella con presteza.

—Sí, claro, encantado de conocerte.

—Igualmente.

Debra, la joven reportera que empezaba a ser conocida, acostumbraba a trabajar a pie de calle cubriendo todo tipo de eventos en torno a la ciudad de Nueva York. Era una mujer bella de cabello rubio y aspecto dulce. A Checo no le interesó; parecía seria, no respondía al tipo de mujer con el que acostumbraba a acostarse. Sin embargo, Heather sí que era muy atractiva. Quizá no tan guapa como alguna de las modelos que asistían a la fiesta, pero con mucha personalidad. El pelo largo, castaño y ondulado. Le llamó la atención que llevara *jeans* un viernes por la noche; eso no era habitual en una mujer de Nueva York.

—¿A qué te dedicas? —le preguntó.

—Soy catalogadora de arte —contestó Heather al tiempo que, sin que nadie lo advirtiera, se colocaba mejor la funda de su pistola Glock bajo su chaqueta de cuero negro.

Capítulo 40

Un rato después seguían conversando. Max y Debra parecían muy divertidos e interesados el uno en el otro, hacían buena pareja. Max tenía ese atractivo algo aniñado, con su cabello rubio estilo Robert Redford, y ella era una belleza natural no adornada por potingues ni escotes sexis. Así, vista en persona, distaba mucho de la imagen de reportera rubia agresiva que daba en la televisión. Se les veía muy cómodos juntos.

Por su parte, Heather y Checo coqueteaban sin disimulo; desde luego, Heather no era la típica niña fácil de impresionar. De hecho, Checo sentía que ella llevaba las riendas de la conversación.

Los cuatro decidieron acercarse de nuevo a la barra para pedir otra consumición cuando de pronto Max, dirigiéndose a alguien entre la multitud de los asistentes, gritó:

—¡Eh! Estamos aquí.

—Que yo sepa, no nos falta nadie —dijo Checo para que todos sonrieran.

—Es un amigo que os quiero presentar. Este es Arito —dijo Max.

A Arito le aumentaron las pulsaciones; estaba excitado, hacía tiempo que esperaba ese momento. Para alguien como él que jamás salía por las noches era todo un acontecimiento ir a una fiesta con aquellos tipos, en aquel lugar en el que jamás le habrían dejado entrar si no fuera porque le habían puesto en la lista de Max. Conocer a Checo, cuyas andanzas por Nueva York lo habían convertido en toda una leyenda viva, era muy estimulante.

Las chicas le dieron la mano educadamente.

—Hola, soy Heather.

—Y yo Debra.

Arito devolvió el saludo.

—Yo soy Arito. —Su inglés era algo justo, omitía muchas veces artículos y preposiciones. Lo suyo era amor por las matemáticas, desde niño. Una forma de vida. Se hacía querer a primera vista. Tenía cara de buena persona, con sus finas y pequeñas facciones. Estaba muy delgado y pálido; no podía ser de otra manera: siempre andaba encerrado frente a pantallas de ordenador jugando con las estadísticas, que introducía en modelos matemáticos que él mismo creaba para prever el comportamiento futuro de acciones, valores de renta fija o cualquier tipo de activo financiero. Además de sus conocimientos técnicos poseía una disciplina muy férrea, lo que lo convertía en una referencia en el ámbito de análisis financiero.

—¿Cómo has dicho? —Checo, que se había volcado sobre la barra para pedir las bebidas, no se había percatado de las presentaciones; andaba ocupado, no con las bebidas, sino con una chica metida en una minifalda de leopardo al final de la barra que le estaba provocando algunos espasmos.

—Arito, el japonés del que te hablé, el fenómeno de las matemáticas —casi le chilló Max al oído.

—No me jodas ahora con las matemáticas, tío —se inquietó Checo.

—Acércate, Arito, te presento a Checo —exclamó Max para hacerse oír, al tiempo que le tiraba del brazo para aproximarlo a Checo.

Arito, en cuanto vio que le iban a presentar a Checo, introdujo su mano en el bolsillo de la chaqueta y sacó su portatarjetas. Lo tenía todo previsto. Torpemente, tiró de la primera, pero se le atascó. Y se puso más nervioso. Finalmente pudo separarla y, cogiéndola con cuidado por los extremos superiores con los dedos índice y pulgar de ambas manos, de tal manera que el oponente pudiera leer su nombre, se la acercó a Checo muy lentamente, haciendo una leve y respetuosa reverencia al modo japonés.

Checo se giró con energía con dos copas en la mano. El impacto de su codo en la nariz de Arito fue violento, tanto que se la partió.

Arito se quedó inclinado en la posición de reverencia, pero, debido a la conmoción, su tiempo de inclinación se alargó como si estuviera frente al emperador de Japón. Su camisa se empezó a teñir de rojo. Tal era la vergüenza que estaba pasando que no sentía el dolor. Ante todo no quería molestar.

Max se dio cuenta y le espetó a Checo:

Pero qué bestia eres, vaya hostia le has dado, casi te lo cargas.

—Joder, es él, que ha agachado la cabeza.

—Coño, te estaba saludando, los japoneses siempre hacen una reverencia por respeto.

—Pues por respeto a este, creo que le he partido la nariz; que se vaya enterando de cómo las gastamos aquí. —Y ambos soltaron sin disimulo una estentórea carcajada.

—No jodas, que lo necesito para mi nuevo curro.

—Lo siento, Ito —dijo Checo con esa suave y seductora voz que solía utilizar en sus conquistas.

—No, no preocuparse, yo también encantado de conocerlo —contestó el japonés casi pidiendo disculpas, con lágrimas en los ojos del dolor y tapándose la nariz con la tarjeta para intentar frenar la hemorragia.

—No se llama Ito, se llama Arito —le dijo Max a Checo al oído.

—Ito, Arito, qué más da... ¿No ves que se está desangrando? —soltó Checo al tiempo que se quitaba la chaqueta de Hugo Boss de hilo color piedra y dejaba ver el mensaje de su camiseta: «*Today is Thursday*», grabado como con letra de máquina de escribir antigua—. Anda, Ito, aguanta esto. —Y le dio la chaqueta. A continuación se echó la mano derecha a la nuca por encima del hombro, agarró fuerte el cuello de la camiseta y, estirando casi de un latigazo hacia arriba, se la quitó. Su espectacular torso causó sorpresa entre los hombres cercanos y disparó la libido de las mujeres presentes.

Debra y Heather no daban crédito a lo que estaban viendo: el desolado Arito, con la nariz partida y encima apurado por no molestar, y el bestia de Checo, con el cuerpo de nadador profesional al descubierto, mientras se formaba un corro de mujeres y hombres que no se cortaban ni un pelo disparando fotos desde sus móviles. Cazar al soltero del año sin camiseta no era cualquier cosa.

—Venga, Ito, vete al baño, límpiate la sangre y ponte esta camiseta —le dijo Checo al matemático en su tono más cariñoso mientras se ponía de nuevo la chaqueta de Hugo Boss directamente sobre la piel.

Arito estaba ruborizado; por una parte le seguía sangrando la nariz abundantemente, pero aún le daba más apuro que Checo se hubiera quitado la camiseta ahí, delante de todo el mundo, y se la hubiera dado a él. Sentía que todos les estaban mirando. Quería que la tierra le tragara, pero como esa opción no era posible, caminó a toda prisa rumbo al baño.

La chica de la minifalda de leopardo del final de la barra ya se había ubicado junto a Checo y no tardó ni cinco segundos en dirigirse a él.

—¡Hey! ¿Qué pasa?, ¿hoy toca exhibicionismo? —inquirió con una sonrisa.

—Exhibición la que te voy a dar a ti en privado —contestó él como un rayo acercándose a su oído para que no le oyera Heather. Enseguida se giró hacia esta última—: Sin la camiseta, solo con la chaqueta, y con este aire acondicionado tan fuerte, me está entrando frío. ¿Por qué no nos abrazamos? Un poco…

Heather no pudo menos que reír, al igual que Debra y Max, que lo habían oído.

—¿Abrazarte un poco? ¿Y quién me garantiza que no me partes la nariz a mí también?

—Tú tienes pinta de saberte defender. —No era consciente de hasta qué punto.

Todos rieron de nuevo estrepitosamente. En los clubes de Nueva York había que reír de forma estentórea, aunque no se supiera de qué.

Arito, mientras tanto, atravesó el local, causando pánico a su paso, hasta que llegó al baño y se vio en el espejo. Quedó horrorizado. La tarjeta de negocio ya estaba totalmente empapada en rojo y su camisa tenía un tremendo lamparón de sangre que llegaba a la cintura. Los cuartos con *toilettes* estaban ocupados, hasta que por fin se abrió una puerta y salieron dos tíos tocándose las narices sin disimulo, uno de ellos con restos de cocaína en una ceja. El segundo, al cruzarse con Arito y verle la sangre en la nariz, dijo en tono irónico:

—Joder, este cabrón se ha metido un autobús y aún quiere más. Vaya monstruo. —Y se dirigió a Arito—: Pasa, pasa, fenómeno, todo tuyo, y no te metas más pedruscos; toma, usa esto. —Y le dio un canuto hecho con un billete de veinte dólares.

Arito no entendió nada pero bajó algo más la cabeza, lanzando cuatro gotas de sangre al suelo y una al zapato del fulano; que por suerte no se dio cuenta.

Max, Checo, Heather y Debra ya parecían íntimos amigos; la tía de la minifalda de leopardo había desistido al verlos tan comunicativos. Hablaban de nada y reían mucho. Los cuatro pensaban que quizá ya tenían acompañante para la noche. Pero de pronto todos se callaron.

El regreso de Arito fue memorable. Se había metido en sus dos pequeñas fosas nasales trozos de papel higiénico y llevaba puesta la camiseta de Checo, que le llegaba casi hasta las rodillas. Con su flamante texto: «*Today is Thursday*».

—Qué espanto —susurró Heather.

—Joder, Ito, qué espectáculo; pareces Davy Jones, la criatura esa con cabeza de pulpo de *Piratas del Caribe* —espetó sin pensarlo Checo.

Y todos soltaron una carcajada.

—Pobre tío, con las ganas que tenía de salir con nosotros…, llevaba toda la semana esperando el momento, vaya estreno… Será mejor que le lleve yo al hospital, vete a saber si no dónde acaba —dijo finalmente Max en tono más sereno.

—Tú eres un santo, macho, ¡el día de tu fiesta! —le dijo al oído Checo.

—Escucha, Arito, creo que es mejor que te vayas a urgencias a que te miren esa nariz —le dijo Max.

—Sí, verdad, eso ser mejor. —Y se dirigió a Checo—: Gracias por la camiseta, yo devolverla limpia pronto.

—Sí, anda, campeón, pero vete, que ya está chorreando sangre y me vas a acabar echando una gota al whisky. Y hoy no era mi intención beberme la sangre de nadie —apostilló, dirigiendo la mirada a Heather.

—Qué desastre, estar avergonzado —lamentó Arito.

—Avergonzado no, lo que estás es hecho un asco; venga, vamos —añadió Max, que a continuación se dirigió a Debra—: Lo siento, pero le voy a acompañar al hospital.

—Voy contigo —dijo Debra impulsivamente.

Max se sorprendió y se congratuló al oír aquel ofrecimiento.

—No, para nada, no te preocupes —contestó.

—Insisto, quizá necesites ayuda.

—OK, pues vamos.

Debra se dirigió a Heather.

—Voy a acompañarles.

—¿A cuál de los dos? —susurró con cierta ironía Heather.

—No seas tonta —murmuró Debra.

—Bueno, cuídate; y si necesitas algo, llámame. —Heather le dio un beso en la mejilla. Su amiga Debra siempre estaba dispuesta a ayudar a los demás, era una buena persona, y seguro que la situación le había conmovido, pero ¿acompañar al hospital a dos desconocidos? No hacían falta más deducciones: para Heather era evidente que a Debra le atraía ese tal Max.

En cuanto se quedaron solos, Heather y Checo se miraron y, sin mediar palabra, acercaron sus labios y se besaron con pasión. Poco tiempo después salieron del local.

Nandhi Shijn miraba por el retrovisor disfrutando de lo que veía. El taxímetro en marcha y los pasajeros dando espectáculo, no podía pedir más. Lo único que lamentaba era que el turbante que llevaba en la cabeza, acorde a su religión, le impedía ver algunos rincones del asiento trasero. Checo deslizó su mano sobre las piernas de Heather hasta llegar a su cintura; pese a los *jeans* comprobó lo dura que estaba, también su culo, y se congratuló. Heather hizo lo mismo con cada músculo de la espalda de él. Todo transcurría dentro de un orden; ellos animándose, Shijn más. Y el taxímetro ya marcaba los diez dólares. Hasta que las manos de Checo se dirigieron a los pechos de Heather, que, consciente de lo que llevaba debajo de su chaqueta, se apartó de él de inmediato y se dirigió al taxista:

—A la 83 con Ámsterdam. —Le dio al agradecido conductor su dirección sin consultar con su compañero.

Los desayunos del Hotel Mandarin, pese a costar como una comida de un buen restaurante, no eran los mejores de la ciudad, pero sí memorables por sus vistas. Debra solía desayunar lo mismo cada mañana: cualquier fruta fresca que encontrara en su nevera, yogur natural bajo en calorías con un poco de granola, zumo de pomelo y café con leche. Pero esa mañana todo era excepcional, así que pidió una *omelette* de dos huevos de granja con champiñones y queso suizo, acompañada de dos tiras de beicon, zumo de naranja y un café con leche.

Max no se quedó a la zaga; huevos Benedict, los típicos escalfados, acompañados de beicon canadiense y salsa holandesa, servidos entre *muffins* ingleses, aromatizados con trufa y las típicas patatas apropiadas para el desayuno. Sentados frente a un gran ventanal, disfrutaban de la vista, aunque sus rostros acusaban los estragos de una noche en vela. Los primeros reflejos del sol sobre los edificios de cristal empezaban a molestar. Max sacó sus gafas de sol y se las ofreció. Debra dispuso de ellas. Normalmente, a esas horas de un sábado Max estaba durmiendo en casa de alguna nueva conquista. Sin embargo, esa noche, precisamente la de su celebración por el ascenso profesional, la había pasado en vela en urgencias del Mount Sinai. El cirujano maxilofacial que atendió a Arito confirmó la fractura en el tabique nasal y recomendó realizar en los siguientes días una rápida y sencilla septoplastia. Dicha intervención permitiría que el tabique de Arito recobrara la forma y situación normales. Y sin necesidad de realizar incisiones externas en la piel. Tras los primeros auxilios y con el diagnóstico en el bolsillo, le acompañaron a su casa. ¡Menudo estreno para su nuevo director de inversiones!

Pero para Max lo más insólito de toda la jornada era que llevaba hablando con Debra horas. Le había contado su vida. De pronto interrumpió su historia y se fijó en sus ojos azules. Su mirada le transmitía sentimientos, algo extraño para él.

Debra, que había hablado muy poco durante toda la noche, intervino dulcemente:

—Es muy tarde, bueno, muy temprano. ¿Nos vamos?

—Sí, claro —contestó él.

Bajaron al *lobby* del hotel y pidieron un taxi. Ella abrió la puerta y se giró hacia él.

—Bueno, ha sido un placer conocerte. —Y le dio un beso en la mejilla. Max quedó mudo e inmóvil. Apenas llegó a cerrarle la puerta del taxi y vio cómo se alejaba. Empezó a caminar hacia su casa, que estaba solo a tres manzanas. «Joder..., si me viera el calvo de John, toda mi reputación por los suelos...», se dijo recordando su conversación del día anterior con el dueño del Gregory.

Capítulo 41

Voces buscando espacio, gente de pie, gente sentada; olores con sabor y estilosas mujeres salidas de los almacenes Barneys o cualquier otro glamuroso establecimiento de la zona. Armadas con lujosos bolsos de mano, a ser posible grandes y de piel. También con bolsas de papel cartón con apellidos: Hermès, Dior, Chanel, Saint Laurent, entre muchos otros. Entradas en los veinte, treinta o cuarenta años, muchas retocadas mediante cirugía; junto a ellas, prometedores hombres de cosechas variadas.

El sábado a mediodía el restaurante italiano Nello, situado en el Upper East Side, presentaba su aspecto más bullicioso.

Al entrar en el local los clientes se relamían pensando en los deliciosos platos que iban a degustar, por supuesto, pasado un buen rato. Esperando con un Bellini en la mano… Vino blanco espumoso, mezclado con melocotón y servido en una estilizada copa de champán. Sin más. ¿Qué tendría ese cóctel que a todas fascinaba? Era parte del encanto de aquel lugar: llegar, ver, ser visto, hablar, pedir al amable *maître*, seguir hablando, tomarse el primer cóctel del sábado y el segundo. Continuar hablando, hasta que, casi por sorpresa, cuando la comida era ya lo de menos, llegaban los entrantes para romper aquella armonía, inaceptable en cualquier otro lugar pero tan sugestiva en el 696 de Madison Avenue.

—Sus calamares fritos.

Un «gracias» de Debra acompañado con una sonrisa alegraron al camarero, que de inmediato reconoció a la joven reportera. Vestía unos pantalones ajustados con atrevido estampado de Balmain y un discreto jersey suelto de Zara que enmarcaba su peculiar colgante —un colmillo de león—. También unas sandalias de cuero negro abotinadas de arquitectura dramática de Givenchy, con doce centímetros de tacón y una plataforma de dos centímetros y medio; acompañados de una perfecta pedicura en un color brillante que se confundía entre el rojo y el negro. Estaba espectacular.

—¿Les pongo limón? —preguntó Heather.

—Sí, claro —respondió su amiga.

Heather pinchó con el tenedor de postre el medio limón forrado con redecilla de tela que traía el plato al tiempo que con la otra mano lo exprimía. La cubierta textil conseguía su objetivo: las gotas se distribuían uniformemente sin salpicaduras e impedía que las pepitas saltaran al plato.

—Pero, cuéntame ya, ¿cómo acabó todo ayer? —interrogó a continuación impaciente.

—Pues… —inconscientemente, Debra hizo una pausa como si estuviera en antena ante la cámara—, fuimos a urgencias del Mount Sinai; allí tuvimos que esperar casi tres horas, ¿te lo puedes creer? Fue algo desagradable, ya sabes: heridos de accidente de coche, un tío en coma etílico… Al fin, sobre las cinco y media se llevaron al pobre Arito, que para esas horas llevaba en la nariz un auténtico atasco de papel, sangre seca…, bueno, de todo.

EL ENIGMA DE RANIA ROBERTS

—Casi mejor que omitas los detalles, prefiero que no se me indigesten los calamares.

—El caso es que le hicieron radiografías y tenía partido el hueso. La nariz se le hinchó, las ojeras se le pusieron moradas, lilas y rojas... Al final de veras que parecía el monstruo de *Piratas del Caribe,* como dijo el bestia de Checo.

—¿Y tú, mientras tanto?

—Pues nada, hablando con Max.

—Un viernes en urgencias del Mount Sinai, con un japonés con la nariz rota, hablando con un desconocido, vaya panorama...

—Tuvo su encanto, fue original...

—Sería cuando te liaste con él tras la visita al hospital.

—No, qué va —se defendió Debra—, de allí acompañamos a Arito a su casa; ya eran casi las siete de la mañana y teníamos hambre: me propuso ir a desayunar al Hotel Mandarin Oriental, en Columbus Circle.

—¡El Mandarin! —exclamó Heather—, eso debió de costarle una pasta.

—Pues algo más de cincuenta dólares cada uno. Nos sentamos junto a los ventanales. Algún huésped madrugador nos miraba como acusándonos por no habernos duchado. Si supieran de dónde veníamos...

—Bueno ¿y entonces?, ¿cómo son las habitaciones?

—Y yo qué sé.

—¿Cómo? ¿No te propuso...?

—Nada de habitaciones; bajamos al *lobby,* llegó un taxi, le di un beso en la mejilla, me subí en él y me fui.

—¿Y ya está?

—Sí —afirmó Debra orgullosa.

—O sea, que nos invitan a una fiesta dos tíos imponentes, acabas con el anfitrión en el Mandarin y tú te vas a tu casa en taxi como si nada... No me lo puedo creer, cada día estás más rara; será la fama, que te trastoca. Pero ¿tú te acuerdas de con qué soñábamos cuando estudiábamos en la universidad?

Riendo descaradamente, Debra interrumpió a Heather.

—Pues anda que tú... Te recuerdo que un *trader* de Wall Street y su amigo, el soltero del año del *New Yorker*, por cierto, nos invitan a su fiesta y tú, con tus *jeans* y seguro que con la pistola en la funda...

—No me dio tiempo a pasar por casa. Pero yo sí que cumplí —manifestó Heather, también orgullosa a su modo.

—¿Te liaste con él? —preguntó Debra sabiendo la respuesta.

—Sí, me lo llevé a casa.

—¡Ah!, además rompiste tu norma.

—No me iba a ir a su casa con la pipa. Y vaya tío...

—¿Tanto como para darle el título de soltero del año? —inquirió Debra.

—¿Soltero del año? Este es el adonis del siglo. Entre lo bueno que está, la pasta que tiene su familia y el cuerpo que calza, menudo individuo..., me da que va a llevar el título muchos años más. Mira, empezamos en el taxi; para cuando le dimos la dirección al conductor, el taxímetro ya marcaba más de diez dólares. El taxista, encantado, se lo pasaba bomba mirando y encima ganando pasta; estos normalmente por mirar pagan. Un poco más y lo hacemos allí mismo, pero no me cambies de tema: ¿tú de verdad nada con Max, solo un beso?

—Bueno, hubo algo más. Me contó su vida, su nuevo trabajo y todas esas cosas.

—Joder tía, vaya terapia... —exclamó Heather; luego bebió un trago de su Bellini—. ¿No te habrá gustado ese Max más de la cuenta?

Debra se echó el largo y ondulado cabello rubio hacia atrás con las dos manos y contestó:

—No, qué va.

Heather conocía muy bien ese gesto desde la época que eran compañeras de habitación en la universidad: Debra siempre lo hacía cuando estaba nerviosa y quería salir de una situación incómoda.

—Tú a mí no me engañas. Pero, bueno, tampoco me extraña: es muy mono y encima seguro que gana una pasta, viendo la fiesta que montó. Eso sí, no te enamores, esos tipos de Wall Street, ya sabes, solo tienen alma para el dinero. —Debra ocultó su sonrisa tras la copa de Chardonnay—. ¿Y esto qué es? —preguntó Heather al ver que el camarero les ponía una botella de Moët & Chandon delante.

—Invitación de aquellos caballeros del fondo.

Echó un vistazo y comentó:

—Vista la pinta que tienen, mejor llévese el champán y dígales que si nos quieren pagar algo, que sea la comida, que supongo que no bajará de los cien pavos por cabeza, como siempre. —Y las dos amigas, el camarero y la pareja de al lado, cuya mesa no estaba más allá de diez centímetros de distancia, rieron al unísono.

Capítulo 42

La primera vez que Rania abrió los ojos y miró a su alrededor sintió gran desconcierto. Intensas luces provenientes de focos que apuntaban en todas direcciones. Máquinas llenas de interruptores con pantallas y gráficos en permanente movimiento. Sonidos de intermitencia amenazadora. Pero lo más desagradable era esa extraña sensación agria y reseca en la garganta provocada por esos tubos introducidos por su boca. En cuanto la enfermera observó su parpadeo se acercó a la cama. Comprobó algo en las pantallas de los distintos aparatos que la monitorizaban y a continuación acercó las manos a su antebrazo. Manejaba los dedos con destreza siguiendo movimientos automatizados. Pinchó con una jeringuilla en una vena, introdujo un tubito de goma en el catéter, cambió la bolsa de plástico desde la que goteaba líquido y avisó a un doctor, que a su vez continuó verificando las constantes de la paciente.

—No te preocupes, descansa. Estarás bien.

Rania, apenas percibió esas palabras del doctor, volvió a caer en un sueño profundo.

La escena se repitió varias veces, pero ningún pensamiento era suficientemente poderoso como para superar la barrera de la semiinconsciencia en la que se hallaba sumida. Hasta que, en una de aquellas breves excursiones de vuelta a la vida, se percató de que la luz que la rodeaba ya no procedía de aquellos incómodos focos, sino que iluminaba uniformemente toda la estancia. Su boca y su garganta seguían muy resecas, pero ya no estaban conectadas a tubo alguno. A su derecha, un ventanal mostraba que el sol no había perdido su esplendor. A su izquierda había otra cama ocupada por una mujer enjuta de pelo canoso, que parecía reposar eternamente. Los techos y paredes blancos de la habitación dejaban entrever un trasfondo verde, como si les faltara una segunda capa de pintura. Su inconsciencia había desaparecido; sabía perfectamente quién era y por qué estaba allí.

Los días transcurrían al ritmo marcado por las rutinas de las enfermeras: le traían desayunos, comidas y cenas que apenas probaba. No intercambiaba palabra con ellas. Todas las mañanas, después del desayuno, la bajaban a una sala de rehabilitación. Allí una terapeuta la ayudaba a repetir sencillos movimientos con sus brazos, piernas y espalda para ejercitar todas sus articulaciones. Después de estas sesiones el agotamiento la invadía y se quedaba dormida.

Una mañana la llevaron sentada en su silla de ruedas a la consulta de un doctor. Era un habitáculo espartano: una mesa, tres sillas y un pequeño armario con puertas de cristal que dejaban entrever medicinas y gasas. Aquel hombre, de unos cincuenta años, vestido con su bata blanca, le puso al corriente de su situación. Hablaba en árabe con un acento no del todo familiar para ella.

Se expresaba con mucha delicadeza, como un padre habría hecho con su hija. Le explicó que llevaba ingresada en el hospital un mes. Que llegó muy débil con un diagnóstico de estado de *shock* generalizado y varias lesiones internas. Una vez allí y como consecuencia de ellas, sufrió una hemorragia interna que la llevó a un estado de semiincosciencia. Pasadas tres semanas comenzó a recobrar el conocimiento e inició el tratamiento terapéutico adecuado para sus dolencias. El doctor le advirtió de que el proceso de curación sería lento, tardaría unas semanas, o quizá meses, en recuperarse por completo, pero la buena noticia era que su recuperación física avanzaba correctamente. Aparentemente no sufriría secuelas. Sin embargo, había algo que preocupaba al cuadro médico: la joven paciente no hablaba. Los médicos no encontraban ninguna razón para que no lo hiciera. Sus cuerdas vocales estaban en perfectas condiciones. El personal del Ministerio del Interior egipcio que promovió el ingreso de la paciente en el hospital se negó a aportar en su día los detalles sobre cómo aquella chica había sufrido esas lesiones. Obviamente, los médicos enseguida las atribuyeron a una violación, pero nunca supieron en qué circunstancias. Pensaron que no hablaba como consecuencia del estado postraumático producido por el coma. No tenían manera de tratarla.

Ella no hablaba, sencillamente, porque era su forma de huir de este mundo.

Cuando llegaba la noche y apagaban las luces, la pena la asfixiaba. Lloraba amargamente en su soledad, casi sin hacer ruido. Sus gemidos eran como ligeros clamores de un animal herido. No quería molestar a la anciana mujer con la que compartía habitación, pero no podía evitar su desconsuelo. Recordaba como algo demasiado próximo y de forma nítida todo lo sucedido aquel infausto día.

Hasta que una de aquellas noches de insomnio la frágil voz de la anciana compañera de habitación interrumpió sus gemidos:

—No sé por qué lloras, mujer, pero no dejes de hacerlo. Llorar te aliviará en esta vida. Yo he llorado mucho y muchas veces. —Aquel quebradizo hilo de voz atrapó su atención—.

La vida es como un río que fluye manso, pero que en ocasiones se torna revuelto e incluso se transforma en grandes torrentes, en los que parece que todo se va a acabar. Pero tras las convulsiones vuelve a manar tranquilo. Nunca se detiene, hasta que los designios de Alá lo deciden. —Aquella mujer no esperaba respuesta, sabía que no la tendría, así que prosiguió su discurso—: Tengo más de ochenta años y me queda muy poquita vida, quizá días, pero tú no dejes que los pensamientos te atormenten.

Se quedó inmóvil, dejó de gemir. Había algo en esa frágil voz que la envolvía. Sin embargo, el resto de la noche no pudo conciliar el sueño. El día siguiente transcurrió dentro de la misma rutina. Solo en un momento la curiosidad la llevó a fijarse en su compañera de habitación. Era muy menuda, tenía ya muy pocos cabellos y muy blancos, casi siempre permanecía recostada dándole la espalda. Su brazo derecho dejaba entrever la forma del hueso, estaba extremadamente delgada. Su piel estaba invadida por lunares y sus manos, surcadas por miles de arrugas.

La siguiente noche, como todas las anteriores, los temidos recuerdos la invadieron sin piedad. Hasta que de nuevo se alzó la voz de su compañera de habitación:

—Tuve siete hijos, dos de ellos murieron en diversas circunstancias. Primero el mayor, por una hepatitis que le diagnosticaron tarde, porque tardamos mucho tiempo en acudir al médico. Él tenía catorce años. Algún tiempo después el quinto, cuando todavía era un pequeño de apenas tres añitos; también enfermó y una semana después falleció, nunca supimos de qué. En aquel lejano tiempo, en todos los segundos de mi existencia deseaba morir con ellos, pero ya ves que nunca ocurrió. Sin embargo, te he de confesar que todavía hoy, todos los días, me acuerdo de los dos. Son parte de mi vida, están en mis recuerdos, pero ya no los rememoro con amargura. Al principio me preguntaba: ¿qué hice mal para sufrir ese castigo? ¿Por qué no fui yo la que se fue? ¿Qué estarían haciendo si vivieran? ¿Cómo serían? Pero esas peguntas no tenían ningún sentido porque… —hizo una pausa— sencillamente ellos no estaban ni volverían a estar conmigo. Nada podemos cambiar del pasado. Es la vida, te da y te quita. Crees que tú la gobiernas y no es así. Tienes un destino, fluyes con él y con sus sobresaltos. —Se escuchó un movimiento de las sábanas y la joven pudo observar cómo aquella mujer cogía con su temblorosa mano una botella de agua de plástico que tenía sobre una mesa blanca. Tomó un pequeño sorbo, la posó con dificultad de nuevo sobre la mesita y prosiguió su monólogo—: No sé qué trágicas circunstancias viviste que rompieron tu corazón, pero, fueran las que fuesen, debes reponerte. No dejes que tus pensamientos negativos te gobiernen. Por encima de ellos estás tú, tu vida. Me fijé en ti cuando te trajeron, eres muy joven. Un día de estos te darán el alta. Ese día debes dejar atrás una capa de tu ser y empezar de nuevo. Hoy eres como una pequeña oruga recluida en una esquina; como ellas, debes sufrir una transformación, tu propia metamorfosis, y salir después volando convertida en una alegre mariposa. El pasado solo guárdalo para ti, pero cuando te levantes no mires atrás. Encontrarás un nuevo camino que seguir; recuerda: es tu alma la que está en este mundo, tienes una vida por delante y solo tú debes decidir cómo vivirla. Hazlo con felicidad porque, al final, tu alma también se irá de este mundo. Mientras estés en él, procura llenarlo de alegría, que tus tristes pensamientos no amarguen y gobiernen tu vida, destiérralos. Llora todas tus desgracias hoy, mañana y pasado…, pero el día en que dejes de hacerlo que sea para siempre, entierra tus penas y mira hacia delante. Si lo haces así, al final la vida te recompensará. Y recuerda bien esto: debes tener fe porque, estés donde estés, siempre alguien cuidará de ti.

Rania estaba sugestionada por aquellas bellas palabras y consejos, totalmente concentrada en ellas. Ya no gemía, solo pensaba en lo que aquella anciana llena de sabiduría le había transmitido. Pasaron unos minutos en el silencio calmo de aquel pequeño hospital de El Cairo. Se levantó muy despacio. Se acercó a la cama de aquella vieja mujer y le susurró al oído:

—Gracias. —Y la besó tiernamente en la mejilla.

Los ojos de aquella dulce anciana se humedecieron. Se giró levemente para poder mirar a Rania. Con la mano le sujetó suavemente la muñeca y musitó:

—La vida se me escapa entre mis frágiles dedos, tú la tienes toda por delante; hazme caso, vive tu tiempo con bondad, amor y felicidad.

Desde aquella noche Rania volvió a conciliar el sueño. A la mañana siguiente la enfermera depositó como de costumbre la bandeja con el desayuno sobre la mesa móvil junto a su cama. Cuando se iba a retirar escuchó: «Buenos días».

Aquello solo fue el principio. Comenzó a comer, a hablar con las enfermeras, preguntaba de nuevo. Paulatinamente iba recobrando su vitalidad.

Las siguientes noches su anciana compañera ya no volvió a hablarle. Pocos días después, al despertar, fue a darle los buenos días pero, al volver la vista hacia su cama, observó que estaba perfectamente hecha, vacía. Llamó a la enfermera. Esta le confirmó lo que se temía. La anciana mujer les había abandonado para siempre. Se fue sin hacer ruido, desde su plácido sueño.

Rania se levantó y acarició suavemente su almohada. Una lágrima se deslizó por su mejilla. Fue una lágrima de amor. Jamás olvidaría las sabias y tiernas palabras de aquella bella anciana que se había ido pero le había dejado tanto. El destino quiso que se cruzara por su vida. Ya no había tiempo para más lutos. Tendría que enterrar sus penas antes de que estas la enterraran a ella.

La mañana siguiente se presentó un hombre en su habitación, dijo que se llamaba Musim. Enseguida recordó su cara, la tez oscura y el fino bigote; sin duda era el árabe que la acompañó en el vuelo desde Jerusalén. Sin mayores preámbulos le dijo:

—Rania, voy a ser tu enlace aquí en El Cairo. Te pondré en antecedentes.

«Enlace», «antecedentes»… Utilizaba un vocabulario que no era común, así que Rania inmediatamente pensó que se trataba de algún oficial o policía. Su instinto no la traicionaba, pero no era un policía al uso: pertenecía al temido Mukhabarat, el servicio de inteligencia egipcio.

—Llegamos a un pacto con los israelíes —prosiguió Musim—: nos pidieron que te acogiéramos como refugiada y así haremos. Muy pronto tendrás dos pasaportes, uno egipcio y otro estadounidense. Por lo que hemos podido investigar, tu madre nació en Estados Unidos, por lo que este último lo expediremos con el apellido de soltera de ella. Ambos son de curso legal. Pondremos a tu disposición una cuenta con quince mil dólares en un banco de Suiza; podrás disponer del dinero desde cualquier cajero automático mediante una tarjeta de crédito y su correspondiente número secreto. También te daremos el número de teléfono de tu gestor en el banco suizo, al que te puedes dirigir si tienes alguna duda.

Rania seguía callada. Desconfiaba, no miraba a Musim, todavía sentía vergüenza por lo ocurrido; pensaba que nunca jamás podría mirar a un hombre a la cara.

Musim continuó.

—A cambio de lo anterior hay dos cosas a las que te has comprometido: no volverás a Jericó por lo menos antes de cinco años y jamás contarás a nadie lo ocurrido. Si incumples cualquiera de las dos, el pacto se rompe y tu vida estará en peligro. Si quieres salir del país, hazlo mejor con la identidad estadounidense; y si decides quedarte en El Cairo, adelante, puedes vivir aquí todo el tiempo que quieras; quince mil dólares es una fortuna

para una chica joven en esta ciudad. Para cuando salgas del hospital te hemos buscado sitio en una residencia de estudiantes universitarias; una vez allí podrás decidir qué hacer con tu vida. Ah, otra cosa: en Egipto estás a salvo, bajo nuestra protección; si tienes algún problema llámame desde este móvil, es para ti.
—Se lo entregó y se retiró.

Rania sentía gran inquietud. «Estar bajo su protección»…; ¿protección de qué o quién? «No contar lo ocurrido a nadie»; por supuesto que no lo pensaba hacer, pero ese tal Musim lo sabía. ¿Quién era? ¿Quién más conocería lo ocurrido? Llena de dudas y sin ninguna de las personas en las que más confiaba a su alrededor, fue consciente de que tenía que ser fuerte y mirar al futuro en busca de otra vida, porque la suya y su pasado se los habían arrebatado para siempre.

Capítulo 43

Transcurridos dos meses, STAR I funcionaba a pleno rendimiento. Las oficinas estaban ubicadas en el cruce de la Calle 45 con la Sexta Avenida, apenas dos bloques al norte de las de Goldstein Investment Bank. En el inmenso vestíbulo del edificio una diminuta placa de metal dorado parecía no querer anunciar su presencia.

Seguía dinámicas de trabajo similares a las de las gestoras de fondos y las áreas de mercados de los bancos; a las siete de la mañana el *morning meeting* reunía a analistas y *traders*. La sala era impersonal; una mesa de material sintético y color piedra neutro con cuatro sillas de respaldo gris a cada lado y dos en la cabecera, un espacio reducido para albergar al grupo de ocho profesionales que la ocupaban. El habitáculo carecía de cualquier adorno y sus paredes estaban vacías; solo lo que se decía era relevante.

La reunión la dirigía Arito, cuya nariz, algo torcida desde el percance, contrastaba con su aspecto pulcro. Su abnegada dedicación al trabajo le hizo desistir de dirigirse a un cirujano plástico para que adecuara su perfil tras la primera intervención de urgencias. En cualquier caso le confería un extraño atractivo. Como máximo responsable de inversiones, se situaba en una de las cabeceras de la mesa. Al inicio de la reunión los analistas, todavía algo adormecidos, hacían un breve informe sobre el cierre de los mercados del día anterior y los futuros; a continuación, su jefe destacaba los principales indicadores macroeconómicos que se iban a publicar durante el día y que podían afectar a las cotizaciones de los valores, tales como los datos de desempleo, el crecimiento del PIB, los certificados para nuevas viviendas, etcétera.

Arito, junto a su equipo reducido de matemáticos financieros, desarrollaba modelos estadísticos para intentar prever comportamientos futuros de las cotizaciones de las acciones. En sus fórmulas introducía datos financieros y de actividad de las compañías, de la industria en la que operaban y macroeconómicos. También información exógena como estacionalidad, probabilidad de siniestralidades, etcétera. Los modelos estaban construidos por sector y eran dinámicos, es decir, continuamente requerían su actualización y corrección. Él y sus colaboradores tenían una excelente reputación en el sector, estaban considerados el mejor equipo en su disciplina en todo Wall Street.

Los viernes a las diez de la mañana, tras el *morning meeting*, Arito convocaba al comité de inversiones, al cual asistían el jefe de analistas, dos de los responsables de las mesas de inversión y el propio Max. En esta reunión se revisaban las inversiones ya realizadas y se decidía sobre posibles nuevas apuestas. En particular se resolvía qué hacer con las acciones que se habían pedido prestadas. Si se esperaba que su cotización cayera, se vendían para, una vez que bajaran, volver a comprarlas más baratas con el consiguiente margen de beneficio para STAR I. Por ello a esta modalidad de operar se le denominaba tomar posiciones bajistas o compras a corto. Todas las semanas había que tomar decisiones respecto a mantener o deshacer dichas posiciones.

Durante esos dos primeros meses operando se habían adquirido prestadas acciones de compañías de diferentes sectores por un valor de trescientos millones de dólares; sectores tales como telecomunicaciones, empresas de consumo, *retailers*, etcétera. Distribuir las inversiones por sectores disminuía el riesgo de tener grandes pérdidas, aunque también limitaba las ganancias. En términos porcentuales los resultados estaban siendo correctos: STAR I se encontraba un tres por ciento por arriba, es decir, acumulaba unas ganancias de un dos por ciento una vez descontada la comisión por el alquiler de los valores. En cifras absolutas estaban ganando unos seis millones de dólares. Max sentía que la vida le sonreía.

Un lunes por la mañana, tras el *morning meeting,* Max recibió una llamada del jefe de gabinete de Parker.

—Hola, Max, soy Larry Coach. —Su inconfundible voz retumbó a través del auricular.

—¿Qué tal? —contestó Max tratando de simular agrado.

—El jefe quiere verte.

—OK.

—¿Puedes pasarte por su despacho este viernes a las siete de la tarde?

—Sí, claro, allí estaré, pero ¿de qué se trata?, ¿me puedes adelantar algo?

—No, nada en especial, solo repasar cómo va todo.

Max colgó el teléfono y se echó hacia atrás contra el respaldo flexible de la silla que ocupaba en su despacho. No las tenía todas consigo. Para empezar, desconfiaba de Coach; seguro que su aspecto de boxeador y su voz bronca condicionaban su juicio, pero había algo más en él, que no sabía precisar, que le disgustaba. No se fiaba. Por otra parte, el hecho de que el *boss* Parker le convocara un viernes a las siete de la tarde era cuando menos llamativo; los viernes a esa hora no quedaba nadie en las oficinas de Goldstein ni en Wall Street.

Buscó las llamadas anteriores en la pantalla de su iPhone y presionó la penúltima. Al otro lado del móvil una dulce voz contestó:

—Hola, cariño.

—Lo siento, el viernes llegaré tarde al restaurante.

—No me digas: los mercados…

—No, qué va, me llamó Coach, el responsable del gabinete de Parker. Dice que el *boss* quiere verme a las siete de la tarde.

—¡A las siete! ¿Para qué?

—No lo sé; además me extraña que no me llamara su secretaria, tratándose de cerrar una cita.

—Pero ¿ha ocurrido algo?

—No, que yo sepa todo va bien.

A Max le sabía muy mal tener que retrasar su cita. Llevaban poco tiempo saliendo juntos y solo se veían los fines de semana, porque él empezaba a trabajar muy temprano y a ella su trabajo le llevaba a acabar de grabar muy tarde la mayoría de las noches.

—Bueno, amor, no hagas caso. Seguro que solo quiere saludarte —añadió ella, intentando quitar importancia al asunto—. Quedaré con alguna amiga; si te retrasas no te preocupes, estaré acompañada. Tú incorpórate cuando acabes, te estaremos esperando, ¿OK?

—Perfecto, cariño. *Ciao*.

—Te quiero —se despidió Debra.

Capítulo 44

A las siete de la mañana del día siguiente, Anne Rycc, la directora general de la CNN en Nueva York, sorbía el primer *caffè latte* de la jornada, que estaba ardiendo. Su frenético día estaba a punto de empezar. Siempre era la primera en llegar y la última en irse. Probablemente la más productiva del equipo. En los estudios, situados en la planta baja del edificio, en el número diez de Columbus Circle, la actividad era intensa a cualquier hora del día; sin embargo, a las siete de la mañana los despachos de los directivos estaban como los boxes de un circuito de Fórmula 1 la madrugada antes de la carrera: desérticos.

Siguiendo la rutina de cada día, abrió la agenda desde su ordenador. Martes 13 de marzo de 2010: tenía por delante seis reuniones de no más de veinte minutos cada una. La primera, para ajustar la parrilla de programación de la semana, análisis de datos de audiencias, un casting final para seleccionar a un nuevo presentador..., lo habitual; llevaba más de veinte años en la industria de la televisión. Sin embargo, la reunión de las nueve y media despertaba su curiosidad.

Repasó las audiencias del día anterior, pasó por encima de los titulares de la prensa digital económica y especializada del sector y escribió más de veinte *emails*. A las nueve en punto empezaron a llegar a su despacho las cuatro personas responsables de programación. La primera reunión del día fue un «pequeño» desastre, nadie se ponía de acuerdo sobre una serie de cambios que querían realizar en la programación. Se alargó por un plazo de una hora. Finalmente todos se retiraron de su despacho. El único acuerdo que alcanzaron fue que los cuatro se volverían a reunir antes de subir de nuevo al despacho de la directora.

Vicky, la asistente personal de Anne, entró en el despacho.

—Te está esperando la visita de las nueve y media.

Anne, que exteriorizaba en su rostro todo su mal genio por el resultado de la reunión anterior, contestó sin levantar la vista de la pantalla del ordenador:

—Dile que pase. —Apenas un minuto después alguien llamó en su puerta de cristal—. Adelante.

Por fin apareció, caminando con seguridad, con aquel porte de gacela. Volvió a impresionarle su físico al igual que lo hizo la tarde que la conoció, cuando la vio cruzar aquella calle llena de polvo y dirigirse hacia ella. Había pasado algo más de un año, pero parecía más adulta. Llevaba suelta su cabellera morena, que lucía larga, ondulada y resplandeciente. Realzaba esplendorosamente su exótica belleza. Los labios carnosos, sus magnéticos ojos negros y los pómulos aún más marcados; sin duda estaba algo más delgada, quizá demasiado y parecía mayor.

—Hola, ¿cómo estás?

—Muy bien, gracias —respondió con serenidad Rania.

—Me alegro mucho de verte. ¿Quieres un café?, ¿agua?

—No, señorita Ryce, estoy muy bien, gracias.

—Por favor, llámame Anne. ¿Desde dónde me llamaste?

—Estaba en El Cairo.

—Ah, ¿sí? ¿Qué te llevó allí?

—Fui a visitar a unos parientes.

—La verdad es que nunca creí que me llamaras, pero estoy encantada de que hayas venido a verme.

Anne observó detenidamente a Rania. Vestía unos pantalones de lana ligera de color azul marino, de corte muy angosto en la cintura y que en las piernas se ensanchaban muy suavemente hasta los pies. Una camisa metida por dentro, de seda con cuello inglés de un color cítrico entre verde y amarillo lima. Por debajo del cuello de la camisa asomaba un collar muy femenino y ecléctico, de pequeñas cuentas de latón dorado, otras de seda teñida y perlitas de roca de lava. Zapato cerrado negro y una bandolera de piel, también en negro. Todo su atuendo estaba perfectamente conjuntado. «Bien podría haberlo adquirido en una fina tienda multimarca de la Quinta Avenida o en un mercadillo de cualquier lugar...», pensó Anne.

—Creo que no podré ser tan buena guía como tú lo fuiste para mí —dijo sonriendo—, pero si te puedo ayudar en algo en tu visita a Nueva York estaré encantada de hacerlo.

—Señorita Ryce, no he venido de visita a la ciudad, he venido a vivir.

—¡Vivir aquí! —repitió sorprendida—. ¿Y qué va a hacer una chica de Jericó en una jungla como esta? —Frunció el ceño.

—Me gustaría estudiar periodismo en alguna escuela de la ciudad.

—¿Cómo? —exclamó atónita la directora de la CNN.

—Quisiera prepararme para llegar a ser algún día periodista y reportera de televisión.

Anne no daba crédito a lo que oía: aquella humilde chica de Jericó, plantada frente a ella, con todo su aplomo pese a su juventud, y tan decidida…

—Pero ¿y tu familia…, tus padres?

—Mi padre murió hace muchos años y mi madre está conforme con mi decisión, recuerde que ella es americana.

—Pero tu vida allí…, tus amigos.

—Todo está decidido, señorita Ryce —prosiguió con gesto serio—. Quiero empezar una vida aquí. No la quería molestar, pero —realizó una breve pausa—, como se podrá imaginar, mi familia es muy humilde, así que necesito trabajar al mismo tiempo que me formo, y pensé que quizá usted me podría ayudar. No conozco a nadie más en esta ciudad.

Anne Ryce tenía fama de ser una ejecutiva muy agresiva, a veces despótica e implacable; muchos de sus colaboradores la temían. Sin embargo, atesoraba un gran corazón tras esa armadura profesional. Inmediatamente se sintió conmovida por Rania.

—OK. ¿Puedes trabajar en este país?

—Sí, tengo pasaporte estadounidense.

—Déjame que lo piense. ¿Dónde te podemos llamar?

—Tengo un teléfono móvil; el número es 666 98 77 43. —Rania recitó satisfecha el número del teléfono con tarjeta prepago que había adquirido y memorizado al instante.

—OK, mejor dáselo al salir a Vicky, mi asistente personal.

—Muchas gracias por recibirme, señorita Ryce. —Le tendió la mano y se retiró.

Anne se quedó sentada en su despacho, pensativa; estaba sorprendida por el arrojo de aquella joven. Cuando la conoció en Jericó, además de llamarle poderosamente la atención su físico, le pareció encantadora y muy buena persona. Recordaba perfectamente cómo se desvivía por explicarle con orgullo los detalles de la historia de aquellas ruinas a cambio de nada, simplemente «para hablar y conocer a gente de fuera de su ciudad».

Sin duda era una chica inquieta, pero ¿desplazarse a Nueva York con la intención de vivir sin apenas medios económicos? Era cuando menos sorprendente, aunque ¿había algún lugar mejor en la Tierra para intentar hacer realidad los sueños?; antes que ella, miles de personas habían llegado a esa ciudad sin nada en los bolsillos. Se convenció de que tenía que ayudarla de alguna manera.

Con la crisis habían suspendido todas las nuevas contrataciones, incluso de becarios, y además la chica no tenía ninguna experiencia, así que debía buscar algún camino. Lo cierto es que su físico era espectacular, seguro que en cámara daba bien.

Una llamada de Vicky por el teléfono interior interrumpió sus profundos pensamientos.

—Anne, Debra Williams quiere hablar contigo —dijo su asistente personal.

—Sí, claro, pásamela. —Pese a su juventud, pues apenas tenía veinticinco años, Debra empezaba a despuntar como reportera, por lo que había que tratarla muy bien. Pronto la competencia la tentaría.

—Hola, Debra, ¿cómo estas? ¿En qué te puedo ayudar?

—Hola, Anne. Te llamaba por el reportaje de investigación que estamos preparando sobre las mafias de la ciudad. Quería verte para comentar su estructura, porque me surgen algunas dudas sobre lo que acordamos ayer.

—Sí, cómo no; pásate a las dos de la tarde por mi despacho —dijo mirando la agenda para asegurarse de que no tenía ninguna reunión a esa hora—. Por cierto —añadió antes de colgar—, quizá podamos hacer algo respecto a la segunda asistente que llevas tiempo pidiendo.

—Al fin… Qué bueno, ¿de quién se trata?

—Es una chica joven, os podría ayudar como *trainee*, se llama Rania… —En el momento de mencionar su nombre se dio cuenta de que desconocía su apellido, así que rápidamente buscó en su agenda la cita de las nueve y pudo leer: Rania Abdallah. Hizo un gesto contrariado para continuar—: Casi mejor te lo explico cuando subas.

Colgó el teléfono y marcó el de su asistente personal.

—Sí, Anne —contestó su muy competente ayudante.

—Llama a Rania, la chica que acabo de recibir. Cítala para las dos de la tarde y pregúntale cuál es el apellido de su madre. ¡Ah! otra cosa más: entérate de con qué escuelas de periodismo y televisión tenemos ahora acuerdos. —Antes de pasar al siguiente asunto del día, Anne dedicó unos segundos más a reflexionar sobre la situación: «A ver cómo le vendo a Debra que esta chica le será muy útil».

Capítulo 45

Cuando Rania recibió la llamada de la asistente personal de Anne, se emocionó. Le parecía increíble que la volvieran a citar. No le dijo para qué la querían ver y no deseaba hacerse ilusiones, pero se sentía realmente excitada. Decidió no tomar el metro para volver a la pensión de Brooklyn en la que se hospedaba y que le habían recomendado en la embajada americana de El Cairo. Prefirió irse a Central Park a pasear.

Entró al parque por la puerta de Columbus Circle y se quedó fascinada. La primavera estaba a punto de estrenarse y las plantas y árboles lucían frescos y empezaban a florecer. Sus olores eran maravillosos, la gente corría o se desplazaba sobre patines... Observó a mujeres con pantalones cortos ceñidos; solo contemplarlos le escandalizaba. Pero tenía que hacerse al lugar, acercarse a sus costumbres. Recordaba que los turistas procedentes de Nueva York le habían explicado que en esa ciudad todo era posible y las cosas ocurrían muy deprisa; la clave era saber adaptarse rápido, y ella no iba a ser menos. Compró una botella de agua y se relajó sentada en un banco del parque a la altura de la Calle 62. Contempló frente a ella un gran edificio marrón y dorado con cristales oscuros en cuya entrada se podía leer: «Trump International Hotel & Tower». Experimentaba sensaciones inéditas y una gran agitación ante los acontecimientos que estaba viviendo. Después de unos minutos sacó su móvil y marcó un número que había guardado en la memoria.

A las dos menos diez Rania llegaba a las oficinas de la CNN. Vicky la recibió esta vez con una sonrisa.

—Hola, Rania. Me ha pedido Anne que te ayude a rellenar esta ficha para optar a un puesto de trabajo en la compañía. —Rania sintió en su interior una absoluta conmoción—. ¿Cuál es tu nombre completo?

—Rania Abdallah.

Todavía desconcertada, Vicky prosiguió con las instrucciones de su jefa.

—Ya…¿Y, el apellido de tu madre?

—Roberts.

—Casi mejor escribiré ese —prosiguió—: ¿Dónde estudiaste?

—En la escuela pública de Jericó.

—Muy bien. ¿Y en qué Estado se encuentra Jericó?

Rania sabía que los americanos no reconocían Palestina como un Estado, así que, para no entrar en polémicas, contestó:

—Cisjordania.

—¿Cómo?, ¿qué Estado es ese? —preguntó Vicky, que no entendía nada.

—Bueno, todavía no se trata exactamente de un Estado, más bien unos territorios.

—Pero ¿eso está en Estados Unidos? —añadió desconcertada Vicky.

—No, está junto a Israel.

—OK. ¿Y qué experiencia de trabajo tienes?

—Ayudaba a mi madre en el cultivo de hortalizas.

—Ya, muy interesante, quizá lo podamos incluir como hobby —dijo Vicky, que no sabía qué cara poner—. ¿Y no has desempeñado ningún otro trabajo? Anne me mencionó que eras guía turística.

Rania entendió el juego de Anne y enseguida añadió:

—Sí, claro, durante los dos últimos años atendía a los turistas que llegaban a la ciudad.

—¿Llegaban muchos?

—Sí.

—¿Y qué hay en Jericó? —preguntó Vicky por curiosidad.

—Pues en Jericó hay unas ruinas muy antiguas de más de diez mil años y está el árbol de Jericó, desde donde Jesucristo predicó. También las cuevas en las que hizo su ayuno… Son muy interesantes.

—Sí, ya veo —murmuró Vicky, que cada vez entendía menos por qué su jefa le había dicho que Rania iba a trabajar de prácticas en la CNN—. ¿Cómo se llamaba la agencia?

—¿Qué agencia? —preguntó desconcertada Rania.

—La agencia de viajes de Jericó en la que trabajabas.

—¡Ah! —exclamó Rania—, Jericó Local Travel —improvisó.

—OK, muy bien, lo pondremos por aquí.

En ese momento se abrió la puerta del despacho y apareció Anne.

—Hola, Rania, ya estás aquí. Ven, te presentaré. Debra, esta es la chica de la que te hablé.

Debra, que iba tan elegante como siempre, en cuanto la vio le tendió la mano.

Rania dudó un instante y miró a Anne, que le hizo una señal arqueando las cejas y moviendo al mismo tiempo la cabeza hacia arriba para indicarle que se apresurara a darle la mano. Rania lo entendió rápidamente y se la estrechó a Debra.

Esta quedó tan impactada por la belleza de Rania como decepcionada por su currículo escrito en la hoja de aplicación que le entregó Vicky.

—Ya veo que mucha experiencia no tienes en los medios de comunicación. —No sabía qué preguntar a aquella chica de la que tan bien le había hablado Anne. Finalmente se decidió—: Así que te llamas Rania Roberts. Y en esa agencia turística ¿qué hacías?

—Acompañar a los clientes por los lugares de visita de la ciudad.

—Ya… —Debra no sabía qué más inquirir. Solo se le ocurrió—: ¿Y qué cultivabas?

—Un poco de todo: hierbabuena, comino, canela, habas, lentejas, pepinos, cebollas…

—Y ahora vas a postularte para estudiar en el Arthur L. Carter Journalism Institute.

Rania, que no sabía qué era el Arthur L. Carter Journalism Institute, miró de nuevo a Anne, quien asintió casi imperceptiblemente.

—Sí —contestó—, es lo que me gustaría.

—OK, acompáñame a mi oficina y seguimos hablando allí.

Debra se levantó y se giró para mirar a Anne con cara de «en vaya lío me has metido» y se fue con Rania una planta más abajo.

Durante cuarenta minutos Debra explicó a Rania en qué consistía su trabajo. La interrumpieron seis veces. Rania estaba fascinada, le encantaba aquella chica rubia tan estilosa. En una de las ocasiones en que le entró una llamada se fijó con detalle en su vestuario. Llevaba una camiseta negra de algodón con acabado arrugado, unos pantalones pitillo con efecto encerado de color burdeos y un blazer negro. Un montón de brazaletes de distintos materiales: cuero, metal y tela; negros, plateados y rojos. Zapatos salón en punta y de tacón clásico de diez centímetros y de charol negro. Le parecía preciosa, nunca había visto a una mujer con tanto estilo.

Al colgar el teléfono Debra se dirigió a ella:

—Mira, todo esto que te estoy explicando lo aprenderás trabajando. Me ha dicho Anne que te vas a matricular en el curso que empieza en agosto; perfecto, así aprendes un poco cómo funciona esta profesión. Y al mismo tiempo trabajas con nosotros haciendo prácticas. Mañana te esperamos aquí a las nueve, ¿está bien?

—Sí, claro, perfecto —contestó Rania, casi llorando de emoción. No pudo evitar acercarse a Debra y abrazarla con fuerza.

La periodista se quedó sorprendida; aquella muchacha le inspiraba ternura. Anne estaba en lo cierto cuando le dijo que era muy peculiar, pero no pensó que lo fuera tanto; la había puesto en un compromiso al pedirle que la aceptara de segunda asistente a prueba, pero pensó que sus razones tendría, así que se lo tomó con su acostumbrada paciencia y buen talante.

—¿Dónde vives? —le preguntó por curiosidad antes de que abandonara su oficina.

—En una pensión de Brooklyn —contestó Rania.

—OK, pues nos vemos mañana.

Rania salió del elegante edificio colmada de felicidad. Se paró en la planta baja, que tenía un escaparate frente a la calle desde el que se podía ver cómo realizaban en directo los informativos. Estaba entusiasmada. Quizá esa sí era la ciudad de los sueños.

Capítulo 46

La última vez que Max cruzó el vestíbulo del 1101 de la Sexta Avenida le invadía la euforia. Sin embargo, en esta ocasión sentía cierta inquietud: aquella reunión algo precipitada y a aquella hora… «Aunque tampoco hay que preocuparse antes de tiempo», se dijo a sí mismo. El lugar se encontraba desierto, hecho muy poco habitual cualquier día de la semana, pero no así un viernes por la tarde.

—Señor Bogart —interrumpió sus pensamientos un guardia de seguridad de enorme envergadura surgido repentinamente de ninguna parte.

No le resultaba familiar, y eso que tenía una memoria infalible para las caras y los conocía a todos.

—Sí —contestó.

—Tiene una cita con el señor Parker, ¿verdad?

Max dedujo que, por el contrario, ese guardia sí le conocía a él o alguien le había mostrado una fotografía suya. No dijo nada, solo asintió con la cabeza.

—Acompáñeme, por favor. —Se sorprendió al ver que aquel hombre no tenía intención de registrar su entrada pese a los estrictos protocolos de seguridad que se seguían en el edificio de Goldstein Investment Bank. Pasaron de largo los ocho ascensores que conducían a las plantas superiores y al llegar a una puerta que se encontraba al fondo de la estancia, el guardia acercó una tarjeta a una placa de plástico incrustada en la pared con una casi imperceptible luz roja en su interior. La puerta se abrió automáticamente. Entraron en un pequeño recibidor enmoquetado en tonos grises claros y con un cuadro abstracto rodeado de dos apliques que parecían ser de plata.

El hombre pasó la misma tarjeta por encima de lo que parecía el botón de llamada de un ascensor.

—Es el ascensor privado del señor Parker —le indicó a Max, que ya lo había intuido. Unos segundos después las robustas puertas se abrieron. El interior del ascensor parecía una prolongación del recibidor: la misma moqueta gris tapizaba el suelo de la cabina. Solo había un interruptor, que presionó aquel enorme hombre cuya dimensión les hacía estar demasiado juntos en un espacio tan estrecho.

—Perdón, pero trabajé en Goldstein varios años y no le recuerdo. ¿Cómo se llama? —Max rompió el silencio.

—Dan —musitó, evidenciando su interés por acabar con aquel diálogo.

Tras unos veinte segundos de subida, el ascensor frenó su ascensión con suavidad y las puertas se abrieron directamente a un despacho.

—Hola, Max, ¿cómo estás? —Parker apareció frente a él y le ofreció la mano—. Qué bien que hayas podido venir. —El recibimiento fue muy afable, como en el restaurante Eleven Park Madison Avenue el día que lo conoció en persona.

Max le estrechó la mano. Al instante se dio cuenta de que les acompañaba Larry Coach. Este último estaba de pie junto a un sofá Chester de piel capitoné color granate, escoltado por dos butacas del mismo estilo.

—Pasa y siéntate. ¿Quieres una copa?, ya es viernes por la tarde… —continuó enlazando unas frases con otras.

Max, que hasta el momento no había tenido ocasión de abrir la boca, dijo:

—No, gracias, estoy bien así.

—¿Desea algo más, señor? —interrumpió el guardia.

—No, Dan, se puede retirar.

Ambos se acercaron a los sofás. El jefe de gabinete de Parker no hizo esfuerzo alguno por saludarle, simplemente levantó la cabeza y las cejas a modo de bienvenida.

Parker inició la conversación. Hizo un repaso de lo acontecido desde la fundación de STAR I, comentando en voz alta todas las operaciones que habían hecho. Recordaba los precios a los que habían vendido y comprado. Max se quedó sorprendido: algunas de aquellas cifras ni siquiera él las conocía con tal precisión.

—Mira, Max, el balance de estos tres meses es bueno, pero creemos que tú y tu equipo podéis conseguir todavía mejores resultados. Para que veas la confianza que tenemos en ti, el comité ejecutivo de Goldstein ha decidido ampliar las garantías a STAR I hasta mil millones de dólares adicionales.

En la práctica eso significaba que podrían apostar a la baja por cantidades muy elevadas, tres veces más de las que en ese momento operaban. Max se quedó sorprendido porque, si bien estaban consiguiendo resultados positivos, todavía consideraba que tenían mucho que aprender y no debían arriesgar.

—Bill, eso es muy halagador, pero quizá deberíamos ir algo más despacio. Hemos obtenido ciertos resultados, pero pasar de invertir trescientos millones a mil trescientos son palabras mayores. Las modelizaciones del equipo de inversión de Arito están empezando a dar resultados, pero todavía hay mucho trabajo. Los sistemas de control de riesgos, los procedimientos de ejecución…, en fin, todo se tiene que robustecer, apenas llevamos tres meses operando. No quiero que me malinterprete, pero hemos de ir paso a paso.

Parker sonrió.

—¿Más despacio? ¿Para qué vamos a perder tiempo? El tiempo es dinero. Entiendo lo que dices, Max. —Y le observó fijamente con esa penetrante mirada sin parpadeo. Luego dio un trago a la copa de balón de Chivas Regal de dieciocho años que se había servido—. Pero no te preocupes, vamos a ayudarte a tomar algunas decisiones de inversión para que todo sea más fácil. Max, tienes una posición privilegiada y te puede ir muy bien en este negocio; es importante trabajar en equipo, escuchar a los mejores expertos —añadió tras un breve paréntesis.

—Por supuesto —asintió Max mirando fijamente a Parker, aunque todavía no sabía bien a qué se refería.

—Mira, para facilitarte las decisiones de inversión hemos contratado a Alpha Analytics. Es una empresa de análisis de inversión radicada en Nueva Jersey. La hemos estado siguiendo durante el último año y sus predicciones sobre movimientos de acciones en Bolsa han sido las más acertadas de los mercados. Contratamos sus servicios para Goldstein Investment Bank hace seis meses, hemos seguido sus recomendaciones en algunas de nuestras mesas de valores y están un diez por ciento por encima de la media de rentabilidad.

—¿Cómo trabajan?, ¿siguen algún proceso de inversión distinto? —preguntó con interés Max.

—No, simplemente manejan cientos de datos sobre las compañías que cotizan: sus resultados, la evolución de la economía y hasta datos estadísticos de inversores. Tienen correlaciones múltiples en sus modelos, como las que diseña Arito en STAR I, pero multiplicando ampliamente la información que introducen en sus modelos.

—¿Por qué no empezamos a trabajar con ellos en STAR I desde el principio? —inquirió Max.

—Porque Alpha Analytics trabaja para el banco y hemos de tener cuidado. Piensa que en STAR I apostáis por valores que pensáis que bajarán y hasta ahora Alpha Analytics nos recomienda sobre valores que puedan tener un comportamiento positivo en el futuro, no negativo.

—¿Y cuál es el acuerdo con ellos?

Parker se echó hacia atrás en el sofá y contestó hablando algo más despacio:

—Van a iniciar una línea de recomendación para STAR I. Aplicarán sus modelos para identificar valores que presumiblemente bajarán.

—Pero en STAR I ya disponemos de nuestro propio proceso inversor.

—Sí, claro, y debéis seguir utilizándolo; las recomendaciones de Alpha Analytics os darán un valor añadido. Complementarán las vuestras para así tomar las mejores decisiones.

Entonces se abrió la puerta del ascensor y apareció en su interior el enorme tipo de seguridad. Parker se levantó casi saltando del sofá.

—Me ha encantado verte, Max. Larry te explicará los detalles. —Y le extendió la mano a Max como despedida. Este apenas tuvo tiempo de levantarse para estrechársela—. Nos vemos pronto, que tengas un buen fin de semana. —Exhibió su más amplia sonrisa y se retiró hacia el ascensor. Apenas habían transcurrido unos veinte minutos.

Max y Larry se quedaron solos en la sala. Este último, que hasta ahora no había intervenido, entrelazó sus grandes dedos y empezó su discurso:

—Las recomendaciones de Alpha Analytics te llegarán en clave.

—¿Cómo?

—Una serie de números con una eme al final. Por ejemplo: 3-43-7 200m. Coge la versión en papel del *Wall Street Journal* del día y dirígete a la sección de Mercados. Y cuenta desde el titular. En este ejemplo el 3 sería la tercera palabra, el 43 la palabra que ocupa ese lugar en el artículo y el 7 la séptima. Junta las iniciales de las tres palabras y te saldrá la etiqueta con la que cotiza en Bolsa un valor. Por ejemplo, si la primera letra de las palabras fuera la B, por la tercera palabra; la segunda la O, situada en el lugar 43, y la tercera la A, por la palabra séptima, estaríamos hablando del BOA (Bank of America). La última cifra de la serie, 200m, te indica los millones de dólares en valor de las acciones sobre los que debéis operar. En el ejemplo anterior, 200m significaría doscientos millones de dólares en acciones del BOA. ¿Se entiende? —Acabó su parrafada al tiempo que se ajustaba los gemelos de oro de su camisa azul de cuello blanco.

—Claro que se entiende, pero ¿por qué tanto misterio?, ¿por qué no vienen a nuestro comité de inversión y nos las dan allí?

—Como te ha comentado Bill, Alpha Analytics ya trabaja para Goldstein Investment Bank y con sus predicciones hacemos recomendaciones a los clientes. De cara al regulador y la opinión pública, no se entendería que no les avisáramos cuando la misma compañía que nos ayuda a predecir subidas predice bajadas. Por otra parte, interceptar un correo electrónico está al alcance de cualquiera; si llegara a la prensa alguna información sobre qué compañías pensamos que pueden sufrir caídas, podríamos arrastrar a los mercados. No hay nada ilegal en todo esto, pero debemos cuidar las formas; alguien podría intentar demostrar que hay un conflicto de intereses, ya sabes cómo están todos deseando joder a los bancos de inversión.

—¿Y cómo me harán llegar la información?

—Te llegará un *email* desde Alpha Analytics; has de estar atento porque al cabo de dos minutos llegará un segundo *email* con un sencillo virus que primero identificará el *email* anterior y después convertirá la serie de números en palabras sin sentido alguno, para finalmente eliminar los dos mensajes, de tal manera que no quede rastro de ellos.

—¿Y cuándo empezaré a recibir las recomendaciones? —preguntó Max, que no acababa de verlo claro.

—Durante las próximas semanas, ahora están actualizando sus modelos. Una cuestión más: es mejor que no se lo digas a nadie.

—Pero ¿ni siquiera a Arito, el jefe de inversiones?

—Dile que son tus propias predicciones. Tú eres el jefe de STAR I, no debería ser un problema.

El ruido de la puerta del ascensor al abrirse interrumpió la conversación. Esta vez venía vacío. Larry se levantó invitándole a que él lo hiciera a su vez.

—¿Te queda alguna duda? —Max negó con la cabeza—. OK, que tengas un buen fin de semana.

—Lo mismo te deseo —contestó Max fríamente, para a continuación levantarse e irse hacia el ascensor privado. Solo entonces se fijó con mayor detenimiento en el entorno. Al fondo, junto a un gran ventanal, estaba ubicada una mesa de roble *antique* con una silla en el centro y dos más enfrente. Ningún artículo personal se mostraba sobre la mesa: ni fotografías ni bolígrafos ni papeles. Tampoco libros ni revistas alegraban la estantería de la pared del lado izquierdo de la habitación. Entró en el ascensor mirando hacia la estancia por última vez. La figura corpulenta de Larry en pie, con su aspecto amenazador apenas disimulado con su traje rayado de corte italiano y su camisa azul de cuello blanco, fue lo último que vio antes de que se cerraran las puertas.

Durante el rápido descenso al vestíbulo le sobrevino un pensamiento: «¿He estado realmente en el despacho de Bill Parker?».

Capítulo 47

Tomó la Sexta Avenida en dirección norte, hacia Central Park; pasadas un par de calles sacó su móvil.

—Hola, Debra, soy yo; ya he terminado.

—¿Qué tal?, ¿cómo ha ido?

—Bien, solo querían felicitarme por los buenos resultados que estamos obteniendo —mintió Max.

—Ah, perfecto, ¿ves como no era nada importante?

—¿Qué haces? —preguntó él.

—Estoy en el DBGB Kitchen & Bar con Heather y una chica nueva del canal, ¿por qué no te vienes?

—OK, está en Bowery, ¿no?

—Sí, entre Houston y la Calle 1.

—OK, estaré ahí en…, calculo que media hora.

—Hasta luego, amor.

Debra colgó y siguió su conversación:

—Pues, como te decía —se dirigió a Heather—, Rania empezó a trabajar con nosotros el miércoles, ¿no?

—Sí —confirmó Rania.

—¿Y de dónde venías?

—Vivía en Jericó.

—¿Jericó? ¿Dónde está eso? —preguntó Heather.

—En Palestina.

—Ah, ya —dijo Heather, que seguía sin tener muy claro de qué lugares le hablaba.

Llegó el camarero con la botella de Chardonnay que había ordenado Debra. Fue sirviéndoles una a una hasta que llegó a Rania.

—No, gracias —dijo esta sonriéndole con sus carnosos labios de perfil perfecto.

—¿Y dónde aprendiste inglés? —Heather, por deformación profesional, seguía haciendo preguntas.

—En mi casa, con mi madre; ella es americana, aunque se fue a trabajar muy joven a Egipto como cooperante. Allí se casó con mi padre y se trasladaron después a vivir a Jericó.

—Qué interesante, tu acento es impecable —añadió Heather.

—Bueno, basta ya de interrogatorios, Heather —intervino Debra—. Rania es nueva en la ciudad y todavía no conoce a mucha gente; la he invitado para que vaya aprendiendo cómo se divierte uno por aquí.

—Pues eres superguapa y exótica, vas a volver locos a los neoyorquinos —sentenció Heather.

Sonrieron las tres, aunque Rania lo hizo solo por acompañarlas, dado que no le interesaban en absoluto los hombres; más bien al contrario.

Max decidió caminar un rato; necesitaba digerir lo ocurrido en la reunión. Primero, el hecho de que aumentaran la capacidad de inversión de STAR I era una buena noticia. Hasta mil millones más de dólares; era muchísimo dinero. Después estaba el asunto de Alpha Analytics; quizá no tenía mayor importancia, pero las indicaciones recibidas de mantenerlo en secreto y de recibir las propuestas de inversión en clave eran algo sospechosas. Le contrariaba, aunque podía entender vagamente los motivos de tales medidas de seguridad.

La vibración de su móvil interrumpió sus pensamientos. Al sacarlo del bolsillo vio que se trataba de Checo.

—Hola, tío, ¿qué pasa? —contestó.

—Nada, aquí en casa; ¿qué haces tú?

—Salgo de la oficina, voy a reunirme con Debra.

—Joder, desde que te liaste con ella no hay quien te reconozca.

—¿Por qué no te vienes?

—Un viernes por la noche con una pareja, estarás de broma.

—Está con Heather.

—¿Heather? —repitió con un tono más interesado Checo—. No la veo desde la noche que las conocimos.

—O sea, que solo la viste el día que te la follaste.

—Sí. Como mandan los cánones. Pues, mira, no iba a salir, pero, pensándolo bien, quizá me acerque. ¿Adónde vais?

—Al DBGB Kitchen de Bowery —gritó Max para hacerse oír ante el ensordecedor ruido de la sirena de una ambulancia.

—Joder, que me vais a dejar sordo entre tú y la sirena. Bueno, nos vemos allí.

Max levantó la mano sin mirar y de inmediato se paró un taxi junto a él.

Veinte minutos después entró en el local y preguntó por la mesa de Debra Williams. Debra era cada vez más conocida en la ciudad. Sus crónicas como reportera tenían muchos seguidores. Además, su excelente gusto para combinar la ropa la había convertido en una referencia para muchas mujeres en cuanto a la manera de vestir. Había aparecido varias veces en la sección de estilo del *New York Times*.

—Acompáñeme, por favor —le dijo a Max la encargada de recibir a los clientes. Le llevó a una de las mesas de la parte de atrás del local, situadas junto a grandes estanterías sobre las que se exhibían cacerolas y grandes ollas de cocina. A medida que se acercaba, Max pudo ver bien a Debra; estaba muy guapa.

Llevaba un top negro con una delicada línea blanca en el escote, un tejido de punto con una caída fluida que apetecía tocar. En lugar de tirantes, unas brillantes y frágiles cadenas doradas firmadas por Gucci, unos pantalones negros ajustados de Ralph Lauren Black Label y unos zapatos de tacón alto y de tiras sugerentes también de color negro, seguramente sus favoritos de Jimmy Choo. Como único accesorio, una cartera de mano en oro envejecido, el modelo icono de Alexander McQueen; tenías que girar la pequeña calavera para poder sacar el *gloss,* el móvil, las llaves, la tarjeta de crédito… Seguramente poco más cabía en ese diminuto bolso. Su aspecto era sexi y sofisticado. Por supuesto, todo lo que llevaba eran regalos de las marcas enviados a su casa con el fin de que los luciera, sobre todo frente a las cámaras. Heather, a su lado, exhibía toda su personalidad vestida con unos pantalones negros muy ceñidos y una chaqueta fina de ante también negra. Iba vestida como si fuera una ejecutiva y resultaba muy atractiva con su propio estilo.

—¿Qué tal, cariño? —Debra le saludó levantándose para besarle en los labios.

—Hola, Heather —se dirigió Max a la amiga de su novia.

—Max, te presento a Rania, la chica nueva del trabajo de la que te hablé.

—Encantado —la saludó amablemente. Debra le había advertido de su exótica belleza, pero quedó sorprendido porque en persona era realmente llamativa. Además no se la imaginaba tan alta.

Rania contestó al saludo con voz suave. Se sentía algo cohibida ante esa gente tan distinta a lo que había conocido hasta entonces.

—Por cierto, vamos a tener una sorpresa, espero que os parezca bien —dijo Max dirigiendo su mirada hacia Heather—. He invitado a Checo a cenar.

—¿Checo, tu amigo el… —hizo una pausa— «soltero del año»? —concluyó en tono algo sarcástico Heather.

—Sí, el mismo.

—¿Aún está soltero? —preguntó Debra al tiempo que hacía un sitio junto a ella para que Max se sentara a su lado.

—¡Checo! —exclamó, sorprendido—. Claro, nunca le he conocido una novia.

—No lo he vuelto a ver desde la noche que nos conocimos —indicó Heather.

—Eso fue hace ya tres meses —dijo Max acariciando con su mano la cara de Debra, que a su vez le dirigía una sonrisa cómplice. No se habían separado desde aquel desayuno en el Hotel Mandarin.

—Pues nos lo pasamos muy bien aquel día —dijo satisfecha Heather mirando hacia Debra y riendo.

Rania, al observar esa sonrisa cómplice entre las dos amigas, dedujo que se refería a algo más que conversaciones.

—Lo cierto es que pegáis mucho. Mira —continuó Max—, los dos sois muy directos y resolutivos, os encanta el deporte y sois buena gente.

—Todo eso está muy bien, pero hay un pequeño detalle —apuntó Heather—: no tengo ninguna intención de echarme un novio para disfrutar de una relación formal, de momento eso no entra en mis planes.

—¿Ves?, ¡hasta en eso os parecéis! —Y los cuatro rieron con complicidad.

En ese instante apareció Checo caminando entre las mesas. Le acompañaba la *hostess* del restaurante en animada conversación. A su paso los clientes del local se giraban descaradamente para observarlo de arriba abajo.

—Mira, ahí lo tienes; parece un tigre de Bengala, fíjate cómo le devoran con la mirada —comentó divertida Debra.

—¿Qué tal?, ¿cómo estáis? —Otra vez Heather tuvo la sensación de que su sonrisa se fusionaba con el verde de sus ojos.

—Hola, Debra. —La besó amistosamente—. Heather, cuánto tiempo, estás muy guapa. —Y ambos se rozaron las mejillas. Y por último se dirigió a Max—: Hola, tío —dijo chocando su mano. Después se dirigió a la nueva acompañante—: Hola. A ti no te conozco.

—No —respondió Rania. Y Debra la presentó:

—Es Rania, trabaja conmigo.

—¡Eh, eres muy guapa! —le soltó sin preámbulos.

Rania esbozó una sonrisa forzada y le contestó:

—Gracias.

—Pues me sentaré entre las dos, enfrente de la pareja de enamorados.

—Sí —intervino Heather—, a ver si se te pega algo —concluyó suscitando la risa de todos.

Cenaron y rieron, hablaron de todo y de nada. Al salir del restaurante, las dos parejas se tomaron del brazo. Enseguida Rania quiso despedirse.

—Bueno, yo me marcho a casa.

—¿Quieres que te acompañemos? —preguntó Max.

—No es necesario, voy a coger un taxi. Muchas gracias por todo, lo he pasado muy bien —se despidió uno a uno de sus acompañantes y paró el primer taxi que pasó.

Las dos parejas se separaron, cada una con distinto destino. Heather y Checo sabían desde el primer minuto que iban a acabar juntos aquella noche, así que no hubo dudas ni proposiciones, simplemente tomaron el siguiente taxi que pasó por allí.

Rania, de camino hacia su pensión, se sentía feliz. Cerró los ojos mientras aquel conductor de apellido árabe la conducía a la dirección que le había indicado. Repasaba cada momento de la cena. Las conversaciones eran tan incisivas y abiertas que le chocaban, pero había intentado actuar como si no fuera así. Después de casi cuatro meses de los terribles sucesos sentía de nuevo alegría. No hacía ni una semana desde que abandonó temerosa aquel hospital de El Cairo y en tan solo unos días en Nueva York ya había encontrado un trabajo, le iban a becar para seguir los estudios en una escuela profesional de periodismo, y un grupo de neoyorquinos la había invitado a cenar en un animado lugar lleno de gente muy bien arreglada. Sentía que de veras estaba ante aquella nueva vida que le anunció su anciana compañera de habitación en el hospital.

No lejos de allí, en otro taxi que circulaba hacia Broadway y la Calle 67, Debra se interesaba por Max.

—Estabas algo apagado.

—No, en absoluto, solo un poco cansado; ya sabes que los viernes acabamos agotados.

A Debra no le convenció la respuesta.

Llegaron a casa de ella e hicieron el amor con la pasión de una joven pareja. Después Debra se durmió profundamente. Max no. La reunión de aquella tarde le seguía rondando la cabeza, su mente era como un enjambre de abejas en permanente agitación.

Capítulo 48

Las semanas siguientes transcurrieron sin grandes sobre-saltos en los mercados. STAR I mantuvo el nivel de inversiones sobre los trescientos millones de dólares en los que se encontraba e inició un profundo análisis para decidir en qué valores apostar, dado que su capacidad de inversión había aumentado en mil millones.

Arito y su equipo tenían ya diseñada una propuesta para el comité que se iba a celebrar al día siguiente, como cada viernes. Se trataba de un comité especial, porque si se aprobaban sus propuestas, se empezaría a invertir por encima de los trescientos millones. Acertar en los valores era clave para el futuro de STAR I y todos lo sabían. Si tomaban las decisiones adecuadas, ganarían muchísimo dinero; por el contrario, si no lo hacían, además de perder importantes cantidades, al final del año lo más seguro es que todos ellos fueran reemplazados.

Arito, como jefe de inversiones, estaba tenso. En esos cuatro meses de funcionamiento del *hedge fund* había entablado una magnífica relación con Max. Decidió acercarse a su despacho. Tenía unos veinte metros cuadrados, con una mesa de cristal de unos dos centímetros de grosor y soportes negros con tres pantallas permanentemente encendidas. En la esquina izquierda, un marco con una bella imagen de Debra. También había una gran mesa rectangular, con capacidad para ocho personas sentadas holgadamente. Sobre un mueble negro de baja altura reposaban dos balones de fútbol americano firmados por sus excompañeros, recuerdo de sus tiempos en la universidad. Una camiseta de Tom Brady, el *quarterback* de los Patriots de Nueva Inglaterra, enmarcada con un fino cristal y un marco negro y con una dedicatoria: «Para Max, el mejor *quarterback* de Wall Street». Era el único cuadro que adornaba las paredes. No había ningún papel a la vista.

—Hola, ¿te interrumpo? —preguntó Arito respetuosamente desde la puerta.

—No, en absoluto; pasa, por favor.

—Mañana tenemos el comité de inversiones más importante desde que fundamos STAR I, vamos a proponer tomar posición en acciones por un importe de otros cuatrocientos millones de dólares adicionales. Te quería adelantar alguno de los criterios que hemos seguido.

Max ya conocía bien a Arito, sabía que cuando estaba estresado necesitaba contrastar todo cien veces, así que le dejó seguir.

—Adelante, por favor, te escucho.

—Para seleccionar los sectores hemos primado criterios financieros, y en segundo lugar del entorno macro internacional, que luego te explicaré. Respecto a los financieros, tomamos los resultados de las cinco compañías top de cada sector. —Tenían perfectamente clasificadas en sus bases de datos todas las empresas que cotizaban por sector y región geográfica como criterios principales—. Utilizamos tanto los datos publicados de resultados financieros como los de actividad que nos han facilitado en las reuniones y reportes de analistas publicados.

Arito continuó su explicación con vehemencia. Su inglés había mejorado mucho pero todavía se hacía difícil de seguir, así que Max tenía que ponerle mucha atención para no perderse nada. Pasada media hora de explicaciones, Max disminuyó su nivel de concentración y echó un vistazo rápido a la pantalla de ordenador que tenía en su mesa y se interponía entre Arito y él. Casi cubría la pequeña cabeza de Arito. Dirigió su mirada ligeramente hacia abajo de tal manera que podía ver la bandeja de entrada de su ordenador. Leyó rápidamente la lista de nuevos mensajes.

Dos noticias de Reuters, un mensaje del director de Tecnología y Sistemas de STAR I, otro del responsable financiero y uno de Debra. Se percató de que Arito le seguía con la vista.

—Sigue hablando, Arito, te escucho. —Abrió el mensaje de Debra: «Cariño, mañana es viernes. ¿Has reservado en algún restaurante?». «Sí, claro, una sorpresa», escribió, y presionó la tecla *enter*. A continuación fue a mensajes enviados y se lo reenvió a su secretaria; ella ya sabía lo que tenía que hacer.

Dirigió de nuevo su mirada a Arito, que continuaba sin inmutarse con sus explicaciones. Unos segundos después se escuchó el sonido que avisaba de la entrada de un nuevo mensaje. Pensó que sería su secretaria pidiéndole detalles sobre el tipo de restaurante en el que tenía que reservar. Por instinto miró de nuevo a la pantalla y leyó en el remitente: «Alpha Analytics». No pudo disimular su perturbación. Instintivamente, se sentó más derecho sobrc la silla. Abrió de inmediato el *email* y leyó:

3-56-14 100m.
6-8-32 100m.
45-27-19 200m.
16-39-2 200m.
2-75-5 200m.

Se quedó unos segundos pensativo. Sacó un papel de un cajón y apuntó las cinco series.

Arito observó la anotación que Max hizo sobre el papel —su jefe cada vez le prestaba menos atención— e interrumpió su explicación con una pregunta:

—¿Entiendes bien el planteamiento? ¿Estás de acuerdo?

Max se puso en pie y contestó:

—Sí, claro, pero si me disculpas un momento, tengo algo urgente que hacer. —Ponerse en pie era la táctica más efectiva para que las visitas advirtieran que la reunión había terminado, era la clave precisa para que también se levantaran y se fueran.

—Sí, no te preocupes, luego volveré —dijo Arito casi disculpándose.

Max le acompañó a la puerta y la cerró. Nunca lo hacía. Descolgó y marcó la tecla de su secretaria.

—Consígueme la versión en papel del *Wall Street Journal* de hoy, por favor.

Escuchó un nuevo aviso de entrada de *email*. Miró la bandeja de correo y apareció un segundo mensaje de Alpha Analytics. El asunto estaba en blanco. Lo abrió y comprobó que no tenía contenido alguno. Recordó las palabras de Coach, el jefe de gabinete de Parker: «… al cabo de dos minutos llegará un segundo *email* con un sencillo virus que primero identificará el *email* anterior y después convertirá la serie de números en palabras sin sentido alguno…». Rápidamente abrió de nuevo el primer mensaje de Alpha Analytics y pudo observar cómo las cuatro series de números se convertían delante de sus ojos en letras sin sentido. En una fracción de segundo, sin que él moviera el cursor o presionara tecla alguna, se seleccionó el icono de la papelera de la barra de herramientas y la pantalla volvió a bandeja de entrada. Los dos mensajes de Alpha Analytics habían desaparecido. Pinchó el icono de la papelera y revisó los *email* borrados. Ni rastro de los de Alpha Analytics.

Todo el proceso descrito por Larry Coach se había desarrollado íntegramente ante sus ojos; era como si alguien manejara a distancia su ordenador.

Con el *Wall Street Journal* en su poder se dirigió a la sección de Mercados e inició el trabajo para descifrar los símbolos de las compañías en las que se suponía debía invertir. La primera serie era: 3-56-14 100m. Según las explicaciones del jefe de gabinete de Parker, las tres primeras indicaban la posición en el artículo que ocupaban las palabras que debía buscar; la última cifra, 100m, significaba el valor de las acciones que debían pedir prestadas. Buscó en la sección de Mercados la palabra en la posición tercera: *unic*, apuntó la letra U; a continuación la palabra 56: *zap*, y apuntó la letra Z; y finalmente la palabra número 14: *borough*, apuntó la letra B. Ya tenía la abreviatura de la primera compañía: UZB. Introdujo las iniciales en el buscador de Bloomberg: se correspondía con United Zurich Bank, un gran banco suizo especializado en banca privada internacional, de reputado prestigio. Tecleó UZB en el buscador de valores de Bloomberg y le salió un gráfico con la evolución del día de su cotización. Marcó un periodo de un año y observó que, durante ese lapso de tiempo, las acciones de UZB habían bajado hasta un veinte por ciento como consecuencia de la crisis del sector financiero. Le sorprendió la recomendación. ¿Por qué Alpha Analytics predecía que las acciones de UZB iban a seguir bajando a corto plazo si ya lo habían hecho ampliamente en lo que iba de año?

A continuación entró en la ventana de recomendaciones de analistas. Había consenso: un ochenta por ciento de ellos recomendaban comprar porque esperaba que el banco se revalorizara durante lo que quedaba de año. ¿Y Alpha Analytics apostaba por lo contrario…? STAR I debía alquilar títulos de UZB por un valor de cien millones de dólares para venderlos, esperar que bajaran las acciones y comprar de nuevo los mismos títulos a un precio muy inferior. Pero ¿era eso prudente cuando una amplia mayoría de los expertos recomendaba lo contrario?

Procedió con la identificación de la segunda serie. Repitió el proceso para obtener la nueva *tag:* TRO, que se correspondía con Tropical Ltd., la mayor compañía de venta *on-line* de libros y música. Su cotización se había revalorizado un catorce por ciento el último año. Tampoco había indicio alguno que pudiera hacer pensar que sus títulos fueran a caer, más bien al contrario. Entró de nuevo en la página de recomendaciones de analistas y el noventa por ciento recomendaba comprar, todos ellos predecían que las acciones de Tropical Ltd. iban a subir en los próximos seis meses.

Siguió el proceso con las tres series restantes. Se trataba de las iniciales de tres grandes bancos europeos: uno español, otro italiano y el mayor banco alemán. Comprobó las cotizaciones de todos ellos. Habían bajado mucho en los últimos meses, entre un veinte por ciento y un cuarenta y cinco por ciento desde el inicio de la crisis; la mayoría de especialistas preveía que se mantendrían o incluso se recuperarían ligeramente. Apostar a que seguirían bajando suponía un alto riesgo.

Max no entendía nada. Alpha Analytics le estaba recomendando que firmara contratos de préstamo de acciones con propietarios de valores por un importe de ochocientos millones de dólares y lo hacía sobre un banco suizo de banca privada que había esquivado la crisis con buenos resultados, la empresa de venta *on-line* de más éxito del mundo, que estaba a punto de lanzar un terminal de lectura digital de excelente rendimiento, y tres bancos europeos que la lógica hacía pensar que ya no podían bajar más de lo que lo habían hecho.

¿Cómo iba a argumentar esas inversiones a Arito y a todo el comité de inversión del día siguiente?

Tras meditarlo durante unos segundos, contrariado, tomó su móvil y marcó un número.

Una voz de mujer contestó al otro lado de la línea.

—Hola. Quería hablar con Bill Parker, por favor.

—El señor Parker no le puede atender en este momento —contestó su secretaria.

Capítulo 49

Cuarenta y dos calles al sur y ocho avenidas hacia el East River, en la esquina de la Avenida A con la Calle 2, junto a un bar de tapas brasileño llamado Samba que los fines de semana se llenaba de nativos dispuestos a darlo todo con ese maravilloso baile surgido del trópico, el equipo de producción de la CNN había desplegado todo su material. Dos unidades móviles, grandes sombrillas plateadas, colocadas a modo de pantallas para conseguir la intensidad de luz más adecuada evitando los reflejos… En una caravana convertida en salón móvil de maquillaje, Debra repasaba la escaleta de contenidos de la grabación que se disponía a realizar. La maquilladora y la peluquera la preparaban para aparecer ante la pantalla con el cabello impoluto y sin un brillo en la cara.

Rania estaba de pie junto a ella. Debra repetía en voz alta el *script* de la escena que iban a grabar en unos minutos. Se había acostumbrado a hacerlo delante de su segunda asistente de producción, se sentía muy cómoda con ella. Habían pasado solo unas semanas desde que se conocieron pero se entendían a la perfección. Debra ya era una incipiente estrella de la televisión, gracias a sus audaces reportajes y su profesionalidad ante la cámara, pero no había perdido su cercanía a la gente, seguía siendo aquella chica encantadora de Minnesota, el estrellato no se le había subido a la cabeza. Aunque Rania era tan solo su segunda asistente, la tenía impactada. Su origen tan distinto al de todos, esa timidez, mal llevada, seguramente forzada por lo nuevo de todo lo que le rodeaba, que se desvanecía en cuanto se quedaban a solas para que toda su curiosidad se despertara y ella se tornara en una chica muy alegre y espontánea, también muy madura para su edad. No sabía bien de dónde venía y ella nunca hablaba de su pasado, pero tenía algo especial, como un imán que a todos atraía, aun sin quererlo. Los compañeros de la productora se dirigían a ella continuamente deseando conocerla y la invitaban a tomar una copa o salir de noche, pero ella siempre los rechazaba. Debra la animaba a que saliera, le decía que era una manera de conocer a la gente y su forma de pensar. Pero Rania no tenía tiempo para perderse en relaciones con hombres, su corazón todavía latía desgarrado; su único interés era aprender esa nueva profesión para poder valerse por sí misma en el futuro.

Debra no dudaba de que algún día sería una buena reportera, poseía esa inquietud por saberlo todo, además de mucha fuerza de voluntad. Compartían el gusto por la ropa. Rania, con su sueldo de *trainee,* no se podía permitir ir de compras, pero Debra, que cada vez recibía en su casa más muestras de marcas, las compartía con ella encantada. Se la llevaba a su apartamento en el West Village y la animaba a probarse y llevarse todo lo que quisiera. Tenían prácticamente la misma estatura, quizá Rania, con su metro setenta y cuatro, era algo más alta, pero la silueta de su cuerpo también era muy parecida. Casi todo les quedaba bien a las dos. Rania nunca se llevaba ropa ajustada o escotada, aunque en ocasiones se la probaba, y tampoco se acostumbraba a los tacones altos que tanto le gustaban a Debra. Pasaban muchas horas juntas también fuera del trabajo. Sin embargo, delante de los equipos guardaban las formas; al fin y al cabo Rania no era nadie, solo la segunda asistente de producción.

Esa mañana de abril iban a grabar el tercer episodio de una serie de investigación titulada *New York Lords of Drugs*. Los dos primeros capítulos habían conseguido *ratings* de audiencia muy altos, por encima del *share* medio de la cadena. Por ello, Anne Ryce en persona había decidido llevar los cuatro capítulos restantes al *prime time*. El éxito del programa se debía al excelente y minucioso trabajo que habían hecho los equipos de investigación, de los que Debra también formaba parte. Uno de sus más audaces periodistas, de origen mexicano, había logrado contactar con las mafias locales de Manhattan, presentándose como el enlace de un nuevo cártel del golfo de México, capaz de suministrar importantes cantidades de cocaína a mejores precios. Su estrategia funcionó y pudo incluso grabar con una cámara oculta una reunión con algunos de los narcos locales. En el primer episodio de la serie se incluyó dicha entrevista y las audiencias se dispararon.

Debra era la cara visible de la serie. Conducía los episodios, realizaba las entrevistas y ponía la voz en *off*. Había en ello cierto riesgo, pero lo asumía como parte de su profesión. Ese día se encontraban grabando junto a un almacén en el que el falso nuevo cártel del golfo debía haber hecho una entrega de mercancía.

En apenas veinte minutos pudieron realizar la totalidad de la grabación. Los cámaras y miembros del equipo de sonido la adoraban porque con ella se trabajaba muy rápido y además siempre tenía pequeños detalles con todos. Hicieron tres tomas pero finalmente seleccionaron la primera. Debra, como siempre, estuvo impecable, sin cometer ningún error. Al acabar,

Debra y Rania recogieron sus cosas y se fueron en una de las limusinas que las había traído. Debra siempre pedía que Rania la acompañara.

—Es impresionante cómo te desenvuelves delante de la cámara —le dijo Rania con admiración.

—Es solo cuestión de práctica, tú también lo harás muy bien y llegarás a ser una gran reportera, ya lo verás —le contestó Debra, que de verdad pensaba que así sería. Habían grabado con Rania en escena algunas veces para recoger tomas de luz de referencia y quedaba perfecta ante la cámara—. ¿Ya te has pensado lo de la habitación? —preguntó.

—De verdad te lo agradezco mucho, pero me sabe mal causarte molestias.

—No le des más vueltas, de verdad. Hay que aprovechar que mi prima se ha ido a vivir a Chicago. Su habitación es bastante más pequeña, tú podrías pagar lo mismo que pagaba ella, algo así como el treinta por ciento del alquiler. Sin prisas, te buscas un nuevo lugar en Manhattan y mientras tanto estamos juntas, lo pasaremos bien.

Rania tenía que dejar la pensión de Brooklyn en la que vivía y mudarse a una habitación compartida con algún estudiante, pero todavía no habían empezado las clases y no tenía con quién. No le importaba en absoluto irse a vivir con Debra, al contrario, era una manera de no sentirse sola todo el tiempo, pero...

—No te quiero molestar; además está Max.

—No te preocupes por él. Prácticamente solo nos vemos el fin de semana y siempre voy yo a su casa. —En ese momento vibró el iPhone de Debra—. Hablando del rey de Roma... Hola, Max, ¿qué tal, cariño?

—Bien, ¿dónde estás?

—Volviendo de grabar, voy con Rania hacia casa.

—¿Te ha ido bien?

—Sí, perfecto. ¿Y tú? ¿Todo en orden? —preguntó Debra, que notó la voz de Max algo mustia.

Max dudó, pero finalmente prefirió no contarle nada sobre los inquietantes *emails* de Alpha Analytics; mejor no mezclarla con sus preocupaciones del trabajo.

—No, nada, ya he reservado para cenar mañana.

—¿Dónde?

—Sorpresa.

—OK, cariño. ¡Ah!, ¿sabes? Rania se quedará finalmente conmigo hasta que empiece a estudiar y se mude con alguna compañera —añadió Debra sonriendo y mirando a Rania.

—OK, perfecto —contestó Max, al que también le encantaba Rania.

Colgaron los dos al mismo tiempo y Debra se dirigió a su acompañante sonriendo:

—Como ves, ya está todo decidido, puedes hacer la mudanza este fin de semana. ¿Tienes muchas cosas?

Rania, absolutamente feliz por lo que estaba viviendo, pensó durante un momento en su diminuta maleta.

—No, la verdad es que eso no será problema alguno. ¡Eres tan buena, Debra! Espero algún día poder devolverte todo lo que estás haciendo por mí. —Y la abrazó ante la atenta mirada por el retrovisor del chófer de la *limo*.

Capítulo 50

Max colgó el teléfono. Un minuto después su iPhone empezó a vibrar sobre la mesa. Observó en la pantalla «Larry Coach».

—Sí.

—¿Qué tal, Max? Hace tiempo que no hablamos. Te invito a un perrito caliente en el puesto de la Calle 43, ¿te va bien en diez minutos?

Max llegó al puesto de Joe antes de que lo hiciera Larry.

—Hola, Max —se alegró Joe al verlo—. Hace tiempo que no te veía por aquí.

—Es que he cambiado de oficina, ahora estoy unas calles más arriba.

—Pues no te olvides de los buenos amigos. ¿Qué te pongo?

—Uno con todo y un DrPepper —contestó Max más para complacer al bueno de Joe que por hambre, pese a que ya era la hora del *break*.

—Hola, Max —interrumpió Larry—. A mí ponme lo mismo, Joe.

Una vez que hubieron pagado los perritos calientes y sus bebidas se dirigieron caminando hacia Bryant Park.

—Me dijo la secretaria de Parker que querías hablar con él, ¿en qué te puedo ayudar?

A Max no le apetecía nada hablar con ese tipo. Como siempre, llevaba su negro cabello alborotado y lucía unas acentuadas ojeras de tonalidad morada que, junto a su nariz de boxeador, transmitían un aspecto realmente desagradable, casi intimidatorio.

—Sí, le he llamado hace unos minutos —contestó sin más Max.

—No te podrá atender, está en Washington; ya sabes, hay que cuidar a los parásitos.

—¿Los parásitos? —interrogó Max.

—Perdona, los políticos. —Rio Larry sin que Max le acompañara.

A Max no le quedaba otro remedio, así que se decidió a hablar.

—He recibido los *emails* de Alpha Analytics.

—¡Ah!, perfecto —exclamó Larry.

—Me recomiendan invertir en Union Zurich Bank, Tropical Ltd. y en tres bancos europeos. Para todos ellos los analistas prevén subidas en sus cotizaciones a corto plazo, no bajadas.

—¿Y qué? —preguntó Larry sin inmutarse, con un trazo de mostaza en sus gruesos labios.

—Pues que nosotros alquilamos las acciones para venderlas, esperar a que bajen y volver a comprarlas más baratas para obtener un beneficio.

—Veo que entiendes el procedimiento —dijo Larry en tono burlesco y más preocupado por introducir con los dedos la salchicha que le quedaba dentro del pan.

—Larry, las cantidades de acciones que Alpha Analytics nos aconseja pedir prestadas tienen un valor de ochocientos millones de dólares; si tras alquilarlas y venderlas suben, cuando justo antes del vencimiento de la fecha del alquiler tengamos que comprarlas en el mercado para poder devolverlas en la fechas acordadas, nos generarán importantes pérdidas.

Larry, imperturbable, se limpió premiosamente la mostaza de los labios con una servilleta de papel y contestó:

—Sí, está bien, Max; eso puede pasar, pero también lo contrario, y ganaríamos mucho dinero.

Max intentó comunicarle su preocupación con argumentos simples del funcionamiento de los mercados:

—Pero para que las acciones caigan, los grandes tenedores de esos valores —gestoras de fondos, *hedge funds,* bancos— tendrían que vender sus acciones al mismo tiempo que nosotros, y si la mayoría de analistas hoy está recomendando comprar o mantener, eso no va a pasar; las acciones no bajarán.

—Bueno, nunca sabes cómo se van a comportar los mercados. —Larry encestó la servilleta que había convertido en una pequeña bola de papel en una papelera cercana. Entonces por primera vez en toda la conversación miró a los ojos de Max fijamente al tiempo que asía con fuerza la muñeca derecha de su interlocutor—. Chico, tú haz lo que tienes que hacer, esta gente de Alpha Analytics sabe lo que se cuece; si lo haces te irá muy bien. Confía en sus predicciones —cerró la conversación, no sin antes dirigirle una penetrante mirada y dar media vuelta para tomar la Sexta Avenida en dirección sur.

Horas más tarde Max recibía a Arito en su despacho.

—Escucha, Arito: respecto a las inversiones que vais a proponer mañana en el comité de inversión, pienso que habéis hecho un excelente trabajo pero tengo algunas recomendaciones alternativas: Union Zurich Bank, Tropical, Banco Norte,

Credittaliano y Frankfurt Landesbank. Me gustaría que las tuvieras en cuenta.

Arito conocía perfectamente todos esos valores, su situación en el mercado y sus probabilidades de movimientos, así que contestó al instante:

—Pero, Max, todas esas empresas están en nuestros modelos y sobre ninguna de ellas hay perspectivas de que vayan a bajar a corto plazo.

—Bueno —contestó ralentizando el ritmo de sus palabras—, lo sé, pero tenemos una fuerte recomendación por parte de Alpha Analytics, la empresa de análisis de Bolsa que te comenté y que nos recomendó Goldstein; ellos manejan más información. No digo que sus modelos sean mejores que los nuestros, pero creo que deberíamos revisar nuestras propuestas. Alpha Analytics se ha ganado la confianza del mismísimo Parker.

Arito salió del despacho dispuesto a revisar sus modelos, pero tenía serias dudas de que sus nuevos análisis fueran a cambiar las recomendaciones que habían preparado. No podía perder ni un minuto: el comité en el que se iban a aprobar las nuevas propuestas de inversión se iba a celebrar al día siguiente, así que reunió de inmediato a su equipo y se pusieron a trabajar. Tenían que revisar todas las variables de sus modelos sobre los valores de esas cuatro compañías. Quizá con el trabajo tan intenso de esas últimas semanas se les habían pasado por alto determinadas informaciones de mercado o parámetros de negocio. Arito pasó el *briefing* a sus colaboradores y todos se pusieron manos a la obra; el resto del día y la noche iban a ser muy largos. Finalmente, solo frente a sus pantallas, se recostó hacia atrás sobre el respaldo de la silla mirando al techo, como siempre hacía cuando reflexionaba con intensidad sobre algo. Tenía plena confianza en su equipo y en sus capacidades en cuanto a los modelos predictivos, dudaba seriamente que otra empresa de analistas pudiera hacerlo mejor que ellos. «Claro está —pensó—, salvo que dispusieran de información adicional no pública. Pero eso sería…».

A las once de la mañana del día siguiente, justo una hora antes de que comenzara el decisivo comité de inversiones, Max llamó a Arito a su despacho. Este apareció con un aspecto desolador, más pálido de lo acostumbrado, con pronunciadas ojeras y el cabello despeinado. Llevaba la camisa por fuera en la parte de atrás, el botón del cuello desabrochado y el nudo de la corbata visiblemente flojo.

—¿Qué tal, Arito?, pareces cansado.

—No hemos ido a casa desde ayer.

—Joder, me sabe mal. Espero que hayáis llegado a conclusiones interesantes.

—Son conclusiones rotundas —dijo muy serio el japonés.

—¿Y?

—Hemos revisado los modelos y vuelto a cargar todas las variables de las que disponemos, nos ha llevado muchas horas hacerlo… y, finalmente, nada.

—¿Qué quieres decir con «nada»? —preguntó incómodo Max, que no quería ni pensar en la respuesta que imaginaba.

—Pues que no hay ningún factor que haga predecir que los valores sobre los que propone apostar Alpha Analytics vayan a bajar, más bien al contrario.

—Arito, pero algo debe de haber, no puede ser que Alpha Analytics considere que las acciones de esas cinco compañías van a bajar y que nosotros prevcamos lo contrario, algo debe de fallar en todo esto. —Max a veces encontraba difícil relacionarse con los matemáticos financieros.

—Solo si manejan información distinta a la nuestra, Max; es lo único que se me ocurre —sentenció Arito.

—Podría ser, pero prácticamente tenemos las mismas fuentes, ¿no?

—Se supone que sí —dijo Arito poco convencido.

—¿Y qué hacemos? —se preguntó en voz alta Max.

El matemático no contestó. Para él obviamente había que seguir las propuestas de su equipo. Pasaron unos segundos y Max continuó expresando sus pensamientos en voz alta y mirando a algún punto perdido del espacio...

—No podemos desestimar las recomendaciones de Alpha Analytics. —Entonces dirigió la mirada a los ojos de Arito y dijo pausadamente y con cara de circunstancias—: Lo siento, Arito.

Este, que había permanecido de pie todo el rato, se sentó casi cayendo con todo su peso sobre la silla frente al escritorio de Max. Aquello suponía una terrible decepción después de tanto tiempo empleado en construir aquellos modelos.

—Lo tienes que entender, Arito —se dirigió a él Max en un tono amable—, estas cosas pasan. La próxima vez seguro que podremos utilizar nuestras propuestas.

Arito no comprendía el aprieto en el que se encontraba Max, se le hacía muy dura la situación. Más que el esfuerzo y las interminables horas dedicadas a desarrollar sus modelos de análisis, lo que le dolía era el hecho de que al final confiaran en las predicciones de otra compañía antes que en las suyas. La fatiga acumulada, que había permanecido escondida bajo la tensión de los últimos días, le cayó de golpe encima como una losa. Se quedó inmóvil.

—Arito, además te tendré que pedir una última cosa. —El matemático le miró a los ojos sin apenas gesticular—. Tienes que apoyarme con las propuestas de Alpha Analytics en el comité de inversiones.

—Pero yo no creo en esas apuestas.

—Lo sé, Arito, pero el acta del comité no puede recoger que el director de inversiones de STAR I no está de acuerdo con la selección de esas compañías. —Le miró fijamente a los ojos. Formalmente, Max, como consejero delegado de STAR I,

tenía potestad para ordenar qué operaciones hacer, pero necesitaba la aprobación de Arito para que todo se hiciera siguiendo los procedimientos establecidos. El acta del comité de inversiones recogería que el comité en pleno, atendiendo a los
informes internos, decidía invertir en esos valores. Era importante que fuera así porque esas actas estaban sujetas a inspeccio-
nes de reguladores—. ¿Lo harás? —preguntó finalmente.

Arito miró a Max fijamente a los ojos. Se levantó y abandonó el despacho sin contestar.

Capítulo 51

C uando Debra sugirió a Rania que se tomara el viernes como *sick day* para hacer la mudanza, esta no entendió nada, porque no estaba enferma. Debra tuvo que aclararle que «*sick day*» era la expresión que utilizaban los americanos para no ir a trabajar determinados días al año pactados de antemano, aunque no estuvieran enfermos.

—Lo necesitarás para empaquetar todas tus cosas —le dijo.

El equipaje de Rania ocupaba tan solo una maleta; allí iba su vida entera. No le ocuparía más de media hora hacerlo, pero decidió seguir el consejo y tomarse el día entero; le vendría bien para dedicárselo a sí misma. La mayoría de gente solicitaba esos días para llevar a cabo alguna gestión inaplazable; ella decidió tomárselo para no hacer nada. Necesitaba parar un poco, todo había ido muy rápido.

Se levantó temprano, a las seis de la mañana. Era la hora a la que acostumbraba a levantarse en Jericó para ayudar a su madre en alguna tarea en el huerto antes de dirigirse a la escue-

la. Hasta que todo aquello ocurrió. Todavía no podía permitirse llamarla por teléfono, así que se dispuso a escribirle una segunda carta. La primera la mandó desde Egipto; seguramente
fue una de las cartas más tristes jamás escritas. Narró por escrito todo lo sucedido; sabía que al hacerlo rompía el pacto, pero
no podía alejarse sin más de su madre sin darle una explicación.
Al final de aquel horrible relato le pidió algo: «Nunca me preguntes, jamás te hablaré de ello».

La mañana era espléndida. No tenía ordenador, en realidad no tenía casi de nada; se sentó en la única silla de la diminuta habitación que ocupaba en la pensión que iba a abandonar
ese día y empezó un nuevo viaje. Esta vez emprendido sobre
una bella caligrafía nacida de un afilado lápiz. Decidió hacerlo
en inglés.

Querida madre:

Han pasado solo dos meses desde que llegué, pero en
tan poco tiempo ya siento que todo es distinto. Todo resulta fascinante. En nuestro Jericó olía a antiguo y el tiempo
transcurría lentamente, como si los días se fueran cocien-
do sobre brasas candentes. En Nueva York huele a todo
y a nada; el tiempo vuela como un huracán y a veces se
transforma en un tornado que te lleva de una semana
a otra; con tantas cosas en las que ocuparse casi no nos
da tiempo a vivir. Un día hace años me contaste que, al
acabar la escuela secundaria, tu padre te trajo aquí a pasar
unos días, así que ya lo conoces, pero te contaré lo que a
mí más me llama la atención. Hasta hoy he estado viviendo en una pensión de Brooklyn, que es uno de los cinco
condados de la ciudad. Pero precisamente esta mañana
me cambio de residencia: ¡me voy a Manhattan!

Encontré trabajo nada más llegar, fue increíble. ¿Te
acuerdas de aquella mujer de Nueva York que trabajaba

en un canal de televisión que vino sola a visitar Jericó y a la que hice de guía? Entonces me pareció un poco rara, pero ahora, visto lo que hay por aquí, resulta de lo más normal. Se llama Anne Ryce. Me recibió en mi segundo día en la ciudad. Me miraba muy fijamente, y eso que aquí mucha gente casi no te mira a los ojos, es como si no tuvieran tiempo para hacerlo. El caso es que me ofreció un puesto como trainee-assistant con una chica solo unos pocos años mayor que yo, que se llama Debra y es fantástica.

Trabaja como reportera de televisión y lo hace de maravilla. La conoce mucha gente en la ciudad y, ¿adivina qué?, me ha ofrecido una habitación pequeña que tiene en su casa; allí es adonde me mudo hoy. Vive en el West Village, junto a un barrio que se llama Meatpacking District; se ve que hace no mucho allí estaban los mataderos de carne. La verdad es que no sé si creérmelo, porque lo único que yo he visto son tiendas preciosas, bares y restaurantes agradables y pisos muy nuevos. Pero ellos dicen que sí, que en Nueva York los barrios se reinventan. No entiendo muy bien a qué se refieren con eso. ¿Te imaginas nuestros barrios reinventándose? Si precisamente lo bonito es que evolucionen lentamente con el paso del tiempo... Pero, bueno, aquí todo es un poco al revés.

Mi trabajo me encanta; soy la segunda asistente de producción y la verdad es que hago de todo. Al principio cualquiera me daba órdenes, era la chica del «tráeme eso, avisa a aquel o al otro...». A los nativos de la ciudad a veces no les entiendo, porque utilizan palabras extrañas y dicen muchos tacos. Bueno, tacos utilizan todos. Un día Debra les dijo a todos que yo estaba para ayudarla a ella y desde entonces lo paso mejor. Es mi jefa, pero me trata con un cariño inmenso; aunque ya es conocida aquí, *porque sale por la tele casi cada día, sigue siendo una chica encantadora y humilde, y además es guapísima, rubia como tú, mamá. Tiene ojos azules y viste siempre con muchísimo estilo. ¿Y sabes qué? No te lo podrás creer pero le regalan la ropa. Todas las marcas, esas que aparecían en mi revista, quieren que luzca sus modelos porque dicen que es una* trend setter. *Eso significa que lo que lleva ella puesto cuando sale en antena se pone de moda y lo compran muchas mujeres; ¿no es increíble que miles de mujeres imiten su estilo de vestir? Un día me enseñó el vestuario; la ropa no le cabía en los armarios. Me dejó que me probara todo y me llevara lo que quisiera. Por supuesto, yo le dije que no, pero insistió, me decía que necesitaba cambiar, que en Nueva York no podía ir vestida igual cada día. Es muy buena, tiene la misma bondad que Yasmin.*

¡Ay, Yasmin!, ¡la echo tanto de menos! Como te dije en mi primera carta, tengo que borrar un trozo de mi pasado; aquella anciana del hospital de El Cairo tenía razón: hay que vivir mirando hacia delante.

Me han apuntado en una escuela para que estudie y pueda llegar a ser periodista algún día. Se llama Arthur L. Carter Journalism Institute; dicen que es la mejor de la ciudad, hasta viene gente de otros países a estudiar allí. Es muy difícil encontrar plaza, pero la empresa me ha conseguido una beca para que pueda cursar los estudios, ¿no es increíble? Yo creo que papá está por aquí cuidándome. Lo siento muy cerca, más que en Jericó, es un poco como si me acompañara a todos lados. No sé, será que en la soledad y la distancia las almas queridas se acercan.

Pero me acuerdo mucho de nuestra vida allá, de ti, por supuesto, y de Yasmin. ¿Cómo está ella? ¿Y su madre y sus hermanos? Espero que le contaras lo que te dije de que me fui por una temporada a Egipto con unos amigos. Ahora le puedes explicar que me enviaste a casa de unos parientes tuyos en América y así olvidar lo que ocurrió con su hermano. Cuando la veas, dile que pronto le escribiré a ella. También echo de menos la comida, los olores, a nuestra gente, nuestra lengua, todo un poco. A veces, por las noches, cuando estoy sola me pongo triste, incluso se me escapa alguna lágrima. Por momentos pienso que quisiera volver, pero creo que tampoco podría vivir allí; siento como si yo hubiese hecho algo malo, aunque lo único que hice fue llorar y huir desesperada. Después de un rato me repongo, sé que he de ser fuerte, quedarme aquí y construirme una vida. Quién sabe, quizá algún día más adelante... Bueno, te envío mi dirección definitiva y así me puedes contar. ¡Ay, madre, cuánto te echo de menos!

Te quiero. تالبقلا (Besos).

Una lágrima se deslizó por la mejilla de Rania, pero por suerte no cayó sobre la carta. No quería que su madre se preocupara más de lo debido.

Capítulo 52

A media mañana del lunes siguiente, Bill Parker se encontraba en su despacho acompañado por Larry Coach. Los muebles eran modernos diseños de Philippe Starck. Obviamente no había sofás Chester de piel por ninguna parte y Max nunca había estado allí. El despacho se encontraba repleto de fotos enmarcadas. Parker con Bill Clinton y Bush Junior, en sendos actos benéficos; con Tiger Woods en un torneo patrocinado por Goldstein Investment Bank; hablando desde la tribuna del Congreso de Estados Unidos. Sobre una larga cómoda que ocupaba una de las paredes laterales de la amplia estancia estaban las fotografías personales: el matrimonio Parker junto a sus hijos navegando a vela por las islas Vírgenes en un enorme yate; en un safari fotográfico en el delta del Okavango, en Botsuana; esquiando en la lujosa y exclusiva estación de esquí de Aspen, en Colorado. Toda una exhibición de lugares lujosos y fuera del alcance de los ciudadanos corrientes.

La primavera apenas despuntaba, pero ello no era obstáculo para que Parker luciera un bronceado envidiable y notoriamente visible en contraste con su cuidado cabello cano. Al observarlo, a muchos colegas se les antojaba tener ese aspecto a su edad y, cómo no, ser tan ricos como él. En su vida las estaciones del año no llegaban en su temporada correspondiente, sino cuando él lo decidía. Había pasado el fin de semana en el yate de veinte metros que tenía anclado en las Bahamas.

Se encontraba en plena forma para iniciar una semana que se prometía llena de emociones, y de dinero, por supuesto.

—El viernes me llamó este muchacho, Max; lógicamente no quise hablar con él, le dije a mi secretaria que te avisara.

—Y lo hizo. Me lo llevé a tomar un perrito caliente, estaba algo nervioso —contestó Larry, que siempre sabía anticiparse a los deseos de su jefe.

—¿Y qué quería?

—Había recibido las propuestas de inversión de Alpha y no le encajaban muy bien —dijo Larry.

—Lo que me habría preocupado es que sí lo hicieran. —Ambos rieron—. Ahora en serio —continuó—, no es bueno que se ponga nervioso tan pronto; a ver si nos hemos equivocado al elegirlo a él.

—No te preocupes, Bill, todo está ya arreglado. Le hice ver cuál era su papel y cuál el de Alpha Analytics en este operativo. Esta mañana he podido confirmar que el viernes a última hora de la mañana STAR I tomó prestadas las acciones que recomendó Alpha y por los importes que se le sugirió, en total ochocientos millones de dólares. Hoy lunes a primera hora han ordenado vender todas ellas. Disponemos de ochocientos millones líquidos, el periodo de alquiler de las acciones es de tres meses.

—Buen trabajo, Larry; ahora ya sabes cuál es el siguiente paso.

—Por supuesto, me pongo a ello —contestó Larry.

Parker despidió a su hombre de confianza con una de sus penetrantes miradas carentes de parpadeo y añadió:

—Que te vaya bien, ya me contarás.

Larry Coach tenía una agenda muy apretada para ese lunes. Su primera reunión era con Sam Alder, analista de gran prestigio en el sector. Trabajaba en Right Rating, una de las tres agencias de *rating* más grandes e influyentes, de esas capaces de hundir los mercados bajando un par de escalones el *rating* de una empresa e incluso de un país. La responsabilidad de Sam era elaborar informes sobre el sector financiero. Estos se publicaban como *reports* y se distribuían entre cientos de gestores de fondos, bancos de inversión, *hedge funds* y otras instituciones financieras. Sus recomendaciones eran tomadas muy en serio por los inversores.

Habían quedado para hacer un *lunch* informal en el Bryant Park Grill, en la intersección de la 25 Oeste con la Calle 40. Durante la comida charlaron sobre la situación económica y del mercado, los últimos movimientos entre entidades de colegas conocidos, etcétera. Ambos pidieron una ensalada de maíz, lo apropiado para el almuerzo de un lunes. Hacia el final de la misma, sin muchas más explicaciones, Larry preguntó:

—Sam, ¿cómo veis los bancos europeos?

Sam pensó durante un momento y, tras una pausa, contestó finalmente:

—Ya han caído mucho sus cotizaciones desde que empezó la crisis, entre un veinte y un cuarenta por ciento, si no me equivoco.

—Correcto —refrendó Larry—. Pensamos que aún tienen recorrido a la baja. Nuestros colegas en Europa nos dicen que no creen que vayan a conseguir los beneficios esperados. Además, parece que los reguladores les van a pedir requisitos más exigentes de capital.

—¿A qué te refieres?

—Mayores ratios de capital para reforzar su balance.

Los reguladores exigían a los bancos mayores ratios de capital, es decir, reforzar las reservas de sus balances cuando la situación del mercado indicaba que el riesgo de aumento de la morosidad podía afectar a su solvencia. Larry y Sam sabían que si ambas predicciones se producían, afectarían a los recursos a distribuir por dividendos y, por tanto, a la rentabilidad de sus acciones. Los valores caerían en sus cotizaciones.

Sam escuchaba con atención. Entendía perfectamente qué le estaba transmitiendo Larry entre líneas. Cuando Larry decía «pensamos», se refería a que Goldstein o algún vehículo de inversión participado por el propio banco ya estaba apostando a la baja.

—Es posible que tengas razón; habrá que esperar a ver cómo resuelven en Europa sus problemas —apuntó lacónicamente Sam.

Trajeron la cuenta y Larry de inmediato se hizo con ella.

—Invito yo. —El total de esta ascendía a ochenta dólares; Larry apuntó diez de propina en el tique y levantó la mirada...—. ¿Alguna cosa más? —preguntó.

—¿Qué tal está Parker?

—Muy bien, en plena forma.

—OK, dale recuerdos.

—De tu parte.

—Gracias por la comida —añadió Sam, que aspiraba a ser algún día jefe de análisis de Goldstein, dado que los bonus que repartía el banco llegaban a cuadruplicar a los de la agencia de *rating* en la que él trabajaba.

—En absoluto, Sam. Es un placer comer con amigos.

Minutos después, unas calles más al norte, Larry se reunió con Brad Ruy, un periodista de reconocido prestigio en los mercados. Habían quedado en el hotel Royalton, en la Calle 44 Oeste, para tomar un café. Brad, tras un traumático despido del primer diario financiero del país, para el que había trabajado más de quince años, fundó *Confinancial.com,* un periódico económico que solo se editaba en formato digital y que había conseguido ya más de cinco millones de usuarios únicos. Una cifra muy relevante para los tiempos que corrían en el sector. Tenía acceso a los máximos responsables de bancos, *hedge funds,* gestoras de fondos e incluso autoridades. Cuando Larry Coach le citaba fuera de la oficina, significaba que tenía alguna información o que le quería pedir algo.

—¿Qué tal, Brad? —Sonrió con sus gruesos labios Larry.

—Muy bien, ¿y tú? —saludó Brad, cuyo aspecto e indumentaria un tanto desaliñada y sin estilo alguno contrastaba con el traje de cuatro mil dólares azul oscuro con suaves rayas blancas y hecho a medida que portaba Larry—. ¿Qué tal el jefe? —Brad conocía a Parker casi desde sus inicios en Goldstein, y siempre pensó que llegaría lejos.

—En plena forma —repitió la respuesta que siempre tenía preparada para cuando le preguntaban por su jefe.

—¿De qué se trata? —No se anduvo con rodeos Brad.

—Me ha llegado cierta información de nuestros colegas en Europa. —Brad le contempló con atención—. Parece ser que el Banco Central Europeo va a exigir a los bancos nuevas medidas para reforzar su capital. —Brad sabía que esa norma indirectamente acabaría afectando a las cotizaciones de sus valores.

—Pero ¿esto que me dices está confirmado?

—Bueno, con estas cuestiones nunca puedes estar seguro al cien por ciento, pero la fuente es muy de fiar. Viene de un directivo del Banco Central Europeo que en su día trabajó para Goldstein en Londres, ya sabes, un antiguo colega que siempre está dispuesto a quedar bien por si tiene que volver al sector privado.

Era muy frecuente el caso de ejecutivos que empezaban en la banca y después de unos años se iban a trabajar al sector público, con algún regulador o incluso a ejercer altos cargos políticos por un tiempo, para ganar prestigio y hacer relaciones. También se producía el caso contrario. La cuestión es que, al final, reguladores, políticos, banqueros de inversión y gestores; todos eran parte del sistema.

—¿Y de qué aumento de porcentaje estaríamos hablando? —preguntó Brad.

—Eso no lo sé, pero es muy probable que ocurra a finales de esta semana.

Brad sabía que los tipos de Goldstein estaban siempre muy bien informados. En esta ocasión tenía dudas de si le quería dar esa información para «cobrársela» por algún favor en el futuro o si simplemente le interesaba a Goldstein que se publicara algo al respecto. En cualquier caso, el banco, al igual que el resto de grandes operadores de Wall Street, era uno de sus principales anunciantes en *Confinancial.com*, así que todo lo daba por bueno.

—Ahora si me disculpas tengo que irme —interrumpió sus pensamientos Larry.

—¿Puedo citar la fuente? —preguntó en última instancia Brad.

—Por supuesto que no.

Se estrecharon la mano y cada cual se fue con sus prisas y pensamientos.

Capítulo 53

El restaurante Café Boulud, en la 20 Este con la Calle 76, presentaba un lleno absoluto, aunque fuese lunes. La cena estaba planificada desde hacía semanas. Se trataba de despedir a Ben Acklan; era una celebración privada. Acklan, después de treinta años trabajando en distintos bancos de inversión de Wall Street, a sus cincuenta y seis había aceptado el puesto de secretario del Tesoro. El presidente de Estados Unidos se había dirigido a él en persona para trasladarle su propuesta. Veinte de esos años los había pasado en Goldstein y los últimos diez en JB & Lordman, el segundo banco de inversión más grande del país. JB & Lordman había sido uno de los principales donantes en la campaña del presidente; quizá solo por eso hubiera obtenido la oferta para ese prestigioso puesto. Sin embargo, el presidente pensaba que Acklan verdaderamente podría hacer un buen papel en el cargo en esos difíciles y complejos momentos en los que se encontraba la economía, tan condicionada por los mercados financieros. Solo un tipo con amplia experiencia en el sector podía de verdad tomar las decisiones correctas midiendo su verdadero impacto. A la cena asistían los principales ejecutivos senior de Wall Street. Se conocían muy bien; en uno u otro momento de su carrera profesional habían tenido relaciones comerciales e incluso muchos de ellos habían trabajado bajo la misma firma en alguna etapa. Todos apreciaban al bueno de Acklan, pero aunque no lo hicieran habrían acudido a la convocatoria; ¿a quién no le interesaba quedar bien con el próximo secretario del Tesoro?… El organizador de la cena, Larry Coach, lo había dispuesto todo según sus intereses. Para Parker y Larry una cena con colegas del mercado era una excelente oportunidad para ganar mucho dinero. Larry dispuso que el homenajeado se sentara en una de las cabeceras. En la otra, como no podía ser de otra manera, Bill Parker. A su izquierda, el propio Larry; a su derecha, John Steinberg, el CEO de Skyrock, uno de los *hedge funds* más grandes del mercado y el verdadero objetivo de ambos para esa noche. La conversación derivó de la política a la situación del sector, pasando por los *playoffs* de la NBA y demás acontecimientos deportivos del momento de cierta relevancia.

En otra esquina del local, en una mesa redonda situada más cerca de la barra, Max, Arito y Checo esperaban a sus acompañantes, que, como era habitual, se retrasaban. Max, viendo que Arito se encontraba muy decaído por las decisiones tomadas contra su voluntad en STAR I en los últimos días, decidió improvisar una cena para animarlo. Reservar en el Café Boulud con tan poca antelación habría sido misión imposible si no fuera porque el que llamó para hacerlo fue Checo; como era habitual, para el joven *celebrity* siempre había mesa disponible. Checo se dedicaba a contar sus últimas aventuras sexuales del fin de semana para deleite de Max y Arito cuando aparecieron las tres chicas. Debra iba muy elegante, como siempre; Heather, algo más informal pero también con su atractivo estilo;

sin embargo, la que les sorprendió —a ellos y a todos los clientes del local— fue Rania. Llevaba un vestido de Alexander McQueen de corte helénico por encima de la rodilla, de color coral suave y tela acanalada. Al vestido, de toque femenino y romántico, le acompañaban pocos adornos: unos zapatos con tacón en color *nude* y cartera del mismo tono.

Los tres se levantaron al unísono y sus miradas se fueron descaradamente hacia Rania.

—¡Hey! También hemos venido nosotras —protestó Heather saludando con la mano en alto y la palma abierta al tiempo que fingía una ligera tos para llamar su atención.

Max y Checo encontraron a Rania muy distinta, no sabrían decir por qué. Había algo más que el cambio en la vestimenta que la hacía lucir espléndida. Arito, como buen japonés amante del detalle, se dio cuenta inmediatamente de que la diferencia entre la Rania de ese día y anteriores ocasiones era que, por primera vez desde que la conocieron, se había maquillado. Checo tardó segundos en acercarse al oído de su amigo Max para susurrarle:

—Joder, está buenísima.

Max se dirigió de inmediato a Debra:

—Cariño, protege a esta bella mujer de los buitres de Manhattan.

Todos sonreían. En realidad Checo no tenía intención de intentar nada con Rania, era muy distinta al resto de mujeres que habitaban en la ciudad. Además presentía que, al contrario del resto de las chicas, ella no sentía ninguna atracción hacia él.

Cuando Max se dirigió al servicio se encontró de bruces con la mesa de los tipos más poderosos de la industria financiera. Parker al verle se levantó de inmediato.

—¿Qué tal, Max?, ¿cómo estás? Ya me he enterado de las operaciones que decidisteis emprender el viernes; bien hecho, seguro que todo va muy bien —dijo Parker como si desconociera cuál había sido el proceso de decisión de las inversiones.

—Esperemos que Alpha Analytics no se equivoque —contestó Max desmarcándose de las mismas.

A Parker ese comentario no le gustó.

—OK, seguimos en contacto. —Se giró hacia su mesa y se sentó de nuevo.

Max siguió hacia el lavabo; no le había dejado buenas sensaciones el encuentro. Al volver se fijó en los comensales de la mesa del *boss*. Reconocía a muchos de ellos. Alcanzó a ver con claridad al futuro flamante secretario del Tesoro, Ben Acklan; también al jefe de gabinete de Parker, Larry Coach, que hizo un leve gesto con la cabeza al verle y al cual correspondió él sin mucho entusiasmo. También identificó a Steinberg; su *hedge fund*, Skyrock, era un competidor directo de STAR I, ¿qué hacía sentado al lado de Parker?

Antes de que les ofrecieran los deliciosos postres, Parker se dirigió a Steinberg.

—Dime, John, ¿tú cómo ves el sector bancario en Europa?

—¿Nuestro negocio? —John se refería a los mercados en los que operaba su banca de inversión, *hedge funds* y demás instituciones que comercializaban y tomaban posiciones sobre productos sofisticados.

—No, me refiero a la banca de las «hormigas trabajadoras»…

Así denominaban Parker y algunos banqueros de inversión a los bancos que se dedicaban a la actividad de toda la vida: prestar y guardar los ahorros de los particulares. La aclaración de Parker acabó con una prolongada y profunda mirada sin pestañeo hacia Steinberg. La mirada decía mucho más que la pregunta. John contestó:

—Están teniendo grandes complicaciones en Europa, habrá que seguirlos muy de cerca.

Para Parker la respuesta de Steinberg era irrelevante y este lo sabía. El objetivo de la cena era lanzar la pregunta. Steinberg, gestor de uno de los mayores *hedge funds* del mercado, que al igual que STAR I invertía grandes cantidades a corto, ya sabía que Parker, la referencia de Wall Street, se interesaba por bancos comerciales europeos. Con eso era suficiente. Parker se levantó de súbito y se excusó: tenía que viajar la mañana siguiente muy temprano a Washington. Se acercó a la otra cabecera de la mesa y se dirigió a Acklan.

—Ben, te deseo mucha suerte, nos vemos pronto; ya sabes que, como siempre, me tienes a tu disposición —añadió para despedirse, aunque ambos sabían que era más bien Acklan quien estaba a disposición de Parker.

Al pasar por la mesa de Max y sus amigos le saludó desde la distancia.

Pese a no ser ni muy alto ni muy atractivo, Parker era el tipo de persona que con solo entrar en una sala imponía su presencia. No pasó desapercibido a los amigos de Max.

—¿Quién era ese? —preguntó Debra.

—Bill Parker.

—Al fin, el famoso Bill Parker —dijo Debra.

—¿Quién es Bill Parker? —inquirió Heather.

—El tipo más poderoso de Wall Street —intervino Checo.

—Pues tiene aspecto de bondadoso padre de familia.

—Creo que también es eso —contestó Max, que continuaba siguiendo a su jefe con la mirada mientras este abandonaba el local.

Capítulo 54

A las siete y cuarto de la mañana siguiente, desde su mesa de operaciones de Skyrock, Steinberg ordenó que sus operadores pidieran prestadas una descomunal cesta de acciones de bancos europeos especializados en *retail*, por un valor de quinientos millones de dólares. A su vez ordenó la venta de todos los títulos en cuanto dispusieran de ellos.

Ese mismo martes, en las oficinas de STAR I acababa el *morning meeting* sin novedad. Los mercados estaban tranquilos.

A las diez de la mañana Arito se encontraba en el despacho de Max. Estaban comentando la cena de la noche anterior cuando este observó algo inusual.

—Arito, hace muy poco rato que se han abierto los mercados y las acciones de bancos europeos se están negociando en volúmenes inusuales. Hay mucho papel en el mercado. Están cayendo un uno por ciento.

Dado que STAR I había adquirido en préstamo títulos por un valor de seiscientos millones, si las acciones caían en ese porcentaje, STAR I podía recomprar el mismo número de títulos pagando un uno por ciento menos, es decir quinientos noventa y cuatro millones, a continuación devolvérselas a su dueño y obtener seis millones de ganancia, menos el coste del alquiler de los títulos.

—Bueno, tal cual están los mercados es normal. Nuestro precio de referencia para volver a comprar es si bajan un cinco por ciento. Pero no creo que eso ocurra, ya han bajado demasiado valor en lo que va de año —concluyó Arito.

A las once de la mañana, el portal *Confinancial.com* publicó en su portada una breve reseña:

> El Banco Central Europeo podría aumentar las exigencias de capital a los bancos europeos.
> Nueva York. Diversas fuentes bien informadas advierten de la posibilidad de que el Banco Central Europeo, ante la situación de los mercados y los problemas de solvencia de algunas entidades, apruebe una nueva norma que endurezca los requerimientos de capital de las entidades europeas que regula. Esta medida probablemente afectará a sus políticas de dividendos, que podrían ser más restrictivas. Un portavoz del Banco Central Europeo, contactado por este diario, ni confirma ni desmiente la noticia. En el caso de que se tomaran estas medidas, ante la pérdida de rentabilidad para los accionistas se penalizaría aún más el valor de cotización de estos activos, ya de por sí muy castigados con la crisis.

A la una del mediodía Max llamó de nuevo a Arito a su despacho:

—¿Has visto, Arito?, están cayendo de media un cuatro por ciento.

—Sí, claro, parece que los rumores del Banco Central Europeo están afectando a la cotización, pero no creo que realmente les exijan más capital; algunas entidades podrían requerir ayuda de sus Estados para conseguir esos niveles de reservas —explicó el japonés, como siempre intentando encontrar la lógica en sus razonamientos.

—Pero si eso es lo de menos —interrumpió Max—; qué más da que luego no suban los requisitos de capital. Lo importante es que la gente piense que va a pasar. Todos los tenedores de esos títulos se querrán salir de esas posiciones para perder lo menos posible.

—Pues parece que la agencia Right Rating emite hoy un informe especial sobre el sector.

—¿A qué hora lo va a emitir?

—A las cinco, cuando cierren los mercados.

—OK, Arito, tengo una reunión a esa hora, pero en cuanto lo tengas llámame al móvil.

Cuatro horas después, Arito leía atónito el informe de Right Rating sobre el sector bancario. Profundizaba en un análisis no muy distinto al del trimestre anterior; sin embargo, esta vez, con prácticamente el mismo diagnóstico, concluía que la mayoría de valores de ese sector se iban a ver presionados fuertemente. Fijaba un precio de referencia a la baja. Y en particular establecía la calificación de la mayoría de bancos europeos en situación *«watch»*, bajo vigilancia.

El análisis pronto estuvo en los titulares de toda la prensa en sus versiones digitales. *Confinancial.com* en concreto publicó una nueva reseña:

> Right Rating pone en duda las cotizaciones de la banca europea. La agencia de *rating* confirma las dudas publicadas por este diario hace escasamente unas horas sobre el valor de cotización de las acciones de la banca europea…

Arito llamó a Max y le informó del *report* emitido por Right Rating.

—Excelente, Arito. ¿Ves?, al final habremos acertado con las apuestas que hicimos.

Todos los bancos de inversión liderados por Goldstein Investment Bank enviaron a sus clientes una recomendación de venta de acciones de bancos europeos para el día siguiente.

Sus cotizaciones abrieron ese día con nuevas caídas por encima del tres por ciento. Toda la prensa económica recogía en titulares las noticias sobre las inminentes exigencias del regulador respecto a las necesidades de capital de la banca europea. Horas después, en la apertura de Wall Street, las caídas eran ya del cuatro por ciento de media. Al cierre acumulaban unas pérdidas de valor en dos días del siete por ciento. Al día siguiente todo siguió igual: órdenes de ventas masivas por parte de gestores de fondos, aseguradoras, *hedge funds* y particulares. Las caídas de esos valores eran generalizadas. Los particulares tenedores de acciones de bancos también se apuntaron a las ventas, pero para cuando la gran mayoría de ellos cursaron sus órdenes, las caídas ya se habían generalizado, así que mucho del valor perdido lo asumió el pequeño accionista. De hecho, el mismo día que STAR I iniciaba sus ventas, Goldstein seguía recomendando a sus clientes institucionales «ponerse largo» con los bancos europeos, es decir, comprar sus acciones. Al cierre de ese jueves las caídas acumuladas eran del diez por ciento.

Ante los insistentes rumores y para intentar calmar a los mercados, el Banco Central Europeo emitió un comunicado oficial en el que afirmaba que «no iba a aumentar las exigencias de capitalización de los bancos que supervisaba».

Arito no daba crédito: ¿cómo un sector ya tan castigado podía haber entrado en esa vorágine de ventas? Buscó la casilla en su hoja de cálculo donde tenía el valor total de los bancos europeos. Antes de que empezaran las ventas masivas, el valor en Bolsa de todos esos bancos sumados era de quinientos cincuenta mil millones de euros; en solo tres días había pasado a ser de quinientos mil millones; los accionistas habían perdido en tres días cincuenta mil millones de euros.

En el comité de inversiones del día siguiente STAR I decidió comprar de nuevo las acciones que el viernes anterior había pedido prestadas y vendido por seiscientos millones de dólares. Debido a la fuerte bajada de su cotización, la compra del mismo número de títulos costó un diez por ciento menos, es decir quinientos cuarenta millones. STAR I obtuvo un margen de sesenta millones de dólares; quitando la comisión de alquiler le quedaban netos unos cincuenta y siete millones de dólares ganados en una semana.

Max pidió una botella de champán y la descorchó en la sala de los *traders*.

—Chicos, os invito a brindar por la primera gran operación de STAR I, ¡enhorabuena!

Todos empezaron a silbar y dar gritos de euforia. La mayoría sabía que esa operación repercutiría en sus bolsillos.

Se sucedían las felicitaciones, principalmente a Arito como jefe de inversiones del *hedge fund* y «artífice» de la exitosa estrategia. Este, con cara de circunstancias, agradecía los abrazos y palmadas.

Mientras, Max hacía sus cálculos: «Si ganamos cincuenta millones después de gastos y, siguiendo la práctica del sector, un veinte por ciento se reparte como bonus, eso quiere decir que obtendremos diez millones de dólares para los gestores del *hedge fund*».

Dado que en STAR I había muy pocos gestores directivos, y solo dos pertenecían al rango de alta dirección —él y Arito—, calculó que su bonus podía acercarse a los dos millones de dólares. Y aún les quedaba medio año por delante. Le pareció escuchar que su móvil, que reposaba sobre la mesa de su despacho, estaba sonando. Se apartó del grupo y atendió la llamada. Se trataba de un número desconocido; normalmente no los atendía, pero esta vez se decidió a hacerlo.

—Max, soy Parker. Enhorabuena, ya me he enterado de que habéis cerrado la primera gran operación, buen trabajo.

Max, tras unos segundos de vacilación ante la sorpresa de la llamada, contestó:

—Gracias, jefe, de eso se trata, ¿no?

—Claro, chico, verás que esto no es más que el principio, vete a celebrarlo… Por cierto, ¿era la reportera Debra Williams la que estaba sentada a tu lado ayer por la noche?

—Sí.

—Tienes un excelente gusto —añadió asumiendo que Max salía con ella—, y además es bueno tener amigos entre la gente de los medios. Celebradlo bien, que tengas un buen fin de semana. —Colgó el teléfono y dirigió su mirada a Larry Coach, sentado frente a él—. Muy buen trabajo, Larry.

Este mostró una ligera sonrisa; estaba realmente satisfecho: todas sus manipulaciones con el competidor Skyrock, el periódico *Confinancial* y la agencia de calificación Right Rate habían conseguido su objetivo final: alterar los precios de las acciones.

Max, pletórico de satisfacción, no abandonó todavía su despacho, tenía una importante llamada que realizar. Buscó en la agenda de su móvil un número que había grabado hacía unos meses, precisamente el día que aceptó trabajar para STAR I. Finalmente lo encontró y marcó. Casi al primer sonido una agradable voz de mujer contestó:

—Ferrari & Maserati of New York, ¿en qué puedo ayudarle?

Capítulo 55

*E*l Gobierno alemán presidido por Angela Merkel prohíbe las operaciones de compras a corto. El Gobierno alemán, ante lo que considera un ataque especulativo, declara prohibidas de manera indefinida todas las operaciones a corto por su carácter desestabilizador de los mercados. Se trata, según fuentes oficiales de dicho país, de actuaciones dirigidas a generar un enorme beneficio a unas pocas instituciones, que a corto plazo solo destruyen valor en el mercado. Esta medida responde a los ataques recientes que han sufrido varias entidades financieras europeas, incluido el primer banco privado del país: el German Bank. No ha sorprendido a los mercados, dado que el Gobierno alemán ya había amenazado con tomar esta medida si seguía detectando operaciones especulativas...

Cuando Max leyó la noticia se quedó muy intranquilo. Miró por la ventana de su oficina pero no alcanzaba a ver nada, sus urgentes pensamientos se lo impedían. Dudó por un instante si llamar a Parker, pero finalmente desistió; era evidente que Bill Parker solo estaba disponible cuando a él le interesaba. Optó por contactar con su jefe de gabinete. Cuando este atendió la llamada de su móvil, le espetó sin más:

—Larry, soy Max. ¿Has visto los titulares?

—¿Cuál de ellos? —contestó con parsimonia Coach.

—La prohibición de operar apostando a la baja que ha emitido el Gobierno alemán. ¿Podría extenderse a Wall Street?

—No te preocupes, Max, eso no va a ocurrir.

—Pero ¿cómo tienes la certeza?

—Sencillamente no pasará, estate tranquilo. —No dio opción para la réplica; colgó el teléfono. Estaba muy seguro de ello: hacía treinta minutos que Larry había mantenido una conversación con Anthony Sulliman, exempleado de Goldstein y en la actualidad miembro del Departamento del Tesoro de Washington. Entre otros asuntos, Anthony era responsable junto a la FED de la regulación de los mercados.

Max no quedó satisfecho; la manera de operar de sus jefes desde Goldstein le incomodaba. Tenía la sensación de que era una pieza más de un engranaje en el que él, supuestamente, dirigía un *hedge fund,* pero todo estaba organizado al margen de sus opiniones y decisiones. Todavía no había apartado de sus pensamientos esas inquietudes cuando un teletipo apareció en su pantalla de Bloomberg:

El Gobierno estadounidense rechaza cualquier normativa que limite la libertad de operaciones en el mercado bursátil. Con esta medida se desmarca de las prohibiciones de algún país europeo a operaciones en corto.

Horas después, y como cada viernes en el comité de inversiones de STAR I, Arito tomó la palabra. Expuso que su propuesta era la de no tomar ninguna posición adicional. Las fuertes caídas del sector financiero de las últimas semanas habían acabado por arrastrar a todas las bolsas. La mayoría de valores estaban cotizando en mínimos anuales, así que no era el mejor momento para volver a invertir apostando a la baja. Como era habitual, todas sus explicaciones las documentó con innumerables gráficos que corroboraban sus palabras.

STAR I, aprovechando la caída generalizada, había comprado, por supuesto más baratas, las acciones del resto de valores por los que había apostado en su día y las había devuelto a sus propietarios. Estas operaciones adicionales le habían generado otros cuatro millones de margen. En total, STAR I acumulaba un beneficio de sesenta y un millones de dólares. La propuesta del comité de inversiones era destinar un cincuenta por ciento del margen ganado a comprar una cesta de valores, entre los que se encontraban bancos europeos, pero esta vez la inversión era con sus fondos propios y apostando al alza, ya no podían bajar más.

Ahora había que esperar a que los mercados se estabilizaran. Que las cotizaciones volvieran a sus niveles adecuados. En esa subida esperada por todos, STAR I volvería a ganar dinero con sus propias inversiones. Una vez se produjeran las subidas, podrían volver a desarrollar su operativa habitual de apostar a la baja con acciones prestadas por otros. STAR I ganaba en la Bolsa cuando esta subía y cuando bajaba.

Capítulo 56

En cuanto la agente Heather Brooks se encontró ante el marco del detector de metales miró a su compañero. Ambos sacaron sus placas y se las mostraron al guardia de seguridad apostado junto al mismo. Este de inmediato les indicó por dónde debían pasar para evitar que se activaran las alarmas. Se identificaron de nuevo en la recepción ante dos agentes armados. Al observar su presencia, un bedel se levantó de una vieja silla de madera y les acompañó hasta los ascensores. Quedaron sorprendidos por la poca seguridad aparente para un edificio en cuyos profundos sótanos se guardaban siete mil toneladas de oro, la mayor reserva física de ese metal del país.

En las pruebas de acceso al FBI, Heather había destacado en los test de conocimientos en las especialidades de contabilidad y finanzas, además de en las pruebas físicas. Sin embargo, en sus siete años de servicio en el Federal Bureau of Investigation, nunca le habían asignado un caso de investigación como el que les ocupaba aquella radiante mañana de mayo. El direc-

tor que les había dado el *briefing* les había informado sucinta-
mente; prefirió que sus agentes especiales conocieran en detalle
el asunto en la propia oficina de la Reserva Federal.

El edificio de la Reserva Federal de Nueva York se encontraba situado en el corazón de Wall Street, en el número
treinta y tres de Liberty Street. Su arquitectura estilo renacimiento italiano contrastaba con los rascacielos cercanos que,
autoritariamente, le hacían sombra buena parte del día.

Una vez en la planta segunda, les guiaron a través de un
corredor cuyas paredes estaban forradas de maderas antiguas.
Tras pasar por delante de varios despachos, entraron en una
sala. Antes de que les diera tiempo a llevar a cabo un simple reconocimiento visual del lugar, como por costumbre hacían al
acceder a cualquier recinto, se abrió la puerta y aparecieron
dos personas.

—Hola, me llamo Carol Sintell; soy la directora de Supervisión de Instituciones Financieras; él es Tim Barkleys, director del área legal. —Carol se parecía mucho a la imagen que
se había hecho de ella Heather: algo más de cincuenta años,
cabello corto, algunas canas sin tintar y vestimenta aburrida.
Tim Barkleys respondía al estereotipo de abogado en una función pública.

Heather se presentó:

—Agente especial Heather Brooks.

—Agente especial Charles Curtis —añadió casi al mismo
tiempo su compañero.

—No sé hasta qué punto les habrán informado en su
oficina —prosiguió la directora de Supervisión de la FED de
Nueva York—, pero este asunto requiere la máxima discreción.

—Somos conscientes de ello —replicó Charles, al que
todos llamaban Charly.

—Si les parece, iremos al grano sin más preámbulos.

Heather observaba atentamente. Nunca antes había estado en la Reserva Federal de Nueva York y se encontraba muy interesada en lo que les pudieran añadir al escueto *briefing* que habían recibido en su oficina del FBI. Se trataba de un caso en el que quizá ella podría destacar porque los conocimientos financieros de su compañero eran muy limitados.

—La FED de Nueva York es uno de los doce *Reserve Banks* regionales que, junto con el Consejo de Gobernadores de Washington D. C., componen el Sistema de la Reserva Federal —inició su exposición la directora de Supervisión—. Somos una entidad creada en el año 1913 por el Congreso de los Estados Unidos, de quien dependemos, y actuamos como Banco Central del país con independencia del Gobierno. Trabajamos para potenciar la seguridad, robustez y viabilidad de nuestro sistema económico y financiero. En particular somos responsables de formular la política monetaria, la regulación de las entidades de depósitos y crédito; además somos el banco para el Gobierno Federal, le asistimos en todas sus operaciones financieras… Pero también velamos por proteger los derechos de los consumidores en sus relaciones con los bancos y por el buen funcionamiento del sistema de pagos, además de un sinfín de funciones desconocidas para la mayoría del gran público. —La supervisora de Instituciones Financieras hizo una breve pausa y tomó un trago de la botella de agua que había traído consigo para, a continuación, proseguir con sus explicaciones—: Durante la crisis de 2008, recibimos duras críticas por parte de políticos, académicos, medios de comunicación y cualquiera que tuviese algo que decir. La mayoría alegó falta de supervisión sobre las entidades financieras bajo nuestra responsabilidad. Las doce FED regionales nos repartimos el territorio. En el caso de la FED de Nueva York queda bajo nuestro ámbito el denominado Segundo Distrito, que comprende el Estado de Nueva York, los doce condados del norte de Nueva Jersey, Fairfield County, en Connecticut, Puerto Rico y las Islas Vírgenes. Se trata de una extensión geográfica pequeña, pero en términos de activos y peso en el sistema financiero es con mucho la más importante del país. Por tanto, como era de esperar, la mayoría de críticas se han dirigido hacia nosotros. —Entonces, tras unos segundos de silencio, como queriendo dar trascendencia a lo que iba a decir, añadió—: Nuestra reputación está en un momento difícil y trabajamos bajo muchas presiones. Como se ha probado recientemente, las malas prácticas de una entidad de cierto peso pueden arrastrar a todo el sistema financiero y con este al económico. —Obviamente se refería a lo acontecido con el banco de inversión Lehman Brothers.

Heather estaba totalmente concentrada en las explicaciones de aquella mujer. Transmitía una gran seriedad y en cada gesto de su cara, que acentuaban sus profundas arrugas, se notaba el peso de la responsabilidad que desempeñaba. Prosiguió:

—Es posible que en los últimos años cometiéramos errores, tal vez nuestra política monetaria fue excesivamente laxa. Mantener los tipos de interés muy bajos durante tan largo periodo de tiempo implicó dar acceso a dinero barato a empresas y particulares, promotores inmobiliarios que al final crearon una burbuja. Pero, sin querer que suene a excusa, no todo fue culpa nuestra. Nosotros supervisamos a entidades con licencia de banco; sin embargo, en la última década han proliferado otras entidades como vehículos de inversión, *hedge funds,* etcétera, que quedan fuera de nuestro ámbito de jurisdicción. Esas entidades, participadas y financiadas por los grandes bancos de inversión, son las que, con acceso a dinero muy barato, invirtieron y distribuyeron masivamente productos de alto riesgo, como fueron las hipotecas basura. El resto de la historia ya lo conocen. —La directora de Supervisión relataba su versión de los hechos con cierto desapego, como si de tantas veces que lo había hecho en los últimos tiempos le aburriese manifestarse sobre el tema—. Lo que nos trae hoy aquí es que tenemos ciertas sospechas de que el banco de inversión más influyente de este país, o algunos de sus principales ejecutivos, podrían estar detrás de un fraude que está afectando masivamente a los precios de los mercados.

—Pero ¿puede un banco de inversión manipular los precios del mercado? —preguntó Heather.

—Estamos hablando de Goldstein Investment Bank, el banco de inversión más influyente del mundo. Directamente maneja activos por un volumen de treinta mil millones de dólares e indirectamente esa cifra se puede llegar a multiplicar por diez.

—¿Por qué no le abren una inspección ustedes directamente? —preguntó Charly.

—Porque esas actuaciones las ejecutan desde vehículos de inversión a los que financia o en los que tienen participación, y estos quedan fuera de nuestra jurisdicción. En particular creemos que STAR I, un *hedge fund* que crearon a principios de año, está sirviendo de instrumento para acometer estas actuaciones.

Charly había oído hablar de los *hedge funds* pero desconocía su funcionamiento; no así Heather, que indagó:

—Pero las cuentas del *hedge fund* sí las pueden ustedes auditar si Goldstein tiene una participación mayoritaria.

—Correcto —contestó con energía Carol Sintell—, pero ahí radica el problema. Atendiendo a sus cuentas de resultados y balances no están realizando nada ilegal. Lo que es necesario conocer son sus mecanismos de inversión. En el último mes se han embolsado más de cincuenta millones de dólares operando en posiciones cortas.

—¿En qué consiste operar en posiciones cortas? —preguntó Charly.

—Piden prestadas por un tiempo acciones a su propietario a cambio de una pequeña comisión. A continuación las venden y esperan a que baje su precio. Cuando esto ocurre las recompran más baratas y se quedan con la diferencia.

—¿Y si en vez de bajar suben?

—Necesitarían aportar dinero de sus propios fondos para recomprarlas, es decir, perderían dinero. La realidad es que desde que Goldstein, directamente o a través de sociedades de inversión, ha entrado en estas prácticas le ha ido bien. En el último mes, desde STAR I se apostó masivamente por la caída de acciones de bancos europeos, pese a que las acciones de ese sector estaban ya muy bajas. Casualmente —dijo en tono irónico—, otros *hedge funds* como Skyrock apostaron a la baja por exactamente los mismos valores. El resultado es que arrastraron a todo el sector a unas fuertes caídas de las que solo se beneficiaron ellos.

—¿Cuál es su proceso de inversión? —preguntó Heather, cada vez más intrigada por el caso.

—Desarrollan modelos matemáticos muy complejos con múltiples variables que les proveen de ciertos *patterns* de comportamiento de los valores. El objetivo de esta investigación es llegar a conocer cómo los construyen y si son realmente tan eficaces como ellos dicen o si hay algo más.

—Pero —dijo Charly con cierta preocupación ante la complejidad del caso— en el supuesto de que pudiéramos acceder a esos modelos, sería muy complejo analizarlos.

—No se preocupe por eso, agente. —La directora de Supervisión se acercó al teléfono fijo de la pequeña sala, apretó una de sus teclas y dijo—: Margaret, dígale que pase, por favor.

—Y de nuevo se dirigió a Heather y su acompañante—: No estarán solos, contarán con una inestimable ayuda.

Entonces se abrió la puerta y todos los asistentes a la reunión se giraron.

—Les presento a David Ackermann —dijo la directora Carol Sintell.

Capítulo 57

Esa mañana Rania se levantó antes que Debra; casi siempre lo hacía. Estuvieron grabando la noche anterior y el equipo tenía el día libre tras seis intensas jornadas de trabajo. Se preparó su taza de té con hojas de hierbabuena y cogió de la despensa dos galletas rellenas de dátiles. Poder desayunar lo mismo que acostumbraba a tomar en Jericó la hacía sentirse algo más cerca de su hogar. No hacía muchos días que había descubierto en su nuevo barrio una pequeña tienda con todo tipo de comida árabe, un pequeño paraíso lleno de olores, sabores y por supuesto recuerdos... Eso era algo que le encantaba de Nueva York: podías conseguir alimentos de los lugares más recónditos del mundo. Se las arregló para no hacer ruido procurando evitar incluso que la taza y el plato se golpearan para no despertar a su compañera. Cuidadosamente se dirigió al pequeño salón del apartamento. Sentada en una pequeña butaca tapizada en seda con dibujos de flores en tonos pastel, observaba en silencio la calle. A Rania le sorprendía que, de alguna manera, ya empezara a sentirse parte de aquel lugar en el que muchos de sus habitantes provenían de otras tierras, al contrario que su Jericó, en el que casi todos habían nacido allí.

Al acabarse el té fue a dejar la taza sobre la pequeña mesa junto al sofá y entonces lo vio. El sobre era de color azul claro y las letras estaban escritas con tinta negra con una muy buena caligrafía, que de inmediato reconoció. Se quedó pensativa unos segundos, pero su ansia la llevó a cogerlo sin más dilación. Tomó la cucharita del té, empuñándola al revés, sin mancharse, y deslizó el mango por debajo de la solapa. En cuanto la abrió le llegó la fragancia del perfume que su madre utilizaba. La invadió la añoranza.

Leyó la carta muy despacio, saboreándola tanto como había hecho con el té de hierbabuena. Su madre le contaba que todo estaba muy bien por allí, que la echaba mucho de menos pero que se alegraba mucho de que ella fuera progresando. También que Yasmin estaba muy contenta de saber de ella. Por allí las cosas se habían calmado tras los incidentes de meses atrás. Al final de la carta le enviaba su nuevo número de teléfono por si algún día tenía posibilidad de llamarla.

Lo que su madre no le contó fue que, tras perder a casi toda su familia, Yasmin se había ido a vivir con ella, pero como no quería que sufriera más, prefirió omitirlo; bastante había tenido ya su pobre hija.

Rania se quedó pensativa dudando por un instante; todavía sentía rubor de hablar con cualquiera de los suyos. Sin embargo, el amor que sentía hacia su madre la llevó a decidirse. Cogió su móvil y marcó aquel número.

—Hola —contestó una voz en árabe.

Para sorpresa de Rania, aquella no era su madre.

—¿Quién es? —preguntó.

Yasmin sí la reconoció a ella al instante. Casi dando un grito exclamó:

—¡Rania!, ¡soy yo, Yasmin!

—¡Yasmin!, ¡qué alegría oírte! ¿Cómo estás?

—Muy bien, vine a ver a tu madre —mintió.

—Pues ya te habrá contado cómo me va por aquí. Este mundo es muy distinto al nuestro pero voy sobreviviendo. Tengo un trabajo en un canal de televisión y vivo en un piso muy bonito con una amiga; bueno, es también mi jefa. —Rania hablaba atropelladamente, sin parar, consciente de que había dejado su vida allí de forma tan abrupta que necesitaba contarlo todo para sentirse más cerca de su amiga del alma.

—Aquí te echo mucho de menos, ¿sabes? Por las tardes salgo sola a pasear; me siento junto a nuestro árbol y —hizo una pausa la bondadosa Yasmin— a veces, al atardecer, cuando el sol se pone de ese naranja intenso tan bonito y que tanto te gustaba, pienso que allá donde te encuentres estará amaneciendo. Es como si él se llevara mis pensamientos para ti. Espero que alguna vez te lleguen.

—Claro que sí, Yasmin, siempre me llegan, yo te llevo muy dentro; cuando me ocurre algo, siempre quisiera poder hablar contigo para contártelo. Te prometo que algún día te invitaré a que vengas y conocerás todo esto con tus propios ojos. ¿Cómo están los preparativos de tu boda? —añadió.

—Bien, todo en marcha. —La boda de Yasmin se había aplazado; tras la muerte de sus padres, los hermanos mayores decidieron que no era momento de celebraciones. Así que había sido pospuesta sin nueva fecha. Además estaba el problema de la dote. Yasmin no tenía ya muy claro que fuera a casarse nunca. Rania, por el tono de su voz, percibió de inmediato que algo no iba bien.

Las dos amigas siguieron poniéndose al día, con momentos de entusiasmo en los que hablaban las dos al mismo tiempo y otros de tristeza con largos silencios que decían mucho. Como las muy buenas amigas que eran, notaban que no se lo contaban todo, pero ninguna quiso indagar sobre la otra. Ni Yasmin le preguntó los verdaderos motivos por los que abandonó Jericó ni Rania quiso saber más detalles sobre la boda de su amiga. En un momento dado Yasmin le dijo:

—Rania, te paso a tu madre. Te quiero con toda mi alma, que Alá te acompañe.

—Yo también —apenas balbuceó Rania llena de emoción.

Debra, en pie junto a la puerta de la entrada de la sala, observaba atentamente a Rania. Nunca la había oído hablar en árabe y la impactó. Sus palabras y su acento la llevaban a otros tiempos. Podía adivinar que se expresaba con sentimiento, la lágrima que brotaba de sus bellos ojos negros no era más que una muestra de ello.

Tras unos pocos minutos Rania se despidió de su madre y dejó el móvil sobre la mesa. Se quedó inmóvil como una frágil estatua de cristal. Debra se acercó lentamente y le pasó la mano por debajo de la mejilla. Rania se giró y la miró con los ojos vidriosos como un espejo roto.

—Era mi madre; leí la carta y la llamé —explicó Rania hablando muy despacio.

Debra desconocía los motivos por los que para su compañera de piso resultaba tan difícil evocar su pasado y más aún hablar de él, pero lo respetaba. Estaba convencida de que ocultaba algo, pero no quería preguntar, quizá algún día ella se lo explicaría.

—Está bien que lo hicieras, ahora estarás mejor —le dijo dulcemente.

—Sí, seguro que sí. Gracias, Debra.

—Tengo una idea: ¿nos vamos juntas a mi gimnasio?

—¿Al gimnasio? Pero yo no he ido nunca a uno.

—No te preocupes, yo te enseñaré.

—No tengo qué ponerme —añadió incómoda.

—Descuida, yo te presto algo.

Cuando Debra apareció con su pantalón pirata de entrenamiento de elastán muy ajustado y otro de sobra para ella, Rania se espantó.

—Pero no pretenderás que me ponga eso, marcando todo...

—Rania, lo llevan todas las chicas. Además la sudadera es sumamente holgada y un poco larga.

—Sí, pero yo no..., recuerda que vengo de otra cultura.

—Podrás venir de otra cultura, pero no vas a ir hecha un adefesio; una mujer con estilo como tú lo tiene hasta para ir al gimnasio. Y lo de la cultura no lo sabe nadie, solo tú. Te propongo algo: te pones esta camiseta por fuera y así no se te marcará nada. —Como siempre la conciliadora Debra se salió con la suya.

Capítulo 58

Ackermann mantenía su porte militar aunque hacía seis meses que había abandonado voluntariamente el ejército israelí. Su imponente planta, con ese metro noventa de estatura, y su cabello rubio no dejaban indiferente a nadie. Hay personas cuya presencia no altera el entorno, y Ackermann definitivamente no pertenecía a ese grupo: su sola presencia transformaba los sitios en los que se encontraba. Al verlo, Heather no pudo evitar que su alma femenina, que de forma disciplinada dejaba siempre en casa cuando iba de servicio, le enviara una sugerente palpitación.

Ackermann, tras estrechar la mano de los presentes, se sentó frente a Heather.

La directora de Supervisión prosiguió su disertación tras el intervalo de la incorporación del nuevo interlocutor:

—David Ackermann es investigador privado; es socio de Ross & Ackermann, una agencia de investigación. Está especializado en fraudes financieros. En el pasado trabajó para la banca de inversión y conoce perfectamente cómo operan estos bancos. El presente caso, como les he explicado, se centra en la investigación de las prácticas del *hedge fund* STAR I. La FED oficialmente no puede desarrollar una investigación específica con sus inspectores sobre este *hedge fund* porque queda fuera de su jurisdicción. Nuestro legítimo interés se debe a que, hasta donde sabemos, un sesenta por ciento está participado por Goldstein Investment Bank, que sí es uno de los grandes bancos de inversión que supervisamos. —Carol Sintell repetía a propósito algunas de las cuestiones que antes había planteado porque era consciente de que había inundado a los asistentes con mucha información. Tratándose de un tema tan delicado, quería que todos supieran a qué atenerse—. Lo que sí podemos hacer es contratar los servicios de un investigador privado, especializado en finanzas, como es el caso del señor Ackermann. No podemos dejar de investigar sobre estos vehículos de inversión, como hicimos en el pasado, para luego observar pasivamente cómo arrastran a todo el mercado financiero. Por supuesto, el recién nombrado secretario del Tesoro, Ben Acklan, está informado del asunto. Pero hemos de ser muy discretos; tal como están ahora los mercados, una filtración sobre el inicio de esta investigación crearía mucha inestabilidad. Goldstein es una de las entidades financieras clasificadas como «demasiado grandes para caer», podría arrastrar a todo el sistema. Quizá sería útil que explicara su visión de la situación —concluyó Carol dirigiéndose a Ackermann.

—OK. Plantearía dos líneas de investigación; por un lado la técnica, es decir, intentar averiguar cuál es su proceso de inversión y cómo realizan las modelizaciones; y en paralelo, indagaría sobre sus profesionales, para averiguar si hay conexiones internas o externas que permitan identificar el uso de información privilegiada o tráfico de influencias.

—¿Tiene experiencia en algún caso similar? —preguntó Charly.

—Nuestra compañía de investigación está especializada en los mercados financieros. Nos dedicamos a casos de fraudes por cualquiera de las dos situaciones que he descrito.

—¿Está al tanto la fiscalía de Nueva York? —preguntó la agente especial Heather dirigiéndose a la directora de Supervisión.

—Todavía no —contestó el director de los servicios jurídicos de la FED, que hasta el momento no había pronunciado palabra.

—¿Y por qué nosotros sí? —le interpeló el compañero de Heather refiriéndose al FBI.

—Porque esto va a ser una investigación muy compleja, a desarrollar seguramente en diversos países. Piensen que estamos investigando a personas muy poderosas.

—Pues hablemos de ellas —intervino Heather—. ¿Quién es quién en esta historia?

—OK, puedes introducir tú la cuestión, Ackermann —sugirió la directora de Supervisión, que cada vez que se dirigía a él parecía que se le suavizaba instintivamente su áspero gesto.

—La estructura de STAR I es muy pequeña, apenas veinte personas —inició su exposición Ackermann—. La dirige un *trader* de cierto éxito que antes trabajaba en Goldstein; de hecho, seguro que fue el propio banco de inversión como socio mayoritario el que lo propuso a sus socios tras seleccionarlo entre sus empleados. Debe de tener ganada la confianza de los jefes del banco. Su nombre es Max Bogart.

Heather se quedó estupefacta; aunque estaba entrenada para no mostrar emociones, lo que estaba oyendo la sobresaltó en exceso. Solo consiguió disimular su perturbación ayudándose de un pequeño truco: llevarse una botella de agua a la boca para tomar un sorbo que le permitiera ocultar cualquier indicio de su descomunal sorpresa. «¡Estaban hablando de investigar al novio de su mejor amiga!».

Ackermann prosiguió:

—Su jefe de inversiones es Arito Murakami; se trata del considerado mejor matemático financiero de Wall Street. Él y su equipo son los que realizan las modelizaciones y presentan en los comités de inversión sus propuestas. Normalmente estos análisis se hacen sobre qué valores pueden subir; en el caso de STAR I es justamente lo contrario, dado que operan en posiciones cortas, a la baja. Sin embargo, si el caso deriva en tráfico de información o manipulación de precios, podría haber otras personas muy relevantes implicadas en el caso. Altos ejecutivos de Goldstein.

—¿Cómo de altos? —preguntó el agente Charly Curtis.

—Quizá Bill Parker, el considerado hombre más poderoso e influyente de los mercados, y su jefe de gabinete, Larry Coach.

—Pero ¿tienen algún indicio?

Entonces tomó la palabra la directora de Supervisión:

—Como les he comentado antes, STAR I apostó fuertemente por la caída de las cotizaciones de la banca europea, pese a que ya estaban muy bajas.

—Ningún analista lo habría hecho en esas circunstancias de mercado —intervino Ackermann—. Aunque los mercados no son predecibles, se podría afirmar que la probabilidad de que se produjera una caída generalizada era muy remota.

—Adelante, Ackermann —le animó a proseguir Carol, que prefería que fuera él quien les pusiera a todos en antecedentes.

—STAR I alquiló y vendió masivamente acciones de esos bancos. Lo curioso, por llamarlo de alguna manera, es que Skyrock, uno de los *hedge funds* más grandes del mundo, hizo lo mismo con apenas un día de diferencia.

—¿Pudo ser una coincidencia? —dijo no muy convencido el compañero de Heather.

—Cuando se habla de inversiones de cientos de millones de dólares… —respondió significativamente Ackermann—. Y hay algo más: la noche antes de que Skyrock realizara las ventas masivas, su director general, un tal Steinberg, compartió mesa en el Café Boulud con Parker, su jefe de gabinete y un grupo de peces gordos del mercado.

Heather estaba atónita. «Pero si yo los vi en ese restaurante aquella noche…». Recordaba perfectamente las palabras de Max cuando ella le preguntó sobre aquel tipo.

Su compañero interrumpió sus pensamientos dirigiéndose a Ackermann:

—¿Cómo se enteraron de que tuvo lugar esa cena?

—En Wall Street al final todo se sabe —contestó lacónico Ackermann.

Minutos después, tras intercambiar algunas preguntas circunstanciales, se dio por terminada la reunión y se emplazaron todos ellos a una nueva de revisión, con los avances de la investigación, en una semana.

Charly Curtis ostentaba el mismo rango que Heather como agente especial, pero en ocasiones, al ser más veterano, actuaba como si fuera su superior.

—Heather, en cuanto lleguemos a la oficina quiero que antes de nada investigues a este Ackermann. Si ha trabajado en Wall Street será como todos esos tiburones hambrientos de dinero y lujuria. Será mejor que sepamos algo más de él. Tenemos que asegurarnos de conocer con quién estamos trabajando.

—OK, jefe. —Así le llamaba ella con cierta ironía cuando este le ordenaba algo.

Capítulo 59

En las oficinas de STAR I la semana estaba resultando muy tranquila. Al no tener ninguna inversión en curso, se limitaban a estudiar los mercados y actualizar los datos en los modelos de inversión, pero no se percibía una especial tensión como semanas atrás, cuando estaban operando con cientos de millones. La estrategia marcada por Arito en el último comité de inversión era esperar a que las cotizaciones subieran para, cuando esto ocurriera, poder volver a apostar a la baja.

Arito, sin embargo, llevaba un par de días encerrado en su despacho. Pasaba las horas pegado a la pantalla de su ordenador, que solo abandonaba en contadas ocasiones para hacer alguna llamada.

De pronto salió del mismo con paso decidido, lo que llamó la atención de todos los colegas que se cruzaron en su camino, acostumbrados a verle siempre caminar sosegadamente.

Se dirigió al despacho de Max.

—¿Tienes un momento? —preguntó.

—Sí, claro —contestó al tiempo que cerraba la hoja de Excel donde tenía la lista de los asistentes a la gran fiesta que estaba organizando con Checo para el siguiente viernes.

Arito cerró la puerta.

—Max, he estado investigando a Alpha Analytics. —Él se removió en su cómoda butaca de piel de cuero negro—. No está en los registros de sociedades de Nueva York, tampoco en Nueva Jersey. —Muchas compañías financieras estaban registradas en ese Estado.

—Bueno, estará en otro Estado. ¿Cuál es el problema?

—No, no lo está, he revisado todos los registros del país.

—¿Y qué? Quizá pertenece a algún grupo de empresas y está registrada bajo otro nombre —comentó Max, que se sentía algo incómodo hablando de ese asunto.

—He preguntado a mis colegas del sector de análisis financiero y nadie la conoce.

—¡Vamos!, ¿qué pretendes demostrar, Arito?

—Demostrar nada, solo que hemos seguido las directrices de inversión de una empresa de análisis financiero que no está registrada por ninguna parte y nadie conoce.

—Bueno, Arito, no pasa nada. Solo ha sido una vez, acuérdate. Venía recomendada por nuestros socios de Goldstein, seguro que ellos nos podrían aclarar el asunto.

—Me gustaría conocerlos, reunirme con esos tipos de Alpha Analytics, saber cómo trabajan, qué modelos utilizan… —dijo con firmeza Arito.

—Bueno, no te preocupes, ya organizaré una reunión. Yo me encargo. —Entonces Max se puso de pie para indicar a su interlocutor que la reunión había terminado.

Arito salió del despacho cabizbajo. Volvió a su oficina, esta vez caminando a su ritmo habitual. Le habría gustado una reacción distinta por parte de Max, pero tampoco le sorprendió.

Él, como buen japonés, era un tipo obsesionado por la perfección en su trabajo, amaba los detalles. Disfrutaba tanto o más de los procesos que de llegar a las metas. Pero allí en Wall Street era al contrario: los procesos resultaban irrelevantes, lo único verdaderamente importante era la conclusión y la única meta era el dinero. STAR I había ganado ya sesenta millones de dólares en muy poco tiempo, ¿quién iba a reparar en cómo? Lo importante era la cifra. Pero eso no iba con él, no estaba satisfecho.

Max, por su parte, se quedó pensativo en su despacho. Sentía lo que estaba ocurriendo porque Arito era un gran profesional y le apreciaba mucho; bajo ninguna circunstancia quería perderlo. Pero, por otro lado, no le quedaba otra opción; era consciente de que esos tipos le habían puesto allí para que siguiera sus directrices. «Bueno, quizá logre hacerle cambiar de opinión», se dijo a sí mismo no muy convencido. Entonces le entró una llamada al móvil. Se trataba de Checo.

—¿Qué pasa, tío? —dijo en un tono muy apagado, todavía afligido por la conversación con Arito.

—Hola, Max. Tenemos que revisar la lista, se acerca el gran día.

Mientras Checo le hablaba, él abría de nuevo la hoja de cálculo de Excel sin mucho entusiasmo.

—¿Cuántos invitados te salen?

—Doscientos cincuenta. ¡Joder!, se nos ha ido un poco la mano. —Y rio imaginándose lo que iba a ser el evento.

—¿No son demasiados? —preguntó Max.

—Si quieres hacer la fiesta del año de Manhattan tienen que estar todos —afirmó Checo.

—Joder, pero si a muchos no los conozco —exclamó casi malhumorado.

—Oye, ¿qué te ocurre?, yo solo pretendo ayudarte.

—Perdona, Checo, tienes razón; es que he tenido un mal día y me temo que Arito se va a ir de STAR I.

—¿Arito? Pero ¿no estabas muy contento con él?

—Y lo estoy. Es él, que se quiere ir, es que... —dudó un momento—. Lo que ocurre es que estos tipos de Goldstein aprietan mucho. Bueno, ya te lo contaré.

—Solo faltaría que fueran mansos... ¡Ni que fueras nuevo en Wall Street! ¿Quieres un consejo? —y añadió sin dar tiempo a que pudiera contestar—: Tú concéntrate en la pasta que estás ganando y en la fiesta para celebrarlo y déjate de malos rollos.

—Por cierto, hoy me entregan el coche.

—Joder, tío, conducirlo por Manhattan va a ser la hostia.

—¿Me quieres acompañar a recogerlo?

—Sí, claro. ¿Dónde es?

—En el número 1 de York Street.

—OK, nos vemos allí a las seis.

Max dirigió la mirada a la pantalla de su ordenador sin mucho interés. Pero su gesto cambió abruptamente cuando sus ojos se posaron en la bandeja de entrada y leyeron: «Alpha Analytics».

Sin dilación abrió el nuevo *email* y vio su contenido.

«24-45-9 500m».

De inmediato tomó la edición del día del *Wall Street Journal,* al que se había suscrito y que tenía abandonada en una mesa supletoria situada a su derecha.

Fue a las páginas de Mercados y empezó a contar palabras desde el titular. La 24 era U, la 45 K y la 9 P: UKP; sabía perfectamente de qué compañía se trataba: la multinacional United Kingdom Petroleum. La tercera compañía petrolera del mundo. Desplegó la ventana de Bloomberg que tenía abierta y minimizada y escribió en la caja de búsqueda de valores «UKP». Seleccionó un periodo de dos años. La gráfica que se dibujó era incontestable: la evolución de su cotización estaba en mínimos en esos últimos dos años. Se fijó de nuevo en la serie de números del *email* y observó la cantidad final: 500m. Eso significaba que le estaban recomendando que invirtiera esa cantidad en un valor que difícilmente iba a bajar, sino más bien al contrario. Y además esta nueva recomendación representaba un importe mucho más alto que las anteriores. Volvió a coger el periódico y repitió el proceso de identificación de las siglas. Para su turbación, la primera lectura era correcta: de nuevo le salía UKP; no había ninguna duda de que la recomendación de Alpha Analytics era alquilar acciones de United Kingdom Petroleum por un valor de quinientos millones de dólares. En ese instante entró un segundo *email* de Alpha Analytics que no llegó a abrir. Las cifras de la serie que tenía en la pantalla se convirtieron en signos y letras sin sentido y a continuación se borraron ambos mensajes ante sus ojos. Como había hecho la primera vez, seleccionó «mensajes eliminados» y al abrirse esta carpeta pudo comprobar que no había ningún mensaje procedente de Alpha Analytics. Todo había ocurrido de nuevo de la misma manera que cuando recibió el primer *email* de esa siniestra compañía.

Apostar a la baja sobre las acciones de United Kingdom Petroleum era una propuesta disparatada. Con el barril de petróleo en precios altos y serias amenazas del Gobierno iraní de cerrar la salida de crudo por el canal de Suez, aquello no tenía ningún sentido. Todas las variables del sector petrolero apuntaban a que los precios del crudo se mantendrían altos con tendencia al alza, y el abastecimiento de barriles en máximos. Era impensable que las compañías petroleras fueran a perder valor en Bolsa.

Tomó una decisión: esta vez se rebelaría, no seguiría las recomendaciones de Alpha Analytics.

Capítulo 60

Heather realizó una primera búsqueda en los archivos internos del FBI. Con los resultados se presentó en una sala en la que estaban su compañero Charly Curtis y el director del FBI que les había asignado el caso: Jack Mercer, su verdadero jefe.

Tras un saludo de cortesía Heather inició su exposición:

—David Ackermann tiene treinta y cuatro años. De formación militar, se graduó en la academia Militar de West Point en el año 2001. Obtuvo doble graduación como ingeniero y economista, siendo el número uno de su promoción. Sin embargo, tras solo tres años en el ejército americano decidió reenfocar su carrera profesional y se matriculó para cursar el MBA de la Universidad de Harvard. Allí también obtuvo unas calificaciones brillantes: acabó como número tres. Esos excelentes resultados le dieron la oportunidad de trabajar en la banca de inversión; concretamente fichó por Goldstein Investment Bank.

—O sea, que es cierto que conoce bien a esos tipos. Interesante currículo. ¿Y luego? —apuntó el director.

—Pues aún hay mucho más, jefe. Tras cinco años en Goldstein, donde llegó a ser el jefe de la mesa de valores más joven de la historia del banco, decidió dejarlo todo. Se fue a vivir a Jerusalén y se alistó en el ejército israelí.

—¿El ejército israelí? —exclamó Charly con incredulidad.

—Sus abuelos eran judíos, emigraron de Alemania con la llegada del nazismo. Su madre conservó la nacionalidad israelí. Él es judío, aunque nunca se le observó practicar la religión. Parece que en un momento dado, aún trabajando en Goldstein, empezó a visitar con frecuencia la sinagoga de su barrio. Entabló una relación de gran confianza con el rabino y decidió renunciar a todos los placeres de una vida como ejecutivo exitoso de Wall Street para ir a conocer sus raíces.

—Joder, todavía hay gente rara —comentó Charly jocosamente mirando al director del FBI, que no le siguió la broma—. Hay que tener ganas de dejar Nueva York para buscar las «raíces»… —añadió intentando dotar a su comentario de algo de seriedad, sin éxito.

—De su etapa en el ejército israelí no tenemos mucha información —prosiguió Heather—; solo que llegó a ser capitán, nada sobre sus destinos ni misiones. Ya sabes que los israelíes mantienen clasificada toda información sobre los miembros de sus fuerzas armadas. Se podría hacer una petición específica, pero no creo que la atendieran sin un motivo firme.

—Me pregunto por qué dejó el ejército israelí y regresó a Nueva York —reflexionó en voz alta el director.

—Ninguna pista, señor; solo sabemos que hace unos seis meses se instaló en Nueva York y se asoció con Anthony Ross, un amigo de West Point que hace años montó una muy buena agencia de investigación. Él aporta todo su conocimiento del sector financiero. La sociedad ahora se denomina Ross & Ackermann.

—Vaya vida más singular. Llámale y queda con él, que te explique los intríngulis de cómo funciona por dentro Goldstein, ya sabes: quién manda allí, cómo son los procesos de toma de decisiones para los temas más importantes… Ah, también investiga cuáles son los principales *hedge funds*, cómo operan, etcétera. Y sería muy útil conocer quiénes son los otros socios de STAR I.

—OK, jefe. Me pongo con ello —contestó Heather.

Cuando regresó a su mesa, abrió de nuevo el archivo digital con la información sobre Ackermann y se quedó mirando su fotografía en la pantalla. No se trataba solo de su aspecto, que bien le habría podido llevar a hacer carrera en Hollywood; lo que más le sorprendía era la vida tan peculiar que había llevado hasta la fecha. Que alguien con formación militar hiciese un MBA en una de las mejores escuelas de negocios del país no era muy habitual, aunque tampoco era el primer caso. Pero que con toda una carrera de éxito por delante en finanzas, trabajando en Goldstein con una alta responsabilidad a temprana edad, lo abandonara todo para irse a Israel para conocer y vivir sus raíces, enrolándose después en el ejército de aquel país, era realmente extraordinario. Y después, ¿por qué lo había dejado todo de nuevo para volver a Nueva York y constituirse como investigador privado? Heather regresó al presente y marcó un número en su móvil.

—Ackermann —respondió.

—Hola, soy la agente especial Brooks —dijo Heather, adoptando de nuevo su rol superprofesional—. Me gustaría que nos viéramos, quisiera conocer algunos detalles sobre el modo de operación de estos *hedge funds* y bancos de inversión

—Cómo no. ¿Te va bien a las cuatro? Yo me puedo acercar a vuestra central.

—No, prefiero ir yo a tus oficinas —replicó ella.

—OK, como quieras. Estoy en el número 575 de Madison Avenue, justo debajo de la Calle 57.

Heather se quedó pensando durante un momento. El caso le complacía muchísimo, investigar ese mundo financiero era toda una oportunidad. Faltaban agentes con experiencia en casos de fraudes financieros; por otra parte, los fiscales, el Gobierno, los reguladores, los propios bancos, cada vez tenían más interés en poner orden en todo ese ámbito. Estaba sin duda ante una gran oportunidad de obtener visibilidad dentro del cuerpo que la podría posicionar muy bien para el futuro. Sin embargo, no podía obviar los hechos: uno de los principales investigados era el hombre que estaba saliendo desde hacía unos meses con su mejor amiga. Tampoco tenía ella mucha relación con él, habían coincidido unas cuantas veces en cenas. Es verdad que se había acostado en dos ocasiones con su mejor amigo, casi hermano. Aunque no sabía cuál sería la reacción del director del departamento, se dirigió a él.

—Jack, ¿tienes un momento?

—Sí, pasa, Heather. ¿De qué se trata?

—Conozco a uno de los investigados, Max Bogart —dijo Heather sin rodeos, como era habitual en las conversaciones entre los agentes y con un tono de voz muy femenino, desconocido para sus compañeros de trabajo.

—¿De qué le conoces?

—Sale con una amiga mía desde hace unos meses.

—¿Tienes mucha relación con él?

—No, jefe, la verdad es que lo habré visto cuatro o cinco veces. —Por supuesto obvió los detalles de su relación sexual con Checo.

El maduro director meditó un momento sin hablar, mirándola atentamente; casi podía sentir los latidos del corazón de su interlocutora. Heather era una de las mejores agentes y este caso podía ser una gran oportunidad; el compañero que le habían asignado, Charly Curtis, era un tipo eficiente, pero no tan listo como ella.

Heather, intuyendo que Jack estaba a punto de tomar su decisión, incidió:

—Por favor, jefe, si tuviera algún conflicto personal se lo diría de inmediato.

—Está bien. —Se decantó finalmente por mantenerla en el caso—. Pero…

—Sí, jefe, no lo dude: actuaré igual que si se tratara de un desconocido. Se lo agradezco mucho.

—OK, lárgate a ver a ese Ackermann, a ver si nos puede servir de ayuda —refunfuñó Jack.

Heather adoraba a su veterano jefe. Salió feliz del despacho; la situación era algo delicada porque Debra le contaba a veces confidencias sobre Max, aunque nunca referidas a su trabajo; de hecho, se había enterado de que este dirigía un *hedge fund* hacía solo unas horas.

Cuando llegó a las oficinas de Ross & Ackermann, descubrió que se trataba de una de las mejores localizaciones de Manhattan. Él ocupaba un despacho grande en la planta nueve, con tres ventanales que daban a la famosa avenida, muy cerca de una de las esquinas con las tiendas más lujosas de la ciudad. Frente a su edificio estaba el de SONY, de un elegante color tierra y bello diseño. Al otro lado del pasillo había un despacho interior sin ventanas, donde estaba Jenny, la *assistant* de Ackermann, una mujer de unos cincuenta años, que fue quien la acompañó desde la recepción hasta los despachos. La decoración en toda la planta era muy impersonal y discreta, con moquetas y paredes en tonos azulados.

Una vez en su despacho, Ackermann se levantó, le tendió la mano y se la estrechó con firmeza. Heather, que por una vez se había preocupado de su aspecto al salir de la oficina, no dejó

de advertir nuevamente su atractivo. Era imposible no hacerlo. Realmente Ackermann parecía más un actor de cine que un
investigador privado. Su cabello era liso rubio, su piel bronceada, sus ojos azules de un tono muy singular, y tenía las espaldas
muy anchas, acabadas en una estrecha cintura. «Una combina-
ción explosiva», pensó Heather.

Sus maneras eran amables pero con una actitud seria, lo
cual le confería aún más magnetismo.

Pasaron toda la tarde repasando el funcionamiento de los
hedge funds y también quién era quién en Goldstein. Ackermann
conocía a Parker y a su jefe de gabinete, Larry Coach. Bill ya
era director ejecutivo en el tiempo que él estuvo en la compañía
y Larry por aquel entonces era uno de los *traders* que más despuntaba por su agresividad en los *deals*. Sin embargo, no se
acordaba de Max, no había coincidido con él en ninguna mesa.
Tras un buen rato dedicado a esos detalles, procedieron a investigar a los socios de STAR I. Su *assistant,* Jenny, entró en
dos ocasiones para traerles unos cafés con unas galletas. Por el
trato que ella le daba a Ackermann, supuso que además de ayudarle en los asuntos propios de la oficina, también hacía de
asistente para sus asuntos personales, casi como una «cuida-
dora». «Quizá Ackermann sea soltero», dedujo. Intuía que sí.
«Qué extraño que con ese aspecto no le haya cazado ya alguna
mujer de buen ver y posición, aunque, claro, con la vida que
ha llevado, cambiando de país y ciudad con frecuencia...».
Heather mantenía dos conversaciones a la vez: una con su interlocutor y otra, más personal, consigo misma.

Al final de la jornada, después de inspeccionar diversas
bases de datos de registros públicos y algunos de acceso restrin-
gido a agentes del FBI, pudieron identificar a todos los socios
de STAR I.

Por un lado estaba Goldstein, con un sesenta por ciento de
las acciones; un diez por ciento se hallaba en manos de otro fon-

do de inversión denominado ACK y el treinta por ciento restante, en una sociedad llamada Lightcore, ubicada en la isla de Jersey, paraíso fiscal perteneciente a Gran Bretaña y situado en el canal de La Mancha, entre Francia y el Reino Unido. Conseguir averiguar quiénes eran los dueños de esa sociedad les llevaría mucho más tiempo, si es que alguna vez lo lograban, dado que salvo por orden judicial sería muy complicado obtener esa información.

En ese punto Ackermann consultó su reloj y a continuación le propuso a la agente:

—¿Cenamos algo por aquí abajo y seguimos hablando?

Heather tuvo la impresión de que, pese a llevar juntos cinco horas, era la primera vez que él la miraba. No se lo pensó, como era habitual en ella.

—Sí, claro, ¿dónde vamos?

—Por aquí cerca está el Nello, ¿lo conoces?

«Vaya, el restaurante de las comidas de los sábados con Debra», recordó Heather.

—Sí, muy bien, vamos allí.

Capítulo 61

A las siete de la mañana Larry Coach recibió la primera llamada del día del *boss* Parker.

—Larry, ¿cómo van los asuntos de STAR I?

—Ayer recibieron el *email* con las instrucciones a seguir, pero nuestro informante en la compañía nos dice que no han realizado ninguna operación.

—¡Maldita sea! —exclamó Parker alzando el tono de voz—. Llama a ese chico inmediatamente, el asunto de la petrolera está a punto de saltar, no debemos perder ni un minuto.

—Sí, jefe.

Minutos después, en las oficinas de STAR I la secretaria de Max entró en su despacho:

—Han llamado de la oficina de Larry Coach: quiere que te acerques a tomar el *lunch* con él al puesto de perritos calientes de la Calle 43 con la Sexta Avenida.

Max se inquietó. Imaginaba el porqué del interés de Larry.

Llegó antes que Larry. Joe le atendió con la amabilidad habitual.

—¿Qué tal, Max?, ¿cómo estás? Me alegro de verte de nuevo. ¿Lo de siempre?

—No, solo una botella de agua.

Cuando Max se disponía a abonarlo apareció Larry.

—¿Qué tal, Max?

—¿Quiere tomar algo? —interrumpió Joe, que al instante se dio cuenta de la tensión que había entre ambos.

—Una Coca-Cola Light, por favor —le dijo sin mirarle a la cara.

Una vez Max hubo pagado ambas consumiciones se dirigieron hacia Bryant Park.

Larry fue directamente al asunto, como siempre hacía:

—Me han comentado de Alpha Analytics que te han enviado una propuesta para operar, ¿es cierto? —Para Max era obvio que Larry y Parker estaban perfectamente al corriente de todos los movimientos de Alpha, así que no lo negó. Larry continuó—: Sin embargo, no habéis hecho la operación que se sugería, ¿me equivoco? —preguntó sabiendo de antemano la respuesta.

Max podía comprender que Alpha Analytics mantuviera informado a Parker y a Larry de sus propuestas antes de hacérselas a STAR I; sin embargo, le sorprendió el hecho de que pudieran conocer que él no había ejecutado la inversión sugerida. Solo habían pasado veinticuatro horas desde que recibió el *email*; la única manera de que conocieran que había desestimado las recomendaciones de Alpha Analytics era que tuvieran a algún informante entre la plantilla de STAR I. Pensó que debería averiguar de quién se trataba, aunque en ese momento tenía otras preocupaciones mayores.

—No te equivocas —le contestó, sabedor de que era inútil ocultarlo.

—Pero ¿por qué no lo has hecho, Max? —le preguntó en un tono condescendiente.

—Mira, Larry, es ridículo pensar que la cotización de UKP va a bajar; ni la de UKP ni la de ninguna compañía petrolera lo va a hacer. No voy a cursar esa operación. Además —Max siguió adelante, consciente de que su postura podría acarrearle complicaciones con esos tipos—, ¿quién es Alpha Analytics?, ¿quién está detrás? He estado investigando y Alpha Analytics no está registrada en ningún sitio.

El semblante de Larry cambió; su abundante cabello negro, siempre desordenado, pareció estarlo aún más. Sus gruesas cejas y sus ojos se volvieron hacia Max con aspecto amenazador.

—¿Por qué te dedicas a investigar lo que no te corresponde? Mira, tú estás en STAR I para ejecutar el proceso establecido. Ni se te ocurra salirte del guion y así todo irá muy bien. Ganarás mucho dinero. Ya viste las últimas recomendaciones de Alpha, también parecía que no tenían mucho sentido y, sin embargo, las cotizaciones de los bancos cayeron. Ahora dedícate a seguir las instrucciones que te lleguen, no quieras complicarte la vida.

—¿Y qué hacíais cenando con Steinberg el día antes de que Skyrock copiara nuestra estrategia con la banca europea? ¿Cómo sabía Parker que el Gobierno alemán iba a prohibir operar a corto? —continuó expresando todas sus inquietudes de manera desordenada.

Esta vez no solo el semblante de Larry se tornó amenazador, sino que con la mano derecha le presionó sobre la muñeca fuertemente.

—¿Qué te importa a ti con quién cenamos o dejamos de hacerlo? Chico, no te busques líos. —Inmediatamente, Max se zafó del apretón. A este siguió un nuevo mensaje, pero en un tono más conciliador—. Todo irá bien, Max, no te preocupes. Tú limítate a hacer lo que te corresponde. Se trata de ganar dinero, ya lo sabes.

—Sí, pero todo esto me parece…

—Ni lo pienses —le interrumpió Larry antes de que acabara la frase—. ¿Qué hay de malo en apostar a que ciertas compañías van a caer en Bolsa?

Max sabía que esa no era la cuestión, pero desistió de seguir conversando con Larry. Obviamente no iba a conseguir ninguna información. Tan solo añadió:

—Quiero ver a Parker.

—Por supuesto, se lo diré y organizamos una comida.

Max se quedó algo intranquilo y decidió dar un paseo hasta su oficina. Apenas había atravesado dos calles cuando sintió la vibración de su móvil.

—Max Bogart.

—Muchacho, me ha encantado charlar contigo, pero quería que te quedara muy claro: más te vale que hagas lo que tienes que hacer…

Max irritado le dijo:

—Eso suena a amenaza.

—Tómatelo como quieras —dijo antes de colgar Larry.

Max llegó a su oficina y pidió a su secretaria que llamara a Arito.

—OK, jefe —le dijo su secretaria, y añadió—: Ahora mismo le aviso. Por cierto, llamaron de la oficina de Bill Parker para cerrar una comida para el jueves de la semana que viene.

—Gracias —le contestó satisfecho Max.

El hecho de que Parker hubiera accedido a comer con él le tranquilizó. En esa comida le expondría todas sus dudas.

Arito entró en su oficina y Max, sin mayores preámbulos, le pidió que procediera con las nuevas recomendaciones.

—Pero eso no tiene ningún sentido, las petroleras no van a bajar —replicó visiblemente molesto.

—Ya lo sé, pero tampoco parecía que fueran a caer los bancos europeos y mira lo bien que nos fue.

—Me da igual, Max —dijo con semblante muy serio Arito—. Yo no estoy dispuesto a llevar el título de jefe de inversiones de un *hedge fund* que invierte sin atender a mis recomendaciones. Si realizas esa operación con UKP, da por presentada mi dimisión. Ya te lo advertí. —Y salió muy afectado del despacho.

Max se quedó muy preocupado por las palabras de Arito; lo apreciaba de veras. En su mente brotaban pensamientos enfrentados; por un lado era consciente de que todo resultaba muy extraño, que algo no cuadraba, pero detrás de aquella operativa estaba Goldstein y nada más y nada menos que el mismísimo Parker. Al final las acciones de los bancos europeos bajaron porque hubo muchos rumores procedentes de Europa referidos a amenazas de los reguladores de ser más exigentes con sus requerimientos de capital; esta información llegó a salir publicada en la prensa. «Alpha Analytics lo único que hizo fue adelantarse a los acontecimientos», se dijo a sí mismo intentando justificar lo injustificable.

Además estaba la cuestión del dinero que estaba ganando. Había luchado toda su carrera profesional para alcanzar ese estatus; no se podía enfrentar ahora a los tipos más importantes del banco más influyente. Así que finalmente decidió que era mejor mirar para otro lado e hizo la operación referida a la petrolera británica que le había sugerido Alpha; después de todo, Larry había cumplido con su parte del pacto: le había organizado la comida con Parker para el jueves siguiente.

Al mismo tiempo que Max deliberaba a solas, Parker se veía en su despacho con Larry.

—¿Qué tal ha ido?

—Bien, jefe, creo que cerrará la operación según las instrucciones de Alpha, pero…

—¿Qué ocurre? —Parker miró fijamente a Larry.

—Max ha estado investigando sobre Alpha Analytics.

—Investigando sobre Alpha… Pero ¿por qué tiene que meter las narices donde no le llaman? —El habitualmente amable Parker se transformó en el temido jefe de Wall Street—. ¿Qué le pasa a ese chico? ¿No tiene bastante con hacerse millonario?

—Además sospecha que llegamos a un acuerdo con Steinberg, el director de Skyrock, para que ellos también alquilaran y vendieran acciones de banca europea y así entre todos tumbar sus cotizaciones —añadió Larry.

—¿Y qué sabe él de eso?

—Nos vio cenando con Steinberg en el Café Boulud.

—Ah, sí, lo recuerdo —comentó Parker moviendo la cabeza de derecha a izquierda como cuestionándose.

—También se pregunta cómo pudiste anticipar que el Gobierno alemán iba a prohibir la toma de posiciones a corto en su mercado bursátil.

—Joder, para qué se pensará que pagamos tantos millones a los *lobbys* de Washington… Pero ¿por dónde nos sale ahora este chico? —Larry conocía bien a su jefe, cuando alguien le fallaba dejaba automáticamente de contar con él—. Quizá nos hemos equivocado. Habría sido mejor fichar a alguien de fuera como ese tal Steinberg, que no solo es un tío bueno, sino que se aprecia que no tiene ningún escrúpulo —concluyó Parker.

—Le he prometido que irías a comer con él. Tu secretaria ya lo ha citado para el jueves que viene. Mejor que crea que le vas a recibir; se tranquilizará y así nos aseguramos que cierra la operación.

—OK, asegúrate de que es así, y por supuesto, en cuanto se confirme que ha hecho la venta de las acciones, espera unos días y cancela la comida. —Parker volvió a mirar sin pestañear a su jefe de gabinete, con aquella temida intensidad y añadió—: Hay algo más. Me ha llamado Ben Acklan, ya ha tomado posesión como secretario del Tesoro.

—¿Qué tal le va? —preguntó Larry, sabedor de que había algo que inquietaba a su jefe.

—Le ha llegado cierta información —dijo Parker midiendo sus palabras.

—¿De qué se trata?

—Parece que la FED de Nueva York ha iniciado una investigación sobre STAR I. No tienen nada de momento pero…

—Menos mal que pudimos colocar a Acklan allí.

—Sí, desde luego —sentenció Parker—. Pero no me gusta nada por dónde están discurriendo los acontecimientos. Con esa investigación por medio… Y ese chico imprudente podría hablar con cualquiera y complicarnos la vida a todos. Haz lo que tengas que hacer.

Capítulo 62

Uno de los momentos más placenteros del fin de semana era la mañana del sábado. El plan consistía en recorrer las abundantes y lujosas tiendas del Upper East Side, muchas veces solo para ver, y terminar con el habitual *lunch* en el restaurante Nello, que siempre se encontraba muy animado al mediodía. Aquel sábado Debra llegó sola. Heather estaba trabajando en un nuevo caso y le avisó de que no podría acudir a su habitual *tour*, se incorporaría directamente a la comida.

Aclamadas estrellas de Hollywood, de paso por Nueva York, como Jack Nicholson o Charlize Theron, eran algunos de sus celebrados clientes. Aunque ella no fuera tan famosa como esas celebridades del mundo del cine, una joven, prestigiosa y guapa reportera era también muy bien recibida por los dueños del local, que siempre se las arreglaban para reservarle una mesa. Normalmente las ubicaban hacia el fondo, pero en días como aquel, en pleno mayo y con una primavera exultante, la mesa reservada para Debra y sus amigas era una de las situadas sobre la línea que habitualmente ocupan los cristales que separan el local de la acera. Esos cristales son los verdaderos escaparates de los restaurantes, que en Manhattan aparecen y desaparecen al compás de la temperatura.

Debra se pidió su Bellini de todos los sábados. Desde la universidad se acostumbró a que las miradas de los hombres se fijaran en ella; ahora además todos la reconocían, por lo que también las mujeres lo hacían, por supuesto con mucho más descaro que ellos, porque tenían que estudiar y —muchas de ellas— copiar su estilo. Cuando su móvil vibró lo agradeció: hablar por teléfono era una manera de alejarse de los inquisidores ojos ajenos.

—Hola, cariño, ¿cómo estás? —saludó con dulzura a Max—. Te he echado de menos esta noche.

—¿Estás seguro? —preguntó Debra, que sabía que las posibilidades de que eso fuera cierto eran escasas dado que Max había salido la noche anterior con Checo y cuando los dos se juntaban, aburrirse era una quimera—. ¿Ya habéis podido cerrar el acuerdo con el club?

—Sí, está todo arreglado, costará una pasta pero vale la pena. Hemos confirmado el viernes que viene. ¡Ah!, y tengo algo más.

—¿De qué se trata? —preguntó Debra.

—Me han entregado el Ferrari, lo podemos estrenar oficialmente. Esa noche pasaré a buscarte con él.

A ella el Ferrari de Max no le impresionaba en absoluto, más bien al contrario. No le parecía bien que se lo comprara, por mucho dinero que estuviera ganando; sin embargo, sabía la exagerada ilusión que le hacía, así que le seguía el juego.

—Muy bien. Lo que ocurre es que quería ir con Rania a la fiesta; si no la llevo yo quizá al final no quiera venir, ya sabes cómo es, nunca quiere molestar.

—No hay problema: en el modelo FF que he comprado caben cuatro; irá algo apretada pero el trayecto es corto. Dile que yo os recojo y luego la llevamos de vuelta y nos vamos tú y yo a dormir a mi casa.

—¿No te importa? —preguntó Debra.

—No, qué va. En absoluto.

A Debra le encantaba la capacidad de adaptarse a las circunstancias de Max, y siempre con su buen carácter. Cada vez se sentía mejor con aquella relación.

—Bueno, amor, te dejo, que pronto llegarán las chicas.

—OK, nos vemos luego, un beso.

Al instante, Debra llamó a Rania. Esta llevaba unos días algo apagada. Desde que la oyó hablar en árabe aquel día en su casa le había notado cierto desaliento.

—Hola —contestó.

—Hola, Rania. El viernes que viene no te comprometas con nadie, acuérdate de que vamos a la fiesta que están organizando los chicos. Max nos vendrá a buscar y luego iremos al club.

—No te preocupes, Debra, yo puedo ir por mi cuenta —contestó, como su amiga se imaginaba que diría, y esta de inmediato le replicó:

—Ni hablar, ¡es una orden de tu jefa! Te vendrás con nosotros y luego te llevamos a casa, salvo que encuentres a tu «hombre» —dijo Debra, bromeando, porque sabía perfectamente que Rania no tenía interés alguno en tener una aventura frívola de una noche.

—OK, pues lo que digas, pero de verdad no quiero…

Debra le interrumpió:

—Ya lo he hablado con Max y está encantado. ¿Cómo no iba a estarlo? Estrenará su flamante Ferrari rojo, necesita que le acompañen las dos chicas más espectaculares de la fiesta, ¿qué más puede pedir? —Rieron las dos—. Oye, ¿dónde estás ahora?

—Paseando por Central Park.

—¿Por qué no te vienes a comer con nosotras? Estoy en el Nello, en la 62 y Madison, esperando a Heather.

—No te preocupes.

—No, de verdad, nos lo pasaremos muy bien, pásate por aquí.

Ante la insistencia, Rania no pudo negarse.

—OK, pero iré a los postres porque me acabo de comer una ensalada. —No era verdad, pero no quería que la invitaran y sabía que no podía permitirse los precios de esos restaurantes a los que iban.

—Vale, como quieras, aquí estaremos.

La comida entre las dos amigas transcurría como cada sábado, al menos en apariencia. En realidad Heather estaba incómoda con el hecho de estar investigando el *hedge fund* que dirigía el novio de su amiga, pero ni podía decírselo ni quería que ella notara algo extraño en su comportamiento. Quizá se cerrara la investigación sin llegar a nada, y si encontraban algo, prefería ser ella la que se lo contara; sabía que al final Debra lo entendería, pero aun así la situación le desagradaba. Cuando Heather vio venir por la calle a Rania se alegró, pensó que la conversación se animaría y se sentiría algo mejor. Rania llevaba un vestido de algodón piqué en blanco roto un poco por encima de la rodilla. Perfecto para el día algo caluroso y húmedo. Y como en Nueva York nunca se sabe, también cargaba una chaqueta de cuero color naranja, a juego con sus sandalias planas. Entró justo cuando les servían el delicioso tiramisú especialidad de la casa, único postre que se permitían las dos en toda la semana.

Se acercó enseguida el *maître* del restaurante para ayudar a Rania a pasar entre las apretadas mesas y, por supuesto, curioso ante aquella espectacular morena de ojos negros y piel tonificada que hasta entonces nunca había visto. Al observar a Heather le dijo:

—Otra vez tú por aquí…, me alegro de verte de nuevo. —Luego se dirigió a Debra—: Hola, Debra, ¿cómo estás? —Y por último, mirando a Rania, que ya se había sentado—: Y… a ti no tengo el gusto de conocerte, soy Luca.

Rania extendió la mano al tiempo que Debra la presentaba:

—Es Rania, trabaja conmigo.

—Encantado, eres guapísima. —Luca hizo su comentario habitual pero en esta ocasión era sincero.

Rania no se acostumbraba a recibir esos piropos, tan frecuentes en la Gran Manzana, pero le sonrió. Cuando Luca se retiró, Debra preguntó a Heather:

—¿Otra vez por aquí?… Pero ¿has venido durante la semana?

—Sí, cené con un compañero; bueno, no es exactamente un compañero, pero trabaja con nosotros en un caso.

Uno de los principales temas de conversación de las comidas de los sábados eran las conquistas de Heather de la semana, así que Debra no dudó en preguntar:

—¿Y cómo era?

—Bueno, nadie, solo un compañero. Alto, rubio.

—Alto, rubio… Sigue, mujer, Rania y yo queremos más, ¿a que sí, Rania?

Esta asintió sonriendo.

—No tiene importancia. —Obviamente Heather estaba incómoda, pero finalmente pensó que sería aún más extraño no hablar de él que hacerlo, así que se lanzó—: La verdad es que está buenísimo. Y es un caballero, pero de esos de verdad, de los que te aparta la silla para que te sientes de manera natural.

—¿Y cómo es que vinisteis aquí?

—Porque estábamos trabajando muy cerca, en sus oficinas, que están en Madison y la 57. Se nos hizo tarde y me propuso acercarnos al Nello. Imaginaros a Luca, pensando que
había venido con un ligue, y yo con mis gastados *jeans* de cada
día y con la pipa bajo la chaqueta.

Rania desconocía a qué se dedicaba Heather, no se lo había
preguntado nunca a Debra y tampoco entendió lo de la «pipa»,
pero al ver que las amigas sonreían ella también lo hizo. Estaba
feliz en compañía de aquellas dos chicas. Se fijaba en Heather
mientras esta les contaba su cena. No era la típica americana de
facciones perfectas; de hecho tenía la nariz algo más perfilada
de lo deseable, pero en ella quedaba bien. Tenía tanta personalidad y la veía tan libre de todo prejuicio que le fascinaba escucharla.

—Pues bien —prosiguió Heather lanzada—, era ya tarde,
no quedaba nadie en el local, la conversación transcurría muy
seria, llevábamos horas juntos sin hacer ni una sola broma,
ya sabes que cuando trabajo no puedo bajar la guardia y menos
con los hombres, pero… llegó un momento en que no pude evitarlo. Mientras me estaba describiendo la personalidad de uno de
los investigados le interrumpí preguntándole: «Y tú ¿cómo eres?
Es que ya son casi las doce de la noche y hay que desconectar
un poco…».

—¿Qué te contestó? —preguntó intrigada Debra.

—Nada. Se quedó callado mirándome, tímido de repente.

—No me extraña —apuntó Rania.

—Decidí contestar yo por él; le dije: «Bueno, ya veo que
eres un caballero». Él sonrió. Le noté algo ruborizado, sobre todo por el gesto, porque tiene un tono de piel bronquea-
do natural muy bonito que hace imposible descubrir si está
sonrojado.

—¿Y entonces?

—Nada más, añadí que era mejor que nos fuéramos a nuestras casas a descansar. Chicas, para ser sincera, me lo habría comido enterito.

Se rieron las tres por el tono y la cara de ansiedad con que Heather acompañó esa afirmación.

En medio de la conversación, Rania recordó cuando en Jericó Yasmin se escandalizaba porque ella le decía cuánto amaba a su hermano, y se preguntaba: «¿Qué cara pondría Yasmin si oyera que aquí en Nueva York las mujeres hablaban de comerse a los hombres?». En el fondo le encantaba que fuera así, era muy divertido.

—¿Cómo se llama? —preguntó Debra.

—David —respondió Heather—, David Ackermann.

Rania no reconoció el apellido; la única vez que lo había oído pronunciar ella estaba casi moribunda en un hospital de Jerusalén, y mucho menos podía imaginar que ese Ackermann era el mismo hombre que le había salvado la vida hacía unos meses en un inhóspito descampado de Jericó.

Heather se dio cuenta de que estaba hablando demasiado, así que, bruscamente, se dirigió a Rania y le preguntó:

—Y tú, Rania, ¿no sales con nadie?

—No —contestó.

—Porque no quiere —apuntó Debra—. Es la sensación del canal, todos los tíos andan merodeando detrás de ella.

—Llevo muy poco tiempo en esta ciudad, no sé cómo piensa la gente, no sé cómo se toman las relaciones los hombres —explicó Rania, tratando de maquillar la verdadera razón por la que nunca aceptaba ninguna cita: su total desinterés por los hombres.

—Pues aquí supongo que se comportan como en todos lados, van de falda en falda hasta que caen enamoraditos; Max es un buen ejemplo —dijo Heather, y todas rieron—. Las que me da que se comportan de un modo muy distinto a como lo hacen en otros lugares del mundo son las mujeres.

—¿Por qué? —preguntó Rania.

—Mira, para empezar, en Nueva York hay más mujeres que hombres, porque muchas vienen de todas partes de Estados Unidos y del mundo en busca de oportunidades, que esta ciudad es cierto que las da, como a ti, por ejemplo. Pero además se vive con un sentido de la inmediatez que hace que nos preocupemos por el momento, no tanto por el futuro. La mayoría no esperan formar una familia aquí. Nueva York para muchas es una etapa para vivir desinhibida, siempre quedará tiempo para los maridos y los hijos. Tú deberías hacer lo mismo, dejar tus ideas, sean cuales sean, por ahí aparcadas.

—Pero yo no soy de aquí —dijo Rania, muy atenta a lo que decía Heather.

—Rania, cariño, de Nueva York no se es, en Nueva York se está.

Aquellas palabras que, con profundo convencimiento, dejó caer Heather la impactaron, algo le decía por dentro que tenía razón. Debía amoldarse al lugar en el que vivía. Algún día debería dar ese paso y empezar a vivir como una mujer liberada. El pasado, pasado era; solo convenía olvidarlo. No tenía ninguna atadura, ni siquiera religiosa; desde que aquello sucedió había perdido toda fe. Era una mujer libre, pero no se sentía capaz de dar un paso semejante con ningún hombre. Hasta entonces había rehusado las invitaciones de sus compañeros de la productora. Todavía estaba confusa, encontraba muy atractivos a muchos de los que trabajaban en su entorno, pero lo sentía fríamente. Además, la manera de vivir de esa ciudad le daba vértigo, todo eso de pensar solo en el presente era lo contrario a lo que su educación le había inculcado: las cosas se disfrutaban más dedicándoles su tiempo. Esas relaciones de una noche, que tan frecuentemente se daban en esa ciudad, le parecía que no tenían ningún sentido. Pensaba que quizá algún día llegaría el momento en que sentiría de nuevo atracción por alguien, pero si no ocurría…, pues tampoco pasaría nada: viviría muchos años allí y cuando llegara a una edad madura, se retiraría a su Jericó; allí siempre estaría Yasmin.

Capítulo 63

Pancho Guzmán Medina, también conocido como «Guzmán *el Ácido*», estaba satisfecho tras la conversación que acababa de mantener desde su móvil.

Se encontraba en un lúgubre semisótano al norte del Meatpacking District que hasta no hacía muchos años era utilizado como frigorífico industrial para el almacenamiento de grandes piezas de vacuno destinadas al antiguo mercado de carne de la ciudad. Cuando uno se acostumbra a vivir con la adrenalina a flor de piel, se hace muy difícil retirarse temporalmente a ver pasar los días y las noches sin emociones intensas; es por ello que, aunque el encargo que le habían encomendado era algo distinto a sus trabajos habituales, el hecho de volver a la acción le producía gran excitación. Tenía poco tiempo y se encontraba fuera de su campo de actuación habitual, debía planificarlo todo muy bien, así que inició los preparativos sin más dilación.

Pancho Guzmán Medina apenas conocía a nadie en la ciudad y desde que llegó a Manhattan evitaba relacionarse con ningún ser humano. Aquel espacio habilitado toscamente como estudio para su residencia temporal era el lugar en el que pasaba la mayor parte del tiempo. Solo lo abandonaba para hacer pequeñas compras de alimentos y algunas noches para salir en busca de prostitutas.

El lugar tenía una primera estancia amplia, de unos treinta metros cuadrados, restaurada austeramente a modo de *loft*. En medio de ella, un viejo tresillo de pana gruesa marrón oscuro, más desgastado por el paso del tiempo que por su uso, escoltado por dos sofás individuales que intentaban con muy poco éxito dar un aire de salón de vivienda a aquel destartalado e inhóspito lugar. Arrinconada contra una pared, una antigua mesa de comedor de casi dos metros de largo y hecha con madera de roble reivindicaba con su elegante forma otro tiempo y otros lugares. Sobre ella reposaba un ordenador y una impresora, además de recortes de noticias de periódicos y papeles desordenados, algunos en blanco. En el lado opuesto había una pequeña cocina incorporada artificialmente a la estancia. En una de las esquinas de aquella desagradable y oscura dependencia había una cama, siempre deshecha. En la pared adosada a la fachada del edificio, dos estrechos y alargados ventanales permitían observar los pies y el paso de los viandantes por la calle, solo como sombras porque, dada la discreción que requería la presencia del morador, sus cristales estaban tintados. Una puerta abierta sobre una pared de plafón daba paso a la siguiente habitación, también amplia. Seguramente en el pasado esa zona fue utilizada de antesala para almacenar bastidores de madera y hierro cargados con grandes piezas de carne congelada. Ahora había sido reconvertida en lavabo, con su *toilette* y ducha de pie. Casi en el centro de la estancia una gran bañera blanca producía un efecto estrambótico. En su interior había unos dos dedos de un líquido de tono amarillento.

Un metro más allá, un cable colgaba del techo de la estancia como si fuera la estalactita de una cueva. En la pared frente a la puerta de entrada de la habitación una gruesa puerta metálica corredera de medio metro de ancho sellaba el paso hacia una cámara frigorífica industrial todavía en funcionamiento. Tirando del cable hacia abajo se abría con contundencia y, al hacerlo, toda la estancia se llenaba de ese vapor frío condensado que producía la diferencia de temperatura entre los menos treinta grados centígrados de dentro de la cámara y los más de veinte del baño.

Toda la luz de aquel inhóspito refugio provenía de bombillas desnudas colgadas de hilos de electricidad que surgían de los techos.

Pancho Guzmán Medina era conocido en su tierra natal como Guzmán *el Ácido* porque su especialidad consistía en vestir a sus víctimas con una chaqueta de tela tejana rociada con gasolina, que a continuación prendía para quitársela tras unos segundos. Suficiente tiempo para que, al hacerlo, la chaqueta se llevara pegada buena parte de la piel de sus víctimas. Inmediatamente colgaba a estas con una cuerda pasada por una polea. Las amarraba con un lazo atado por debajo de las axilas y las iba bajando para hundirlas lentamente en grandes barriles de ácido. Una mezcla de ácido clorhídrico con agua. Cuando había introducido sus piernas hasta las rodillas, tiraba del mecanismo de la polea hacia arriba para sacarlas del barril con sus pies y parte de las extremidades ya comidas por el efecto del líquido corrosivo. De las rodillas hacia abajo apenas les colgaban trozos de hueso y carne quemada. Si el sujeto se desmayaba por el dolor, procuraba reanimarlo echándole agua muy fría o también inyectando un estimulante resultado de la mezcla de varios compuestos, entre ellos una alta dosis de nicotina. Para finalizar su sádica y espeluznante liturgia, grababa con un hierro candente sus iniciales, GM, en el torso ya sin piel del desdichado, solo por el placer de percibir el olor a carne quemada con su marca. Luego los acababa de introducir lentamente en el barril de ácido, hasta que quedaban prácticamente desintegrados. Un miembro de su banda sacaba y enterraba en cal viva los restos de huesos que quedaban en el barril tras la macabra ceremonia. Si la víctima era una mujer, antes de iniciar el trabajo la violaban y sometían a todo tipo de vejaciones sexuales tanto él como su cuadrilla. En ocasiones grababa en vídeo sus ceremonias para luego colgarlas en Internet; cuando lo hacía utilizaba una capucha negra. No obstante, no le gustaba cubrirse con nada porque prefería que sus aterrorizadas víctimas le vieran la cara en todo momento. Él disfrutaba observando cómo, horrorizadas, le rogaban una clemencia que nunca llegaba.

Siguiendo este método había asesinado a decenas de personas en ranchos del noroeste de México cercanos a Tijuana. La mayoría de ellos, rivales de otros cárteles, pero también individuos secuestrados, comerciantes que se negaban a pagar chantajes y muchas mujeres muy jóvenes que trabajaban en las maquilas y a las que sometía a estas torturas por iniciativa propia, solo para divertirse un rato.

Guzmán *el Ácido* era el sicario más sádico de uno de los grandes cárteles de la droga de México, que, ante la presión de los federales de ese país, sus jefes habían apartado de la circulación temporalmente, instalándole en Nueva York. Tenía el cabello negro intenso, aunque en algunas zonas parecía gris marengo por el efecto de las canas, y un nutrido bigote blanco. Lo que hacía inconfundible su aspecto era su piel afectada por vitíligo, una enfermedad degenerativa en la que los melanocitos, células responsables de la pigmentación de la piel, mueren, dejando de producir melanina. El resultado eran unas manchas blancas en su rostro y manos que contrastaban con la piel oscura de las zonas en las que todavía no se había extendido la enfermedad.

Era un tipo de baja estatura pero muy corpulento, aunque con un exceso evidente de peso. Su mano derecha había sufrido el efecto de su propio ácido cuando, en una de sus ceremonias, se enganchó una pierna de la víctima en el borde del barril. Él, molesto con aquel fallo técnico, levantó el muñón de lo que le quedaba de pierna a aquel desgraciado colgado de la polea y lo hundió con sus propias manos en el barril de ácido. Lo hizo con tal ímpetu que introdujo sus dedos meñique y anular de la mano derecha en aquella sustancia. Le quedaron totalmente deformados. Fue tal la ira que le invadió que ordenó que sacaran a aquel desgraciado inmediatamente del barril y, todavía vivo, lo acabó de rematar él mismo pisándole la cabeza con el tacón de sus recias botas camperas mientras gritaba y le insultaba como un poseso.

Cuando sus jefes le propusieron su retiro temporal de unos meses, le prometieron que de tanto en tanto le llegarían algunos trabajos para mantenerlo distraído. Su cártel estaba conectado con una red de asesinos profesionales a sueldo que actuaba en Estados Unidos. En la llamada que acababa de recibir le ofrecían tres mil dólares por asesinar a alguien. Guzmán *el Ácido* lo aceptó con entusiasmo porque ese retiro forzoso le tenía muy aburrido. Había cruzado la frontera a través de uno de los muchos túneles que los narcos utilizan solo para pasar droga, así que oficialmente no existía en el país. Era la persona ideal para cometer un asesinato por encargo.

Para él suponía todo un reto porque se encontraba en una ciudad que no conocía. El enlace que le hizo el encargo, además de facilitarle datos sobre la víctima, como dónde trabajaba y dónde vivía, le avisó de que recibiría por *email* una información muy valiosa que le ayudaría a planificar la acción.

Cuando unos días después recibió un *email* de un remitente desconocido y sin asunto se imaginó de qué se trataba. Al abrirlo observó que no había texto alguno, solo un archivo anexo. Lo seleccionó y apareció en la pantalla una ventana con los controles para visualizar un vídeo. Puso el cursor sobre el icono de *play,* pero la imagen que surgió era negra, solo una fina línea verde dibujaba un gráfico. Al principio se quedó desconcertado, parecía un vídeo que no se podía reproducir por falta de algún lector adecuado, pero enseguida escuchó una conversación. No había duda alguna: su enlace le estaba enviando grabaciones de llamadas de teléfono hechas desde el móvil de la víctima. Aquello le pareció fantástico, muy profesional, se sorprendió de los sofisticados medios de los que disponían sus clientes y que a él le facilitarían en gran medida su planificación. Guzmán *el Ácido* hablaba inglés porque creció y vivió en la frontera, pasaba continuamente al lado de los gringos, así que podía entender las grabaciones lo suficiente para poder apreciar en ellas revelaciones y detalles. Escuchando las cintas pudo planificar cuándo actuaría; todo estaba previsto, a la víctima le quedaban pocos días de vida.

Capítulo 64

Cuando Ackermann decidió volver a Nueva York, en parte defraudado por los acontecimientos vividos en Israel, se planteó diversas opciones. La primera, y quizá más lógica, era reanudar su carrera profesional en el mundo de las finanzas. A sus treinta y cuatro años todavía estaba a tiempo de hacerlo, conservaba intactos muchos de los contactos de su exitosa etapa en Goldstein Investment Bank y una excelente reputación entre sus excompañeros.

Sin embargo, los cinco años pasados en el ejército le habían servido para reafirmar algunos de los valores militares con los que él se sentía tan identificado desde que realizara sus estudios en la academia militar de West Point, tales como el sentido de la lealtad, la disciplina y el compañerismo. En Wall Street la posibilidad de encontrar algo así era tan alta como la de toparse con alguien tomando el sol en Central Park a las tres de la madrugada. Es verdad que esa opción de trabajo le traería dinero en abundancia, pero si el dinero no había sido en el pasado su *leit motiv,* tampoco lo iba a ser ahora. Tras esos duros años en misiones militares, en los que había sentido tan de cerca la levedad de la vida, sentía aún más desapego por lo material. Por todo ello descartó la opción de volver a trabajar en el sector financiero.

A instancias de un conocido, se dio de alta en las redes sociales especializadas en el ámbito profesional, sin saber muy bien para qué podría servir aquello. Pero muy pronto vio los resultados, cuando recibió un mensaje en su cuenta de la red Linkedin. Se trataba de Jack Ross, un excompañero y buen amigo y camarada de la academia militar. Ross había fundado y dirigía con mucho éxito una empresa de detectives e investigación. Trabajaban en una amplia diversidad de casos: delitos graves, como asesinatos no resueltos en los que los parientes de las víctimas, ante la ineficacia de la Policía, decidían contratarles; casos de espionaje entre empresas; asuntos menores de seguimiento de personas, etcétera. Con un equipo de treinta empleados, se habían ganado una muy buena reputación en la ciudad; algunos de sus detectives eran exmiembros de la Policía acostumbrados a trabajar en esos casos, pero desde el sector público. Jack Ross era muy consciente de la gran oportunidad para su empresa que suponía ofrecer servicios de investigación dirigidos al sector de las finanzas. Las autoridades, quizá por la fuerte presión de los *lobbys* financieros de Washington, no habían puesto mucha intensidad en la persecución de delitos en ese sector. Pero tras la gran crisis financiera de 2008 todos los ojos se habían centrado en la banca, así que a los políticos, y a los fiscales aspirantes a desarrollar carrera en ese ámbito, ya les resultaba más rentable en términos de votos erigirse en perseguidores de los codiciosos banqueros que recibir sus donaciones. Pero Ross sabía que para resolver casos en ese mundo financiero se requería conocer muy bien cómo funcionaban por dentro los mercados y las muy diversas instituciones que operaban en él. Se necesitaba contar con gente que realmente fuera experta en esa materia. Sin embargo, como era lógico, tales expertos no tenían ningún interés en abandonar su sector. Cuando Ross descubrió a través de Linkedin que su amigo y excompañero David Ackermann había regresado de Israel, se le abrieron los ojos.

Tardaron muy poco en ponerse de acuerdo; los vínculos que se generan en la academia militar son fraternales, por lo que fue un encuentro entre camaradas, dos muy buenos amigos, cuyas vidas se volvían a juntar, y el encaje profesional era perfecto. Ross podría abrir la línea de investigación especializada en finanzas que tanto anhelaba y Ackermann la dirigiría aprovechando su amplio conocimiento del sector y su formación. Ross, entusiasmado, ofreció a su amigo que se uniera a él como socio, incluso insistió en cambiar el nombre de la firma de Ross & Co. a Ross & Ackermann, como deferencia a su persona y, comercialmente, como una manera de dar más relevancia a sus nuevos servicios. Seis meses después se podía afirmar que la asociación estaba dando muy buenos resultados. Tenían permanentemente casos en cartera. Ante su sorpresa, el devenir de los acontecimientos demostró que varios de los clientes de esta nueva línea de investigación eran los propios bancos de Wall Street. Les contrataban en investigaciones secretas para identificar presuntas prácticas fraudulentas de sus empleados o de la competencia. Eran casos interesantes pero algo repetitivos y de trascendencia limitada; por ello, cuando Ackermann recibió la llamada de Carol Sintell, la directora de Supervisión de Instituciones Financieras de la FED de Nueva York, se congratuló. Por fin el cliente iba a ser una entidad pública que les contrataba para que trabajaran junto al FBI. Sin duda aquel asunto de STAR I era para Ackermann el reto más importante al que se enfrentaba desde su asociación a Ross & Ackermann.

Trabajar con el FBI resultaba muy interesante, aportaba muchísimas posibilidades a la investigación. Y por si esto no fuera bastante, la agente especial asignada al caso, Heather Brooks, era realmente «muy especial». A Ackermann le parecía muy inteligente y bien preparada, tenía cierto conocimiento del sector financiero por su formación y por sus relaciones en la ciudad. Además le impactaba su gran capacidad de trabajo. Al igual que para él, el final de una jornada no existía en su vocabulario; ambos se iban a casa tras horas de investigación y a los treinta minutos ella ya le estaba enviando *emails* con ideas o algún pequeño avance.

Era una mujer muy atractiva y con mucha iniciativa, pura neoyorquina. Pasaban tantas horas juntos que, en ocasiones, se generaban situaciones algo delicadas donde la frontera entre lo laboral y lo personal se difuminaba. Como cuando aquella noche en el restaurante Nello y tras horas de conversación sobre el caso, ella le preguntó de pronto cómo era él. O el día en que, trabajando frente a la pantalla de un ordenador, Heather le tomó y apartó ligeramente la mano para poder ver mejor la pantalla y se la sostuvo unos segundos más de lo necesario. En esos momentos Ackermann, que estaba soltero y sin compromiso alguno, debía hacer un esfuerzo para mantener fría la cabeza; además, tenía el acertado presentimiento de que a ella él la atraía. A la postre aquello era un incentivo añadido al caso en el que estaba trabajando.

Cuando ese domingo, en una reunión con un excompañero de la banca de inversión, recibió la información de que Arito Murakami había dimitido como jefe de inversiones de STAR I, experimentó una subida de adrenalina. No importó que fuera domingo, de inmediato llamó a Heather.

—Heather, ¿te interrumpo?

—No, en absoluto, estaba intentando poner algo de orden en mi piso. Dime.

—Tengo una interesante noticia: el director de inversiones de STAR I dimitió hace una semana.

—¿Y tan relevante es eso?

—Sí —afirmó con contundencia Ackermann—. ¿Por qué un prestigioso director de inversiones de un *hedge fund* de éxito dimitiría cuando está consiguiendo excelentes resultados?

—Sí, tienes razón, es algo extraño.

—A través de un conocido de ambos voy a concertar una entrevista con él.

—Excelente, David. —Y añadió—: Ahora... ¿puedo seguir poniendo la lavadora? O se me ocurre que quizá quieras venir a casa a ayudarme a hacerlo.

La verdad es que a Ackermann le habría encantado verla; ya se había acostumbrado a ella y Heather creaba adicción.

—Muchas gracias por la invitación, pero creo que me quedaré a seguir la NBA —contestó a su pesar.

—OK, tú te lo pierdes —concluyó ella al tiempo que colgaba el teléfono.

Capítulo 65

Max empleó más tiempo de la mañana del miércoles en cerrar los preparativos de la inminente fiesta que en trabajar. Seguía de reojo la evolución de las bolsas desde sus pantallas, pero en cualquier caso los mercados estaban sosegados. STAR I tenía parte de sus recursos propios invertidos en una cesta de fondos de acciones comprados a precios muy bajos aprovechando las recientes caídas y las posiciones a la baja concentradas en la multimillonaria inversión en United Kingdom Petroleum. Desde que alquilaron acciones de esa compañía por un importe de quinientos millones de dólares y las vendieron no había habido grandes oscilaciones en el mercado, solo ligeras subidas. Aunque la posición le inquietaba, Max prefería no pensarlo. Ahora era el momento de celebrar los éxitos conseguidos hasta la fecha. Su inseparable amigo Checo le ayudaba en todos los detalles; ya solo quedaban dos días para la que iba a ser la fiesta del año en Manhattan. Dada la cantidad de famosos de la sociedad neoyorquina que habían confirmado su asistencia, era manifiesto que iba a tener una amplia cobertura en todos los medios de comunicación dedicados a los eventos sociales de la ciudad.

Se había generado una gran expectación ante el evento. ¿Quién quería perderse aquel gran festejo organizado por Max Bogart y su íntimo y famoso amigo Checo?

El lugar elegido para la celebración era el club más de moda de la ciudad: el Boom Boom Room. El presupuesto inicial acordado para la fiesta ascendía a muchas decenas de miles de dólares. La partida más importante era la destinada a alcohol, dado que las botellas que figuraban en la minuta del club no bajaban de los seiscientos dólares y Max había decidido que la fiesta sería con barra libre toda la noche. Calculaban que podrían consumirse hasta doscientas botellas. Para organizar la fiesta habían contratado a la mejor relaciones públicas de la ciudad; ella se encargaba de controlar la lista final de asistentes, acordar la música con el discjockey, decidir el pequeño cáterin que ofrecerían a los asistentes, etcétera. El local, ubicado en el Standard Hotel de Washington Street, estaba muy de moda, y su decoración era sofisticada y exquisita.

Hacia las dos de la tarde algo llamó la atención de Max en los teletipos de su pantalla de Bloomberg:

> Última hora: la empresa United Kingdom Petroleum comunica un accidente en una de sus perforaciones submarinas en el golfo de México que ha producido una considerable fuga de petróleo.

Inmediatamente interrumpió todo lo que estaba haciendo y entró en *Confinancial.com,* que era sin duda el portal de noticias financieras mejor informado. Al abrirlo desde su carpeta de Favoritos, en la portada pudo leer unos grandes titulares:

Masiva fuga de petróleo. La empresa petrolera United Kingdom Petroleum (UKP) ha reconocido que el accidente se produjo por una explosión en una de sus plataformas denominada
Reachwater; la fuga posterior de crudo podría tener muy graves consecuencias para el entorno. En este momento se estima
que la cuantía del escape equivale a unos cuatro mil barriles de
crudo al día. La superficie de la mancha ocupa unos cien kilómetros cuadrados. Sin embargo, organizaciones ecologistas
estiman que podría aumentar hasta diez veces más. Estas organizaciones, al igual que medios de comunicación procedentes de todo el mundo, han presentado una queja formal ante
las autoridades por las férreas medidas de seguridad que se han
impuesto en torno al accidente, que les están dificultando seriamente sus investigaciones.

Max leía perplejo la noticia, que acababa con un detalle
bastante más inquietante:

Las mayores críticas se han volcado sobre la compañía, porque
parece ser que ha estado ocultando durante unos días el accidente, quizá con la connivencia de las autoridades, a la espera de poder subsanarlo. Al no ser capaces de controlar la fuga
se han visto obligados a darla a conocer. Es todavía muy pronto para establecer posibles responsabilidades, pero con seguridad la compañía deberá hacer frente a indemnizaciones billo-
narias, ante lo cual, desde que se ha hecho pública la noticia,
las acciones de UKP han caído más de un diez por ciento en su
cotización…

Se quedó atónito. Ahora entendía el porqué de la insistencia de Larry Coach una semana antes para que STAR I apos-
tara tanto dinero a la bajada de las acciones de UKP. «Parker

y Larry conocían la existencia del escape desde el primer día», se dijo.

Todo había sido sospechoso desde el comienzo, con esas arriesgadas recomendaciones de la misteriosa Alpha Analytics. Cuando cayeron las cotizaciones de los bancos europeos, haciendo que STAR I acertara con su apuesta de inversión a corto, a Max ya le pareció sorprendente, pero aquello ocurrió por diversas circunstancias: rumores sobre las mayores exigencias que el regulador les iba a imponer, unido a las noticias al respecto aparecidas en diarios digitales supuestamente independientes. Luego llegó la apuesta a la baja por parte de su competidor Skyrock alquilando y vendiendo masivamente acciones de todo el sector bancario europeo, es decir, copiando su estrategia; y finalmente, las advertencias de las agencias de calificación sobre una rebaja de las valoraciones de todo el sector en Europa, que acabó por generar ventas masivas de todos los tenedores de esas acciones.

Pero sobre aquella operación, aun suscitando sospechas, era muy difícil de creer, y más aún de demostrar, que hubiera un cerebro inductor único detrás. Max prefirió mirar para otro lado y beneficiarse de los sustanciosos bonus que le corresponderían. Apostar a la caída de las cotizaciones de la petrolera UKP en plena tensión del comercio internacional de crudo no tenía ningún sentido, salvo que alguien supiera que la compañía había sufrido un grave accidente que le iba a costar miles de millones de dólares en pérdidas por las indemnizaciones. Las acciones de UKP habían perdido ya un diez por ciento, eso significaba que STAR I podía recomprar las acciones que debía devolver pagando cuatrocientos cincuenta millones de dólares y embolsarse un margen de cincuenta millones de dólares, a sumar a los sesenta ganados con las apuestas anteriores. En total, ciento diez millones en apenas seis meses. Desde el punto de vista financiero era una jugada maestra y muy tentadora, su bonus se dispararía al doble, pero...

Aquello era demasiado, claramente manejaban información privilegiada, estaban conectados a entes públicos, reguladores, políticos, otros grandes financieros, y su red de información y su capacidad de influir en los mercados eran máximas. Conocían movimientos de los mercados, decisiones de gobiernos e incluso sucesos imprevistos antes que nadie. Él no era más que una pieza en aquel engranaje. Compraban su complicidad a cambio de dinero a espuertas, pero él sería el primer responsable de todo si hubiera alguna investigación. Se desesperó. Su primer impulso fue llamar directamente a Parker, pero prefirió esperar: al día siguiente tenía concertada una comida con él; allí se lo plantearía, cara a cara.

Capítulo 66

El Swiss Hotel tenía cinco estrellas y una localización excelente en Park Avenue, con entrada por esa avenida y también por la Calle 56. Su decoración era de un interiorismo clásico, sin grandes pretensiones pero muy cómodo. El lugar perfecto para un desayuno de trabajo. Además estaba a la vuelta de la esquina de las oficinas de Ross & Ackermann, y era por ello que Ackermann siempre lo proponía como lugar de encuentro. Esta vez la reunión sería un desayuno. Llegó quince minutos antes de las ocho de la mañana, la hora acordada. No había sido fácil concertar la entrevista: la excusa que Ackermann adujo para convencer a Arito en su llamada telefónica fue que la Universidad de Nueva York estaba realizando una investigación sobre la influencia de las medidas de los reguladores sobre los modelos predictivos. Le dijo que tenían gran interés en conocerle porque estaba considerado el mayor experto en ese tipo de modelaciones matemáticas financieras. Finalmente Arito accedió, dado que no tenía ningún plan para ese jueves; desde que dimitiera de STAR I ya le habían contactado varios *headhunters,* pero todavía no había llegado a un acuerdo con ningún banco para volver a trabajar.

Sin embargo, nada ocurrió como había planificado. Para empezar, Arito llegó al lugar con bastante antelación, a las siete y media de la mañana. Aunque Ackermann le había llamado presentándose de parte de un conocido común, esa historia del estudio de la Universidad de Nueva York no le había convencido del todo. Quería ver el aspecto de ese tipo antes de decidir si se acercaba o no a la mesa. Se instaló en el bar del hotel, desde cuya barra podía observar perfectamente las mesas preparadas para el desayuno. Cuando Ackermann apareció y tomó asiento, Arito le asoció al instante a la descripción que le había hecho por teléfono de sí mismo. Esperó pacientemente a que fuera la hora de la cita hojeando el *Wall Street Journal* entre fugaces miradas a David. Pronto llamó su atención la noticia que abría la portada:

Las acciones de UKP se derrumban en la Bolsa a causa del accidente de una de sus plataformas en el golfo de México.

Ya conocía el escape masivo de crudo que había sufrido UKP porque la noticia había abierto todos los noticiarios, pero al leerla detenidamente se reafirmó en sus sospechas. Para Arito aquella forma de actuar era realmente escandalosa. Obviamente las recomendaciones de Alpha Analytics a STAR I estaban basadas en información privilegiada; se alegraba de haber dimitido, no quería formar parte de algo así.

Cinco minutos antes de las ocho apareció Heather. Para la ocasión, al tratarse de un desayuno en un hotel de cinco estrellas, había abandonado sus ajustados *jeans* y llevaba una discreta falda lápiz con chaqueta color pálido y debajo una blusa blanca con el cuello exageradamente largo. Arito no acertó a verle la cara porque se sentó frente a Ackermann, dándole la espalda, con su bonito cabello castaño cortado escalonado. Pero como Ackermann le había avisado de que acudiría con su *assistant,* no le dio mayor importancia y se dispuso a acercarse a la mesa. Recorrió los quince metros que le separaban de ella y preguntó:

—Hola, ¿es usted David Ackermann?

—Sí. —Se levantó rápidamente para estrecharle la mano.

—Soy Murakami —dijo Arito.

Heather sabía que el exdirector de STAR I se llamaba Murakami, pero no podía imaginar que… Al levantarse para presentarse se reconocieron y ambos quedaron atónitos.

—Pero ¿tú no eres Heather, la amiga de Checo? —preguntó Arito.

Dudó por un momento, pero no le quedó más remedio que reconocerlo. Aquel matemático debía de tener una memoria descomunal. «Como para intentar engañarle…», pensó. Y se apresuró a contestar:

—Sí, soy yo.

—No sabía que trabajaras en finanzas —siguió indagando Arito desconfiado.

Heather no supo qué contestar, todavía impactada por la sorpresa. David no entendía nada. ¿Arito y Heather se conocían? ¿Quién era ese tal Checo? Estaba desconcertado. Miró a Heather severamente como pidiéndole con la vista explicaciones a lo que estaba ocurriendo. Pero no era el momento propicio, así que, ante el silencio que se había generado, tomó de inmediato la iniciativa de la conversación.

Ya no tenía ningún sentido seguir fingiendo.

—Estamos realizando una investigación sobre posibles prácticas fraudulentas llevadas a cabo desde STAR I, el *hedge fund* para el que trabajabas hasta hace muy poco, y sus socios de Goldstein. Necesitamos tu colaboración. —Ante la atenta mirada de Arito prosiguió—: Como te podrás imaginar, no nos ha contratado la Universidad de Nueva York, eso fue solo un pretexto para que accedieras a la entrevista; lo siento, pero tuve que inventarme una excusa, no te podía decir todo esto por teléfono. Yo trabajo para Ross & Ackermann, empresa de investigación privada; nos ha contratado la FED —añadió intentando que su tono fuera conciliador.

Pese a que a Arito no le sorprendió la investigación se quedó muy inquieto y mirando a Heather preguntó:

—¿Y tú?

Esta le contestó muy rápido:

—FBI.

La sorpresa para Arito fue mayúscula. Aquella atractiva joven que se había liado con Checo, el amigo de Max, pertenecía al FBI. La situación le superaba.

Todos habían pedido fruta para empezar. Un camarero elegantemente uniformado se acercó con las cartas y un sonriente «buenos días», pero los tres rehusaron pedir nada más, solo zumos y café. Hasta el buen hombre advirtió cierta tensión en la mesa.

Cuando Ackermann le hizo la primera pregunta directa sobre STAR I, Arito se quedó callado durante unos segundos, intentando superar su desconcierto.

Ackermann, que no las tenía todas consigo, miró a Heather. A ella Arito le caía muy bien, le parecía un buen tipo que quizá se había metido en un lío sin quererlo. Se dio cuenta de que lo estaba pasando mal, así que recapituló para darle algo más de tiempo para reponerse.

—Como te decía Ackermann —ella jamás se dirigía ni refería a él como David en presencia de otros—, trabajamos para un caso de posible fraude por tráfico de información privilegiada de STAR I y su fundador, Goldstein Investment Bank.

No estamos acusando a nadie de nada, simplemente necesitamos que nos informes sobre tu experiencia en la compañía.

Viendo que Arito, tras beber un sorbo de agua, parecía algo más tranquilo, Ackermann, que trataba de disimular su enfado con ella, para no acabar de mandar al traste toda la entrevista hizo una pregunta sobre los procesos de STAR I:

—¿Cómo se tomaban las decisiones de inversión?

Arito, como era lógico, se puso a la defensiva y contestó con evasivas. Les dijo que seguían el proceso de inversión habitual de un *hedge fund,* que se reunían todos los viernes en el comité de inversiones.

—Pero ¿las decisiones de inversión se tomaban allí? —inquirió Ackermann, poniéndole en un compromiso.

—Miren, tengo que dejarles; lo siento, se me hace tarde, no les puedo decir nada más al respecto —balbuceó nervioso Arito al tiempo que se levantaba.

—Está bien —dijo Heather—, pero te rogaríamos que mantuvieras esta conversación en secreto.

—No sería nada bueno que el mercado se enterara de que estamos investigando —acabó la frase Ackermann.

Arito se encontraba muy nervioso, además de completamente seguro de que STAR I, Alpha Analytics y algunos tipos de Goldstein estaban actuando ilegalmente; por eso había renunciado a su puesto. Él no había hecho nada malo, sino más bien lo contrario: en cuanto tuvo las primeras sospechas investigó a Alpha Analytics e incluso descubrió que era una compañía fantasma, pero aun así todo aquello le podía salpicar; había sido durante todo ese tiempo el jefe de inversiones de STAR I, aunque las decisiones no las hubiera tomado él.

Cuando Heather y Ackermann se quedaron solos no hizo falta que él preguntara. Heather tomó la palabra. Le explicó que había conocido a Max en el pasado, que lo había visto en tres o cuatro ocasiones porque salía con su mejor amiga. Ackermann se indignó pese a que ella insistía en que se lo pensaba decir antes o después.

—¿Y también conocías a Murakami? —le espetó irritado—. ¿Qué más me ocultas?

—Te juro que no lo relacionaba con ellos. Lo conocí una noche, la misma que a Max, el novio de mi amiga, pero no tenía ni idea de que él era el director de inversiones de STAR I. Me lo presentaron como Arito. Cuando me llamaste para decirme que nos íbamos a entrevistar con un tal Murakami no podía imaginar que fuera él. Lo siento, tendría que haberme informado en los archivos sobre su persona y al verlo lo habría reconocido.

—¿Y ese tal Checo?

—Bueno, eso es otra historia; pertenece a mi vida privada.

Ackermann se levantó y se marchó sin despedirse; no había nada que le molestara más que la deslealtad. Heather no había actuado con mala intención, por supuesto pensaba darle en algún momento esa información, pero… Ella se quedó sola sentada a la mesa. No se dio cuenta hasta pasados unos largos segundos de que el camarero estaba de nuevo allí preguntándole si deseaba algo más. Ante su negativa con un gesto, este trajo la cuenta, que ascendía a noventa dólares.

A no mucha distancia de allí, sobre las nueve de la mañana, la secretaria de Max entró en su despacho.

—Tienes muy mala cara, Max.

—Sí, he dormido mal. —En realidad no había podido conciliar el sueño; la noticia sobre UKP le tenía sumido en un mar de dudas.

—Por cierto, han llamado de la oficina de Bill Parker.

—¿Qué querían? —preguntó con cierta ansiedad.

—Cancelar la comida. Parece ser que le ha surgido un imprevisto al señor Parker; me dijeron que volverán a llamar para fijar otra fecha más adelante.

Capítulo 67

Al día siguiente, sobre las siete y media de la tarde, Max pasó a recoger a las chicas.

Debra apareció vestida para la ocasión con un glamuroso vestido años veinte firmado por Gucci, en negro, blanco y dorado, confeccionado de seda y lentejuelas con finísimas cadenas brillantes que se movían al compás de sus caderas. Caminaba deslizándose sobre unas altísimas sandalias negras de cuero con aplicaciones de raso.

Rania, por su parte, llevaba un vestido en seda de color negro, con diseño frontal en uve y manga larga. Iba acompañado de un espectacular cinturón joya, todo ello de Gucci. Por supuesto las prendas eran prestadas del amplio guardarropa de Debra. La mirada intensa, resaltada por el *khôl* del *eyeliner*, solo era distraída por los originales y largos pendientes que llevaba puestos. Y, por supuesto, unos altísimos zapatos de Christian Louboutin de diseño clásico en charol negro y con suela roja. Todavía no se movía con total soltura sobre aquellos doce centímetros de tacón, pero, por una vez, le encantaba llevarlos. Estaban realmente muy guapas, una tan rubia y la otra con aquel aspecto tan exótico.

Max, al recibirlas en la puerta de su casa, exclamó:

—*Wow!*, vaya par de bellezas, no sé si el coche estará a la altura de las circunstancias —dijo tratando de hacer una pequeña gracia.

Lo cierto es que el Ferrari FF brillaba, con ese color rojo intenso que con la luz del anochecer se veía espectacular.

—Es precioso —dijo Debra mirando al automóvil que tan poco interés le despertaba.

—Sí, desde luego —añadió Rania, más inquieta por cómo iba a encajar ella allí dentro que por el ostentoso aspecto de aquella arrogante máquina.

Sus temores se hicieron realidad cuando llegó el momento de introducirse en él. Para poder entrar en aquel hueco, primero había que subirse la falda, si no no podría doblar las piernas. Lo que para una chica occidental habría sido un mero trámite, resuelto con un rápido movimiento, para Rania tenía otras implicaciones. Era una más de las frecuentes situaciones que asumían con naturalidad las mujeres de allí y que para ella eran imprevistas pequeñas barreras que colisionaban con su cultura y educación, pero que sabía que tenía que superar.

Dudó, como hacía otras veces ante escenarios parecidos, pero finalmente recordó las palabras de Heather: «De Nueva York no se es, en Nueva York se está…».

Si quería vivir allí debía superar estas pequeñas trabas. Así que, pese a lo indecoroso que suponía enseñar sus bonitas piernas en público aunque los únicos testigos fueran su amiga y su novio, se remangó el vestido hasta la mitad de los muslos y entró en el coche, sentándose en el angosto asiento trasero.

Cuando todos estuvieron ubicados en sus asientos de piel de color beis, Max encendió el motor y aceleró suavemente;

bueno, esa fue su intención, porque al no tener tomada la medida al tacto del pedal, el acelerón fue mucho más intenso de lo adecuado. El estruendo fue alarmante. Rania tuvo la sensación de que se encontraba en medio de la turbina de un avión. A Debra casi le dio algo de la vergüenza ajena y no pudo reprimirse:

—Cariño, ya sabemos que es un Ferrari y seguro que los vecinos también, no es necesario que se lo recuerdes a todo el barrio —dijo al tiempo que giraba la cabeza hacia los asientos de atrás, mordiéndose el labio inferior y negando ligeramente con la cabeza en un gesto de complicidad con su amiga, que le devolvió una sonrisa.

—Disculpa, no lo he hecho adrede; es que todavía no le tengo tomada la medida al pedal del acelerador.

Minutos después llegaron a su destino. El aparcacoches les estaba esperando satisfecho de poder subirse a esa máquina aunque fuera solo para estacionarla. Lo condujo unos pocos metros, dejándolo a la vista de todos en la misma puerta del Standard Hotel, que albergaba el Boom Boom Room, de modo que se pudiera ver desde la entrada; eso daba prestigio al local.

Dentro todo estaba preparado. La relaciones públicas tenía ya en sus manos el último borrador con la lista de invitados. Habían delimitado el espacio dedicado a la fiesta privada con una cuerda roja trenzada como las de las zonas de autoridades en los eventos públicos.

Max, aunque intentaba concentrarse en el momento poniendo en práctica sus recientes prácticas de yoga, muy a su pesar no podía dejar de pensar en la situación que estaba viviendo. La cancelación de la reunión con Parker del día anterior le había alterado aún más el ánimo. La entrevista seguro que no habría cambiado sus fundadas sospechas sobre el acceso a información privilegiada del que estaban haciendo uso desde Alpha Analytics, pero, al menos, esperaba que las palabras de Parker le hubieran tranquilizado. Estaba celebrando públicamente su exitosa gestión de un importante *hedge fund* cuando acababa de confirmar que lo que eran simples inquietudes sobre la forma de actuar de la compañía se habían convertido en certezas de que esta operaba conforme a un modelo repleto de malas prácticas, algunas de las cuales quizá podían constituir delitos. Tenía razones para estar muy intranquilo, pero no quería que se notara, por lo menos en la fiesta; el lunes ya vería qué hacer.

Media hora después el local era un hervidero. Nadie había faltado a la cita.

Las bandejas con champán acompañadas por pequeñas bengalas chispeantes volaban entre las mesas. En las fiestas de Nueva York siempre acostumbra a haber más mujeres que hombres, pero en esta la proporción era exagerada.

—Checo, se te ha ido de las manos —le dijo sarcásticamente Max—. Hay tías por todas partes.

—Joder, es de lo que se trata en una buena fiesta.

—Ya, pero yo estoy acompañado. ¿Qué quieres?, ¿ponerme los dientes largos?

—Bueno, cada cual se arruina la vida como le da la gana —respondió con ironía. Los dos amigos rieron—. Bueno, ya puestos, vente, que te quiero presentar a alguien.

—No sé si… —dijo Max imaginándose de qué se podía tratar.

—Venga, hombre, será solo un momento.

Checo agarró por el brazo a su amigo, que tampoco es que se resistiera mucho, pues para entonces ya se había tomado un par de copas para olvidar sus preocupaciones y estaba totalmente embebido por el bullicio de la fiesta.

Al ver que le conducía hacia el fondo del local, preguntó elevando la voz para hacerse oír entre los latidos de la música de David Getta:

—Pero ¿adónde me llevas?

—Tú sígueme y no preguntes, no me seas pichón —respondió sonriendo Checo.

Llegaron hasta el acceso al servicio de mujeres y Checo empujó la puerta con decisión.

—Hola, ya estamos aquí —se dirigió a dos rubias con aspecto de modelos que, confabuladas con Checo, les estaban esperando. Al verlas, Max pensó que por su manera tan sexi de vestir podrían haber pasado por profesionales.

—Hola, yo soy Eva.

En ese momento entró en el servicio otra invitada de la fiesta, miró a todos y se decidió por entrar en una de las *toilettes,* sin dar mayor importancia a la presencia de Max y Checo, a los que no dudó en sonreír tras reconocerlos.

—Y yo Natasha —se presentó también la segunda rubia sin inmutarse ante la entrada de la invitada, y al hacerlo, se apartaron las dos amigas del borde de la amplia encimera de mármol negro que soportaba los lavabos dejando ver cuatro líneas de polvo blanco, dibujadas con rayas de cocaína perfectamente cortadas.

Cuando las vio, Max se dirigió a Checo:

—No, tío, que desde que cambié de vida ya no…

Este no sabía si su amigo, al decir «desde que cambié de vida», se refería a su trabajo en STAR I, a su relación con Debra… o a ambas circunstancias.

Mientras tanto, una de las exageradamente desinhibidas chicas se introducía por la nariz la primera raya. Al agacharse para hacerlo, su cortísima minifalda de seda azul pálido dejó entrever su perfecto culo separado por un fino tanga de leopardo. Los dos amigos se miraron celebrando el espectáculo de colores y formas y Max, recordando sus no muy lejanos tiempos de soltero, claudicó:

—Bueno, si me lo pedís así… —Todos rieron ruidosamente.

Tomó con dos dedos el tubito de cristal que le pasó aquella chica.

Cuando se incorporó con el tubito en la mano y se lo iba a pasar a Checo, la sexi rubia de la minifalda azul se le acercó sugerente y sin mediar palabra le dio un beso con sus rojos labios descaradamente abiertos. Y entonces ocurrió lo que no estaba previsto…

Capítulo 68

Lo último que podían imaginarse Debra y Rania al cruzar la puerta de aquel baño era encontrarse con aquella escena. El *shock* para ambas fue descomunal. Debra se quedó muda observando como aquella tía se comía literalmente a su novio y anfitrión de la fiesta. Permaneció unos segundos anonadada viendo el espectáculo. Suficientes como para que Checo avisara con un codazo a su amigo y este se separara de la rubia. Lo cierto es que la situación era algo más que violenta. Las dos mujeres vestidas para follar, las rayas de cocaína en la encimera negra, Max besándose con una de ellas... Debra finalmente pudo reaccionar:

—¡Eres un cerdo! —Dio media vuelta y cerró la puerta del baño de un portazo.

Rania se quedó dentro contemplando la escena. No entendía cómo Max, un tipo tan encantador y enamorado, o por lo menos eso parecía, podía estar allí, en el lavabo de mujeres, besando a esa chica. Lo de las rayas encima del mármol imaginó de qué se trataba, porque había leído en varios artículos de revistas que en Nueva York el consumo de cocaína estaba muy extendido, pero verlo en persona y con Max y Checo relacionados con ello la dejó despavorida; finalmente optó por salir también del baño en busca de Debra.

—Joder, mierda, tío, la hemos cagado —sentenció Max, que se apresuró también a salir del lugar detrás de ellas.

Debra se dirigía decidida a la salida para abandonar el lugar cuando se topó con Heather. Esta, al verla tan alterada, le insistió para que se sentara y le contara lo que ocurría. Su amiga estaba desconsolada, llorando y balbuceando palabras de rabia al mismo tiempo.

Rania las encontró allí y se sentó junto a ellas, sin saber bien cómo actuar; se decidió por cogerla de la mano. Rania no podía entenderlo. «Pero si estaban tan enamorados… ¿Cómo puede ser que él estuviera besando a aquella desconocida tan descarada, y, además, en el lavabo de mujeres?», se preguntaba estupefacta.

Habían pasado la tarde en casa arreglándose juntas con tanta ilusión… Precisamente ella, con su curiosidad habitual, la había interrogado dulcemente sobre su amor por Max mientras se maquillaban. Debra al principio se mostró algo reticente a sincerarse —en la cultura anglosajona no era tan frecuente hablar de los sentimientos—, pero finalmente le confesó que estaba muy enamorada, y que a él también le veía feliz con su relación. Recordaba cómo se rio Debra cuando ella le dijo:

—Hacéis una pareja perfecta, no perdáis más el tiempo, os deberíais casar ya.

—Cariño, eso de casarse aquí es más complicado que en tu tierra —le había respondido.

—Más bien será al contrario —dijo Rania.

—¿Qué quieres decir?

—En mi tierra lo difícil es casarse con quien tú quieres; aquí es fácil todo: hacerlo y también divorciarse…

Habían compartido un rato tan agradable… y ahora todo se había estropeado. Adoraba a Debra, y verla sufrir le hacía sufrir a ella misma, sentía angustia en el corazón. Le entraban ganas de llorar también por su amiga.

En ese momento apareció Max, que venía manifiestamente alterado. Heather al verlo venir se puso en pie y le dijo:

—Creo que no es una buena idea.

Max, muy nervioso y afectado por el alcohol y la cocaína, la apartó con un grado de énfasis mayor del debido y se sentó al lado de Debra.

—Debra, disculpa, no es lo que piensas.

Aquello enfureció aún más a la muchacha.

—«No es lo que piensas», ¿eso es todo?, ¿no tienes nada más original que decirme? Eres un cerdo —repitió—. Lo has arruinado todo… ¿Cómo puedes…? Me das asco.

Él le cogió la mano y ella de inmediato se la soltó gritándole:

—¡Déjame en paz!

—Fue una tontería, pero no había nada… Ella me besó justo cuando entrasteis, te juro que no era mi intención.

—¿Que no era tu intención? ¿Y qué hacías ahí rodeado de esas dos zorras y con cocaína por todas partes? —Debra nunca le había visto consumir drogas y pensaba que no lo hacía; lo cual era cierto, porque desde que empezaron a salir lo había dejado por completo.

—De verdad, fue un accidente.

—Pero ¿me tomas por estúpida? —le gritó—. ¡Que me dejes en paz, lárgate ya! —Y se echó las manos a la cara.

—Será mejor que la dejes —intervino Heather— o será peor.

Max, realmente enfurecido, se apartó y tiró el vaso que llevaba en la mano contra el suelo, llamando la atención de todos los que les rodeaban.

Rania estaba atónita, jamás había asistido a una situación como esa. Se sentía muy triste por Debra.

Max abandonó el lugar enérgicamente, aunque no sabía bien adónde se dirigía. Estaba muy afectado por la situación. Debra le encantaba y temía perderla. Bajo los efectos de la raya de cocaína y el alcohol, pensaba que Debra no era justa por no querer escucharle; él no había hecho nada, la rubia esa le había besado. Se encontró en medio del pasillo de la sala y fue hacia la salida; al llegar a la calle se dirigió al aparcacoches, que de inmediato le reconoció y le ofreció las llaves del Ferrari.

Max ni se lo pensó: las tomó, abrió la puerta se sentó y puso en marcha el motor, esta vez acelerando a propósito.

Dentro del local Debra se había calmado algo. Rania le trajo un vaso de agua que había pedido a uno de los camareros que pasaban con las bandejas llenas de botellas de whisky, vodka y ginebra y se lo ofreció. Debra se la bebió de un tirón y miró a sus dos amigas.

—Me quiero ir de aquí.

—Sí. Esta fiesta ya se ha acabado para todas —afirmó Heather con gravedad.

—No, de verdad, vosotras quedaos.

—No, nos vamos contigo —dijeron las dos al unísono.

Para cuando salieron a la puerta del local, Max ya estaba lejos del lugar: circulaba por la FDR junto al East River; dado que no había semáforos, aceleraba a fondo como para evadirse de todo lo ocurrido.

Cuando perdió el control del coche conducía a no menos de ciento sesenta kilómetros por hora. El Ferrari FF se desplazó de lado a lado de la pista, rebotando en los guardarraíles. Después de varios golpes se elevó por encima de la mediana y, tras dar varias vueltas de campana, en las que impactó violentamente con dos coches que venían de frente, se detuvo volcado en el carril derecho de la vía contraria. El ruido producido por los bruscos frenazos y el choque de la carrocería fue estruendoso. Ambos sentidos de la circulación de la FDR se llenaron de un humo oscuro que reducía la visibilidad. El olor a goma quemada, aceite y gasolina lo impregnaba todo. Max quedó atrapado en su asiento con el cuerpo boca abajo y la cabeza a unos centímetros del aplastado techo del coche; solo el cinturón de seguridad impedía que se desplomara contra el suelo desde esa postura invertida. Sentía un fuerte dolor en ambas piernas, pero le pareció que no tenía ninguna lesión grave pese a la virulencia del accidente. Entonces giró levemente la cabeza y miró a través de la ventanilla; buscaba a alguien a quien pedir auxilio, que le ayudara a salir del habitáculo desde esa incómoda posición. Pero lo que observó fue cómo un camión de gran tonelaje se dirigía de frente contra él a gran velocidad; llegó incluso a apreciar la cara de pánico de su conductor, incapaz de frenar a tiempo para evitar la violenta colisión. La cabina del tráiler se empotró contra su ventanilla aplastándole la cabeza y convirtiendo en chatarra el flamante deportivo. Max Bogart murió en el acto.

Capítulo 69

Ackermann se encontraba tomando una copa con unos amigos en un club del SoHo. La noche estaba resultando muy entretenida, era un grupo de lo más heterogéneo. Entre los presentes se hallaba de visita Mike, un excompañero de la academia militar de West Point muy peculiar. Hijo y nieto de militares, llevaba la vocación castrense en la sangre, por lo que disfrutó de la formación como nadie. Se graduó con el número tres de la promoción. En la fiesta de graduación conoció a Jessica, una divertida y guapa chica de San Francisco hermana de otro cadete. Se enamoró perdidamente. Ante el disgusto de su familia y la monumental sorpresa de sus colegas, lo dejó todo y se fue a vivir con ella a California. Abrieron una tienda de chocolates. Allí, en el Estado americano por excelencia del culto al cuerpo, entrar en una tienda de chocolates suponía un respiro a las sanas y estrictas dietas; por ello la denominaron Day-Off. Finalmente se casaron. Habían pasado diez años desde entonces y contaba ya con más de treinta puntos de venta distribuidos por diferentes estados del oeste. Ahora estaba de visita en Nueva York buscando local para abrir su primera tienda en la ciudad. David, escuchando sus divertidas anécdotas sobre los inicios de su exitosa aventura empresarial, tardó un tiempo en percibir la vibración de su móvil en el bolsillo interno de su ligera chaqueta de lino. En cuanto advirtió su palpitar se apresuró a sacarlo. Comprobó por el nombre de la pantalla que se trataba de Jack Ross, su socio; miró el reloj digital en la parte superior de la pantalla: indicaba las doce y media de la madrugada; pensó que la llamada era algo inusual porque no tenían ningún caso extraordinario ese fin de semana. Instintivamente cambió la sonrisa por un gesto más serio y contestó de inmediato.

—Qué hay, Jack, ¿ocurre algo?

—Disculpa que te llame a estas horas pero me temo que sí. —Hizo una breve pausa y prosiguió—: Christian —se refería a un expolicía de Nueva York que trabajaba con ellos en Ross & Ackermann— acaba de enterarse a través de un contacto del departamento de NYPD de que ha habido un terrible accidente hace unos minutos en la FDR —Ackermann no dijo nada a la espera de que Ross terminara su explicación—. Te llamo porque el accidente lo ha provocado un Ferrari FF, parece ser que conducido por Max Bogart. ¿No es ese uno de los tipos que estáis investigando en el caso STAR I?

—Sí —contestó Ackermann, y preguntó de inmediato—: ¿Cómo está él?

—Según le han comentado, ha muerto, pero todavía no hay confirmación oficial.

—Mierda —exclamó Ackermann.

—Hasta donde Christian ha podido averiguar, el impacto fue terrible, se salió de su carril y voló por encima de la mediana, se empotró contra dos coches que venían en el sentido opuesto y finalmente lo arrolló un camión. Hay otros dos muertos.

—¿Dónde ha sido el accidente?

—En la FDR a la altura de la Calle 40.

—Voy para allá. Gracias, Jack —Ackermann se excusó ante sus amigos, lógicamente sin dar detalles. Todos sabían a qué se dedicaba, por lo que no le dieron mayor importancia; para los detectives privados los fines de semana solían concentrar gran parte de su trabajo. Una vez en el exterior, levantó el brazo para llamar la atención del primer taxi libre que circulaba por la zona, mientras con la otra mano navegaba por su móvil hasta que en las llamadas recientes encontró «Heather» y seleccionó su nombre en la pantalla.

El Mini negro de Heather ocupado por las tres chicas ya estaba llegando a la casa de Debra en el West Village. Rania, sentada de nuevo en la parte de atrás del vehículo, con bastante más espacio que horas antes en el Ferrari, extendía su brazo por encima del respaldo del asiento de Debra para reposar su mano sobre el hombro de su amiga. Intentaba reconfortarla de todas las formas posibles.

—Gracias, chicas, sois muy buenas amigas, pero deberíais volver a la fiesta y divertiros —dijo categórica Debra.

En eso, Heather escuchó el sonido de su móvil vibrando y mientras con la mano izquierda mantenía el volante recto, con la derecha hurgó en su bolso, situado entre su asiento y el de Debra. En cuanto lo sacó y observó que se trataba de Ackermann, se dirigió a sus amigas riendo:

—Si no me equivoco, creo que yo ya tengo otro plan… —Heather había invitado a David a que se pasase por la fiesta de Max, por lo que al leer su nombre en la pantalla se alegró, imaginó que si le llamaba era porque se dirigía a ella. «Esta vez no se me resistirá…», pensó, y atendió la llamada con entusiasmo.

—Sí, cielo, dime, ya sé que no puedes vivir sin mí… —contestó en broma y sonriendo. Le atraía mucho Ackermann;

de hecho, hacía unos pocos días, trabajando de noche en el despacho de él, rompió su norma sagrada de no mezclar trabajo con ocio. Le intentó besar. Él se apartó. Eso sí, lo suficientemente despacio como para que sus labios se llegaran a juntar. En eso quedó todo, nada más ocurrió, y nunca mencionaron el incidente. Ackermann encontraba a Heather muy atractiva pero no para salir con ella, y él era un tipo serio sin interés en los fugaces escarceos tan frecuentes entre los habitantes de aquella ciudad y a los que ella estaba tan habituada.

Al principio, a David no le hacía mucha gracia que se dirigiera a él en ese tono de broma y con palabras como «cielo», pero ya había llegado a conocerla bien y no le daba mayor importancia. Sin embargo, el motivo de la llamada le hizo interrumpir la broma cortándola de raíz:

—Me temo que Max Bogart ha muerto.

—¿Qué? —exclamó estupefacta. Su entrenamiento para controlar emociones a duras penas le permitió disimular su mayúscula sorpresa ante lo que acababa de oír.

—Parece que se acaba de matar en la FDR en un accidente de coche a la altura de la Calle 40. Voy ahora para allá.

—Pero… —exclamó. Cualquier pregunta que hiciera podría delatar su angustia. Estaba junto a la que todavía era su novia, ella misma había estado conversando con él hacía pocos minutos, no podía creer lo que le había dicho Ackermann. Pero si hacía algún comentario para cerciorarse de que había entendido correctamente la noticia, Debra y Rania le preguntarían; era arriesgado. Tras unos segundos cambió el sentido de su exclamación inicial y con el registro de voz más tenue que pudo respondió—: OK, nos vemos en un rato.

—¿Quién era? —preguntó Debra.

—Nada, un amigo —contestó escuetamente.

Por suerte, Debra, todavía distraída por su disgusto, no apreció nada extraño. Sin embargo, Rania, desde su posición en el asiento de atrás, aunque apenas veía el perfil del rostro de Heather, enseguida percibió por su gesto que pasaba algo. Había cambiado su radiante sonrisa en la que lucía sus perfectos dientes blancos, convencida de que iba a tener una cita de última hora con Ackermann, por un gesto agrio. Algo había ocurrido. Rania la siguió observando el resto del trayecto; notaba perfectamente cómo su mente estaba en otro sitio. Podía incluso apreciar por el retrovisor cómo la pupila derecha de su ojo se movía enérgicamente de un lado a otro, dando muestras de nerviosismo. Incluso en un cruce una distracción estuvo a punto de llevarles a rozarse con otro vehículo. Rania por un momento pensó en preguntarle, pero un sexto sentido le impuso prudencia.

A Heather se le hizo eterno el trayecto; estaba llevando a casa a su mejor amiga, destrozada porque había encontrado a su novio besándose con otra mujer, y a ella le acababan de comunicar que él se había matado no muy lejos de allí hacía unos minutos. No podía decir nada: quién sabe, no era todavía oficial, quizá podía haber alguna confusión.

Al llegar a la casa, Debra se despidió dándole las gracias por todo y añadió:

—Que te diviertas con tu misteriosa cita.

Ante tal comentario, Heather intentó sonreír de la forma más natural posible en aquellas circunstancias. Rania inclinó el asiento de delante para salir y al pasar junto a la conductora, en voz muy baja sin que Debra, ya fuera del coche, pudiera oírla, se atrevió a preguntarle:

—¿Ocurre algo, Heather?

Heather no había tenido mucho trato con Rania porque apenas habían coincidido dos o tres veces. Aparte de admirar su impresionante belleza, le parecía sacada de otro planeta y algo tímida. Era lógico, porque cuando estaban las tres juntas Rania solía hablar poco, prefería escucharlas a ellas; Debra y Heather eran amigas desde hacía muchísimos años y tenían sus propios códigos, su característica manera de hablar y sus muchas historias compartidas. Por ello se sorprendió por la pregunta de Rania. Obviamente, esta había notado su desazón. Alcanzó a decirle con muy poco convencimiento:

—Nada, Rania, no te preocupes. —Pero cuando ya casi abandonaba el vehículo la retuvo un instante cogiéndola por la muñeca y le susurró con el rostro muy serio—: Quédate cerca de Debra, cuídamela.

Rania afirmó moviendo la cabeza y pestañeando al mismo tiempo. Aquel mensaje final de Heather tenía un trasfondo. Era lógico que se lo dijera después de lo ocurrido en la fiesta, pero su intuición la llevó a pensar que había alguna otra razón. Algo quizá mucho más serio.

Capítulo 70

Ackermann y Heather llegaron al mismo tiempo. En la oscuridad de la noche la zona presentaba un aspecto desolador. Habían cortado el tráfico en la FDR, desde la Calle 30 hasta la 40. Un espacio de doscientos metros estaba lleno de cristales, trozos de carrocería y pedazos de gomas de llantas reventadas. Ambulancias y coches de policía con sus sirenas encendidas se hacían sitio entre las múltiples piezas deformadas por los impactos que, todavía humeantes, se esparcían por todos lados.

Al respirar el aire impregnado de ese fuerte olor mezcla de gasolina, aceite y goma quemada daba la sensación de que este se pegara en el interior dc las fosas nasales. Heather, vestida de noche para la gran fiesta del año, parecía en aquel teatro del horror un personaje coloreado en una fotografía en blanco y negro. No dejó de llamar la atención de policías, bomberos, sanitarios, curiosos y, especialmente, del propio Ackermann, acostumbrado a verla cada día prácticamente sin maquillaje y embutida en *jeans* o pantalones oscuros.

Se acercaron a un grupo de policías encargados de impedir el acceso a la zona del accidente, situados delante de una cinta de plástico azul y blanca con las siglas NYPD extendida como cordón de seguridad. Heather les mostró su placa. De inmediato levantaron la cinta por encima de su cabeza y les abrieron paso; Ackermann, dada su estatura, se prestó a ayudarles. Los agentes, completamente ajenos al drama, ejercieron de hombres, deleitándose al ver pasar las formas de Heather bajo aquel ceñido vestido de falda corta.

—¿Quién está al mando? —preguntó ella al primer agente de policía que se encontró.

—Él —respondió señalando a un teniente de la Policía de Nueva York.

Heather se presentó:

—Hola, soy la agente especial Heather Brooks; estábamos investigando a una de las víctimas. —Señaló a su acompañante—. David Ackermann, trabaja con el FBI. ¿Nos puede informar de cómo ocurrió el accidente?

—Sí, cómo no —contestó tras observar la placa que le mostraba—. El Ferrari se dirigía en dirección norte; según el testimonio de otro conductor al que acababa de adelantar a gran velocidad, de pronto, y no sabemos todavía por qué razón, su conductor perdió bruscamente el control. El coche se golpeó con violencia contra el guardarraíl situado a su izquierda, después cruzó los tres carriles a su derecha y se proyectó contra el muro bajo de cemento que aísla la FDR. Así siguió unos cincuenta metros, durante los que fue rebotando de un lado a otro de la autovía. Hasta ese momento el accidente habría sido muy espectacular pero seguramente no habría tenido mayores consecuencias; sin embargo, tras uno de los impactos laterales el coche salió volando, lo que confirma que su velocidad era muy alta. Aterrizó en la misma FDR, pero en el sentido contrario y dando vueltas de campana. Se estampó contra un Ford y un Toyota que venían de frente y finalmente se detuvo volcado en medio del asfalto. —Hizo una breve pausa antes de terminar—. Entonces se lo llevó por delante un camión de alto tonelaje. Su conductor había advertido el accidente desde muy lejos y venía frenando, pero no pudo evitar arrollarlo.

Ackermann y Heather quedaron sorprendidos de la detallada explicación del agente. Dada su experiencia imaginaron que la versión definitiva de los peritos policiales no diferiría mucho del relato que acababan de escuchar.

—¿Podemos ver el Ferrari?

—Bueno, queda muy poco de él —dijo señalando a unos veinte metros, donde se encontraban los restos. Cuando vio que Heather se dirigía hacia ellos añadió respetuosamente—: Agente, le aviso de que lo que va a ver es espeluznante: su conductor sigue dentro destrozado, los bomberos no han logrado sacar todavía lo que queda de él.

—Gracias, teniente —contestó Heather.

Ambos siguieron adelante. Al llegar al lugar donde se hallaba el automóvil se pararon en seco al contemplar la escena. El aviso del teniente estaba más que justificado. Lo que vieron al acercarse era espantoso. El cráneo de Max estaba totalmente aplastado; su cabeza, tras recibir el brutal impacto del frontal del tráiler, apenas tendría un grosor equivalente al lomo de dos libros. Sus facciones totalmente desfiguradas. Una barra de metal, que parecía ser parte del marco de la puerta de su vehículo, le había seccionado por la mitad. Los bomberos intentaban fundir el metal para poder sacar aquel cuerpo partido en dos. Un policía les confirmó la identidad del cadáver: habían encontrado su cartera con el carné de conducir en el bolsillo interior de su chaqueta y comprobado los papeles del coche. En la autopsia procederían a hacer las pruebas de ADN para obtener una identificación definitiva.

Heather reconoció también lo que quedaba de su chaqueta y su camisa a rayas de Yves Saint Laurent, estrenada ese día: sin duda se trataba de Max. En esta ocasión no pudo disimular su profunda conmoción y se apoyó sobre el hombro de Ackermann. La visión era terrible. Hacía unos minutos había estado con él, lo había visto reír ejerciendo de perfecto anfitrión. Manejarse entre bebidas, sonrisas y bailes. Luego vino el enfado mayúsculo con Debra, y ahí estaba ahora. Su vida había terminado de esa brutal forma, en aquel frío y desolador lugar que, tras la virulencia del accidente, parecía más una zona de guerra que un cinturón de circunvalación de una gran ciudad. En ese momento un fugaz flas de una cámara digital les deslumbró. De inmediato Ackermann apartó a Heather unos metros e interrumpió sus afligidos pensamientos.

—Heather, son los de la prensa. Esto va a estar colgado en las webs de noticias en unos minutos y será portada mañana en todos los periódicos; creo que es mejor que vayas a ver a tu amiga y se lo expliques tú misma, antes de que se entere por otros.

Ella no respondió. Estaba enmudecida. En anteriores ocasiones había visto cuerpos desangrados por heridas de arma blanca o disparos, pero la imagen de Max destrozado de esa manera la había dejado sin habla, sentía náuseas.

—Heather, ¿estás bien? —le preguntó en voz más alta Ackermann.

Ella jamás permitía que en su trabajo un sentimiento se pudiera entender como una muestra de debilidad, así que hizo un esfuerzo por reponerse y dijo:

—Sí, claro, ya estoy bien. De acuerdo, iré a su casa.

—Mejor te acompaño —insistió Ackermann.

Capítulo 71

Debra estaba sentada en una pequeña butaca de color blanco comprada en Ikea, Rania sobre un sofá de dos plazas del mismo modelo. La primera llevaba un camisón corto de tirantes color rosa adornado con una discreta puntilla beis; Rania, un pantalón de pijama a cuadros y camiseta de cuello redondo, todo de color azul celeste. Ninguna llevaba zapatillas.

Hacía más de una hora que Heather las había dejado en su casa. La conversación había ido evolucionando. Debra pasaba de la ira más profunda, acompañada de los adecuados improperios hacia Max, a la indignación más absoluta.

—Es un estúpido, ¿cómo se le ocurre entrar en el lavabo de mujeres para liarse con aquella zorra?

Rania estaba tan indignada como su amiga; se le había caído por los suelos la imagen que tenía de Max, pero pensaba, por su propia experiencia, que ante la desolación el tiempo era el único firme aliado.

—Mi madre siempre me decía que los disgustos hay que dejarlos reposar y que al día siguiente todo se ve de otra manera —le dijo—. Deberías acostarte y descansar, mañana será otro día...

—Sí, tienes razón, mañana lo veré distinto. Será mejor que nos vayamos a la cama, ya es muy tarde.

En ese preciso instante sonó el timbre de la puerta. Debra miró su reloj.

—Pero si son las dos, qué extraño. —Vivían en una zona de gran bullicio por el día pero algo más solitaria de noche. Ambas se levantaron inquietas. Debra se adelantó hacia la puerta y Rania la siguió para no dejarla sola. Al acercarse y cuando su intranquilidad iba en aumento, Heather, adivinando la inquietud que genera el sonido de un timbre en medio de la madrugada, dijo en voz alta:

—Soy yo, Heather. —Había subido sola, tras dejar a Ackermann esperándola en el coche.

Debra y Rania se miraron con una sonrisa. A pesar de su profundo disgusto y su tristeza, la periodista intentó frivolizar con su amiga para despejar su angustia:

—¿Qué pasa?, ¿cómo tú por aquí? No me lo digas: te ha despachado tu ligue... —comentó sonriendo con un gesto de falsa desolación.

Pese a la sonrisa forzada de Heather ante la broma de su amiga, Rania reconoció de inmediato en sus ojos aquella tensión que había visto en ella en el automóvil camino de casa. Heather bajó la mirada y entró en la vivienda. Aunque todavía llevaba puesto el mismo sugerente vestido que había escogido para la fiesta, ya no lucía espléndida. Era curioso cómo la misma persona, en apenas unas horas, podía transmitir una imagen tan distinta a causa de la tragedia inesperada que se había abatido sobre su amiga y que laceraba su mente. Se planteó si sería mejor quedarse a solas con Debra o darle la noticia en presencia de Rania. Finalmente optó por lo segundo. Se sentó en la butaca.

Debra, al ver la actitud tan decidida de su amiga, manifestó con cierto sarcasmo:

—Ponte cómoda, como si estuvieras en tu casa, te puedes sentar donde quieras. —Y a continuación se acomodó en el sofá frente a ella, sin advertir el gesto de preocupación de su amiga.

Heather le cogió las dos manos entre las suyas y sin pronunciar más palabras le dijo mirándole a los ojos:

—Debra, Max se ha matado en un accidente de coche.

—¿Qué?, pero ¿qué dices? —balbuceó.

—Perdió el control de su Ferrari en la FDR, iba a gran velocidad, el coche salió volando hacia la dirección opuesta, murió en el acto.

—¡No puede ser! —gritó Debra ahogada en la desesperación.

Rania, que no se había sentado, se tuvo que recostar contra la pared para no perder el equilibrio. Aunque en circunstancias muy distintas, ella ya había vivido la muerte de su amado Abdul. Sabía cómo podía sentirse su amiga. Le sobrevinieron angustiosas sensaciones; en su caso su amado cometió la locura inexplicable de suicidarse matando a muchos otros; en el caso de Max, una actitud inmadura seguida de una imprudencia le habían conducido a la muerte. Las circunstancias eran bien distintas pero el resultado era desolador para las dos: perder a un amor en plena juventud era inconcebible, hacerlo de manera absurda, devastador. Sin darse cuenta se vio arrodillada abrazando a Debra, que gemía y exclamaba al mismo tiempo:

—Pero no puede ser…, si él nunca iba por la FDR a su casa… —Se aferraba a cualquier excusa desesperada para esquivar la realidad.

—Lo siento, Debra, pero vengo del lugar del accidente, lo he visto con mis propios ojos, era él. La Policía va a dar un comunicado en unos minutos.

Debra, que hasta hacía unos minutos, con su orgullo herido, luchaba contra sus sentimientos de profundo amor, sintió que el mundo se le caía encima. Rania entendía perfectamente aquellos sentimientos opuestos de amor y odio interrumpidos por una muerte absurda, inexplicable; era como revivir su propia pesadilla junto a aquella buena amiga.

—¡No puede ser! —volvió a chillar Debra desesperada—, quiero ir a verlo.

—No, Debra. Está todo acordonado, la policía no te dejaría pasar.

—Sí podría pasar como periodista.

Las tres estaban abrazadas. Heather miró a Rania por encima del cabello de su amiga y negó con la cabeza.

—No, no debes verlo, está destrozado.

Debra se soltó del abrazo de sus amigas, se levantó y caminó decidida hacia su habitación, pero dio dos pasos y se desvaneció; Rania pudo sujetarla antes de que se desplomara contra el suelo. Después, entre las dos la sostuvieron y la llevaron a su cuarto.

Rania se quedó sentada junto a ella en el borde de la cama. Aquella situación le resultaba demasiado dramática y demasiado cercana.

Mientras tanto, en la calle, frente a la puerta del edificio, Ackermann esperaba a Heather fuera del coche, apoyado en el capó. Rania no podía imaginarse que no solo sus emociones del pasado acechaban su presente.

Capítulo 72

A las siete de la mañana Bill Parker ya estaba en pie; acostumbraba a madrugar también los sábados. Siguiendo la rutina habitual, se dirigió a su baño —su mujer tenía uno propio en el lado opuesto de la suite matrimonial—. Estaba alicatado y solado en mármol de Carrara, universalmente conocido como uno de los mármoles más apreciados por su blancura, casi sin vetas y de grano fino y harinoso. El suyo estaba adornado con dibujos geométricos bañados con polvo de oro.

Constaba de tres estancias: la principal acogía el lavabo, armarios y espejos, la segunda era una sauna individual y la tercera albergaba un gran jacuzzi, el aseo y la ducha, ambos separados por una puerta de cristal. Esta última disponía de un banco en el que antes de enjabonarse acostumbraba a sentarse bajo un chorro a presión de agua caliente. La reforma del baño había costado doscientos cincuenta mil dólares. Por supuesto, era para su uso privado; su mujer disponía de otro idéntico.

Siguió el ritual de todos los sábados. Se secó al salir de la ducha con toallas de tejido de algodón egipcio bordadas con sus iniciales, luego se puso el albornoz de algodón satinado y se dirigió hacia una salita soleada de la planta baja, con vistas al gran jardín que rodeaba la mansión. Una de las tres asistentas del servicio doméstico que trabajaban como internas en la casa ya le había preparado el primer café del día suavizado con leche espumosa. Sentado en aquella salita con decoración de estilo renacentista, revisó el móvil que utilizaba para el trabajo. Sin seleccionarlos, pasó por encima de varios *emails* recibidos; la mayoría eran breves adelantos de noticias de actualidad y deportivas. A continuación miró su móvil privado. Observó que había un mensaje recibido a través de WhatsApp. Solo cinco personas conocían la existencia de ese número: su mujer, su secretaria, una importante personalidad de Washington, un buen amigo, magnate de los medios de comunicación, y por supuesto Larry Coach, su hombre de máxima confianza. El mensaje provenía de este último. No le sorprendió el hecho de que utilizara el número de ese terminal. El texto era escueto: «Max Bogart ha muerto está madrugada».

Parker no movió ni un músculo de su cara y, como era habitual en él, tampoco pestañeó durante largos segundos. A continuación volvió a dejar el terminal sobre la mesita de al lado y, con parsimonia, tomó la gruesa edición en papel del *New York Times* que ya le había colocado el servicio en la mesita de apoyo situada a su derecha. Al separar el primer suplemento de noticias pudo leer:

Tres muertos en la FDR en un aparatoso accidente

Esta madrugada se ha producido un trágico accidente de tráfico en la FDR a la altura de la Calle 40, cuando un Ferrari FF, que marchaba a gran velocidad, perdió el control mientras circulaba en dirección norte. Tras golpear repetidas veces en ambos guardarraíles, saltó la mediana volando hacia los carriles del sentido contrario, donde, tras estrellarse de frente con dos vehículos, fue arrollado por un camión de gran tonelaje.

Se da la circunstancia de que el conductor del deportivo era Max Bogart, un exitoso y conocido financiero, anfitrión de una gran fiesta celebrada también ayer en Manhattan y de la que damos buena cuenta más adelante en la sección de Sociedad. Por alguna razón desconocida, el joven financiero había abandonado la misma antes de que terminara.

En el accidente también fallecieron los conductores de los dos vehículos contra los que impactó: un Ford y un Toyota. Al cierre de esta edición estaba pendiente de confirmar su identidad. En una primera valoración del trágico suceso, el portavoz del NYPD consideró como probable causa del accidente la alta velocidad a la que circulaba el Ferrari. La FDR tuvo que permanecer cerrada al tráfico por espacio de tres horas para poder proceder a la limpieza de los numerosos restos esparcidos en un radio de más de doscientos metros.

Junto a la noticia se podían ver dos fotografías: una del coche destrozado y otra, un primer plano de Max tomado precisamente a la entrada de la fiesta.

Parker dejó el suplemento de Actualidad sobre la mesita y cogió el de Deportes.

Capítulo 73

Ackermann y Heather se habían citado el lunes a primera hora de la mañana en las oficinas de Ross & Ackermann. David estaba acostumbrado a madrugar, por lo que llegó a la oficina con mucha antelación, hacia las siete. El *caffè latte* que como cada día había comprado en el Starbucks de la esquina estaba muy caliente, así que optó por empezar su ligero desayuno tomándose la fruta fresca del recipiente de plástico que también había adquirido. Se sentía algo desconcertado ante el punto en que se encontraba la investigación de STAR I. Por una parte, la entrevista con Arito Murakami no había dado los frutos esperados; aunque su actitud intranquila era muy significativa, lo cierto es que no dio ninguna explicación sobre lo que ocurría en STAR I. Ahora todo se complicaba mucho. No tenían pruebas fehacientes de nada y Max, el principal responsable del *hedge fund*, estaba muerto. Siempre que se encontraba ante una situación difícil aplicaba el mismo método, seguir trabajando: «La inspiración puede llegar en cualquier momento, pero mejor que te encuentre trabajando»; algo así había leído hacía años que era la filosofía del genial pintor Pablo Picasso y a él le funcionaba muy bien. Decidió revisar de nuevo en detalle los comportamientos en la Bolsa de las compañías en las que STAR I había invertido y cruzar todos esos datos por fechas con tres fuentes: la información para inversores y sala de prensa virtual que las propias compañías colgaban en sus webs corporativas, los comunicados oficiales a modo de «hechos relevantes» enviadas recientemente a los reguladores y, por último, los datos de resultados públicos. Tras aplicar ese proceso a los bancos alemán, español e italiano sobre los que STAR I apostó a la baja, no pudo identificar ninguna razón técnica que explicara por qué sus acciones cayeron de manera tan abrupta justo tras su venta por parte de STAR I. Lo que ciertamente provocó su caída fue el rumor que surgió en los medios de comunicación sobre las medidas que el Banco Central Europeo iba a tomar respecto a la exigencia de aumentar sus ratios de capital, lo que afectaría a su valor en Bolsa; además de la puesta en vigilancia de sus calificaciones por parte de Right Rating, la agencia de calificaciones, y el hecho de que otros grandes *hedge funds* actuaran igual que STAR I, provocando un efecto dominó de venta de acciones que precipitó la caída de todo el mercado, incluidos esos valores.

¿Habían promovido desde STAR I o Goldstein, su socio principal, esos rumores? ¿O quizá habían pactado actuaciones sincronizadas con los otros *hedge funds*? Ackermann era muy consciente de que se trataba de posibles deducciones pero que no se podían demostrar, no tenía pruebas de nada, y por eso era clave encontrar un testigo. Pero la persona que conocía todo lo ocurrido era Max Bogart y estaba muerto. La única alternativa era volver a hablar con Arito Murakami y presionarle para que les revelara todo lo que supiera. Entre papeles y deliberaciones se le pasó rápido el tiempo.

Cuando entró Heather por la puerta de su despacho, la observó detenidamente. Raras veces lo hacía; durante las muchas horas que pasaban trabajando juntos él la veía tan solo como un compañero, no como una persona del sexo opuesto. Había conseguido aislar el incidente que hubo entre ellos, el día en que ella le besó. Desde luego era una mujer muy atractiva, y esta vez se fijó más en su aspecto. Llevaba el cabello recién lavado, brillante y suelto.

—Hola, David, ¿qué tal?

—Bien, revisando algunos datos.

—Tengo los resultados de la autopsia.

—¿Y?

—Max había consumido alcohol por encima de lo permitido y además había restos de cocaína en su sangre.

—Así que el chico iba colocado. Bueno, eso seguramente puede explicar el accidente, pero nosotros hemos perdido a la persona clave de la investigación.

—Lo sé, va a ser difícil encontrar pruebas.

Ackermann miró la pantalla de su ordenador y se quedó inmóvil, con los ojos hipnóticamente fijos en ella.

—¿Qué ocurre? —preguntó Heather.

Ackermann se echó hacia atrás unos mechones que le caían sobre la frente y leyó directamente desde la pantalla.

Comunicado de prensa. El consejo de STAR I, reunido esta mañana a las ocho en su sede social, ha decidido liquidar la compañía ante la situación de los mercados y las medidas tomadas por algunos gobiernos europeos contra la capacidad de operar con posiciones a la baja, pues considera que no se dan las circunstancias adecuadas para seguir adelante con su actividad.

Ackermann siguió leyendo la información que el periodista añadía al comunicado:

… Según los datos aportados por los registros, STAR I ganó
cien millones de dólares en sus escasos seis meses de actividad.

—No me creo nada, eso es solo una excusa. Me temo que
ahora se cierran más puertas a la investigación —y añadió—:
todo esto se me hace muy extraño.

—¿Puedes ser más específico?

—STAR I gana millones en muy poco tiempo, la FED
abre una investigación, su jefe de inversiones dimite, después
Max se mata en un accidente y ahora los socios propietarios del
fondo deciden cesar sus operaciones y liquidarlo.

No muy lejos de allí, Rania se había duchado y arreglado para iniciar su jornada. Le preocupaba la posible actitud de Debra frente a ese primer día ante las cámaras en medio de la
desolación en la que estaba sumida. Durante el domingo llegó a plantearse contarle su propia historia, pensando que quizá al compartir su gran drama pudiera aliviarla y ayudarla a
superar el desconsuelo, pero prefirió no hacerlo. Había decidido que nunca contaría su pasado a nadie y se mantenía firme
en su resolución. Ella había aprendido a vivir con aquellos recuerdos que gravitaban en forma de nebulosa en algún lugar
recóndito de su mente, no podía remover todo aquello.

Debra apareció en el pequeño salón con claras señales en
su rostro de haber pasado otra noche en vela.

—Estoy espantosa —dijo nada más cruzar la puerta.

—No te preocupes, el maquillaje lo arreglará todo —le
contestó Rania, que veía complicado cómo disimular la ostensible hinchazón de los párpados.

Debra le mostró su móvil:

—Mira. —Tenía abierta la portada de un diario digital. En
ella aparecía su propia foto con un titular:

El financiero muerto en accidente este fin de semana era novio de la conocida reportera Debra Williams.

—No me dejarán en paz, los colegas no pararán de llamar para saber algo, va a ser una pesadilla —añadió resignada.

—La pesadilla es que él haya muerto, lo que hagan o digan los demás no importa. Tú debes poder manejarlo en tu mente, Debra. Has de ser fuerte, tienes toda la vida por delante. Tienes a tu familia, a tus amigas, tu trabajo… De hecho, lo mejor es que nos concentremos en el presente. Hoy en la grabación, tras compadecerte, todos te estarán mirando, buscando algún gesto, algún detalle. Tú tienes que hacer la mejor actuación que nunca antes hayas hecho. Nos tenemos que aislar. Esta tarde en el funeral volverás a ser la exnovia de Max; pero ahora cada minuto eres Debra Williams, la excelente reportera.

Debra se quedó sorprendida por la contundencia de las palabras de Rania, por la seguridad que le trasladaban sus pensamientos. Además tenía razón, los consejos que le estaba dando eran muy juiciosos.

—Es una suerte tenerte conmigo, Rania, tienes razón en lo que dices. Vámonos, que el coche nos estará esperando.

Capítulo 74

La Fifth Avenue Presbyterian Church fue inaugurada en el año 1808 en Cedar Street, en pleno Downtown de Manhattan. En esos terrenos hoy se ubica el complejo de uno de los mayores bancos del país, el Chase Bank. En la actualidad, y tras diversos traslados, la sede de la iglesia se estableció en la Calle 55 con la Quinta Avenida, de ahí su nombre actual. Su estilo gótico con sus tres torres de considerable altura —en su día fue la iglesia más elavada de la ciudad— contrasta entre los modernos rascacielos de la zona y las tiendas de lujo. No pasa desapercibida a los millones de turistas que pasean cada año por la zona y se deciden a entrar. En cambio, para muchos neoyorquinos se hace visible solo cuando acuden a alguna boda o funeral. El de ese lunes había reunido a todo un elenco de personalidades de la ciudad.

Las limusinas negras, con sus uniformados chóferes apostados junto a ellas, formaban una larga línea que ocupaba toda la Calle 55, desde la Quinta Avenida hasta la Sexta, indicio indiscutible de la presencia de políticos o financieros. En este caso se trataba de lo segundo. Comandados por Bill Parker, decenas de ejecutivos de Goldstein Investment Bank y otros bancos de la competencia estaban presentes para dar su último adiós a su excompañero, considerado por todos uno de los jóvenes financieros con más futuro de la ciudad. Su muerte había supuesto una convulsión en esos ambientes. Pocos eran los que llegaban al éxito —medido en millones de dólares en cuentas bancarias—, y el hecho de que uno de los privilegiados que lo estaba logrando falleciera trágicamente era difícil de asimilar por sus colegas. Muchos de aquellos jóvenes aspirantes a millonarios llegaban a creer que el dinero lo compra todo, desconocían por su juventud, arrogancia o ambas cosas a la vez que existe algo que no es posible negociar, sencillamente porque nadie podía ponerle precio: el destino.

Y el destino había querido que Max Bogart tuviera su funeral aquella preciosa y soleada tarde de finales de junio de 2010, una fecha muchos años antes de lo que él había previsto.

Junto a la amplia representación de Wall Street estaban sus amigos y familiares. Debra había pasado el día grabando en las calles de Manhattan el programa de investigación en el que trabajaba. El maquillaje y su profesionalidad consiguieron que la jornada saliera perfecta. Rania pasó con ella la mayor parte del tiempo. Desde que la conocía admiraba su capacidad profesional, pero lo de aquel lunes había sido muy especial, digno de elogio. Prácticamente no tuvieron que repetir ninguna toma. El realizador, cámaras, el equipo de sonido y todos los miembros del *staff* de producción se habían comportado con extrema delicadeza. Habían acompañado en silencio a Debra en la pérdida del que en la consideración de todos seguía siendo su novio.

Dadas las circunstancias, no quería ningún protagonismo especial, pero, muy a su pesar, para todos los asistentes, incluidos los desconsolados padres de Max, era la novia del fallecido. Aquella pareja de enamorados a la que solo la muerte había osado separar para siempre. Ella tenía que interpretar un papel en aquella ceremonia que solo Rania, Heather y Checo habrían comprendido que eludiera. En un acto de madurez y entereza decidió representarlo. Se sentó en el último puesto de la primera fila, junto a los familiares directos de Max. Eso sí, pidió a Rania que no se separara de ella. En ese mismo banco, Checo, sentado junto a la hermana de Max, lloraba desconsoladamente, destrozado ante la pérdida de quien él consideraba mucho más que un amigo, un verdadero hermano.

La ceremonia del pésame se llevó a cabo en los bancos de esa primera fila. Muchos de los asistentes se acercaban con curiosidad hasta ella y le daban la mano; aunque no la conocieran personalmente, todos sabían quién era la joven reportera novia del fallecido y constituía una oportunidad única de verla de cerca. Sus sentimientos de profunda tristeza por la muerte de Max se mezclaban con el desgarro causado por ese amor puro que él, con su conducta indecorosa en la fiesta, le había hurtado de forma tan violenta minutos antes de morir.

Al salir de la iglesia los fotógrafos de la prensa del corazón esperaban en la puerta. Los flases rompieron la intimidad del momento en cuanto ella y Rania, cogidas del brazo, vestidas ambas de negro riguroso, aparecieron por el portal de la iglesia. Las dos llevaban unas grandes gafas de sol de montura también negra.

Muy cerca de allí, en Madison Avenue, Ackermann revisaba papeles en su escritorio. Cuando empezó la investigación del caso, dio de alta en diversos buscadores y redes sociales las palabras «Max Bogart» como alertas, para estar al día de cualquier noticia o comentario que se publicase sobre él en la red. Fue por eso que, de pronto, empezaron a sonar múltiples avisos de *emails* y mensajes recibidos. El funeral había terminado y portales de información general, financieros y de sociedad estaban subiendo sus crónicas sobre el evento. Entró en varios de ellos y repasó los titulares. La mayoría hacía referencia a la multitudinaria asistencia de financieros, medios de comunicación y famosos de diversos ámbitos. Había una foto que se repetía: la de Debra saliendo de la ceremonia, que prácticamente en tiempo real ya colgaba de numerosos portales, algo lógico al tratarse de una *celebrity* local. Pronto reparó en algo que captó su atención: ¿quién era aquella bella mujer que la acompañaba?

Puso el cursor sobre su figura y amplió su cara. Su rostro no se veía con nitidez, oculto en parte tras las grandes gafas oscuras y girado hacia Debra, como tratando de ayudarla a cubrirse de los fotógrafos. Por un momento se quedó pensativo; aquella cara le resultaba familiar. Ackermann era un excelente fisonomista y tenía una memoria prodigiosa, rara vez olvidaba un nombre y una cara. Sin embargo esas fotos no eran lo suficientemente claras, no se apreciaban bien sus rasgos, y además en esta ocasión era como si no pudiera rescatar su identificación desde algún punto recóndito de su memoria. Se lo preguntaría más adelante a Heather, ella seguro que sabría quién era aquella chica. Finalmente cerró las páginas de noticias abiertas y siguió trabajando. Un rato después advirtió que la pantalla del móvil vibraba; precisamente era la agente especial del FBI.

—¿Qué tal, Heather? ¿Has estado en el funeral?

—Sí, acabo de llegar a la central. —Se refería a la oficina principal del FBI en Nueva York—. David —prosiguió sin interrupción—, hemos recibido el parte de los peritos de tráfico de la Policía de Nueva York que estaban trabajando en el accidente del Ferrari de Max —le dijo en un tono grave, como avisándole para que pusiera máxima atención a lo que iba a añadir a continuación. Ackermann esperó al otro lado del teléfono a que prosiguiera, sabía escuchar muy bien. Heather, tras la breve pausa, continuó—: El disco de la rueda delantera izquierda está fundido.

—¿Que está fundido? Lógico, por el brutal impacto —se aventuró a decir David.

—No, está fundido por el efecto de una mezcla de ácidos muy corrosivos. Se han encontrado restos abundantes. También en la llanta de esa rueda.

—¿Restos de ácido? —preguntó todavía incrédulo.

—Sí, lo que has oído, no hay ninguna duda al respecto.

—Pero ¿qué estás insinuando?

—No estoy insinuando nada, lo que estoy intentando decirte es que no fue un accidente. El Ferrari fue manipulado para provocar que, al fundirse la llanta delantera izquierda, Max perdiera el control del vehículo. Por eso se estrelló contra el guardarraíl izquierdo de forma repentina, según dijo aquel testigo.

Ackermann estaba estupefacto y apenas pudo iniciar una frase:

—Es decir…

Heather le impidió hablar con rotundidad:

—No hay duda, parece que alguien tenía interés en que nuestro amigo Max se estrellara con su flamante coche.

Capítulo 75

Al día siguiente, en las oficinas de STAR I imperaba el desconcierto. Las noticias sobre el funeral de Max estaban en todos los medios. El consejo de accionistas había anunciado en un escueto comunicado la finalización de todas las actividades. Parker había convencido fácilmente a los otros consejeros alegando la situación de los mercados y la prohibición del Gobierno alemán y otros países europeos de operar con posiciones a la baja; la muerte de Max era un añadido a los problemas que afrontaba la compañía. Como era habitual en él, que nunca decía lo que pensaba, ocultó la verdadera razón del cierre: sabía de muy buena fuente que la FED y el FBI habían iniciado una investigación.

Sobre las nueve de la mañana aparecieron tres abogados pertenecientes a una firma de consultoría especializada en el cierre de sociedades. Vestían todos ellos trajes oscuros del mismo corte, camisa blanca y corbatas de tonos apagados. Se presentaron al director de Administración mostrando un poder emitido por el consejo que les otorgaba facultades para liquidar los contratos de los empleados y firmar sus finiquitos. Dieron una lista al mencionado director que contenía los nombres de todos los ejecutivos. A aquellos empleados que manejaban un *portfolio* de acciones se les indicaba que se les retiraba su acceso como gestores del mismo y las carteras se trasladaban temporalmente a otra gestora que procedería a realizar su venta ordenada. Pasaban los resignados empleados por la sala, en la que paradójicamente pocos días atrás todos se jactaban y brindaban con champán por los éxitos de la compañía. El asombro del equipo llegó a su punto culminante cuando, incluso antes de que todos hubieran pasado por el escueto y frío trance de su despido, unos operarios vestidos con monos azul marino recién planchados y que parecían salidos de un cómic, invadieron las dependencias y empezaron a desmontar y llevarse todo lo que encontraban a su paso. Sin miramientos, vaciaban las oficinas ante la incredulidad de los *traders* y analistas; de nada servía haber ganado más de cien millones de dólares para su *hedge fund* en tan solo seis meses. Los empleados de la empresa de traslados separaban ordenadores, discos duros, pantallas e iPads del mobiliario de oficina, que estaba prácticamente nuevo. Los pocos archivadores que había, dado que casi toda la información se almacenaba digitalmente, fueron apilados en cajas de cartón. A las doce y media de la mañana la planta ocupada por STAR I durante los últimos seis meses estaba vacía de personas y mobiliario, solo quedaban algunos vestigios de polvo por las esquinas y algún que otro cable suelto.

Mientras tanto, en el número veintiséis del Federal Plaza de Nueva York, oficina central del FBI en la ciudad, se reunieron Ackermann, Heather, su colega el agente especial Charly Curtis y el jefe de ambos, Jack Mercer.

La sala en la que se encontraban no tenía ventanas y tres de sus paredes eran de un cristal opacado hasta una altura de metro ochenta, por lo que solo la cabeza de Ackermann podía distinguirse desde fuera. La investigación había tomado un nuevo cariz; ya no se trataba de un seguimiento preventivo sobre las actividades de un *hedge fund* y sus gestores promovido por la dirección de la Supervisión General de la FED. El hecho de haber encontrado indicios de que el accidente pudiera haber sido provocado hizo que se abriera una investigación oficial por el fiscal del distrito Sur de Manhattan y el FBI.

Heather exponía los primeros avances en el caso:

—Conocemos poco sobre el funcionamiento de STAR I. Sabemos que las exitosas apuestas a la baja que realizaron en los últimos meses les han reportado multimillonarios beneficios. Los valores que pidieron prestados tenían en su mayoría el consenso de analistas de subidas a corto plazo, porque estaban cotizando a precios muy bajos; sin embargo, todos ellos, por diversas razones, cayeron en Bolsa aún más. Siempre justo después de que STAR I vendiera las acciones prestadas. Entrevistamos a Arito Murakami, el antiguo director de inversiones del fondo...

—¿Por qué dice antiguo? —interrumpió el jefe Jack.

—Porque solo trabajó en STAR I durante cinco meses; entonces dimitió, no sabemos por qué razón. La verdad es que no tenía ningún sentido que presentara su renuncia al cargo cuando, en teoría, los excelentes resultados que estaban obteniendo se producían gracias a sus recomendaciones.

—¿Y qué sacasteis en limpio de esa entrevista? —preguntó Charly.

—Nada —intervino Ackermann—, nos dijo que todo funcionaba con normalidad, aunque...

—¿Qué? —inquirió rudamente Charly, que no le tenía ningún aprecio a Ackermann.

—Se le notaba muy inquieto.

—¿De qué nos sirve eso? —dijo algo despectivamente Charly, minusvalorando la opinión dada por David.

—Hasta ahora de nada, pero pienso que Murakami es clave en la investigación; tendremos que intentarlo de nuevo —le contestó sin alterarse lo más mínimo ante su actitud hostil.

Jack, que podía sentir la beligerancia permanente de Charly hacia Ackermann, intervino para interrumpir su diálogo:

—Pero ¿y qué hay del accidente?

De nuevo Heather tomó la palabra:

—Los peritos han confirmado las sospechas: el Ferrari de Max fue manipulado. Alguien adosó una especie de fina almohadilla alargada a la rueda delantera izquierda, por debajo del chasis, de manera que no se percibiera desde fuera. En su interior había una considerable cantidad de un compuesto de ácido clorhídrico, entre cien y doscientos centilitros. A medida que el vehículo avanzaba, los giros de la rueda aplastaban y calentaban el contenedor y así la rueda se convirtió en una ruleta de la muerte. Pasados unos minutos se rompió el contenedor y el ácido se esparció por la llanta y el disco. La goma se fundió y el metal quedó deformado. El conductor perdió inexorablemente el control.

—¿Quién querría quitar de en medio a Max Bogart? —preguntó el jefe Jack.

—En la autopsia se decía que se encontraron restos de cocaína en su sangre. ¿Quizá estaba metido en algún negocio sucio o le debía pasta a alguien? —se aventuró a sugerir el agente especial Charly.

—Dinero más bien le sobraba, y aunque sí se encontraron restos de cocaína en su sangre, eran cantidades mínimas —indicó Ackermann—. He preguntado entre mis contactos del mercado financiero y no era un consumidor habitual, por lo menos actualmente. Venía de una gran fiesta, de hecho su gran fiesta; apuesto a que muchos de los invitados también consumieron, ya sabemos cómo funcionan estos eventos.

—¿Por qué celebraban la fiesta? —preguntó Jack Mercer.

—Precisamente —continuó Ackermann— festejaban los éxitos de STAR I. En el tiempo que llevaba de actividad habían ganado cerca de cien millones de dólares y un veinte por ciento era para repartirlo entre los gestores; Max en particular podría haber ingresado entre tres y cinco millones.

—Una hipótesis es que su muerte, disfrazada de accidente, tuviera relación precisamente con las actividades de STAR I —afirmó Heather, que prosiguió—: Esa es una de las líneas de la investigación: quizá alguien quería eliminarlo porque conocía algún secreto que deseaban enterrar para siempre. La otra tiene que ver con el asesino. Hemos pedido un informe sobre las tiendas que venden componentes para producir ácido clorhídrico y una lista de las personas que han comprado dichos componentes en los últimos seis meses en Nueva York y sus alrededores. Por otra parte, sabemos que el Ferrari tuvo que ser manipulado mientras se encontraba aparcado frente al club en el que se celebró la fiesta. Vamos a revisar las cámaras de la entrada del hotel en el que se encuentra situado el club.

—Pero ¿se ha encontrado alguna más cerca del lugar? —preguntó Charly a Heather, que claramente, junto con Ackermann, lideraba el caso.

—Por lo menos hay dos: una junto a la zona de parking donde se estacionó el vehículo y la de un cajero automático situado muy cerca. Estamos procediendo a su revisión. Quizá nos den alguna pista. También hemos enviado agentes a su domicilio para que revisen todos sus enseres. Respecto a su oficina, hemos estado allí pero no queda ni rastro, se han llevado todo.

—¿Cómo que se han llevado todo? —preguntó sorprendido Jack.

—Ayer precipitadamente el consejo de STAR I decidió liquidar todas sus posiciones y cerrar el *hedge fund* —intervino Ackermann.

—Es extraño si les iba tan bien, ¿no?

—Sí, lo es. Alegaron que las operaciones a corto estaban prohibidas en varios países europeos. Eso es cierto, pero ellos no necesitaban operar en las bolsas europeas para hacer su negocio.

—Pedid una orden para revisar el ordenador de Max.

—Ya lo hemos hecho —contestó la eficiente Heather—; parece que lo han llevado a un almacén de una empresa de traslados fuera de la ciudad, esperamos poder acceder a él esta tarde.

—Mientras tanto quiero que vayan a hablar con Bill Parker; si hay algo oscuro en el proceder de STAR I él lo debe de saber —dijo Jack mirando a Heather y Ackermann, y prosiguió—: Usted, Charly, encárguese de investigar sobre los compradores de los componentes químicos y cualquier crimen reciente en el que se haya utilizado ese tipo de ácido. —Jack no creía conveniente que el rudo Charly visitara a Parker, lo espantaría. Por otra parte le gustaba la manera de desenvolverse de Ackermann, que conocía muy bien a esos tipos de Wall Street.

Charly, resignado, asintió:

—OK, jefe, lo que usted diga.

—Una cuestión más: ¿hasta cuándo podemos contener a los chicos de la prensa sobre lo del ácido?

—Como mucho hasta mañana por la mañana —contestó Heather.

—OK, pues ya saben, hay que moverse rápidamente. —Terminó el jefe Jack la reunión y todos salieron a realizar sus cometidos con celeridad. En estos casos las primeras horas de la investigación son clave.

Capítulo 76

En la planta cincuenta y cuatro del precioso rascacielos de cristal del número 1101 de la Sexta Avenida imperaba una calma absoluta, sorprendente. Desde los ascensores se pasaba a un gran vestíbulo en forma de media circunferencia y dimensiones desproporcionadas, todo un derroche de ostentación dado el coste por metro cuadrado de alquiler en esa zona de Manhattan. La moqueta, de un tono beis claro, parecía terciopelo fino. Se antojaba acariciarla deslizando la mano por encima de ella; pisarla con las suelas cariadas de los zapatos por las sucias calles de Nueva York era casi grotesco. Las paredes engalanadas con cuadros abstractos de arte moderno y la iluminación indirecta en tonos acaramelados y excesivamente baja proporcionaban al lugar una atmósfera más semejante a la de un spa de un hotel asiático de superlujo que a la planta ejecutiva de un gran banco de inversiones. Dos guapas y estilosas secretarias vestidas con uniforme negro acababan por confundir al visitante sobre el sitio en el que se encontraba. Solo las grandes

mesas de madera de roble y diseño *antique* tras las que se senta-
ban y las siete puertas, también de esa costosa madera, dispuestas en la pared del fondo y que daban acceso a los despachos de
los ejecutivos de más responsabilidad de la institución, proporcionaban alguna pista sobre la posibilidad de que aquello fuera
un banco y no un centro de relax y cuidado personal.

La presencia de Heather y Ackermann con sus informales
vestimentas sin duda alguna quebraba la armonía del lugar. Era
muy infrecuente que personas con esos atuendos subieran hasta aquel oasis de distinción; en esas alturas lo habitual eran trajes
de cuatro mil dólares con gemelos de oro en las camisas de puro
algodón y faldas y chaquetas de marcas de lujo para las mujeres.
A pesar de su aspecto, las elegantes uniformadas les atendieron
con exquisita amabilidad; obviamente habían sido advertidas. No
pasó ni un minuto y una tercera secretaria se presentó en la sala
de espera en la que les habían acomodado. Se presentó como
la asistente personal de Bill Parker:

—El señor Parker les está esperando.

Cuando Heather y Ackermann entraron en su amplio despacho, se encontraba sentado tras su gran escritorio de moder-
nas líneas, con una única pantalla de ordenador sobre la mesa.
En cuanto les vio entrar por la puerta, se puso en pie y se acercó desplegando su más amplia sonrisa.

Para Heather era la segunda ocasión en que lo veía: la primera fue cuando pasó junto a la mesa donde cenaba con sus
amigos en el restaurante Café Boulud y saludó de lejos a Max.
Le pareció muy distinto, ya no emulaba al educado y amable
padre de familia de la primera vez. Claramente estaba en su medio
natural. Lucía unos tirantes rojos sobre una camisa hecha a medida de rayas finas azul marino y blancas. Los puños de las mangas
estaban ceñidos con gemelos de plata maciza con forma de pequeño tiburón, siguiendo los dictados de la moda del momento de
acompañar algún complemento del vestir con la figura de esos

temidos escualos, como si trabajar en Wall Street no fuera suficiente indicio. Su piel bronceada, especialmente intensa en su frente, y el blanco inmaculado de su pelo le conferían un aspecto muy peculiar. En una sala llena de ejecutivos cualquiera habría apostado a que ese tipo era el jefe.

—Soy Bill Parker —se presentó estirando el brazo y ofreciendo su mano.

—Heather Brooks, agente especial del FBI.

—David Ackermann, investigador privado.

—Es un placer tenerles aquí. ¿En qué puedo ayudarles?

Heather fue al asunto directamente, como hacía siempre:

—Queríamos hacerle unas preguntas sobre un empleado suyo.

—Magnífico, ¿de quién se trata? —La ironía de Bill podía llegar a empalagar y generaba cierta incomodidad y desconcierto, pero Ackermann, muy serio, ni se inmutó.

—Se trata de Max Bogart.

—Max —puso cara de falsa tristeza—, un buen chico, qué desgracia, pero creo que están ustedes confundidos porque no era empleado mío.

—Bueno, dirigía un *hedge fund* del que Goldstein es socio mayoritario —intervino Ackermann.

—Sí, pero eso es distinto a ser empleado. Digamos que fue empleado de Goldstein antes de su último desempeño y que ahora trabajaba para un fondo participado por el banco.

—OK, llámelo como quiera. ¿Solía despachar con él habitualmente?

—No, ¿por qué iba a hacerlo? STAR I era un *hedge fund* independiente. Solo le vi en algunos consejos.

—¿Qué opinión tenía de él? —intervino Heather, que hasta ese momento se había limitado a observar con cierta distancia.

—Un buen chico y muy competente, una gran desgracia que se matara —repitió Parker.

—¿Por qué cerraron el STAR I? —preguntó cambiando de tema Ackermann.

—Fue una decisión consensuada por todos los socios. Cuestiones de mercado. Pero…, un momento… ¿Por qué tantas preguntas? —Miró fijamente a ambos sin parpadear, con su terrible intensidad.

—Verá, señor Parker. El accidente que mató a Max Bogart fue provocado —dijo suavemente Heather.

—¿Provocado? Pero ¿qué insinúa? —preguntó Parker. Aquella era la reacción exacta que cabía esperar. A Heather y Ackermann no les pareció que la noticia le sorprendiera en absoluto, volvieron a tener la impresión de que aquel tipo nunca decía lo que pensaba y siempre sabía mucho más de lo que decía.

—Me refiero a que alguien manipuló su automóvil para que se estrellara —insistió Heather.

—Pero eso es ridículo, ¿quién iba a querer hacerle daño?

—De eso se trata, señor Parker, es lo que tenemos que averiguar —dijo ella—. ¿Sabe si tenía algún enemigo?

—Mire, era un gran tipo y hacía muy bien su trabajo, estábamos muy contentos con él, nunca dio ningún problema; ha sido una tragedia. —Miró a un punto fijo del suelo como en forzada meditación y añadió en tono serio y algo más pausado—: Una pérdida irreparable. Lástima que a alguien tan joven y con ese brillante futuro por delante se lo haya llevado la vida.

—O más bien que alguien haya querido que se lo llevara la vida —apuntó Ackermann.

—Me encantaría poder prolongar este encuentro —añadió Parker sosegadamente—, pero yo no les puedo ayudar mucho más, no sé nada de su vida privada, salvo que salía con esa famosa reportera, pero eso no es una novedad: todo el mundo lo sabía. Estoy a su disposición para cualquier consulta que me quieran hacer más adelante, pero ahora, si me lo permiten, tengo una mañana muy complicada.

Y se encaminó hacia la puerta para invitarles a salir.

—Sí, cómo no —dijo muy educadamente Heather, dirigiéndose a la salida junto a Ackermann.

En ese momento este se giró hacia Parker y le preguntó:

—¿Cómo tomaban las decisiones de inversión en STAR I?

—Como en todos los *hedge funds:* a través del comité de inversiones —mintió Parker—. Pero ¿a qué viene esa pregunta?, ¿qué tiene que ver el proceso inversor con el accidente de Max?

—No, nada. Era por curiosidad, habían obtenido unos resultados tan espectaculares que me preguntaba si tenían algún método especial.

—Si lo tuviéramos tenga por seguro que no lo iría contando, y menos a exejecutivos de banca como usted, señor Ackermann —respondió exhibiendo una amplia sonrisa.

A David esta observación le cogió por sorpresa; obviamente Parker le había investigado antes de la reunión.

—Veo que está bien informado —replicó.

—Ya saben, es la costumbre en estos ambientes; si quieres hacer dinero, procura saber hasta de qué lado duerme tu oponente.

—Creo que se equivoca en algo señor Parker: yo no soy su oponente, tan solo un investigador privado.

—Quién sabe, David, quién sabe. Quizá en unos años vuelva a la banca, creo que con nosotros se le dio muy bien hasta que se decidió a hacer patrullas por Tierra Santa. Cualquier día le podrían hacer una suculenta oferta —concluyó Parker, demostrando que su conocimiento sobre la vida de Ackermann era absoluto y esbozando de nuevo una amplia sonrisa para terminar.

Heather y Ackermann abandonaron el despacho, pero en su periplo por el vestíbulo y los ascensores no abrieron la boca. No se fiaban, podría haber dispositivos de escucha por el edificio. Ya en la calle, Heather comentó:

—Vaya tipejo, no me gusta nada, me parece más falso que un decorado del Oeste americano.

—Bueno, es muchas más cosas que falso; ambicioso hasta el infinito, maquiavélico, manipulador, extraordinariamente bien relacionado con los políticos, los medios y las autoridades; en fin, temible si está en tu contra…, por algo incluso sus competidores le llaman «el *boss*».

—¿Crees que no intervenía en las operaciones de STAR I?

—Lo increíble sería que no lo hiciera, pero habrá que demostrarlo.

—Conocía tu pasado —indicó Heather.

—Por supuesto, ni se le ocurriría recibirnos sin antes investigarlo —respondió Ackermann—. Quizá la única cosa que ha dicho que realmente piensa es eso de que en Wall Street «si quieres hacer dinero, procura saber hasta de qué lado duerme tu oponente», y te aseguro que lo lleva hasta el extremo. Se conoce la vida privada de todos sus empleados y por supuesto conocía la de Max.

—¿Y qué opinas? ¿Tendrá algo que ver con su muerte? —preguntó Heather.

—No sé —dudó Ackermann—. Me cuesta entender por qué querrían hacerlo desaparecer. Pero por otro lado todo es muy extraño, empezando por el hecho de que Arito dimita y después cierren STAR I. Pienso que la clave es conocer mejor cómo funcionaba el *hedge fund,* eso nos podrá dar pistas. Hay que conseguir el PC, portátil y móvil de Max lo antes posible.

—Espero que Charly haya tenido suerte y ya estén analizando todo eso —respondió Heather—. Si la noticia de que fue un accidente provocado se hace pública mañana, será mejor que esta tarde nos acerquemos a casa de Debra para explicarle todo.

—¿Quieres ir tú sola? —preguntó Ackermann.

—No, está bien que me acompañes; ahora se trata de una investigación oficial. Quizá Debra sepa algo.

Capítulo 77

Debra había pasado el día sumida en pensamientos y emociones contradictorias. Sentía intacto su amor por Max y su pérdida la vivía como un vacío insalvable. Un pozo al que se asomaba constantemente para comprobar que su interior estaba inmerso en una oscuridad profunda. Por otra parte estaba afligida por la traición en la fiesta y la posterior discusión; recordaba a Max desesperado diciéndole que él no era culpable de lo sucedido, que esa chica le había besado de súbito sin poder impedirlo. Pero para ella el mero hecho de que se refugiara en un lavabo de señoras con aquellas dos descaradas y su amigo Checo ya era una falta de respeto hacia su persona. «¿Qué hombre enamorado lo haría?», se preguntaba. La periodista, quizá por su juventud, era algo ingenua. Es cierto que un hombre enamorado difícilmente habría entrado en ese lugar con dos jóvenes embriagadas de sexo y lujuria, pero también lo era que en Manhattan, en medio de una gran fiesta, con abundante alcohol y bulla, no era tan extraño que hubiese ocurrido. Lo que sí resultaba una imprudencia era haberlo hecho en el lavabo de mujeres, estando su novia en la fiesta.

Eran momentos de amargura para Debra porque, por más que quisiera, no podía evitar ver esa última escena. Su corazón habría sufrido mucho más si hubiera muerto sin conocer su comportamiento liviano, habría recordado a Max como un ser maravilloso que siempre la adoró; ahora era distinto y lo sería para siempre. Se encontraba en un desierto de desolación, sentada en la pequeña butaca del salón, con sus pensamientos y un té de hierbabuena que Rania le había preparado para que lo saboreara mientras ella se duchaba. Habían decidido preparar una cena casera y tomarla juntas. Lo último que le apetecía a Debra era salir a la calle. Entonces sonó el timbre.

Al oír sus pasos, Heather, desde el otro lado de la puerta, exclamó como siempre: «Soy yo». Debra abrió y se sorprendió, tanto por ver que venía acompañada por un hombre como por su impecable aspecto. Heather, al percatarse, mostró una sonrisa y negó con la cabeza. Ese era el gesto que pactaron años atrás en la universidad para avisarse de cuando una estaba interesada en algún chico y «no se podía tocar». Debra la entendió perfectamente y le sonrió; la verdad era que no estaba ella en esos momentos como para interesarse por alguien.

—Te presento a David Ackermann, estamos trabajando juntos en un caso.

—Sí, me lo mencionaste. —Debra se acordó de inmediato de la descripción física que había hecho de él—. Pasad y sentaos —dijo señalándoles el sofá del salón. Ella ocupó la pequeña butaca blanca donde se había recogido muchas de las últimas horas, sin duda las más tristes de su joven vida. Acostumbrada por su profesión de periodista a observar con atención todo lo que la rodeaba, en segundos configuró mentalmente un retrato de Ackermann. La tez tostada, su imponente figura atlética y el liso cabello rubio le conferían aspecto como de surfista californiano. Sin embargo, el cuidado corte de pelo, raso por encima de las orejas y sienes, le daba un aire actual, ajeno a los reglamentarios rizos de los jóvenes locos por las olas y las tablas del oeste del país. Ahora se llevaba ese corte que él esgrimía desde los tiempos de la academia militar. Sin duda su amiga Heather debía de sentirse atraída por aquel tipo, era realmente muy atractivo—. ¿Queréis tomar algo? —preguntó a sus inesperados invitados.

—¿Estás sola? —inquirió a su vez Heather sin disimular cierta tensión.

—No, ella está arreglándose en el baño —contestó refiriéndose a Rania.

No había mucho tiempo que perder, así que Heather inició su explicación. Por su profesión estaba entrenada y acostumbrada a mantener conversaciones difíciles con otras personas, a veces sumidas en una tragedia, pero hacerlo con su amiga no era lo mismo, le producía incomodidad.

—Parece ser que el accidente de Max fue provocado —espetó sin más, propinándole un aldabonazo a la ya torturada sensibilidad de Debra.

—¿Cómo? —apenas balbuceó esta.

—Hay irrefutables pruebas de que alguien manipuló su Ferrari para provocar que perdiera el control.

Debra se quedó boquiabierta, no podía creer lo que estaba oyendo.

—Pero ¿qué me dices? ¿Por qué alguien iba a querer hacer eso? —se preguntó en voz alta al tiempo que, nerviosa, se bebía de un trago la taza de té.

—No lo sabemos, por eso necesitamos hablar contigo, hacerte algunas preguntas.

De pronto, la entrada de Rania interrumpió la charla; con el pelo recogido y una larga coleta, vestía unos *jeans* algo gastados y ajustados que solo usaba en casa, con una camiseta blanca y unas sandalias de playa.

—Disculpad, no sabía que… —Lo que sus ojos le mostraron le impidió acabar la frase. «¡No es posible!», se dijo. El oficial del ejército israelí que un día no muy lejano le salvó la vida arrancándola de aquel descampado donde el más terrible horror se había cebado en ella estaba allí, tranquilamente sentado junto a su amiga. No podía ser verdad. El corazón comenzó a palpitarle furiosamente, sentía sus latidos batiendo a lo largo de todo su cuerpo.

—¿Te ocurre algo? —le preguntó Debra, sorprendida ante su reacción.

Ackermann, por su parte, también la reconoció de inmediato; era la chica que había visto en la foto del funeral de Max acompañando a Debra… y que su excelente memoria fue incapaz entonces de asociar con la indefensa joven, arrojada sobre un suelo árido, semidesnuda y bañada en un charco de sangre, que él mismo rescató de aquel descampado de Jericó y de la muerte. Ahora, al encontrársela frente a él y pese a que su aspecto había cambiado mucho, no dudó en identificarla; ahí estaba, transformada en una bellísima mujer.

Durante unos segundos se hizo un silencio extraño, como si los recuerdos sobrevenidos del lejano Jericó se adueñaran del espacio y ralentizaran el paso del tiempo.

Rania, perturbada, se sentó junto a Debra.

—¿Quieres un poco de té? —le ofreció amablemente su compañera.

—No, gracias. —Estaba confusa, no podía pensar con claridad. Era incapaz de afrontar aquella situación. Jamás pensó que fuese a encontrarse allí en Nueva York con alguien de ese pasado que tanto le había costado superar. No estaba preparada para hacerlo. Lo primero que le vino a la mente fue que no quería estar allí ni un segundo más, así que se levantó abruptamente y dijo—:

Perdonad, pero tengo que comprar algo para la cena de esta noche. Si me disculpáis… —Cogió su cazadora sport de piel negra que estaba colgada detrás de la puerta principal de la entrada del apartamento y se marchó.

—¿Le pasa algo? —preguntó Heather a Debra.

—No, que yo sepa —contestó esta sorprendida por la reacción de su amiga y por el hecho de que saliera a la calle con aquellas sandalias y *jeans* que normalmente usaba para ir por casa. Aunque su estado de desolación apenas le impidió reparar en la reacción de Rania.

Ackermann se levantó de su asiento. Tuvo sentimientos encontrados. Entendía que aquella chica se sintiera muy mal al encontrárselo repentinamente sentado en el salón de su apartamento, seguro que le traía los peores recuerdos y que él era la última persona con la que habría deseado cruzarse. Él mismo estaba en estado de *shock*, pero, por otra parte, volvió a sentir la magia de la atracción, al igual que le ocurriera en el hospital de Jerusalén. No lo había sentido por ninguna mujer pese a las muchas que se le acercaban. Era sorprendente, porque no sabía nada de ella, ni tan siquiera había tenido una conversación corriente, y, sin embargo, ahí estaba la insolencia de la seducción, como siempre imponiendo cuándo llegar o cuándo decidía irse.

Heather miró sorprendida a Ackermann; él ni se había dado cuenta de que al ver a Rania se había puesto en pie inconscientemente y estaba en medio de la habitación como queriendo acompañar su estela. Aquella extraña reacción de su compañero no pasó desapercibida a la agente especial Brooks.

Capítulo 78

Rania caminaba desolada. Las piernas le temblaban con la misma fragilidad que el alma. Todo se había roto. El sueño de que sus vivencias pertenecían a un tiempo y un lugar tan lejanos que habían quedado allí perdidas se hizo añicos en segundos. El hombre que un día le salvó la vida hoy con su presencia se la estaba quitando. Era tan injusto… Todo se le vino encima. Su amor por Abdul. Su odio a Abdul. Su amorosa y dulce vida allá en su Jericó amado, el terrible momento en que fue ultrajada por aquel borracho loco. Por un instante sintió que perdía el equilibrio, comenzó a tambalearse hasta que consiguió apoyarse en el primer sostén que encontró, una vieja farola.

Circulaba frente a ella gente anónima del colorido Nueva York, que al ver a aquella vulnerable criatura sufriendo abiertamente frente al mundo, se quedaba mirándola con curiosidad. Algunos hasta con compasión, como una mujer negra de mediana edad y robusto físico que no dudó en acercarse:

—¿Estás bien?

Pero Rania no podía oírla, no estaba allí ni en ninguna parte, quería morirse. ¿Por qué la vida era tan injusta con ella? Le había costado tanto esfuerzo desterrar aquella pesadilla y ahora, atropelladamente, se le venía encima de nuevo. «¿Por qué?», se repetía sin consuelo. Necesitaba más que nunca el apoyo de los suyos, pero estaba sola en aquel lugar que, por momentos, de nuevo se le hacía tan extraño como el día en que llegó.

—Perdona, ¿estás bien? Mejor será que te sientes —insistía la anónima samaritana.

Esta vez sí escuchó y vio a aquella preocupada mujer que tan amablemente la sostenía. Se sentó en un oportuno viejo banco ubicado junto a la farola en la que se había ido a apoyar.

—Sí, gracias —acertó a expresar Rania.

—¿Estás segura? Toma. —Aquella desconocida extrajo una pequeña botella de agua de su bolso, forzó con una ligera presión su tapón de plástico y se la ofreció a Rania. Ella cogió el botellín y bebió con ansiedad; su garganta se había secado desbordada por la angustia. Prácticamente se acabó su contenido de un gran sorbo. Al apartar la botella de su boca miró a su acompañante. Vio en los ojos de aquella mujer la bondad de aquel que busca ayudar a los demás a cambio de nada. Se aferró a su negra mano de piel agrietada por los años y, apretándola intensamente, le dijo:

—Gracias, muchas gracias, es usted muy amable.

—¿Seguro que te encuentras bien?

—Sí, de verdad, ha sido solo un recuerdo triste.

—Todos los tenemos, es mejor que lo intentes esconder —le aconsejó la desconocida.

Rania sintió cierto alivio; se acordó de los consejos de la anciana del hospital de El Cairo.

—Sí, tiene usted razón, hay que esconderlos —repitió Rania.

—OK, tengo que seguir mi camino, trabajo aquí, en el bar de la esquina, y empiezo mi turno.

—Claro, pero espere un momento. ¿Le puedo comprar una botella nueva?

—No te preocupes, te ha hecho más bien a ti que a mí, yo no la necesito. —La mujer soltó la mano de Rania, se levantó, le acarició la cara y se fue.

Aquel gesto de esa gentil mujer trajo una chispa de luz a su desamparo. Pasó unos minutos más sentada en aquel frío banco de hierro, todavía confusa, sumida en un laberinto de emociones. Finalmente se puso en pie y siguió caminando; las pulsaciones se iban atemperando hasta alcanzar su ritmo normal. Sintió que necesitaba caminar, necesitaba respirar, necesitaba ordenar de nuevo su pacto con el pasado.

Había recorrido una considerable distancia desde que salió del apartamento, marchando sin rumbo, recorriendo calles desconocidas. Nunca antes había pasado por aquella apartada zona. Todavía se encontraba en el Meatpacking District, pero en el extremo menos habitado del mismo, donde aún quedaban algunos viejos almacenes y sótanos abandonados que recordaban lo que aquel barrio fue, cuando en él se almacenaban y distribuían a toda la ciudad las grandes piezas de carne. La tarde se fugaba por el horizonte y con ella la luz natural.

Caminaba junto a la fachada de los edificios, como un animal solitario buscando protección. Miró hacia el frente y decidió acercarse hasta el río Hudson; desde allí volvería a casa, el paseo le serviría para aclarar las ideas.

Capítulo 79

Los jefes de Guzmán *el Ácido* le indicaron el protocolo que debía seguir en su estancia en Nueva York: siempre que le encargaran un trabajo, tras realizarlo debía abandonar su refugio e instalarse en un diminuto estudio situado en el Lower East Side propiedad del cártel. Debía pasar allí algunos días y después acercarse a su sótano con cuidado. Eso de tener que cambiar de vivienda a él no le gustaba en absoluto; en sus tierras, antes y después de sus crímenes siempre volvía a dormir tranquilamente a su casa. Llevaba ya dos días encerrado en ese apartamento pero no estaba cómodo, prefería el sótano. Pasaba el tiempo bebiendo caballitos de tequila y escuchando a los Tigres del Norte, un grupo de música mexicana norteña de enorme éxito y por el cual sentía devoción. Sabía que por prudencia todavía tenía que permanecer allí unos días más. Al ver en las noticias la repercusión de la muerte de Max y el revuelo que se había producido se sentía importante, siempre le ocurría cuando sus crímenes trascendían.

Disfrutaba tanto cometiéndolos como recordándolos, por lo que no tardaron mucho en venirle a la cabeza los sucesos de Tijuana, como le gustaba llamar a aquel episodio del pasado. Le habían encargado que se deshiciera de un pequeño traficante que había osado hacer alguna operación por su cuenta, al margen del cártel al que pertenecía. Con una cuadrilla de cuatro compañeros, entraron armados en un elegante restaurante, que por tratarse de un domingo al mediodía estaba repleto de familias con sus hijos. Al verlos, la gente empezó a gritar y a esconderse debajo de las mesas, alguno incluso sacó a los pequeños de los cochecitos y se parapetó tras ellos, como si estos fueran a servir para frenar las balas de sus armas. Los clientes de aquel lugar pensaban que se iba a producir una sangrienta balacera que mataría indiscriminadamente a muchos de ellos, por lo que, para poner algo de orden, tomó la palabra:

—Señores y señoras, quédense tranquilos. —Recordaba perfectamente cómo se dirigió a los presentes. Algunos de aquellos amedrentados comensales se atrevieron a mirar desde sus endebles escondites; al verle con su cara marcada por las manchas derivadas del vitíligo y su arma al cinto se aterrorizaron aún más—. Venimos a buscar al señor Miralles. Armando Miralles, será mejor que salga si no quiere que sangre inocente se derrame por todas partes; no sería bonito que se mezclara con la rica comida que estaban ustedes degustando —añadió entre las carcajadas de sus colegas.

El tal Miralles salió de inmediato de su escondite. Guzmán le agradeció con amables palabras su delicadeza. Se lo llevaron a un rancho situado al este de la ciudad, a unos cinco kilómetros. El ritual fue el acostumbrado para esos casos: primero le pusieron la chaqueta vaquera rociada con gasolina y la prendieron con un mechero. Tras arder unos segundos se la quitaron para arrancarle la piel y luego poco a poco lo fueron introduciendo en un gran tonel lleno de ácido para que se fuera desintegrando. En aquella ocasión alargaron más la ceremonia, reanimando varias veces al desgraciado Miralles para que fuera consciente de su propia fundición. Cuando acabó el proceso, solo quedaban de él su torso y la cabeza. Su cara estaba morada e hinchada por los golpes que le había ido propinando; sin embargo, no lo suficientemente desfigurada como para que un miembro del cártel para el que trabajaban se alarmara al verlo: aquel no era el Miralles traidor, sino un hermano suyo mayor retirado del negocio porque estaba aquejado de un cáncer incurable, que evidentemente, sabiéndose desahuciado, se había hecho pasar por su hermano para protegerlo.

Cuando Guzmán escuchó esas palabras, se enfureció como nunca. Se volvió loco. Se presentó con su banda en la casa de la familia Miralles y, sin mediar palabra, acribilló a balazos a todos los que le salieron al paso, la mayoría mujeres, niños y jóvenes parientes. Los días siguientes no cejó en su empeño hasta que dio con el auténtico Miralles. Su muerte fue indescriptible. Se las arregló para que la agonía de aquel cerdo traidor se alargara durante tres días. Pero consiguió que, pese al error inicial, su prestigio quedara intacto y el terror que provocaba en muchos oír su nombre se acrecentó.

Le encantaba recordar aquellos buenos tiempos, aunque, como buen mexicano, lo que más añoraba era la comida: los taquitos, los chilaquiles, los tamales y los huevos divorciados para desayunar… Ese destierro temporal ya le tenía muy harto, ya sentía ganas de volver a la actividad habitual. Sin embargo, todavía tenía ocasión de dejar su seña de identidad en aquella ciudad.

Eso sí, la próxima vez haría las cosas a su manera. Sería más divertido.

Capítulo 80

Debra se hallaba turbada por los acontecimientos. Apenas habían pasado tres días desde la muerte de su novio, sin todavía tiempo para asimilar la situación, y... Heather le acababa de informar de que no había sido un accidente. Pensando en voz alta se dirigió a sus visitantes:

—Os puedo asegurar que estos días he llegado a tener cierto sentimiento de culpabilidad, al creer que quizá nuestra discusión de aquella noche le llevó a conducir imprudentemente, provocar el accidente y su muerte —dijo consternada.

Ackermann miró a Heather sorprendido; no entendía a qué discusión se estaba refiriendo Debra, pero cualquier dato o hecho, por menor que pareciese, podía llegar a ser muy relevante en el transcurso de una investigación. Ella le hizo una señal girando el dedo índice hacia delante para indicarle que después se lo explicaría. Debra, absorta en su aflicción, no percibió el gesto.

Heather intervino con la intención de relegar de la mente de su amiga cualquier remordimiento sin fundamento:

—Aunque conducía a alta velocidad, ese coche es muy seguro; sin duda lo que le hizo estrellarse fue el súbito reventón de la rueda manipulada.

—Pero ¿quién querría hacer algo así? —preguntó desconsolada.

—Ese es nuestro trabajo y lo averiguaremos, porque está claro que alguien quiso que Max se accidentara —contestó Heather.

Escuchar aquellas palabras provocó que un escalofrío recorriera el cuerpo de Debra. Alguien deseaba la muerte de Max. Sus sentimientos de pena por la pérdida se mezclaron con el miedo. Ackermann, que hasta el momento había permanecido en silencio respetando el diálogo entre las dos amigas, intervino:

—Debra, ¿recuerdas si en las últimas semanas o días Max tuvo algún comportamiento extraño?

—No.

—Aunque simplemente fuera alguna queja sobre algo o alguien, alguna cuestión que le preocupara…

—Bueno, estaba siempre algo estresado por el trabajo, quizá… —dudó por un momento—. Me comentó algo sobre cierta reunión que le inquietaba; fue hace un par de semanas, recuerdo que era un viernes por la tarde.

—¿Te acuerdas con quién tenía la reunión?

—Sí, con Bill Parker y su ayudante, Larry…, no recuerdo el apellido.

—Coach —apuntó Ackermann haciendo uso de su memoria infalible.

—Sí, Larry Coach. Le sorprendió que le citaran a las siete siendo un viernes, pero finalmente me dijo que no fue nada importante, que solo se trataba de un seguimiento habitual de la evolución de los resultados de STAR I.

A Ackermann le sonó algo extraño; conocía el funcionamiento del sector y el seguimiento formal de resultados se hacía en los comités y consejos pertinentes, no en reuniones específicas, salvo que el *hedge fund* en particular estuviera pasando por problemas, que no era el caso de STAR I, sino al contrario. Apuntó mentalmente la necesidad de indagar sobre el contenido de aquella reunión.

Al unísono, Heather y Ackermann se miraron sin decir nada; su entrevista con Parker les había dejado fríos. Tenían la sensación de que ese tipo jamás decía lo que pensaba y les había transmitido una falsa sensación de normalidad en torno a STAR I. Todos los argumentos que les dio sobre las razones del cierre del *hedge fund* eran muy poco convincentes.

Heather prosiguió el informal interrogatorio, pero cambiando de asunto:

—Debra, esta pregunta es algo delicada y no quiero aprovecharme de nuestra amistad, así que si no quieres no tienes por qué contestármela.

—Adelante.

—¿Consumía habitualmente Max cocaína o alguna otra sustancia?

Debra era consciente de que aquellas preguntas estaban en la frontera entre la investigación oficial y su relación personal de amistad, pero no le importó contestar.

—No que yo supiera; vamos, creo que no, excepto la noche del accidente, bueno del… —No se atrevió a emplear otro calificativo; solo pensar que la muerte de Max pudiera haber sido planificada por alguien le horrorizaba—. Nunca antes le había visto nada anormal en ese sentido. Estaba muy volcado en su nuevo trabajo. Hacía una vida sana, iba a menudo al gimnasio con Checo, tampoco solía beber mucho alcohol, no sé…

Por segunda vez escuchaba Ackermann el nombre de Checo desde que lo mencionara Arito relacionándolo con Heather.

—¿Quién es Checo? —preguntó.

—Su mejor amigo, son… —hizo una nueva pausa dejando la mirada perdida—, bueno…, eran inseparables.

Ackermann pensó que también deberían hablar con Checo; si era muy amigo de Max quizá sabría algo más acerca de su vida privada o su trabajo que Debra desconociera. Por el momento ella no disponía de más información interesante para la investigación, o al menos eso parecía. Heather también pensó que aquello era suficiente para su amiga, por lo que dio un giro a la conversación:

—Debra, ya sé que todo esto es muy duro, siento mucho lo ocurrido, pero ya nada puedes hacer. Déjalo en nuestras manos y te aseguro que esclareceremos todas las circunstancias de este caso. —En cuanto pronunció la palabra «caso» se dio cuenta de lo inapropiado que resultaba ante su amiga llamar así a lo sucedido, por eso rectificó al instante—. Disculpa, la muerte de Max.

—No te preocupes, Heather, lo entiendo; para vosotros ahora es un caso más y está bien que lo sea, es vuestro trabajo.

—Gracias por ser tan comprensiva. —Heather hizo una pausa y prosiguió—: Ahora te hablo como amiga: creo que lo mejor que puedes hacer es concentrarte en tu trabajo, en tus cosas; aunque esto nunca lo puedas olvidar, el mejor antídoto para salir adelante es tu ocupación diaria. ¿En qué estabas trabajando últimamente? —le preguntó sin mucho interés, solo para sacarla de aquella tempestad de tristeza y desconcierto.

Debra, pensativa, le preguntó a su vez:

—¿Perdona?

—Nada, que en qué proyecto estabas trabajando ahora.

—Acabamos de terminar de grabar una serie de programas llamada *New York Lords of Drugs.*

—¡Dios mío!, como sigas así vas a acabar trabajando en el FBI conmigo.

Todos sonrieron, más para quitar tensión al ambiente que otra cosa. A Heather le sabía mal dejarla allí sola en ese difícil momento y por eso le propuso:

—¿Vas a hacer algo esta noche? Si quieres, me puedo quedar contigo —se ofreció con gusto.

—Gracias, Heather, pero no te preocupes, estoy bien; Rania no tardará en volver, quedamos en preparar juntas la cena aquí en casa; vamos a hacer una pizza al estilo artesanal.

—¿Y cómo se hace eso? —preguntó Ackermann.

—Nosotras haremos la masa con harina de trigo, levadura, sal, ya sabes… Nos tendrá distraídas y ocupadas.

—Sí, claro —asintió Heather, que no tenía ni idea de cómo se hacía una pizza; en realidad no sabía cocinar prácticamente nada, pero siempre lo solventaba comprando algo preparado en el *deli* más cercano—. OK, pero si necesitas algo, llámame; no lo dudes, por favor, sea la hora que sea —añadió.

Todos se levantaron. Las dos amigas se fundieron en un largo y sentido abrazo. Una lágrima cayó por la mejilla de Debra. Cuando se apartaron, Ackermann también se acercó a Debra para despedirse. Una vez se cerró la puerta, Debra se giró y apoyó su espalda sobre ella. Las lágrimas brotaron entonces sin cesar y abundantemente al amparo de su soledad.

Tras unos segundos se limpió la cara con un *kleenex* que sacó del bolsillo de sus apretados *jeans* y se dirigió a la cocina. Rania no tardaría en llegar.

Capítulo 81

En el exterior se había levantado una fría ventisca típica de finales de junio en Nueva York, cuando los días de cielo azul dan paso a bellos atardeceres de templada temperatura, pero con vientos cruzados entre los ríos de la ciudad que pueden jugar malas pasadas. Mientras caminaba por la acera hacia su coche, Heather se sentía incómoda; estaba acostumbrada a vivir este tipo de situaciones porque era parte de su trabajo, pero jamás pensó que en alguna ocasión pudieran afectar a alguien tan cercano a ella como lo era Debra. Además, no le habían dicho toda la verdad: le habían ocultado la investigación que estaban realizando sobre Max, puesto que pensaron que no tenía ya mucho sentido contárselo, por lo menos en ese momento. El tiempo y el desarrollo de los acontecimientos decidirían si algún día le explicarían el asunto íntegramente. De momento no era necesario, solo le habría causado más sufrimiento inútil.

Ackermann, por su parte, estaba algo ausente, sin dejar de pensar en lo vivido allí dentro. No podía quitarse de la cabeza la fulgurante aparición de Rania. La probabilidad de cruzarse de nuevo con aquella chica era reducida, por no decir imposible; sin embargo, se había producido y, como una ola en la orilla del mar que te envuelve y te moja los pies sin remedio, las memorias de aquella etapa que parecía tan lejana inundaron sus pensamientos.

—¿De qué la conocías? —interrumpió Heather.

—¿Qué? —preguntó a su vez Ackermann sorprendido.

—Que de qué conocías a Rania.

Él hizo un esfuerzo por no exteriorizar ninguna reacción pese a su sobresalto, sabía que Heather estaba examinando al milímetro cualquier gesto en su cara, por leve que fuera; un movimiento de una arruga ella lo detectaría. Se esforzó, utilizando las técnicas de entrenamiento aprendidas para no mostrar emociones, en no mover ni un solo músculo y contestar pausadamente:

—Si es la primera vez que la veo… Bueno, salvo por las fotos del funeral en la prensa en las que salía junto a Debra, nunca antes la había visto —mintió muy a su pesar.

—Pues me pareció que los dos reaccionasteis de forma muy extraña al veros.

—No sé qué te pareció extraño, pero no la conozco de nada. ¿Quién es?

—Trabaja con Debra y además estudia en el Arthur L. Carter Journalism Institute; creo que quiere ser periodista. Me parece que vino de Egipto y su madre es americana, la verdad es que tampoco conozco su historia en detalle, se lleva muy bien con Debra y se han hecho amigas.

—Interesante —dijo David, incómodo al mentir a su compañera de investigación. Sin embargo pensaba que había hecho lo correcto, no podía descubrir a Rania desvelando las circunstancias en las que se conocieron, le debía discreción. Además, lo ocurrido allí en operaciones de combate debía quedar en secreto, todo era parte del pacto.

El instinto de Heather le hizo dudar de las respuestas de Ackermann. «Pero ¿por qué habría de conocerla?», se dijo. La verdad es que no tenía mucho sentido que así fuera, por lo que cambió el asunto de la conversación centrándose en el trabajo.

—¿Qué te parece el caso? —le preguntó.

—Pues no tenemos muchas pistas; bueno, todo eso de STAR I apesta. La ingente cantidad de dinero que ganaron en un espacio de tiempo tan corto, su repentino cierre… Tengo el presentimiento de que Parker sabía que estábamos investigando STAR I.

—Pero ¿cómo podría saberlo? Solo lo conocíamos nosotros y la propia FED.

—Tú lo has dicho.

—No pensarás que…

—No. ¿Carol Sintell, la directora de Supervisión de Instituciones Financieras de la FED de Nueva York? Seguro que no, a ella le pagan por descubrir fraudes financieros y se toma muy en serio su trabajo. Pero en la FED hay muchos exbanqueros. En esta industria todos se conocen. Un día estás en un lado y el siguiente en el otro. En la banca de inversión los que triunfan se hartan de ganar pasta hasta la saciedad. Luego, cuando ya les toca retirarse, un poderoso político al que años atrás financiaron sus campañas con sustanciosas donaciones del banco les proporciona un alto cargo de su administración desde donde ejercen de garantes de las buenas prácticas financieras; paradójico, ¿verdad? —Heather no dijo nada, pero le escuchaba con atención; cada vez le atraía más Ackermann, no podía remediarlo—. Básicamente compran prestigio —siguió él—. Así funciona todo este mundo, nada queda sin atar. Como es lógico, muy pocos de esos peces gordos llegan hasta dichos puestos, pero con tal de que en cada mandato presidencial lo hagan uno o dos es suficiente. Una vez allí se aseguran de que los políticos y sus reguladores no perjudiquen mucho a sus excompañeros, mira si no quién es el nuevo secretario del Tesoro.

—No caigo —dijo Heather.

—Ben Acklan, quince años trabajando en Goldstein Investment Bank y diez en JB & Lordman, otro gran banco de inversión. Y respecto a tu pregunta sobre quién podría haber avisado a Parker, me temo que es al revés: lo extraño sería que Bill Parker no se enterara de que había una investigación secreta en torno a su banco o cualquier *hedge fund* en el que tuvieran participación, como STAR I.

Heather, intrigada con las revelaciones de Ackermann, preguntó:

—¿Y qué podría saber Max para que les interesara que desapareciera? Me parece muy comprometido que lo eliminaran.

—Así es, ciertamente, pero no se puede descartar nada. Se están moviendo millones de dólares y cuando hay tanto dinero en juego todo es posible. En realidad todavía no sabemos si tienen algo que ver con su muerte o no, pero tarde o temprano lo averiguaremos. Por cierto, tendríamos que ver de nuevo a Arito, el director de inversiones, y también a ese Larry Coach, el lugarteniente de Parker. —A Ackermann le gustaba expresarse empleando términos militares cuando trabajaba en un caso.

Mientras tanto, Rania, muy cerca de allí, seguía su caminar pensativo por Cristopher Street, pero ahora en dirección oeste, hacia el río Hudson. Al aproximarse percibió su brisa húmeda tan peculiar. En su camino hacia el río cruzó la West Street, que sigue en paralelo su mismo trazado de norte a sur. Parecía más una autovía que una calle, con sus siete carriles repletos de automóviles. Advirtió al otro lado de la misma la verde vereda habilitada para paseantes, corredores y ciclistas y resolvió acercarse hasta allí. El cielo surcado por ligeras nubes anaranjadas, iluminadas por los últimos rayos del sol, que ya había decidido retirarse, convertían aquel lugar y momento en un bello escenario de suaves contrastes. Recordó por un momento los atardeceres en Jericó, cuando con su amiga Yasmin se sentaba junto al viejo árbol y miraban al horizonte. Ella siempre se imaginaba otros mundos lejanos hasta que la buena de Yasmin la invitaba a dejar de soñar. Esos ratos juntas la hacían muy feliz; ahora miraba al horizonte y veía la misma exhibición de la naturaleza, pero estaba sola. Parecía que había pasado tanto tiempo desde entonces… Se apoyó en la barandilla y se quedó mirando a la lejanía.

Capítulo 82

Heather y Ackermann se aproximaron al Mini negro con techo a cuadros. Lo habían aparcado en la misma Calle 11, solo unos metros más allá del portal de la casa de ladrillo de estilo renacimiento italiano en cuyo interior se ubicaba el apartamento que compartían Debra y Rania. Estaban en pleno West Village, que en esa época primaveral lucía con todo su esplendor, desde el verde de las hojas de los numerosos árboles plantados en sus calles al rojizo de aquellas singulares viviendas del siglo xix que le otorgaban tanto estilo y personalidad. Pequeñas tiendas, cafés, restaurantes que junto a sus residentes y visitantes acababan por dibujar un armonioso cuadro de ese inconfundible y plácido barrio.

Justo al llegar al vehículo sonó el móvil de ella. Atendió la llamada al tiempo que lanzaba las llaves a Ackermann y le hacía un ademán con la mano para que se dirigiera a la puerta del conductor. Al identificar a su interlocutor, apartó el móvil de su mandíbula y, tapando el micrófono, dijo en voz baja a Ackermann:

—Es Charly, mejor conduce tú. Sí, dime, Charly, ¿qué hay? —preguntó a su compañero del FBI.

—Tenemos novedades —contestó este con celeridad—. Hemos revisado las empresas de la zona donde venden componentes químicos. Hace dos semanas un tipo compró una importante cantidad de ácido clorhídrico como el utilizado en el accidente a una empresa de Nueva Jersey denominada Chemical International Ltd. El comprador prefirió llevarse la solución en su propio vehículo, una camioneta Toyota roja; dijo que era para su pequeña empresa de limpieza industrial. Horas después la misma persona compró una bañera clásica, de estas que se sostienen de pie con cuatro pequeñas patas de hierro.

—¿Cómo sabéis que se trata de la misma persona?

—Por dos cosas. —A pesar de que lo que le gustaba era la acción, Charly resultaba mucho más eficiente investigando pistas desde los despachos; continuó con sus explicaciones con evidente satisfacción—. En ambas compras pagó con la misma tarjeta, a nombre de James Clerck.

—James Clerck… ¿Y qué te hace pensar que está relacionado con la muerte de Max? —preguntó Heather ya dentro del vehículo, donde activó el *speaker* para que Ackermann escuchara toda la conversación.

—De hecho, el tal James Clerck no tiene nada que ver con el accidente de Max, desapareció en Nueva York el mismo día que se hicieron los pagos con su tarjeta; trabajaba en una empresa de mantenimiento de frío industrial. Por la mañana avisó de que había recibido una llamada de un cliente para una reparación y nunca volvió.

—Está bien, todo eso es muy interesante, pero sigo sin ver qué tiene que ver con Max —dijo Heather, que conocía a Charly y sabía que guardaba lo mejor para el final.

—La segunda pista: los dependientes de la empresa química y de la de mobiliario para baños que atendieron al falso

Clerck coinciden en su descripción: tiene la cara marcada por manchas producidas por despigmentación, lleva bigote, habla inglés con fuerte acento hispano y conducía una camioneta Toyota roja. No hay duda de que se trata de la misma persona que se hizo pasar por James Clerck, que, por cierto, es un anglosajón de tercera generación de Montana. —Entonces hizo una pausa para concluir—: Hemos revisado minuciosamente todas las grabaciones de vídeo de las dos cámaras cercanas al club donde Max organizó la fiesta el día del accidente y adivina qué… En una de ellas se ve cómo un tipo se dirige hacia el parking de los coches de los asistentes. Ampliamos la toma y, aunque está algo borrosa por la oscuridad, se pueden apreciar un poblado bigote blanco y manchas en su cara. Se la enseñamos a los dos dependientes y ninguno dudó en identificarlo como el hombre que les hizo la compra.

—Excelente trabajo, Charly —dijo Heather para animar a su compañero.

—Hay algo más —añadió este—: en la tienda donde compró la bañera le pidieron una dirección para pasar a instalársela, pero finalmente nunca llamó para cerrar la cita. La dirección era 540W, Calle 18, solo unas manzanas al norte del Meatpacking District. Al haberse presentado una denuncia por la desaparición de James Clerck ese mismo día, la Policía de Nueva York siguió el rastro de las compras que se hicieron con su tarjeta. Interrogó a los dos dependientes y envió a una patrulla a investigar esa dirección, pero no encontraron nada, solo un almacén cerrado. Supongo que se trataba de una dirección falsa.

—OK, Charly, gran trabajo —repitió Heather—. Nos vemos en la central en unos minutos —prosiguió, y cortó la llamada—. ¿Qué opinas? —preguntó a Ackermann, que había seguido en silencio toda la conversación.

—Parece que tenemos un sospechoso. Todo es algo extraño: ¿para qué querría una bañera? En cualquier caso la dirección está muy cerca de aquí—. Hizo una pausa, miró a Heather y añadió—: Creo que estás pensando lo mismo que yo.

Heather asintió y él arrancó el Mini.

Tardaron unos diez minutos en llegar al 540W de la Calle 18; prácticamente ya había anochecido. A simple vista no encontraron nada. La puerta metálica del almacén estaba cerrada a cal y canto, con unas gruesas cadenas de hierro y un gran candado. Sobre ella, una letras despintadas en las que se podía leer «Meat & Co. Coldstore» y una marca comercial borrada por el abandono. En aquella zona cercana al antiguo Meatpacking District todavía se podía encontrar algún local que recordaba a la época en que estaban allí los almacenes del mercado de carne. Las tiendas de moda, restaurantes y nuevos edificios habían invadido todo, pero esa dirección en concreto todavía presentaba un aspecto descuidado. Dieron la vuelta al edificio pero no encontraron nada sospechoso a su alrededor. Entraron de vuelta en el Mini; esta vez Heather tomó las llaves y se sentó al volante. El techo a cuadros como un tablero de ajedrez ponía una nota de diseño en aquella zona tan impersonal.

Ackermann comentó:

—Si como dice Charly tenemos testigos que han visto su rostro, seguramente los expertos habrán dibujado ya un retrato robot. El hecho de que hubiera comprado los componentes para producir el ácido encontrado en el accidente y haya imágenes de una cámara en las que se le ve merodeando por la zona de parking de los coches de los asistentes a la fiesta no prueba nada, pero es una buena pista a la que agarrarse, ¿no te parece?

—Desde luego —repuso ella—; es clave que ahora lo encontremos.

Heather giró la llave de contacto y puso en marcha su coqueto coche. Estaba maniobrando para salir del lugar donde había aparcado cuando de pronto…

—¡Espera! —gritó Ackermann—. Mira aquello. —Y señaló algún punto cerca de la puerta del almacén. Heather no observó nada especial.

—¿Que mire dónde? —le contestó impaciente.

—Allí abajo, en la fachada, junto a la puerta principal.

—¿A qué te refieres, David? —preguntó Heather desconcertada.

—Sale una luz tenue de esas ventanas a ras del suelo.

Heather se sorprendió de la agudeza visual de Ackermann.
Tenía razón: ahora que ya era casi de noche se podía ver una leve
iluminación que surgía de una de aquellas ventanas que pasaban
desapercibidas por elevarse sobre el suelo de la calzada tan solo
unos veinte centímetros.

—Se supone que este sitio está herméticamente sellado…
¿Cómo es posible que en su interior haya una luz?

Los dos saltaron del coche prácticamente al mismo tiempo,
dejando las puertas abiertas, y se acercaron a la ventana. Ackermann no dudó en tumbarse sobre la acera. El cristal era translú-
cido, así que no se podía ver nada en su interior; además estaba
pintado por dentro. Pero sin duda allí abajo había alguna luz.
Heather observaba los rápidos movimientos de Ackermann alrededor de la ventana. Su concentración era absoluta. Se puso en
pie y dijo con cierta satisfacción:

—Heather, ahí lo tenemos.

Entonces se alejó unos dos metros de la fachada.

—¿El qué? —preguntó ella.

—Mira en el suelo, está bajo nuestros pies. —Y le señaló
la plancha metálica en medio de la acera sobre la que se había
situado. Era una de esas grandes tapas de hierro que cubrían las
entradas a los sótanos de edificios antiguos, por las que se bajaban mercancías; debía de medir un metro y medio de ancho
por uno de largo. En el centro tenía tres pequeños agujeros y una

inscripción de una marca: «Meat & Co. Coldstore». Se agachó ágilmente y puso el ojo sobre uno de ellos. Observó el interior del sótano y pudo apreciar que el lugar estaba acondicionado.

—Heather, lo hemos encontrado; esto no es un sótano abandonado, sino más bien un refugio secreto —afirmó satisfecho por el hallazgo.

Ella se arrodilló a su vez sobre la gran tapa metálica, acercó también la cara a los agujeros de la plancha de hierro y miró hacia abajo. Incluso pudo distinguir que en su interior había un viejo sofá. El lugar parecía dispuesto para que alguien pudiera residir allí dentro. Se incorporó, pero Ackermann había desaparecido. Estaba sola en medio de esa calle alejada y algo oscura. Sintió una ráfaga de miedo.

—¿David?, ¿David? —repitió algo asustada al no encontrar respuesta a su primera llamada.

Pasaron unos largos segundos y de pronto…

—Estoy aquí —dijo él, saliendo de detrás del Mini con la caja de herramientas y el gato del vehículo en la mano.

—Qué susto me habías dado.

—Disculpa, fui a buscar herramientas, tenemos que entrar ahí dentro como sea. Espero que esto sirva de algo.

Se puso a trabajar. Pudo encajar una de las llaves inglesas en el agujero de la tapa y después enganchó su extremo rudimentariamente al gato del coche y empezó a mover la manivela. Al cabo de unos segundos la tapa se empezó a mover ligeramente hacia arriba. Entonces se dirigió a Heather:

—Pon algo debajo. —Ella cogió la caja metálica de herramientas que había traído del coche y la colocó entre la tapa y la acera para que no se volviera a cerrar. Entonces Ackermann dejó el gato y, haciendo palanca directamente con la llave inglesa y aplicando toda su fuerza, trató de levantarla. No pudo al primer intento.

—Déjame que te ayude. —Y Heather colocó la llave de hierro para apretar los tornillos de las ruedas por debajo de la plancha—. Ya estoy lista —le indicó a Ackermann.

—OK, vamos allá.

Ambos tensaron los músculos de los brazos y las piernas, manteniendo estas flexionadas de manera que también pudieran hacer fuerza hacia arriba con ellas, presionando sobre las rudimentarias palancas que habían montado. Tras varios segundos consiguieron levantarla y separarla hasta un ángulo de noventa grados; entonces la empujaron para que girara definitivamente sobre las bisagras hasta caer plana sobre la acera en el lado contrario al de su apertura. Observaron que en el interior, fijado a una de las paredes, había un mecanismo para abrirla similar al de los utilizados para puertas hidráulicas.

Lo que vieron les dejó atónitos. Allí dentro había un apartamento perfectamente amueblado. Además, con la tapa abierta pudieron apreciar una escalera soldada al techo del sótano que les invitaba a bajar a aquel siniestro lugar.

—Voy a bajar —afirmó sin dudar Ackermann, y colocó su pie derecho sobre el último peldaño.

—Espera, puede ser peligroso, mejor pedimos refuerzos —le gritó ella.

Para cuando Heather acabó la frase, David ya estaba a mitad de la escalera, ni siquiera la llegó a escuchar.

Capítulo 83

Rania caminó durante quince minutos por el Hudson River Greenway en dirección norte, cruzando hasta catorce calles, y al llegar a la 14 giró a la derecha. Pensó que ya era el momento de dirigirse de vuelta a casa, Debra la estaría esperando.

Se encontraba ya mucho más calmada; no podía saber cómo reaccionaría Ackermann porque no lo conocía, pero algo le hizo confiar en que quizá guardaría el secreto. Por lo pronto, en el apartamento pudo observar cómo también él se había quedado estupefacto al verla. El sorprendente hecho de que le salvara la vida en aquella tierra árida a las afueras de Jericó decía mucho en su favor; otro se habría despreocupado de ella, la habría dejado allí tendida desangrándose. También recordaba la conversación que tuvieron en el hospital de Jerusalén. Su aspecto actual no tenía nada que ver con el de aquel oficial vestido con uniforme del ejército israelí, sucio por la acción y con el hombro malherido. Ese día, en aquellos momentos en los que ella quería morirse de asco y vergüenza, él le había hablado con mucha ternura. «Sí, quién sabe, quizá nunca diga nada respecto a mi pasado», se dijo a sí misma. Desde luego ella no lo pensaba hacer.

«¿Y cómo habrá llegado él hasta aquí?», se preguntó. «¿Un oficial del ejercito israelí con Heather visitando a Debra?».

Lo cierto es que sentía curiosidad por saberlo. Al margen de lo delicado de la situación, no se le ocultaba que Ackermann despertaba su interés.

«Tratándose de un compañero de Heather, lo más probable es que vuelva a coincidir con él en alguna parte. Pero la próxima vez no actuaré como hoy, nada de espantadas», se dijo. Su nueva vida no podía seguir viéndose afectada por el pasado. Había conseguido un trabajo que ni en sus mejores sueños podría haber imaginado y además estudiaba en una prestigiosa escuela, becada por el canal de televisión. ¿Qué más podía pedir? Ahora lo que correspondía era ayudar a su amiga.

En cuanto llegó a la Octava Avenida giró a la derecha hasta la esquina con Greenwich para acercarse al North Villlage Deli Emporium, la tienda en la que solían hacer la compra. Su corazón ya latía pausado, al ritmo habitual. El paseo le había sentado espléndidamente, se encontraba de nuevo muy bien y con la mente muy positiva.

Se dirigió a la zona de productos refrigerados en busca de una bolsa de queso rallado. Vio paquetes de varias marcas. En el primero que cogió leyó «Especial para pastas» y lo dejó de nuevo en el estantc.

—¿Te puedo ayudar en algo? —dijo un joven cliente que se encontraba junto a ella—. ¿Qué queso buscas?

En circunstancias normales no le habría hecho caso, pero esta vez, tras el amargo rato ya pasado, se sentía con ánimo de hablar con alguien, así que le contestó:

—Pues la verdad es que sí: busco queso para hacer pizzas.

—Ah, sí, pues espera un momento porque la otra noche compré yo uno, déjame ver. —Se agachó, cogió una bolsa roja y verde del estante de abajo del refrigerador y se la entregó.

Rania pudo leer «Especial para pizzas».

—Gracias —le dijo.

—Me llamo Eric. Soy vecino, ¿tú vives por aquí?

— Sí —contestó Rania.

—Pues esas pizzas congeladas de allí están muy buenas.

—No, gracias, la prefiero fresca, hecha en casa.

—Si quieres también te puedo ayudar a hacerla, se me da muy bien.

Rania sonrió. ¡Cómo eran los hombres allí, su atrevimiento no tenía límite!

—No, muchas gracias, ya tengo con quién cocinarla —le contestó al tiempo que depositaba la bolsa de queso en la cesta, y prosiguió con su compra.

—OK, nos veremos por aquí, supongo —añadió el joven.

—Sí, claro. Hasta luego.

Los siguientes ingredientes serían verduras frescas: cómo no, la pizza iba a ser vegetariana. Se fue proveyendo de champiñones, berenjenas y pimientos rojos y verdes…

Salió del *deli* y siguió caminando por la Avenida Greenwich hasta llegar a su calle, la 11. Allí se encontraba el Bee Dessert & Café; aquel lugar de inspiración brasileña le encantaba. Era menos conocido que el famoso Magnolia Bakery Café, también del barrio; pero a ella y a Debra les gustaba más. Quizá porque la obsesión de sus dueños era hacer productos sanos pero con mucho sabor, a base de ingredientes naturales. Se le ocurrió que podían hacer una excepción en su cuidada dieta y acompañar la cena de un buen postre. No había ya clientes porque era algo tarde. Dentro olía maravillosamente; le recordó a los olores de los portales de Jericó en los que las mujeres vendían sus propios dulces.

—Buenas noches, ¿me podéis dar un trozo del pastel de miel y chocolate?

—Por supuesto —le contestó la amable dependienta. Su aspecto era delicioso, apetecía darle un bocado allí mismo—. ¿Alguna cosa más?

—No, gracias.

—¿Y una de nuestras deliciosas *cookies?* —la tentó.

—Mmm… —dudó Rania, pero aquellas galletas de avena con pasas le encantaban, así que cambió de opinión—. Sí, está bien, ponme dos, por favor.

—Cómo no —le respondió la dependienta, que la conocía de visitas anteriores, y añadió—: ¿Qué tal está Debra?

Todos en el barrio sabían de la joven y famosa reportera y la mayoría de los vecinos se había enterado de lo de su novio al verla en las portadas de la prensa tras el funeral.

—Pues lo va superando. A ver si con estas exquisiteces por lo menos come un poco —le contestó antes de salir.

Rania estaba animada pensando en la sorpresa que le daría a Debra, ya que aquellos eran sus postres favoritos. Había pasado algo más de una hora desde que abandonó el apartamento y se había dado un buen paseo. Pero entonces se le ocurrió una última cosa: compraría una buena botella de vino. Nunca antes lo había hecho, pero sabía que había un *liquor store* cerca de allí, en una calle que se llamaba Little West. Precisamente fue Debra la que la llevó allí un día a comprar vino para una cena que hicieron en casa con amigas. Se desviaría de la ruta hacia su apartamento, pero valía la pena comprarlo, seguro que a las dos les vendría bien. Ella casi nunca bebía, por lo que se tendría que moderar, pero a Debra le gustaba mucho el buen vino tinto. Con tantos alicientes para la cena seguro que conseguiría cuando menos distraerla de su pena, aunque fuera por un rato.

Ya en la puerta de su casa se arregló como pudo para pasar todas la bolsas de la compra a la mano izquierda, en la que también sostenía el bolso, y con la derecha sacó de su interior las llaves, seleccionó la más grande de ellas y fue a introducirla en la cerradura. Entonces escuchó un sonido a su espalda, como una pisada. Se giró hacia atrás en un acto reflejo y le pareció observar una inquietante sombra que se retiraba al final del mal iluminado corredor. Se quedó inmóvil unos segundos y finalmente anduvo hacia el final del pasillo. Al tiempo que lo doblaba dijo:

—¿Hola? ¿Hay alguien ahí?

Nadie respondió ni vio nada anormal; sintió miedo, dio media vuelta y se dirigió apresurada de nuevo hacia su puerta. Introdujo la llave y se adentró en la vivienda cerrándola aceleradamente.

Capítulo 84

Ackermann bajó los primeros peldaños de la empinada escalera que daba acceso al lúgubre sótano y miró hacia abajo para realizar una primera inspección. La exigua iluminación procedía de la pantalla de un ordenador y de un pequeño flexo situado junto a él. En ese instante fue consciente de que estaba totalmente desprotegido. De inmediato, separó su mano derecha de la barandilla de la escalera y desenfundó la pistola Glock calibre 40 que portaba debajo de la chaqueta.

Desde esa media altura hizo una primera inspección ocular y pudo comprobar que, hasta donde la vista le alcanzaba, no había nadie en la habitación. Bajó de un salto los peldaños que le restaban y en cuanto sus pies se posaron en el frío suelo de cemento, dio media vuelta con celeridad para tener una visión completa de toda la estancia. Al instante observó que al fondo había una puerta de color gris. Se dirigió rápidamente hacia ella y se situó a un lado de la misma, de manera que quedara fuera del alcance de un hipotético tirador, según dictaban los protocolos de asalto para evitar un posible disparo desde la estancia contigua. El ruido de las pisadas sobre los peldaños de la escalera le hicieron dirigir la mirada hacia Heather, que la bajó tan ágilmente como él lo había hecho. Sin intercambiar palabra alguna, ella se situó al otro lado del marco de la puerta. También traía su arma desenfundada. Ackermann le hizo una señal, indicándole lo que se disponía a hacer, no sin antes señalar con su dedo la parte inferior de la puerta. Ella enseguida entendió lo que quería que viera: por su borde inferior se filtraba un haz de luz. Estaban en un lugar desconocido, por lo que la situación era de máximo riesgo. Ackermann alargó su brazo y giró el pomo de la puerta, pero parecía cerrada con llave. Observó el material del que estaba hecha: madera podrida en los cantos. Se movió dos pasos hacia atrás, siempre evitando el eje visual del hueco de la puerta, miró a Heather, se concentró unos segundos y dio un paso hacia delante para tomar impulso y, desde esa posición, a tan solo un metro de distancia, lanzar una enérgica patada, de las que durante tantos años había practicado en los entrenamientos de artes marciales. Impactó justo sobre la cerradura, que saltó por los aires. La puerta se abrió de golpe. Entró velozmente en su interior apuntando a derecha e izquierda, con las pulsaciones disparadas por la adrenalina; sin embargo, pronto pudo comprobar que tampoco en esa segunda estancia había nadie. Se giró hacia fuera y gritó:

—Esto está limpio.

Solo entonces procedieron ambos a examinar el lugar en detalle, empezando por la primera habitación. Había muy pocos muebles: los viejos sofás, una mesa de roble grande, una televisión dispuesta sobre una caja de madera y en una esquina una cama deshecha. Sobre la mesa descansaba el ordenador encendido y junto a él un pequeño flexo de latón; de allí provenía la luz que Ackermann acertó a detectar desde el exterior. Heather encontró un interruptor y al presionarlo se encendió una bombilla que colgaba del techo. En la mesa había también un plato de plástico con restos de comida: una especie de taco relleno de lechuga, jamón y queso, todo ello aderezado con salsas varias. David se acercó a examinarlo y advirtió que aún estaba templado:

—Alguien ha estado aquí hasta hace poco tiempo.

Heather se dirigió a la segunda estancia. Lo único que había allí era una ducha, una taza de un sanitario y una gran bañera de diseño antiguo con gruesas patas de hierro. Enseguida advirtieron que de ella emanaba un fuerte olor. Se acercaron y en su interior pudieron ver tres dedos de un líquido amarillento. Heather se aproximó para olerlo.

—¡Cuidado! —le gritó Ackermann al tiempo que ella apartaba su larga cabellera—, ¡no lo toques! Eso podría derretirte una mano como un helado en un microondas. Probablemente se trata de algún tipo de compuesto ácido.

Cogió un trozo del taco que quedaba sobre la mesa y lo arrojó a la bañera; prácticamente se desintegró al instante, produciendo una burbujeante espuma amarillenta.

—Qué lugar más siniestro —exclamó Heather—. ¿Qué se puede esperar de alguien que tiene una bañera con ácido? Si se confirma que la imagen tomada en el parking se corresponde con la persona que compró los compuestos químicos y la bañera, probablemente se trate de nuestro hombre. Lo comprobaremos en cuanto los chicos del laboratorio tomen muestras de todo esto.

De pronto Ackermann descubrió un cable que pendía del techo, que hasta entonces les había pasado inadvertido. Lo sujetó por su extremo e instintivamente tiró de él hacia abajo. Un estridente chirrido rompió el silencio al tiempo que todo se llenaba de un vapor frío, como una nube de niebla surgida de alguna parte. Alarmado, se llevó la mano a la boca pensando que pudiera ser un vapor tóxico. Heather reaccionó de la misma manera. A los pocos segundos la nube se dispersó perdiendo su densidad; entonces pudieron ver que la pared frente a ellos era en realidad una gruesa puerta metálica que se había deslizado dejando abierta la entrada a una amplia cámara frigorífica. Parecía estar vacía.

Ackermann no se lo pensó dos veces y penetró en ella. Heather apenas pudo articular un «¡espera!» que llegó tarde. David no tenía miedo a nada, en las situaciones de tensión y riesgo siempre daba el primer paso. Ella, por prudencia, se quedó en el umbral del cierre metálico de la cámara, dentro de la habitación. En el techo del gran frigorífico había largos raíles de hierro, que iban de un extremo a otro de su interior y estaban cubiertos por una capa de escarcha. De cada vía pendían ganchos de hierro de los utilizados para colgar grandes piezas de carne. Pudo ver cómo Ackermann se introducía hasta el fondo y giraba hacia la derecha en un recodo. Al perderle de vista se intranquilizó. Sentía como un olor a amoniaco. Todo aquel lugar era de lo más tenebroso que había contemplado nunca. La temperatura allí dentro podía ser de unos veinticinco grados bajo cero. No se oía ningún ruido. Algo inquieta, preguntó:

—David, ¿dónde estás? —Pero no recibió respuesta. Estaba alarmada y temió por Ackermann. Esta vez gritó—: ¿Me escuchas?, ¿estás bien?

Pasaron unos largos segundos y, repentinamente, se oyó un desagradable ruido metálico producido por el rozamiento de algún mecanismo. El sonido cada vez era más fuerte y se acercaba hacia ella. El corazón le latía muy rápido y apuntó hacia delante con la pistola que hacía unos momentos acababa de desenfundar.

Cuando más alarmada estaba, apareció Ackermann entre la neblina de la cámara empujando una gran pieza de carne congelada metida en una bolsa de plástico y clavada en uno de los grandes ganchos de hierro.

—Mira esto…

Tardó muy poco Heather en darse cuenta de que lo que de allí colgaba eran trozos de un ser humano metidos en esa gran bolsa. Estaban congelados pero alcanzó a distinguir un torso y una cabeza. Giró levemente el gancho y la visión del rostro de una mujer con los ojos totalmente abiertos provocó que se le escapara un grito de horror. Eran los restos de una joven cuyas piernas, también metidas en la bolsa, estaban fundidas desde la rodilla.

—Será mejor que avises a tus compañeros —acabó la frase Ackermann con voz pausada.

Pero Heather no pudo contestarle; por un momento le sobrevino una desagradable sensación de náuseas.

En pocos minutos el lúgubre sótano oculto en los bajos del edificio se llenó de policías y equipos del laboratorio. Con tantos uniformados y profesionales con bata del departamento de Investigación, el lugar perdió su semblante más siniestro. Habían colocado en una esquina dos focos de gran potencia que permitían iluminarlo todo.

De pronto un grito desde el fondo de la cámara frigorífica interrumpió el curso de las simultáneas conversaciones que estaban teniendo lugar.

—¡Hey!, aquí hay otro cadáver —gritó el agente especial Charly Curtis al tiempo que salía del interior de la nave empujando uno de aquellos ganchos de hierro por su raíl, hasta que lo acercó a la entrada de la cámara—. Estaba en una esquina al final del todo —y añadió—: Ya no queda nada más dentro.

El nuevo cuerpo congelado y embolsado que sacaron era de un hombre; parecía de unos cuarenta años, también habían partido su cuerpo en trozos. Tenía restos de ropa como de un mono de trabajo de color azul oscuro.

A través de una inspección más minuciosa no tardaron en observar que sobre la bañera había una polea fijada al techo, y más adelante encontraron un cuarto escondido detrás de una falsa pared; en él había todo tipo de instrumentos: una sierra eléctrica, abundante cuerda para hacer *trekking*, diversos tipos de ganchos y arneses, todo un arsenal de herramientas llevadas a aquella galería del terror.

El frío procedente de la cámara invadía las restantes estancias del sótano, por lo que la investigación se hacía penosa. El jefe Jack intervino con evidente mal humor:

—Si no hay nada más dentro, cerrad de una vez esa maldita puerta antes de que este bastardo nos congele a todos.

Era conocido por todos su mal humor cuando un caso se complicaba más y más, sin aparente solución.

Capítulo 85

A las once de la mañana del día siguiente el jefe Jack había convocado en las oficinas del FBI a todo el equipo; estaba compuesto por Heather, Charly, dos investigadores más adscritos de refuerzo al caso tras descubrir que la muerte de Max había sido un asesinato y el propio Ackermann. Sin mayores preludios y con su taza de café todavía en la mano inició su discurso:

—Tenemos una investigación abierta por un caso de fraude financiero contra un reconocido *trader* de la ciudad; antes de que podamos descubrir nada que indique que las actividades del *hedge fund* en que trabaja son ilícitas, se lo cargan manipulando su Ferrari. Y ahora parece que el sospechoso ¿es un sádico que colecciona cadáveres descuartizados y fundidos en un frigorífico industrial? Charly, ¿estáis seguros de que el tipo del sótano es el mismo que aparece en los vídeos grabados en el parking agachado junto al Ferrari?

—Atendiendo a las descripciones de los dependientes de las tiendas en las que compró el ácido sulfúrico, sí, jefe; los dos comentaron sus manchas en la cara y además lo describieron con un bigote canoso amplio.

—Por otra parte, del laboratorio nos acaban de confirmar que el compuesto químico que utilizaron para fundir los ejes del coche de Max es el mismo que el que encontramos ayer en el sótano —intervino uno de los investigadores.

—¿Sabemos quiénes son los otros cadáveres colgados en el frigorífico?

—Todavía no, aunque sospechamos que el del hombre podría ser del tal James Clerck, el operario de la empresa de mantenimiento de frigoríficos industriales desaparecido con cuya tarjeta de crédito pagó el sospechoso las compras de ácido y la gran bañera.

—Joder, todo esto es muy extraño.

—Tenemos que averiguar si el sospechoso actuaba solo o por encargo —dijo Heather—. Todos sospechamos que el asesinato de Max Bogart puede estar relacionado con su trabajo pero quién sabe…

—Hay que encontrar a ese sádico ya, ¿tenemos un retrato robot? —preguntó el jefe.

—Están ahora los dos testigos dando su descripción a los artistas —Charly se refería a los dibujantes profesionales que trabajaban para el FBI.

—Vosotros —Jack se dirigió a los dos investigadores incorporados al caso—, investigadlo todo sobre ese tipo, preguntad a vecinos, tiendas de alrededor, otros pagos con la tarjeta de crédito robada. Que los del laboratorio nos den alguna pista sobre sus pertenencias, ese maldito ordenador, lo que sea… ¿Cuándo sabremos con certeza quiénes son los cadáveres que cuelgan de los ganchos del sótano?

—Están en ello los forenses y los del laboratorio, esta tarde quizá identifiquen el ADN y sepan algo —afirmó Charly.

—Ackermann, quiero que tú sigas con la investigación de tus colegas de Wall Street; necesitamos encontrar un motivo, algo que nos dé alguna prueba de si ese repugnante sádico actuaba solo o contratado por alguien. Y ese Max... volved a investigarlo, quiero saberlo todo sobre él: ¿tenía deudas?, ¿estaba enganchado a la cocaína?, ¿tenía alguna amante?, ¿adónde había viajado últimamente?

—¿Qué hacemos con los medios?

—De momento, que nadie desvele lo del ácido encontrado en el sótano, intentemos que la prensa no asocie los dos casos. Imaginaos los titulares: «El posible asesino del financiero de Wall Street es un sádico que guarda cadáveres medio desintegrados en el frigorífico de un sótano del Meatpacking District y anda suelto por la ciudad». En cuatro horas nos vemos o conectamos. —El jefe Jack, más enérgico que nunca, salió de la sala.

Heather y David se reunieron en la oficina de ella, contigua a la sala.

—Tenemos que encontrar el motivo por el que los tipos de Goldstein querrían matar a Max. Voy a llamar de nuevo a Arito, quizá con la presión de saber que murió asesinado me dice algo más. Y luego está Larry Coach, el brazo derecho de Parker; si están detrás del crimen seguro que él ha desempeñado un papel importante, es el hombre de los trabajos sucios. De todas maneras hay algo que me genera cierto recelo.

—¿De qué se trata? —interrogó ella.

—Si los tipos de Goldstein querían matarlo haciendo parecer que fue un accidente, no sé, podrían haber utilizado otros medios; contratar a un sádico para que manipule el Ferrari... Con una simple sobredosis en una bebida todos habríamos pensado que estaba enganchado y...

—Ya, pero tus excolegas son expertos en ganar pasta; matar gente es otro negocio y te aseguro que no tan fácil. Ellos nunca hablarían con el asesino, habría un intermediario por medio que es quien decide a quién subcontrata. Tenemos muy poco tiempo, así que es mejor que nos pongamos a trabajar; nos vemos en tres horas.

Ackermann llamó a Arito y se citó con él. Esta vez en un Starbucks de Madison Avenue, en el Midtown. No le costó convencerle de que se vieran. Tardó media hora en llegar y se encontró al exjefe de inversiones de STAR I con aspecto desmejorado. Se podía apreciar que la muerte de Max le había afectado. Tras un breve saludo inició la conversación.

—Arito, seguramente ya sabrás que la muerte de Max no fue un accidente.

—Sí, lo he oído en las noticias.

—Tenemos sospechas de que quizá la gente de Goldstein pudiera estar detrás de su muerte.

—Pero ¿por qué iban a querer matarlo? —preguntó desconcertado.

—Precisamente eso es lo que intentamos averiguar, un motivo.

—Pero Goldstein es un respetado banco de inversión, no se dedica a matar gente…

—Eso tiene sentido, pero cuando hay tanto dinero de por medio, hasta lo más inverosímil es posible. Tal vez tú nos puedas ayudar, Arito.

Este dudó por un instante y finalmente habló.

—La última vez que os vi no quise decir nada; además estaba contigo aquella policía, Heather, que conocía a Max y a Checo, su mejor amigo; al verla me quedé desconcertado, pero quizá hay algo que deberías saber. —Hizo una pausa y prosiguió—: Yo dimití como jefe de inversiones porque Max no tenía en cuenta mis recomendaciones.

—¿Podrías explicarte algo más?

—Cuando entré a trabajar en STAR I, al principio todo fue muy bien, pero luego empezaron a llegar esas absurdas recomendaciones de Alpha Analytics.

—¿Alpha Analytics?

—Sí, es una empresa de análisis de mercados contratada por Max y que enviaba unas propuestas de inversión que no tenían ningún sentido. Pero Max insistía en seguirlas. Tuvimos varias discusiones al respecto. Max me confesó que esa empresa trabajaba también para Goldstein y que un tal Larry Coach, el segundo de Parker, le había aconsejado seguir sus recomendaciones.

—Entiendo que te sintieras mal porque ese era tu trabajo, pero tampoco hay nada de malo en ello.

—No si las recomendaciones de Alpha Analytics hubieran tenido algún sentido, pero iban contra mercado, recomendaba que apostáramos por empresas al contrario que todo el consenso, pero lo inquietante es que tras cada propuesta que nos hacían algo ocurría en el mercado o sobre esas compañías y estas bajaban inmediatamente de valor.

—Es decir, crees que manejaban información privilegiada.

—Desde luego, o incluso manipulaban precios. Investigué a Alpha Analytics y descubrí que era una sociedad pantalla, no estaba registrada en ninguna parte.

—¿Y lo hablaste con Max?

—Sí, lo hice; le dije además que me consiguiera una entrevista con los ejecutivos de Alpha Analytics, pero nunca lo hizo. Pienso que él también sabía que lo de Alpha Analytics era una tapadera para hacerle seguir las directrices de Goldstein, que eran ellos los que lanzaban las recomendaciones; y Max se dejó llevar, por lo menos hasta que yo abandoné mi puesto.

—Pero si Alpha no existía realmente, ¿cómo llegaban las recomendaciones?

—Creo que a través de *emails* que recibía Max directamente.

—OK, Arito, gracias por la información; ahora tengo que ir a ver a alguien. Te volveremos a llamar.

Ackermann salió rápido del local y tomó un taxi.

—Al 1101 de la Sexta Avenida, el edificio de Goldstein Investment Bank, por favor.

Sacó el móvil del bolsillo y llamó a Heather.

—Sí, David.

—Creo que tengo algo. Arito me ha confesado el proceso inversor de STAR I; todo era un fraude dirigido por Goldstein. Si logramos probarlo, ahí podría estar la clave del caso. Quizá en un momento dado Max se negara a seguir sus directrices, y en cualquier caso sabía demasiado.

—¿Adónde vas?

—A la sede de Goldstein, quiero hablar con ese Larry Coach sin darle tiempo a que se prepare con su jefe.

—Nos vemos luego.

A medida que se acercaba a su destino, el tráfico se empezó a hacer más lento, hasta que se paró la circulación; se encontraban en Bryant Park, a una calle del edificio de Goldstein, por lo que decidió pagar al taxista y bajarse para llegar andando. Enseguida observó la causa del parón del tráfico: unos metros delante varios coches de policía y vehículos con unidades móviles de televisión bloqueaban dos de los carriles de la avenida. Había un gran revuelo de gente. Tardó muy poco tiempo más en cerciorarse de que todo ese alboroto de policías, cámaras y curiosos se centraba justo en la puerta del edificio de Goldstein.

Se acercó hasta donde la multitud le dejó y preguntó a un tipo con corbata y traje situado delante de él:

—¿Sabes qué ocurre?

—Solo que hace diez minutos llegaron coches con las sirenas puestas y bajaron un montón de polis y agentes del FBI y se han metido en las oficinas.

—¿Del FBI? —preguntó más a sí mismo que a su interlocutor

—Sí.

En ese momento el revuelo se agitó ante la salida de varios policías y agentes.

Gracias a su altura pudo ver perfectamente lo que ocurría. No dio crédito a lo que sus ojos le mostraron, no podía creerlo: dos agentes escoltaban a Larry Coach, el brazo derecho de Bill Parker. El tipo a cuyo encuentro se dirigía para interrogarle.

Larry iba esposado y desafiante, como queriendo dirigirse a los micrófonos de los muchos periodistas que se le acercaban entre el cordón policial. Los agentes lo introdujeron en el coche y salieron con las sirenas encendidas. Entonces todos los periodistas y cámaras se apresuraron unos metros más a la derecha. Un hombre con traje oscuro se disponía a hacer un comunicado. No tardó en reconocerlo: el fiscal del distrito Sur de Manhattan, Jeff Stuick.

—Heather, ¿qué está pasando? —interrogó desde su móvil a su compañera de investigación.

—¿A qué te refieres?

—Estoy en la entrada del edificio de Goldstein y acabo de ver cómo se llevaban detenido a Larry Coach —dijo esperando una explicación.

—Primera noticia, no sabía nada, pero el jefe ha adelantado la reunión que teníamos prevista para dentro de diez minutos, te iba a llamar para que te conectaras. Quizá él sepa algo.

—OK, te veo en un rato. —Ackermann colgó desconcertado. ¿Quién y en base a qué había ordenado la detención de Larry Coach?

Capítulo 86

Minutos después, todo el equipo de investigación atendía a la reunión propuesta por el jefe Jack. Heather y los dos nuevos investigadores en presencia, Charly desde el laboratorio conectado por teléfono a la sala, al igual que Ackermann, que se encontraba en un taxi en dirección a la oficina. Como era habitual, Jack inició la exposición:

—Os he convocado antes de tiempo porque ha habido algunas novedades: el fiscal Stuick ha emitido una orden de búsqueda y captura sobre Larry Coach hace unas horas y ya lo han detenido; le acusa de posible participación en el asesinato de Max Bogart.

—Pero ¿qué pruebas tiene? —preguntó Ackermann.

—La SEC graba todas las conversaciones de los banqueros, y la oficina del fiscal, que había abierto su propia investigación, se hizo con una grabación en la que parece que Larry amenaza a Max; he escuchado el archivo y en realidad aquel le dice algo así como: «Más te vale que hagas lo que tienes que hacer...».

—¿Y eso prueba algo? —intervino Heather.

—Pues lo dudo, pero…, ya sabéis, ese fiscal Stuick aspira a presentarse a las elecciones a la alcaldía del próximo año y una foto delante de la sede de un gran banco tras la detención de uno de sus máximos dirigentes, ahora que los banqueros son los apestados de la sociedad, le puede generar muchos votos.

—Creo que no son buenas noticias, yo me disponía a visitarlo. Habría sido mejor seguir sus pasos para que nos hubiera dado alguna pista adicional —dijo Akermann desde el otro lado de la línea.

—Ya sabes cómo son los políticos, pero, bueno, en cualquier caso vamos a poder interrogarlo. ¿Alguien ha averiguado algo más? —preguntó el jefe Jack.

Ackermann dudó; no se sentía seguro en un caso como este que afectaba a financieros poderosos y con fiscales con aspiraciones políticas, y finalmente prefirió no decir nada de la conversación con Arito. Charly sí intervino:

—Se han identificado los cuerpos que colgaban en el frigorífico del sótano: uno pertenece a una prostituta desaparecida hace ya unos días y el otro es, como nos temíamos, del técnico de mantenimiento de la empresa frigorífica, James Clerck; también se ha encontrado su coche cerca de la dirección.

—¿Hay algo sobre el ordenador que hallamos en el sótano?

—Contiene varios *emails* con archivos, pero están encriptados; necesitaremos más tiempo para poder acceder a su contenido —dijo Charly.

—Y respecto al asesino, ¿hizo más pagos con la tarjeta?

—No, solo la compra del ácido y la bañera.

—¿Han distribuido su retrato robot?

—Por todas partes, jefe; si sale de su guarida, lo encontraremos.

—¿Hemos conseguido el ordenador y el móvil de Max? —preguntó con expectación Ackermann, que sabía que ahí podía estar la prueba de la participación de Alpha Analytics en el proceso inversor y la implicación de Goldstein.

—Sí, ya lo tenemos, pero no hay nada relevante: muchos *emails* de otros *hedge funds, brokers,* compañías de análisis, pero nada especial.

Ackermann no quedó satisfecho con la respuesta de Charly, pero pensó que era mejor dejar ese tema para luego, lo hablaría con Heather.

—Heather: tú y Ackermann acercaos a la comisaría del distrito; he conseguido autorización de la oficina del fiscal para que nosotros dirijamos los interrogatorios a Larry Coach. No perdáis ni un minuto, con el ejército de abogados de Goldstein trabajando contrarreloj no creo que dure mucho tiempo detenido.

Jack dio por terminada la reunión saliendo acelerado de la sala. Heather se acercó al teléfono de la mesa desde el que llegaba la voz de Ackermann y dijo:

—David, nos vemos en la comisaría.

—Sí, allí nos vemos.

Todos abandonaron la sala; sabían que tenían una tarde y una noche largas por delante. Siempre era así en los casos complejos como este.

Cuando Heather y Ackermann entraron en la sala dispuesta para el interrogatorio se encontraron con un Larry Coach sonriente y relajado; y junto a él, a su abogado.

—Mi cliente ha accedido a contestar a sus preguntas porque no tiene nada que ocultar —dijo este último.

Como no podía ser de otra manera, todas las cuestiones se centraban en la amenaza que Larry había lanzado a Max en aquella conversación telefónica. Larry no negó la acusación, se imaginaba que tenían la grabación, pero recordaba bien lo que le había dicho a Max:

—¿Por qué amenazó a Max? Más vale que nos lo cuente, Larry.

—¿Amenazar yo a Max?

—«Más te vale que hagas lo que tienes que hacer…».

—Eso es lo que le dije. ¿Le parece de verdad una amenaza? No digan estupideces. De eso se trata, ¿no?, de que los empleados hagan lo que tengan que hacer —dijo muy seguro de sí mismo.

Ackermann y Heather tenían muy claro que aquello no era prueba de nada. Seguramente el fiscal pensaba que al detenerlo se acobardaría y quizá confesara, a cambio de inmunidad, las supuestas actuaciones fraudulentas de STAR I y tal vez de ahí podrían llegar a averiguar las causas por las que provocaron su muerte. Sin embargo, Larry no se iba a dejar amedrentar de ninguna manera; era un tipo soberbio y muy fuerte que confiaba plenamente en su firma. Pasaba el tiempo sin ningún avance cuando Ackermann se decidió a utilizar la última baza:

—¿Qué le parece la empresa de investigación y análisis de mercados Alpha Analytics?

De inmediato el semblante de Larry cambió; al escuchar en boca de Ackermann «Alpha Analytics» por única vez en todo el tiempo transcurrido durante el interrogatorio, no supo qué contestar de primeras. Hizo una pausa demasiado larga que Heather y Ackermann percibieron al instante.

—No conozco esa firma.

—¿Está seguro? Se trata de la empresa que Goldstein recomendó a STAR I para seguir sus indicaciones a la hora de invertir.

—Pues le digo que no la conozco, nunca había oído ese nombre.

—No me extraña, Larry, porque se trata de una firma fantasma que ustedes fingieron que existía para manejar las inversiones que realizaba STAR I, hasta que seguramente Max en algún momento decidió no seguirlas y le costó muy caro.

El abogado de Larry, al sentirlo incómodo, no tardó en intervenir.

—Acusa usted a mi cliente de algo infundado, ya le ha dicho que no conoce esa firma.

En ese momento un agente entró y susurró algo al oído de Heather. Esta, de mala gana, intervino:

—Está bien, puede marcharse; el juez ha dictado fianza hace escasos minutos y ya la han depositado en su nombre.

Larry se levantó y dijo con su profunda voz:

—Vamos a estudiar si demandamos a ese fiscal con aspiraciones políticas por dictar una orden de detención sin fundamento alguno de derecho. Que tengan una buena noche —acabó sonriendo y saliendo de la sala con el mismo aspecto de prepotencia con que había entrado.

Una vez solos, Ackermann preguntó:

—¿Qué opinas, Heather?

—No estoy segura. Desde luego, estos jugaban sucio, pero en cualquier caso el fiscal se ha precipitado; esa amenaza por el teléfono no nos va a servir de mucho, deberíamos encontrar algo más.

—Me gustaría hablar con el informático del laboratorio que ha revisado el ordenador de Max; Arito me dijo que recibía las órdenes de Alpha Analytics por *email*.

—OK, te acompañaré para que te dejen acceder.

Ya en las oficinas del FBI, Heather se dirigió sola a la planta situada en los bajos del edificio, lugar en el que se encontraba ubicado el almacén donde se ponían a resguardo los objetos encontrados en escenas de crímenes y que pudieran ser pruebas para los casos todavía en investigación. El ordenador de Max ya estaba allí. Afortunadamente, el oficial de guardia era un buen amigo de ella que no puso ninguna pega en que se llevara por unas horas el disco duro, dado que los del laboratorio ya habían acabado su trabajo y hecho el informe correspondiente. Minutos después subía con el pesado terminal a su despacho, donde le esperaba Ackermann.

Conectaron el disco duro a la pantalla del ordenador de Heather y de un sobre de plástico pegado al mismo sacaron las contraseñas de entrada y del correo electrónico que habían anotado los informáticos.

Pronto accedieron a su contenido. La mayoría de *emails* estaban en la bandeja de entrada; había más de tres mil y sin archivar, por lo que se dispusieron a pasar un largo rato introduciendo nombres y palabras de búsqueda. Era Ackermann quien se sentó frente al teclado. Inició las búsquedas por nombres de remitentes: Bill Parker, Larry Coach, Arito Murakami…, pero no encontró ningún *email* de los dos primeros. Sí los había de Arito con sus recomendaciones e informes, pero nada anómalo. A continuación optó por introducir palabras de búsqueda relacionadas: Analytics, Alpha, instituto, investigación mercados, recomendaciones financieras; esas fueron las primeras, pero sin suerte alguna.

Heather le sugirió que entraran en la papelera digital, pero tampoco allí encontraron nada. Ya eran las 8.30 PM, los despachos se estaban quedando vacíos. Ackermann comentó:

—Si hay algún rastro debería estar aquí, voy a revisar todos los *emails* uno por uno. Pueden haber enviado información en clave. —Ackermann estaba en lo cierto: los mensajes le llegaron a Max en clave; lo que no podía imaginar es que a todos ellos les acompañaba un segundo *email* con un virus específico para hacer desaparecer cualquier rastro.

—Eso te puede llevar horas, ya veo que quieres sacar tu meticulosidad alemana.

—Sí, lo sé, pero no me quedaré tranquilo si no lo hacemos.

—OK, te acompaño.

—No tienes por qué; no te preocupes, yo me encargo y mañana te digo.

—Ni hablar —sentenció Heather—. No pienso desaprovechar una ocasión para cenar juntos. ¿Qué te pido: chino, pizza?

Ackermann la miró fijamente con una sonrisa:

—Mejor que sea chino.

La noche iba a ser larga.

Capítulo 87

Guzmán *el Ácido* sacó de uno de los bolsillos superiores de su chaleco de estilo paramilitar un trozo de film fotográfico de los que se utilizan para las radiografías del tamaño de una tarjeta de visita. Lo deslizó de arriba abajo entre la puerta y su marco. Al notar con el borde del plástico de la película que había llegado a la cerradura, agarró con fuerza el pomo de la puerta y la levantó ligeramente. Al instante el film se introdujo en el hueco de la madera de la puerta y esta se abrió fácilmente haciendo apenas ruido, pero suficiente para que ella lo escuchara.

Se dirigió de inmediato al recibidor del apartamento, contiguo a la cocina. Llevaba un delantal y fue a recibir a su compañera de piso con una gran sonrisa:

—Hola, qué bien que ya hayas vuelto, estoy preparando unas verduras a la...

Se quedó sin habla, horrorizada al ver a aquel hombre dentro de su casa. Su aspecto era terrorífico, con el cutis lleno de manchas y una leve sonrisa. Un sudor frío le recorrió la piel y el pánico la paralizó durante una fracción de segundo, suficiente tiempo para que El Ácido le asestara un certero puñetazo. Recibió el impacto en la cara sobre el pómulo derecho. El golpe fue tan violento que le rompió el hueso cigomático. Cayó fulminada al suelo, sin opción alguna de emitir un grito de auxilio.

Guzmán se dirigió a la cocina y se despojó de la mochila que cargaba. Con cuidado extrajo de su interior una pequeña botella de cristal y la depositó sobre la encimera. Contenía el compuesto de ácido clorhídrico que con gran esmero había transportado hasta el lugar. También sacó una cuerda enrollada, de las que habitualmente se utilizan para hacer *trekking*, y la dejó caer sobre el suelo de cerámica blanca. A continuación se dirigió de nuevo a la entrada del apartamento. Arrastró el cuerpo de ella tirando de los pies, pero antes le quitó y apartó sus zapatillas de pelo rosa. Cuando la tuvo dentro de la cocina cerró la puerta y se dispuso a emprender su particular ritual.

Acercando los labios a su oreja le susurró, al tiempo que le acariciaba el pelo hacia atrás:

—Eres muy bonita, siento haberte golpeado tan fuerte, pero no te preocupes, ahora nos vamos a divertir mucho juntos.
—Le encantaba hablar a sus víctimas, se deleitaba haciéndolo. Ella no le podía escuchar porque seguía inconsciente tras el tremendo golpe recibido.

Le quitó el delantal muy despacio.

—Veo que has sudado un poco, pero no te preocupes, te lavaré muy bien.

Una vez la despojó del delantal comenzó a desabrocharle los botones de la camisa blanca de algodón que llevaba debajo. Lo hacía lentamente, recreándose en cada uno de ellos mientras tarareaba con dulzura una melodía de los Tigres del Norte.

—Qué cuerpo más bonito tienes, déjame que lo acaricie un poco. —Y exhibió de nuevo su repulsiva sonrisa. A continuación, apartando el sujetador con sus manos despigmentadas por la enfermedad que tan horrible aspecto le proporcionaba, le acarició los pechos. Toqueteó los dos a la vez y los apretó con fuerza. Luego con los dedos le acarició los pezones. El sádico asesino estaba cada vez más excitado, por fin disfrutaba de nuevo de su trabajo. Descendió lentamente con ambas manos hacia la cintura. Al llegar al botón de los *jeans* lo desabrochó con facilidad. Se colocó de rodillas entre sus piernas y la levantó asiéndola con ambas manos por la cadera, lo que apenas le supuso esfuerzo gracias a su corpulencia. Estiró de la cintura del pantalón hacia él para bajárselos. Le costó hacerlo porque eran *jeans* entallados. Al ver que llevaba un tanga color rosa pálido musitó—: Qué bragas más bonitas llevas, zorra. —Y emitió de nuevo la repugnante risita. Cuando ya le había bajado los *jeans* hasta las rodillas se dirigió de nuevo a su víctima—: Vamos a ver qué escondes por aquí. —Le dio la vuelta con facilidad—. ¡Oh! —exclamó—, precioso culito.

No pensaba violarla, prefería jugar con ella, le excitaba mucho más una muerte sádica que una violación. Se puso en pie y cogió un trapo de cocina que ella había dejado junto a la mesa para secar las verduras. Abrió el grifo de agua caliente y lo puso debajo. Una vez que estuvo bien mojado lo escurrió retorciéndolo con ambas manos. Entonces se agachó de nuevo muy pegado a ella, que yacía en el suelo a sus pies, y le empezó a pasar el trapo húmedo por todo el cuerpo. Comenzó por la frente, bajó al pómulo derecho, que ya estaba considerablemente hinchado y presentaba un gran moratón, luego el izquierdo, los labios y el cuello. Lo hizo lenta y suavemente, como si cuidara a un bebé. Llegó a todos los rincones de su cuerpo, hasta los pies. Entonces, esgrimiendo de nuevo su repulsiva sonrisa, se le acercó al oído para murmurarle:

—¿Lo ves?, te dije que te limpiaría bien y he mojado el trapo con agüita caliente para que no te dé frío.

Afortunadamente, ella seguía sin poder oír a aquel depravado.

Capítulo 88

Por un momento apartaron la vista de la pantalla. Los dos habían pedido una sopa de *noodles* de harina con trozos de varias verduras. Ninguno tenía mucha hambre; comenzaban a tener la vista cansada, por lo que una interrupción les vendría bien. En pleno descanso de la infructuosa búsqueda sonó el móvil de Heather, que al ver la pantalla dijo:

—Es Charly, a ver qué quiere. ¿Sí?, ¿qué hay?

—Hola, Heather, ¿dónde estás?

—En mi despacho.

—Ya veo que sigues trabajando duro, me alegra saber que no soy el único. Te llamo porque los del laboratorio de informática han podido desencriptar los archivos del ordenador.

Por un momento Heather quedó confundida mirando a Ackermann con un gesto de cierto desconcierto.

—¿Del ordenador…? —preguntó todavía algo indecisa.

—Sí, del ordenador del sádico ese.

Heather, que hasta ese momento de la conversación pensaba que Charly se refería al ordenador de Max que ellos estaban revisando, rápidamente dijo:

—Sí, claro… ¿Y?

—Pues que hemos logrado abrir uno de los dos archivos encriptados y adivina qué —Hizo una pausa, como era habitual en él antes de desvelar algo importante—. Contiene una conversación que te va a sorprender.

—Charly, no estoy para intrigas. ¿De qué se trata?

—Mejor te lo envío a tu *email* y me dices qué opinas.

—¿Qué ocurre? —preguntó Ackermann en cuanto colgó el móvil.

—Charly nos va a enviar uno de los dos archivos del ordenador del sádico ese, que por fin han logrado desencriptar; dice que contiene una conversación que me va a sorprender —y Heather le explicó lo que Charly acababa de contarle.

Cuando el agua fría, lanzada desde el cubo para fregar suelos, le empapó la cara, volvió en sí de inmediato. Lo que sus ojos vieron le horrorizó, pero no pudo gritar, tenía la boca forzadamente abierta y la lengua atrapada bajo un objeto compacto pero de cierta elasticidad, que le llenaba toda la cavidad bucal y le dejaba un sabor amargo. Ella no lo podía ver, pero le había introducido en la boca una pelota de goma roja, de las utilizadas en juegos de sadomasoquismo, ceñida a la cabeza con una correa negra de cuero.

Al observar a aquel monstruo frente a ella intentó moverse, pero entonces sintió cómo algo en torno a la tráquea la estrangulaba. Tenía las manos atadas a la espalda y apenas se mantenía en pie sobre el pequeño taburete blanco de su cocina. A cada balanceo de su cuerpo, la soga que le rodeaba el cuello la oprimía produciéndole una sensación de asfixia insoportable. Se encontraba prácticamente colgada de aquella cuerda que Guzmán había atado al soporte del techo de la lámpara de su cocina. Lo único que impedía que se ahorcara definitivamente era ese precario apoyo de sus pies sobre el pequeño taburete.

—Hola, nena, ya veo que te has despertado. ¿Has tenido dulces sueños? —Sonrió Guzmán, mirándola a los ojos muy de cerca.

Ella hizo un movimiento como para echarse hacia atrás y perdió el contacto con el taburete, quedando irremediablemente pendida de la soga. El aire dejó de llegar a sus pulmones y empezó a asfixiarse. Enérgicamente, Guzmán la abrazó por las desnudas piernas y se las colocó otra vez sobre el pequeño asiento mientras decía:

—¿Ves lo que te pasará si eres mala y te mueves? Pero todavía es muy pronto, nos hemos de divertir un rato. —Y se rio con sadismo.

En cuanto reposó sus pies descalzos sobre el asiento, la soga en torno al cuello se aflojó, disminuyendo su presión sobre la tráquea, y pudo respirar de nuevo. Inspiró y expulsó el aire ruidosa y aceleradamente por la nariz, dado que la bola de goma roja le impedía hacerlo por la boca. Solo entonces, cuando dejó de moverse, se dio cuenta de que estaba desnuda; únicamente llevaba el tanga rosa pálido. Sus ojos eran la pura expresión del pánico.

Desvalida ante aquella bestia, comenzó a recordar lo acontecido. Estaba preparando la cena cuando escuchó el ruido de la puerta del apartamento, salió al recibidor y súbitamente se encontró ante la visión de aquel tipo terrorífico. Después, nada más, la pesadilla al despertar. No podía gritar, no podía moverse, su impotencia era absoluta, allí colgada como un animal frente a su verdugo. Solo entonces sintió Debra un fuerte dolor en el pómulo y recordó el tremendo puñetazo que había recibido en la cara.

Entonces Guzmán se dirigió hacia la encimera, donde previamente había depositado el pequeño gotero de cristal lleno del líquido letal. Desenroscó el tapón y le dijo:

—Ahora verás cómo te gusta esto.

Ella no sabía qué se proponía aquella bestia, y menos aún podía adivinar cuál era el contenido de aquel frasco, aunque muy pronto lo iba a sufrir en su propia piel. Estaba aterrorizada, el aspecto de aquel tipo de rostro moteado de manchas blancas y su mirada sádica le producían una indescriptible sensación de terror.

Guzmán se puso frente a ella, después dio la vuelta para situarse a su espalda, mientras examinaba su cuerpo rozando con la mano distintas partes de su anatomía. Le repugnaba que aquel tipo estuviera tocándola, pero ¿qué se proponía?, parecía como si en su examen buscara algo. No tardó en saber de qué se trataba.

—Veo que no tienes ningún tatuaje. Muy bien, así me gusta, esta será tu primera experiencia. —Y su malévola sonrisa la aterrorizó aún más si cabe.

Guzmán se inclinó y acercó lentamente la cabeza al ombligo de ella sosteniendo en una mano el gotero de cristal, mientras le decía:

—¿Aquí te gusta? Verás qué bonito te queda. Te lo haré muy lindo, pero prométeme que no te moverás, güerita.

Apretó la goma del tapón del gotero y llenó el cuentagotas de ácido. Entonces lo extrajo y lo acercó muy despacio a la superficie de su piel. Con el extremo de su fina cánula, también de cristal, la rozó levemente, como dibujando un pequeño círculo. El dolor al contacto del líquido sobre la piel fue indescriptible, era un escozor agudísimo, como nunca antes había sentido. El olor a quemado delató que aquella sustancia de la que le había esparcido una fina capa solo podía ser un líquido corrosivo. Se retorció, pero al hacerlo el estrangulamiento que le producía la soga en el cuello la comenzó a asfixiar de nuevo e intentó no moverse a pesar del dolor. Le caían gruesas lágrimas por la mejilla y estaba a punto de desmayarse.

—No, chiquita, aún tenemos para un ratito —dijo el sicario, y su malévola sonrisa cruzó de nuevo su rostro depravado. Guzmán se movía con parsimonia. Ella observaba horrorizada cómo este disfrutaba con la tortura. Con las piernas ya muy cansadas y los pies doloridos por la posición, apenas se aguantaba en pie. Sus piernas casi no podían sostener su propio peso, y entonces pudo ver cómo su verdugo se dirigía hacia detrás de ella. Al perderle de vista se estremeció.

Sin embargo, lo que escuchó fue el sonido producido al arrastrar una silla —supuso que se trataba de una de las dos que utilizaban para desayunar—, y a continuación el sonido de un leve roce de tejido, como si se hubiera sentado a sus espaldas. Se hizo un deplorable silencio, solo roto por sus lágrimas desesperadas. Se temió lo peor: de un momento a otro la golpearía a ella o al taburete y quedaría colgada de aquella áspera soga; moriría allí mismo, en aquella cocina, a manos de aquel sádico.

Capítulo 89

*H*ola, Rania. El viernes que viene no te comprometas con nadie, acuérdate de que vamos a la fiesta que están organizando los chicos. Max nos vendrá a buscar y luego iremos al club.

—No te preocupes, Debra, yo puedo ir por mi cuenta.

—Ni hablar, ¡es una orden de tu jefa! Te vendrás con nosotros y luego te llevamos a casa, salvo que encuentres a tu «hombre».

—OK, pues lo que tú digas, pero de verdad no quiero…

—Ya lo he hablado con Max y está encantado. ¿Cómo no iba a estarlo? Estrenará su flamante Ferrari rojo, necesita que le acompañen las dos chicas más espectaculares de la fiesta, ¿qué más puede pedir?

La grabación se interrumpió en ese punto.

—Pero ¿qué…? ¿Cómo ha llegado esto aquí? —dijo Heather, angustiada y sintiendo que su piel se erizaba—. ¿Por

qué habría de tener ese sádico asesino esta conversación grabada del móvil de Debra? ¿Cómo fue capaz de interceptar sus
llamadas?

—No lo sé —repuso Ackermann—, pero si un sádico asesino que ya ha matado a tres personas tiene una conversación
de Debra con Rania grabada en su ordenador... No me gusta
nada, será mejor que la llames.

—¿Qué insinúas? —se alarmó Heather al tiempo que marcaba el móvil de su amiga—. No lo coge.

El diálogo entre los dos se interrumpió bruscamente; un
simple cruce de miradas sirvió para entenderse...

—¡Eh, Heather! —chilló el jefe Jack, que les sorprendió
dirigiéndose apresuradamente hacia los ascensores—. ¿Adónde
vais?

—Solo a comprobar una cosa, jefe, luego se lo explico
—contestó ella mientras se cerraba la puerta detrás de uno de
ellos.

Capítulo 90

Rania llegó a las representativas escaleras de piedra del 268 Oeste de la Calle 11 que daban acceso a la antigua mansión del siglo XIX, hoy reconvertida en un edificio de apartamentos. Era algo tarde; se había retrasado en las oficinas de la CNN ordenando papeles y revisando mensajes tras el ajetreo de los últimos días. Subió los escalones con agilidad. Entró en el vestíbulo de suelo enmoquetado con cenefa a juego y decorado con una mesa baja con un jarrón de cristal y flores de papel de adorno y giró a la izquierda por un pasillo interior para dirigirse hacia la puerta de su apartamento, tan solo unos metros más allá. Estaba situado en el primer nivel, a poca altura de la calle. Abrió la puerta de la vivienda y, al entrar, como casi siempre hacían las dos, dijo en voz alta:

—Debra, ya estoy aquí.

Obtuvo el silencio por respuesta.

La vivienda constaba de un pequeño recibidor, con una puerta a la derecha que daba paso a la cocina y de frente un mar-

co abierto en la pared por el que se entraba al coqueto y lumi-
noso salón, con dos grandes ventanales a la calle. Desde este se
llegaba a las dos habitaciones de la vivienda, cada una con su
respectivo baño incorporado. En total, unos ochenta y cinco
metros cuadrados.

Desde el mismo vestíbulo Rania pudo comprobar sin necesidad de entrar que Debra no estaba en el salón. Esa circunstancia, unida al hecho de que no obtuvo respuesta a su saludo, le
hizo concluir que su compañera debía de estar en el baño porque había abandonado las oficinas de los estudios antes que ella.

La puerta que daba acceso desde el recibidor a la cocina
estaba entreabierta y la luz encendida, así que por instinto decidió dirigirse a ella.

Heather conducía su Mini Cooper negro a gran velocidad, pasando por huecos imposibles entre coches e inventándolos donde no los había. Ackermann, sorprendido por la destreza de su
colega, alcanzó a gritar:

—Pero tú… ¿dónde has aprendido a conducir? —exclá-
mó, al tiempo que con su brazo derecho fuera de la ventanilla
sostenía sobre el techo a cuadros del vehículo una sirena portátil que lanzaba destellos azules y sonidos estridentes indiscriminadamente.

Al llegar al cruce con la Octava Avenida, un taxi frenó
bruscamente delante de ellos. Heather, con gran habilidad, dio un
golpe de volante al tiempo que frenaba para evitar la colisión.
El Mini se desplazó lateralmente pasando al otro lado de la línea discontinua que separaba los carriles de la dirección contraria, hasta que se quedó parado en medio de una de sus tres
líneas y en posición atravesada. Ackermann observó, esta vez
espantado, cómo un Cadillac negro parecía que iba a empotrarse irremediablemente en su puerta. Heather, que había puesto el
cambio en conducción manual, metió primera al tiempo que

daba un fuerte acelerón y soltaba de golpe el embrague. El coche salió disparado, pero con otro rápido giro de volante lo consiguió enderezar, al tiempo que lo introducía de nuevo en el sentido del tráfico por el que circulaban antes de la brusca maniobra. Ackermann casi perdió la sirena con los zarandeos y la miró asombrado. Se sujetó firmemente con la mano izquierda al reposabrazos del interior de la puerta.

Rania asió el pomo y empujó la puerta de la cocina, pero cuando no se había desplazado más de un palmo hacia el interior tropezó con algo. Era como si algún objeto impidiera abrirla. Al no poder vencer la resistencia empujando con una sola mano, apoyó todo su cuerpo al mismo tiempo y de esta manera sí venció la oposición y pudo franquearla.

Al entrar se topó de bruces con el dantesco escenario. Lo que le impedía abrir era el cuerpo casi desnudo de Debra, que colgaba sostenido por una soga ceñida a su cuello. Al abrir la puerta, con su fuerza había empujado su cuerpo y movido al mismo tiempo el pequeño taburete sobre el que a duras penas se aguantaba de pie. Debra había perdido el único punto de apoyo que tenía y había quedado suspendida de la soga como una peonza. Su cara era la imagen del terror, enrojecida, con aquella bola de goma roja en su boca que le impedía chillar. Movía el cuerpo buscando el aire que no llegaba a sus pulmones.

Rania, con la cara desencajada por lo que veía, sin pensarlo un segundo se abalanzó sobre las piernas de su amiga, las abrazó con todas sus fuerzas y las levantó para que el estrangulamiento de la soga dejara de causar efecto. A duras penas podía aguantar su peso, pero si la soltaba se ahorcaría; miró a su derecha y al ver la encimera, la dirigió hacia ella; estaba a más altura que a la que ella sostenía a Debra, así que tomó aire y, haciendo un esfuerzo máximo, flexionó las piernas y asió las de ella desde algo más abajo para poder elevarla. Consiguió levantar los cincuenta y cinco kilos de su amiga para posarla sobre la encimera. Debra, una vez sostenida sobre ella, pudo respirar y Rania de inmediato dirigió sus manos a la correa de cuero negro que apretaba la bola dentro de su boca. Observó los ojos azules aterrorizados de su amiga, mientras emitía un desesperado sonido por la nariz que Rania atribuyó a la falta de aire.

—Debra, ahora te desato, no te preocupes —le dijo, observando que su amiga arqueaba las cejas desesperadamente—, espera a que abra la hebilla.

Rania no advirtió lo que su amiga le estaba realmente indicando hasta que escuchó una voz a su espalda.

—¡Ándale, qué bueno que viniste!

Rania se giró y se topó a escasos centímetros con Guzmán *el Ácido*, que lanzó, al igual que hiciera minutos antes, un derechazo directamente hacia su cara. Pero en esta ocasión, Rania, aterrorizada, se agachó ágilmente esquivando el golpe. A sus pies estaba la botella de vino vacía que el día anterior habían bebido juntas; sin pensarlo la agarró por su cuello y, a la vez que se incorporaba, con todas sus fuerzas golpeó con ella en la sien a aquel espantoso hombre. El golpe fue inesperado y muy duro, Guzmán no podía adivinar una reacción así. Se echó hacia atrás sujetándose la cabeza conmocionado por el repentino impacto. Perdió el equilibrio por un instante, arrodillándose completamente desorientado.

Rania, angustiada pensando en la situación en que se encontraba Debra, se giró hacia la encimera. Temía que su amiga se cayera y se estrangulara definitivamente, pero esta vez no se ocupó de la mordaza que le impedía hablar. Cogió un cuchillo de cocina y le liberó las manos cortando la cuerda que las mantenía atadas a su espalda; a continuación trató de aflojarle la soga para retirársela. La cuerda había hendido la piel del cuello y no resultaba fácil destensarla para poder quitársela; tras un primer intento fallido, consiguió aflojarle el nudo.

En esta ocasión no hubo señal preventiva por parte de Debra, ni siquiera ella le vio acercarse. El rodillo de madera que utilizaban para hacer la masa de las pizzas golpeó en la cabeza de Rania sin piedad. Fue un impacto seco, en la parte trasera del cráneo. Se desplomó en el suelo sin sentido.

Guzmán, enfurecido, tomó el mismo cuchillo que Rania había empleado para desatarle las manos a Debra y exclamó:

—¡Ya se me acabó la paciencia, pendejas! —Entonces miró a Debra, que contemplaba la escena horrorizada, todavía con la bola de goma en la boca que le impedía gritar—. Tú lo verás en primerita fila, güerita.

Y la empujó para dejarla caer de la encimera y que se quedara de nuevo colgada por el cuello. Debra se llevó ambas manos a la soga para sostenerse, pero no podía evitar que la presión de su propio peso le impidiera meter los dedos entre la cuerda y la piel de su cuello; sentía cómo la tráquea se le aplastaba y el aire dejaba de llegar a sus pulmones. Guzmán, sonriendo, se agachó mientras decía:

—Ahora verás lo que le pasará a tu amiguita.

Se sentó sobre el cuerpo de Rania, que había quedado boca arriba, la cogió por los pelos para levantarle la cabeza y fue acercando el cuchillo a su cuello.

—Tú no lo podrás ver, pero la güera sí. —Esbozó una última sonrisa antes de proceder a degollar a Rania.

Capítulo 91

La fuerza con la que el hombro de Ackermann impactó en la puerta del apartamento fue tal que reventó las bisagras que la sujetaban al marco y la arrancó de cuajo. La inercia lo llevó hasta la entrada de la cocina. El sicario, con el cuchillo en la mano, se distrajo sorprendido por el gran ruido provocado por la violenta irrupción. Ackermann sin dudarlo se tiró en plancha sobre él. Guzmán se protegió interponiendo el cuchillo entre ambos. Heather, que venía por detrás con la pistola desenfundada, se lanzó sobre Debra y la levantó, empujándola de nuevo y subiéndola a la encimera.

En el suelo, Guzmán se quitó como pudo de encima a Ackermann y se lanzó hacia la ventana de cristal de la cocina. David hizo un esfuerzo por sujetarle del pie, pero el mexicano se zafó de la presa propinándole una patada en la cara. Saltó rompiendo los cristales y cayó en la acera, torciéndose el tobillo. Una chica que paseaba su perro tranquilamente gritó alarmada ante la aparición repentina de aquel hombre de terrible aspecto.

Guzmán se levantó como pudo y, cojeando ostensiblemente, escapó por la Calle 11.

Heather le quitó la soga a Debra y se alarmó al sentir que no respiraba; la tumbó sobre el suelo y comenzó a practicarle la respiración artificial.

Ackermann por su parte se acercó a Rania y le tomó el pulso en el cuello. Dio un suspiro al ver que estaba viva. Solo entonces percibió que tenía las manos llenas de sangre, pero no era de ella. Miró a su costado y pudo ver la herida de la que brotaba sangre en abundancia. El cuchillo de cocina se le había clavado durante el forcejeo en la parte derecha de su abdomen.

Heather, que acababa de apartar su boca de la de Debra, gritó muy nerviosa exigiéndole que pidiera ayuda al ver que su amiga no respiraba. David de inmediato buscó el teléfono y marcó el 911 para solicitar una ambulancia y como pudo se acercó a rastras al lugar en el que yacía Debra.

Heather le practicaba desesperadamente un masaje al corazón, pero esta seguía sin recuperar la respiración; había sufrido un paro cardiaco. Ackermann, desde el suelo, inclinó la cabeza de Debra hacia atrás, le tapó la nariz y reanudó el ejercicio del boca a boca que Heather había interrumpido para intentar con sus dos manos y la rítmica presión sobre el pecho devolverla a la vida.

Las ambulancias no tardaron en llegar y el equipo de urgencias entró en el apartamento rápidamente. Asumieron sin demora el mando de las operaciones atendiendo a Debra.

Heather, al ver la sangre de Ackermann, se alarmó. Él apenas se podía mover, ahora sí que sentía un dolor agudo. Un médico se le acercó de inmediato.

Cuando comprobó que los sanitarios ya se ocupaban de todo, la agente Brooks saltó a su vez por la ventana rota y caminó por la calle hacia su derecha. No encontró rastro del asaltante. Un grupo de personas se había reunido en torno a la vivienda, comentando excitadamente lo sucedido. Entonces, la chica que estaba paseando a su perro se acercó a Heather al observar la placa que la identificaba como agente del FBI, que colgaba de su cuello.

—¿Es usted policía?

—Sí, claro.

—Se le cayó al hombre que ha huido —dijo tendiéndole un objeto.

Al ver lo que había en la mano de la muchacha Heather se quedó sorprendida.

—Gracias —musitó al tiempo que sacaba un guante de goma de su bolsillo y lo cogía con él. Sonrió para sus adentros: aquello podía ser crucial para resolver el caso.

Capítulo 92

Tras los primeros auxilios, las ambulancias fueron trasladando a los heridos al centro médico Mount Sinai, en la Calle 98 Este, entre Madison y la Quinta Avenida, en el Upper East Side de Manhattan.

Rania, que recobró la conciencia durante su trayecto en la ambulancia, al llegar al centro hospitalario fue sometida a una serie de pruebas preventivas. El golpe sufrido le había producido una visible hinchazón, además de un fuerte dolor de cabeza, pero no tenía ninguna lesión grave. Sobre las dos de la madrugada le dieron el alta. Sin embargo, como consecuencia de la leve conmoción sufrida, se hallaba algo confusa sobre lo ocurrido; recordaba con intermitencias, pero había una imagen que por su atroz escenografía no podía alejar de su mente: Debra colgada por la soga moviendo las piernas desesperadamente. Decidió dirigirse a la recepción de urgencias y una vez allí preguntó por su compañera de piso. Le informaron de que Debra estaba ingresada en la Unidad de Cuidados Intensivos. Al llegar a la planta correspondiente se encontró con Heather e instintivamente se abrazaron.

—¿Cómo te encuentras? —preguntó esta última.

—Yo estoy bien, ya me han dado el alta, pero ¿y Debra?

El gesto severo de Heather anticipó su respuesta:

—Entre todos logramos evitar que muriera por asfixia, pero… tiene un edema cerebral producido por la compresión de la cuerda en los vasos sanguíneos del cuello. Está en coma profundo.

Rania, ajena al significado y las implicaciones de aquellos términos, preguntó:

—¿Qué significa todo eso?

—Pues que los médicos no saben si se recuperará del coma ni en qué condiciones; deben pasar unos días, todavía es pronto. —Heather estaba visiblemente afectada por la situación en que se encontraba su amiga. Rania, con los ojos nublados por las lágrimas, la abrazó de nuevo.

—¿Se la puede visitar?

—De momento no, pero tampoco nos reconocería al estar inconsciente. —Entonces Heather miró a los cristalinos ojos negros de Rania y añadió—: Rania…, quizá no sobreviva.

La desolación invadió a Rania, que se sentó en una desangelada silla de plástico y se echó las manos a la cara. Heather se hallaba, como era lógico, seriamente afligida por la situación en la que se encontraba su mejor amiga, pero al escuchar los gemidos de Rania se compadeció; después de todo, ella tenía a su familia y demás amigos, pero Rania estaba sola, procedía de un lugar muy lejano y Debra significaba mucho en su vida. Por ello no dudó en acercarse y sentarse a su lado y abrazarla por el hombro.

—Todavía hemos de tener fe en que se recupere.

—Pero ¿qué pasó? ¿Quién era aquel tipo horrible? —preguntó Rania atormentada.

Heather dudó por un instante…

—Un depravado que andábamos buscando; ya había asaltado a otras personas por el barrio.

—¿Se escapó…? —balbuceó Rania.

—Sí. Cuando llegamos a vuestro apartamento a visitar a Debra reconocimos su camioneta Toyota roja aparcada en una zona prohibida en una esquina cercana. Por eso entramos de inmediato temiéndonos lo peor. Ackermann reventó la puerta y nada más entrar en la vivienda se encontró a… —Se quedó callada por un momento.

—¿A quién?

—A ese tipo sobre ti. Tenía un cuchillo en la mano junto a tu cuello. Pero David se abalanzó sobre él y pudo evitar que te hiciera ningún daño. Tú estabas inconsciente. Mientras tanto yo descolgué a Debra y le practicamos los primeros auxilios.

—Y Ackermann ¿dónde está?

—En el forcejeo el asesino le clavó el cuchillo en un costado.

Rania, preocupada, preguntó:

—¿Y cómo se encuentra?

—Bien, la herida no es grave, aunque le desgarró la piel y parece que algún músculo; seguramente mañana le tendrán que someter a una cirugía menor. Si todo va bien, en pocos días estará recuperado; en este momento se encuentra en observación en otra planta.

—Creo que me iré a casa —musitó Rania con voz desfallecida.

—Rania, no sé si es buena idea, no creo que puedas entrar, todavía habrá equipos de la Policía y del laboratorio.

—Bueno, tenemos una vecina, la señora Hellen, que seguro que me acoge una noche.

—OK, intenta descansar —añadió Heather en su tono más dulce.

Antes de partir, Rania pensó en acercarse a visitar a Ackermann; quería manifestarle su agradecimiento por lo que había hecho, así que se encaminó hacia su habitación. Sin embargo, a medida que avanzaba la embriagó la vergüenza de afrontar su pasado frente a él; se paró en medio del corredor, se cubrió el rostro con las manos como buscando una respuesta, calmó su agitación y pensó que tenía que ser fuerte y dar el paso. Pero finalmente sintió que todavía no estaba preparada, por lo que dio media vuelta y, exhausta, se dirigió a la puerta principal del centro hospitalario y tomó un taxi hacia la Calle 11. Camino de la casa, reflexionaba en solitario; era la segunda vez que Ackermann le había salvado la vida. Le sorprendía que en ese mundo tan individualista donde la mayoría parecía pensar solo en sí mismo hubiera personas como él, dispuestas a arriesgar su vida por los demás, sin vacilar. Recordó las palabras de la vieja anciana del hospital de El Cairo: «Alguien cuidará de ti».

Por otra parte le intrigaba su persona: parecía distinto al resto de hombres que había conocido en la productora o saliendo con Debra y sus amigas. No podía ocultar que sentía una cierta atracción, le gustaría conocerlo, saber sobre su vida. ¿Por qué se enroló en el ejercito israelí? ¿Y por qué después apareció en Nueva York? Quizá algún día llegaría un mejor momento.

Al llegar al apartamento, se confirmó la predicción de Heather: todavía había policías y algunos técnicos del laboratorio inspeccionándolo y la puerta estaba precintada con cinta plástica serigrafiada con las iniciales del Departamento de Policía de Nueva York. También advirtió la presencia de periodistas de diversos medios merodeando por los alrededores; al verlos, Rania se dirigió de inmediato a la puerta del apartamento de la señora Hellen. La amable vecina no dudó en acogerla; tampoco ella había podido conciliar el sueño con todo lo que había ocurrido. Mantenía siempre a punto una habitación para invitados que jamás la visitaban; sin embargo, ahora se sentía feliz por poder acoger a Rania. Le ofreció un té y ella lo aceptó. Solo tras tomarlo, sentadas una junto a la otra en el viejo sofá de ante color piedra, Rania comenzó a explicarle la situación en que se encontraba Debra en el hospital. Al conocer los detalles, el rostro de su vecina, surcado por numerosas arrugas, cambió de expresión. Aquella mujer entrada ya en años conocía a Debra desde que se instaló en el apartamento cuatro años atrás, cuando empezaba su carrera en el mundo de la televisión, antes de que el éxito la arropara, y la quería como a una hija. Se quedó muy afectada, pero Rania tampoco estaba en disposición de consolarla, bastante tenía con su propio sufrimiento, así que muy educadamente se excusó; no tenía ganas ni fuerzas para seguir hablando con nadie, prefería estar sola. Una vez en la habitación, se dio una ducha y se acostó, poniéndose encima un viejo camisón de tela de enagua y color rosa pálido que la amable señora había dejado sobre la cama.

Ya muy avanzada la madrugada y sin poder conciliar el sueño, recordaba su pasado. Hacía poco tiempo era una joven feliz que pasaba los días alegremente en su ciudad, Jericó. Ayudaba a su madre en el cultivo de la reducida huerta familiar y, sobre todo, disfrutaba con su amiga Yasmin en los escasos ratos de descanso. Como todas las chicas de su edad, hablaban del futuro, de su amado, de cómo sería la vida en otros sitios, de sus pequeños secretos; con ella se sentía libre, aunque a veces le recriminara cuando daba rienda suelta a sus pensamientos más prohibidos. Pero de pronto, en un instante, todo cambió, como ante la inesperada llegada de una gran tormenta en la que el cielo se torna oscuro y parece que se cae a plomo. Primero el suicidio de Abdul, algo incomprensible para ella, matando a tantos inocentes; después el bestial ataque que sufrió a manos de aquel loco borracho, su exilio en El Cairo, la llegada a Nueva York y, cuando parecía que empezaba a acostumbrarse a disfrutar de una nueva vida, otra vez la tragedia. La vida se hacía de nuevo indescifrable para ella, pero esta vez el mal se ensañaba con su amiga.

«¿Por qué alguien querría hacer daño a Debra?», se repetía una y otra vez, «una chica tan buena, que tanto la había ayudado». Pero, por segunda vez en su vida, volvía a hacerse preguntas sin encontrar respuesta.

En aquel confortable cuarto, Rania no podía conciliar el sueño: se cuestionaba sobre todo lo que le había tocado vivir a ella, que le había hecho madurar, quizá demasiado rápido, saltándose etapas, porque su inocencia de juventud se truncó abruptamente el día en que todo se torció. Muchas personas nacen, viven y mueren sin ser visitadas por los designios de la tragedia absurda; sin embargo, parecía que a ella le había tocado vivirla primero en su persona y ahora en la de sus amigos, los de su nueva vida en Nueva York.

De pronto sintió el tacto del algodón de la sábana; era de mucha calidad, como algunos de los algodones de Egipto que había podido sentir de pequeña en su propia casa. Olía a fresco; seguramente la señora Hellen lo había perfumado con esencias de violetas, siempre con la habitación dispuesta por si alguien llegaba. ¿Cómo podía haber personas que encarnaban la maldad más vil coexistiendo con otras tan bondadosas y desinteresadas?

Su mente galopaba desordenadamente por caminos tortuosos cuando un pensamiento lóbrego la llenó de inquietud: si Max no se hubiera acercado a aquellas chicas en la fiesta y discutido con Debra, los tres habrían vuelto en su automóvil… y quizá ella también estaría ahora muerta.

«Pero si ni siquiera sé lo que es besar a un hombre», se dijo con amargura.

Ese último pensamiento le suscitó de inmediato sentimientos encontrados. Por una parte se avergonzó de que algo tan banal emergiera en su reflexión, pero también constataba que su vida no seguía un curso normal y había muchas experiencias que le quedaban por vivir. En su casa le enseñaron que las cosas ocurrían por los designios de Alá, pero para ella todo aquello ya no tenía ningún sentido, ni esos designios ni los del Dios de los cristianos. Ella tendría que trazar los suyos, antes de que fuera demasiado tarde. Fe seguía teniendo, pero en personas como la anciana de El Cairo, que le había hablado con tanta sabiduría, su madre, su amiga Yasmin, la mujer negra que le atendió el día anterior, cuando paseaba desconcertada por las calles de la ciudad, la propia Debra, el mismo Ackermann… Pero también había seres que expandían la maldad. Entonces, confusa por los acontecimientos, recordó unas palabras que su padre le había repetido una y otra vez: «Hija mía, ocurra lo que ocurra, venza quien venza, pierda quien pierda, tú levántate siempre y sigue el camino hasta que su trazo se difumine». Ahora entendía su significado; él, que llevó una vida azarosa, comprometida con sus ideales, siempre se levantó y siguió adelante, muchas veces sin nada, teniendo que volver a empezar lejos de su tierra, hasta que un cáncer prematuro interrumpió su camino. Las lágrimas brotaron nuevamente de sus ojos.

Rania, blindada una vez más con esa fuerza enigmática que en los peores momentos sacaba a relucir, encontró sosiego de nuevo para su mente; seguiría con paso firme su camino. Finalmente, bajo la ternura de aquellas sábanas de suave algodón de sus tierras de oriente, abrazándose fuerte a la almohada, logró conciliar el sueño.

Capítulo 93

A las nueve de la mañana escuchó el sonido de su móvil. Había caído en un sueño profundo durante las últimas cinco horas, por lo que tardó en reaccionar unos segundos más de lo habitual. Era una llamada desde un número desconocido.

—Hola —contestó con voz somnolienta.

—Rania. ¿Eres tú?

—Sí, ¿con quién hablo?

—Soy Anne Ryce. —Entonces reconoció su voz. Nunca había vuelto a hablar con ella desde que la entrevistó meses atrás y le ofreció la oportunidad de trabajar en el canal de televisión como ayudante de producción. Anne prosiguió—: Me he enterado de todo lo ocurrido, bueno, de lo que han contado a la prensa. Todos los periódicos digitales lo han publicado. ¿Tú cómo estás?

—Yo, muy bien, Anne, pero Debra…

—Sí, ya lo sé, fui al hospital a visitarla y sigue en coma profundo; solo nos queda rezar para que se recupere. Es una horrible desgracia, pero mientras tanto tenemos que seguir adelante. Verás, te llamo por lo siguiente: hemos pensado que quizá tú puedas sustituir a Debra en las conexiones en directo de las noticias. —La directora del canal lanzó su propuesta abruptamente, con su acostumbrado estilo directo—. Me han dicho que las pruebas de cámara y grabación que has hecho han salido muy bien. —Rania se quedó atónita y antes de que fuera capaz de articular respuesta alguna, Anne Ryce añadió—: Si sale mal, no te preocupes, buscaremos a alguna de nuestras presentadoras de plantilla. —Y para terminar agregó—: A Debra le encantaría que fueras tú quien la sustituyera mientras ella se recupera.

—Pero… —dudó Rania.

Anne no le dio opción, nunca lo hacía cuando ya había tomado una decisión.

—OK, me alegro de que quieras hacer la prueba; le diré a la directora de producción que te haga llegar la escaleta del programa de hoy, creo que es una breve conexión desde Central Park para informar sobre una acampada que están intentando organizar los antisistema. —Y colgó el teléfono.

Rania sintió los nervios a flor de piel, no se podía esperar algo así. Le infundía un gran respeto la responsabilidad, pero… estaba claro que ese era el camino que el destino le marcaba y debía seguirlo. Enseguida recibió un *email* de Lucy Alliot, la directora de Producción:

Hola, Rania. Siento mucho todo lo ocurrido en vuestro apartamento la noche pasada. Ya me ha comentado Anne que vas a sustituir temporalmente a Debra; seguro que sale todo muy bien. Te adjunto la escaleta para la conexión de hoy y tu guion. Se trata de cubrir el despliegue que unos antisistema montaron ayer en «la gran playa» de Central Park. Verás que además de tu introducción deberás entrevistar a uno de los acampados. Calculamos que nos conectarán en directo sobre las doce del mediodía. Antes habrá que preparar maquillaje, peluquería, estilismo, así que enviaremos un coche a buscarte a las nueve y media. Nos vemos pronto.

En el centro médico Mount Sinai todo transcurría como un día cualquiera excepto para los pacientes separados de su entorno y sus rutinas. El diagnóstico de Debra no se había alterado, seguía en estado crítico. Heather pudo acercarse durante media hora a su cama en la Unidad de Cuidados Intensivos. Estaba intubada y conectada a diversos aparatos que controlaban sus constantes vitales. Le acarició con suavidad la frente. Habló con el médico de guardia de la unidad, pero lo que este le transmitió no la tranquilizó en absoluto. Era la segunda vez en su vida que acudía a una Unidad de Cuidados Intensivos; en la primera ocasión el internado fue un compañero que recibió una bala en la cabeza en una operación de asalto a una vivienda donde se refugiaban los miembros de una red internacional de trata de blancas. Su compañero finalmente falleció. Esos recuerdos y su estrecha relación con Debra la dejaron desolada. Se acercó a la cafetería del centro y pidió un café. Dejó pasar unos minutos y se dirigió entonces a la habitación de Ackermann, pero al llegar no había nadie. La enfermera le anunció que se lo habían llevado para hacerle unas pruebas preventivas para la anestesia. Tardaría todavía un tiempo en volver. Desde que ingresó se había convertido en el paciente favorito de todo el personal femenino, por lo que todas conocían perfectamente su situación. La intervención se haría a mediodía con anestesia local. Decidió volver más tarde; tenían mucho trabajo en la oficina para analizar todas las piezas del caso.

Se acercaba la hora de la conexión y la temperatura en Central Park se aproximaba a los veinticinco grados; el día era maravilloso, con ese cielo azul nítido que tanta energía proporciona a la ciudad en primavera. Rania ya estaba preparada: le habían puesto una falda larga y estrecha de punto negro con rayas anchas horizontales de color azul marino, una camiseta gris, muchas pulseras y cuñas negras con aplicaciones plateadas. El conjunto componía su figura de una manera sutil. Los nervios afectaban a todos, y como era lógico, especialmente a ella, pero se controlaba para mantener la calma; tenía el convencimiento de que todo saldría bien. En las múltiples pruebas que habían realizado en la escuela siempre era de las que mejor lo hacía. Se colocó en la posición marcada y observó la mano del realizador, que bajaba avisando de la conexión. Entonces escuchó la voz de la directora del programa de noticias:

—Tenemos en directo a Rania Roberts, que sustituye a nuestra compañera Debra Williams, que, como les hemos informando previamente, ha sufrido esta madrugada un grave asalto en su domicilio del que se recupera en el hospital. Rania, ¿puedes comentarnos cuál es la situación en Central Park donde ahora te encuentras?

Las pulsaciones le subieron hasta el infinito, la garganta se le quedó seca como la arena del desierto, perdió el habla.

—Rania, ¿nos escuchas?

En los estudios centrales del canal, desde los que se emitía el noticiario, todos se temieron lo peor; aquella idea de la directora Ryce era descabellada: confiar la responsabilidad de un directo a una joven novata sin experiencia era una locura. En el parque, en el lugar de la grabación del directo, el realizador y el resto de sus excompañeros de producción contuvieron el aliento.

Rania, que había escuchado perfectamente la voz del plató, se ajustó el pinganillo en la oreja para disimular y se lanzó…

—Sí, ahora perfectamente —y prosiguió con resolución y voz vigorosa—: Los acampados se encuentran situados en la extensa explanada de hierba situada a la altura de la Calle 77, en el lado oeste del parque, la denominada por los residentes y asiduos «la gran playa» de Central Park. Se trata de un grupo de unas doscientas personas procedentes no solo de Nueva York, sino también venidos de distintas partes del país. ¿Y cuál es el motivo de su acampada? Pues bien, tenemos aquí a uno de sus representantes: ¿qué nos puedes decir sobre vuestra protesta?

Su interlocutor era un joven de unos veinticinco años que llevaba una camiseta con la inscripción «No future», usaba gafas redondas de montura metálica y lucía un estrepitoso *piercing* en la comisura del labio superior.

—Queremos protestar contra este capitalismo despiadado que cada vez crea más pobres y hace más ricos a los que ya lo son. Contra los políticos, contra los banqueros, contra los medios manipuladores, todos son unos mierdas que… —La respuesta iba tomando un cariz muy virulento y la entrevista se les podía ir de las manos. El realizador se temió que aquel tipo siguiera insultando a todo el mundo con un discurso inaceptable para los estándares de la cadena y la hora de emisión; por un momento sintió que la experimentada Debra no estuviera allí. Intervino por el transmisor conectado a Rania:

—Interrúmpele, Rania, interrúmpele —repitió nervioso.

Rania, con autoridad, intervino enérgicamente en el discurso del entrevistado.

—Pero seguro que estáis a favor de algo, tendréis algún mensaje positivo que dar a la población, alguna propuesta… —preguntó mirándole intensamente. Como si tanto ella como el resto de la audiencia quisieran comprenderle.

El antisistema se quedó mirando a Rania, cambió el semblante e interrumpió su feroz crítica:

—Sí, claro que las tenemos, y queremos que la gente nos haga sus propuestas; este es un movimiento realmente democrático, nos las pueden enviar a onevoicenewera.com. Cuenten con que nosotros sabremos canalizar su descontento… Que se unan a nuestro movimiento…

—Muchas gracias. Desde Central Park, Rania Roberts para las noticias de la CNN.

Todos en los estudios centrales respiraron hondo; aquella joven debutante había enderezado la entrevista antes de que se pudiera convertir en un batiburrillo de insultos y odio contra todo.

—Bravo, Rania. —Escuchó la voz del realizador a través del pinganillo introducido en su oreja.

Los equipos de sonido se le acercaron de inmediato para quitarle los micrófonos y uno de ellos le susurró al oído:

—Has estado fantástica, Rania, estamos orgullosos; recuerda siempre: eres una de las nuestras.

Rania se emocionó al oír las palabras del que hasta hacía unas horas era uno de sus compañeros de la productora.

Capítulo 94

Esa misma mañana, sentado en la butaca de su despacho en la planta cincuenta y cuatro del 1101 de la Sexta Avenida, Bill Parker se revolvía inquieto; finalmente apretó la tecla del teléfono fijo que le conectaba con su secretaria:

—Jefe, ¿en qué puedo ayudarle?

—Dile a Larry que pase en cuanto llegue. —Pulsó de nuevo el mismo botón para cortar la llamada.

No había pasado ni un minuto cuando Larry Coach se presentó en su despacho. Llevaba una camisa con cuello de distinto color al resto de la prenda. Combinaba rayas finas rojas y blancas con cuello blanco. La corbata era azul marino con dibujos de diminutos tiburones blancos. Para rematar su desafinado aspecto, llevaba unos gemelos de plata de ley coronados con una piedra de tono cobrizo y de un tamaño grotescamente más grande de lo adecuado. Como era habitual en él, nada en su atuendo conjuntaba, a diferencia de su jefe, cuyo buen gusto para vestir destacaba entre tanta vulgaridad.

Al entrar en la estancia le saludó al tiempo que se percataba del gesto de alegría de Parker.

—Hola, Larry, qué bueno que ya estés de nuevo entre nosotros. Disculpa que ayer tardásemos varias horas en sacarte. Ese fiscal Stuick es un cretino que aspira a presentarse a las elecciones para la alcaldía y quería unos buenos titulares. Ordenar tu detención por amenazas… Pero ¿qué dijiste en la conversación que te grabaron…?

—«Más te vale que hagas lo que tienes que hacer…» o algo así.

—Qué estupidez, querer inculpar de un asesinato a alguien por decir eso. Porque no habrá nada más, ¿verdad? —preguntó Parker, que no se fiaba ni de su fiel Larry.

—Por supuesto que no, jefe —contestó este, cuyo rudo aspecto minaba su credibilidad; cuando afirmaba algo siempre quedaba esa duda de si estaba diciendo la verdad o no.

—¿Y cómo discurrió el interrogatorio? —preguntó Parker, que ya había sido informado de los detalles del mismo a través del abogado.

—Nada especial excepto que Ackermann mencionó Alpha Analytics; parecía que conocía nuestro proceder con STAR I.

—Quizá Max se fue de la lengua antes del accidente. No sé quién diablos querría matarlo, pero en el fondo tampoco nos hacía ya mucha falta, el chico estaba algo perdido. Tú no te preocupes, me han informado los abogados de que es muy probable que en unos días retiren la acusación contra ti; podríamos demandar al fiscal por acusación infundada, pero no nos conviene: quién sabe si ese bastardo puede acabar siendo alcalde. —Entonces su semblante se tornó hosco—. Cambiando de tema, la que me está empezando a preocupar es ese bicho, sabía que nos iba a traer problemas —maldijo sin especificar de quién estaba hablando. Bill esperaba que sus subordinados supieran siempre a qué se refería o en qué estaba pensando sin necesidad de dar muchas explicaciones, pero en esta ocasión, sin más pistas, Larry fue incapaz de adivinar.

—Perdona, no sé ahora a quién te refieres.

—Carla Elliot.

Se trataba de la Securities and Exchange Commission, conocida popularmente como SEC: la institución encargada de velar por el funcionamiento de los mercados financieros. Carla Elliot había sido nombrada por el presidente de Estados Unidos como máxima responsable de esa institución apenas un año antes.

—¿Qué ocurre con ella? —preguntó intrigado Larry, sabedor de que de nada bueno podía tratarse viendo la cara de pocos amigos de su jefe.

—Me informan desde Washington de que Elliot ha enviado un informe a la comisión bancaria del Senado detallando algunas de las que considera «prácticas que los mercados deben desterrar». No prueba nada, pero argumenta sobre la dificultad de ejercer control sobre ellas desde su institución.

Cuando Bill decía «me informan desde Washington», no hacía falta que especificara más: Larry entendía que el confidente podía ser cualquiera de un amplio elenco de políticos que mantenían una antigua y beneficiosa relación con él.

—Elliot destaca como especialmente rechazables las tomas de posiciones a corto apostando a la baja. Todavía no me ha llegado el informe confidencial que ha escrito, pero parece que como ejemplo de actuaciones con posibles irregularidades señala las operaciones de *hedge funds* tales como STAR I y Skyrock.

—Bueno, Bill, es lógico. Esta mujer se ha pasado la vida regulando desde distintas instituciones para limitar las actividades de los mercados. Así se ha ganado la confianza del presidente y para eso la ha ascendido a ese puesto —añadió con un semblante molesto.

—¿Tenemos algo sobre ella?

—No, jefe, siempre ha estado en el lado de la ley, y es la primera mujer en ostentar ese puesto, esgrime la bandera de la transparencia…, ya sabes, toda esa basura. Me temo que no debemos ni intentarlo.

—¿Y sobre alguno de los nuestros *on board?*

Estar *on board* en el argot propio entre Bill y Larry significaba haber recibido algún tipo de subvención por parte de Goldstein en los últimos años. Desde sus inicios en Wall Street, Bill promovió una política muy generosa de aportaciones y donaciones a amplios estamentos de la política, la sociedad y la economía. Entre los receptores se encontraba a todo tipo de individuos, aunque destacaban los políticos, que con agrado recibían ayudas para sus campañas. Congresistas y senadores, demócratas o republicanos por igual, la ideología era por supuesto irrelevante, se trataba de «sembrar» por si en algún momento necesitaban recurrir a sus servicios. Una vez conseguían sus escaños, las colaboraciones podían continuar en forma de donaciones a fundaciones promovidas por esos políticos. Esas cantidades permitían a los seleccionados reducir el pago de sus impuestos hasta niveles inalcanzables para el resto de ciudadanos. Larry era quien llevaba el riguroso archivo digital con todos los nombres, conceptos, fechas y montos de las ayudas a ese colectivo; en total tenían algo más de cien políticos en sus *records*.

El siguiente grupo *on board* eran los periodistas. El modelo de ayudas a este colectivo estaba disfrazado de campañas de publicidad, de efectividad nula desde el punto de vista comercial, pero necesarias para la supervivencia de los rotativos. Estas inversiones no garantizaban que los periodistas que trabajaban para las editoriales de esas cabeceras receptoras de sustanciosas inversiones tuvieran siempre a cambio de espacio para publicidad una actitud favorable a su firma, pero desde luego el trato a Goldstein y en particular al propio Parker siempre sería algo más «respetuoso». En los tiempos actuales, con la crisis del sector, todos los medios de comunicación lo estaban pasando muy mal. Las reducciones de presupuestos de los anunciantes en general y la aparición de múltiples soportes gratuitos digitales les estaban haciendo mucho daño en sus cuentas de resultados, y eran cada vez más dependientes de esas «inútiles campañas». Bill y Larry se recreaban afirmando que nunca antes habían tenido tan bien controlados a los grandes magnates de la prensa.

Respecto a los nuevos medios digitales, la capacidad de influencia sobre ellos llegaba a ser incluso mayor porque ninguno era rentable; sin los presupuestos de publicidad que Goldstein y otras grandes corporaciones les destinaban en forma de *banners* publicitarios resultaba imposible que sobrevivieran. Bill siempre les apoyó desde su aparición a principios del año 2000. La mayoría de ellos, aunque pudieran tener un aura de rebeldía contra lo convencional, estaban bajo examen permanente. Si se excedían en comentarios contra la firma o el propio Parker, perdían las subvenciones; además, Larry se encargaba de pactar con sus colegas de la competencia actuaciones similares, y sin los dólares del sector financiero difícilmente podían sobrevivir.

Pero, de todos los grupos bajo el influjo de Bill y sus colegas, del que se sentían más orgullosos era del compuesto por los académicos. Desde años atrás se otorgaban donaciones a prestigiosos doctores en Economía y otras ciencias sociales adscritos a las mejores universidades del país, algunos de ellos destacados premios Nobel. Las ayudas, de naturaleza «filantrópica», se podían disfrazar como aportaciones a cátedras, foros o publicaciones. Estas cantidades oscilaban entre los diez mil y los cien mil dólares, irrelevantes para Goldstein pero muy importantes para sus receptores. El objetivo era tener a favor a estos líderes de opinión de incuestionable reputación y de gran influencia entre políticos y reguladores, sobre cuyas tesis y *papers* construían muchas de sus iniciativas políticas.

—Podríamos intentarlo pero creo que es arriesgado: si alguno de los nuestros se acercara a ella de alguna manera y sintiera la presión... —dijo Larry dubitativo ante la pregunta de su jefe sobre su capacidad de actuar sobre la directora de la SEC—, el efecto podría ser el contrario al deseado.

—OK, está bien, pero dale vueltas al tema, a ver si encuentras alguna manera de llegar a ella; tendrá amigos o familiares a los que quizá podemos aproximarnos; me temo que esta mujer nos puede acabar metiendo en un lío. Ya tenemos el asunto de la FED de Nueva York, el FBI y esa empresa de detectives privados...

—Ross & Ackermann —apuntó Larry.

—Husmeando por todos lados —prosiguió Parker—. Solo nos falta ahora que esta amargada consiga que la comisión bancaria del Senado abra una investigación y nos vengan a tocar los cojones; menos mal que decidimos cerrar STAR I antes de dejar demasiados cabos sueltos —finiquitó el culto y educado Parker con su vocabulario más soez, como solía hacer cuando no estaba en público.

Capítulo 95

A las dos de la tarde Heather llegó de nuevo al centro médico; vestía unos cómodos *jeans* oscuros, una blusa azul marino y unas bailarinas negras. Tras una noche casi en vigilia, había pasado la mañana en la oficina prosiguiendo con la investigación. No llevaba maquillaje y se había recogido el cabello en una coleta. Hasta las cinco no podía visitar a Debra, así que se dirigió a la habitación de Ackermann. Al llegar se lo encontró sentado sorbiendo agua de un vaso.

—Hola, cariño, ¿cómo estás? —le dijo bromeando.

—Bien, solo un poco cansado; esta tarde me harán la intervención, cuestión de media hora —contestó él, que ya ni se inmutaba con las bromas de Heather—. Con suerte mañana me darán el alta. ¿Sabemos algo más sobre ese miserable?

—Parece que al saltar desde la ventana del apartamento cayó mal y se torció un tobillo, algunos testigos le vieron huir cojeando ostensiblemente. Se fue en dirección al lugar en el que había estacionado su vehículo y se marchó. Pero adivina qué…

—Ackermann negó con la cabeza—. En su precipitada huida, perdió el móvil. Una vecina que paseaba a su perro lo recogió y me lo entregó.

—Fantástico —exclamó Ackermann.

—Estamos siguiendo todas sus llamadas; no son muchas, la mayoría a establecimientos de comida rápida con servicio de envío a domicilio; también hay una llamada al móvil del técnico de la empresa de mantenimiento de frío: James Clerck, el tipo que apareció descuartizado, colgado de aquel gancho. Sin embargo, hay un número desde el que recibió hasta tres llamadas en las últimas semanas. Pertenece a un tipo de Chicago, Ricky Lewis, con antecedentes por extorsión y vínculos con el crimen organizado. Ya lo han localizado nuestros colegas; le hemos podido acusar de tenencia de arma robada y le estamos interrogando. Por el momento niega tener ninguna relación con la muerte de Max ni con el asalto a Debra, pero no ha podido explicar por qué habló hasta en tres ocasiones con el sádico; lo van a traer aquí para que podamos interrogarlo nosotros. No tenemos nada contra ese Ricky salvo que sabemos que conocía al sicario o por lo menos habló con él desde su móvil.

—¿Y respecto al asesino?

—Nada, ni rastro; aparte de su peculiar aspecto y de que es hispano, no sabemos nada más. No consta en ningún archivo nadie parecido a él. Es como si... —dudó Heather.

—¿Como si qué?

—Como si no hubiera estado oficialmente en el país.

—¿Qué quieres decir?

—No sé, David, pero es todo muy extraño; que un tipo así no deje rastro en inmigración o cualquier otro registro...

—Sí, tienes razón, y lo peor es que ande por ahí suelto —afirmó Ackermann acomodándose sobre la cama y haciendo un mínimo gesto de dolor.

—Hola, David —interrumpió una joven enfermera—. Vengo a tomarte la presión arterial y la temperatura.

—Sí, claro —contestó él educadamente.

La enfermera se acercó para colocarle el termómetro; a continuación tomó su antebrazo, le colocó el estetoscopio y empezó a presionar sobre la goma que hinchaba el manguito negro.

Heather se percató de inmediato de la mirada con la que aquella enfermera observaba a Ackermann y exclamó:

—A ver si me lo curáis pronto, que nos casamos el mes que viene.

Ackermann miró a Heather asombrado por su capacidad de inventiva. Y la enfermera contestó con una risa forzada:

—Oh, qué buena noticia, enhorabuena.

Cuando se retiró, Heather siguió con la broma:

—¿Te imaginas cómo sería?

—¿Cómo sería el qué?

—El día de nuestra boda.

—La novia estaría maravillosa —dijo Ackermann—, pero me temo que el novio no está preparado para pasar por el altar.

—Bueno, nunca se sabe…

Él llevó la conversación de nuevo a lo que más le preocupaba.

—Hay que encontrarlo como sea.

—Sí, hemos alertado a la policía de toda la ciudad, tarde o temprano caerá —tras un momento de silencio, Heather se despidió—: Bueno, será mejor que me retire, me vuelvo a la central; tú no te vayas muy lejos.

—Gracias, aquí estaré, por lo menos hasta mañana.

Ackermann estaba cansado y se hundió en la almohada mientras esperaba a que lo vinieran a buscar para llevarlo al quirófano.

Rania cruzó la recepción del hospital tres horas después de que Heather lo abandonara. Su entrada no pasó desapercibida a ninguno de los presentes. No le había dado tiempo a cambiarse ni desmaquillarse, por lo que lucía un aspecto espectacular, con todo su exotismo y su voluminosa melena negra, que todavía conservaba el peinado de ondas sueltas hecho para la grabación. A su paso levantaba miradas de hombres y mujeres.

Se fue a la sala de cuidados intensivos y le dejaron estar unos minutos junto a Debra; justo entre las cinco y las seis se admitían visitas, el resto del día estaban restringidas. Permaneció ahí quieta delante de su cuerpo, sintiendo el frío del lugar, los sonidos de las alertas de las constantes vitales y a Debra totalmente inmóvil. Aquello era angustioso, no parecía ella. Le conmovió verla en aquellas circunstancias y no pudo evitar derramar una lágrima poco antes de que una de las enfermeras le invitara a que abandonase la sala.

Salió fuera de aquel lugar latente de tragedias y esperanzas y se sentó en una silla de una sala de espera que encontró en medio del pasillo. Pasó una media hora en profunda reflexión. Por fin se levantó y tomó el ascensor hasta la planta cuarta. Tenía que hacer otra importante visita.

Encontró la puerta de la habitación entreabierta y la empujó ligeramente, sin hacer ruido. Una luz procedente de un fluorescente situado a la derecha de la cama iluminaba discretamente tanto esta como su entorno. Él reposaba sobre su costado izquierdo; en su lado derecho sobresalía un abultado vendaje que cubría la zona en la que había sufrido la herida. No podía ver su cara porque en la postura en la que se encontraba miraba hacia el interior de la habitación, de espaldas a la entrada.

Había estado preparándose para la visita, estaba dispuesta a conversar a solas con el hombre que le había salvado la vida hasta en dos ocasiones. Quería darle las gracias por lo que había hecho por ella, aunque eso conllevara rememorar el día que todo ocurrió. Pero justo ahora que se encontraba allí dentro, a tan solo unos metros de distancia, dudó…, se quedó unos instantes quieta en silencio. Podía escuchar su respiración; finalmente se decidió:

—David, soy Rania. —Permaneció de pie todavía a unos metros de la cama. Estaba nerviosa. Quizá él le hablaría del pasado, era un riesgo que tenía que correr, aunque fuese un mal trago lo tenía que aceptar. «De bien nacido es ser agradecido», eso le habían enseñado en su familia. Por ello debía estar allí, para transmitirle su agradecimiento. Pasaron unos segundos sin obtener respuesta, por lo que se acercó al otro lado de la cama.

Estaba dormido. Observó detenidamente su perfil, la nariz, los labios, el cabello rubio; ¡era tan distinto a los hombres que habitaban Jericó! «Pero realmente bello», pensó. Se quedó allí quieta frente a él.

Anteriormente solo había visto a Ackermann en cuatro ocasiones y dos de ellas habían sido situaciones de extrema violencia. Nunca habían mantenido una conversación normal, y tampoco sabía nada de él; sin embargo, en ese preciso instante sintió algo inexplicable, como una fuerza cautivadora. De manera instintiva le acarició la muñeca con la mano. Después acercó muy despacio su cara a la de él y lo besó en la mejilla.

—Gracias —susurró con ánimo de no despertarle y con la esperanza de que ese acto quedara grabado en sus sueños. Sorprendida por lo que había hecho, algo avergonzada pero al mismo tiempo colmada de una singular felicidad, dio media vuelta y se retiró silenciosamente de la habitación. Una vez fuera, pasó por delante de la zona de enfermeras y las saludó con una amplia sonrisa.

Capítulo 96

Rania abandonó el centro médico y tomó un taxi en dirección a su casa. Sorprendida por cómo había actuado, sentía la misma agitación que solo había experimentado una vez en toda su vida: el día que en el colegio entregó a Abdul sigilosamente el corazón de estaño grabado con su nombre. Pero en esta ocasión había sido todo distinto, se había acercado a aquel hombre dormido y lo había besado en la mejilla. Pasaban los minutos y no podía creer lo que había hecho. Nunca antes había besado a un hombre, tenía esa sensación única que produce experimentar atracción por otra persona, pero, a diferencia de su amor puro e inocente por Abdul, esta vez lo hacía desde la madurez sobrevenida por sus agitadas vivencias.

El estrépito causado por la sirena de una ambulancia que abandonaba apresurada el Mount Sinai le hizo despertar en medio de aquel gran bazar de vida y energía que era Manhattan. Desde la ventanilla del taxi se fijó en un muchacho negro que andaba por la acera; iba enchufado a unos grandes auriculares rojos, que parecían dirigir el ritmo de sus andares. Por un momento le recordó la estética del caminar de los camellos del desierto, solo que el muchacho daba los pasos aceleradamente, como siguiendo una coreografía nunca escrita. Sus *jeans*, un palmo por debajo de la cintura y desafiando la gravedad, mostraban desvergonzadamente su ropa interior, por supuesto roja a juego con los auriculares. Se cruzaba con él una chica con altos tacones y perfectamente conjuntada con una falda y chaqueta negra; parecía una elegante ejecutiva, apropiadamente vestida y peinada para gustar más que para trabajar. Al instante Rania dirigió la vista hacia la placa identificativa del taxi: «Rahmad Musfalah» parecía pakistaní o de algún país cercano. «¿Qué historias fascinantes de su tierra contará?», se preguntó. Entonces pensó en lo mucho que le gustaría tener allí a Yasmin y explicárselo todo, ese mundo tan extravagante que veían sus ojos, donde cada cual hacía e iba como le daba la gana sin importarle qué pensarán los demás; quizá ella ya empezaba también a ser de allí, por eso había besado a Ackermann sin importarle nada; seguro que Yasmin se escandalizaría y luego reirían juntas. Las últimas horas habían sido increíbles: el horror de aquel asesino en la casa, la pobre Debra en estado de coma, después su precipitado debut en el programa y finalmente su comportamiento en la habitación del hospital; todo ocurría muy rápido. Había pasado de la más profunda consternación por el estado de su compañera de apartamento a los infinitos nervios por salida en antena, y ahora ese imán de seducción salido no sabía bien de qué recoveco de su ser que tanto le atraía a aquel hombre. La vida era sorprendente. La distancia entre lo mejor y lo peor era mínima, a veces nada se podía comprender.

Necesitaba despejarse. Pensó en ir a casa, cambiarse y dirigirse a Central Park, le fascinaba ver a tanta gente allí corriendo, en bici o patinando, pero era algo tarde, por lo que finalmente decidió acercarse al gimnasio próximo a su casa.

Ackermann despertó unas horas después. Había dormido profundamente; sus primeras sensaciones fueron las de esa singular nebulosa producida por la anestesia. Recordó su última conversación con Heather; además tenía una confusa imagen de su silueta acercándose y besándole en la mejilla.

El sonido de su móvil interrumpió abruptamente el silencio de la habitación.

—¿Sí? —articuló con voz irreconocible.

—David, ¿cómo te encuentras? —El vigoroso hablar de Heather le sacó del limbo de fatiga en el que se encontraba.

—Bien. ¿Qué hora es? —contestó con un timbre ya más parecido al de su interlocutora.

—Las ocho de la noche. Disculpa por molestarte, pero acabamos de tener una reunión breve con los chicos y el jefe Jack y hemos encontrado algo —le dijo sin rodeos—. Pensé que querrías conocer…

—Sí, claro. ¿De qué se trata? —preguntó al tiempo que se incorporaba sobre la almohada.

—Tenemos la identidad del asesino, Charly envió el retrato robot a los colegas de la Policía Federal de México y lo han identificado rápidamente: se llama Pancho Guzmán Medina. Es un sicario a sueldo de uno de los más importantes cárteles del narcotráfico. Parece ser que ha participado en cientos de ejecuciones y asesinatos, y adivina…

—¿Qué? —preguntó impaciente Ackermann.

—Es un experto en el uso de ácido. A muchas de sus víctimas las deshace en toneles llenos de sustancias químicas. Hace unos meses los federales mexicanos rodearon un rancho en las afueras de Tijuana en el que acostumbraba a cometer sus crímenes. Hubo un largo asedio en el que murieron diez narcos, tres militares y un federal. Logró escapar, parece ser que a través de un estrecho túnel de doscientos metros de largo. Desde entonces no habían sabido nada de él. Seguramente los cárteles de la droga lo introdujeron en Estados Unidos para tenerlo una temporada fuera de la primera línea de acción y a salvo del ejército y la Policía mexicana. Es una práctica habitual: cuando algún sicario de cierto nivel en la organización está acorralado, lo sacan del país por un tiempo y luego lo vuelven a recuperar para que siga cometiendo crímenes.

—Entonces parece que es nuestro hombre. Pero ¿por qué quería matar a Debra?

—¿Te acuerdas de lo que nos dijo Debra cuando la visitamos en su casa tras el accidente de Max? Había acabado una serie de investigación llamada *New York Lords of Drugs;* pues bien, según hemos investigado, en la productora recibieron amenazas de muerte tras la emisión del primer programa dirigidas a la directora del mismo y a Debra. Presentaron una denuncia pero ella nunca me dijo nada, supongo que para no preocuparme. Imaginamos que algunos cómplices de la mafia de Nueva York grabaron las conversaciones de su móvil, entre ellas la que escuchamos en la que Debra invitaba a Rania a la fiesta de Max y a que fueran juntas en su Ferrari. Se la enviaron al depravado ese, que pensó que la fiesta sería una buena oportunidad: podría manipular el coche de Max con el ácido que tanto le gusta utilizar en sus crímenes y cargarse así a Debra; no le importó en absoluto que pudieran morir Max y Rania. Lo demás ya lo sabes: Max se fue solo del local y al descubrirse que el accidente era en realidad un asesinato, como es lógico todos pensamos que alguien iba a por él.

—¿Entonces se confirma que Larry y Parker no tienen nada que ver con el asesinato de Max?

—Parece que no, fue un daño… —hizo una pausa— colateral; en realidad querían cargarse a Debra. Qué bestias estos tipos, no reparan en nada.

—No sé por qué pienso que de todas maneras no les vino mal que él muriera.

—Viendo la actitud de Larry en el interrogatorio, eso desde luego —sentenció Heather.

—Esos narcos son muy peligrosos, si les molestas... tu vida no vale nada —expresó sus pensamientos en voz alta Ackermann, y añadió—: ¿Hay alguien de guardia en la antesala de la Unidad de Cuidados Intensivos donde está Debra?

—Sí, no te preocupes, hay dos policías las veinticuatro horas.

—Pues ahora queda encontrar a ese tipo cuanto antes; mientras esté suelto, Debra se encuentra en peligro.

—Pero esto queda ya fuera del caso STAR I, David, tú no tienes por qué seguir investigándolo.

—Ahora no voy a abandonarlo, te ayudaré a cerrar los últimos flecos. —Ackermann ni se planteaba dejar la investigación, sabía que estaba prácticamente resuelta pero no quería que Heather sufriera ningún daño y aquel asesino era demasiado peligroso y seguía en paradero desconocido. Su socio Ross no le pondría ningún obstáculo para hacerlo aunque no tuvieran un beneficio económico, dado que pensaba igual que él: antes que el dinero estaban las personas.

—Será mejor que descanses, David.

—Sí, gracias por la información, Heather; ¡ah!, y por tus cuidados —añadió.

Ella no entendió muy bien a qué se refería con lo de «tus cuidados»; solo añadió:

—De nada, te veo mañana.

La enfermera entró de nuevo en la habitación para controlar sus constantes vitales.

—Hola, David —dijo con familiaridad—, ¿has dormido bien?

—Sí, gracias.

—A partir de ahora se acabaron las visitas, ya son casi las nueve de la noche.

—Sí, claro —contestó él.

—Tu novia se alegrará —añadió mostrando una sonrisa traviesa.

—¿Mi novia? —preguntó Ackermann sorprendido.

—Sí, fue irse ella y a las pocas horas aparecer tu otra amiga. Si yo fuera tu prometida, no me haría mucha gracia que te visitara otra mujer.

Ackermann recordó entonces el comentario que hizo Heather a la enfermera sobre su supuesto compromiso de boda y entendió por qué esta pensaba que era su novia, pero del resto… no sabía de qué le hablaba.

—Perdona, pero debía de estar algo atontado. ¿A qué otra visita te refieres?

—A la mujer morena.

—¿La mujer morena?

—Pues sí que estabas ofuscado porque… no pasa desapercibida, es una chica imponente y parecía muy preocupada cuando entró.

—Pero ¿qué más?, ¿cómo era?

—Alta, de labios gruesos, ojos negros, muy exótica, llamaba mucho la atención porque además venía muy bien maquillada y con el cabello arreglado; sería una admiradora. Entró muy seria pero salió con una sonrisa en los labios. ¿Seguro que no te acuerdas? Bueno, no te preocupes, yo haré como que tampoco —agregó sonriendo con picardía mientras abandonaba la habitación.

Ackermann se quedó pensativo; si no era Heather, con esa descripción solo podía ser… Rania. ¿Era ella quien había estado allí y le había besado en la mejilla? No pudo evitar una sonrisa de satisfacción.

Capítulo 97

No acababa de acostumbrarse a llevar aquellos pantalones elásticos tan ceñidos al cuerpo, pero los utilizaba porque era la manera más discreta de vestir para hacer
ejercicio. La camiseta, caída por fuera y por debajo de la cintura, le servía para cubrir sus formas y protegerse de las miradas
de los hombres; o quizá más bien para satisfacer su pudor, porque a Rania, por mucho que intentara ocultar su cuerpo, la ob
servaban descaradamente tanto ellos como las muchas mujeres
que acudían al gimnasio.

Entrenó durante cuarenta minutos en la máquina elíptica
y después siguió un circuito por los aparatos del gimnasio como
le había enseñado Debra. Ella siempre le decía que era necesario hacerlo cada día porque salir en directo por televisión era muy
estresante y resultaba fundamental liberar las tensiones. Tras el ejercicio tomó una sauna de vapor y una ducha bien caliente que terminó con un chorro de pura agua helada. Su amiga también le
advirtió de que, aunque se trataba de una práctica algo extrema,

producía excelentes beneficios para la circulación de la sangre, la piel y el brillo del cabello y por eso compensaba el esfuerzo. En su casa de Jericó tenían un pequeño termo de agua caliente que se estropeaba repetidas veces al año, por lo que para Rania el «esfuerzo» era una delicia, no hacía más que recordarle a su hogar.

Después se puso las cremas hidratantes de marcas renombradas que estaban a disposición de los clientes en el propio vestuario. Aquello sí le parecía un lujo, tanto el poder usarlas cada día como el hacerlo gratis, le encantaba. Siempre había tenido esa inquietud de cuidar su piel, que veía tan castigada en su madre por los despiadados efectos del sol mientras trabajaba la tierra.

Al salir del gimnasio se dirigió al North Village Deli Emporium. Allí se compró un sándwich vegetal de lechuga, tomate, pepino y espárragos aderezados con una mayonesa algo picante.

Al llegar a su apartamento observó que ya habían cambiado la puerta de entrada a la vivienda; una vez en su interior, entró en la cocina y sintió un escalofrío al recordar la escena vivida allí un día antes, pero como no quería que todo aquello le condicionara su vida, la apartó rápidamente de su cabeza. No había cristales en el suelo y el vidrio de la ventana ya había sido cambiado; la señora Hellen se había ofrecido a hacerles todas las gestiones. A Rania, pese a llevar ya un tiempo en Nueva York, le seguía sorprendiendo lo eficiente que eran todos los servicios en esa ciudad. Pasó a ver a su buena vecina, le dio las gracias por sus atenciones y le regaló un precioso ramo de peonías con toda su gama y matices de rosados, que también había comprado en el *deli*. Esta le entregó las nuevas llaves que habían dejado los operarios y le insistió para que se quedara a dormir en su casa. Rania lo rechazó amablemente porque prefería instalarse en la suya; cuanto antes volviera a su vida habitual, mejor.

Sin embargo, una vez dentro de su apartamento, cuando cerró la puerta de la entrada se sintió sola, triste por la falta de Debra. Entró en su cuarto y desde este pasó a su baño. Ya se había desmaquillado y duchado en el gimnasio, por lo que directamente se lavó los dientes y pasó de nuevo a su habitación. Se puso el pijama de algodón con rayas finas horizontales, rosas y blancas y cuando se prestaba a meterse en la cama, sin saber muy bien por qué, quizá llevada por la nostalgia, decidió acercarse a la habitación de Debra.

Había algo de ropa por el suelo, que recogió y dobló con todo su cariño. Después la colocó en una bonita cómoda de madera pintada en color plata que dibujaba un perfil gaudiano de eterna armonía. Se sentó en la cama pensativa, pero no pudo dejar de observar las fotos sobre la cómoda. Se levantó de nuevo y se acercó al bonito mueble. Cogió una de las enmarcadas en madera de pino. Posaban Debra y Max en un velero, el agua que les rodeaba era azul verdoso, o verde azulado, bellísima. Ella llevaba un sombrero de paja y él una gorra puesta al revés, siguiendo esa extraña costumbre que tenían los americanos. Se podía observar al fondo una isla y palmeras, más alborotadas y libertinas que las que ella tan bien conocía del desierto de Jericó. Y el cielo azul. Con solo mirarla podía respirar la felicidad del instante y no pudo evitar que una lágrima recorriera su mejilla, deslizándose como si quisiera verterse en ese mar tan bello.

En ese momento su reflexión fue interrumpida al percibir el ruido de una vibración. Se acercó a la cama y levantó el ligero edredón que la cubría. Allí estaba el móvil de Debra y alguien la estaba llamando. Lo tomó en sus manos con cuidado y leyó en la pantalla el nombre «Rose». No sabía de quién se trataba; dudó un instante, pero finalmente no se atrevió a descolgar. ¿Quién sabe quién sería? ¿Qué le debía decir si descolgaba? Pensó que lo mejor sería retirar el móvil y entregárselo al día siguiente a Heather, seguro que ella sabría qué hacer con él. Se lo metió en el bolsillo del pantalón del pijama y volvió a su dormitorio.

Aunque todavía era temprano —apenas pasaban unos minutos de las nueve— decidió acostarse; estaba agotada y al día siguiente tenía que madrugar: el realizador le había confirmado que contaban con ella de nuevo para cubrir la conexión en directo de las noticias en exteriores. Tomó una pequeña muestra de perfume que había sobre su mesita de noche y se puso una gota en el cuello como siempre hacía. Se quedó dormida casi al instante.

Apenas dos horas después, cuando ya había oscurecido por completo y la otra Nueva York despertaba, el ruido producido por el retemblar de la puerta de su habitación la arrancó de su sueño. Pareció como si quisiera salirse del marco. El encargado de mantenimiento que cuidaba del edificio le había explicado que esa puerta estaba demasiado ajustada al suelo y, debido a ello, cuando estaba cerrada y había corriente de aire fuera de la habitación, se generaba un efecto ventosa acompañado de la consiguiente vibración. Rania estaba acostumbrada a ese sonido; siempre que Debra llegaba al apartamento después que ella, al abrir la puerta de la calle la corriente de aire que entraba lo producía, pero… estaba sola. Quizá fuera la corriente de aire de alguna ventana, aunque ella no recordaba haber dejado ninguna abierta. Entonces se giró desde la cama mirando fijamente a la finísima línea de luz que pasaba por debajo de la puerta de su cuarto. Quieta, sin mover ni un músculo. Y ocurrió. La fina línea se quebró durante unos segundos. Su mirada se dirigió al pomo de la puerta y un escalofrío le recorrió el cuerpo cuando observó que este giraba lentamente.

Capítulo 98

U na vez se había identificado al asesino y resuelto el móvil del crimen, la mayoría de agentes se concentraba en localizarlo; ese era el gran premio y dejaban el seguimiento de ciertas pistas anteriores de lado. Charly Curtis no obraba así, poseía ese instinto y paciencia que caracterizan a los buenos investigadores. Quizá fue eso lo que le llevó a llamar al laboratorio para interesarse por el segundo archivo encriptado del ordenador de El Ácido. Los chicos del laboratorio ya lo habían desbloqueado y ante su requerimiento no tardaron en hacérselo llegar.

Cuando lo escuchó quedó desconcertado.

—Heather, ¿estás todavía aquí?

—Sí —contestó ella desde su mesa.

—Sube un momento, hay algo que quiero que escuches.

Minutos después, Heather, vigorosa pese a que las agujas del reloj marcaban ya las once de la noche, apareció frente a él.

—¿Qué tienes?

—Es sobre el sádico ese. Escucha esto. —Charly seleccionó *«play»* con el cursor.

Era una conversación entre dos mujeres. La voz de una de ellas se escuchaba muy débil, como lejana; aquello no tendría nada de particular si no fuera porque...

—Pero ¿en qué hablan? —preguntó algo confusa.

—Creo que es árabe —contestó Charly llevándose la mano a la barbilla, y añadió—: Es el segundo archivo encriptado que encontramos en el ordenador del tipo ese. Lo he enviado a los chicos del laboratorio para que lo traduzcan y revisen sus propiedades, pero parece que son idénticas a la grabación de la conversación del móvil de Debra.

—Qué extraño, una conversación en árabe en un archivo recibido en el *email* de esa bestia. Bueno, hasta que no sepamos quiénes y de qué están hablando... En cualquier caso, bien hecho. —Dudó un momento—. Se me ocurre algo.

De inmediato sacó su móvil y marcó un número de llamadas anteriores. Al otro lado del teléfono sonó una voz cansada.

—Sí, dime.

—Disculpa, David, ¿estabas durmiendo?

—Da igual, ¿qué hay?

—Me dijiste que aprendiste algo de árabe en tu etapa en Israel, ¿no?

—Sí, un poco, ¿por qué?

—Escucha esto. —Heather hizo una señal a Charly para que reprodujera el archivo y acercó su móvil al altavoz de la pantalla del ordenador. Este siguió sus instrucciones.

En cuanto empezó a escuchar la grabación, Ackermann se incorporó en la cama; no tenía ninguna duda de que una de las voces pertenecía a Rania hablando en árabe. Lo hacía con una mujer cuya voz le llevaba a pensar que tenía ya cierta edad. Después entraba en la conversación otra más fresca, también de mujer. Rania le contaba sobre la ciudad y cómo se encontraba, la llamaba por su nombre: Yasmin. Entendió perfectamente cómo se decían que se echaban mucho de menos, parecía una íntima amiga. Finalmente volvía de nuevo la primera voz, a la que al despedirse llamó «mamá».

Al momento se preguntó: pero ¿de dónde había sacado Heather esa grabación de Rania hablando con su familia? ¿Habrían averiguado algo sobre su pasado? Enseguida escuchó la voz de Heather:

—David, ¿has entendido algo?

Ackermann por un momento dudó, pero no quiso desvelar nada. Temía que el FBI estuviera investigando sobre el pasado de Rania y sentía que debía protegerla, así que contestó:

—No, no se oye muy bien. Pero ¿de dónde habéis encontrado esa grabación?

—Me la ha mostrado Charly, pertenece al segundo archivo encriptado que recibió por *email* ese Guzmán; lo encontramos en la bandeja de entrada de su correo electrónico y parece que tiene las mismas propiedades que el archivo que contenía la conversación de Debra con Rania. Ya lo hemos enviado al laboratorio para que nos lo traduzcan; siento haberte molestado, pensé que quizá lo entenderías.

—OK, pues ya ves que no. Bueno, ya me diréis algo. —Y Ackermann colgó sin más.

Heather se sorprendió por lo bruscamente que él finalizó la llamada, pero no le dio mayor importancia; seguro que estaba cansado tras todo lo ocurrido durante los últimos días.

Ackermann se quedó mirando a un punto fijo en la pared de enfrente. Sus pensamientos se intensificaron, sentía las neuronas intentando reconstruir aceleradamente: Si Guzmán había recibido un primer *email* con un archivo de sonido con la conversación entre Debra y Rania y el segundo *email* incluía otra grabación —esta vez con una conversación entre Rania, su madre y una amiga—, eso quería decir que… en realidad era el móvil de Rania y no el de Debra el que había sido intervenido por los cómplices del asesino para facilitarle información sobre ella. Pero ¿por qué y quién querría espiar a Rania? No tenía ni idea, pero lo que era un hecho era que por la primera conversación el sicario sabía que Rania iría en el Ferrari con su amiga y Max. Si estaba en lo cierto, el verdadero objetivo del asesino quizá no era Debra, sino Rania. Por eso el asesino no mató al instante a Debra en la casa: estaba esperando a su verdadera víctima.

En cuestión de segundos desconectó el catéter que le atravesaba una vena del antebrazo y se puso en pie. Sintió un ligero mareo, por lo que esperó un momento con el brazo apoyado en la pared y en cuanto notó que remitía, sacó de un estrecho armario sus *jeans* y se los puso a la pata coja. Salió a toda prisa de su habitación del Mount Sinai con la camiseta a medio poner. La enfermera, que estaba a punto de acabar su turno, le gritó:

—¡Eh, alto! ¿Adónde va?

Ackermann no hizo caso, siguió corriendo en dirección a la escalera. Bajó de dos en dos los escalones de los cuatro pisos y pasó como un rayo por delante de la recepción del hospital. Paró el primer taxi que se cruzó y le gritó desde el otro lado de la mampara de cristal divisoria: «¡Vamos al 268 de la Calle 11! Si llegas rápido te pago cincuenta pavos». El taxista, de religión sikh, aceleró bruscamente sin siquiera contestarle: cincuenta dólares era mucho dinero para una carrera.

David seguía reflexionando a tanta velocidad como a la que aquel exótico taxista tomaba Lexington Avenue rumbo al sur. «Quizá tras fallar en el primer intento decidió ir a buscarla a su apartamento, pero se encontró a Debra y disfrutó sádicamente con ella hasta que la dejó colgada esperando que llegara Rania».

Si sus deducciones eran correctas, Rania se hallaba en serio peligro mientras ese sádico estuviera suelto. Quedaban muchas preguntas por responder: ¿por qué aquella bestia quería matarla? Si en el primer intento lo arregló todo para que pareciese un accidente, ¿por qué luego no le importó asaltar salvajemente a Debra y esperar a sangre fría a Rania para asesinarlas? ¿Qué tipos daban soporte a Guzmán con capacidad para intervenir llamadas de un móvil?

Aunque el entusiasmado taxista, lanzado a su destino como en un eslalon gigante, esquivando vehículos en zigzag, atravesó veloz semáforos en ámbar y hasta alguno en rojo, a Ackermann el trayecto le pareció que duraba una eternidad. Cuando finalmente llegaron a casa de Rania, sacó atropelladamente de su cartera de piel negra los cincuenta pavos prometidos y se los entregó al conductor; fue entonces, al introducir la mano de nuevo en el bolsillo de sus *jeans* para guardar de vuelta la cartera, cuando comprobó tocándose con las manos en los otros bolsillos que no llevaba el móvil; con las prisas se lo había dejado en el hospital. Salió del taxi. Al hacerlo sintió un pinchazo seguido de un dolor agudo en el costado; dos de los diez puntos que le habían cosido horas antes en el hospital se le habían saltado con el movimiento y ya estaba manchando la camiseta de rojo por la sangre que derramaba.

Por desgracia, aquel lugar le era muy familiar: hacía tan solo un día había estado allí con la misma urgencia. Subió los escalones de piedra y entró en el rellano del vestíbulo. Se acercó a la puerta de la vivienda de Debra y Rania. Al hacer el gesto para coger su arma se dio cuenta de que iba desarmado —se la habían retenido al ingresar en el hospital—, pero aquello no frenó su determinación. Ante su sorpresa la puerta estaba abierta. Entró sigilosamente y revisó primero la cocina, que estaba vacía; después el salón, tampoco había nadie; entonces se acercó a una de las habitaciones, abrió la puerta y todo estaba en calma. Observó las fotos sobre la cómoda plateada en las que aparecían Debra y Max; obviamente aquella no era la habitación de Rania. Salió hacia el pasillo y por fin se acercó a la otra puerta, también cerrada. Se colocó tras ella; gotas de sudor le recorrían la piel y las pulsaciones se le habían disparado, estaba en un momento de máxima tensión. Giró el pomo de la puerta con fuerza, venciendo muy fácilmente su resistencia, y entró rápido, pero, ante su sorpresa, estaba vacía y la cama deshecha. Solo podía percibir el aroma a cierto perfume de mujer.

Abandonó el apartamento. Al llegar al rellano, escuchó cómo se abría una puerta detrás de él; se alarmó un tanto hasta que pudo ver a la amable señora, que le dijo:

—Perdone, caballero, ¿busca a la chica que vive ahí?

—Sí, soy detective privado y trabajo en el caso.

—Encantada de conocerle —saludó educadamente—. Yo soy Hellen, su vecina. Se marchó hace una media hora, iba acompañada por un hombre, algo más bajo que ella, tenía… —la mujer dudó instante— la cara marcada por esa enfermedad que decolora la piel.

—¿Se fijó hacia dónde fueron? —preguntó Ackermann dominado por la angustia.

—Vi por la ventana que se subían a una camioneta roja. Me extrañó porque aquel hombre tenía muy mal aspecto y además andaban muy juntos, como si la fuera empujando; me asusté un poco, de hecho dudaba si avisar a la Policía.

«Si la ha raptado ese sádico, solo se me ocurre un sitio donde la ha podido llevar», pensó.

—¿Me permite que use su teléfono?

—Hágalo, por favor.

Ackermann fue a marcar el móvil de Heather pero… no se lo sabía de memoria. Entonces optó por el 911.

—Escuche esto, operadora, es muy importante. Mi nombre es David Ackermann, soy investigador privado; tienen que localizar a la agente del FBI Heather Brooks, está adscrita a la oficina de Manhattan en Nueva York; dígale que le he llamado y que me dirijo al sótano del Meatpacking District... —Precipitadamente colgó el teléfono y salió apresurado de la vivienda de la señora Hellen.

Ranjiv, el taxista que había llevado a Ackermann hasta allí, estimulado por los cincuenta dólares de su última carrera, había decidido comprarse un sándwich en el *deli* de la esquina de la Calle 11 con Bleecker Street. Traía la boca llena cuando vio salir al detective del portal en el que le había dejado hacía unos minutos.

—¿Dónde vamos ahora, jefe? —le abordó.

—A la 540 Oeste con la Calle 18. ¡A toda prisa!

Capítulo 99

Charly Curtis masticaba un trozo de pizza margarita que había pedido hacía más de una hora. El queso, más que fundido, parecía una masa de chicle. Muchos días del año ese era su menú para cenar, pero tampoco en casa le esperaba nadie ni nada que comer, así que lo disfrutaba como si fuera un manjar. De pronto sintió el sonido de la vibración de un móvil; miró sobre su mesa pero no era el suyo. El sonido procedía de la mesa contigua, sobre la que hacía unos minutos se había sentado Heather mientras escuchaban juntos la grabación digital en árabe.

La curiosidad le incitaba a mirar la pantalla para averiguar quién la llamaba a esas horas, pero ella podía aparecer en cualquier momento y si le descubría fisgoneando en su móvil sería embarazoso. Dubitativo, miró a su alrededor para comprobar que en la sala no había nadie más. Finalmente desplazó lentamente su silla con ruedas hacia la mesa de al lado, pero justo cuando levantaba ligeramente la barbilla buscando un ángulo de visualización, el sonido procedente de su ordenador avisándole de la recepción de un *email* le hizo dirigir la vista hacia otro lado.

El *email* procedía del jefe del laboratorio y el asunto era: «Traducción grabación árabe». De inmediato desistió de su idea inicial y volvió a mover la silla de vuelta hacia su mesa. Mientras, el móvil de Heather lanzó su última vibración infructuosa, al tiempo que se extinguía el parpadeo de la llamada con el nombre del remitente sin que nadie la atendiera: «Debra».

Apenas unos segundos después apareció Heather, que venía del lavabo. Al verla, Charly suspiró; si no llega a ser por la entrada de aquel *email* seguro que le habría descubierto revisando su móvil.

—Mira esto —indicó Charly, dirigiendo la vista a la pantalla de su ordenador—, los chicos del laboratorio me han enviado la traducción de la grabación.

La incertidumbre ante su contenido les mantuvo atentos a la pantalla del ordenador, como si un presentador fuera a salir en ella para informarles. Charly hizo un doble clic en el archivo y pudieron leer al unísono el texto escrito en una página del procesador de textos, que decía:

> —Hola.
> —¿Quién es?
> —¡Rania!, ¡soy yo, Yasmin!
> —¡Yasmin!, ¡qué alegría oírte! ¿Cómo estás?
> —Muy bien, vine a ver a tu madre.
> —Pues ya te habrá contado cómo me va por aquí. Este mundo es muy distinto al nuestro pero voy sobreviviendo. Tengo un trabajo en un canal de televisión y vivo en un piso muy bonito con una amiga; bueno, es también mi jefa.
> —Aquí te echo mucho de menos, ¿sabes? Por las tardes salgo sola a pasear; me siento junto a nuestro árbol y… a ve-

ces al atardecer, cuando el sol se pone de ese naranja intenso tan bonito y que tanto te gustaba, pienso que allá donde estés estará amaneciendo. Es como si el sol se llevara mis pensamientos para ti. Espero que alguna vez te lleguen.

—Claro que sí, Yasmin, siempre me llegan; yo te llevo muy dentro, cuando me ocurre algo siempre quisiera poder hablar contigo para contártelo. Te prometo que algún día te invitaré a que vengas y conocerás todo esto con tus propios ojos. ¿Cómo están los preparativos de tu boda?

—Bien, todo en marcha.

Seguía la transcripción con la entrada en la conversación de la madre de Rania. Heather, estupefacta, le dijo a su compañero:

—Es Rania, la amiga de Debra, hablando con una amiga y después con su madre. Pero qué extraño… —añadió confundida.

—Eso significa que el asesino recibió también grabaciones del móvil de Rania.

—Así parece, Charly, pero… si querían eliminar a Debra, ¿por qué iban a intervenir también el móvil de Rania? No tiene sentido…, a menos que… —Heather se quedó pensativa y en silencio durante unos segundos.

—¿A menos que qué?

—¿Tenemos registrado el número de móvil sobre el que se hicieron las grabaciones?

—Sí, es el 666 98 77 43.

Heather, decidida, buscó en el bolsillo de sus *jeans* su *smartphone* pero no lo encontró.

—Lo dejaste allí encima —le dijo Charly.

—Gracias —contestó ella, al tiempo que lo cogía y seleccionaba el icono de agenda. En la ventana de búsqueda escribió: «Debra». De inmediato apareció en la pantalla: «Debra Williams: 567 38 49 38». Un gesto de asombro anegó su rostro.

Charly, que seguía con la mirada sus movimientos en el móvil, preguntó:

—¿Qué pasa?

—Ese número que me has dado no se corresponde con el de Debra. ¿Estás seguro de que los dos archivos provenían del mismo número?

—Eso dicen los tipos del laboratorio.

—Pues entonces las dos grabaciones provienen de llamadas hechas o recibidas desde un móvil distinto al de Debra, y solo puede ser el de Rania —afirmó tajante Heather.

Charly, incrédulo, inquirió.

—Pero ¿por qué diablos los cómplices del asesino iban a intervenir el móvil a una joven estudiante y reportera en prácticas en la CNN?

—Quizá estábamos equivocados y a la que querían matar en el accidente simulado era a Rania y no a Debra —dijo Heather intentando aclarar las ideas en voz alta.

—¿Y cómo explicas que luego fuera a casa de Debra a asesinarla?

—La casa de Debra también era la de Rania; además, en la declaración de Rania tras el ataque había algo que me llamó la atención: cuando llegó, Debra todavía estaba viva colgada de la soga, como si el asesino estuviera esperando. ¿Por qué no la mató cuando pudo hacerlo?... ¿Quizá no era su verdadero objetivo?

—Puede ser, pero son solo suposiciones —dijo Charly—. Sigo sin entender quién y por qué querría matar a una joven estudiante; ella no salió en el programa *New York Lords of Drugs*.

—Charly, que el teléfono intervenido es el de Rania es un hecho.

—Sí, correcto.

—No queda ninguna duda entonces de que El Ácido ese preparó todo sabiendo que Rania iba a ir en el Ferrari, aunque por otra parte estoy de acuerdo contigo en que no tiene mucho sentido que quisieran matar a Rania si no participó en el programa de investigación, a menos que… —dudó Heather.

—¿Qué?

—Que ella no sea simplemente una joven estudiante en prácticas en la CNN.

Charly arqueó las cejas sorprendido ante el comentario de Heather, que, confusa por el nuevo cariz que estaba tomando la investigación, decidió llamar a Ackermann. Cogió de nuevo su móvil, recuperó las últimas llamadas y seleccionó «Shot»; es así como había registrado a Ackermann en su agenda. Sonó el timbre en la habitación del Mount Sinai que hasta hacía muy poco rato él había ocupado; nadie contestó.

Entonces Heather se percató de que tenía una llamada perdida, presionó sobre el icono correspondiente y apareció en la pantalla el nombre de su remitente: «Debra».

—¡No puede ser! —exclamó absorta al leerlo, poniéndose pálida.

—¿Qué ocurre? —preguntó Charly alarmado al observar la cara de su compañera.

—Mira quién me ha llamado —dijo mostrándole la pantalla.

—Debra —leyó Charly—. Pero si está ingresada en la UVI… ¿Quién tiene su móvil?

Capítulo 100

En esta ocasión Ackermann, después de pagar veinte dólares por un trayecto por el que el taxímetro marcaba solo seis, bajó del taxi tomando precauciones. Sentía la tensión en cada poro de su piel. En contraste con el animado West Village en el que vivían Debra y Heather, en aquella parte del Meatpacking District la calle estaba oscura, nadie paseaba por aquella zona.

Se acercó despacio a la plancha de hierro que daba entrada al sótano en el que Guzmán se había refugiado los últimos meses y, cuando estaba a escasos dos metros de distancia, confirmó lo que se temía: el candado puesto por la Policía tras acabar el registro de aquel siniestro subterráneo había sido forzado. Estaba colocado de tal forma que pareciera que se hallaba todavía cerrado herméticamente, pero al acercarse comprobó que el arco superior estaba roto.

Observó el perímetro de la cubierta de hierro y pudo apreciar que una fina línea de luz surgía desde su interior, dibujando un cuadrado perfecto. No había duda: había alguien allí abajo. Los latidos de su corazón se aceleraron. No tenía cómo pedir ayuda porque no llevaba el móvil, pero el tiempo jugaba en su contra, así que decidió que debía arreglárselas como fuera él solo y aunque estuviera desarmado. Primero tenía que levantar aquella plancha, aunque no estaba seguro de que pudiera hacerlo, dado que no se encontraba al cien por ciento de sus facultades a causa de la herida en su costado. Necesitaba algo que le ayudara a hacer palanca, pero no veía nada que le pudiera servir para ello. Se movió ligeramente hacia la calzada buscando una barra de hierro o algo similar sin éxito. De pronto observó en el bordillo de la acera un trozo de ladrillo de forma irregular, de un palmo de ancho y algo más de altura. Quizá podría levantar durante unos segundos la plancha tirando de sus agujeros y al momento de hacerlo empujar el ladrillo debajo para que no se cerrara cuando él ya no tuviera fuerzas para aguantarla. Esa era su única opción. Se dirigió hacia la tapa de hierro, se colocó con las piernas abiertas con un pie a cada lado de la plancha y metió tres dedos de cada mano en los agujeros de la tapa, como si sujetara una bola de las utilizadas para jugar a los bolos. Había colocado el ladrillo en el pavimento junto a su pie derecho. La fuerza debía hacerla sobre todo con las piernas, por lo que las flexionó, quedando en la postura que adoptan los profesionales de halterofilia segundos antes de iniciar su esfuerzo para levantar las barras cargadas de pesas. Respiró hondo, se concentró y puso toda su fuerza en el intento tirando hacia arriba desde los agujeros de la plancha; la cara se le tornó roja al instante y parecía como si las venas de los brazos y la sien fueran a reventarle. Aguantó unos segundos contando para sus adentros: «Uno, dos, tres...». Cuando ya había llegado al límite de sus fuerzas, la plancha se empezó a elevar, lo suficiente como para empujar el ladrillo con su pie debajo de uno de los bordes del perímetro de la chapa; solo entonces dejó caer la pesada plancha. Lo había conseguido: el ladrillo impidió que en su caída la tapa volviera a cerrarse; ahora, con esa apertura de un palmo, le sería más fácil levantar la tapa del todo. Sintió un dolor agudo; eran los puntos de la herida, que se había abierto definitivamente, pero lo que menos le importaba en ese momento era el dolor. Descansó durante unos segundos y procedió a abrir por completo la plancha, esta vez con menor esfuerzo. El ruido que produjo al hacerla girar sobre sí misma le alarmó; cualquiera que estuviera dentro lo habría escuchado.

Heather y el agente Charly Curtis estaban confusos: no solo era una incógnita por qué alguien había intervenido el móvil de Rania y le había enviado las grabaciones al asesino, sino que además ahora tenían esa llamada perdida desde el móvil de Debra.

—Pero ¿quién podía tener el móvil de Debra? —preguntó Charly.

—Supongo que estaba en su casa; llamaré al teléfono fijo de su apartamento —dijo decidida mientras lo hacía—. Tal vez Rania esté allí y lo tenga, aunque es muy extraño porque no han dejado ningún mensaje. —El timbre de llamada del teléfono fijo del apartamento empezó a sonar, pero sin respuesta—. Nadie contesta —dijo Heather cada vez más alarmada—. En cualquier caso, será mejor que vayamos a su piso a hablar con ella, todo esto es muy extraño.

Una vez en la calle, Heather le dijo a Charly:

—Mejor vamos en mi coche, llegaremos antes.

Arrancó a toda velocidad, sin que a Charly le diera tiempo de colocar la sirena portátil en el techo del vehículo. Mientras conducía, volvió a marcar desde su móvil el teléfono de Ackermann. Esta vez sí le contestaron, pero fue una voz femenina.

—Sí, dígame, ¿quién llama?

—Escuche bien, soy la agente especial Heather Brooks, del FBI, ¿quién es usted? —exigió enérgicamente.

—Laura Crosar, enfermera jefa del turno de noche del Mount Sinai —contestó alarmada.

—¿Qué hace contestando el móvil de David Ackermann? Pásemelo de inmediato.

—No va a ser posible, el señor Ackermann abandonó el hospital precipitadamente.

—¿Cómo?… —Hizo una pausa—. ¿Cuándo ha sido?

—Pues hace una media hora.

—¿Dijo algo al salir?

—¿Decir algo?… Pero si se arrancó el catéter y se marchó a toda prisa…

Heather colgó sin despedirse y se dirigió a Charly:

—Esto cada vez me gusta menos: Ackermann ha abandonado el hospital sin avisar a nadie, luego he recibido una llamada del móvil de Debra… —resumió agitadamente al tiempo que con una mano manejaba el volante mientras conducía a toda velocidad por las calles de Manhattan en dirección sur.

Charly intervino:

—No sé exactamente qué está pasando, pero todo esto pinta muy feo.

Capítulo 101

Ackermann bajó por la escalera con cautela. Era consciente de que si había alguien en ese lúgubre sótano habría escuchado el ruido que había hecho al voltear la tapa de hierro. En la primera estancia no había nadie, su aspecto era similar a cuando descubrió ese siniestro lugar; los viejos sofás, la cama deshecha, la mesa, el flexo encendido como iluminación de la estancia… Su excelente memoria fotográfica le indicó que lo único que faltaba era el ordenador, que había sido confiscado por el Departamento de Policía en su registro. Se acercó con decisión y sigilo a la puerta que comunicaba con la segunda estancia. Se puso a un lado del marco y, estirando la mano, procedió, siguiendo la rutina habitual, a girar el pomo. Lo hizo muy lentamente y la cerradura se abrió con facilidad. Empujó levemente sin hacer ruido y abrió la puerta. Tampoco parecía que hubiera nadie en su interior. La bombilla colgante encendida, la macabra polea incrustada en el techo, la gran bañera de chocante estilo clásico sostenida sobre sus cuatro patas de hierro en el centro de la habitación... Todo parecía estar en un inquietante silencio. Dio unos pasos adelante y entonces se sobresaltó... Dentro de la bañera había un cuerpo de una mujer. Con los pies y las manos atadas y boca abajo. Llevaba un pijama rosa a rayas.

El móvil de Heather anunció una llamada. Con una sola mano y mucha destreza se manejó para seleccionar «contestar».

—Sí, ¿quién habla?

Charly cada vez estaba más asustado con la conducción temeraria de Heather, nunca había ido por la ciudad a esa velocidad, zigzagueando violentamente entre coches y taxis amarillos. Tenía la convicción de que de un momento a otro iban a estrellarse contra alguno de ellos.

—¿Agente Heather Brooks? —preguntó una voz al otro lado de la línea.

—Sí, al habla, ¿qué pasa?, estoy ocupada —gritó al tiempo que daba un volantazo hacia la derecha para esquivar la moto de un repartidor de *sushi*.

—Le llamo desde el Centro de Comunicación del FBI y tengo un mensaje para usted. Un investigador privado llamado David Ackermann lo dejó en el 911: dijo que se dirigía al sótano del Meatpacking District; la llamada procedía de un teléfono fijo ubicado en una vivienda del 286 de la Calle 11.

Heather instintivamente pisó hasta el fondo el pedal del freno del Mini, que se deslizó unos metros con las ruedas clavadas, hasta que soltó el pedal y rodaron de nuevo, al tiempo que con el volante apartaba el coche de en medio de la calzada. Y aceleró en dirección oeste. Charly tuvo la sensación de que se le partía en dos el cuerpo por el apretón que recibió del cinturón de seguridad en el frenazo.

—¡Estás loca, casi me matas! —le gritó.

Capítulo 102

Ackermann se acercó rápidamente a la bañera y se inclinó hacia su interior. Volteó a la mujer sujetándola por los hombros y confirmó lo que se temía: se trataba de Rania; estaba amordazada, con una cinta de embalar de color metálico tapándole la boca y los ojos abiertos. Al girarla boca arriba se escuchó el sonido del móvil que se le había salido del bolsillo del pijama y que había chocado contra el suelo de la bañera. Se apresuró a quitarle la mordaza, pero antes levantó la vista e inspeccionó a su alrededor; no había nadie aunque tenía una sensación permanente de peligro. Rania gesticulaba con los ojos despavorida. Estaba espantada, como cuando la muerte acecha a un animal atrapado. David le quitó la cinta de la boca para descubrir que debajo de ella se ocultaba un pañuelo que le separaba fuertemente los labios por las comisuras y que le impedía hablar. Mientras deshacía el nudo que tenía en la parte de atrás de la cabeza le susurró al oído:

—Tranquila, Rania.

Ella, temblando de miedo, se abrazó a él con fuerza, pero antes de que le pudiera decir nada, se escuchó un ruido estruendoso, como de roce metálico. Era la puerta del frigorífico industrial que ocupaba toda la pared del fondo de la habitación, que se abría lentamente.

Ackermann advirtió el peligro, se puso en pie y se situó delante de la bañera, como queriendo cubrir a Rania, que todavía se encontraba en su interior. Pero al instante quedó desconcertado: la apertura de la puerta corredera puso en contacto el aire del interior de la cámara —a más de veinticinco grados bajo cero— con el de la habitación —que estaba caldeada— y el efecto generó una gran nube de vapor frío condensado que le impedía ver nada a su alrededor. Segundos después se empezó a difuminar el vapor, produciéndose el mismo efecto visual que cuando un avión atraviesa una nube y se restablece la claridad.

Pero fue demasiado tarde. Ackermann nada pudo hacer: se encontró con Guzmán frente a él a tan solo dos metros de distancia. Blandía en la mano uno de aquellos ganchos de hierro que utilizaba para colgar a sus víctimas descuartizadas. El rápido movimiento del sicario le cogió por sorpresa. Tan solo pudo apartarse levemente hacia un lado para evitar que le clavara el gancho en la cabeza. Se lo incrustó en la espalda, a la altura del omóplato izquierdo. Fue como el zarpazo de una fiera enloquecida. Ackermann lanzó un grito desgarrador y cayó al suelo envuelto en su propia sangre con el gancho todavía hundido en el cuerpo.

Rania asistía a esta escena y gritó horrorizada. Guzmán se acercó a ella sonriendo y le dijo:

—No te esfuerces, pendejita, nadie te va a escuchar. —Entonces extendió de nuevo un trozo de cinta en su boca impidiéndole gritar.

Ella se movía desesperadamente, golpeándose las rodillas contra las paredes de la bañera. Como un pez fuera del agua dando sus últimas boqueadas ante la falta de oxígeno.

Guzmán parecía disfrutar del momento, mirándola atentamente.

—Ahora nos divertiremos un poco. —Era su frase favorita en estas situaciones. Arrastró a Ackermann hacia la bañera y le encadenó con unas esposas a una de sus patas de hierro. Acto seguido, empuñó un afilado y largo cuchillo, como los utilizados por los cazadores furtivos, y se dirigió a él mirándole a los ojos—: Ahora verás cómo acabo lentamente con esta zorra.

Ackermann apenas podía moverse por el terrible dolor que le causaba el gancho que todavía llevaba clavado en su espalda y tenía la vista nublada; sin fuerzas, se resignó a presenciar el macabro ritual del sicario antes de que acabara con los dos.

El sádico asesino se acercó a la bañera con el afilado cuchillo en una mano y una botellita de ácido en la otra.

—Verás, pendeja, me has causado muchos trastornos, pero ahora ya todo se acabó. —Destapó lentamente la botella y empezó a inclinarla apuntando a la cara de Rania, que lo observaba horrorizada; golpeaba aún con más fuerza los laterales de la bañera, como si eso la fuera a liberar. Su cara iba a quedar totalmente desfigurada.

Justo en ese instante, se oyó una voz al fondo de la habitación:

—¡Eh, tú!   Guzmán se giró—. Vete al diablo, hijo de puta.

Fue lo último que escuchó. La bala le entró entre las cejas. Al caer hacia atrás, la botella de ácido se derramó sobre su propia cara fundiéndole los labios y parte de la nariz. El certero disparo de Heather acabó con la pesadilla.

Capítulo 103

Rania no tenía lesiones físicas. Fue atendida por un psicólogo que se había desplazado con las asistencias sanitarias quienes, tras comprobar que su estado era correcto, le permitieron abandonar la unidad médica. Decidió refugiarse en su casa.

Al día siguiente el canal de televisión había planificado una conexión en directo y, aunque estaba destrozada mental y físicamente, tenía que asistir como fuera. Debra incluso en las circunstancias más extremas jamás había faltado a una grabación y ella tampoco lo iba a hacer. Se duchó y enjabonó perfectamente todo el cuerpo con delicadeza. Después se puso las cremas que utilizaba antes de dormir y se metió en la cama acurrucada contra una de las almohadas. Exhausta, se quedó dormida al instante.

Tal y como estaba planificado, a las diez de la mañana la pasó a recoger un automóvil que la llevó a la puerta del Madison Square Garden, desde donde se iba a establecer la conexión en directo. La noticia que debía cubrir tenía que ver con un turbio negocio de miles de dólares de reventa de entradas detectado por la Policía y organizado por uno de los supervisores de las taquillas. Rania bajó al portal de su casa en cuanto recibió la llamada de aviso en su móvil, saludó educadamente al conductor y se instaló en el asiento trasero del vehículo. Entonces cerró los ojos e intentó concentrarse en bellos momentos vividos en el pasado; esa técnica le había ayudado mucho durante su convalecencia en El Cairo, cuando necesitaba evadir su mente del presente.

No tardó en rememorar una imagen apacible. Estaba sentada junto a Yasmin en el bajo muro que bordeaba el árbol de Jericó; casi podía sentir la brisa del aire caliente del desierto en su cara; casi podía ver a su amiga, con su *hiyab* azul oscuro y sus pequeños y vivarachos ojos negros; sentía cómo escrutaban su mente, y reían juntas. El sosiego del lugar lo invadía todo, hasta su respiración. Entonces aparecía un destartalado automóvil blanco de marca irreconocible reconvertido en taxi privado y con una pareja de turistas en su interior. Enseguida las dos se miraron. Yasmin sonrió y le hizo un ademán moviendo la cabeza, como indicándole que se dirigiera hacia ellos, seguro que vendrían cargados de nuevas historias que más tarde las dos desmenuzarían…

—Señora, ya hemos llegado.

—¿Perdón?

—Señorita Roberts, ya estamos en el Madison Square Garden.

La voz grave del chófer le devolvió de nuevo a la realidad. El trayecto había pasado como en un instante mientras ella viajaba a su antiguo mundo, lo que le permitió ahuyentar la angustia vivida las últimas horas y sus terribles imágenes asociadas.

Bajó del vehículo y saludó al equipo de producción con una sonrisa; después entró en la unidad móvil preparada para prestar los servicios de maquillaje, peluquería y vestuario. Al igual que los días anteriores, entabló conversación con las chicas que allí trabajaban, como si nada extraordinario hubiera acontecido. Entró en directo a las doce del mediodía; su trabajo fue perfecto, ni una sola pausa fuera de lugar, ninguna palabra trabada. Nadie de los allí presentes habría podido creer que no muchas horas antes estaba en un siniestro sótano, amordazada dentro de una bañera y a punto de ser desfigurada y asesinada.

Al acabar la grabación regresó de nuevo a la unidad móvil. Mientras la estaban desmaquillando se le vino encima toda la presión vivida, sintió que le temblaban las piernas. Entonces se asomó por la puerta Vicky, una de las asistentes de producción. Como siempre, vestía con tal abandono que Rania dudaba si llevaba ropa de mujer o se había puesto la de su pareja, no entendía su atuendo. Sin mediar palabra interrumpió las explicaciones de la maquilladora sobre la enésima discusión con su novio:

—Rania, tienes visita: una chica que se llama Heather, que dice que es amiga tuya, está aquí fuera.

La sola mención del nombre de la mujer que hacía muy pocas horas les había salvado la vida a ella y a Ackermann le hizo cambiar el semblante. El esfuerzo que había realizado para concentrarse en la grabación le había ayudado a aislar sus pensamientos, pero era muy consciente de que se trataba únicamente de un paréntesis, quedaban muchas cuestiones que resolver.

—OK —contestó—, dile que ahora salgo.

Minutos después abandonó la unidad móvil y acudió al encuentro de Heather, que la aguardaba junto a un puesto de perritos calientes en la esquina de la Calle 33 Oeste y la Séptima Avenida. Rania observó que llevaba el cabello recogido y húmedo y apenas maquillaje, salvo un pequeño toque en los labios y la raya de los ojos ligeramente pintada. Sus marcadas ojeras delataban una noche en blanco.

El habitual e intenso bullicio de la calle, como siempre ajeno a las historias que aquella ciudad deparaba a sus habitantes, era muy intenso en la confluencia de esas vías al mediodía, por lo que con elevado tono de voz para hacerse oír preguntó:

—¿Qué tal, Rania?, ¿cómo estás? ¿Quieres beber o comer algo?

—No, gracias, estoy bien —contestó ella sin poder evitar recordar la última imagen que tenía de su interlocutora apuntando con su arma a aquel loco sádico segundos antes de acabar con su vida.

—Te he estado escuchando mientras conectaban en directo, has estado muy bien.

—Gracias.

—Solo he venido para avisarte de que tendremos que tomarte declaración sobre lo sucedido; no sabemos por qué ese tipo quería haceros daño, pero seguro que lo averiguaremos. Te llamaremos para ver si te puedes pasar por nuestras oficinas hoy más tarde.

—Sí, claro —contestó Rania algo inquieta.

Heather advirtió esa turbación en su rostro y se apresuró a darle una breve explicación:

—Mira, creemos que se trata de un sádico que se obsesionó con vosotras y por ello entró en vuestra casa; no suele ocurrir en esta ciudad pero… —Se expresaba poco convencida pero no sabía qué otra cosa decirle, estaban todavía algo desconcertados en la investigación oficial sobre todo lo ocurrido, y añadió—: Quiero que guardes mi número de móvil por si necesitas algo —le recitó el número mientras Rania lo grababa—; hazme una llamada perdida y así podré guardar el tuyo. —Rania se apresuró a marcar el teléfono. Mientras, Heather continuó preguntando—: Por cierto, me llamaste tú desde el teléfono de Debra, ¿no?

—Sí, lo llevaba en el bolsillo de mi pantalón de pijama, lo cogí de su habitación antes de que ese tipo entrara en la casa; de hecho, te lo quería haber entregado a ti al día siguiente porque llamaba gente que no conozco y no sabía qué hacer con él. Me acosté con él en el bolsillo sin darme cuenta y luego… —guardó silencio durante unos segundos antes de continuar—, cuando me tiró en la bañera boca abajo, se me salió del bolsillo, pero aunque tenía las manos atadas me pude apañar para seleccionar llamadas anteriores y después tu nombre.

—Estuviste muy bien con esa llamada: nos puso en alerta y…, bueno, llegamos a tiempo. Quizá sería mejor que hasta que acabemos la investigación te vayas a vivir a otro lugar, en tu apartamento han pasado demasiadas… —dudó en cómo calificar lo acontecido en las últimas fechas—, bueno, ya me entiendes. Te podemos ayudar a encontrar algo temporalmente, hasta ver cómo evoluciona Debra.

—Gracias, Heather, ya me las arreglaré.

Entonces, cuando Heather se fue a girar para marcharse, Rania la cogió del brazo al tiempo que le preguntaba:

—¿Cómo está Ackermann?

Era lógico que se interesara por él; sin embargo, ese singular instinto de las mujeres le indicó a Heather que tras esa pregunta había un sentimiento; tal vez fue por el brillo en sus ojos, pero estaba claro que había algo más que un mero interés amistoso.

—Tiene una herida punzante en el omóplato que le desgarró el músculo, nada muy grave si no se le infecta; pasará unos cuantos días en el hospital, bueno, si es que no se vuelve a escapar.

—Heather, gracias por…

Pero esta no le dejó terminar.

—No tiene importancia, cariño, es mi trabajo. —Se dio media vuelta y se dirigió a su Mini aparcado en doble fila. Estaba un tanto sorprendida tras observar cómo Rania había sido capaz de realizar la grabación sin que ninguno de sus compañeros de producción sospechara nada de la pesadilla que había vivido. Hasta entonces tenía una imagen de ella como de una chica algo tímida e incluso frágil, pero estaba claro que bajo esa apariencia se escondía una mujer fuerte y envuelta en un halo enigmático.

Rania se acercó a la unidad móvil para coger sus cosas. Pensó que Heather era fascinante. Le asombraba cómo se refería a todo lo ocurrido sin darle mayor importancia, como si salvar en el último segundo la vida de otros gracias a un disparo certero entre los ojos de un asesino fuera algo habitual. A Rania también le sorprendía la capacidad de Heather para transformarse, para pasar de ser una divertida y osada chica de Nueva York sin ningún tipo de prejuicios a convertirse en una agente del FBI fría y eficiente. ¿Cómo hacía para controlar su mente? «Quizá sea su extraordinaria capacidad de vivir el momento, como si cada minuto fuera el último», se dijo. Desde luego en su antigua cultura no habría lugar para mujeres como ella.

En cuanto acabaron de desmaquillarla se dirigió al centro médico Mount Sinai. Tomó el ascensor para subir a la planta en la que estaban ingresados los pacientes bajo cuidados intensivos. Aprovechó que era la hora en la que permitían acceder a familiares y amigos y pronto se encontró dentro de aquella estancia, junto a la cama en la que reposaba el cuerpo de Debra, rodeada de aparatos médicos, pantallas y personal especializado. Parecía como si alguien hubiera desposeído de su alma a los enfermos en espera de un desenlace ajeno a su voluntad, de tal manera que morir en aquel lugar fuese algo ordinario, impersonal. Acarició el antebrazo de Debra y en voz muy baja le dijo:

—Hola, Debra. Hoy hemos estado grabando en el Madison Square Garden; todo ha ido muy bien, pero espero que muy pronto estés curada para que puedas volver, todos te echamos mucho de menos. —Le pasó la mano por la frente y se retiró sin poder evitar que una lágrima rodara por su mejilla.

Sabía que Ackermann estaba en el mismo hospital. Por un momento pensó en acercarse a su habitación para visitarlo como hizo la vez anterior, pero en aquella ocasión había sido para mostrarle su agradecimiento; finalmente, el hecho de que tras la visita sintiera algo especial hacia él la llevó a reprimir el impulso. Aunque tenía ganas de verlo, no quería evidenciar esos sentimientos, por lo que abandonó el centro médico.

Rania repitió la visita a Debra todos los días sucesivos.

Capítulo 104

En el jet privado de Goldstein Investment Bank, Bill repasaba con Larry los detalles de su inminente comparecencia ante la comisión bancaria del Senado cuando le preguntó:

—¿Quiénes forman parte de la comisión?

—Tenemos dos republicanos: el senador Ted Smith y Lucas Forsyte; y dos demócratas: Anthony Lan y Fred Gordon.

—¿Y? —preguntó Bill a Larry, que de inmediato sabía a qué se refería.

—Smith y Lan están *on board,* a ambos les aportamos donaciones para sus campañas políticas.

—¿Y los otros dos?

—A Forsyte no lo tenemos, pero su única aspiración es ganar la próxima reelección y no tiene muchos recursos, así que dudo que nos complique la vida; además, al igual que los dos anteriores, no entiende nada de finanzas.

—Y Gordon ¿qué tal es?

—Un tocacojones con afán de protagonismo. Tengo aquí un dosier con su currículo, gustos personales y por supuesto un resumen de los discursos que hizo en los principales *meetings* de su campaña electoral.

—Mejor cuéntamelo.

—Logró su reelección lanzando mensajes oportunistas atacando a la banca y los reguladores por su actitud laxa.

—Bueno, alguno se nos tenía que escapar. ¿Quién es el presidente de la comisión?

—Es una mujer: Janet Cristal, una veterana senadora con tres reelecciones a cuestas y... adivina qué. —Bill, que participaba de la conversación con gesto serio, movió hacia arriba la cabeza para indicar a Larry que prosiguiera—. En las tres contribuimos.

—¡*On board* y además mujer! —exclamó satisfecho Parker—. Excelente, Larry, excelente. ¿Tienes las preguntas?

La audiencia a la que habían sido requeridos Parker y el resto de los más importantes banqueros de Wall Street se desarrollaba mediante las preguntas de los comisionados, en teoría secretas.

—Por supuesto, las de los nuestros sí; solo desconocemos lo que pueda indagar Gordon y, claro está, las que te haga la *chairman* de la SEC, Carla Elliot.

—Pero ¿esa estúpida también va a asistir? —preguntó molesto.

—Sí, jefe, recuerda que la comisión de investigación sobre «Prácticas nocivas para los mercados» se abrió como consecuencia del informe que ella misma presentó a la comisión.

—Joder. ¿Sabes qué te digo? Ya estoy harto, aquí todos con tal de ponerse medallas nos van a acabar por joder el sistema. Consígueme una cita con Ben para después de mi intervención. Bill se refería a Ben Acklan, su amigo y excompañero durante quince años en Goldstein y ahora secretario del Tesoro.

—OK, jefe, no hay problema.

—Y ahora vamos a preparar mi exposición basándonos en las preguntas que conocemos. ¿Cuánto nos falta para aterrizar?

—Media hora.

—Más que suficiente —afirmó Bill, muy seguro de sí mismo.

A las diez de la mañana aterrizaban en uno de los aeropuertos para jets privados de Washington con el discurso bien aprendido. Al salir, Parker se despidió con un apretón de manos del piloto.

—Suerte, jefe —le dijo este, que conocía por la prensa que el motivo del viaje era su inminente comparecencia ante la comisión de la Cámara Alta.

—Gracias —correspondió con una amplia sonrisa.

En verdad Parker no estaba ni nervioso ni inquieto. Otros de los banqueros que ya habían declarado habían pasado un rato difícil intentando argumentar sus posturas, pero Bill se crecía ante las adversidades, sentía ganas de comparecer. Larry hizo una llamada antes de entrar en la limusina que les esperaba a pie de pista para conducirles al Capitolio. Tras una breve conversación colgó el teléfono y también se incorporó al coche.

—Ya está, jefe.

—Ya está ¿qué? —preguntó Bill.

—Tu reunión con Ben Acklan. Tomaréis un *lunch* en un restaurante al que acude habitualmente, prefiere que no te vean entrando en sus oficinas tras tu declaración.

—Muy bien, Larry —concluyó satisfecho.

La comparecencia de Parker había levantado una gran expectación. Al vislumbrar desde su asiento en el interior de la limusina la cantidad de periodistas que esperaba su llegada, se miró en un espejo situado en el respaldo del asiento delantero y acto seguido se arregló el nudo de la corbata.

La audiencia se inició puntualmente a las diez de la mañana. Tras una introducción por parte de la presidenta, Janet Cristal, se iniciaron las preguntas de los senadores «amigos». La mayoría de ellas se referían a conflictos de intereses entre los productos que la firma recomendaba a sus clientes y las posiciones contrarias a esas propuestas que tomaba la propia compañía. Parker se escurría de todas ellas con facilidad, tenía el guion bien preparado. Su principal argumento era que Goldstein actuaba en nombre de sus clientes, siguiendo las órdenes que estos le daban aunque en ocasiones no estuvieran de acuerdo con ellas. Insistía en que la única razón de ser de la firma eran precisamente sus clientes y que su éxito estaba basado en la confianza que ellos tenían en la compañía. Tras varias intervenciones de sus compañeros, el senador Gordon tomó la palabra; su pregunta fue directamente al centro de la cuestión:

—¿Es verdad o no que ustedes hablan con las agencias de *rating* pudiendo influir en las valoraciones que hacen de sus productos o en las recomendaciones sobre la calificación de otras entidades o corporaciones?

—Por supuesto que hablamos con las agencias de calificación, al igual que lo hacen el resto de bancos y grandes corporaciones a las que califican; si no lo hiciéramos les sería imposible hacer su trabajo, senador.

—¿Es cierto que ustedes pagan importantes sumas de dinero a dichas agencias de calificación por acceder a los informes que estas realizan?

—Sí, tenemos que acceder a los *ratings* con los que califican a las corporaciones para poder evaluar los riesgos de las inversiones que realizamos —contestó con parsimonia Parker.

—¿No cree que hay un grave conflicto de intereses entre esas agencias y ustedes?

—No, porque esas agencias realizan sus calificaciones atendiendo a modelos internos que solo ellos manejan.

Viendo que por ese camino no iba a sacar nada comprometido, el senador Gordon cambió su línea de interrogación:

—Señor Parker, respecto a la toma de acciones prestadas, ¿cómo es posible que ustedes o los *hedge funds* en los que participan o a los que financian en repetidas ocasiones apuesten contra valores sólidos y estos al poco tiempo inicien caídas importantes en sus cotizaciones? —preguntó Gordon, al que la actitud tan serena de Parker estaba empezando a hacerle perder la compostura.

—No sé a qué se refiere, senador. Si pudiera ser más específico…

—Sí, claro. Recientemente, el fondo STAR I apostó contra bancos europeos; a los pocos días se publicó en diversos medios que el Banco Central Europeo iba a exigir mayor capital a los bancos que regula. Esas noticias inventadas provocaron la caída de la cotización de sus acciones, generando un ingente beneficio a estos *hedge funds*. Finalmente el propio Banco Central Europeo tuvo que salir a desmentir los rumores de la prensa sobre esos cambios en la regulación. ¿Mantuvieron ustedes durante ese periodo de tiempo algún tipo de contacto con la prensa especializada?

—Bueno, siempre mantenemos contacto con la prensa especializada porque se dirigen a nosotros para entrevistarnos o conocer nuestras visiones de los mercados, pero si se refiere en particular a algún contacto para hablar sobre bancos europeos, mi respuesta es tajantemente no —mintió con convicción Parker.

—En determinadas ocasiones observamos cómo sus posiciones contra mercado son sorprendentemente seguidas por algunos de sus competidores, logrando entre todos que, al final, los mercados caigan, con el consiguiente beneficio para ustedes. Mi pregunta es: ¿han mantenido contacto formal o informal con alguno de sus competidores en relación a las posiciones contra valores de determinadas corporaciones o bancos en el pasado reciente?

De inmediato Parker recordó la cena en el restaurante Café Boulud de Nueva York en la que trasladaron sutilmente sus planes a John Steinberg, el CEO de Skyrock; bebió agua y contestó con la misma calma que había mantenido hasta el momento.

—Senador Gordon, nosotros competimos con los otros bancos e instituciones, no trabajamos con ellos. Si en ocasiones tomamos decisiones parecidas es porque llegamos a similares conclusiones ante determinados hechos, pero puede estar seguro de que la mayoría de las veces nuestras apuestas son distintas. Nos debemos a la confianza que nuestros clientes han venido depositando en Goldstein durante más de los últimos cien años.

—Clientes a los que recomiendan comprar valores al tiempo que ustedes están apostando su dinero y fomentando que ocurra lo contrario, sin escrúpulo alguno. —La irritación de Gordon era palpable en su tono de voz, cada vez más alterado.

—No me consta lo que dice.

—Señor Parker —añadió casi vociferando—, ¡o usted es un negligente y cómplice o un incompetente por desconocer lo que hace su firma!

—¿Cuál es su pregunta, senador? —intervino pausadamente Parker para mayor irritación del senador Gordon y el consiguiente murmullo de la sala.

El senador continuó durante más de media hora con su interrogatorio, pero cuanto más avanzaba la comparecencia, más frustrado se sentía de ver que Parker se salía con la suya fácilmente. La declaración no estaba aportando nada, más bien al contrario, por lo que al final se dirigió a la presidenta de la comisión:

—Senadora Cristal, creo que nos estamos quedando en la superficie de todo este asunto. Existen indicios de manipulaciones de precios y evidentes conflictos de intereses; es indudable que se hace necesaria mayor transparencia y regulación para evitar que unos pocos bancos de inversión obtengan inmensos beneficios mientras manipulan los precios de los mercados y sus clientes pierden el dinero en grandes cantidades.

La presidenta de la comisión bancaria intervino con severidad:

—Senador Gordon, estoy de acuerdo con usted en que se requiere mayor transparencia y regulación, pero no se ha probado en esta audiencia ninguna de sus acusaciones, así que no constará en el acta su último comentario.

Larry Coach, sentado al final de la sala, mostró en el semblante una incipiente sonrisa; todo estaba bajo control.

Capítulo 105

La limusina negra se estacionó frente al 480 de la Calle 7 sin apenas llamar la atención. Los clientes de Jaleo, el restaurante de Washington DC del aclamado chef español José Andrés ubicado en dicha dirección, no podían adivinar que en su interior se hallaba el individuo que hasta hacía pocos minutos había sido objeto de todo el foco mediático del país. Su rostro compareciendo ante la comisión bancaria del Senado en retransmisión en directo había monopolizado las programaciones de las televisiones nacionales.

La barra del restaurante desbordaba color y bullicio, parecía más el foro de una subasta a la que desatados comensales acudían a pujar y hacerse con alguna de las deliciosas tapas que dispensaban los amables camareros.

En una de las salas del local habilitaron una mesa bajo el mural de un guitarrista español y su bailaor acompañante. El secretario del Tesoro, recién instalado en Washington, adoraba aquel lugar, le recordaba el jolgorio de los restaurantes neoyorquinos. Una vez acomodado en su mesa preferida, pensó que quizá no era el lugar más adecuado para buscar discreción, pero ¡qué importaba! Bill era amigo desde hacía muchos años, no se iba a ocultar ahora para compartir una simple comida con él. Además siempre era mejor verse en un lugar público que en su despacho, donde los registros de entrada en su oficina habrían convertido en reunión oficial aquel encuentro. Según le adelantó por teléfono el rocoso Larry Coach, no había un objeto específico para celebrar aquel *lunch,* solo se trataba de verse con el que durante muchos años fue su jefe directo en Goldstein.

El secretario Acklan hojeaba el periódico y saboreaba un zumo de tomate cuando Parker hizo acto de presencia. Al verle se quedó estupefacto: volvía de una sesión de más de tres horas en las que había tenido que declarar delante de una en teoría comisión bancaria hostil y sorprendentemente su aspecto era magnífico, se le veía satisfecho y relajado.

—Hola, Ben, me alegro de verte.

—¿Qué tal, Bill?, ¿cómo ha ido?

—Muy bien, ya sabes cómo son estas cosas: duros senadores buscando un minuto de gloria. —En realidad solo el senador Gordon le había interrogado con verdadera agresividad, pero había que guardar las formas. Acklan desconocía la bien medida red de políticos *on board* que había tejido Parker durante toda su carrera; de hecho, él mismo como secretario del Tesoro era un miembro más de ella. Cuando el presidente del país ganó las elecciones, no dudó en recibir a Parker, dadas las importantes donaciones que había hecho durante su campaña electoral. Convencer al presidente de que Ben Acklan era el candidato idóneo para el puesto de secretario del Tesoro fue un mero trámite.

—Lo mejor es pasarlo cuanto antes y olvidarse. Las conclusiones de la comisión no irán a ninguna parte. Dirán que hace falta más transparencia y regulación, cuando la actual ni siquiera ellos la entienden. Pero, bueno, conseguirán varios días de titulares y así justificarán su trabajo —dijo Acklan con un tono de franqueza.

—Sí, claro —respondió Parker sin prestar mucha atención, dado que sabía con certeza que tenían perfectamente controlada esa comisión—. Y a ti ¿qué tal te va en tu nueva tarea?

—Bien, aunque los tiempos son difíciles. —Hacía pocas semanas que había tomado posesión del cargo—. Tenemos varios problemas estructurales que difícilmente vamos a solucionar en el corto plazo, pero, bueno, saldremos adelante. —Aunque Ben Acklan había pasado quince años de su vida profesional en la banca de inversión no respondía exactamente al perfil típico. Era un hombre pausado y de exquisitas maneras, respetuoso con los demás. El tiempo que trabajó directamente bajo sus órdenes pudo comprobar que adolecía de la agresividad que caracterizaba a la mayoría de ejecutivos y operadores del mercado. Era una persona sobre la que se podía influir, y especialmente él, al que todavía veía como su admirado antiguo *boss.* Fue por eso por lo que se decidió a proponérselo al presidente de la nación como secretario del Tesoro, les vendría muy bien tenerlo en ese puesto.

—Ben, la verdad es que no me preocupan mucho los avances ni las conclusiones de la comisión bancaria del Senado, ¿qué se puede esperar de un grupo de adormecidos senadores? Sin embargo, hay algo que sí me gustaría comentarte.

—¿De qué se trata? —preguntó muy predispuesto el bien educado Acklan.

—Me han llegado noticias de que la FED de Nueva York ha abierto una investigación secreta sobre las prácticas de STAR I, uno de los *hedge funds* que controlamos. Está liderada por Carol Sintell, la directora de Supervisón de Instituciones Financieras. Quieren demostrar que de manera indirecta desde Goldstein estamos concertando actuaciones con competidores y presionando a agencias de calificación para favorecer nuestras posiciones cortas. ¡Vamos, como si pudiéramos hacer que las acciones de las compañías que tomamos prestadas caigan por el simple hecho de que nos genere beneficios! Ya ves qué bobada, acusarnos sin ningún fundamento de manipular los mercados —añadió cínicamente—. Lo sorprendente es que han pedido ayuda al FBI alegando que STAR I opera en diversos paraísos fiscales; y eso no es todo: también han contratado a una empresa de detectives privados denominada Ross & Ackermann. El tal Ackermann es un tipo inteligente que conoce perfectamente cómo funcionamos porque inició su carrera profesional en Goldstein, hasta que se le debió de cruzar algún cable y se enroló en el ejército israelí. Han iniciado las pesquisas, que, como te decía, no van a descubrir nada porque no hay nada que descubrir, pero el solo hecho de que se llegara a conocer su infundada investigación crearía desconfianza sobre Goldstein, lo cual podría afectar a los mercados, y, tal y como están las cosas, eso no nos interesa a nadie. —Entonces lanzó una de sus letales miradas sin parpadeo y verbalizó una pregunta que sonó a orden—: ¿Te puedes encargar del tema?

—Bueno, miraré lo que se puede hacer.

—Gracias, Ben, será mejor para todos. —Solo entonces parpadeó una vez—. Ahora, si me disculpas, tengo que dejarte. —Y se puso en pie.

—Pero ¡si ni siquiera hemos empezado a degustar estas deliciosas tapas que nos han servido! —exclamó Acklan contrariado.

—Discúlpame, pero se me ha hecho tarde. —Se tomó de un bocado una rodaja de pan con tomate y jamón ibérico de bellota y, tapándose la boca con la servilleta, se inclinó hacia Acklan y, en un tono de voz muy bajo, como si no quisiera que nadie oyera lo que se disponía a decir, añadió—: Es que debo estar de vuelta a las cuatro en Greenwich, Connecticut, para asistir a una gala de una fundación benéfica para la ayuda a la lucha contra la leucemia infantil de la que soy miembro fundador.

—Por supuesto, lo entiendo, no te preocupes, todo lo que sea por una causa mayor... Eso sí es importante —respondió el bueno de Acklan mirándolo con admiración. Se puso también en pie y se dieron un fuerte apretón de manos para despedirse.

—Cuento contigo —recalcó Parker, al tiempo que le señalaba con su dedo índice e iniciaba su retirada concluyendo—: El jamón, exquisito.

Acklan asintió con la cabeza.

Parker era patrono de esa fundación pero no tenía que asistir a ninguna gala esa tarde, simplemente le aburría el bueno de Acklan y no estaba dispuesto a gastar un minuto más de su tiempo con él...; ya le había puesto los deberes.

Capítulo 106

Cuatro días después, Ackermann abandonó el hospital con el compromiso de acudir dos veces a la semana para someterse a sesiones de cura. La herida no le había cicatrizado, pero, afortunadamente, tampoco padeció infección alguna como se temieron en un principio los médicos dada la procedencia del gancho que le atravesó el músculo.

Estaba al tanto de los avances en la investigación por las diversas llamadas de teléfono de Heather y tenía la impresión de que se encontraban en un punto muerto. Así que decidió acercarse a la central del FBI. Heather le recibió con una amplia sonrisa:

—Hola, David, qué alegría verte por aquí, ¿te has vuelto a arrancar el catéter o esta vez esperaste a que te dieran el alta? —exclamó soltando una carcajada.

—En esta ocasión vengo con los papeles en regla —contestó.

Para Ackermann era una satisfacción trabajar con ella, su sola presencia irradiaba una vitalidad contagiosa, aunque en ocasiones su descaro le pusiera en situación comprometida. Se alegraba de verla. Le pareció que estaba algo más delgada; sobre todo se le notaba en la cara, más angulosa, con los pómulos más marcados. Como siempre que estaba de servicio, llevaba pantalones, esta vez de color azul marino y de un tejido difícil de determinar a simple vista, quizá lino mezclado con algodón, y en el cinturón la placa identificativa.

—¿Tenemos algún avance? —preguntó él.

—Ricky Lewis, el tipo que envió los archivos digitales a Guzmán con las grabaciones del móvil de Rania, se niega a colaborar por el momento. También tomamos declaración a Rania, pero no aportó ninguna novedad, como ya preveíamos: lleva una vida de lo más normal aquí en Manhattan, no mantiene relación alguna con nadie que pensemos pudiera querer hacerle daño. —Hizo una pausa para beber un trago de la botella de agua que mantenía en su mano derecha y prosiguió—: De todas maneras, David, ya te dije que este caso ya no tiene nada que ver con la investigación para la que os contrató la Reserva Federal. Además, la investigación del caso STAR I ha quedado cancelada oficialmente.

—¿Cómo?

—La directora de Supervisión de Instituciones Financieras, Carol Sintell, muy a su pesar nos ha notificado que la FED de Nueva York archiva la investigación. Extraoficialmente comentó al jefe Jack que recibió una llamada de muy arriba, concretamente del presidente de la FED, indicándole que cesáramos en la investigación, alegando que le preocupaba más la reacción de los mercados si se conociera públicamente que se ha abierto una investigación que podría afectar a Goldstein Investment Bank que el hecho de que un *hedge fund* bajo su órbita se llevara unos millones de dólares mediante actuaciones supuestamente irregulares.

Ackermann ni se inmutó, sabía cómo funcionaban las cosas entre políticos y reguladores. Heather estaba en lo correcto, oficialmente no debería seguir en el asunto, pero él tenía otros motivos para continuar con las averiguaciones y ya lo había hablado con su socio: no pensaba abandonar hasta que todas las piezas hubieran encajado. Por ello, sin reparar en el comentario de ella, intervino:

—Esto no es la acción de un sádico asesino, Guzmán no actuaba por su cuenta; aunque no tengamos ni idea de quién más estaba detrás de todo, nada está claro todavía.

En ese momento el agente Charly Curtis se acercó a la mesa de Heather; al ver a Ackermann le cambió el semblante, seguía sin hacerle mucha gracia su presencia, aunque reconocía el valor de sus aportaciones.

—¿Qué tal estás, Ackermann? —preguntó en un tono algo forzado.

—Bien, gracias —contestó este.

—Hemos encontrado algo interesante.

—Suéltalo ya, Sherlock —dijo Heather dirigiéndose a Charly.

—Ese tipo, Ricky.

—No me digas, ¿ha cantado?

—No, qué va, pero hemos encontrado un segundo apartamento alquilado a su nombre en Chicago, prácticamente limpio, algo de ropa y poco más excepto…

—Excepto… ¿qué? —espetó Heather impaciente.

—Que hallamos un segundo móvil. No estaba registrado a su nombre, sino al de una empresa sin actividad, pero creemos que lo utilizaba él, estaban sus huellas por todas partes. Hemos investigado las llamadas que se hicieron o recibieron desde él los últimos meses y, aparte de algunas tiendas locales, encontramos algo interesante: se repiten las llamadas recibidas y hechas a tres números de teléfono, los mismos durante el último año.

—¿Y qué más sabemos? —preguntó Heather dando por hecho que ya habrían investigado quiénes eran los titulares de esos números.

—Dos pertenecen a tipos fichados por la Policía, uno por tráfico de armas y el otro por extorsión, colegas de la misma calaña que el propio Ricky. El tercero es algo más extraño.

—Extraño ¿por qué? —inquirió Heather.

—Pues porque aún no sabemos a quién pertenece ya que... no es un número de Estados Unidos.

—Ah, ¿no? ¿Y de dónde es?

—De Jerusalén.

Ackermann no pudo evitar efectuar un gesto reflejo: arqueó las cejas y sus pupilas se agrandaron unos instantes; el cambio en su semblante se prolongó durante escasos segundos, por lo que, aunque los allí presentes estaban acostumbrados a interpretar cualquier señal o comportamiento extraño, en esta ocasión ni Heather ni Charly advirtieron su reacción.

Capítulo 107

Unos minutos después Heather aceptó encantada la invitación de Ackermann para salir a comer algo fuera de la oficina; no era lo habitual, normalmente cuando llegaba la hora del almuerzo pedían a algún servicio de *delivery* una ensalada o un sándwich.

El *deli* al que se dirigieron tenía un surtido amplísimo. Bandejas repletas con múltiples ingredientes para elaborar tu propia ensaladas, pastas y diversos platos precocinados; un bufé de carnes y pollo asado; y en la parte de atrás del local, una zona separada de los clientes por un gran cristal en cuyo interior se ofrecía cocina al estilo mongol: los clientes seleccionaban y depositaban en un cazo hondo verduras, arroces, fideos, pescados blancos y carnes de ternera o cerdo y lo entregaban al cocinero para que, en una gran plancha caliente y con la ayuda de dos palillos gigantes de madera, agua, alguna salsa de soja y mucha destreza, removiera de un lado a otro los ingredientes elegidos por el cliente y se los devolviera poco cocinados y aderezados por la soja. Ambos optaron por dicha modalidad de cocina; Heather depositó solo verduras en su plato hondo, Ackermann añadió a las suyas una cuchara repleta de vieiras y otra de arroz blanco. Para acompañar la comida los dos eligieron unas botellas de agua mineral sin gas. Una vez sentados en una pequeña mesa del piso superior del abarrotado local, la única que además de libre estaba limpia de restos de sus anteriores comensales, empezaron a comer con apetito. Ackermann la miró sin que ella se percatara; su sentido de la honestidad llevaba días remordiéndole la conciencia. En su formación militar había aprendido a respetar los valores de la integridad y la lealtad como algo fundamental en la vida y que conformaban los principios de la camaradería entre los militares. Él apreciaba mucho esos principios y sentía que con Heather no había sido del todo transparente. Habían trabajado en equipo pero durante todo ese tiempo había retenido la información sobre el pasado de Rania, por salvaguardar su privacidad, pero ahora que sabían que ella era en realidad el objetivo del asesino no podía seguir ocultándosela. Con gesto que denotaba cierta trascendencia en las palabras que iba a pronunciar se dispuso a ello:

—Heather, hay algo que quiero que sepas.

Ella, ajena a la solemnidad de su tono de voz y sumida en su perenne jovialidad, afirmó:

—Si te vas a declarar, espera que me arregle un poco el cabello.

Tras la carcajada que soltaron al unísono, Ackermann continuó:

—No, no tiene nada que ver con mis sentimientos, se trata de una historia que ocurrió hace un tiempo.

—Soy toda oídos.

—Antes de incorporarme a Ross & Ackermann, la firma de investigación de la que hoy soy socio, estuve trabajando en

Wall Street unos años, como ya sabes. Sin embargo, entre medias hubo un periodo de tiempo largo, de cinco años, en los que me enrolé en el ejército israelí y me fui a vivir a Israel.

—¿Y eso? —preguntó Heather, ya muy atenta a lo que Ackermann le estaba contando.

—Piensa que mis abuelos pertenecían a la comunidad judía de Berlín, eran prósperos comerciantes propietarios de varias tiendas de la ciudad. Pero en el año mil novecientos treinta y ocho se produjo la Noche de los Cristales Rotos, cuando los seguidores del Partido Nazi asaltaron todas las sinagogas y los comercios regentados por judíos. Entonces decidieron huir del que consideraban su país. Lo dejaron todo y se fueron con sus hijos y otros muchos miembros de la comunidad. Una vez en Estados Unidos, se instalaron en Nueva York; aquí se conocieron mis padres, se casaron y nací yo. —Heather seguía las explicaciones muy atenta, nunca antes Ackermann le había hablado sobre su pasado y aunque sabía que había estado enrolado en el ejército israelí, desconocía los motivos—. Tras unos inicios exitosos en Wall Street decidí que ese estilo de vida no era el que me satisfacía. Mi formación militar seguramente no era la más adecuada para vivir en un entorno en el que la lealtad y el compañerismo sencillamente no existen, y sin más decidí dar un cambio radical, quise experimentar lo que sería vivir en la cuna de mis antepasados. No me resultó difícil que me aceptaran en el ejército dado que conservo la doble nacionalidad y mi formación militar en West Point facilitaba las cosas. —Entonces hizo una pausa y miró fijamente a los ojos de Heather; pareció como si despertara y saliera de sus pensamientos—. No sé por qué estoy contándote todo esto, nunca antes lo había hecho con nadie; en realidad lo que quería que supieras no es esta historia, sino otra que ocurrió más tarde.

Heather hacía un buen rato que se preguntaba qué diablos tendría todo eso que ver con el caso del perturbado asesino que les había traído de cabeza las últimas semanas, pero estaba absorta escuchándole, así que se apresuró a decirle:

—En absoluto, David. —En realidad no sabía qué le cautivaba más, si la narración de esa vida tan llena de aventuras y distinta a la de la mayoría de hombres con los que se relacionaba o el hecho de que estuviera explicándosela precisamente a ella; sin duda Ackermann arrebataba sus sentimientos. Hacía muchos años que no sentía nada igual por alguien.

—El caso es que llegué a ser capitán del ejército al mando del regimiento desplazado a la zona sureste del país —prosiguió, algo más cómodo al acercarse al punto de sus explicaciones que realmente venía al caso—. Hubo un atentado en el mercado de Mahane-Yehuda de Jerusalén. Un joven palestino se inmoló haciendo estallar una potente bomba adherida a su cuerpo. Murieron muchas personas y entre las víctimas se encontraba una madre y una de sus pequeñas gemelas, de tres años de edad. Su hermano, el soldado Joseph Farlow, estaba destinado en el *checkpoint* situado en la carretera de entrada a Jericó. El chico, al enterarse de la muerte de su hermana y de una de sus sobrinas, enloqueció y se adentró en territorio controlado por los palestinos borracho y habiéndose tomado varios tranquilizantes. Fuimos a buscarlo en una misión arriesgada, porque aquel territorio estaba lleno de milicianos armados, pero finalmente dimos con él. —Heather seguía sus explicaciones fascinada, por la historia y por él; ni siquiera pestañeaba, casi podía vivir lo que Ackermann le contaba—. Le encontramos detrás de unas rocas y unos arbustos. Estaba muerto, un tiro le había atravesado la cabeza y tenía una pistola junto a la mano. A su lado yacía una joven desangrándose, moribunda, con claros indicios de que el soldado la había golpeado y abusado de ella. Cuando estábamos recogiendo el cuerpo del muerto llegó un grupo de milicianos palestinos en sus *jeeps* y empezaron a disparar con sus armas automáticas y desde nuestros helicópteros respondieron con fuego de ametralladora. En medio del caos más absoluto y cuando ya habíamos subido el cuerpo de Farlow a uno de los helicópteros, decidí sin consultar a mis superiores recoger también a aquella muchacha y sacarla de allí; nos la llevamos junto al cuerpo sin vida del soldado.

Heather, impaciente como era ella, no aguantó más y le preguntó al tiempo que se acercaba la botella de agua a los labios:

—¿Y qué tiene que ver esa historia con…?

—Aquella chica… —hizo una pausa— es Rania.

Heather se atragantó con tal virulencia que a punto estuvo de bañar de agua la camisa de Ackermann.

—Joder —exclamó—, ¿estás seguro?

—Sí, la misma.

—¿Y qué ocurrió?

—En su día se acordó no hacer publicidad del incidente. A nadie le interesaba que una chica palestina volviera a su ciudad diciendo que había sido violada por un soldado judío. Y por otra parte, ella, ante la vergüenza por la deshonra, seguramente tampoco quería volver a Jericó. Se instaló en El Cairo un tiempo y no supe nada más de ella… —hizo una nueva pausa— hasta el día que la vi en casa de Debra, lo que, como podrás imaginarte, me dejó desconcertado por completo.

—Por eso os quedasteis los dos callados y ella se comportó de forma tan extraña saliendo a toda prisa del piso…

—Sí, y tú me preguntaste si la conocía, tu instinto no te falló.

—¿Por qué no me dijiste todo esto antes? —preguntó Heather visiblemente molesta.

—Discúlpame, pero todo lo ocurrido, y el pacto posterior, se trató como información clasificada, secreto de Estado; además no había motivo relacionado con la investigación para hacerlo; hasta hoy, que, si como parece ella era el objetivo del asesino, te lo tenía que contar.

Heather experimentó sentimientos encontrados: por una parte impresionada por toda la historia, por otra defraudada porque, aunque en parte podía entenderlo, no le gustaba que Ackermann le hubiera ocultado todo hasta ese momento.

—Pero ¿crees que todo esto tenga algo que ver…?

—No lo sé, pero al escuchar a Charly informándonos sobre esas múltiples llamadas del cómplice de Guzmán a Israel… Me gustaría investigarlas.

—Ya lo vamos a hacer nosotros.

—Tengo muy buenos contactos en Israel, en diversos ámbitos; si me consigues el teléfono de Jerusalén con el que se comunicaba regularmente ese tal Ricky, quizá pueda averiguar algo.

—Pero este ya no es tu caso.

—Heather, no pienso parar ahora. Si alguien quiere matar a Rania no dejaré de investigarlo, aunque sea por mi cuenta, hasta entender realmente qué está ocurriendo.

Entonces Heather se levantó y le dijo fríamente:

—Discúlpame, tengo cosas que hacer. —Y abandonó la mesa y el local. Se sentía incómoda delante de él, y no solo por saber que le había ocultado esos detalles, más bien porque sintió unos inoportunos celos; algo le decía que tras ese afán de protección hacia Rania había algo más.

Ackermann se quedó un rato sentado a la mesa. Entendía que Heather se sintiera molesta, pero pensaba que había hecho lo correcto, le había hablado en el momento adecuado. Después se fue a su apartamento porque se sentía cansado, todavía convaleciente de la herida y algo afectado por las elevadas dosis de antiinflamatorios que le estaban suministrando. Eran las tres de la tarde. Decidió recostarse en su cama y cerró los ojos. No pasaron más de unos minutos y el cansancio le llevó a abandonarse a un sueño ligero, pronto interrumpido por la alerta de su móvil. Se maldijo por no haberlo apagado y lo cogió para desconectarlo, pero no pudo evitar revisar previamente ese último mensaje. Se trataba de un mensaje de texto, provenía de Heather; lo abrió de inmediato y pudo leer: «(972) 2 654 788 776».

Capítulo 108

Se apresuró a mirar la hora en su Patek Philippe: marcaba las tres y media de la tarde; la diferencia horaria con Jerusalén era de siete horas, luego allí serían las diez treinta de la noche, todavía estaba a tiempo. Buscó rápidamente en la agenda de su móvil y seleccionó un contacto.

—*Shalom* —contestó una voz al otro lado de la línea.

—*Shalom*, Isaac, ¿eres tú?

—Qué hay, David, cuánto tiempo sin saber nada de ti, ¿desde dónde me llamas?

—Nueva York.

—Joder, qué envidia, tío, a ver si me invitas algún día a que vaya por allí, que nunca te acuerdas de los colegas.

Isaac se alegraba mucho de escucharle de nuevo. Durante el tiempo que fueron compañeros en el ejército surgió una gran amistad entre ellos; pasaron tres años inolvidables, eran inseparables tanto en sus jornadas de servicio como fuera de él, en las de ocio. Aunque ahora tenían muy poco contacto, Ackermann lo consideraba uno de sus mejores amigos.

—Venga, suéltalo ya, ¿a qué se debe el honor? —dijo Isaac, que intuía que una llamada sorpresa a esas horas, después de casi un año sin saber nada el uno del otro, debía de tener un objetivo muy concreto.

Ackermann fue directo al asunto:

—Tengo un teléfono de Jerusalén y necesito saber quién es su titular, a qué se dedica…, bueno, todo aquello de lo que puedas enterarte. Quizá esté relacionado con un intento de asesinato en Manhattan. Verás, desde ese número de teléfono de Jerusalén hablaron con un tal Ricky Lewis varias veces el último año. Sospechamos que Ricky pudo haber ordenado, por encargo de alguien, el asesinato de una chica palestino-americana que vive en Nueva York. Estamos investigando también otras relaciones de ese tipo, pero tenemos que cerciorarnos de si la conexión con Jerusalén tiene algo que ver en el caso. Te aviso de que el FBI está pidiendo esta información a través de la Interpol, pero pensé que tú…, ya sabes…

—Joder, tío, con lo que me había alegrado de oírte… y me pones a trabajar… ¿Alguna cosa más? —Sin esperar respuesta siguió—: OK, envíame un mensaje con el número cuando colguemos. Bueno, ahora vamos a lo importante: espero que sigas soltero…

—Sí, claro, no iba a casarme sin invitarte a mi boda… —exclamó Ackermann.

—Así me gusta. Pues no me demoraré mucho en visitarte antes de que te me enamores de alguna neoyorquina y desaparezcas definitivamente… Y dime: ¿qué tal la vida de investigador privado?

—Distraída, aunque seguro que no tanto como la tuya, pero no me puedo quejar —dijo Ackermann.

—Vaya desperdicio, un tipo como tú metido a investigar estafas financieras y demás temas menores… Bueno, allá cada cual con sus rarezas —añadió Isaac en tono jocoso—. Te dejo, que tengo una visita en casa.

—Ya me imagino, no hace falta que me des los detalles…

Cortaron la llamada al unísono. Ackermann expresó en su gesto una sonrisa: Isaac era un gran tipo. Aunque había convivido con él solo unos años, las circunstancias difíciles en las que se conocieron, bajo tensión permanente, hicieron que entre ellos se creara una relación muy especial. Posteriormente, el hecho de que Isaac abandonara el ejército para enrolarse en el Mossad, el servicio secreto israelí, dificultaba el contacto entre ellos porque a menudo no estaba localizable.

Entonces se volteó sobre el costado del cuerpo que no tenía malherido y se dispuso esta vez sí a reposar siguiendo las recomendaciones de su médico.

Aquella tarde Rania decidió llamar a su madre; había pasado demasiado tiempo desde la última vez, fue justo unos días antes de la fiesta de Max. No lo había hecho no por el coste de la llamada, dado que ahora que cubría las conexiones en directo de los noticiarios le habían aumentado el salario significativamente, sino porque con todo lo ocurrido no se sentía emocionalmente fuerte. Sin embargo, en ese instante, sentada en la butaca tapizada en seda con dibujos de flores en tonos pastel que tanto le gustaba, sintió muchas ganas de hablar con ella.

—*Ahalan.*

—*Ahlam,* ¿eres Yasmin? —preguntó algo sorprendida por el hecho de que de nuevo estuviera su amiga en casa de su madre.

—Sí, soy yo, he venido a ver a tu madre —contestó esta, al igual que la última vez que descolgó el teléfono.

—¿Cómo estás?

—Muy bien, ¿y tú?

—Pues mejor —dijo Rania por no preocuparla con sus recientes aventuras. Si hubiera estado en persona frente a ella le habría contado todos los sucesos acaecidos, pero por teléfono y más aún estando de visita en casa de su madre no quería que se preocuparan—. Me han ascendido en el trabajo, salgo en la televisión, en las noticias.

—Eso es genial —exclamó con toda su alma Yasmin—; espera, que está aquí tu madre, te la paso y luego hablamos tú y yo.

La conversación siguió durante un buen rato. Rania les contó primero a una y después a la otra lo que sentía cuando salía en directo, también cosas del barrio. Finalmente Yasmin le preguntó:

—¿Y tienes novio?

—No.

—Pero alguien te gustará…

—No, bueno…

—¿Bueno? Venga, cuenta, ¿cómo es?

—No, Yasmin, no es nadie.

—Te conozco, aunque no te vea te estoy imaginando.

—Bueno, hay un hombre que me atrae, pero… no sé, es como imposible pensar en nada, es mayor que yo y, además, no sé…

—Pero dime algo más, ¿cómo es?

—Es rubio, muy alto, guapo, muy caballeroso.

—¿Y cómo lo conociste?

Rania hizo una pausa y se dijo a sí misma: «Si Yasmin supiera…».

—Me lo presentó una compañera del trabajo —se inventó para salir del paso—, pero casi no le conozco y él no se ha fijado en mí, nunca hemos salido juntos.

—Venga, Rania, no habréis salido juntos pero es imposible que no se haya fijado en ti.

—Yasmin, tú siempre tan adorable, cómo me gustaría tenerte aquí. Sabes que algún día no muy lejano ahorraré dinero y os iré a ver.

—A ver si es verdad —añadió Yasmin, que ya temía que con la distancia perdieran su amistad, por los caminos tan distintos que sus vidas estaban siguiendo, como surcos en la tierra separando sus trayectorias hasta el infinito desde su punto de origen: Jericó.

La conversación duró unos treinta minutos. A Rania le encantó volver a hablar en árabe después de tanto tiempo sin utilizarlo, ya pensaba solo en inglés. Se levantó de la pequeña butaca y se preparó un té de hierbabuena, necesitaba sentir los aromas de su tierra.

Capítulo 109

Ackermann durmió tan profundamente que al despertar, durante unos instantes, no sabía con certeza dónde se encontraba. Ya incorporado en la cama se sorprendió al constatar que llevaba la ropa de calle puesta. Enseguida percibió una sensación de dolor agudo en la espalda y fue entonces cuando recordó que al llegar exhausto a su casa decidió reposar un rato, que dedujo se había convertido en unas horas de sueño intenso producto de su agotamiento. Miró la hora en el despertador digital. Marcaba las tres; se acercó a la pequeña pantalla incrédulo para constatar que sí eran las tres, pero de la madrugada; por tanto había estado durmiendo casi doce horas. Era incapaz de recordar cuándo antes en el pasado había llegado a dormir tantas horas seguidas, si es que alguna vez lo había hecho. En medio de la madrugada decidió levantarse. Fue al baño, se quitó la ropa, se dio una ducha, que acabó como siempre desde su época en la academia militar con un buen chorro de agua fría, y se puso su albornoz blanco. Volvió a su habitación con la intención de leer un rato y conectó de nuevo su móvil; había sido una de las pocas veces que lo había apagado por completo. Abrió en el lugar señalado por el marcapáginas la novela contemporánea *Libertad,* de Jonathan Franzen, y prosiguió con su pausada lectura hasta que el aviso de una llamada desde el buzón de voz del terminal le llevó a interrumpirla.

Era un número oculto. Marcó la opción de escuchar mensajes y quedó a la expectativa. La conocida voz de su colega Isaac sonó en el auricular: «*Shalom,* David, soy Isaac; llámame cuando oigas este mensaje».

Ackermann miró el reloj: eran las diez de la mañana en Jerusalén. Isaac era un tipo muy competente, pero se sorprendió de la celeridad con la que le estaba devolviendo la llamada, quizá le quedaba alguna duda sobre su encargo. De inmediato marcó su número.

—*Shalom* —se escuchó al otro lado de la línea.

—*Shalom,* Isaac, soy yo, David; me has dejado un mensaje, ¿verdad?

—Sí, claro…, pero ¿qué haces despierto a esas horas? —contestó sorprendido su amigo.

—Nada, no me podía dormir —dijo Ackermann, que prefería omitir detalles.

—Te llamé para decirte algo importante sobre la información que me encargaste.

—¿Tienes algo tan rápido?

—Y tanto que tengo. Mira, el teléfono que me enviaste corresponde a una sociedad: Simza Ltd., domiciliada aquí en Jerusalén.

—¿Una sociedad? ¿Sabéis a qué se dedica?

—Joder que si sabemos… —exclamó en tono irónico—; pero antes de que te cuente, dime tú: si no te entendí mal, sospecháis que un criminal de Estados Unidos ha tenido contacto periódico con este número, ¿es así?

—Sí, así es —contestó impaciente Ackermann.

—Y el tipo se llama Ricky Lewis, ¿es correcto? —añadió Isaac.

—Exacto —respondió Ackermann—, y parece que tras recibir varias llamadas de este número contrató a un asesino a sueldo para que ejecutara a una chica, aunque todavía no sabemos si hay relación directa entre sus conversaciones con este número de teléfono de Jerusalén y el crimen que luego Lewis ordenó cometer, pero al tratarse la víctima de una mujer palestino-americana, pensé que…, bueno, que había que investigarlo…

—Rania Abdallah —le interrumpió Isaac.

Ackermann se incorporó del sofá de un salto.

—Joder, ¿cómo lo sabes?

—Porque su nombre aparece en las transcripciones de las conversaciones que tenemos grabadas desde el teléfono de esa sociedad.

—¡Que tenéis grabadas las conversaciones de ese número de teléfono! —exclamó—. Me dejas pasmado, pero… ¿qué dicen sobre ella?

—Una voz menciona su nombre y después añade: «Hay que despachar ese *pax*». *Pax* es la manera en que los touroperadores llaman a sus clientes. Después, en las conversaciones añaden: «Tres mil ahora y tres mil al terminar el trabajo». Obviamente están hablando en clave, le está encargando a ese tal Ricky Lewis que se deshaga de ella por esa cantidad de dinero.

—Pero… un momento —le interrumpió Ackermann confuso y desconcertado al mismo tiempo—. ¿Por qué diablos estáis interceptando las conversaciones de esa compañía? ¿A qué se dedica?

—Si pierdo el empleo espero que me contrates en tu aburrida agencia de investigación. Espera un momento —añadió mientras cerraba la puerta del despacho, y prosiguió—: Escucha bien: también tenemos pruebas de la transferencia de tres mil dólares a una cuenta en Chicago del Bank of America a nombre de ese tal Ricky Lewis. Esta sociedad, Simza, aparentemente actúa como una empresa de asesoría para temas de seguridad, pero desde que se fundó hace unos meses pensamos que se dedica a todo tipo de asuntos turbios. Muy pocos aquí en la casa —dijo refiriéndose al Mossad— saben que la estamos investigando. —Isaac era el jefe del departamento de investigación responsable de proporcionar trabajos de inteligencia al resto de unidades del servicio secreto, por lo que tenía acceso ilimitado a todo tipo de información.

—¿Y qué es Simza?, ¿por qué tanto sigilo? —preguntó Ackermann.

—Porque Simza responde a las iniciales de Simon Zalat. ¿Sabes quién es?

Ackermann palideció. Al instante recordó el día del rescate del soldado desaparecido de su unidad en Jericó. Durante la operación, su superior, el coronel Stern, estuvo en permanente contacto con el gabinete de crisis, integrado por el brazo derecho del primer ministro, el ministro del Interior, el de Defensa y el jefe de Operaciones Especiales del Mossad: Simon Zalat. Por supuesto que sabía de quién se trataba, por lo que afirmó:

—El todopoderoso jefe de la Unidad de Operaciones Especiales del Mossad.

—Exacto. —E Isaac prosiguió con su explicación—: Para ser más exactos, el antiguo responsable de Cesárea, la Unidad de Operaciones Especiales del Mossad, porque fue destituido hace unos meses tras un feo asunto, uno más de los que al final de su mandato estuvo envuelto. Al parecer pasó una información falsa al ejército que provocó el bombardeo de una casa repleta de civiles inocentes en Jericó, como venganza a un atentado. Quizá lo recuerdes.

—Claro que sí —contestó Ackermann, que seguía atento las explicaciones de su amigo.

—Fue algo embarazoso, por lo que tras las elecciones el siguiente primer ministro le invitó a jubilarse; no contaba con su confianza. Llevaba muchos años en el puesto y se había convertido en un problema para los políticos; demasiado violento, odiaba todo lo que sonara a palestino, y llegó un momento en que todos los asuntos prefería resolverlos a su manera sin escuchar a nadie, ni al Gobierno. Ahora parece que ha iniciado su propia cruzada contra todo lo árabe, en especial lo palestino, claro está, además de algún otro oscuro negocio relacionado con el entrenamiento de mercenarios en países del Tercer Mundo para alquilarlos a cambio de sumas muy importantes de dinero. Desde su sociedad, Simza, han intermediado en compraventa de armas, información…, bueno, todo tipo de negocios turbios, aunque todavía no tenemos pruebas definitivas.

—Pues si tenéis esas cintas grabadas y los rastros de las transferencias, creo que…

Pero antes de que acabara la frase, Isaac le interrumpió:

—El asunto es muy delicado porque en la casa todavía tiene muchos adeptos. Pero —se preguntó en voz alta Isaac— ¿por qué querría tomarse la molestia de ordenar el asesinato de una joven palestina que vive en Nueva York?

—Creo que a eso te podré responder yo en persona. Gracias, tío, eres un fenómeno. Nos vamos a ver muy pronto.

—Espera, me debes una buena.

—Tenlo por seguro.

Y así concluyó la conversación. Ackermann se quedó reflexionando un instante; al fin tenían al inductor de aquella conspiración.

Capítulo 110

El resto de la noche ya no pudo conciliar el sueño. Trazó sobre un papel un diagrama en el que incluyó los nombres de todas las personas que se habían visto involucradas en el caso. Empezó por escribir en el centro de una hoja los nombres de las víctimas: el malogrado Max Bogart con una pequeña cruz al lado, Debra Williams y Rania. Dibujó las conexiones de cada uno al lado izquierdo de las casillas en las que enmarcó sus nombres. En el caso de Max, una línea continua lo unía a otra casilla en la que escribió «STAR I»; debajo de la caja que contenía el nombre del *hedge fund* trazó una línea discontinua hasta el nombre de Arito Murakami, el jefe de inversiones que dimitió; más hacia la izquierda anotó «Goldstein Investment Bank» y también lo cerró en un cuadrado; debajo escribió los nombres de Bill Parker y Larry Coach, su jefe de gabinete. En todo ese asunto sobre el posible fraude financiero que provocó el inicio de la investigación, muerto Max, quedaba una pieza clave: Arito Murakami. Pensó que en cuanto cerrara la investigación en ciernes, le contactaría de nuevo.

Aquella fue la primera línea de trabajo hasta que descubrieron que alguien había manipulado el Ferrari de Max. Por un tiempo pensó que, por alguna razón, aquellos tipos de Wall Street sin muchos escrúpulos habían decidido eliminarlo, pero luego descubrieron que él no era el objetivo.

Después, desde el cuadrado con el nombre de Debra trazó también una línea hacia la izquierda y en una nueva casilla escribió *New York Lords of Drugs,* el nombre del programa de investigación que en su día ella presentó en la televisión. El hecho de que el asesino fuera de origen mexicano y miembro de un peligroso cártel del narcotráfico, sumado a las amenazas sufridas por un miembro de la productora, les hizo pensar que Debra era la víctima; esa fue la segunda línea de investigación, también errónea.

En realidad, Guzmán manipuló el coche de Max porque, a través de las conversaciones telefónicas que le envió su enlace, sabía que en él viajaría aquella noche Rania, que era su verdadero objetivo. Preparó su plan para cargársela junto con Max y Debra, así parecería todo un accidente. Obviamente, el que le había encargado el trabajo no quería que nadie supiera que la víctima era ella.

Por último, Ackermann, que ya vislumbraba la mayoría de detalles del caso, acercó el lápiz a la casilla con el nombre de Rania. Desde esta trazó dos líneas oblicuas hacia abajo. Al final de la primera escribió «Jericó», en el extremo de la segunda apuntó «Guzmán» y después unió ambas palabras creando un triángulo con las tres palabras clave: Rania, Jericó y Guzmán. Debajo de Jericó anotó «Joseph Farlow», el nombre del soldado muerto de su unidad, puso una cruz al lado, junto a él escribió su propio nombre y más abajo «gabinete de crisis». En el otro vértice inferior del triángulo, debajo de Guzmán, anotó «Ricky

Lewis» y entre paréntesis escribió «enlace»; debajo de él, dentro de otra casilla, anotó «Simza» y junto al nombre, entre paréntesis, escribió «Simon Zalat».

Una vez finalizado el diagrama se quedó pensativo mirando la hoja llena de nombres, cuadrados y líneas. En los casos complejos le gustaba bosquejar con un lápiz sobre una hoja en blanco un esquema con todos los nombres de las personas y las conexiones entre ellas.

Obviamente el nexo entre Guzmán, Ricky Lewis y la empresa de Jerusalén, Simza, le llevaba a Simon Zalat. Y, por otra parte, la vida anterior de Rania la trasladaba al lugar donde él la rescató, contra el criterio del gabinete de crisis, en el que estaba Zalat. Recordó perfectamente, como si acabara de ocurrir, la conversación que tuvo con el ministro de Defensa al llegar a Jerusalén, en la que este le advirtió de que tenía que convencer a Rania para que se fuera del país porque «... si no es así, los tipos del Mossad la acusarán de haber sido detenida portando explosivos y la enviarán a un centro de detenciones clandestino...». «Claro está —pensó—, cuando me decía "los tipos del Mossad" se refería a Simon Zalat, que era quien trataba de imponer su criterio en aquel gabinete».

Por las pruebas que tenía Isaac, estaba claro que la ejecución de Rania la había decidido en Jerusalén, desde su empresa, el propio Simon Zalat, pero todavía había algo que no encajaba: ¿por qué un tipo como él, dedicado a negocios tan turbios y complejos, iba a tomarse la molestia de asesinarla? Ella tan solo fue una víctima que ahora aspiraba a una nueva vida fuera de Palestina.

Miró el reloj y comprobó que ya eran las seis de la mañana. Para ganar algo más de tiempo se preparó un café y abrió un cartón de zumo de naranja para acompañarlo. Se duchó de nuevo, con mucho cuidado de no mojarse la herida de la espalda, se afeitó, y en cuanto estuvo vestido marcó desde su teléfono móvil.

—Hola, Heather, disculpa que te llame tan temprano.

—No importa, ya estaba despierta, ¿qué hay?

—Es sobre el teléfono de Jerusalén que me enviaste. Lo he investigado y creo que ya lo tenemos.

—¿Ya tenemos qué, Ackermann? —preguntó ella.

—Al tipo responsable de todo esto… Pero mejor te invito a desayunar y te lo cuento todo.

Capítulo 111

El avión de la compañía Al Israel Airlines aterrizó puntualmente en el aeropuerto internacional Ben Gurion de Tel Aviv. Dos pasajeros bajaron antes que el resto del pasaje. Ninguno llevaba equipaje. Si todo iba bien, volverían por la noche del mismo día a su ciudad de origen. Se habían desplazado para cumplir un cometido muy concreto. Al salir de la pasarela que unía la terminal con las puertas del avión, se encontraron con un policía de paisano acompañado por dos guardias de inmigración que les estaban esperando. Se saludaron sin mucha efusividad. Siguieron una ruta distinta a la del resto de viajeros, evitando todos los exhaustivos controles de seguridad.

Al salir al exterior comprobaron que la temperatura era elevada, sobre unos veinticinco grados centígrados. En una zona reservada para aparcamiento de coches oficiales estaban estacionados tres automóviles. Junto al primero de ellos, dos tipos vestidos con traje oscuro podían pasar perfectamente por empleados de consultoría o banca si no fuera porque bajo su vestimenta se adivinaban cuerpos musculados. Uno de ellos se adelantó al verlos y con una amplia sonrisa dijo:

—Hey, tío, ¿como estás? —Y se fundió en un sonoro abrazo con Ackermann—. Qué, ¿has venido con tu pareja? —añadió dirigiéndose a Heather.

—No, ya lo hemos dejado —contestó ella al tiempo que le tendía la mano.

—Isaac, te presento a la agente especial Heather Brooks —intervino Ackermann mientras los policías de los otros dos coches les observaban. Hasta que uno de ellos se presentó:

—Comisario Samuel Natham, adscrito a la Interpol de Jerusalén.

Ackermann y Heather se presentaron a su vez.

—Nos desplazaremos en tres vehículos; en la zona ya tenemos policías camuflados vigilando. De momento todo está muy tranquilo. Usted viene invitado por el servicio secreto —dijo Natham dirigiéndose a Ackermann—, así que vaya con ellos —precisó señalando a Isaac y al automóvil aparcado al frente.

Ackermann había insistido en que le dejaran acompañar a Heather en este viaje, pero ante la negativa del FBI por no tener ninguna relación formal con ellos, se le ocurrió trasladar su petición a Isaac; al fin y al cabo, para el servicio secreto israelí nunca había trabas de ningún tipo. En apenas unas horas arreglaron todos los trámites para que pudiera desplazarse.

—Usted, señorita, acompáñenos a nosotros, por favor.

Heather se introdujo en la parte de atrás del segundo coche, un BMW azul marino de la serie seiscientos.

La comitiva abandonó el aeropuerto para emprender el camino por la Autopista 1 en dirección a Jerusalén. El recorrido alcanzaba los sesenta y tres kilómetros; si el tráfico era fluido se presentarían en la ciudad sagrada en aproximadamente cuarenta minutos.

Una vez en ruta, Ackermann explicó minuciosamente a su amigo Isaac todo lo acontecido las últimas semanas. Este escuchaba su relato muy interesado y continuamente le pedía aclaraciones que Ackermann respondió sin dificultad, dado que tenía grabados en la memoria hasta los más mínimos detalles del caso. Ambos poseían una capacidad retentiva extraordinaria que habían entrenado durante años. En su etapa de patrullas conjuntas en las fuerzas armadas, cuando tenían un momento de descanso se retaban para ver quién era capaz de describir con mayor minuciosidad los lugares por los que habían pasado, aunque solo lo hubieran hecho fugazmente. Lo hacían con una precisión tan milimétrica que cualquiera que les escuchara sin verles habría pensado que describían una fotografía.

Llegado el final del relato, Ackermann le planteó sus últimas dudas:

—Hay dos aspectos de la investigación que no acabo de tener muy claros. Uno de ellos es el motivo por el cual Simon Zalat iba a arriesgarse ordenando el asesinato de esa chica. ¿Para qué correr tanto riesgo? Si ella hubiera informado a los medios de todo lo ocurrido en Jericó…; pero precisamente era al contrario, lo único que hizo fue intentar borrar su pasado, pasar desapercibida y empezar una nueva vida anónima. Ordenar su ejecución en Estados Unidos era muy arriesgado.

—Zalat siempre ha vivido en los extremos, a veces al margen de la ley. En su época de militar fue condecorado en varias ocasiones por su arrojo, pero también estuvo envuelto en episodios oscuros, como cuando hace muchos años aparecieron muertos tres guerrilleros que estaban acorralados y al parecer se habían rendido. Después, en sus muchos años en el Mossad, participó y dirigió operaciones muy audaces, pero también, como te dije, en un momento dado decidió resolver los asuntos a su manera. Seguramente ese es el caso de Rania. Pero en lo que tienes razón es en que era un plan demasiado arriesgado; si lo que quería era matar a algún joven palestino, lo podría haber hecho aquí, no en Nueva York. —Isaac también dudaba de los motivos de Zalat; obviamente había algo más que desconocían, les faltaba una pieza que hiciera encajar el caso.

—La segunda cuestión —prosiguió Ackermann— tiene que ver con la logística. Zalat desde su compañía encarga a Ricky Lewis el asesinato de Rania por seis mil dólares y le pide que parezca un accidente. Alguien del mundo del narcotráfico en el que Ricky está metido le habla de un sicario «en excedencia» perfecto para cometer el crimen, dado que a efectos legales ni siquiera se encuentra en Estados Unidos porque se ha introducido en el país ilegalmente. Después le proporcionan las grabaciones del teléfono de Rania. Guzmán *el Ácido,* al averiguar que van a ir juntas a una fiesta en el Ferrari de Max, traza su plan para cargarse a todos en un supuesto accidente. Tras el fallido intento, Ricky le pide que aborte el encargo, pero ya es tarde: Guzmán se lo toma como algo personal y decide seguir adelante, pero esta vez a su manera.

—Pues lo tienes todo muy claro, ¿cuál es esa cuestión que te inquieta?

—De dónde sacó Ricky las grabaciones del móvil de Rania. Para grabar una conversación por móvil se necesita cierta infraestructura técnica y de apoyo en el lugar, y Ricky vivía en Chicago.

Isaac cambió su posición en el asiento y tras carraspear apuntó:

—Bueno, quizá le ayudó algún colega desde Nueva York.

—Eso pensé, pero no hay ningún rastro de que viajara allí ni que incluso hablara con nadie ni hiciera ningún pago…

Isaac, manifiestamente incómodo en su asiento, cambió de nuevo su posición con nerviosismo. No le pasó desapercibido a Ackermann, que se quedó mirándolo con fijeza. Demasiadas horas juntos, demasiados peligros vividos como para no descubrir en el otro cualquier signo de vacilación. Se hizo un silencio durante unos segundos que finalmente Isaac rompió afirmando rotundamente:

—Nosotros intervenimos el teléfono de Rania. —Por supuesto, al decir «nosotros» Isaac se refería al propio Mossad.

Ackermann se quedó desconcertado y apenas llegó a articular:

—¿Vosotros?

—OK, está bien —dijo Isaac—. Tras hablar contigo por teléfono y explicarme los pormenores del caso, indagué dentro de la casa; primero descubrí que el número de teléfono que me enviaste era de Simza, la empresa de Simon Zalat; luego, al revisar las llamadas grabadas a ese número, surgió el nombre de Rania, y por curiosidad las investigué. Me llevé una sorpresa monumental cuando descubrí que Rania Abdallah estaba siendo objeto de un seguimiento por nuestros equipos en Nueva York.

—Pero ¿por qué?

—Antes de abandonar el Mossad, Zalat dejó una instrucción precisa: ordenó que en cuanto esa mujer abandonara Egipto se la siguiera fuera donde fuese. La orden quedó registrada de tal manera que cuando ella se marchó de El Cairo y aterrizó en Nueva York, uno de nuestros *katsas* lo puso todo en marcha. Sabemos dónde vivía, sobre su trabajo, sus estudios en el Arthur L. Carter Journalism Institute, y además se le intervino el teléfono.

—¿Y por qué no se canceló la orden?

—Porque ya sabes cómo funciona esto: nadie sabía bien por qué, pero como la orden venía de arriba en un principio no se cuestionó, se realizó ese seguimiento.

—¿Y cómo llegaron las cintas hasta Ricky?

—Como te dije, Zalat todavía tiene muchos adeptos incondicionales dentro del servicio secreto, le debió de ser muy fácil conseguir una copia de las grabaciones, que después hizo llegar a ese tal Ricky.

—¿Y respecto al seguimiento a Rania?

—Hemos cancelado la orden, nadie la molestará ya nunca más.

—Joder, después de todo, gracias a esas grabaciones un sádico sicario planea un crimen, acaba matando a un joven financiero de Nueva York, deja en coma a una famosa reportera y si no llega a ser por Heather acaba con la vida de Rania y la mía.

—Bueno, ya sabes, vivimos en un mundo global, todo está conectado —concluyó Isaac.

Llegaron finalmente a Jerusalén una hora después. Se adentraron en la ciudad sin hacer uso de ninguna sirena. Samuel Natham, como máximo responsable de la operación a cargo de la Interpol israelí, explicaba a Heather los pormenores del plan. Ella le atendía al tiempo que por la ventanilla del vehículo contemplaba algunos de los edificios históricos que tantas veces había visto por la televisión o en fotografías. Era sorprendente que tantos hubieran muerto en tantas épocas distintas por lo que significaba aquel lugar. Ahora, verlo de cerca le impresionó; todo tenía una aura especial: el Muro de las Lamentaciones, la cúpula de la mezquita de al-Aqsa, las murallas; muy fácil de sentir pero muy difícil de explicar. Le habría gustado bajarse del coche y pasearse por el viejo Jerusalén entre judíos, árabes, cristianos...

No había mucho tráfico, así que pronto se adentraron en una zona llena de bares y restaurantes con terrazas.

—Estamos en el barrio de la colonia alemana.

—¿Alemana? —exclamó Heather sorprendida—. Pero ¿hay un barrio alemán en Jerusalén?

—Sí, desde mucho antes de que los nazis existieran. Aquí se instalaron colonias de muchos pueblos y congregaciones que querían vivir cerca de los lugares sagrados.

—Qué interesante —dijo Heather.

—Pues ya estamos muy cerca; aparcaremos en diversos lugares de la calle algo alejados del número al que vamos. Luego nos juntamos frente al edificio. Uno de nuestros agentes, disfrazado del servicio de limpieza del Ayuntamiento, nos estará esperando; tiene una llave del portal.

La entrada en las dependencias de Simza fue de vértigo. Las ocho personas que configuraban el equipo de asalto penetraron en el vestíbulo sin que la recepcionista tuviera tiempo de reaccionar. Se dispersaron rápidamente en todas direcciones, como una manada de animales despavoridos. Samuel Natham se dirigió a la asustada empleada en voz baja y esgrimiendo su placa:

—Somos agentes de policía de la Interpol israelí, no se asuste; venimos a ver a Simon Zalat, ¿dónde está su despacho?

La señorita, más que aturdida por la presencia de todas aquellas personas, le indicó en dirección a un pasillo.

Avanzaron el propio Samuel, Heather, Isaac y Ackermann mientras el resto de agentes neutralizaba a los guardias de seguridad y a algunos de los empleados de Simza. La tensión se reflejaba en sus rostros; todos ellos estaban acostumbrados a vivir situaciones previas a la entrada en acción, pero eso no hacía que uno se acostumbrara. Mientras se acercaban sigilosamente a la puerta del despacho de Zalat, Isaac hizo una señal a Samuel, señalándose a sí mismo con el dedo índice. Este le entendió perfectamente: le estaba pidiendo que le dejara tomar la iniciativa en ese momento tan delicado de la operación. Comprendió los motivos: Zalat había sido durante sus últimos años al frente de la Unidad de Operaciones Especiales del Mossad jefe directo de Isaac. Existía gran rivalidad entre los diferentes cuerpos de seguridad del Estado; en condiciones normales no le habría otorgado el mando, pero en esta ocasión lo entendió y accedió haciendo un ademán con la cabeza.

Capítulo 112

La vida de Zalat había transcurrido siempre sobre el filo de un sable; desde sus inicios en el ejército hasta que ascendió a la dirección de la Unidad de Operaciones Especiales del Mossad, asumió que en cualquier momento alguien podría intentar atentar contra él. De hecho, ocurrió en dos ocasiones, ambas fallidas. Fue por ello que en cuanto escuchó cierto murmullo fuera de su despacho, lentamente abrió el cajón derecho de su escritorio. En su interior reposaba su fiel Beretta calibre 22. Siempre cargada. El murmullo dio paso a un silencio premonitorio.

Al observar que el pomo de la puerta se abría tomó en su mano derecha la pistola, pero sin sacarla del cajón para que quedara oculta, y colocó el dedo índice en el gatillo.

En segundos ya estaban todos dentro.

Al reconocer a Isaac, Zalat arqueó sus profusas cejas blancas y se recostó en su cómodo asiento de piel.

—Hombre, Isaac, ¿qué tal estás? —Su desconfianza era absoluta porque no reconocía a ninguno de los tres acompañantes. Siguió aferrando el mango de la pistola con firmeza.

—General, venimos con una orden de detención.

Entonces Samuel, en un rápido movimiento, se apartó hacia un lado de la mesa al tiempo que desenfundaba su arma reglamentaria y, apuntándole en la cabeza, le espetó:

—Yo que usted soltaría eso.

Zalat le lanzó una de sus temibles miradas; no parecía tener intención de soltar su pistola.

—¿Quién es este tipo que se atreve a apuntarme en mi propia oficina? —preguntó dirigiendo la vista a su antiguo director de investigación.

—Samuel Natham, general —dijo Isaac—, comisario de la Interpol.

Zalat volvió la mirada hacia Samuel y finalmente dejó la pistola y cerró con fuerza el cajón. Este se acercó rápido para abrirlo de nuevo y apoderarse de ella y le dijo:

—Se le acusa de ordenar el asesinato de Rania Roberts.

Zalat, ante la acusación del comisario de la Interpol, ni se inmutó. Entonces Isaac intervino:

—General, hay muchas pruebas: grabaciones de las llamadas hechas desde aquí encargando el crimen y transferencias con el pago por adelantado al enlace que organizó todo en Nueva York.

Se produjo un silencio. Parecía como si la personalidad de Zalat llenara toda la sala de intimidación.

—No conozco a ninguna Rania Roberts —dijo.

—Rania Abdallah —puntualizó Ackermann.

—¿Quién es usted?

—Soy David Ackermann, exmiembro del ejército israelí.

Zalat se quedó mirándolo mientras ponía a trabajar su memoria de elefante. No tardó mucho en caer en la cuenta. Pudo visualizar la reunión del gabinete cuando decidieron darle el mando en la operación de rescate del soldado Farlow a ese capitán Ackermann.

—No sabía que hubiera abandonado el ejército —dijo con cinismo—. No sabe cuánto me alegro, un estúpido como usted que va de salvador de terroristas palestinas no se merece estar en nuestras fuerzas armadas.

—Rania es ciudadana estadounidense y jamás fue una terrorista, más bien al contrario, una víctima.

Zalat, visiblemente irritado, perdió la compostura y gritó fuera de sí:

—Vuelve usted a defender a esa maldita zorra.

—Perdone, general, pero creo que el miserable es usted por querer matarla. ¿Para qué hacerlo? Bastante sufrió en Jericó.

—¿Sufrió? Esa chica es una asesina, mató al soldado Farlow. Él nunca se suicidó. ¿Acaso cree que un zurdo se dispararía en la sien empuñando su pistola con la mano derecha?

Todos miraron a Ackermann desconcertados, no entendían bien de qué estaban hablando. Por el contrario, Ackermann abrió los ojos ligeramente y movió la cabeza unos milímetros hacia atrás. Por fin lo entendió todo. Entonces, con voz pausada, intervino de nuevo:

—Zalat, yo mismo firmé el informe. Es cierto que en un principio pensamos que Farlow se había suicidado, ya veo que de alguna manera consiguió el informe secreto que hicimos para el ejército. Pero horas después de hacerlo, nosotros también caímos en la cuenta de que un zurdo no se dispararía con la mano derecha. Así que, aunque había interés político por archivar el caso, ordenamos revisar con mucho cuidado las huellas dactilares del arma. Y solo encontramos huellas de él, concretamente de los dedos de su mano izquierda. Ese loco soldado intentó violar por segunda vez a la chica, cometiendo la temeridad de hacerlo con su pistola en la mano, pero estaba tan borracho que se cayó hacia un lado, por eso tenía un golpe en la frente con restos de tierra, y al hacerlo se le disparó el arma y el proyectil le atravesó la sien. Su muerte fue un accidente. Al caer se volteó y la pistola por azar quedó sobre su mano contraria, haciéndonos creer a todos en un principio que se había suicidado. La chica ni se enteró de todo esto porque ya estaba inconsciente del golpe recibido con una piedra. Hicimos un segundo informe corrigiendo el primero, que obviamente no le llegó, y tampoco se distribuyó oficialmente para no contradecir la versión oficial que ustedes mismos inventaron en el gabinete de crisis, anunciando que el valiente soldado Farlow fue muerto en acción de combate e ignorando la existencia de Rania. —Y terminó su explicación diciendo lacónicamente—: Se equivocó de pleno, Zalat.

—Acompáñeme —dijo entonces el jefe de la oficina de la Interpol al tiempo que le ponía las esposas.

Zalat escupió al suelo al pasar por delante de Ackermann y le espetó:

—Tiene usted razón, me equivoqué, debimos eliminarla en el propio hospital de Jerusalén, y quizá también a usted. Pero… mientras estén vivos…

Y abandonó el despacho con una sonrisa sarcástica.

Horas más tarde, en el interior del avión de las líneas El Al de vuelta a Nueva York, Ackermann explicó a Heather todo lo acontecido en el despacho de Zalat, porque debido a que la conversación se desarrolló en hebreo ella no había entendido nada. Después pidieron una copa de champán a la azafata y brindaron.

—Muy bien, David, te empeñaste en cerrar el caso y lo conseguiste. Ya te puedes dedicar de nuevo a investigar fraudes financieros.

—Sí, claro, gracias a ti, Heather. —Ackermann sonrió, pero no todo había terminado: quedaba algo por hacer.

Capítulo 113

El sol tamizado en naranja se retiraba hacia el río Hudson, y cedía todo el protagonismo a una suave brisa de aire caliente; el verde fresco de la arboleda y los fornidos caballos enganchados a viejos carruajes expandían por doquier olor a campo mientras paseantes, vendedores callejeros, turistas y corredores se adentraban en el parque para participar en aquella desordenada armonía. Rania, de pie junto a la entrada de acceso de Columbus Circle, lo observaba todo como si no formara parte de la escena.

Estaba inmensamente feliz: hacía unas horas Debra había salido del coma. Los doctores le habían informado de que había muchas posibilidades de que se recuperara completamente. La pudo abrazar en el hospital e intercambiar entre sollozos de alegría unas pocas palabras con ella. Nada deseaba más en este mundo que su mejor amiga de Nueva York se repusiera pronto y parecía que eso iba a ocurrir. La pesadilla llegaba a su término.

Pero esa tarde ella iba a ser protagonista. Para cualquier otra chica de la ciudad una simple cita para dar un paseo por Central Park no tendría mayor importancia, pero para Rania significaba mucho; se trataba de la primera vez en su vida que accedía a citarse con un hombre a solas. Escogió cuidadosamente el vestuario.

Cuando Ackermann apareció con su caminar erguido sintió que las pulsaciones se le aceleraban. Pudo observarlo apaciblemente: su porte, sus cabellos rubios, los ojos de un azul imposible y sus armoniosas facciones le conferían ese colosal atractivo, tan distinto al tipo de hombre de sus tierras.

—Hola, Rania. —Se acercó para besarla en la mejilla.

Ella no se acostumbraba a esas maneras del mundo occidental, pero, simulando naturalidad, le ofreció su mejilla poniéndose de puntillas.

—Qué alegría que hayas podido quedar, hace una tarde maravillosa, ¿no te parece? —añadió David.

—Sí, en eso me estaba fijando. Está todo precioso, me recuerda a... —Se detuvo vacilante.

—¿A qué? —preguntó él al observar su duda.

—Cuando vivía en Jericó pasaba muchas horas junto a una higuera, a la que los cristianos llaman «el árbol de Jericó». Iba con una amiga, nos sentábamos en un muro bajo, hablando y mirando cómo el sol se ponía por occidente; el firmamento se tornaba anaranjado al atardecer, igual que aquí, aunque los personajes fueran muy distintos.

Desde que llegó a Nueva York jamás había hablado con nadie de los recuerdos de su pasado, y se sorprendió de la facilidad con que lo estaba haciendo. Pero con Ackermann era distinto, él conocía lo peor de su vida; quizá por ello instintivamente buscaba reivindicar los buenos momentos de su anterior existencia, desmaquillada de adornos pero exuberante de amor, hasta el día que todo aquello ocurrió.

—El sol se va y viene igual en todas partes, al final las diferencias nos empecinamos en construirlas los humanos. Si nos dejáramos llevar más por la naturaleza, su sabiduría y su placidez, todo sería más fácil —sentenció Ackermann, intentando sumarse al sentido de las palabras de ella.

Prosiguieron el paseo adentrándose en el parque por la calzada paralela a Central Park West. Caminaban en dirección contraria a la de los corredores, muchos de los cuales lucían orgullosos sus torsos desnudos, trabajados en los gimnasios durante el largo invierno. A medida que avanzaban en dirección norte, Rania se sentía más y más relajada. Cuando llegaron a la altura de la Calle 71, Ackermann se paró y le señaló un edificio a su izquierda con aspecto de palacio encantado.

—¿Lo conoces?

—No.

—Es el Dakota, ahí vivía John Lennon. ¿Sabes quién era?

—Claro que sí, David; Jericó está lejos en distancia, pero todavía en este planeta.

—Pues ven, te voy a enseñar un lugar muy especial. —Ackermann giró a su derecha hacia el interior del parque. De pronto se encontraron ante una especie de pequeña glorieta—. Mira esto, el Strawberry Fields Memorial; es un monumento en recuerdo a John Lennon. Fue erigido por la ciudad de Nueva York y contribuyeron a su construcción más de cien países, con piedras para dibujar este mosaico y con plantas traídas de los lugares más recónditos.

—*Imagine* —leyó en voz alta Rania la palabra escrita en el mosaico.

—En recuerdo a su canción, pero también a su espíritu de libertad y su sueño de un mundo mejor —apuntó Ackermann—. *Strawberry Fields Forever* es el título de una de las canciones más celebradas de los Beatles.

Rania escuchaba encantada las explicaciones de Ackermann. Cada vez más sentía crecer en su interior una atracción
por él difícil de explicar. De pronto, en medio de aquel lugar
que transmitía una magia especial, él se situó frente a ella y le
dijo:

—Hay algo que tengo que contarte. —Rania reconoció
de inmediato el gesto más serio de Ackermann y le miró con
cautela—. Nunca más te hablaré de esto pero lo tienes que saber.
—Hizo una pausa, tragó saliva y prosiguió—: El día en que todo
ocurrió en Jericó... hubo una serie de dirigentes que decidieron
que abandonases tu tierra y te marcharas a El Cairo, y a mí me
encargaron que te lo transmitiera, ¿te acuerdas? —Rania, muy
seria, no movió ni un músculo. Ackermann continuó—: Uno
de ellos era una mala persona llena de odio, que quería acabar
con tu vida, aduciendo que el soldado que... —Ackermann
no sabía por dónde seguir—. Bueno, aquel soldado murió porque se le disparó el arma, pero ese hombre pensó que tú le habías disparado y decidió que tenías que morir. Fue él quien
organizó todo para que te asesinaran aquí en Manhattan. Pero
para que nadie investigara quería que pareciese un accidente.
Le encargaron la acción al tipo que os atacó a ti y a Debra...

Rania escuchaba temblorosa toda aquella historia, le dolía en lo más profundo de su ser, pero quería conocerlo todo,
por lo que al ver las vacilaciones de Ackermann le animó:

—Sigue, David, necesito saberlo todo.

Ackermann prosiguió:

—A ese sicario contratado para que llevara a cabo la acción
no le importó causar daño a más personas, por eso manipuló
el coche de Max el día de su fiesta. Pero falló, porque en contra
de su previsión, tú no volviste con él. Después decidió ir a tu casa y se encontró con Debra; no le importó, te esperó. El asesino
a sueldo murió delante de nosotros gracias a la rápida acción de
Heather. Y, bueno, todo esto es muy triste pero...

Una lágrima caía por la mejilla de Rania, pensando que la muerte de Max y todo lo que había sufrido Debra en parte había ocurrido por su culpa…

—Solo quería que supieras el porqué de todo lo que sucedió e informarte de una cosa más: ayer detuvimos en Jerusalén al hombre que ideó todo este plan. Ya estás completamente a salvo; ahora sí puedes de verdad empezar tu nueva vida.

Rania no pudo contener las lágrimas, que ya brotaban impetuosas y resbalaban por su mejilla. Ackermann la abrazó de inmediato. Se quedaron unidos durante unos segundos. Suficientes para que ella, al sentir el cuerpo de él pegado al suyo, se estremeciera.

Tras unos segundos se separaron e, inevitablemente, unieron sus manos llenas de cariño. Siguieron caminando. Lo hicieron durante un buen rato, dejando que la cálida brisa y los olores de los árboles verdes refrescaran sus pensamientos. Avanzaron sin hablar, no hacía falta, con el solo contacto de la piel en sus dedos entrelazados se decían todo y les unía más y más en cada paso. Pasaron diez, treinta o hasta infinitos minutos, porque el tiempo dejó de contar para ellos. Una inmensa sensación de sosiego les acompañaba. En un momento dado se pararon uno frente al otro, mirándose fijamente con suma ternura. Y como si él pidiera permiso y ella lo concediera, sin hablar, con un palpitar profundo desde el corazón, un delicado y tímido roce entre los labios se fue transformando en un apasionado y profundo beso.

Sus almas se fundieron en una, donde solo cabía el amor, un amor que todo lo sabe y lo comprende, sin pasado.

Capítulo 114

El afamado restaurante Eleven Madison Avenue se encontraba repleto, como todas las noches. La esbelta y atractiva Kristina salió de detrás del atril para dar dos besos de bienvenida a su cliente favorito.

Bill Parker correspondió regalándole su característica sonrisa forzada, sin abrir los labios.

—Hola, Kristina, ¿qué tal todo?

—Hacía tiempo que no nos hacía una visita.

—Sí, tienes razón, he estado muy ocupado últimamente.

—Tenemos su mesa reservada, ¿me acompaña, por favor?

—Cómo no.

Las miradas del resto de comensales siguieron la ruta habitual de la bella Kristina al admirado Bill Parker, el *boss* de Wall Street. Últimamente los banqueros de inversión estaban en el punto de mira de todo el mundo; habían perdido parte de su estatus casi divino, pero la mayoría de los allí presentes trabajaban en el sector, por lo que su admiración por Bill permanecía intacta. Hacía unos meses había comparecido ante el Congreso de Estados Unidos en relación a la investigación abierta sobre la banca de inversión. Su declaración fue brillante en su argumentación y, no exenta de cierto cinismo, no dejó a nadie indiferente. Estaba pletórico: la Reserva Federal había cancelado la investigación tras la muerte de Max y el posterior cierre de STAR I y los resultados de Goldstein Investment Bank, pasado el segundo trimestre del año, estaban siendo excelentes, por lo que los bonus del año podían batir récords, lo que al fin y al cabo era la cuestión más importante. Durante la primera mitad del año era cuando se hacía el grueso de los resultados, por eso el mes de julio lo aprovechaba para tomarse un par de semanas que destinaba a su pasatiempo preferido: navegar a vela con su yate de lujo por las Bahamas.

Al llegar el financiero a su mesa de siempre, el joven Ryan Cole, que le estaba esperando, se levantó de inmediato.

—Hola, señor Parker.

—Mejor llámame Bill. Me han hablado muy bien de ti, has obtenido unos resultados excelentes como *trader* en Goldstein durante los últimos años.

—Gracias, señor.

—Bill.

—Perdón; gracias, Bill.

—Pues te explicaré de qué se trata. —Como siempre Parker fue directo al asunto.

En ese momento apareció el *maître* y les interrumpió.

—Discúlpeme, señor Parker, ¿les puedo traer algo para beber?

—¿Te apetece champán, Ryan?

—Sí, claro —contestó el exitoso y joven *trader* de Goldstein, todavía algo nervioso ante la cita para cenar con el *boss* de Wall Street.

—Se trata de lo siguiente. El mundo de la banca de inversión está cambiando. Ganamos demasiado dinero durante demasiados años, eso hace que todos pongan el foco en nuestro negocio. Ya sabes, políticos en busca de más donaciones para su partido, reguladores con aspiraciones a políticos, medios necesitados de más inversión en publicidad para sobrevivir…, bueno, los de siempre haciendo lo de siempre. La mitad de ellos porque consideran que reciben poco de nosotros y la otra mitad por pura envidia, el caso es que no hay vuelta atrás. Esto nunca será lo que fue. Pero eso no quiere decir que no se pueda hacer dinero. —Y esbozó una sonrisa al tiempo que se atusaba los cabellos blancos hacia atrás por detrás de la oreja.

Ryan, frente a Parker, se sentía apabullado por la intensidad de su mirada, hasta que constató que se debía a un ritmo de cadencia eterno entre cada parpadeo; hasta tres y cuatro veces lo hacía él por cada una de Parker. El tipo intimidaba de verdad.

Tras una pausa para saborear la copa de champán prosiguió:

—Los verdaderos negocios se hacen desde los *hedge funds;* el regulador no puede actuar directamente sobre ellos como lo hace sobre los bancos, pero hay muchas maneras de, directa o indirectamente, participar de ellos. Necesitamos gente como tú para dirigirlos.

—Gracias por el halago, Bill.

La conversación se interrumpió porque los camareros empezaron a servir los exquisitos platos que conformaban el menú especial del restaurante.

—Es así, lo has demostrado sobradamente estos años. Te proponemos que abandones el banco y vayas a trabajar para un nuevo *hedge fund* que estamos creando: EMERALD I. Tendrás todo nuestro apoyo, ya sabes.

Ryan seguía con atención y entusiasmado las explicacio nes de Bill.

—Para hacerlo bien se necesita, además de tus cualidades como *trader*, que te sepas mover.

—¿Qué quiere decir, señor Parker? —preguntó Ryan volviendo a llamarle por el apellido.

—Mira, es muy sencillo: tendrías la responsabilidad de la dirección general del fondo; eso supone dar un salto respecto a lo que has hecho hasta ahora, y por eso es muy importante que te relaciones, que conozcas bien a los que mueven el mercado, a tus competidores y a los periodistas clave, que son cuatro. Básicamente te habrás de ganar el respeto de los rivales y la confianza de los medios, así te será más fácil manejarlos. —Y soltó una gran carcajada que Ryan acompañó—. Tendrás un sueldo inicial elevado y un bonus muy alto; chico, te puedes hacer de oro.

—¿Y el equipo y la estructura para las decisiones de inversión?

—No te preocupes, trabajamos con una compañía especializada en el análisis macroeconómico y financiero que te ayudará mucho a tomar las decisiones de inversión. —En ese momento Parker consultó la hora en su Rolex Oyster Perpetual y se dirigió de nuevo a Ryan haciendo un ademán con la cabeza como expresando cierta pesadumbre—. Y ahora discúlpame, pero me temo que tengo una cena a las siete en el restaurante Milos, con uno de nuestros colegas de la competencia; ya sabes: «Si quieres ganar al diablo, procura tener amigos en el infierno». —Se puso en pie, le miró otra vez sin parpadear durante muchos más segundos de los posibles y le extendió la mano.

—Disfruta del menú. El jefe de mi gabinete, Larry Coach, se pondrá en contacto contigo para los detalles. Piénsatelo, Ryan, es una gran oportunidad para ti.

—Perdona, Bill, pero no me has dicho sobre qué activos invertirá el *hedge fund.*

—Es verdad, disculpa, no te lo había comentado. Deuda soberana, sobre todo de países europeos, los PIGS.

—¿PIGS?

—Sí, ya sabes: Portugal, Italia, Grecia y España. Apostando contra ellos, claro.

Agradecimientos

En primer lugar, a Pablo Álvarez, a Gonzalo Albert, a Ana Lozano y a todo el excelente equipo de Suma de Letras por su trabajo, por creer en la novela y apostar con toda la ilusión.

A Gabriela, mi mujer, excelente documentalista, por su apoyo incondicional y porque lo llena todo en mi vida.

Al pequeño Diego, Sergio y Yago, mis hijos, por las horas robadas.

A José Buíll y Borja Pérez Arauna, compañeros de tertulia. Por su permanente soporte y reconocimiento.

A mi querida madre, lectora infatigable desde siempre, que me inculcó la pasión por la lectura.

A Guillermo Dionis, por su generosidad y sabiduría.

A Risto Mejide, por transmitirme excelentes consejos.

A Karina y Alba García Hurtado, por sus valiosas opiniones.

A Juan Ignacio Alonso, por creer en la novela desde el primer día.

A Lorenzo Mendieta, por su confianza y su espíritu em-
prendedor, que me llevaron a trabajar y a vivir en Nueva York.

A Joaquín Lorente, por su ayuda y juiciosos comentarios.

A Fernando Rodríguez, vecino y amigo, por su permanente interés.

Y por último a mi padre, que lo dio todo por nosotros
y nos abandonó demasiado joven; descanse en paz.

El enigma de Rania Roberts, de Javier Bernal
se terminó de imprimir en febrero de 2015
en los talleres de Litográfica Ingramex, S.A. de C.V.
Centeno 162-1, Col. Granjas Esmeralda,
C.P. 09810, México, D.F.